墨若青鸦

今生定要你相思刻骨

（上）

墨若青鸦 著

Always thinking of me

江苏凤凰文艺出版社
JIANGSU PHOENIX LITERATURE AND ART PUBLISHING, LTD

图书在版编目（CIP）数据

今生定要你相思刻骨 : 全2册 / 墨若青鸦著. -- 南京 : 江苏凤凰文艺出版社，2018.10

ISBN 978-7-5594-2072-5

Ⅰ.①今… Ⅱ.①墨… Ⅲ.①长篇小说 - 中国 - 当代 Ⅳ.① I247.5

中国版本图书馆 CIP 数据核字 (2018) 第 098520 号

书　　名	今生定要你相思刻骨 : 全 2 册
作　　者	墨若青鸦
责任编辑	丁小卉　姚　丽
选题策划	涂继文
出版发行	江苏凤凰文艺出版社
集团地址	南京市湖南路 1 号 A 楼，邮编：210009
集团网址	http://www.ppm.cn
出版社地址	南京市中央路 165 号，邮编：210009
出版社网址	http://www.jswenyi.com
印　　刷	三河市华润印刷有限公司
开　　本	780 × 1230 毫米 1/32
字　　数	400 千字
印　　张	20
版　　次	2018 年 10 月第 1 版，2018 年 10 月第 1 次印刷
标准书号	ISBN 978-7-5594-2072-5
定　　价	59.80 元

目录 CONTENTS

目录 CONTENTS

第一章　女王归来

H 城的傍晚，又飘起了雪花。

冬天的夜特别长，七八点的时候，东方标志性建筑上明珠熠熠。橙红色的探照灯，抛射而出，照亮了整座城市。购物广场的音乐喷泉群亮起了橘黄色的霓虹灯，在这个流水结冰的季节，广场上立起了一座座玲珑剔透的灯雕群。

夜晚，是中心商业区休闲、购物、娱乐活动最繁盛的时候。悠扬的音乐声中，最突出的还是私享娱乐会所——利比亚庄园。

地面的雪几乎没了膝盖，才扫过，又是一层。她深吸一口气，搓搓被冻僵的双手，严阵以待地盯着会所大门。

有个人哆哆嗦嗦地把帽檐往下又拉了几分，畏寒似的又把手缩进了口袋。站在会所门口的是一个很年轻的小姑娘，裹得像一个小粽子似的，眼神清透又明亮，像极了揉碎月光的湖水，漆黑、宁静，令人心动。

燕陈，二十四岁，留洋归来的第三类人——女博士，脸蛋已经被冻得僵僵的，手指几乎动都动不了。心中叹了一下，她抿紧嘴，一遍遍地鼓励自己："燕陈，撑一会儿，再撑一会儿。"

就在她冻得几乎撑不下去的时候，光可鉴人的传感玻璃门唰的一声开了。

"哎，姐！你咋来了？"掐灭了手里的烟头，会所里蹿出个年轻男孩，一迭声地"啧啧啧"，大惊小怪地尖叫，"这都谁哪！这么不长眼睛，看着我们燕陈姐姐在外面，怎么能让我们的燕陈姐姐吹冷风呢！瞧这小脸儿冻的！"

他真是自来熟，伸手要来拉燕陈进门，燕陈眼眸倏然一眯，淡淡瞥了一眼他伸来的爪子，淡笑不语。男孩脸色登时一僵，讪讪地收回了手，弱弱地喊了一声："姐……"

燕陈还是没搭理他，她什么时候来的，别人不清楚，利比亚会所的老板——向叙会不知道？燕陈心里门儿清，自己从踏上中心商业区的这块砖片开始，名流圈的这帮人肯定就在等着看笑话，有更恶劣的，没准都摆开了赌桌，赌她什么时候耐不住寒冷狼狈而走。

她知道自己在名流圈的名声不好。不过……即便她"懦弱、废材"的形象再深入人心，也轮不到会所这些软饭男来看自己的笑话吧。

清冷寡淡的目光不动声色地往上一掠。

某扇窗前，几个津津有味看热闹的男孩纷纷有一种被黄蜂蜇眼的感觉，慌忙拉上窗帘，缩了起来。

燕陈如此淡漠冷静，简直出乎向叙的意料。向叙脑子里有一个资料库——商界名流圈里，排得上号的人物是什么样的容貌、性情，他倒背如流。在向叙的印象里：燕陈好说话，极其好说话，给一颗枣子可以打她十巴掌！

不仅向叙是这么想的，名流圈哪个不是这么想的？

三年前燕陈结婚那段往事太有料了，三年后提起这件事的时候，商业圈这些大佬仍然会露出心照不宣的笑容。

燕家长女，嫁给锦盛集团那个年龄最小，容貌比偶像明星还要清美的董事俞景——当年也是一门好姻亲。

据说订婚那天，迎新娘的车队简直就是一个超跑团。从宝马到保时捷，从奔驰到玛莎拉蒂，锃光瓦亮的温莎蓝、丝缎银、金属漆，几乎闪瞎了 H 城小市民的眼睛。仇富的论调甚嚣尘上，在名媛杂志、城市论坛、微博微信上面整整占了一个月的版面。

那些天，谁不热议锦盛集团和燕家的这门联姻？都说是门当户对，郎才女貌。大伙儿还等着俞、燕两家强强联手，在股市闯荡出山河万里一片红，可谁能想到这两人才结婚就崩盘了。

俞景长得漂漂亮亮，可性子真不靠谱，在巍峨高耸、庄严肃穆的欧式教堂里——年轻的新人在神父的面前刚刚宣誓完要“彼此忠诚一辈子”。谁想到，一出教堂的大门，准新郎就丢开老婆，和情人度蜜月去了。

当面摔燕陈的脸……俞公子！有种啊！这一段“结婚当日，即被抛弃”的摄影带比偶像剧还带劲，彻底轰动了 H 市的名流圈。脸被打得啪啪响，正常人都忍不了，对不对？可燕陈呢？视若无睹地坐在教堂里，小姑娘清凌凌的眉眼水光潋滟，静默平和，仿佛没看见自家老公跟人跑了似的。

神父：“燕女士，你老公跟人跑了。”

燕陈："哦。"

神父："燕女士，他们都出大门了。"

燕陈："哦。"

那位来自海外的老神父主持过这么多场婚礼，什么时候见过准新郎和情人度蜜月的奇闻？他操着生硬的中国话提醒了燕陈半天，小姑娘愣是清净如水，连个眼神都没还给他。

"等一等，俞先生……你不是才在主的面前宣誓过……"提着黑色的神父袍子，新娘不去追新郎，倒是小老头追着俞景银光闪闪的宝马跑了三千米。那天，没追回新郎的神父是哭丧着脸回来的："燕女士，对不起，我尽力了。"

拍拍神父的肩，算是安慰，从始到终，燕陈波澜不惊，一言不发，不知道的还以为新娘是神父，燕陈是路人甲。

超跑俱乐部的公子哥们儿开好了赌桌，兴致勃勃地想赌一把燕陈会用什么办法把脸打回去。离婚？决裂？对拼？小哥们擦亮了眼睛，就等着燕陈放大招呢！可谁能想到，第二天没有离婚，没有决裂，也没有对拼，燕陈一张机票，一个箱子直接就出国了。三年里，燕陈在国外读书进修，考试拿证，步步升级为学霸。三年里，俞景在国内逍遥自在，逛夜店、玩游艇、花天酒地……怎么好玩怎么来。说好的决裂斗殴对拼呢？"二代"们跌破眼镜，纷纷大呼没劲。从此，谁都知道燕陈的性子软，没趣的女人，含着金汤匙生在豪门圈，真是浪费资源。

如今……燕陈回国了，下了飞机第一件事居然是直奔H市中心商业区，开门见山找俞景。您这是准备大闹呢？还是准备闹个天翻地覆？如今赌桌都摆好了，就等着看燕陈下一步的动作了。

向叙却有不同的见解，他总觉得闹不起来，只要说几句软话，这妞儿毕竟是泥性的，估摸着也不善言辞，就这么顺着，听着，咱们先晾着她，晾干了，吃了软钉子，她自然得走。可谁想，燕陈还没吃到钉子，他向叙先撞钉子上了。

你和她说话，她不搭理你，你再多说几句，她抬起头，清润润的目光不动声色地往上瞥一眼，目光似笑非笑地从睫毛下射过来，冷漠、从容，好像在讽刺："你们玩儿的花样，姐姐几百年前就看腻了，呵呵。"

向叙出来本来就是个虚招——最近 H 市降温厉害，北方和南方不同，屋里暖气片十一月就开始供暖，可外面天寒地冻，可折磨人了。要不是怕燕陈在外面杵一晚上冻截肢，向叙还真会隔一扇玻璃门，喝一杯咖啡看她的热闹。

他原也没准备请她进来，总想着糊弄几句软话，让燕陈知难而退自己回去。可谁能想到……交锋第一句，小姑娘就用眼神让你头皮都麻了。紧接着，她气定神闲，不急不缓、和和气气地和你搭讪拉家常："你叫向叙吧？"

向叙才被她吓得肝胆俱裂，不敢和她玩花枪，连忙笑容满面地接茬道："劳姐姐挂心，对啊，我就是向叙。"

"我记得你是 B 栋向叔叔家的小儿子，小时候是在 × 小上的，后来转到 × 中的吧……"

一拍大腿，向叙露出敬佩不已的眼神："哟，姐姐这还记得我。对哪，就我！我小时候调皮，爱打架，我爹被班主任告状闹得没辙，总给我转学。"

燕陈语重心长地说："哪能不记得，像咱们一起长大的孩子群，都是小时一起斗过蝈蝈，拍过洋画儿，粘过知了的交情，老好了。”

“是啊是啊。”向叙连忙点头，还琢磨着怎么用这“孩童时候的交情”忽悠燕陈赶紧回家，没想到燕陈紧接着一句话，把他所有的话头都堵住了。

“既然是老好的交情，那就算姐姐我帮帮你吧。”

“帮我？帮我什么？”

“你带路啊。”一记清冷冷的目光扫过去，燕陈说得顺理成章。

“可是……等等，姐，我带什么路啊？”胳膊被人优雅地挽住了，向叙被赶鸭子上架，突然眼皮直跳，有一种极不好的预感。

“还能带什么路，去你的会所啊！”

一道雷直接砸到脑门子上，向叙总算是听明白了，他的利比亚会所寸土寸金，会员卡六位数一张，燕陈这是准备攀着交情来混霸王会员！

“姐，这里会费有点……那啥，贵……”向叙还在用温和的语言来说明自家会所尊贵高雅的趣味。

没想到，燕陈眼睛亮得跟星星似的，笑得很温和：“对啊，就是因为你这会所会员费太贵，咱们交情好，所以才说你燕陈姐姐破坏原则，要来帮你一次。”

在向叙懵懂的眼神中，燕陈满口跑火车，忽悠的话张口就来。

“你想了，咱们打小一片区长大，都这么熟了，这叫发小。我今儿个在外面熬着不碍事，可我要真在外面冻成个冰碴水晶，往后人家得怎么想你向叙啊！肯定说你向叙太不顾旧情，小没良心。”

“呃……”似乎有道理。

“可不办会员卡就去你的会所，传出去人家说我燕陈是占小便宜的人。”叹口气，燕陈也是挺无奈的，“说真的，咱们要不认识，我也犯不着这么毁自己名声，可看在咱俩打小一起长大的分上，我宁毁我名声，不能让人家说你向叙小没良心啊……”

“谢谢姐姐为我着想。”总觉得哪里不对，等向叙再反应过来的时候，燕陈就这么软刀子磨啊磨，血腥子都没沾一滴已经直接把他拿下了。

利比亚会所处于中心商业区,夜晚是娱乐活动最繁盛的时候。一走进利比亚会所里面，燕陈心中不由得赞叹起来，向叙的确是个人才！会所被他修饰得别有洞天，很有特色。

站在落地的玻璃门外还没什么大不了，等走进去之后，眼前赫然开阔起来，巨大的螺旋形阶梯从西南角的方位连绵而上，上面缠着青翠欲滴的绢纱藤条，藤条中点缀着闪闪发光的宝石。

东北角的位置，是水波粼粼的水族馆，面积很大，从地下室挖空了，由地底一直蔓延而上，蔓蔓水草中，游着乌龟、海鱼，锋锐的鱼鳍时不时掠过，显然还有海中猛兽。

二楼的人不多，有几个参加舞宴的女孩在那儿闲聊。聊到一半，大家看到燕陈，饶有兴趣的目光就落在裹得像粽子，却又眉清目秀、气质从容的姑娘身上。

燕陈抬头，冲她们微微一笑。几个女孩拿着红酒杯子，一脸错愕的表情，怎么都想不到燕陈会有这种从容不迫的气度。向叙抚额，恨不得把燕陈一步领到目的地，因为从燕陈进门开始，他就有一种非常不好的预感。

燕陈啊，那是什么人？名流圈的大笑话。

俞公子的新宠是温氏集团副总家的四千金——温情。霎时，那些非议惊破尘埃，悄然落地，女孩们哪怕伸长了脖子，嫉妒得满眼血红，也会温顺谦恭地祝福一对“新人”。

人和人之间的差距就在于此，浮华岁月里，顺从温良本就是不可饶恕的错，你退一步，那些嘲讽和辱没就会甚嚣尘上，对错黑白在喧嚣浮躁中变成了灰。这个世上，没人会替你伸张正义主持公道。张扬跋扈，势利尖锐，它们像是一根根倒竖的毒刺，总能扎得人鲜血淋漓，从而让你学会闭嘴，学会臣服。

在向叙看来，温情这种人极其成功，却不好招惹，想到一会儿燕陈要和那种不讲理的女人搅和上……他同情燕陈的同时，也唯恐自己引火烧身。

“叙哥，这谁啊？”就在向叙心里打着小鼓，一路领着燕陈往顶楼的奢华商务包厢走的时候，身后忽然传来一个娇嗲的女声。

“不关你事，玩儿去。”瞥一眼来人，向叙没搭理，拉着燕陈匆匆往顶楼的会议包厢去。

“我看着这个小姐姐面善得很……叙哥不介绍介绍？”

“谁来了，你都要认识，闲得慌了。”

女孩被噎得脸都黑了，却不好说向叙什么，只得瞪着燕陈，不干不净地骂了一句“狐狸精”。

长这么大，燕陈还是头一次被人当着面骂“狐狸精”，她行事端正坦荡，怎么就担得起这个称号？漆黑的眼眸倏地往下一沉，向叙一扯她，没扯动，他当即有一股不祥的预感。果不其然，燕陈转身，冷不丁朝说话那女孩一笑，淡问一句："狐狸精说谁呢？"

"狐狸精还能说谁，狐狸精肯定是说你……"就在女孩叉着腰冷着脸，满脸鄙夷，还要再骂些什么的时候，啪的一声脆亮的耳光声骤然响起。

谁都没想到看着文秀纤瘦的燕陈说甩巴掌就甩巴掌。

那女孩都被燕陈打蒙了。

燕陈吹了吹手心，眼眸弯弯如月牙，淡淡道："真对不住了，我这人三观太正！容不得狐狸精在我眼前张扬。你既然承认自己是狐狸精了，我也不好空手而走，回敬你一份大礼，别客气，记得往后好好做人，做什么妖精啊……"

脸颊火辣辣的烫，挑衅的女孩捂着脸傻眼了，不是说燕陈懦弱无能？不是说燕陈善良好欺？愣了好半晌，她终于反应过来，自己竟然被一个平凡无奇的女孩打了。

"你敢打我！"女孩怒了，眉目狰狞，张牙舞爪地就要扑了过来。燕陈冷冷看她一眼，愤怒的女孩没察觉到燕陈目光中的冷意，倒是她的女伴无意中瞥见，顿时从足底蹿出一股冷意。

"小寒，别冲动……"女孩的同伴慌忙拉住她。

"老娘今儿个和她拼了！"

"十一楼！十一楼！今天十一楼听说姜二少来了……"一盆冷水登时迎头浇上，她来找燕陈麻烦只不过是为了讨好温家四千金，可真要闹出点事被姜二少看见，那就糗大了。

豪门圈两大偶像巨星级别的钻石王老五：一个是俞公子，另一个便是姜二少，两人都是女子们向往的男神。俞景已经结婚，外遇对象又是温情那样的女孩，普通人望而却步，哪里再敢觊觎于他。可姜二少未婚啊！豪门圈对于姜家的传言知之甚少，大家只知那是三代以上的富贵传承，姜家在商界中叱咤风云，拥有只手遮天的影响力。然而，他虽然是上流阶层的领袖人物，却鲜少于公众露面，这种摸摸衣角都能沾上仙气的大人物，哪个女子不向往。

女孩们天天没事跑向叙的会所里溜达一圈，求的就是偶遇、艳遇。万一哪天走狗屎运，真被姜二少看上了，就能一步登天。可惜，除了这家会所的老板，很少有人见过那位姜二少。

就像今天，明明知道姜二少光临会所，可谁都不知道他什么时候会出现。女孩的同伴一说“十一楼”，那妹子登时像斗败的公鸡，捋捋衣角，再也不敢做泼妇状。

燕陈打过人解了一口恶气，转身就走。走到一半，见向叙还呆立在后面，她微微一笑，女王似的扬起下巴，徐徐地说：“哟，叙哥，还愣这儿做什么？”一声“叙哥”叫得矫揉造作，分明学着刚才那挑事女孩的语气。

向叙脸红了红，他只知道燕陈脾气和软，看她来会所找俞景，只当是她忍了三年终于还是忍不住了，原本估摸着她若爆发，也只是对着她老公俞景。可他千算万算，根本想不到燕陈吃不得亏，别人骂她一句，她就能以眼还眼、以牙还牙地扇巴掌过去。

这真是三年前，那个看着老公出轨却静默无声的小姑娘燕陈吗？向叙傻了，下意识地跟着走。

燕陈一边往前走，一边低着头，眼睛黑漆漆的，甩了甩微微泛红的手掌，小声嘀咕：“长得不漂亮不是她的错，可就这副尊荣还想效仿妲己、褒姒做狐狸精，真是自不量力。我哥果然没说错，脸皮厚的女人，打起来会手疼……”

她哥教她打女人？

不不不？

她哥还打女人？

不对不对，是她手疼？

她打了人，不说人家脸疼不疼，只说她手疼，这一家子都什么人？向叙脑门上面似有天雷滚滚，嗡嗡作响。

燕陈这次煞费苦心地来找俞景，说起来，恐怕没人会相信。她特意飞回国，只不过为了离婚，俞太太的位置看来风光无限，在她看来却是无趣至极。

但燕陈早就不想维持这段婚姻了，俞景却不放手。来之前，燕陈和俞景打过电话，一提到离婚，俞景就说“有事”“没空”“再说吧”。

俞公子这么忙，谁知道在陪哪个女人吃饭睡觉。燕陈想了想，于是也不介意屈尊降贵，和和气气地拿着离婚协议跑来让他亲自签一个字。

到顶楼后，向叙去和俞景传话，燕陈倚在奢华包厢的门口，这才轻轻嘘了一口气。见自己的老公，还得找人传个话，燕陈眯着眼，忍不住有些好笑，手里薄若蝉翼的离婚协议轻若无物，这是她下飞机后的第三个小时，大洋彼岸还穿着短袖衬衫，H 市却冷得足可把人冻成冰碴儿。

长廊一望无垠，贴着熨帖的金箔，上面流光换转，悬着名家画作。最前面，有扇窗没关好，北风吹来，将墙面上镶嵌的金箔纸吹得彩光夺目，清明滋润。

离个婚跟打仗似的，真累。靠着门口，燕陈迷迷糊糊有点犯困，可北窗的冷风一阵阵吹过来，吹得她不由得吸口冷气，搓了一下右臂。靠在那儿，还晕乎乎着，她竟没发现在最右侧的包厢，立着个气度不俗的青年。对方身材峻拔，容貌绝美，薄唇含一点笑意，一双黑暗到沉不见底的狭长凤眸，充满侵略性地看着她。

姜薄东来赴一个饭局，没想到在这儿都能被花痴女缠上，谈个合作方案，那女的几乎扑上来了。他被缠得受不了，不耐烦地擦着一脸口红印，一出门，就看见门口立着个妞儿。

她穿着黑衬衫，干干净净地站在门口，洗得发白的紧身牛仔裤，紧紧地包裹住她笔直修长的大腿，完美地衬出她翘挺的臀。盘正条顺的妞儿姜公子见多了，可像燕陈这样神色冷淡，目光毫无波澜，浑身还有一股冷色，他压根儿没见过！

就像是寒冬中忽然喝了杯热咖啡，不知怎的，姜薄东心里暖暖的，又像是有羽毛挠着，忽然有一种说不出的感觉。

与此同时，对面包厢几个醉得云里雾里的男孩也摇摇晃晃地走了出来。

“哟，尖果儿！”不知是谁轻佻地吹了一个悠长的口哨，引得大伙儿纷纷看向了燕陈。

都喝多了，几个男孩们猛不丁看见还有一个穿着黑色衬衫，紧身牛仔裤，看上去跟圣女贞德似的女孩子，脑子都有点炸。

其实也不怪他们，都喝断片儿了，他们连燕陈长什么样都看不清，被肾上腺猛飙的心里就一个心思——是妞儿，可以玩玩儿哦！于是几个男孩把燕陈团团围住，充满酒气的气息喷了燕陈一脸，笑嘻嘻地下手去摸燕陈的脸。

“哟，小妹妹，怎么在这儿待着啊？”

“找不到回家的路了啊？啧啧！瞧这小脸，可怜兮兮的……别怕……哥哥疼你啊！”说着，嘴巴就往燕陈脸上凑。

这边向叙刚出门，就看见这几个不要命的主儿竟然调戏燕陈！

场子里这种事多得很，不管是公主，还是来寻乐子的妞儿，遇见这种喝断片的主儿，莫名其妙地就会搂在一起，只要不闹出人命，基本也没人去管……来这儿玩的还在乎被人占了便宜？玩不起的趁早滚！

可燕陈还真不是来玩儿的，看着挺不起眼，可她是俞景的老婆，燕楚的妹妹，倘若在这儿吃亏，麻烦就闹大了——向叙握住门把手，恨不得一巴掌把那几个人扇下楼去，忽然看见长廊另外一头，一双漆黑冷寂的凤眸正似笑非笑地看着自己。

脑子里像是被一盆冷水狠狠浇了上去。姜薄东！他没看错吧，怎么会是姜薄东？别人不认得姜二少，可向叙绝对不会认错那张脸。二少平时不吭不哈，颇有点文人墨客的清儒气质，可论起古怪，他排第二，也少有人敢排第一。他性子好的时候，你说什么都是对的；心情不好的时候，谁凑上去谁死。

姜二少是个狠角。心狠，手狠，浑身上下没一处不狠！就算是他同父异母的亲妹子在他眼皮底下被人欺负，他都懒得多看一眼，今天怎么有空来看这场戏？向叙脑子里又嗡了一下。

就见着不远处，那个浑身被黑暗笼罩，穿名牌西装，身材高大有型，脸蛋也美得妖孽似的男人在黑暗里点了一支烟。明灭的烟火，徐徐吐出一圈淡淡的白烟，然后再缓缓散尽。

这个男人的眼睛美得仿佛杏花烟露，很有味道，却也充满了浓烈的侵略性，令人望而生畏！

他一眼不眨，津津有味地看着燕陈……眼见男孩们的手要捏上燕陈白嫩的脸蛋，一亲芳泽的时候，姜薄东的嘴角勾起一丝死神般的冷笑，烟头掐灭，狭长的黑眸寒光一闪，走了出来……

这这这……这是准备出来管闲事了？向叙惊吓到极点，这么一惊，忽然发现燕陈并没有挣扎哭闹！

在男孩们还没碰到燕陈的时候，墙边，一直安安静静的燕陈猛不丁地抬起了清透如水的眸子。这一眼，淡漠，无波，却也就这么一眼，姜薄东一愣，心里像是喝了凉水似的每个毛孔都仿佛张开了，叫嚣着移不开眼。

姜薄东见多了绝色，却从未有这个女人如此挠他的心，那燕陈看着小小年纪，只穿一身简单的黑衬衫、牛仔裤，不是很打眼，可黑漆漆的眸子极有灵气——眼睛黑黑的、冷冷的，却亮晃晃得翠色欲滴！这目光不含一丝情绪的波动，却勾起冷面冷心的姜公子心中无限的柔软！

晃神的空儿，燕陈已经闪开了男孩不安分的一双双大手。

“咦？人呢？”燕陈不见了，几个男孩愣了愣，还傻乎乎地看着自己手心，醉醺醺地叫闹嚷嚷。

这时，说话的男孩用料昂贵的手工衬衫猛地被人从后面扯住领子，一个清冷冷的嗓音淡淡在问：“你在找我吗？”

“啊！”惊叫响起，领口勒住了脖子，男孩被拽着往后走，双脚不由得挣扎起来，脸色涨成了猪肝色，口中却还在不干不净地骂着。

“小贱人，还不放了爷……”

砰！一声闷响重重响起，口中不干不净乱骂着，被拖着走的男孩，竟然被一个过肩摔狠狠砸在地上，痛苦的哀号声顿时响彻整个走廊。男孩们都有些发傻，连向叙一扭头看见这一幕，心口都不由得猛地一跳——一个一米七五的大男孩，加加减减也有六七十公斤，结果被燕陈摔麻袋似的撂地上了。

"痛……痛死爷了……"被摔飞的男孩眼泪都要掉下来了，细细的胳膊被人往后扭着。

他疼得额头上渗出来黄豆大的汗粒，酒全醒了。

"爷？"扭着他胳膊的燕陈也不废话，嘴角勾出一丝淡淡的笑意，慢条斯理地捉住这一称呼和他死磕到底。

"松开爷！臭丫头！松开了，爷分分钟弄死你！"

"松开你，你分分钟躺地挺尸。"燕陈眼底根本没多余的情绪，手脚利索地去脱男孩裤子上细溜溜的皮带。

一见她这动作，其余的男孩都愣了。就连叫嚣着的男孩也傻眼了，紧接着勃然大怒，愤然怒吼："你敢扯爷的裤子，爷不会放过你的！"

燕陈也怒了，径自用皮带勒住他的脖子，冷冷一笑说："哦，怎么个不放过我的法儿？说出来听听。"

"啊！"燕陈手中动作一紧，一声惨叫，被勒住脖子的男孩脸都憋红了。

周围断片的男孩们见同伴的脸慢慢发青，发紫，纷纷明白过来出事了，哆哆嗦嗦吓白了脸。

"谁是爷？"慢条斯理的一笑，燕陈可和气了，手中的动作却狠辣得让人胆战心惊。

“您……您……您是爷！”几个熊孩子从来只听说过顽主儿、狂主儿，知道不好惹，可哪里这么硬碰硬地撞上过？一个个脑袋点得像鸡啄米似的，生怕慢一点酷刑就会轮到自己。

“谁是臭丫头？”燕陈和风细雨，优雅地笑笑，继续问。

“我是我是……不不，我们都是臭丫头……”被勒住的男孩眼见口中都要吐白沫了，几个男孩想哭，尊严比得上命重要吗？妈妈呀，这板子是铁浇的，踢着疼疯了。

“知道道儿是怎么开的吗？”

“我错了，不该沾您的道儿，给您请安，不不，是我们都错了，您大人大量，别和我们计较……”几个熊孩子哭了起来。

这时候，为首那个男孩的脸都憋紫了。燕陈看着差不多了，手中的皮带一松，准准地踢在他后背心上。那男孩本来一口气都要背过去了，被这么一踢，疼是疼点，却终于缓过口气，撕心裂肺地呛咳起来。

“滚！”她淡淡丢出个字儿，几男孩哭得稀里哗啦，立刻互相搀扶着起来，跌跌撞撞地往外跑。

不知道想到些什么，燕陈抿着唇，漆黑的眼眸不动声色，还和和气气地笑笑：“丫几个都不会‘滚’，是不是？”这一个“是不是”也没沾情绪，更没有雷霆万钧的气势，却教人魂飞魄散。几个男孩身子一僵，脸色青了，委委屈屈地撇着嘴，抱着头滚了起来。

看着那一个个的“球”，一圈两圈地往前“滚”走，向叙忽然明白楼下找碴的女孩只挨了一个巴掌，简直是燕陈手下留情！什么是硬茬？这就是硬茬啊——混到一定地步，自信张扬，凛冽清淡，是吃不得半点亏！他总觉得小时候一起长大的孩子群里，燕陈不显山不露水，也不出面，就是个面团儿真是大错特错！谁眼睛瞎了觉得燕陈是一软柿子？

不同于向叙皱着眉头冷汗频频，姜薄东的眸光闪动，觉着有趣极了。在向叙眼中，浑身都长着倒刺的燕陈不好惹，可这样一个瘦弱、平凡又秀气的小姑娘，有手段却不过分，该死的对极了姜薄东的胃口。

如果说，刚才的姜薄东只是觉得燕陈对了他的眼缘……那么现在的燕陈可就彻彻底底地勾起了他的兴趣。小姑娘湿漉漉的水眸、红红的小嘴，包裹在黑衬衫底下鼓囊囊的胸脯……

湿淋淋，水嗒嗒，比夏天的冰糕还勾人，像极了小猫爪子，可劲儿挠着心，挠得他快受不了。

走廊中，激光灯缓慢地照着贴着金箔的墙壁。燕陈一回头，看见向叙，眉头一挑，淡淡地问：“俞景怎么说？”

“没说啥……”向叙叹口气，做了个“请”的手势。

燕陈点点头，随手丢掉可做“凶器”的皮带，径自推门而入，从始到终，她都没看姜薄东一眼。

有女的对姜薄东没兴趣，这也是个稀罕的事。

姜薄东长得很漂亮，那是属于那种凌驾于性别之上的美！艳至极，特勾人，而且他身材很好，个子足有一米九，两条笔直的大长腿简直能让青春期的所有小妹妹疯狂尖叫。

他平时不说话，只坐在那儿都会有不少的妞儿春心荡漾，何况今儿个他看着燕陈的目光，是饱含着兴趣的。要一般女的，就算不说犯花痴，至少也会迫于姜薄东的气势，脸红心跳，手足无措，再不然也会多看他几眼，可燕陈就这么狠！她不看你，甚至一点都没察觉出有什么不对，可就这样，才越发有趣。姜薄东笑笑，一双漆黑狭长的凤眸里闪动绝美的光华。

长腿一迈，这位爷直接就过去了。

“东哥。”走到门口的时候，向叙无可奈何地拦了他一把。

“嗯。”某人一门心思搁在燕陈的身上，礼仪却很好，这时候还有心情淡淡掠了一眼向叙。

从他这个角度，却惊喜地看见燕陈的雪白耳珠儿在柔光下，清透得仿佛是一片刚剥开壳的雪白嫩莲子，脆生生的，让人忍不住想含住它。向叙指了指里面，隐晦地解释了句：“这里面以 Sweetheart 为主题，在开派对……”

这话说得闪烁其词。Sweetheart 是什么意思？情人，甜心。派对以 Sweetheart 为主题，明摆着告诉姜薄东，里面花痴泛滥，您小心点儿。

向叙也不想提醒啊，他什么都不怕，就怕姜薄东喜清净，看着一屋子花痴不高兴。十一楼，十一楼，刚才在楼下给燕陈找不痛快的俩小妞，其中一个再三提醒“十一楼”，让女伴不要惹事。为什么？不就是因为十一楼坐镇的大人物，是这些公子哥惹不起的主儿。

一个姜少，一个俞少，俞景发飙他都兜不住场子，何况是东哥，这俩都不好惹。王见王，硬碰硬，向叙可以躲边儿避他的锋芒，可手底下的人可不就惨了，砸了场子，谁高兴得起来。

“无碍。”拨开向叙，姜薄东不在乎。

天哪，这是下红雨了吗？东哥最是洁身自好，居然不担心自个儿被花痴队伍包围了？

包厢里面是欧式建筑，装饰得金碧辉煌，虽灯光很暗，风格却极大气，地上铺着柔软舒适的长毛毯子，天花板高得仿佛看不见顶。餐厅、酒吧、舞池、SPA 吧，甚至开阔的露台，这里应有尽有。

进了场子，向叙说俞景在里面的露台和人谈事情。

燕陈点点头，正准备去露台看看的时候，耳畔忽然响起一个怯怯的嗓音，“呀！小陈姐姐……”一丝儿香风扑鼻，紧接着，一个穿着整齐、容貌清纯无比的女孩子不知什么时候跑了过来，一双小手惊讶地捂住了嘴巴，睁着一双水汪汪的大眼睛，好奇又惊讶地看着燕陈。

那态度那么亲近，可乍见着来人，燕陈皱着眉头，恶心到鸡皮疙瘩都起来了。

“叶浅浅啊。”虽是不喜，她依旧淡道，打了个招呼。

“小陈姐姐你还记得我！”姑娘惊喜地叫了一声，紧接着，羞涩地抿嘴一笑，好像有点不好意思。

燕陈被“羞涩”的眼神恶心到隔夜饭都要吐出来。她如果没记错，这个装扮时尚摩登的女孩叶浅浅是锦绣集团副总裁叶安的养女。

从小，叶浅浅就和燕陈的小姨关系好。小姨辈分大，只比燕陈大三岁，性格活泼，和谁都能玩儿到一起，却唯独和叶浅浅的关系最好。一直以来，小姨总心善地念叨，说浅浅是个好姑娘，身世可怜，长得好，脾气好，善解人意，又细心体贴……她那么喜欢叶浅浅，对叶浅浅掏心掏肺，连少女心事都和她分享。可叶浅浅呢？却仗着那张清纯漂亮的脸蛋，明知道小姨有多爱自己的未婚夫，她还好意思勾引自己未来的小姨夫。然而，最让燕陈愤怒的，却不是这件事。

猛地压下了心绪，燕陈的眼神倏地浓烈漆黑起来。闭上嘴，她不动声色的目光从头到脚又打量了叶浅浅一遍。

“有事吗？”她冷冷地看着叶浅浅。

“小陈姐姐，你的眼神好凶……”叶浅浅瑟缩了一下，害怕地掐紧了心口。

“如果没事，让开点好吗？”燕陈厌极了此人，自然也没什么好气。叶浅浅这是什么意思？把她拦这儿就为了谴责她的目光很凶？叶浅浅两面三刀、钩心斗角的段数什么时候变得这么低了？

“呜呜呜……”话音一落，就见着叶浅浅眼里凝出了湿润的水汽，像是受了天大的委屈似的，身子都抖了起来，“我只是想和小陈姐姐打个招呼，小陈姐姐不要凶我好不好……”

她这么一哭，看过来的人就多了。

“怎么回事？”就在这时，一个略有点玩世不恭气质的俊俏青年匆匆过来，把手中的果饮递给叶浅浅，刀锋似的不悦目光冷冷逼视着燕陈。

对于这种目光，燕陈一点也不陌生，不用问，这绝对又是叶浅浅的裙下拜臣之一。她想不明白，这些男人一个个眼睛是瞎的吗？叶浅浅除了漂亮以外，还剩下什么啊？为什么所有的男人都吃她这一套？

曾经有一不靠谱的哥们儿对燕陈说：“燕陈你别不服气，你没这本事就干瞪眼吧！”燕陈当时被勾出几分兴味，当即便问：“什么本事？”“龙泉三尺剑，枕边一阵风。”“有没有这么神？”“要不你以为你小姨夫焦飞是怎么被勾走的？”

提到这人，燕陈就不吱声了，一开始，在未来小姨夫焦飞和叶浅浅认识之前，小姨和焦飞感情不错，焦飞文质彬彬，有种君子风，真不像是会朝三暮四的人……

她哥们儿也说了：“燕陈，你我这是兄弟，是兄弟才劝你一句——别和叶浅浅对着干，你斗不过她。”

对方说得斩钉截铁，燕陈奇怪了：“我像是好事的人吗？我没事去斗她干吗？”

“不仅不能斗，沾都别沾。”哥们儿沉下脸告诫道，“她不就一妞儿？妞不可怕，可怕的是她裙下臣没有吃素的主儿。名流圈卧虎藏龙，你燕陈不过倚靠着燕氏集团，万一这其中哪家在暗地对你们燕氏集团下一点黑手……正所谓防人之心不可无。”

那哥们儿是个谨慎的主儿，聪明且敏锐，心里也敞亮，他从来不会无的放矢，但他这么一说，燕陈就留心起叶浅浅来了。

第二章　叙旧

燕陈今日不想招事，想了想，退开一步，就准备从边上闪开去露台。可她忍得了，叶浅浅身边的“骑士”忍不了别人这么对待“心上人”，当即挡着燕陈的道，冷笑道：“给浅浅道个歉，这事咱们就这么揭了，否则，别看你是女人，是女人我也……”

“是女人你也怎样？”燕陈很想冷冷讽一句，可没想到，她还没来得及开口，身后忽然响起个金石似的凛冽男嗓，从容不迫地截了某骑士的话。

男人的声音不大，却略带性感的沙哑和低沉，淡淡的笑，仿佛是黑暗中绽放出妖异至极的曼陀罗花，透着浓浓的诱惑，充满磁性的声音好听得让人心都要化了。

叶浅浅是个充满战斗力的女人，眼睛狠狠一亮，像是个找到了好吃甜品的孩子，兴奋极了。

她也蛮能忍的，当即摇摇头，细声细气地说：“没什么，这都是一场误会……我和小陈姐姐闹着玩儿的……”一边说，一边轻轻扯了扯燕陈的衣角，满脸期盼地看着燕陈，似乎想让燕陈吱个声。

燕陈看见她手伸过来，立刻避开了。

“小陈姐姐……”嗲嗲地又叫了一声，叶浅浅泪光闪闪。她就像是一个受到欺负不敢声张的小女孩，看上去柔弱极了，也可怜极了——站这儿的要是别的男人，指不准就怜香惜玉了，偏偏这人是姜薄东。

姜薄东抿紧薄唇，掐掉了口中的烟，忽然一笑：“哦，既然是误会，你怎么还不把你那眼泪咽下去？”

啊……剧情不是这样发展的吧？踢到铁板的叶浅浅愣了下。紧接着，就听见姜薄东用他那低沉好听最适合说情话的嗓音，淡淡地说着冰冷不客气的言语。

“名流圈玩儿得起的妞儿没有这么软弱的，动不动往眼睛里滴几滴眼药水——装纯给谁看啊。对了，你刚叫得跟被人揍了似的，我女朋友揍了你不成，你觉得她有这本事？”

话音落下，在场所有人都倒抽了一口冷气，叶浅浅的脸都白了，护花青年的脸色黑了，

连燕陈都不由得抬起了头。

叶浅浅真倒霉，居然惹上这样的毒舌男。听这男人说话，应该是很爱很爱自己女友，不过，遇见叶浅浅估计也爱不了多久了。据燕陈了解，叶浅浅对男人很有招，别看这男人现在护着女朋友，顶多一个月的工夫，绝对会被叶浅浅勾引到，到时候转脸不认人，希望他不会打前女友！

燕陈手里还抓着和俞景的离婚协议书，脑子一根筋在别的事

上面，有点糊涂了。她小声地感慨着，还特意回头去看了下叶浅浅的下一个目标——昏暗的灯光下，男人很高，站在那里，有一种浓烈嗜血的压迫感。

他双手环着胸，倚着秋千藤架，灯光照着他身上，也仿佛惊艳了时光。他头是低着的，一张脸藏在暗色里，只能看见削薄的黑发，笔直的长腿。这个男人气质优雅如暗夜中的贵族，浑身又透着生人勿扰的危险。

燕陈依稀明白哥们儿为什么会让她别去招惹叶浅浅了，这个随便遇上的人看起来不好惹。也是，不知道什么时候叶浅浅勾搭个狠角儿，就让她吃不了兜着走。她摇摇头，拔脚就走。

身后，叶浅浅问："你女朋友是……"

听见这么柔软的嗓音，嗲嗲地问，燕陈简直想笑。人家这么毁她，这女人居然还装没听见，难怪男人都喜欢她，不过这些和她燕陈都没关系。

"这就是我女朋友。"燕陈正走着，一阵劲风掠过，手臂忽然被人从后面一扯，紧接着，那人从后面揽上她的肩。

怔愣至极，小姑娘一张脸狠狠地撞上一副坚硬有力的胸膛。

"啊！"一声尖叫……哦，别误会，这么大惊小怪的叫声，可不是从燕陈嘴里发出来的，而是叶浅浅在叫。

"不，不可能的！"拼命地摇着头，叶浅浅的脸上写满了震惊。

"浅浅，你怎么了？"护花骑士心疼极了，连忙握住了叶浅浅冰凉的小手，一边焦急亲切地询问，一边恶狠狠地瞪着燕陈。

"哥哥，这……这不可能！"叶浅浅倒退两步，又像是想起什么一样，尖利的指尖就要去抓姜薄东怀里燕陈的胳膊。

她的指甲看上去很漂亮，其实修得很锐，女人之间的小动作，姜薄东见多了，他非常清楚这一爪子下去，即便隔着衬衫，燕陈的胳膊也要多出几道血痕。

“你干什么？”姜薄东冷眸掠去，厉声呵道。

叶浅浅瑟缩了一下，怯怯的，像被人丢掉的小猫似的，细声细气地道：“哥哥，小陈姐姐不可能是你女朋友的……”

“哦？”

“小陈姐姐都结过婚了，怎么可能背着老公乱搞……哥哥，你不要毁了小陈姐姐的名声。你是不是认错人了，像小陈姐姐这样的好女孩，怎么可能和景哥哥这么恩爱，还和别的男人勾勾搭搭。你……你绝对弄错了！”

“结婚了？”姜薄东抿着唇，周围的气压骤然冷了下来。

一听他这口气就知道他不了解燕陈的婚姻状况，叶浅浅微微松了一口气，连忙点头，斩钉截铁地道：“对……都结婚三年了，人家夫妻感情很好呢！哥哥，看你的样子，绝对是弄错人了，你可以把小陈姐姐放开吗，被人看见了，这多不好啊！古话说得好，宁拆十座庙，不毁一门亲……何况小陈姐姐那么爱她老公……”

叶浅浅点到为止。不过这个“点到”，绝对足够令人遐想连篇了。

姜薄东的动作一紧，抱燕陈的动作更猛了，浑身透着疯狂的怒气。

越喜欢，控制欲也就越大，叶浅浅很明白这个道理。

她点火不够，还要添油：“哥哥……你这样，小陈姐姐也会很困扰的，是不是啊？小陈姐姐……”

燕陈莫名其妙地被压入一副坚硬宽阔的胸膛，想挣扎出来，对方力气却大得超过了她的想象，半边脸被紧紧地压着，贴耳听到男人有力的心跳声。

燕陈一下飞机，连觉都没睡就立刻赶到利比亚会所，本来决定快刀斩乱麻，干脆地离了婚，可到底二十四小时都没睡过觉。如今，这样节奏感的心跳声一下下擂鼓入耳，她被压着头，也听不清外面嘈杂的声音，只觉得一下下有力的心跳声仿佛有种蛊惑而安定的力量。小女孩忽然就困了，深吸了一口气，用力地一推，想要挣开这个怀抱，入鼻处却全部都是男人身上好闻的气味。而她那么用力，居然不仅没挣脱，反而让男人更加强势地抱紧了她。

她不由嗯了一声。

这一声，让叶浅浅欣喜若狂，认为燕陈肯定隐瞒了自己结婚的事情！

以叶浅浅阅人无数的眼光来看，姜薄东穿着简单，气质却很出众，包厢的情人队里有那么多妖娆妩媚的尖果儿，可这个男人眼神一点也不飘。看得出来，他应该是喜欢清净，并且很有一些洁癖的。

男人大多数都很讨厌被欺骗，越是强势的男人，越是厌恶被自己心爱的女孩子欺骗。她有十足的自信，这句话说完，姜薄东就会推开燕陈，受到情伤……叶浅浅擦亮了眼睛，等着看燕陈的戏！

却没想到姜薄东淡淡地哦了一声，转头居然问她：“我和你小陈姐姐之间的事，和你这个妹妹，有什么关系？”

这有什么关系？怎么会是这样的？他不是应该一把推开燕

陈，鄙视地扬长而去，然后自己的温柔安慰他内心的创伤……叶浅浅瞠目结舌，哑口无言。

她这种说法，这一套道德观放在外面，绝对再正不过了，任谁听了，都得给她点个赞。可问题是……姜薄东说燕陈是他女朋友，完全是姜薄东的一厢情愿。叶浅浅见姜薄东这么护着燕陈，以己度人，觉得这俩绝对关系很好，哪里会想到燕陈和这男人之间陌路相逢。

连叶浅浅的护花骑士都有点奇怪地看着叶浅浅。为什么？说来有点可笑，名门圈的婚姻是个怪圈！它绝没外界看得那么甜蜜，你看着是和睦美好的一对佳偶……事实上，家暴、出轨又或者没有感情的怨偶比比皆是！叶浅浅也是这个圈子里的人，没道理不明白这个道理啊。

富人区里大多是什么样的夫妻关系？举个例子，在一对外界传言无比甜蜜的模范夫妻身上就发生过这么一件事——女的在国外正参加时装秀，她老公在国内因个什么事被抓了。当时燕陈在国外，就在这位姐姐的旁边，一边看着这姐姐画着设计图，一边接了某个新闻记者的电话，电话那头藏不住的语气轻快——

“× 小姐，对于你老公被抓，而且是在情人那里被抓，你难过吗？”

哦？老公被抓了？还是在情人那里被抓的？这姐姐也是第一次听说，可人家愣是眼皮都没眨一下，一边夹着话筒，一边专心致志地修改着设计图，言辞恳切，隔空对话：“我真没有想到……”

“× 小姐一定很爱你老公了。”

“嗯。”

“大家都是女人，我真的很同情你，× 小姐不要难过了。”

“嗯。”

当时，燕陈对这位姐姐的设计图很着迷，坐沙发上一边翻，一边听那边聊天，这记者很啰唆，隔空采访了大半个钟头，净挑伤疤揭。

老公出轨被全国人民逮着的姐姐也很理解听众的心理，十分识相，从头到尾语气忧伤，听上去就是怨妇、弃妇、下堂妻。如果不是她手中的铅笔一直在设计图上改改画画，目光轻松宁静，恐怕连燕陈都要被她的声音骗过去。

就这么一直采访了将近二十分钟，那记者忽然劈头问了一句:“× 小姐，你准备什么时候回国？”

“回国？”这姐姐愣住了。

“对啊，老公都被人抢了，而且犯事还被抓起来了，× 小姐你不回国看看吗？”

这姐姐脸色瞬间就变了，就连燕陈坐在那么远，都能看见她脸色一脸愤怒，这才算是这姐姐第一次重视到这件事。丢了铅笔，猛灌了一口咖啡，姐姐脸色立刻丰富生动起来：“我知道了，我会看着办的。”她这才是真正有了情绪！

掐了电话以后，怨妇一秒变脸：“这丫被抓了和老娘什么关系！老娘什么时候说了要回国？别说这兔崽子偷吃没抹干净嘴被逮住，就算是出车祸撞断了第三条腿，老娘也不回去！他真是有病啊，老娘时装展马上要开的时候闹出这事，他就不能忍忍，等老娘开完了时装展再去闹？”

对！你没听错，她不奇怪老公出轨，她只是痛恨老公出轨又被抓着，犯事太不是时候了。

名流圈里，夫妻之间的关系微弱如一张纸，一捅就破。在这样的关系下，你指望圈内人把这张纸看得有多神圣吗？

叶浅浅的脸色有点灰败。燕陈虽然不喜欢叶浅浅，但是对于她说的这套婚姻神圣的观念还是很认同的，如今姜薄东这么一反问，她心里就有点不舒服，只当姜薄东是一个对婚姻不负责的男人，当即对他的印象跌入低谷。

叶浅浅和护花使者一离开，燕陈抿紧唇，也没准备多废话，狠狠屈膝，眼神一冷，用力就去踢姜薄东的命根子。

“呀！那女的在干什么？”旁边都有人看见这边动静，尖叫着捂住了眼睛。

姜薄东目光复杂，惋惜地看了她一眼，二话不说，松开手，转身就走。

一踢不中，当事人还没动静呢，路过的人纷纷惊疑不定地看着燕陈，小声议论起来：“那女的出手怎么这么狠，怎么回事？”

“不知道，那男的长得好俊，好像是姜少……”

“不会吧，不可能！不是说姜少最不喜欢参加partty……”

一声惊喘，也不知道那边研究出什么，没声了。只一瞬间，所有人收了目光，纷纷瑟缩着离开。

“请问，是燕小姐吗？”这时候，一个穿着燕尾服的服务生彬彬有礼地走了过来，微笑道。

“对，我是。”

“俞公子在露台，老板让我来引您过去。”一鞠躬，少爷做了一个请的手势。

燕陈点点头，收回目光，找俞景才是正事，她很快把这件小插曲抛之脑后。

此时的燕陈，只觉得姜薄东是不相干的人，根本想不到因叶浅浅这几句挑拨，姜薄东陷入了怎样的挣扎，更想不到姜薄东挣扎了一个晚上，居然会在第二天早上做出一件惊天动地的大事，而这件香艳火辣的事，主角竟还会是她！

相对而言，露台气氛很静，也不知头顶水晶剔透的透明罩子是用什么材料做成的，质地坚韧，冬暖夏凉。夏天，玻璃从中间劈开，绽出夜空中繁春万点的闪烁星子；冬天，合了它，抬头看头顶上方的六棱冰晶。

露台上种着许多翠绿的植物，边上布着许多的小喷泉，在这样漆黑的暗夜里，泉水无声无息地汩汩流出，偶尔喧嚷的水声，听得人心都清透下来。

这么大的露台，只有俞景一桌人。燕陈到露台的时候，俞景眯着眼睛，一只手放在兔女郎的短尾边缘，看上去醉得有些厉害。

“俞少，这事定下来……赔了算兄弟我的，得了利润，咱们五五开……”俞景对面的中年男子模糊说着什么。

离得较远，话音听不真切，燕陈正度量气氛，谈话的中年男子猛不丁抬头看见燕陈，脸色瞬间阴了下来，男子身边脸带伤疤的彪悍汉子冲着燕陈，低声呵斥：“赶紧滚。”

燕陈看都没看他一眼，服务生张了张嘴，还要说些什么，燕陈对他淡淡道：“没事，你先过去吧。”

引路的服务生犹豫了下，看了看俞景那边高壮的保镖大汉，又看了看纤细瘦弱的燕陈，却终于什么话也没说，低头闪开。

燕陈很清楚俞景是个混账，但是这混账就算再无法无天，也没到眼睁睁看着老婆吃瘪他还无动于衷的地步，她看都不看保镖一眼，面无表情地往前走。

保镖傻眼了，平时他这么凶神恶煞一露面，别说是妞，就连男人都得退避三舍。他哪想到燕陈不退反进，真要她走过去，自己的饭碗也就算丢了。

这足有一米九的粗蛮彪汉面色一戾，想也不想，大掌当即往上一抓。

眼见保镖的手就要扣到燕陈肩上，俞景忽然倦倦地说了一句："你来了。"

声音无波无澜，尘埃落定，在得知俞景那些艳史以后，恐怕很多人都会觉着俞景是一个酒色财气无所不沾的人。这样的人，一定丑，怪，胖！因为精力耗得多，眼睛浮肿，脚步轻浮……更有甚者，脾气暴躁，一身的戾气很吓人。可当你真的站在这儿，看见俞景，就会发现天马行空的想象力止于事实。俞景气质清儒，他坐在那里，一只手还搁在兔女郎精致的肩膀上，看上去极其淫靡，可他的神色却一点情欲也不沾！

他肤色雪白，眉毛乌艳，仿佛高山流水，清风明月，浑身都透着一股子江南水乡的秀润风姿。分明是清澈明净，却又优雅从容，极其大气……介于孩子和成人之间的男孩，脸蛋又生得精致好看。你仔细瞧，甚至会以为他年纪比燕陈还要小一点，真是好一张漂亮得让人见而忘俗的脸啊！

他就是俞景。他说"你来了"，燕陈应一声，也不废话，直接道："离婚协议书我带来了，不费你什么事儿，签了字我就走。"

一听这话，要再闹不清两人是什么关系的都是傻子了。旁边一男子几步蹿了出来，笑容满面。

“哟，这是嫂夫人吧。哎，瞧着真漂亮！离婚干吗……能走到一起也不容易。人家说十年修得同船渡，百年修得共枕眠……你们好歹上辈子修了一百年的是不是。小两口和和气气地过日子嘛，给弟兄一个面儿，别闹矛盾……”说着一挤，就把燕陈挤俞景身边。

旁边的兔女郎坐得好好的，却被燕陈这么一插进来，不由得含冤带恨地瞪了燕陈一眼，不情愿地坐一边。

俞景不吱声，燕陈好脾气地笑笑，她挤过来不要紧，可她一坐过来，俞景也把手从那兔女郎的肩头撤开了。那个鼻尖上画着银粉，五官惊人妩媚的兔女郎抓住俞景的手，不服气地瞪了燕陈一眼。

“小情，别闹。”俞景眼底闪过一丝疲倦，温柔地说着，伸手想要拿开，可兔女郎根本不放开他。

气氛一瞬间有点凝重，旁边的老板们纷纷来打圆场，半开玩笑地说：“小情，嫂夫人还在这儿，你这样多不好……”

兔女郎冷冷看着燕陈，忽然冷笑一声道：“你就是燕陈吧？”

“你看看，你都知道这是嫂夫人，怎么还这么不懂事。”大家纵容地来拉兔女郎。

可没想到，这个胸脯高高，五官格外妩媚的兔女郎并不是吃素的主儿，当即站了起来，满脸怒色道：“嫂夫人？嫂什么嫂，我可不承认她是正经的俞夫人！”

“温情。”不等女孩继续爆出什么惊人之语，俞景忽然喊了一声，一眼掠去，眼底透出了些许冰冷的锐意。

“你是我的男人！”被叫作温情的兔女郎红着眼睛，死死地盯着俞景。整个会所，谁有兔女郎那样的胆子，明目张胆地大声对所有人宣布这个男人的归属权。

“别闹了，我可是结过婚的。”

“什么结婚！你不要以为我不知道,你根本不喜欢这个女人。俞景，你睁大眼睛看一看，我哪里不如她！”

旁边的老板们倒抽口冷气，眼睛都瞪大了，就算不知道这几人之间的弯弯道道，但是俞景的脸色实实在在不好看了。

“小情，好了好了，你看看，你这是在干什么呢？”大伙都来拉她。

“好什么好，你们都别碰我！”一把甩开那几个来拽自己的老板，温情眼圈红通通的，扑到俞景身上，捶着他的胸，哭哭啼啼，“呜呜呜……你为什么不和我结婚？为什么是她？我长得明明比她漂亮……男人都是贱骨头，好的不要，偏要去捡烂的，差的……”她一边哭，一边还去亲俞景的嘴。

这景儿够辣，温情原来是那么媚的女孩。这么一折腾，小姑娘衣衫不整的，呼之欲出的小雪兔儿露了大半，这胸有料儿……的确海拔惊人。

燕陈冷冷地环视过那一圈男人，猛不丁地将温情从俞景身上拉了起来。

一声尖叫，温情跟烈日下曝晒过的麦秸秆沾上了火星似的，一下子就爆了，张牙舞爪地要去抓燕陈的脸，哭叫不休：“不要以为你和俞景领过证，你就是正儿八经的俞太太了，我抓瞎你的眼睛……”

啪!

一个巴掌狠狠地甩在了温情的脸上，燕陈冷冷看她，淡然道:“在这里，最没资格叫嚣骂人的就是你。”

温情一下子被打蒙了，从小到大谁不把她当宝贝似的宠着，谁敢碰她一下！她哭泣着，下意识地想扑上去，狠狠抽燕陈，可冷不丁地看见燕陈的眼睛，那是一双怎样的眼睛？琉璃似的清透，却透着令人害怕的淡淡煞气。

温情的心忽然像是被什么掐了一把，不知怎的，脸色煞白，脑子里像是被什么碾了过去，一下子跌坐在沙发上。她脑子里空空的，被燕陈的气势威慑过后，竟生不出丁点反抗的心思。

女孩这么柔弱的作态，让几个老板心都缩紧了。他们心疼地伸长脖子，看着温情捂着脸，在沙发里缩了几下，浑身狼狈得像受到委屈的幼女，心里痒痒的，恨不得当即搂着小姑娘亲几口，揉一揉。

于是一个个又开始数落燕陈：“嫂夫人也是的，小情还是个孩子呢，她开玩笑的话，怎么能当真。”

“人家一漂漂亮亮的小姑娘，脸多重要啊，怎么能照脸呼……”

“俞少，喏，这个拿给小情，让她用冰水敷一下。啧，嫂夫人手够狠的，小情的脸别被打肿了！”

大家真没把自己当外人，忙里忙外，哄着温情，见温情缩得厉害，咬咬牙，就把温情往俞景怀里送。而顺水推舟被人推着，和俞景抱作一团，温情也不含糊，呜哇哇地搂着俞景哭了起来:“景哥哥……景哥哥……”

她好像受到了莫大的委屈,脑袋一个劲儿地往俞景的怀里缩,哭得肩膀一缩一缩的。

几个老板又哄道:“小情乖,别怕,没事了啊,你景哥哥在这儿,我们大家都在啊……”

燕陈抿了抿唇,想笑,却发现自己一点也笑不出来。

旁边几个保镖,惊异地看了看这一室主次颠倒的闹剧,又看了一眼燕陈,嘴巴都合不拢了,直到燕陈一眼扫去,那几个保镖赶紧闭上嘴。

燕陈淡淡道:“等我走了以后,你们爱怎么秀恩爱就怎么秀。”推开挡在自己跟前,戒备地盯着自己的某个老板,她从手包中,三下五除二地把离婚协议书掏出来,按在俞景的眼皮子底下,丢出一个字,“签。”

那几个老板脸色又红红白白的,难看起来,继续劝道:“嫂夫人,男人在外面逢场作戏,几分真心,你这是在干什么呢?”

有人不服地嘀咕:“嫂夫人醋性儿也太大了,小情年纪那么小,你这么大个人,怎么就和个小孩斤斤计较?”

“小孩?”燕陈淡淡地看了一眼说话那老板,那是个眼睛滴溜溜跟老鼠一样转着的中年男人,一双眼睛扎在温情身上,几乎都拔不出来了。发觉燕陈在看自己,那男人这才讪讪地,格外不舍地挪开了视线。

“你怎么说?”燕陈问俞景。

俞景叹了口气,犹豫不舍地看了燕陈一眼,看到她的目光似笑非笑,讥诮起来。他抿着唇,眼神暗淡下来,接过笔,抱紧温情,翻都没翻协议书的内容,径自捏笔签字。

温情从他怀中冒出一个小脑袋，眼珠子骨碌碌地转了一圈，咬了咬俞景的耳朵，甜甜道："景哥哥，你看看内容再签。"

燕陈淡淡而笑，她一句话也不想说，什么也不愿解释，看都不看他俩一眼，黑漆漆的目光抛入了沉沉夜色里。她这样浑不在意，丁点也不关心，看得俞景心中也不知是什么样的滋味——曾经他们不是这样的！

捏着签字笔的手指忽然一紧，俞景的眼神浓烈到近乎悲凉。男孩的手指修长有力，一根根如羊脂玉，在这样淡的灯光下，却依然白皙得仿佛晕出淡淡的薄光。此时，那双手的指节处绷得紧紧的，竟折出了刀锋的锐气。在末页签名的时候，他脸上看不出一点情绪，一笔一画，却笔笔力透纸背。

这气氛略僵。

几个老板不安地过来，也悄悄劝道："俞少，看清楚再签……别稀里糊涂净身出户了……"

"景哥哥，你先别签，等等嘛，我帮你看看……"温情生怕他吃亏，急得扭动着身子，连忙伸手要来扯离婚协议书。

她伸手去拽，使劲一扯，却没拽动那一份薄薄的文件。正扯着，忽然就觉得气压有点低。

一抬头，猛不丁就看见俞景乌亮的眼睛像覆了一层薄冰，一瞬不眨地看着她。

温情也是个人精，她跟了俞景那么久，知道俞景虽然也会为女人花钱，但他的财产什么的私事，从来都不喜欢被女人掌控。眼神一闪，她乖巧收手，抱着俞景的腰，红着脸，又把脑袋扎他怀里了，撒娇似的蹭了蹭。

“景哥哥……”虽然心里急得跟猫爪挠似的，可她也不敢太过关注协议书财产方面的内容。外人眼中的温家的确是有钱有势，可她爹最疼的还是儿子，什么好东西都没落到她温情的手上，所以温情在钱财方面还是有点贪的。她跟俞景好，一方面是因为俞景长得够漂亮，身世也配得上她，但是更多的原因还是因为俞景有钱。万一燕陈在协议财产上面动点手脚，那……温情不敢想，心里急得更厉害了，两只小手不由得紧紧地抓住了俞景胸前的衣角，恨不得当即抢了协议书，仔仔细细看清楚。在她心里，俞景人是她的，钱也应该是她的，她一分钱都不想给燕陈。

就在温情心里挣扎得几乎劈裂了她的神魂的时候，俞景已经签好字了。落笔的刹那，连喷泉水声都静了下来，温情心里堵堵的，忽然间什么力气都提不起来了。

“多谢俞公子高抬贵手，放我一马。”燕陈笑笑，打趣了一句，仔细看过俞景签在末尾的名字无误，这才将协议书收好，朝着俞景点点头，转身离去。从始至终，没费她什么口舌。她本来以为会有一顿好磨，毕竟自个儿可是一个绝好的挡箭牌，能挡莺莺燕燕、家中长辈们的念叨。可没想到，她说签，俞景二话不说，果然就签了。

燕陈的脑子中忽然想起色彤的话：“H 城，唯独咱们俞少算得上响当当的男人，不磨叽。”

一直以来，燕陈从不信这个说法，她总觉得俞景脸小，看着年纪小，性子也模糊。燕陈和俞景为了某种目的结婚，两人井水不犯河水，从未互相了解过。他们之间唯一的纽带，就是色彤，维系两人三年有名无实婚姻关系的原因，也完完全全只是为了色彤，如今燕陈要来离婚，还是因为色彤。

那个已经死掉的女人，无论是在燕陈或者俞景的心里，都占着或多或少、或大或小的一席之位，燕陈喜欢她，俞景尊重她。

燕陈私心里看不上俞景，她认为俞景就一绣花枕头，这个漂亮到有点过分的男孩性子和软过头了。她觉着俞景配不上色彤，色彤那样的姑娘，应该配一个稳重、大气、讲情义、智商情商都很高的男人，而俞景还是个孩子。但只有色彤，会笑得眼睛弯成月牙，搂着她的肩，悄悄地说："小八你可别瞧不起俞景，这货是个男人！"

为什么是个男人？怎么样是个男人？色彤也不说，只是捂嘴笑。色彤把俞景爱到了心尖尖，可是俞景呢？却淡然如水……对什么都仿佛毫不在意的样子。

这就不是个良配！但凡牵手谈恋爱的，哪里有人和俞景一样，对什么事都漫不经心的。

燕陈不待见俞景，色彤劝了许多次，却于事无补，男友和闺密死都聊不到一起去。

色彤当初还半真半假地打趣："哟，这敢情好！人家说防火防盗防闺密！我这闺密都不用防了。"

燕陈当初在看书，当即横了她一眼，冷笑："滚一边儿去。"

候机室里，色彤拉着燕陈的手，半真半假求她照顾俞景。

燕陈继续冷笑："你胆儿真肥啊，托闺密照顾男友，你不怕我和叶浅浅一样，照顾照顾就照顾到床上去了？"

叶浅浅和燕陈的小姨就是闺密，结果小姨把未婚夫焦飞托叶浅浅照顾，回来以后人家床单都滚烂了，一对佳偶变怨偶。色彤本来想生气，可心里不知怎的，狠狠一缩，惆怅地笑：“真照顾上床也好，我要不在了，你代我去爱他。”

这话说得不拿燕陈当人看，别说燕陈对俞景没兴趣，就算是有点兴趣，难道还真能做那种不要脸的事？燕陈抓着书去拍她的脑袋，拍得色彤连连求饶，两小姑娘闹得气喘吁吁谁也提不起一分力。

因为小姨的原因，燕陈很厌烦闺密和男友搞一起这种事。那是燕陈第一次怨怪色彤，她肃着脸，当即就说了：“以后这种话，你再说一次，我们连朋友都没得做，你知道我最讨厌什么。”

“可是小八，俞少他……”

燕陈不吱声，只拿眼觑她，那眼神冰冷如刺。色彤抿紧唇，不敢说了。

不过色彤登机前，燕陈收到她最后一条短信：“小八，帮我照顾俞景。”

你看看色彤，到最后还没断了念头！燕陈气得删了短信，删了色彤的联系方式，连色彤临上飞机前最后一通电话都没接。谁都想不到，这竟然会是燕陈和色彤的最后一次对话。

飞机失事，这种三百万分之一的概率，竟然就被色彤撞上了。

燕陈删了色彤的联系方式，关了手机，自己跑农家乐玩了半个月，她是最后一个知道消息的人。当时小小的燕陈惊呆了，她从来都想不到人命如此单薄如纸，脆弱如冰，她想不到半个月之前还和自己一起喝酒打架玩股票的女孩子，说没就没了。

她整个人仿佛被雷劈了一样，色彤的妈妈抹着泪，带她去了女儿的墓前。燕陈想哭，却哭不出来，失魂落魄，浑身都和被冰水淋了似的，一过去就看见墓碑前面立着个挺拔瘦削的影子，那是俞景。那时下着大雨，俞景没打伞，半大的孩子，脸色苍白得吓人，雨水从发梢衣角滴下来，他整个人仿佛死了似的，抿着唇什么话都没说——即便狼狈成这样，可那个孩子……眉眼中依稀是惊人的美丽。可惜当时的燕陈压根儿就没注意到俞景。想来，俞景也没注意到燕陈。

色彤说："小八，帮我照顾俞景。"

燕陈内疚地低下头，她想，她可能永远都无法遵从色彤的嘱托。然而世事无常，她根本想不到她和俞景会因色彤而熟识，拧成一团纠缠的乱麻。俞景和燕陈每年都会来扫墓，有时候碰上了，点点头，碰不上，却也是前一脚后一脚的区别。

后来的人，总能看见色彤的墓碑前祭有她最喜欢的百合花，也有她最喜欢吃的果子。两人从未说过话。他们就像是平行的两条直线，熄灭了心中的火苗，永远都不可能产生任何的交集。

直到色彤出事的三年以后……

第三章　当时年少

俞景要结婚了！结婚的对象却是色彤还在的时候，就和俞景有些纠缠不清、黏腻不已的叶浅浅！燕陈闻讯后气急了。这个世界上，无论俞景和任何人结婚都没关系，可那人绝对不能是叶浅浅！色彤活着的时候，就特别讨厌叶浅浅。

燕陈记得很清楚，一次他们在郊外的别墅聚会，色彤喝了许多酒，迷迷糊糊的空当，接了个电话，回来以后脸色就有点难看，路都走不直了，伸手还去在手包里翻翻找找着什么。燕陈也喝多了，看见她摸摸索索在手包里翻找东西，没太在意，等过了半小时，不见她回来，琢磨出有点不对。

揉揉太阳穴，到窗边一看，她傻眼了——院里那辆悍马呢？没了！再一找色彤，问谁都说没看见这妞儿。原来色彤那妞儿喝多了，傻乎乎地掏钥匙把车开走了。酒驾！这得闹出大事。燕陈惊飞了酒意。

果不其然，当晚燕陈就在病房里看到了撞得骨折，打了石膏的“怨妇”色彤。

小姑娘恨铁不成钢，也不管周围有没人看见，点着蔫了吧唧的色彤，口不择言，直骂：“你知不知道酒驾什么罪？这车怎么没再撞严重点！撞轻了都不长记性！真应该把你丢牢里关一阵。”

路过的老太太听见这边病房有声音，从门缝一看，就看见俩小姑娘。一个打着石膏，容貌娇艳，神色有点蔫蔫的；另外一个纤细瘦弱，脸蛋白白的，看着很不起眼，可眼眸却亮得惊人，灵气极了，再一听内容，嗬！骂酒驾。小姑娘骂得还蛮凶的。

这个岁数的年轻人都喜欢追求速度和快感，酒驾什么也不当回事，像是燕陈这样原则分明的小姑娘，凤毛麟角。老太太瞅着燕陈乐呵呵的，越看越喜欢，当即就问搀着她散步的护士：“这丫头是谁家的？”

那护士一看，也乐了：“哦，这是燕家的女孩。”

老太太还准备继续问几句，那边损得跟鬼似的色彤，被燕陈点着点着，哇的一声就哭了。这一哭，不仅把路过的老太太给吓跑了，也把燕陈吓着了。收回手，燕陈真没同情心，神色古怪地嘀咕了一句：“不会真撞傻了吧？”

“呜呜呜……小八，俞景一哥们儿和我说俞景喜欢上叶浅浅，要和我分手！”

色彤从没哭过，那次哭得撕心裂肺。从她绝望悲愤的描述中，燕陈这才知道原来是为了俞景不被叶浅浅抢走，色彤连命都不要了。后来，俞景那哥们儿红着脸跑来道歉，解释清楚了，大家这才知道原来那哥们儿是在和人玩真心话大冒险，他倒霉得折腾到大冒险，作为惩罚人，叶浅浅要求这哥们儿打电话给色彤，其实只是个玩笑，没什么大不了。

这段话的女主角要是别的女人，色彤不在乎，醉醺醺的，没准大大咧咧地回一句：“啥时候喜酒，记得请我！”偏偏他说俞景和叶浅浅好上了，色彤酒意都惊醒了，冲动极了，稀里糊涂就酒驾闯祸了。

车祸当天是色彤毕业典礼，不仅有谢师宴，还有同学狂欢聚会。色彤喜欢喝酒，叶浅浅绝对不会不知道，可叶浅浅选择在那个时候,诱着俞景的哥们儿说那样子的话怀着什么目的一目了然。幸亏色彤酒驾只撞骨折了，没伤性命，这是不幸中的大幸。

在那以后，色彤陆续又出过几次事，这些祸事的背后，依稀总能看见叶浅浅微笑柔弱的身影。燕陈根本想不出一个那么小的女孩子，看着娇羞可人，脑子里怎么会有那么多的狠招儿。是，你叶浅浅喜欢俞景，光明正大去争啊，背后做这种小动作，心得有多毒。

色彤去世的第三年，俞景和叶浅浅的婚事才透了个信，燕陈立刻寒着脸回国了。

燕陈知道人家订婚了，自己做情人很无耻。一对“相爱”的情侣，她从中插一竿子简直罪不可赦。可是，她这辈子便是毁了一切原则、是非、教养、礼仪，也要像一根尖锐的刺，狠狠地插在俞景和叶浅浅的心头肉里！

所有的规矩道德，都抵不过燕陈心中纯美无瑕的伊甸园——俞景绝不能娶叶浅浅！

指甲赫然扎破掌心，燕陈的脸阴得可以滴墨。你可以骂她燕陈不要脸，你也可以骂她燕陈可恨，可恶，可悲，可叹。色彤救过她的命，色彤这一生只求过她一件事——求她帮忙照顾俞景，燕陈当初没同意，并且听之任之，冷眼旁观俞景游戏人间。看吧，报应来了！俞景真的要娶叶浅浅了！

冷不丁地从回忆中挣出神，回想到自己曾经做过的事，燕陈狠狠地抹了一把脸，从服务生的手里接过自己的羽绒衫，穿好了，大步不回头地走出利比亚庄园的大门。此时的她，绝对想不到楼顶上，有一双纯美的眸子，正阴沉地盯着她。

“浅浅姐，她都出了会所的门了，给她下药有点不好吧？”在那个穿着剪裁合身晚礼服的女孩身后，一个长手长脚，脸蛋雪白的男孩犹豫了一下，叹了口气。

“让你去就去，这么啰唆干什么？”

“浅浅姐你从来都不和人结怨，这次怎么这么恨那妞儿啊！不是说她是俞少的老婆？俞少都不喜欢她。一个懦弱胆怯的下堂妇，里子面子都没乐儿，浅浅姐干吗要斩尽杀绝，非得闹她个身败名裂？”男孩还留有最后一分怜悯。

俞景这门婚事，H城很多人只知道燕陈是个倒霉可怜的弃妇，结婚当天就被老公嫌弃了……其余的，就都不知道了。对于燕陈，大部分人只抱着看热闹的心态，不过想知道燕家的千金会被人作践到哪一步。

看热闹和亲自下手去害人，那是两个概念。男孩五官极秀气，年纪轻轻，还不想脏了自己的手。

“你不去的话，我也不是没人可用。”一瞬不眨地看着楼下某人的女孩淡淡说道，她的声音柔软娇美，听得人心里很舒服。

可她说着这样和和气气的话，语气中不自觉透露出的冷意，却让她身后的男孩眼神赫然一凛。

“浅浅姐……”

“你出去吧，我以后都不想再看见你了。”淡淡地丢了个逐客令，女孩依旧没有回头，她粉光致致的肩头在水晶吊灯下露出一截雪白。

这女孩美得耀目，让人几乎移不开眼，可是……这场子里最不缺的就是尖果儿！活泼的、文静的、风趣的、大气的……什么样的女孩没有啊，男孩其实很不明白那么多漂亮妞儿，成哥嗅蜜、摘果，就只看中了叶浅浅！叶浅浅平时看着挺柔弱的女孩，真下起手来天崩地裂！

男孩心也有点软，他和燕陈也没仇，第一次看见燕陈，只觉得燕陈黑发黑眼，穿着简单普通，一张小脸秀秀气气，气质极其干净，和场子里浓妆艳抹的妞儿一点都不同，很不起眼的感觉。

燕陈的纯，和叶浅浅的纯是不同的。叶浅浅的清纯是指脸，纯得不沾人间烟火似的；而燕陈的纯是出于气质，清淡比水还透彻。这么一个干净的女孩，很容易被场子里各色美人缭乱了眼，进而被人遗忘，忽视。男孩本来也没注意到她，可一想起她的婚姻，就有点同情了。

他不想朝燕陈下手，但惹恼了叶浅浅，往后在成哥面前，他恐怕更无法出头了。男孩叹了口气，妥协地低声道：“浅浅姐，把药给我吧，我总会有办法让她吃下去的。”

燕陈就是在这样的情况下，被人狠狠地撞了一下。从会所出去，那么窄一条路，她都不知道那男孩是从哪里蹿出来的，那孩子满身的寒气，撞了人以后，眼底掠过一丝内疚，低低道了个歉，扭头就跑。那速度，快得和泥鳅似的，燕陈还没察觉出什么不对，人都已经跑远了。

地上还留了一串亮晶晶的钥匙串，燕陈在国外只是正正经经地读书，对国内会所的“乱”，并没有太多的了解。刚签了离婚协议，她神清气爽，心情很好，根本就没想到四通八达的大街上，居然还会有人当街迷人。她好脾气地捡起钥匙，正准备追出去交还给男孩的时候，钥匙串上忽然冒出一股甜腻过分的香味。再然后，她脑子里嗡了一下，像是有无数的礼花绚丽地绽放，稀里糊涂下，眼前一黑，整个人都没知觉了。

鹅毛大雪一片片落下，没有人发现，在燕陈昏倒的身旁，缓缓停下了一双穿着黑色军靴的大长腿。

燕陈在浑浑噩噩中做了一个梦，她梦见牢牢锁着自己的一条锁链，被人用钥匙解开了。不记得具体发生了什么事情，只知道这一刻她期盼了很久，锁链从手腕上卸下的瞬间，说不出的高兴。高兴中，又恍恍惚惚梦见俞景！

可……这种时候怎么会梦见俞景？在梦里遇见俞景，显然不是一件值得高兴的事。

燕陈皱着眉头，心里有点不舒服。依稀里，俞景还是三年前结婚时候的模样，他穿着熨帖笔挺的西装，一张清艳绝伦的脸上勾出淡淡的笑意，仿佛一幅清远明丽的山水图；他在自己的婚床上，和两个伴娘交缠如蛇。

那一套婚房，其实是她买的。那张婚床，也是她最喜欢的天然椰棕海绵垫，上面铺着玫瑰色的被褥。这是她给自己准备的结婚礼物，却因为匆匆结婚，全部便宜了俞景。燕陈心里憋屈极了，看着看着，就觉着哪里不对，俞景明明是在和伴娘滚床单的，可为什么……她觉得一双冰冷的大手从胸前划下，落在她翘挺的臀上拍了几下。

“燕陈？醒醒。”模模糊糊中，有一个低沉磁性的好听嗓音轻声呼唤。本来在梦里，感觉没那么清晰，如今被这么一拍脸颊，她浑身仿佛被一把大火轰轰烈烈地引炸了，从小腹处升起了说不出的热意，直往五脏六腑燃去，像是无数只小蚂蚁啃着，又麻又痒，说不出的燥热难受，细细的胳膊不由得往上一搂，也不知搂住了什么……

一声倒抽冷气的声音，凉凉的，几乎就在耳珠子边上吸了一口。意识混沌时，她还听见噔噔噔下楼的声音，紧接着一个略显尖锐的女声不高兴地在说：“哥，你怎么把这玩意儿带回来了？”

“什么玩意儿？我看看……哟，眼熟！这是燕陈吧。”又一个声音传入耳中，这是个文质彬彬，极学者风的少年声音。

一团影子徐徐地晃了过来，燕陈的胳膊软软地垂落，总觉得有什么在扯着她。

“姜隅你给老子滚远点！”头顶上方，一个低沉冷锐的男嗓不快地喝道，那声音如雷鸣一般，炸得燕陈心中禁不住一个哆嗦。不知道是不是错觉，在她哆嗦之后，身上被搂抱的力道紧了紧，臀部的大手近乎发烫地紧紧贴着她，烫得她心里更似和虫子啃了似的，好难受……

“哥……你小气什么嘛！不就是个女人，你让我看一眼呗！”

那少年可怜兮兮地说。

“你听不懂人话？”似乎是察觉到怀中小东西的不安，这回那个低沉悦耳的男低音没有吼，只是轻描淡写地丢出了一句话。可旁边的少年仿佛被什么洪水猛兽追着似的，慌忙往后跳了一大步：“哎，二哥，你别这么看着我，我怕……”

燕陈的意识混混沌沌，不知道外面发生了什么事，只觉长风一掠，有什么紧紧遮住了自己大半个身子。

“热……好热……”少女柔嫩的唇湿湿的，嘟囔着，不舒服地挣扎着，浑身都起了一层薄汗。

“乖，别怕，一会儿就好了。”那个声音温柔地在她唇上点了一下，轻声安慰。

姜玥搓着手臂，瞪大了水汪汪的美眸儿，大惊小怪，酸溜溜地道：“二哥，您这可真从神坛上跌下来了！我还当您崇尚柏拉图式的精神恋爱，清心寡欲呢。哎，别动，就那姿势，你让我拍张照先。”

女孩拿着手机，咔嚓咔嚓就拍了起来，一边拍，一边嘀咕：“这照片要传微信，得多少妞儿伤心地跳楼……”

这边，姜隅也喝着水，趴边上看着燕陈，格外稀奇。

“二哥，不是我说，这女的长得不好看，瘦瘦小小的，看着身上也没什么料，二哥你居然带她回家，你这是被人下迷药了吧！”

兄妹都不是省油的灯，一个个念叨不绝于耳。姜薄东把燕陈抱怀里，抿着唇，一双鹰隼似的利眸一瞬不眨地看着怀中的女孩，心想：他恐怕真的被下药了！否则，又怎会明知道燕陈是有妇之夫，却还忍不住对她心动，甚至觉得她浑身上下无一处不可爱。

这种奇怪的体验，是他这辈子鲜少遇见的，更确切来说，是前所未有的！

他忍不住又亲了一口怀中少女的小嘴，把她乱挠乱抓的小手紧紧压在自己的胸前……

天色已晚，闹腾了大半夜，现在是凌晨两点时分。透过客厅的窗户，外面的夜沉沉的，有大片大片的雪花落下来，反射着白茫茫的一片。大宅里面，水晶吊灯亮堂堂的。于是，外面的景也灰扑扑的，显得格外安谧。

姜薄东有一个弟弟，一个妹妹。弟弟姜隅十七岁，从小就爱看书，但是身子比较弱，典型的文弱书生。而妹妹姜玥今年十六岁，一头利落的短发，小脸白白净净，肉嘟嘟的，还有点婴儿肥。小姑娘半夜三更地被三哥喊起来看热闹，还有点困倦，手机冲着燕陈又拍了几张照片，就忍不住缩在沙发上，又想睡，又有点舍不得二哥，一双眼睛圆溜溜的，好奇又不满地盯着燕陈。姜玥有严重的恋兄情节，她从小最喜欢的就是二哥了！

二哥学习好，当过兵，长得好看，体格也健壮，而且作风特别正派，在孩子堆里，简直像标兵模范！别说他们崇拜着了，就算是别的院子里你去问问，有哪个女的不喜欢她二哥。

这样的哥哥，绝不能被狐狸精勾走了！

这时候，家里的保姆夏姨拿着温开水、药箱、湿毛巾、冰块什么的过来了。她一来，姜玥高兴起来："夏姨，你看，我哥把什么女人都带回来了。"

保姆夏姨是一个脸蛋圆圆的妇人，约莫四十岁的样子，胖乎乎的，笑起来有两个酒窝，看起来和蔼可亲，很让人舒服。这时候，她正利索地把冰从器皿中弄出来，没来得及抬头管姜玥。

姜隅推了推鼻梁上的金丝眼镜，对妹妹露齿一笑，挽着那妇人的手说："二哥带女人回来，这样才好！免得爸妈还有夏姨总担心二哥以后找不到老婆。哎！姜玥，你说这女的，当我们二嫂怎么样啊？"

"你不说话没人把你当哑巴！"姜玥气鼓鼓的，没好气瞥了小哥一眼。不过气归气，姜玥心里门儿清，夏姨来了，那狐狸精就算有天大的本事，也勾不走二哥了。

两孩子特别高兴地跟在夏姨后面等着，一个为可以近距离看到 H 城里有名的怨妇是什么样子而开心，另外一个则是希望夏姨快点把燕陈给撵走！

喂了解药以后，药性还有一阵子才能起效果，夏姨本来准备用毛巾给燕陈擦擦汗，然后裹着冰块，给她擦擦身子降降温，结果被两孩子扯过来扯过去，手里的活都干不好了，不由得无奈地笑笑。

"大晚上的，三少爷和四小姐不睡觉，在这儿闹腾什么。"

"你看那个！"两人呢齐刷刷地抬头，一大一小两只雪白的手拼命往昏昏乎乎的燕陈的身上指。幸而燕陈神魂出窍，混沌不清，否则哪容得下熊孩子用手指对着自己戳戳戳。

姜薄东一手抱着燕陈，忍着她在自己身上蹭，一边狼狈地用指腹揉着太阳穴，沙哑着嗓子，略微疲惫地道："夏姨，麻烦您大半夜起来了。"

"二少爷把人交给我吧，我给她用冰块覆额头，洗个凉水澡什么的，这热一会儿就下去了。对了，还有温水，多喝一点，压下去就好了，您别担心。”说着，夏姨好脾气地准备接过燕陈，却被姜薄东从旁边闪了闪。

这个美艳得惊人的男人抿着微微泛白的薄唇，一双眼睛黑漆漆的，静默清淡地看着怀中女孩。许久，他才沙哑着嗓，闷闷道：“夏姨把东西搁着，夜也晚了，我知道怎么做了，您快去歇着吧。”

“可是……”

“没事。”快速截断夏姨的话。姜薄东被燕陈蹭啊蹭的，都蹭红了眼睛，天知道得费多大力气他才能镇定自若。

姜薄东是夏姨看着长大的，这孩子从小到大，就特别有异性缘，小时候就经常被同院的小姑娘搂着悄悄亲一口。长大了，也有女孩会忍不住红着脸，在他脸上留下口红印。你看着二少爷好像对什么都不在乎，好像随便娶哪个女孩都一样。可夏姨很精的一双眼睛却知道二少爷只是谁都没看上。

姜玥睁着双亮晶晶的大眼睛，拦在夏姨的跟前，嗲声嗲气、软绵绵地撒娇道：“夏姨，你别走，你要去睡觉了，二哥还不知道做出什么事呢！我才十六岁，看哥哥和别的女的滚床单会长针眼的啦……”

姜隅一口水喷出来，搂着妹妹的肩膀，这个儒雅的少年笑得不行。

“哎，小丫头，来来来，你和我说道说道，你是准备长个什么样子的针眼？”

“姜小四！”姜玥瞪了他一眼。

“别叫了，这么晚，你叫魂啊，吓人！”

“你……”

“听小哥哥一句话，二哥猎艳，咱们这种做人弟弟、妹妹的要体谅。这女的就是长成夜叉、飞机场，只要二哥喜欢，那就行了。现在看完热闹，都回去睡觉……夜还长，你别和我说你不困。”

这分明是一个看上去瘦小的少年，可力气倒是不小，一把将妹妹抓住了，二话不说，就往楼上走。

“小哥哥放了我……”

“逗我。”

“二哥还在下面！”

“我眼不瞎。”

“二哥在楼下不重要，重要的是‘狐狸精’也在楼下！”姜玥说得很严肃，满头大汗，扑腾着拼命挣扎。

“你喊那女的狐狸精，小心二哥生气。”

“就是狐狸精，你不说她是燕陈吗？燕陈是圈子里有名的弃妇！你别坑我不知道。”

两人吵吵闹闹地上楼了。

“咳咳咳……”另外一边，燕陈喝了水，许是呛着了，不由得咳了起来。姜薄东急了，慌忙抚着她的背，仔细地帮她顺气。

一个浑浑噩噩，万事不知；一个清清淡淡，体贴从容。

雪还在下，大厅中暖气很足。夜正浓，所有的暧昧、柔情、温淡，又或者爱情，都在悄无声息地发生。然而……这世上不是所有的爱情都是一帆风顺的小团圆，也不是一个足够优秀的人喜欢上某个人，那就是至此剧终，大团圆结局。

花开两朵，各表一枝。

大雪漫天，将整个 H 城笼上了一层茫茫的白。

此时，天还没有亮，某个破落胡同院子里，一个穿着简陋单薄的孩子从柴房中推门而出。那是个八九岁的孩子，脸颊瘦得没二两肉，寒风呼啸吹过，小家伙冻得脸蛋红通通的，哆嗦着，连眼睛几乎都睁不开。

外面黑漆漆的，偶有几声狗叫的声音。那声音，仿佛是催魂铃铛。小家伙一个激灵，惊恐地瞪大了眼睛，咬咬牙，迎着外面茫茫的风雪，深一脚浅一脚地出去了。他很困，也很累，而且饥肠辘辘，冷得不得了。可他知道，倘若在天亮之前，不把门口的积雪扫干净，把院子里的水缸盛满水，再煮出一锅米粥，他今天就来不及去上学了。

他叫唐阿水，今年十岁，小学四年级。爸妈走得早，家里就只有他和姐姐相依为命，守着一套待拆的小院子。姐姐比他大六岁，是个活泼开朗的女孩子，人又聪明，学习成绩也很好，而且长得很漂亮！其实他们就这么过下去，虽然很苦，却也不至于活不下去。事情是发生在一年前的。

那天早上和今天一样，天色蒙蒙的，没有亮。唐阿水小朋友还在被子里，睡得迷迷糊糊的时候，大门忽然被人砸得砰砰砰直响。老屋子年久失修，很快，从天花板上簌簌地落白灰。

邻居早就说过，各地新闻总爆出什么什么地方，一家几口被杀了；什么什么女孩，去麦当劳吃个饭就被打死了；火车站什么什么样子的暴动……邻居大妈好心，目的是告诉阿水在外面要小心。

可这些新闻无疑加重了阿水心中的恐惧。他脑子里嗡了一下，冷不丁地就想起那些奇奇怪怪的可怕报道。这时，床头忽地往下一沉，小家伙害怕得刚要尖叫出声的时候，破旧的被子里，他的嘴巴一下被捂住了，熟悉的皂角味扑入鼻端。

“阿姐。”小东西眼圈一下子红了，想蹭到姐姐的身边。

“阿水，你听姐姐说。一会儿你躲在床铺底下，不要出来，无论发生了什么，都不要出来！”

他被姐姐抱起来，胡乱地被塞进床铺底下。床铺底下好冷，一股凉意冷不丁地顺着手掌，蹿入了心间。

“姐姐，外面……”外面到底发生什么事了？为什么有人在砸他们家的门？阿水扯住姐姐的衣角，惊恐地睁着一双黑黑的眼睛，还要说些什么，却见阿姐把煤油灯放在一边，轻轻地摸了摸他的脑袋。

煤油灯下，阿姐的脸色蜡黄，没一点生气，很难看。然而，她的眼睛却比星星还亮，

阿水从没看见姐姐的眼神像现在这么亮过。姐姐笑笑，轻声道：“阿水乖，不要怕。往后姐姐不在了，你就去叔叔家里寄住一阵子。”

“阿姐你要走？”

“大约三年以后，姐姐就回来找你了……”

砰砰砰！门外，一个粗犷的嗓音不知冲着谁在喊：“唐小舞这臭婊子是住这里的吧！弟兄们给我砸！我就不信她今儿个还能逃了不成！”

那天，坏人们砸坏了家里的锅碗瓢勺，劈碎了他们家唯一的沙发，踹了好几脚床，把家里翻得乱七八糟。阿水失去了自己温暖的家，他像货物似的，被人带着来回地跑，在许多高大漂亮的

建筑物里，缩着头，怯怯地跟着走了许多的程序，所有人看着他的目光，又是怜悯，又是冷漠。到最后，兜兜转转，他又被送到了满脸嫌弃的二叔的家里。

隔壁王奶奶说，阿姐犯了事，所以被警察局的人捉去坐牢了，具体问犯了什么事，没人知道。

阿水一边想着姐姐，一边握着竹条制成的扫帚扫雪，被寒风大雪冻得十根手指肿得跟红馒头似的，又痒又疼，裂出一个个小口子的时候。就在他难受地对着手心呵热气的时候，身前的风雪忽然被遮住了。

抬头，一个身量纤细，穿黑色风衣极年轻的女子淡淡地看着他。

“小朋友，你认识唐阿水吗？”这是那女子说的第一句话，见他愣愣地不回答。她缓了缓，继续又问了一声：“哪，你知道唐福是住在这里吗？”

阿水这才反应过来，惊讶地抬起头，不可置信地看着眼前穿黑风衣的女孩，脱口就道：“你找我二叔吗？那你得等一下，二叔一般要七点半才会起来。”

二叔？他喊唐福二叔？这就是唐小舞的弟弟吗？不是说有十岁了吗？怎么看起来……才七八岁的样子？

燕陈揉了揉额角，定了定神，静静地看着眼前的男孩。男孩明显有些怕人，瑟缩了一下。燕陈移开目光，淡淡应了声：“嗯。好的……”

燕陈知道自己很冲动，不应该这个时候来找唐小舞的弟弟。可醒来以后，她脑子里像是有大象在跳钢管舞，整个人都不是自己了。回国以后，燕陈就两件事迫在眉睫，必须要办：第一，和俞景离婚；第二，就是找到唐小舞的弟弟——唐阿水。

昨天，第一件事应该是办漂亮了。她本来应该睡好觉，第二天在一个饱满的精神状态下去办第二件事的，结果却糊里糊涂地根据手包里的地址过来了。为什么会过来，这就得从头说起了……

燕陈知道昨晚上自己被人下了药。但药是怎么解的？不知道。她低头看了看衣衫，除了外面的外套被脱了，贴身的衬衫、牛仔裤虽然皱巴巴的，却都还穿得好好的。揉了揉酸涩的脖子，一身的黏腻沾在身上很不舒服。浑浑噩噩地过了一晚上。作为一个爱干净的女性，她知道自己应该回到公寓，随便泡个澡，然后好好地睡上一觉，补一补精神。可……眼角的余光扫到身后不远处那个身材高大挺拔，浑身上下充满了爆发力，五官又艳丽得近乎妖孽的男人，她的额角不由得抽搐。

你让她现在怎么回公寓？带着身后的“拖油瓶子”一起回公寓吗？

凌晨时候，燕陈衣衫不整地从这个男人怀里醒来。她从没遇见过这样的事情，脑子里糊了一下，下意识地想尖叫，然后一个利落的过肩摔，狠狠地把占她便宜的男人给揍一顿，理智压下了尖叫，却没压过本能动作，她胳膊一扯，没扯动男人。对方好像明白她想的是什么，淡淡地朝着她点了点头，松了手。

身侧的压迫感骤然一空。燕陈抿着唇，以为自己吃亏了，真的想揍他啊，可学了十几年的防身术对这个五官艳丽近乎妖孽的男人一点用也没有！

哥哥曾说过：“谁欺负你，你就揍他，揍不过的有哥呢……别怕。”

小时候，燕陈也问：“如果你不在呢？”

她哥用看猪的目光看她，当即丢了一句：“我不在，你又揍不过人家，肯定得忍了。”

燕陈忍了一早上。忍到她从对方寡淡的言辞中，知道眼前这个长得很好看的男人叫姜薄东，二十七岁。据说，他是从会所门口把自己捡回来的，怕她害怕，于是没有把她丢宾馆，而是带回了家里。

燕陈不知道他的底细，根本不敢在他家多停留，脑子清醒过来以后，执意要走。姜薄东拗不过她，只有同意。燕陈拒绝了他开车送自己回家，却无法拒绝他以保护者的姿态，跟在自己后面。这么冷的天，这么黑的早晨，两人一前一后地走着，身后的男人浑身透着浓烈的美艳、强势、冷静。

燕陈很感激他，但不由得也有点怕他。

“姐姐，二叔的屋子不许人进……外面冷，要不你先在我的屋子里等等？”正想着，耳畔传来孩子的声音。燕陈的目光再次转到了唐阿水的身上。

唐阿水瘦得不成样了，蜡黄的小脸上似乎只剩下一双黑黑的眼睛，一点儿也没有这个年龄段孩子应有的朝气。他拎着扫帚，一言不发地走在前面。

燕陈在后面看见他单薄的肩膀，略微有点弯下的背脊，忽然就想起了他的姐姐唐小舞。

说起来燕陈和唐小舞只有一面之缘。当时俞景和叶浅浅订婚。燕陈愤怒至极，找遍了朋友圈，需要一个人来帮自己搅和了叶浅浅的计划，就有人和她推荐了唐小舞。

看见唐小舞的第一面，燕陈连连摇头，她直觉地认为一个十二三岁的孩子能有什么用！

她很不满意，可人家却告诉她，如果要致命有效地打击到叶浅浅，再没有任何人比这孩子更适合了。微微皱了皱眉头，燕陈很想回忆起唐小舞长得什么样子。可……时间隔得太久了，她记不起来了，依稀只记得那是个脸蛋尚未长开的半大孩子，却有一双亮得跟刀子似的眼睛。

燕陈看人，从眼睛看，在唐小舞的眼睛里面，燕陈看见了一簇小火苗似的希望、痛苦和决绝，再然后的故事简直堪比舞台戏剧。燕陈根本不知道唐小舞做了什么，但是很快，俞景和叶浅浅解除婚约了。俞家上下厌恶起叶浅浅，叶浅浅貌似经历了人生中唯一一次挫折，却是一次伤筋动骨，堪称毁灭性的打击。

再然后，唐小舞就消失了，燕陈无论用什么法儿，在H城都找不到这个人。

这些年，燕陈偶尔也会想起唐小舞，想她和叶浅浅之间的恩怨，或者是想她到底怎么对付叶浅浅的，可想不通，越缠越绕。

她就记得最后收到唐小舞的邮件时，对方清楚地和她说：以后别再见面了。并且像刺猬似的，告诉她就算她找，也不会找到她的。燕陈本来不信，可唐小舞所言，一语成谶，城市里就像从未出现过这个人。

就连介绍她认识唐小舞的那哥们儿，都一脸莫名地告诉她：燕陈你傻了吧，我什么时候发邮件给你介绍了个人？我怎么都不知道？她把邮件发给哥们儿看，那哥们儿彻底傻眼：什么鬼？我被盗号了？

燕陈费尽心思想找，却发现一切徒然无功。渐渐地，她无奈了，认命了，放弃了……甚至真的觉得，也许唐小舞只是臆想中的存在。

再然后，也就忘记唐小舞了，直到三个礼拜之前，她收到了好几封奇怪的邮件，那人请求她帮忙照顾唐阿水一段时间，落款是唐小舞。

燕陈愣了，揉了揉眼睛，一连看了几次，确定落款的确是唐小舞！燕陈惊讶得都要跳起来了。她慌忙从行李箱中翻出一个纸包，里面整整齐齐码着二十万元，这是燕陈曾经准备拿给唐小舞的报酬。手中捏着厚实的钞票，曾经的记忆轰轰烈烈地炸开了。来不及管唐阿水是谁，她连忙按照邮箱地址回复邮件，可是电脑上显示的却是空地址。

再后来，燕陈陆续又接到几封邮件。对方言简意赅地说了一下唐阿水的地址，并且隐晦地暗示她俞景和叶浅浅现在已经分手了，让她可以适时为自己考虑。邮件来得陆陆续续，有时候是一个字发过来的，有时候是一段话都没写完，匆匆留了个逗号。

燕陈总想回复，可无从下手。连她电脑玩得特好的朋友都满脸艳羡，惊呼不止：“燕陈，对方是个天才！我查不到她的 IP。”

第四章　打黑枣

邮件陆续地发来，唐小舞是电脑方面的天才，却不是语言方面的天才。

从这些断断续续的邮件中，燕陈终于模糊猜出了当年的一个大概情况，知道了唐小舞对付叶浅浅，使用的就是信息战。知道了唐小舞厌恶叶浅浅，是因为她的亲人被叶浅浅害死。知道了唐小舞做的一切，不过是为了复仇。

如今，唐小舞请燕陈帮忙，底气并不是很足，可她却无人可以托付，于是孤注一掷，把邮件发给燕陈，只想撞个运气。燕陈是有仇必报，有恩也必报的人，接到邮件，当即就明白唐小舞透露出俞景和叶浅浅交友状况的真正目的。

她如期地来到胡同口，找到了小舞的亲弟弟——唐阿水。燕陈觉得，像唐小舞这样堪称传奇的女孩子，亲生弟弟也应该和她一样，是一个看着就很有特点的孩子。直到看到唐阿水，她才知道龙生九子各有所好，阿水只是一个平凡的小学生，他没有他姐姐的敏锐和胆气，举手投足间，有一种唯唯诺诺、很不自信的感觉。

阿水把燕陈带到自己的屋子里，局促不安地看了一眼门外的姜薄东……犹豫了一下，终于也请姜薄东进屋。燕陈本来想阻止他，不过看姜薄东长腿一迈，没有任何心理负担地走进来了，她也不好说什么了。

天色没亮，阿水的屋子里也没有点灯，灰蒙蒙的，依稀看得出非常简陋，打扫得竟然很干净。屋子不大，三个人都进来以后，几乎满满当当没多余空间。阿水缩在角落，低着头，绞着手，腼腆又有点害怕，小声道："哥哥、姐姐，你们坐一会儿，我去给你们倒水。"

"不用……"燕陈还没来得及说完，那孩子噔噔噔地跑了。

等燕陈追出去的时候，小家伙身子一猫，已经进了厨房，再回来的时候，就见着姜薄东自得其乐找了一块小板凳坐了下来，咧嘴冲自己一笑，燕陈没管他。

她心里总有种怪怪的感觉，扭头打量起这个简陋的小屋子。屋子很小，所有的家具只有一张床和两张一高一矮的凳子。姜薄东坐了一张矮凳子，给她留了个高的。燕陈没有坐下来，反而走了一圈。这么冷的天，屋子里连暖气片都没有。

小孩很爱干净，被褥床单虽然单薄得可怜，打着各色补丁，却叠得整整齐齐。床头有铅笔头，还有几张试卷。床边上堆着许多书，上面搁着个小书包。角落里，堆着许多喝完的破旧的矿泉水瓶子，被整整齐齐扎在一起，摞在边上。看到这儿，燕陈心中忽然生出一种说不出的愤怒和心痛，这是一个十岁孩子住的？阴冷，潮湿，简陋！唐福就让他亲侄子住在这样的地方！她眼神倏地沉了下来，握紧拳头，指甲猛地刺在了掌心上，忽然间明白为什么唐小舞一而再、再而三地请求自己帮忙照顾一下弟弟阿水。

燕陈心绪波澜有点大，因为愤怒，胸脯不由得深深地起伏了一下。她穿着黑风衣，小巧娇美的身材全部被遮住了，姜薄东却能从她呼吸的起伏中，看出优雅的弧度。幼弱，娇稚，柔软如鸽子，这女孩对他有莫大的吸引力，一举一动，一言一行，都让他心中充满了浓郁的怜惜。她无意中的举动，都能让他口干舌燥，心里比猫抓还要难耐。

在这样灰蒙蒙的黎明里，他看见燕陈黑漆漆的眼睛射出凛冽似的光，像坠落在湖泊的星星一样美丽，让他不由得喉咙发紧。凳子太小，而男人实在太过于高大，坐在那儿，修长的双腿不舒服地挪动了下。

这不是一个优雅的动作，但是由姜薄东做出来却有一种强大到令人心惊的美感。他抿紧唇，明明知道现在不是发情的时候，却依然忍不住有一种拉下燕陈，抚平她微拧眉宇的冲动。

他的心，随燕陈不经意的动作，而心弦绷紧，错落，激荡，似夔皮大鼓，一下下敲得他心口重重的，震得他下腹的肌肉都绷紧了。空气中，总是若有若无地飘来燕陈的气味，其实燕陈用的沐浴露，都是很大众的牌子，可就是这个味道，撩得姜薄东心口一下下奋力地鼓动起来。根据文学的说法，这应该就是恋爱；根据医学的说法，人类对异性产生的冲动和欢愉情绪，只因脑内分泌了大量多巴胺；根据数学的说法，一加一等于三，他想让燕陈为自己生孩子；根据达尔文进化论的说法，物竞天择，人类的交配是为了繁衍下一代……

正想着，门口传来嗒嗒的声音，映入眼帘的就是个瘦弱的孩子。那孩子吃力地端着个茶盘子，摇摇晃晃地走了进来，盘子里还搁着两杯热水，在这样的早晨，还冒着一丝一缕的热气。

“我来吧。”虽然不知道这户人家和燕陈到底有什么关系，姜薄东再冷心绝情，也没办法看着一个孩子伺候自己，利落地起身，长腿一迈走了过去。

见男人皱着眉头，伸手接过了茶盘子，阿水怯怯地抬头看了他一眼，小声又快速地说了一声:“谢谢哥哥。”慌忙地又缩回手。

小孩儿声音打战，好像自己下一刻就会挨打似的。姜薄东一下被逗乐了，伸手摸了摸阿水毛茸茸的脑袋，竟逗起了小孩儿：“你多大了，叫什么名字啊？”

“你别吓到他了。”燕陈看见阿水的身子都开始哆嗦了，皱了皱眉头，忍不住把小孩往自己身边一扯，不满地看着他。

“我也不是狮子、老虎，也不会吃人，是吧？”这还是燕陈第一次主动和自己说话，姜薄东眼神一亮，冲着她，无辜耸了耸肩，心里兴奋极了。

燕陈瞥了他一眼，没说话。

胡同口第一家的小院子里，南边三间正房，北边也是三间，洗漱和厨房都在一面，住着好几户人家。天渐渐亮了，约莫六点的时候，小院里的住户陆续就起床。大家各自洗漱了，倒尿盆，买早餐……拾掇完了，到处都是“早啊您”“吃了吗”的对话。

院里的空气很清新，屋子里的老式收音机正在播报着早间新闻，咔嗒咔嗒地响着。还有人自行车坏了，倒着一架，骨碌碌转着车轮子，发出嗡嗡的声响。再外面，就是哗哗的扫雪声。地上扫过了雪，湿漉漉的一片。

进进出出，几个年轻人看见阿水屋子里的燕陈、姜薄东。一个个眼里都透着新奇，瞄几眼，笑嘻嘻地道："哟，阿水，这你们家亲戚啊？"

阿水木讷地摇摇头，不吱声。燕陈站大雪地里，揉揉他毛茸茸的脑袋，淡淡一笑。姜薄东也笑笑。

姜薄东长这么大，从来都是别人等他，如今冰天雪地地让他在外面等这么久的，唐福倒是第一个。还没见面，他对唐福的印象就差极了，半真半假地冲阿水说："你二叔怎么这么能睡？要不你去喊一声？"

这话一落下，阿水的身子害怕地抖了起来。这时候，燕陈就会不赞同地扫他一眼，一双黑白分明的眼睛水灵灵的，像是溢出来的井水，润得他心都酥了。

一早上，无论他和燕陈说什么，燕陈就不乐意搭理他，可一涉及唐阿水，燕陈就有反应了，害得姜薄东这个不喜欢小孩的男人，不得不去逗阿水，被燕陈瞪几眼之后，他心里竟跟吃了蜜似的，美滋滋的。

姜薄东也知道自己这样挺不对，欺负个小孩真不爷们儿。可……追妻之路漫漫，有阿水这样强大的助攻，如果他还眼睁睁地看着未来老婆从眼皮子底下溜走而不知道利用，那才是名副其实的不爷们儿！

阿水的存在，能加深燕陈对他的印象。他很喜欢这孩子。可他总是这么逗阿水，阿水这么个怯弱羞涩的孩子，被他逗几句就手足无措了。燕陈越来越不高兴。阿水说："一会儿我没和二叔说话，你们不要和我二叔打招呼，二叔脾气不好，会发火的。”

这是阿水说得最长的一段话。

一开始，燕陈和姜薄东都不明白阿水说这话是什么意思，直到两人见到传说中的二叔。过了约莫一小时，二叔唐福终于起来了。

“二叔”是一个四十岁出头的小爷们儿，头发留着的是老式的大背头，乱蓬蓬地糊在脑门上面。他裹着老式的军大衣，趿着拖鞋，打着哈欠，眼角里还带着眼屎，伸着懒腰，君临天下似的出门了。

唐阿水怕他跟老鼠怕猫似的，老早就把他洗脸、刷牙用的热水备好了。

“叔，牙刷。”

“嗯。”老东西懒洋洋地应了一声，眼神都不瞥一下地从阿水手里接过牙刷缸子，慢条斯理地漱起口来。

“叔，热水。”吐出了漱口水，老东西眯着眼睛，搁了牙刷缸子，径自就着阿水端着的热水，稀里哗啦洗了一把脸。

阿水这么瘦弱，穿着浑身是补丁的衣裳，两条小胳膊几乎端不稳热水，狼狈地打着战。可二叔呢？他就那么毫不羞愧地享受着十岁孩子的伺候！一个人可以无耻，却不能无耻到这个地步！他折磨的只是一个十岁的孩子啊！

燕陈惊讶地睁大了眼睛，不可思议地看着这对叔侄。张了张嘴，一股说不出的愤怒迫使她发声指责这个无耻的老男人。可没等说出来，她却猛不丁地撞见阿水近乎哀求地看着自己，那灰败的脸色眼神，分明在祈求：不要说，不要说。

这一家怎么回事？怎么会是这个情形！燕陈心口忽地跟堵了

什么似的，恶心得想吐。就在她紧紧握住拳头，难受得不能再难受的时候，握紧的拳头忽然就落入了一个温暖的大掌中。

抬头，姜薄东洞察一切的目光，平静又怜悯地看着她。虽然燕陈极不喜欢这个男人，却不得不说姜薄东此时的存在，却如小夜曲一般静谧安定，具有奇妙的安抚能力，一瞬间竟驱散了她心中说不出的难受。

唐阿水终于伺候完二叔洗漱。小东西飞快地抬起头，又低下，怯怯地说了一声："叔，有人找。"这才算是正式将燕陈、姜薄东引入唐福的眼帘。

唐福乜斜了两人一眼，慢悠悠地晃到厨房，没搭理。其实他早看见燕陈、姜薄东了。这两人身上穿的料子好，脸蛋白白的，腰杆笔直的，站那儿就有一股范儿。老东西也在琢磨，这谁啊？想了半天，忽然想起来他女儿前几天和人打架，不小心撞到一个老太太，把人撞进了医院——这该不会是老太太的儿子、儿媳吧！

不会的，妞妞说了，她跑得快，天又黑，没人看见是她撞的人。唐老二就这么一个女儿，娇生惯养地长大，他和老婆把女儿护得跟眼珠子似的，一点委屈都不给她受。

真要是人家找来，那怎么办？

"叔，人找……"眼见唐福不搭理，阿水急了，连忙拔起脚跑了几步。

"小崽子叫魂啊！找嘛找，没看见老子忙着，没空！"一脸暴怒，狠狠地甩开阿水伸来的小手。小家伙被这么一甩，脑袋撞地上，当即流出了殷红的鲜血。燕陈忍了这么久，终于忍不住了，几步冲去，就在唐福一脚要踹上阿水的时候，她忽然狠狠地冲着唐福的小腿踹了一脚。

"啊！"杀猪似的尖锐叫声，骤然间冲破云霄。

这会儿，胡同里面的住户冒出头，看见是唐福这么一家子，又看见阿水，纷纷缩着个脑袋，同情地摇摇头，关上门。南面第二间屋子里面，大门咯吱一声被打开了："爸，你嚷什么！整个胡同都听你在号。"

"痛……痛……"唐福色厉内荏，抱着小腿扑通一声坐倒在地上，疼得满头冷汗。

"吵屁啊！"一声怒喝，大地三抖。大门里，一前一后走出两女的，哆哆嗦嗦，都还吸着冷气。前面那个，穿着粉红色的棉睡衣，十七八岁，披着长长的头发，皮肤比较黑，五官长得倒是不错，只是眉宇间有一股子尖刻劲儿。后面那个矮胖矮胖的，是个四十岁左右的妇人。她看见阿水一愣，紧接着拖了鞋子就朝唐福的头上砸过去："你傻啊，咋把人打成这样？"

燕陈一开始以为这一家还有一个是良心好的。紧接着，听那妇人破口大骂："敢情生病上医院花的都不是钱，磕脑袋上干不了活家务全你干啊！"燕陈的眼神不动声色地沉了下来。

阿水吓坏了，不由得哆嗦起来。

"妈，你干吗呢……"第一个出门的女孩终于看见姜薄东，一张黑色的面皮上登时浮出了诡异的红晕，忽然扯了她妈一把，不高兴地看着妈妈光着的脚。

"你爸他更年期到了，蠢糊涂了！下手没轻没重。我去看看，别把人打死了，回头没人伺候我们一家老小！"妇人没管女儿，急匆匆地裹着衣服，踩着雪跑出去。

“妈，你一只鞋还没穿呢！”女孩伸手没扯住她妈，想说话，又有点害羞，心里怦怦乱跳，悄悄看了一眼姜薄东，脸色红通通的。

“穿屁的鞋。”妇人颠儿颠儿地跑过来，骂骂咧咧，伸手就去拽阿水。

这时，就听见唐福号得跟杀猪似的怒吼。

“死婆娘！你老头儿都要被人打瘸了，你眼睛瞎了，管那小崽子干吗，你过来看看老子的腿啊！他死就死了，贱命一条，难不成比老子还重要啊？”

听唐福这么一吼，燕陈恍然大悟，原来这一群极品根本没把阿水当自己的家人，甚至不拿阿水当人看，这究竟是一群什么样的奇葩啊！脑子里一根筋突突地跳。人既无德，那也不值得她燕陈以礼相待。她不再去管唐福的意见，吞下那口浊气，捂住阿水流血的脑门，半蹲下身，郑重其事地道：“阿水，你姐姐请我照顾你，现在我要带你走，你愿意吗？”

一开始，奇葩夫妻都以为燕陈是为了女儿过失伤人的事来的。可闹腾了这么久，原来是为了唐阿水这个小崽子来的。两人松了一口气的同时，怒不可遏，纷纷摇身变大爷，一个个横得跟地主老财似的。

“不许带！你说带走就带走，你谁啊！”

“你说是他姐姐让你来的，他姐现在牢里蹲着呢！你唬谁啊！叶小姐说了，这一年根本没人去探监，连牢都出不去，唐小舞难道是托梦给你？”

“知道他姐犯的什么事吗？他姐得罪的人来头不小，这辈子都出不来了！”

“自己不得好死地得罪人，险些害得我们唐家绝后！幸亏叶小姐心肠好，说了这事绝不迁怒到我们家。”

燕陈没注意到他们具体骂了些什么，却从这些粗鄙可憎的言辞中，得知了她一直追查不到的唐小舞的下落。

“你是说唐小舞现在在坐牢？”

“丫挺的一年前就进牢了！”唐福桀桀怪笑着，幸灾乐祸。

“不！绝不可能！”指甲猛地刺入掌心，燕陈了解监狱到底有多么固若金汤。进去以后，统一的囚服，狭窄的生活空间，失去尊严的生活，就连牙刷都是拇指大小，防止自杀或杀人。在牢里，无论是往外传消息，还是送信息进去，都会被严格禁止。而且，燕陈根本不认为唐小舞有钱去打通关系使用电脑。

可是，她真的收到唐小舞的邮件了，一个被严严实实关在牢里的十六岁少女，到底是用什么方法把消息传到自己这里的？

燕陈忍不住再次回忆了一下唐小舞。那是个目光充斥着孤戾、绝望、愤怒、仇恨的小女孩！渺小，又卑微，浑身笼着黑沉沉的气压，似乎被全世界遗忘，一折即断的脆弱。可就是这个丫头，重创了叶浅浅的计划！耳畔，仿佛又响起好友的惊呼：“燕陈，对方是个天才，我查不到她的 IP……”

直到现在，燕陈心中惊涛骇浪，这才正视起朋友对唐小舞的评价。

唐福冷笑道：“不可能，怎么不可能，她得罪的可是叶小姐，真是什么人都敢惹。”

燕陈用头发丝儿想都能猜出肯定是叶浅浅在操纵这件事。燕陈愤怒地想杀人，罪不及孩子，就连手沾鲜血、残酷冷血的黑帮大佬都不会对一个孩子下手，你叶浅浅还是个女孩子，怎么会有这么狠的心！

黑着脸，燕陈心里有着说不出的愤怒。她一直以为自己不是个强硬的人，这次却用了最简单粗暴的方法。牵着阿水，二话不说，扭头就走。她走不打紧，可苦了姜薄东，入室抢劫，这抢的还是小孩儿，简直骇人听闻。夫妻俩顶着一头鸟窝，抹着眼泪，哭天喊地地打起滚了。

“杀人放火打劫了啊！青天白日的这么明晃晃地拐卖，还有王法吗？救命啊，快打 110 来抓人啊！警察快点抓走这些胡同小痞子，呜呜呜，老娘一碗水一碗饭地，好不容易把个崽子拉扯到这么大，人贩子不得好死啊！”

脏水不要钱地往燕陈身上泼。听见动静，胡同院子好多人都凑了过来。看热闹的，指指点点的，义愤填膺的。泼脏在姜薄东的身上，姜少当面不会和你计较太多，有仇未必非得要当场解决。可你骂的是燕陈，男人的脸色当即沉了下来。

没有人知道，燕陈走了以后，姜薄东到底是使用什么方法让奇葩一家人闭嘴，也没人知道奇葩一家人是怎样放弃了阿水的暂时监护权。

静谧的茶室中，香立上插着白檀，九重香袅袅散发。燕陈半倚着靠垫，指间把玩着一串亮晶晶的钥匙。上面甜腻的香味早就散得七七八八，只剩下圆环的钥匙扣。烦恼地揉揉额角，小姑娘现在心里很憋屈。憋屈的原因：因为她记性好。这是个坏毛病！记性好，所以有些仇怨、过节，还有些小细节……她就算是想揣着明白装糊涂，都不太容易。

手机的屏幕不停地闪。高中同学在里面大放厥词，留言一边倒地在说："燕陈，你确定是浅浅给你下的迷药？弄错了吧？"

"会所那么个鱼龙混杂的地方，兴许是你惹了什么不该惹的人呢？浅浅不像是能干出这种事的人……"

"你们之间有误会。"

"自从色彤死了以后，你对浅浅就蛮大偏见。我知道你和色彤关系好，替色彤抱不平。可色彤乘坐的那趟飞机出事，说到底只是她命不好，和浅浅没关系的。"

"不过话说回来，你最后真的被人那个啥了？"

"幸亏你和俞少离婚了，不然俞少头顶上得戴多大一顶绿帽子啊！"

乍看见万年死灰的同学群蹦出几条消息，点开看了几眼，燕陈的脸色顿时就黑了。她总以为叶浅浅口蜜腹剑，两面三刀，到底是个要脸的人。可她就没想到，自己才私聊过叶浅浅，想着把她约出来好好谈谈钥匙串上的迷香问题。一转脸叶浅浅就一副受害人的姿态，也不知道私底下和高中班长说了些什么，这事便变得尽人皆知，同学群炸了。

燕陈不吭声，短短二十分钟，高中毕业后便"老死不相往来"的一堆同学纷纷开始加她好友。加不上，就开始用 QQ 弹语音，弹视频。接通之后第一句话就是语重心长地和她说："燕陈，你也老大不小的人了，做事怎么还这么浮皮潦草。你在会所外面被小痞子下了迷药，冤有头债有主，你找害你的人啊！怎么就把矛头指向浅浅了？这事听老班长一句劝，你去和浅浅道个歉。咱们都是三年高中同学，也不会揪着你的过错不放，就这么揭过去了……”

话说得老气横秋，一股子“燕陈我这是为你好”的架势。可听着听着，燕陈的眼神就阴暗冰冷下来。凭什么是她做事浮皮潦草？什么证据又指着这过错都在她身上？她被人下了迷药到最后为啥还得她去道歉？心头像是被什么狠狠戳了一下，不疼，却堵得她心里闷闷的，突然间有一种宣泄不出的憋屈和难过。

色彤说：“同窗同窗，那就是一日同窗，赶明儿出了校门口，你有难我来挡。互相扶持，相互信任，咱们永远好好的。”

燕陈一直很信色彤的话。觉得她说得对！这世间种种友情，唯校园时代的最为纯粹明亮。

燕陈总以为，我坦然相待，必能得同样的一份回馈。即便不言不语，她愿意在色彤死后听她的话，把同学当成是君子之交淡如水的朋友。可她怎么都没想过，叶浅浅什么坏事都做绝了，只要滴点眼泪，装装无辜，她的同学们就会死心塌地信着叶浅浅，劈头盖脸指责她血口喷人。

手机屏幕上，所谓的“老同学”还在絮絮叨叨。说的无非是她燕陈的歹话、叶浅浅的好话。听着听着，一股说不出的怨怒之气，赫然冲上心头。嘴角突然露出个讥诮的笑容，沉默了太久的小姑娘冷冷盯着手机屏幕里的“老同学”，劈头就问：“我为什么要道歉？”

这是逆来顺受的燕陈头一回反抗，同学三年。在所有人的印象里，燕陈就是那种你说她做错了，她就立刻听你的改正掉的那种没什么观点也没什么主见的女孩子。这样的女孩子安静、沉默——永远像教学楼前面的月季花一样，你知道那一簇簇鲜红也是花，看上去也蛮漂亮的，可由于太过平常，导致没有存在感。你永远都想不到月季其实也可以艳光四射，明亮得让人挪不开眼。

老班长傻了，没想过燕陈还明目张胆和他狡辩问自己为什么要道歉，当即在心虚之中，冒上了一股子的邪火。

“你得道歉啊。你污蔑浅浅下药迷你，还闹得尽人皆知，毁浅浅的名声。明晃晃的人身攻击啊！不道歉怎么行？”色厉内荏的语气，透着些许的不自然。

“呵呵。”手机屏幕这头的燕陈又是这么一声鼻腔中透出的冷笑，笑得老班长莫名有一种难堪的感觉。所谓生活，就是你觉得自己已经很难堪了，事实上不过是九牛一毛，人家大招都没有放，难堪的还在后面呢。正如燕陈的这位高中班长，他怎样都没想过燕陈会反驳他。

燕陈：“我和叶浅浅的私聊内容，你怎么知道？”

老同学理直气壮地说：“当然是浅浅和我说的。”

燕陈：“这件事是谁第一个捅到同学群的？”

老同学迟疑地说：“是……浅浅。”

燕陈：“她和你说的，她自己发到同学群，她闹得尽人皆知毁了自己的名声，凭什么要我去道歉？”

老同学强行狡辩道：“你不去污蔑她，她怎么会和大家说？”

燕陈：“别人说了你坏话，你明知道这些话传出去，对自己名声不好，你还会传吗？”

老同学尴尬地说：“不会。”

燕陈：“正常人都不会传谣给自己惹麻烦，她叶浅浅给自己惹出了麻烦，为什么需要我去道歉？”

老同学沉默一阵：“那啥，燕陈，我晚上还有个会，先不和你聊了，挂了，拜拜。”

早上，同学群的风向还在说：“燕陈那家伙，打从色彤死了以后，没少找浅浅的麻烦。我听说三年前，俞少本来要娶浅浅。订婚的时候也不知道出了个什么事，俞家悔婚了，隔了三天，俞家老爷子就找到燕家，直接代孙子求娶燕陈……这三年都过去了，燕陈怎么还在处心积虑找浅浅的麻烦？人家一辈子都被她毁了，她还想怎样？”

中午，同学群的风向出现点不同的声音：“俗话说无风不起浪。你们男生不要拉偏架，一棍子把燕陈打死。燕陈打从学生时代起，就安安静静，你们啥时候见她血口喷人污蔑过谁了？我觉得这事还是查查清楚再说吧。”

晚上，某男生正在群里抨击燕陈污蔑叶浅浅，不知道是谁第一个在群里截了个图，内容刚好是叶浅浅哭诉自己被人造谣了，还添油加醋地把燕陈说她的话发到群里。霎时，群里整整安静了三分钟。

三分钟以后，同学群里的风向彻底翻了盘。许多造谣燕陈的传言，纷纷被截图给打脸了；很多同情叶浅浅的声音，在“女神”自己作死的情况下销声匿迹。当叶浅浅挑拨离间的诡计失败之后，更多保持中立状态，或是当年和色彤关系还不错的同学纷纷开始发声，一面倒地提出了这件事致命的关键点。

那就是燕陈回国找俞少签字的当晚，叶浅浅到底有没有给燕陈下迷药？

燕陈搅黄了叶浅浅“嫁入豪门”的小心思，叶浅浅按道理来说，应该是恨着燕陈。可叶浅浅这三年来，提到燕陈都是很仰慕的模样，一直还是叫着“燕陈姐姐”。这么个百合花般纯洁可爱的女孩，怎么会做下药这种烂事？

评论两边倒。一边认为，一切都是误会；一边认为，凡事皆有可能。

两派在同学群里吵得热热闹闹的时候，不知是谁又丢出一个重磅消息：有人看见燕陈离开利比亚会所之后，见到的最后一个人，是叶浅浅身边的马仔。然后，燕陈就摔倒在雪里，被个陌生男人带走了。

事情已经明朗化。那些帮叶浅浅说话的“男同学”，霎时像是被狠狠打脸，再也不蹦一个字了。不知是谁匿名起的头，叶浅浅曾经做过的一些“没证据、没人信”的龌龊事，再次沉渣泛起，被人一件件翻了出来。待群主匆匆忙忙关掉匿名聊天，叶浅浅的“过往”早就被人翻了个底朝天。电脑另一边，原想着借刀杀人的叶浅浅气得脸都白了。

燕陈年轻，懦弱，孤僻……名声糟糕到家。当俞景在离婚协议书上签了字，那些形容燕陈的词语中，又要再加一条“离异”，名门圈简直议论爆了。她凭什么离婚啊？她怎么还离婚了！不不……最重要的不是那些！而是她怎么这么干脆就离婚了？俞少什么人啊！哪个姑娘不被他电得五迷三道的。

啧，说到这儿，你恐怕会觉得这些妞儿太容易失心，简直都是不长眼的追星族。这么想，那可就大错特错了。电视里的男星、男模也漂亮啊，可那些矫揉造作，娱乐公司造势出来的男人，哪一个能比得上俞少！即便一两个，真有比他脸蛋儿漂亮的，也绝对没他有钱、没他有势、没他有气质！妞儿们的眼光都被养刁了。

大家一致地唾弃燕陈，总觉得就算俞景不要她了，这么个名声糟糕透了的女人至少得哭个几声。要么装一下难过也是正常反应。总之，一个被俞少抛弃了的下堂妻应该哭天抢地、声嘶力竭地追悔这段婚姻，被抛弃的那人，绝不能像燕陈这么云淡风轻。你说说，她从头到脚哪里像弃妇！

这几天，多少人堵燕陈家门口，一个个瞪大了钛合金狗眼，就为了逮着燕陈的面部细微表情，她们企图在燕陈的表情中，察觉出痛苦、绝望、疯狂。最好像当年的某某某一样纵身一跳，让俞少的魅力值再上一个台阶，从此，证明一下她们喜欢的男人到底有多出色。可是令人烦躁的是燕陈不伤心啊，燕陈不绝望啊，燕陈不想死啊！

燕陈太不上道了！大伙儿很不满意。主角不给力，没有精彩的后续剧情，顽主们在某些别有用心之人的推动下，不介意帮燕陈完善一下她"暗藏"在内心的黑暗小情绪！

于是，这几天名门圈几乎人人都在传。

"哎，你们听说了没，燕家的女娃娃离婚了。"

"谁？"

"燕陈，燕陈，燕陈！你别告诉我你不知道燕陈是谁。"

"啊……她啊！她离婚了？"愣一下，反应过来还得骂，"当初她可是费了好大劲儿，才勾搭上俞少的！她怎么舍得离婚！"

"俞少看不上她了呗！"

"没点儿征兆啊。"

圈子里的顽主、狂主们谁不能侃，不带重样地编出七八个离婚征兆的版本。都还蛮严谨的，举例子，分类别，做比较，摹状貌，一套套说下来，闻者心惊，见者泣泪。俞、燕离婚简直是早注定，比珍珠还真啊！

有人说俞、燕离婚的真相，是燕陈婚内出轨！燕陈家门口总有男的守着。如果不是婚内出轨，就她那枯燥苍白的性子，那么快能钓到男人！也有人说俞少倒霉，头上绿油油地做了接盘侠！燕陈真不检点啊，孩子都七八岁了。看这样子，十六岁就怀孕生子了。还有人说以上推断全不错，事实上燕陈不能生，结婚三年肚子里什么动静都没有。形形色色的谣言铺天盖地地砸过来。

被议论人——燕陈，这几天忙得脚不沾地，却一点也没空搭理这些乱七八糟的鬼谣言。

首先，她得安顿好阿水。唐阿水是个极好养的孩子，不挑食，也没脾气，比外面抓回来的小奶猫都听话好照顾。他没事就蜷在沙发上，睁着一双乌溜溜的眼睛，惊恐不安地打量着周遭的环境，住在燕陈的复式公寓里，总抢着干活。燕陈让他睡在二楼卧室舒适柔软的大床上，他却死也不愿意，直到燕陈佯怒，他才惊恐不安地躺在床角。

他很喜欢读书，却总是趁燕陈睡觉的时候，在厕所里拿着手电去看书。这几天，燕陈就一直在跑阿水转学以及临时监护人的事儿。后续的事情烦冗得让燕陈头大如斗。好在有姜薄东帮忙。姜薄东是揣着明白装糊涂的大尾巴狼！他要想接近一个人，让人放松警惕，那么他就是天底下最善良、最正直、最无辜的男人。

第五章　过儿的姑姑

冬日，温暾的阳光从银杏树光秃秃的枝缝中落下，在地上切割出许多颇富艺术感的黑色线条。姜薄东的脸，在浅金色的阳光下朦胧如水墨山色。其实他的五官是绝对的艳丽，眉艳艳，鼻高挺，唇色鲜红润泽，弧度优雅，很适合亲吻。不笑的时候，这男人身上有一种寻常男子少有的矜贵冷艳，配合他一米九的身高，很容易给人造成心脏骤停的压迫感。却也很奇怪地让人想到“色若牡丹”“纯美无瑕”这样一些和他挺拔身材完全不搭配的形容词！

他微笑的时候，一双比暗夜星辰还要深邃美丽的凤眸，简直又媚又水，美得惊人！淡淡地掠一眼，你就会觉得心都化掉了！好看得让人脑子里都空白。何况，此时的阳光柔软了他凌厉的面部线条，让他看起来安谧平和。

姜薄东说：“燕小姐不必对我介怀，我之所以对你好，只是因为你的容貌和我姑姑十分相似。可惜姑姑在我十二岁的时候就走了。”顿了顿，他继续道，“保护你，对我而言不过是本能，你总让我想起了姑姑……”

循序渐进的路数，姜少使用起来炉火纯青！燕陈浑身上下写着生人勿近。姜薄东不介意在辈分上，让浑身防备像个刺猬似的燕陈稍许占一下便宜……总之结婚以后他总能把这些小便宜统统讨回来，他一点都不急。

又过了些日子，阿水的转学手续、户口、体检什么的程序统统都走完了，而姜薄东和燕陈也彻底熟络了。

姜薄东出现的时候不多，却是在最关键、最能博燕陈好感的时候。偏偏他又帮忙也不着痕迹，让人察不出刻意的端倪。就算燕陈安了一双红外雷达眼，再三防备，奈何敌人潜伏伪装侦察技术样样过硬。

一开始，燕陈还有点排斥他。可相处久了，一个人是真心还是假意一目了然。更何况姜薄东这人是侦察兵出身，渗透能力是强项！一身正气，坦坦荡荡！燕陈在姜薄东纯良的小眼神下，只得缴械投降。

回国后的两件大事办完了，燕陈狠狠地松了一口气。接下来，她就要办回国后的第三件大事了——那便是叶浅浅……

若是可以，燕陈这辈子都不想和叶浅浅再牵出什么瓜葛。大家桥归桥，路归路，最好是老死不相往来。叶浅浅造谣滋事得罪她，她都能忍，可唯独不能招惹唐小舞。之前，燕陈私下找叶浅浅聊了聊利比亚会所“下药”的事件，便是给叶浅浅敲了一个警钟。谁料，叶浅浅不惧不骇，反而把事情闹到了同学群。

她按下这事，隐忍不动，并非像学生时代那样退避不管了——阿水的转学、户口、体检；探监唐小舞，找关系想要捞出唐小舞什么的，都比这些事情重要。前者解决得蛮顺利的，唯独在捞出唐小舞这件事情上面，燕陈碰壁了。

唐小舞涉嫌非法入侵、攻击网络漏洞、发布病毒、窃取文件等事情证据确凿，根本不是人为嫁祸，倒是让燕陈彻底傻眼。唐小舞说："燕小姐，阿水暂时请您帮忙照顾，阿水的食宿学费算我欠您的。等我出来，会抓紧时间赚钱还给您。"

进了监狱的小舞、失去锐气的小舞、不卑不亢的小舞。在燕陈的印象中，这个平凡无奇的女孩却永远坚硬得像是磐石，稳重得超过所有同龄的孩子。这让燕陈心头突然生出一股说不出的酸涩憋屈。燕陈不是没有问过阿水，他姐姐唐小舞是个什么样的人。平素怯懦沉默的阿水，唯独提到姐姐唐小舞的时候，眼睛亮晶晶的，语气中满满的骄傲。

"姐姐学习成绩好，还会编程。老师们都喜欢姐姐，觉得她是妥妥的一本苗子。"在阿水炫耀似的讲述中，燕陈触碰到了有血有肉、明亮向阳的唐小舞——那么聪明、坦荡、有天赋的孩子，若非为了帮自己，何至于惹上非法入侵、发布病毒、窃取文件等罪名。唐小舞有五年的牢狱之灾，说到底是被她燕陈牵连的！她捞不出小舞，只能替小舞照顾好阿水。燕陈想：安顿好阿水之后，她有的是时间和叶浅浅清算总账！

戴上帅气的摩托车头盔，发动引擎，燕陈眼底透着一股沉沉的锐气，直向玄武酒店的方向。

今天是成哥的父母回国的日子，作为成哥的准未婚妻，叶浅浅为了在未来公公、婆婆这儿刷好感，可是做足了功课。燕陈既然搅黄了叶浅浅第一次订婚仪式，她也不介意劳累一下再来搅黄叶浅浅的第二次“丑媳妇见公婆”。

叶浅浅的现任男友——成哥大名成安歌，母亲是某知名剧团的团长，德艺双馨的艺术家，年轻时头脑发热喜欢上一无所有的小混混。天底下的爱情大抵如此，年轻时多巴胺作祟，爱得轰轰烈烈，非你不可，终被岁月碾磨成渣……最后，世界观、人生观、价值观的种种不合爆发出来，消磨了爱意，只剩下无疾而终的省略号。

成哥父母的爱情是最典型的例子，成哥十二岁的时候，父母离异，他美丽的母亲带着成哥，还有她的歌剧团嫁了个绅士、聪明、稳重的实业家，从此重组之家父慈子孝天伦之乐。

成哥是叶浅浅现阶段能抓到的最好优质男，对于嫁入成家，叶浅浅怀着必胜的把握，只要能搞定成哥的母亲就行了！打从三个月前，叶浅浅就开始恶补歌剧知识，有意识地训练自己的姿态礼仪，并且打听未来婆婆的喜好，做足了功课，要在未来婆婆这儿刷足好感值，临到玄武酒店的门口，她又背了几遍关于歌剧的常识。

在门童惊艳的目光下，叶浅浅露出一个志在必得的笑容，踩着优雅的步伐，跟着他走到“牡丹阁”的门边，深呼吸一口气，准备得体地出现在未来公婆的面前。推拉门打开，让她怎么都没想到的事情发生了！席面上竟有好几张“熟人”的面孔。其实也不是正经的“见公婆”的戏码。成哥的说法，就是父母今天回国，让她跟着过来一起吃饭。

叶浅浅以为，单纯的家宴就只有未来公婆和成哥。她没想到，成哥的父母一下飞机就遇见了老熟人，成哥也没提到今天女朋友会来，所以他带着叶浅浅过来，母亲还嫌弃他打搅到自己的老友聚会。

这么一来，叶浅浅的处境就尴尬了。

成哥和母亲介绍："妈，这是浅浅，我女朋友。"

成哥对母亲说："浅浅是个脸皮忒薄，特别容易害羞的女孩子。她认识我之前，和男孩说话都会脸红，大学四年都没谈过一次恋爱，可纯情了。妈，你儿子这次找的女朋友，就是纯粹的中国古典女子，您和她相处久了绝对喜欢。"

成哥的母亲端庄优雅地微笑，说了些什么，叶浅浅完全记不起来了，她只知道自己很尴尬。倘若是家宴，成哥肯这么给她脸，叶浅浅绝对内心无比暗爽，可这不是家宴啊……而且成妈妈的老友聚会上，那几张熟人脸孔，他们每个人都知道叶浅浅的老底。

成哥夸一句，那几个叔叔辈的"老熟人"就意味深长地笑一笑。叶浅浅也尴尬地笑笑，成哥摸着她的头，宠溺地给她夹菜，旁边那几个叔叔辈的"老熟人"就意味深长地挑挑眉。

叶浅浅再尴尬地笑一笑，一顿饭下来，叶浅浅觉得今儿个出门绝对没看皇历，笑得脸都僵了。她以为倒霉到头，也就这样了，却万没想到，天道好循环，有因就有果，老天什么时候要是看你不顺眼，那保准不会让你死得痛痛快快，更尴尬的还在后面呢！

燕陈来了。倘若是从前那个不言不语、沉默寡言的燕陈，便是来十个，叶浅浅也不在话下，三下五除二就把人给摆平了。偏偏今天来的燕陈，在卫生间"巧遇"了成妈妈，竟然也落座了。

成妈妈热情地和大家介绍："这位燕小姐是我在塞内加尔遇见的小朋友，别看她年纪轻，可精通英语、法语、德语等四门语言，还古道热肠。多亏了她，我在塞内加尔度过了愉快的假期。"

燕陈是学霸，这点叶浅浅一直知道。燕陈不爱说话，却极有语言天赋，精通多种语言，叶浅浅也知道。可谁能告诉她，燕陈竟然认识成妈妈。成妈妈说燕陈古道热肠 ,k 开什么玩笑，她认识燕陈那么多年，燕陈一直是淡漠，沉默，不喜多事的性格 , 什么时候也没有成妈妈夸说的那些“优秀品质”啊！

成妈妈说：“真是可惜，我一直想留燕小姐做我家歌儿的媳妇。可惜燕小姐说，她有男朋友了，是我家歌儿没福气。”

当着你准儿媳的面，夸赞另外一个女孩，成妈妈，你确定不是给我下马威？叶浅浅气得脸都绿了，偏不能表现出来，只能笑，干笑、假笑、强颜欢笑，笑得脸都要僵了。

成妈妈好像这才发现她：“瞧我，成哥儿的准媳妇在这儿，我这不会说话的嘴。”

叶浅浅幽怨地看着成妈妈，顺水推舟、秀秀气气地帮成妈妈搭下阶的梯子：“没有关系，伯母，我会努力做一个配得上成哥的媳妇儿。”

叶浅浅一直觉得，只要撑过了这场“见父母”的戏码，往后她有的是时间摆平那些对自己不利的传言，让成妈妈对自己满意起来。

可惜，她今天出门一准是没看皇历 , 就没想到，今儿个的燕陈既然来了，就没准备让她舒坦地嫁个金龟婿。坐在成妈妈旁边，那个容貌清秀、气质清淡的小姑娘燕陈眼睛黑亮，点漆似的，微微一笑，开腔了：“你不是云峥的媳妇吗？怎么这么快就变了成哥的媳妇儿？你这换老公的速度，真是让人叹为观止。”

成妈妈惊愕：“燕小姐认识成哥儿的媳妇？”

叶浅浅的头皮一阵接一阵地炸开，终于知道燕陈今儿个过来，是来者不善。然而，不等她岔过话题，燕陈又是一笑：“三年的高中同学，认识至今也差不多十年了，还算是认识吧。”

“燕陈姐姐，云峥是什么时候的老皇历了，你怎么还在说这个啊？”尴尬地笑着，叶浅浅想哭，怎么都没想过燕陈今天就是专门来揭她的老底。

燕陈笑：“云峥是老皇历了吗？哟。瞧我这记性，你当初爱尝个鲜味儿，喜欢吃狗肉火锅，云峥的妈妈最喜欢小动物，为这，压根儿不许你进云家的大门，的确是老皇历。对不住了，浅浅，你不会怪我记性差吧。”

“什么，叶小姐吃狗肉？”一声尖叫飙了出来，就见成妈妈整个人都站了起来，目光充满谴责的意味，怒气冲冲地盯着叶浅浅。

“我……我……”从前种下的因，今日全部都结成了果。叶浅浅打听了成妈妈的习性那么久，为了嫁入成家做了那么多的准备功课，可她绝没想过，燕陈随口那么一说，却戳上成妈妈绝对不能接受的雷电重灾区。

“吃狗肉的女孩，不，是吃狗肉的人，我们成家容不下这等人物。成哥儿，你娶猫娶狗就算娶个歪嘴烂牙的媳妇回来，我都没意见。但是，我是绝不容许你娶个为了口腹之欲，就吃狗肉的女人。”

那天，成妈妈的脸阴沉如泼墨，雷电闪烁，说不出的可怕。拎着铂金爱马仕的包，成妈妈是黑着脸，率先走出包厢的。成哥从未想到，第一次带女友见父母，竟然会半途杀出这么个程咬金，彻底傻眼。千娇百媚的小女友固然重要，但老妈更重要。根本顾不得安抚小女友的情绪，成安歌不赞同地看了一眼叶浅浅，匆匆忙忙地追着母亲离席了。

“成哥……你干什么去？”叶浅浅目中含泪，蝉翼似的睫毛扑闪着，泪光闪闪地扯住成安歌的胳膊，却被毫不留情地扯开。

“我妈是狂热爱狗粉，你吃狗肉犯了她的大忌，回头你去找小卢，他会给你一笔分手费，咋俩是没可能了。”

事情发展成这样，谁都没有想到。一个，两个，三个……人群渐渐散尽。从失望到茫然，从茫然到绝望，从绝望到崩溃，叶浅浅从未想过，她好不容易就要上岸，嫁个好人家，从此不必看人脸色，玩小心机，可以安安稳稳做个富太太的时候却有人处心积虑撕碎她的美梦！

砸烂她精心准备的爱情。

“是你！你是故意的对不对？燕陈，好你个燕陈！我到底哪里对不起你了，为什么？为什么要这么对我？一次这样，两次也这样！我叶某人自认为没有做过任何对不起你的事，你却为何一次次对我斩尽杀绝？”

披头散发，哭闹着去扯燕陈的胳膊，叶浅浅压抑数年的情绪，从第一次没能嫁给俞景，到这时候嫁个成哥却再次惨遭戏弄的绝望通通爆发出来。她哭着捶打燕陈，拳打脚踢，泪水爬了满脸，恨不得当即啃噬燕陈的骨肉！然而，花拳绣腿在第二次砸上燕陈的时候，却被燕陈轻描淡写地截了下来。

“叶浅浅，你可真是好记性，真的是从未做过任何对我不利的事？”

“没有，我没有，我拿你当亲姐姐，你却这么对我！燕陈，你会遭报应的，你不得好死，呜呜呜！”哭得梨花带雨，叶浅浅眼神毒辣，恶意的诅咒不绝于耳。

“你可真是我的亲妹妹，没事就勾引亲姐姐的好朋友的男朋友玩玩儿，闲得没事就把亲姐姐的小姨的未婚夫给勾引上床，再无聊了就弄点药给亲姐姐玩一玩儿，我可真是谢谢你了，我的亲妹妹。”燕陈说第一句话的时候，叶浅浅还在挣扎，在哭泣。

说到在利比亚会所下药的事件时，叶浅浅整个人都蒙了："你……你怎么知道，我……我不是故意的，是你们……你们先来招惹我的……"

淡瞥了一眼瘫软在地上的叶浅浅，燕陈淡漠的眼眸宛如黑水晶，剔透又明亮，冷冷逼视着叶浅浅，让叶浅浅无处可遁。

燕陈冷笑："哦？全天下的人都负了你，所以你只是自卫？"

"燕陈姐姐，你原谅我，我那时年纪小，不懂事啊！"哇的一声大哭出来，叶浅浅还在哭。

然而，替小舞出了一口恶气的燕陈早就转身离去。可是不等她这一口气舒缓太久，她就接到一个让她不大舒服的电话，而这个不舒服的电话，却横亘了她接下来数月的时光，让这样的不舒服，深刻渗透了她的亲情、爱情甚至是前半生！

打电话的女的，声音平静软和，甜甜地喊着"小陈姐姐"。燕陈这辈子，最烦听见的就是"小陈姐姐"这个称呼。会喊她"小陈姐姐"的，只有两个人，一个是比她不过情人个月的叶浅浅，还有一个就是几乎和她同时出生，只比她小几分钟的田瑾。

"什么事？"

"小陈姐姐，我是田瑾。"

"我知道你是谁，什么事？"燕陈一口截断对方的声音，如果不是因为母亲要求她对田瑾态度好点，她其实不想和这丫头说话。这是很固执、奇怪的厌恶。

田瑾这人漂亮，聪明，高情商。毕业于名牌大学，有一份很好的工作——就职于世界五百强企业。兴趣也很高雅，喜欢马术、高尔夫、歌剧……和所有的同事关系都是点头之交，性情温和，从不得罪人。

燕家的人都喜欢田瑾，除了燕陈。小时候，田瑾和燕陈抱错了，养到五六岁的时候，才弄清楚，俩女孩重新抱回来了。听上去这日子也不算很长，可田瑾从小身体不好，燕爸、燕妈付出了五六年的心血，为了治田瑾的先天性心脏病吃足了苦头。听哥哥说，田瑾两三岁的时候，有次病重，燕妈不顾工作，在手术室外哭了一个晚上，燕爸的头发一夜之间，白了两鬓。

付出得越多，越心疼。哪怕知道抱错了小孩，可燕爸、燕妈为了田瑾费尽心血，还是把她当成亲闺女，什么时候都舍不得，放不下。相对地，对燕陈就有点淡了。一开始，燕陈不懂。懂了以后，觉得不甘心，也哭闹过，结果却是越发把爸妈推到了田瑾那里。到最后燕陈也想开了，她能够离开养父母的殴打凌辱，在燕家过好日子，已经是上天的恩赐了，也许她命中就是缺父母缘吧。

“小陈姐姐，我听说你离婚了。”

电话那头平静的女音，欲言又止。燕陈的眉头不由得皱了个结：“你如果是来祝贺我恢复单身的，你的心意我收到了，没事我先挂了。”

“别，小陈姐姐，我是想说，你既然回国了，什么时候有空我们抽个时间聚一聚吧……”

燕陈沉默了一下，不是她不听爸妈的话，故意扫田瑾面子，而是每次和田瑾聚过以后，燕陈不是被灌酒，就是被其他的事情恶心到。一次两次，她神经受不了这样撩。

许久，她淡淡道："我很忙。"

"小陈姐姐，你不要把自己的心锁死了，俞大哥不要你，绝对是他的损失，你不用为这事太伤心。"

"你为什么会觉得我在伤心？"

"我只是想安慰小陈姐姐，小陈姐姐不要生气。毕竟，三年没见了，我很想念你，不仅是我，哥哥也很想你呢……"

说到这里，燕陈的脸色狠狠一沉。田瑾说的哥哥，不是燕楚，而是田家不知道哪个角落里蹦出来的堂哥。燕陈还没结婚的时候，田瑾就喜欢做红娘，特别热心地把她那个堂哥介绍给燕陈。堂哥今年二十八岁，是世界五百强的企业上班，年薪过三十万，英俊，脾气好，看上去是不错的经济适用男。听说是命苦的，有过一个女朋友，家族遗传病，分了。从此堂哥一蹶不振，感情处于空窗期。自从看见燕陈，堂哥一见钟情，喜欢得不得了。

田瑾说："小陈姐姐，你和我哥也算是男才女貌，你干脆把我哥收了呗。"

这句话，从燕陈没结婚，上大学的时候就一直在说。说到燕陈结婚，不说了，田瑾平常不爱找燕陈。如今，燕陈离婚了，消息一确定，立刻打电话过来了。

燕陈还在想她找自己就为了小聚，还是说说自己离婚的事？直到田瑾提到她哥，燕陈立刻想到她那个"完美得不得了"的堂哥，真跟吃了苍蝇似的恶心。

"你哥为什么和前女友分手，别人不知道，你自己也不知道？"

“这话说得！小陈姐姐，呵呵！”电话那边，田瑾明显尴尬了一下。

嘴角扯开一抹讽刺似的笑，燕陈从冰箱中取了个橙子，破开，咬了一口，淡淡道：“你和我说说，那女孩真的是家族遗传病？”

话音一落，电话那边的田瑾情绪立刻激动起来。

“我哥喜欢你，可喜欢归喜欢，我们穷人也是有自尊的！我哥命苦，没找到对的人，可怜的二十八岁都没结婚已经够惨了！小陈姐姐你不要中伤他，我一直以为你是个有善心的女孩子。”

这逻辑简直令人叹为观止，燕陈简直想喷笑。

“哦，我有善心，就应该作践自己去迎合你家亲戚？你哥哥是什么情况，你比我更清楚。”

“我……”

“田瑾，三年前我就和你说过一次吧。我承认，你情商很高，哄得爸妈对你也很好，大把大把的钱都往你身上花。但是……他们对你再好，我才是他们亲女儿，你这么死心塌地地作践爸妈的亲女儿，到底是个什么心态啊？”

田瑾的脸都青了，捏着话筒几乎想摔掉。

她生气，燕陈更生气！燕陈真的被恶心坏了。她爸妈的确说过，田瑾身子骨儿弱，燕陈你比她大，让让她——可是……田瑾的心脏早就在她十八岁的时候已经移植过了。如今的田瑾身体健康，没病没痛。燕陈一点都不想和小时候那样，赔小心，凡事都看田瑾的脸色。

燕陈说：“你没事，我就挂电话了，我就当你没来过电话。”

“等一下！”

“还什么事？”口气略微不耐。

“小陈姐姐，你就当给我个面子，见一次哥哥好不好？他和前任分手，也是有不得已的理由。你既然察觉到了，更应该同情他……他喝过酒后，行为不受控制，他也不是故意打女人，何况他们本来就是男女朋友，酒后我哥想和那女的发生关系，也不叫强暴，他现在已经戒酒了。我保证，这次过后，再也不来骚扰你了。”

“你的面子值多少钱？”田瑾如此冥顽不化，燕陈脑门直冒青筋。别人不了解田瑾，不代表燕陈也不了解。这个女人有一股子韧劲，不达目的誓不罢休，她不就想作践自己吗？曾经，燕陈总觉得没必要和这女人置气，免得伤了父母那边的和气。可她能躲，别人却要追杀过来。

“我……”田瑾脸色迅速红到耳根。

燕陈眼神怪怪的，捏着电话，不动声色，冷冷道：“你定地点吧，我现在有事，不说了。”

眼底透出一丝冷漠的寒光，燕陈神色阴阴的。有些事，恐怕是要快刀斩乱麻，直接解决了。她蛰伏太久，以至于一抬头，才发现在世界的眼中……她燕陈原来只是一只懦弱可欺的虫子。

此时的姜家。

“玥玥，吃饭了……”

“不吃。”

“有你最爱吃的糖醋小排骨，是夏姨亲手做的哦。”

“不吃。”

“这可怎么办，长身体的时候，饿瘦了就不好了。”

夏姨急得团团转，一个清朗的少年嗓音淡淡道："夏姨你别管她，这丫头不知道哪儿惯出的毛病，饿够了，没吃的，她就得和小黑抢猫粮——听我的，晾着！"

这是姜隅的声音，姜玥闻到楼下一阵阵饭香，肚子饿得咕咕直叫，好几次想下楼，被小哥哥这么一说，委屈得眼泪都打转了。哼，不吃就不吃！抱着软趴趴的泰迪熊，小姑娘看着电脑桌面上二哥姜薄东搂着燕陈的"桃色"照片，心里难受得冒金豆豆。呜呜呜，二哥被狐狸精勾走了，不要她了！

姜玥最近很不开心！心情不好，就准备和朋友们一起分享一下……结果，手机里拍到的这些照片传到朋友圈，刚刚造成轰动就被人删了。姜玥以为是网站问题，没在意。她继续写了几句心情短语发泄一下，QQ、微博什么的，居然被人黑了。

有人手快，截图下来，惊叹连连地问："玥玥，这该不会是你二哥吧。"

"就我二哥，我二哥被狐狸精勾走了！"注册了个小号，愤怒的手指点点点，委屈地发泄着不满。

"这女的有点眼熟，有点像那个谁谁谁……"

"就是她。"把燕陈的资料百度下来，添油加醋地长篇大论地写下来，然后点了几次发送键，没发出去，再次去点，唰的一下，手机蓝屏了。姜玥一下傻眼了，不能吧……她这个是品牌机啊！新换的手机，才用了不到一个礼拜，没道理坏了啊！

姜玥也是个倔娃娃，手机坏了她换电脑！继续用刚才注册的小号，跑去回复，几次发送键又没有点出去，嗤！电脑也黑屏了。小姑娘才看过几部鬼片，联想能力特丰富，以为是闹鬼，吓得尖叫，砰砰砰地去敲小哥哥的门。

“小哥哥！我和你说，大事不好了！我们家闹鬼了！是鬼！鬼啊！”

“你以为朝阳 81 号啊？”正在看书的姜隅绝对是来毁灭他妹姜玥的，打开门，幽幽一句话，说得女娃娃脸色苍白，再次尖叫起来。

姜隅皱了皱眉头，真没点儿同胞爱，刚刚擦过汗的手帕掏出来，直接往姜玥的嘴巴里一塞：“别吵。”

鬼，固然可怕。但是最可怕的还是姜隅层出不穷、别出心裁的“生化武器”！

姜玥从小就被她小哥哥折腾惯了，尖叫声戛然而止，恶心得呸呸呸，连忙扯出也不知沾染了什么的手帕。

“怎么回事？”姜隅徐徐问。

“我的手机……不，是几个手机、几台电脑都被贞子入侵，我看见黑乎乎的人头从里面冒出来了！”扯着姜隅的胳膊，小姑娘一想起刚才发生的可怕事件，脑洞大开，天马行空，夸大其词，自己把自己吓得毛骨悚然。

大清早的天都没亮，这事说起来是有点惊悚。不过，等姜隅检查过她的手机电脑以后，脸色怪怪的，一言不发，转身就走。

“小哥哥，别走……万一贞子从里面爬出来，你妹我就殉国了。”

“被你殉了，国家会笑的。”

“我好歹也你妹。”

“人言‘龙生九子各有所好’，我这时候才再次深切地感受到这是什么意思。”

“你难道眼睁睁看你妹我被鬼怪分食？”

“红色星火的大家庭里，能滋生你的封建余孽迷信思想……也不容易。”

“姜！小！隅！”

“出门别说你是我妹，不然人家会怀疑我们家平均IQ的水平。我们家得出一个脑洞开火车的，才能平均你的IQ。”

“你，你……”

“下次看小电影的时候，记得装防火墙，中毒了，傻蛋！还贞子，贞子你大爷啊……”对于妹妹的抽风IQ，姜隅啼笑皆非，完全不想评价。就在他大步流星走到自己的房门前，打开门，不等他干脆利落地把逗比小妹关在门外，姜玥可怜兮兮地瞅着他，小狗狗似的闪着一双亮晶晶的眼睛，拼命讨好，祈求道：“帮我修个电脑呗。”

别人家的妹妹出这么逗的事，姜隅可以暗笑一万遍，贴微博、微信、朋友圈，标题还可以耸动一点，大肆嘲笑一番。可这事出在自家妹妹的身上……姜隅无可奈何，只能帮忙电脑杀毒了。然而，智商150，学习跟玩儿似的，电脑编程C语言炉火纯青有极好水平的姜隅踢到了人生中第一个铁板。

对方不仅黑了他妹的电脑，黑了他妹的手机，黑了他妹的QQ、微博、微信等一切的账号，到最后不解恨似的，甚至针对性地黑了他家的局域网。

黑就黑了呗，哥哥哎，电脑上这个斗大拳头耀武扬威似的砸过来，是什么意思？连带着，上面还附了封信。这封信看上去温和平静有教养，事实上恐吓威胁又暴力。

信是这么写的：

姜隅先生，你有妹妹，我也有妹妹。大家都是文明人，讲点道理呗，我是个传统的中国人，不到万不得已，我也不希望和小孩子一般见识。不过，你妹总这么霸道，这是几个意思？我这人不玩虚的，再说一次，你们要继续乱发我妹照片到网上，后果你懂。

黑黑的屏幕上，字体循环滚动……似乎想证明一下幕后行动人到底有多么“传统”，这段话分别用简体、繁体、篆书、甲骨、象形文字书写着，优雅地循环着，每次循环，就停留短暂几秒，看得人脑仁都疼了！这么霸道、嚣张又狂妄的宣战形势，从未有人敢对姜家使用。等姜隅黑着脸，抓着妹妹，耳提面命地问清楚这到底是怎么回事，脑仁干脆炸了，都惹到燕陈的头上了！

先不说二哥姜薄东对燕陈的态度特别，就连燕陈的哥哥燕楚都不是个好惹的人。那家伙喜怒不定，行事风格张扬决绝……在姜隅眼里，真的是和二哥姜薄东同时代的前辈！

姜小玥你真敢！对此，姜隅再次揉着抽疼的脑壳，对着逗比二货妹妹无奈地叹了一口气，又叹了一口气。小哥哥都说不管她了，也不许她继续和燕陈作对，姜玥也听话，立刻收手，哪怕委屈得直瘪嘴，她也不敢对燕陈有什么想法了。

上学时候，几个“八卦”女生还在问：“玥玥，那个勾搭上你二哥的，真的是有名的弃妇燕陈吗？”

她撇撇嘴，没好气地说：“不知道。”

“不知道？怎么可能，你怎么会不知道？”几个同学还要追问。

“我电脑都被黑了，我哪儿知道！”于是，一场轰动无比，惊艳八荒的风波，就在姜玥咬牙切齿的怒火中，狼狈落幕。

二哥你一定是来毁我的！她已经退后让步无比安分了，二哥朝她一笑，淡淡说道：“玥玥，想要个嫂子不？”

姜玥耷拉着小脸，蔫吧着摇头。二哥压根不顾及她的意见：“玥玥，二哥的后半生幸福就在你手里了。你可得帮二哥……”

姜玥抬起头，不可置信：“二哥，您的光辉形象在你妹妹心目中大打折扣你知道吗？”

“不知道。”

你看看二哥给的任务卡上面都写着什么啊？

“第一，和燕陈搞好关系；第二，死缠烂打，去做燕陈的妹妹；第三，出谋划策，做燕陈的狗头军师；第四，做到以上三样以后，好好套取情报，哥哥后半生的幸福靠你了。”

拿到二哥交代给自己的任务，姜玥简直想哭——违背的是她生理心理的意愿。

第二条，“死缠烂打”，这绝对不符合姜家女儿的优雅形象。第三条……这第三条是什么意思啊？就在姜玥皱着细细的眉头，仔细揣摩研究第三条的精神内涵时，小哥哥姜隅从转椅上推了几步，飞快地从她手中捞出任务卡，一眼扫完，露齿一笑：“二哥，你让小妹去做狗头军师出谋划策？你不怕未来二嫂被小妹给折腾死吗？她这脑子只适合养金鱼，再养点别的……啧，悬！”

士可杀不可辱！姜小玥同学暴怒了：“谁说老娘不适合出谋划策了！二哥你等着，妹妹我这就帮你打入敌人内部，燕陈迟早要喊我一声小姑子！”

握着拳头一宣誓。哎哎，刚才她说什么了？好像有什么不对啊！姜家老二、老三不动声色，相视一笑。一句话的事。一个横亘在燕陈入门的障碍物，轻松扫除，化阻力为助力……

第六章　收利息

谁不知道帝都最出名的古玩花鸟市场。

“琳琅斋”的老板不知道发了什么神经，居然在个民居社区旁边开店，出售玉石、古玩、字画等，玩儿的就一个“雅”字。旁边有一个幼儿园，附近最高文化殿堂，估计是一个二流没名气的小学。社区里，出入的，不是女人就是小孩。

下午三点，社区里没一个人，阳光静谧地流淌一地。

田采虹坐镇琳琅斋，一边不屑地想着，一边躺在太师椅上玩手机，三百六十度角地美美自拍。正想着，手机响了起来，接通后那边传来个兴奋的声音：“采虹，今天下午静安庄的车展我有两张门票，一起去转转呗。”

“不去。”

“你今天有事？”

“对。”

“什么事啊？连车展都不去了，难道你找到男朋友了？居然都不介绍给姐们儿，你可真是太不够意思了。”

“别瞎说，我下午要看店。”

“看店？什么店……”那边似乎有点蒙。

“琳琅斋啊。”暗暗翻了一个白眼，田采虹不耐烦极了。

“噗……”话音一落，就听见那边笑得乐不可支，“得了吧，就那破店，几百年都不会来个鬼。”

“这店是人家的，我一小雇员，不看店谁付我工资啊。”

“哈哈哈，别的雇员说这话，我信。你说这话，我可不信！别唬我，平常你一年能去个三天都不容易，旷工成这样，不一样是工资照拿？我和你说，今儿个的车展，可是个大车展，出入有很多优质男啊！”

“我想一想。”田采虹微微有点心动，不由得坐直了身子，犹豫不决，电话那边的声音诱惑极了。

“这还想什么啊！这店不是你表妹开的吗！为了你终身幸福的大事儿，旷工一下午，你表妹不会说什么的。”

“可……”田采虹脸色阴晴不定。

对外，她从来都说琳琅斋是堂妹田瑾开的，可事实上，她很清楚这铺子的产权人是燕家的幼女燕陈。对于燕陈，田采虹很有印象——在十七年前，燕陈还不叫燕陈。那时候田燕两家抱错了娃娃……燕陈当了她五六年的堂妹。

她见燕陈的次数不错，印象却很深刻！毕竟……虽然田家不是什么大富大贵之家，家里人却很疼孩子，可到燕陈这里，却反了过来。伯伯、伯母说燕陈是个不听话的小孩，该打。

于是，她对燕陈的印象总停留在那个被伯妈打得浑身青一块，紫一块，脏兮兮得像小猫似的瘦弱女孩。

小时候的燕陈，她一点也看不起！那小孩就像是软趴趴的泥巴似的，瘦弱得仿佛风一吹就倒。田采虹不爱带她玩，也不喜欢燕陈冷漠冷静冷淡的眼神。她总记得燕陈脏兮兮的小黑脸上，黑白分明，比琉璃还剔透。可后来，就是这个她看不起的堂妹，却被告知是高门大户家的孩子，被高贵低调的豪车接走，有小保姆抱着回去，翻身一变成了受宠的小公主。被送回伯伯家的，是田瑾。田瑾比燕陈好看，比燕陈高雅，比燕陈温和，浑身都透着高大上的公主范儿。而且，田瑾对堂哥、堂姐们也很好，虽然身份对调回来了，可燕家那对看上去好高贵、好威严、好厉害的夫妻，却依然经常来看田瑾。

燕爸燕妈疼田瑾，这根本不是秘密。譬如，在社区里这套店铺，据说是燕陈自己赚回来的。可是，就因为田瑾一句话，燕妈就把铺子送给田瑾来运营，田采虹也是这样被堂妹请来做了雇员。田瑾说："小陈姐姐念旧情，给堂姐找份活，免得堂姐无处安生。"

说这话的时候，燕陈、燕妈都在边上，眼睛黑漆漆的，却没吱声。田采虹局促得手足无措，一开始，这份活她做得还兢兢业业，很认真。可后来，田采虹发现店铺内容都是田瑾随着自己的心意，一手包办。这么明目张胆地用燕陈的产业，干自己的爱好。连田采虹都胆战心惊，可燕陈却不管！过了些日子，连古玩店都改名成"琳琅斋"，主做玉器生意……

"瑾"的意思就是美玉，她做玉器，不明摆着要改弦更张，把铺子彻底变成自己的。为这事，田采虹还埋怨过堂妹田瑾，觉得她做得有点过分，怕燕陈生气，怒火引到自己的头上。

田瑾笑笑，直接来句：“没事，干妈说过，这铺子交给我运营，小陈姐姐没这么小心眼的。”

这和小心眼没关系吧，这是踩着燕陈的脑袋做麻雀窝呢！

田采虹压根儿不信燕陈不生气，可结果正如田瑾所说的，燕陈没反应……

田采虹不由得惊得又羡又妒，心想：“堂妹可真是厉害啊，居然能把富人家的小公主都摆平。”

田瑾说：“堂姐太拘谨了，自家姐妹，小陈姐姐的东西就是妹妹我的，妹妹我的就是你的，你的铺子，你随便看着就行了。”

就这么善解人意的一句话，田采虹终于没了打工的心态。这三年来,燕陈不过问店里业绩……红色的毛爷爷一天都没少给过。田采虹觉得很开心，寻了份好差事。不过……再偷懒，她也只敢在燕陈出国的时候。如今燕陈回国了，田采虹胆子又缩回豆丁大了。这不，最近几天，她守着个破铺子跟木头似的……

好友说：“采虹，你不去可是会后悔的，这铺子你原来都不管，现在装什么样子？怕什么，凡事不是有你堂妹田瑾吗！”

为这一句话，田采虹恶从胆生，一拍大腿：“对，燕陈算鸟！这铺子她都交堂妹田瑾了，不去车展看帅哥，那才是大损失呢！”

燕陈到琳琅斋的时候，就看见空荡荡的门面。大门落着锁，门头“琳琅居”三个大字在错落枝条的阴影下，显得有点破旧。她抬起头，一言不发，在门口站得有点久，小区的物业，保安来来回回的，见小姑娘腰杆笔直，眉眼黑漆漆的，神色冷淡地看着招牌，心里怪异极了！保安是个憨厚的小伙儿，脸蛋黑黝黝的，劈头就问：“买古董？”

燕陈没吱声，小保安傻笑两声，四处看了一眼，神秘兮兮地丢出一句：“别在这家买……”

燕陈扭过头，终于看了他一眼，脸色有点古怪，在这样的静默中，她迎来了小保安义正词严，愤愤不平的第三个“忠告”：“这家店主脑子有坑！”

抿了抿唇，燕陈啼笑皆非，被人当面说脑子有坑，这是第一次。她眼神沉了沉，不等仔细问问到底发生了什么事，那保安跑得比兔子还快，眨眼就没影了。

开一间古玩店，是燕陈的爱好，她生来冷淡，却很喜欢把玩古玩书画，喜欢徜徉在时光的长河中体会历史的风流。

这家铺子是她高三那年入股市后，凭着敏锐的计算和判断，在赚下第一桶金后，琢磨出的第一个爱好。对这家店，燕陈是有感情的。可惜，这种感情在亲情的逼迫下，变成了母亲讨好田瑾的一件小玩意儿。燕家有权有势有钱，这种铺子，母亲如果想开，随随便便就可以开许多个，可偏偏田瑾看中的是她的。

传言一点不错！曾经的她……懦弱，孤僻，不合群，也不善言辞。田瑾要，母亲一说，自己就给，一伸手，不过是刹那！

燕陈曾经以为，自己这辈子就如同死水一般平静无波，再也不会掀起波澜了。她一而再，再而三地容忍，以为年幼无知的自己做的最疯狂的一件事，不过在色彤死亡的刺激下，逼迫叶浅浅离开了俞景，逼迫俞景不得不和自己结婚！可直到回国，站在这里，燕陈才知道自己太武断了！

迎着下午温暾的阳光，黑衣女孩嘴角扯出一抹平静的微笑。

一辈子太长，田瑾的人生是什么样子，她不知道……但是她燕陈的人生，绝不止于二十四岁！撕破脸，其实并没有想象中的那么难忍。现在，她就要把属于自己的东西一件件拿回来，从这件古玩店开始！

半小时后，琳琅斋面临开业以来最大的困境——门锁被撬开，大门砸坏，门头上的招牌也被人摘了，落了无数个漆黑的脚印。

轰！下午的阳光仿佛洪流一般，奔泻而入，喧嚣地填满了店面内的昏暗。多年来阴晦的气息，一扫而空。连带着古玩店的外面，都添了一层檀木古香的味道。今儿个，琳琅斋里里外外，热闹极了。许多附近的住户路过了，不住地指指点点："看，我就说这店开不长吧！"

某保安立在门口，眼角一抽抽，扯了扯身上的西装革领，腋下夹着文件的物业管理小刘，磕磕巴巴地问："刘哥，这女的该不会是买了假货，心里不服，跑来砸场子吧！"

被叫作刘哥的青年，看着施工作业队进进出出，白白的脸色同样不好看："别瞎说，产权人是燕小姐，营业执照也是她办的，别说她要拆门，就算把里面的东西都丢出来不要了，只要不扰民，那就纯属合法。"

"刘哥你糊弄我，燕小姐不是腿长腰细，脸很漂亮，喜欢穿米黄色小套装，开玛莎拉蒂的那个漂亮小姐吗……"

"听说那是田小姐。"

"不会吧，我看着这几年，都是那个开玛莎拉蒂的漂亮小姐来管铺子……刘哥，你说你会不会认错人，被忽悠了？"

物业小刘脸色乌漆麻黑，不说话。

错了吗？不能啊。

那个穿着黑衣，瘦瘦小小，眼睛却格外清亮冷漠的女孩分明带着身份证、产权证、营业执照什么乱七八糟的证件。

他们做物业的——脸，可以错；证件，却绝对不能认错。可就如同愣头傻保安说的，田瑾是古玩店主的形象根深蒂固，就连物业小刘都禁不住怀疑起来。

他没吱声，可手中不动声色，却打起了田采虹的电话。弄清楚吧，人都过来，说开了，总比这不上不下吊着好！此时。一百米外，古玩店里，某施工作业队队长的声音炸雷似的响起："什么？燕小姐，里面的东西真的都不要了？"

燕陈皱着眉头，不悦地掏了掏被震疼了的耳朵。施工队长不好意思地缩回了头，有点虚，吞了吞口水，干笑两声看着燕陈。这里店面约莫有二百平方米的样子，虽然空荡荡的，却也排着许多橱柜，上面搁着各色小东西，譬如玉扳指、水晶烟斗什么的，有点凌乱。

不仅乱，地上还蒙了一层灰。斜阳从外面照过来的时候，在古玩店里打下的一层光柱中，扬起了万千尘埃。

指尖从架子上缓缓地抹过——一指黑。看得出来，铺子鲜少有人来，也少有人打扫。燕陈的心里极不舒服，像是被一根刺扎着，连带着，她的声音也冷了下来："你如果听不懂，可以带一个学习机来上班。"

"可橱柜什么都是新的……"

"丢了。"

这是第三遍！燕陈的脾气看起来不是很好。施工队长不敢再说，连忙干活去了。

把手包丢在沙发上，燕陈深吸了一口气，把自己塞在了沙发里，静静地任由脏兮兮的灰尘，扑簌簌地落满了她的发梢、脸蛋、衣裳。不知道为什么，回国以后，她的心就越来越硬，

硬到碰一下都会疼！

曾经，那些装作不在乎的事，也如同飞烟卷尘，漫天匝地。就像是这个古玩店，如果田瑾努力经营的话，燕陈此时也许没这么疼，没这么深沉的无力，偏偏此时在她眼里呈现的是一个玩坏了的店铺。

看得出来田瑾对这个店铺根本没上心，既然本来就不在乎，当初何必要和她抢？心口一缩，一丝淡淡的不悦徐徐地在心口蔓延开来。说不出是什么滋味，似苦涩，似麻木。

刺破了一切，闹翻了天，却尝到百般滋味，若一道雪亮到近乎锋锐的光，让她心中无比亮堂。姜薄东进门的时候，就看见她闭着眼睛，从容不迫地坐在古玩店的正中心，女孩文文弱弱，神色凛冽而疏离。

这种样子的燕陈，姜薄东一点都不陌生。

第一次见面的时候，燕陈就是这样的神色，一身的肢体语言写着五个字“不要来惹我”。

这种清淡冷漠，对极了他的胃口！他喜欢这女孩。身体里每个细胞都在呐喊，要贯穿进入她，要让她完完全全变成自己的女人。这是姜薄东第一次，对一个女人产生了这种兴趣，可接下来他看见了燕陈那一击必杀的狠戾。

一个过肩摔，她折了几个男孩的里子面子，用皮带勒着一人

的脖子，迫使那男孩不敢妄动。当时，燕陈淡淡笑了一下。她的脸、手、身体、气息都写着文秀，动作偏凛冽得置人死地。有一瞬间，姜薄东甚至认为，如果那男孩不服短，这小丫头会不会真的勒死他？她也敢？可她的眼睛依然淡淡的，疏离地写着五个字“不要来惹我”，眼神之下的情绪，是沉如冻水的死寂。

姜薄东见过那么多女人，却唯独这一个撩了他的心。

她不想被人招惹，可姜薄东偏偏想去惹她。他被她勾得心里像是被羽毛挠着，痒得几乎受不了，明明知道对面的包厢是什么样子，他却不由得走进。这是姜薄东第一次追随一个女人的步伐，如此坚定而强势地想要走进对方的世界和内心。可惜，天公不作美，从“别人”的口中，他知道燕陈已婚的身份。

姜薄东不是什么好人，却有自己的底线——他绝不愿破坏别人的婚姻去做一个男情人。

他帮燕陈解围，却立时抽身！

这女人浑身散发出的气息、滋味、诱惑，都足够让他毁灭原则，成为他最鄙夷的那一类人。可命运就是这么奇妙，还没来得及说再见——他又在第一时间知道了燕陈离婚了！

在利比亚会所的门口，捡到被下药的燕陈的时候，这女人是单身离异女青年。

真好，一个干净的、不属于任何男人的身份。

嘴角扯动，姜公子徐徐松了一口气，露出了一个真心实意的笑容。

不肯带她去宾馆，是因为害怕过于昏暗的灯光会滋生男人心底最深沉的原罪，让他在不知不觉中，顺理成章地吃了她。

姜薄东是自傲、自信的男人，当他敏锐地发现，燕陈对自己的诱惑，并不止于肉体时，他就决定了——在没有确定关系之前，他绝不会贸然占有她！

这些天，姜薄东跟着燕陈跑各种关系，跑各种路子，看见了轻松的、平静的、烦恼的、无奈的她。虽然是一个成熟离异女人的身份，可燕陈纯粹得像个孩子似的，通透得没有瑕疵。

这样的燕陈啊，太容易被人欺负了！姜薄东无奈又爱怜，恨不得揉揉她的头，看看她脑子里想的到底是什么……敢不敢不要这么孤僻又沉默？他怜惜，担心，对她牵挂又牵挂！可直到现在，看见古玩店里，那个在脸上戴上一张冰雪做的面具，用铁链锁住内心，凛冽又冷漠的燕陈。

姜薄东赫然惊觉：自己的怜惜是何等多余！这女孩明锐，足以有毁灭一切的力量。

她不需要任何人的守护和担心，因为……她自己就会是最好的矛与盾！

虽然不知道是谁惹着她，可姜薄东不喜欢看见浑身是刺，戒备而疏离的燕陈，哪怕最初吸引到他的，的确是燕陈强势凛冽的形象！

眼神在瞬间沉了下来，这世上，只有他姜薄东可以招惹燕陈，其他人不准！

"怎么在这里坐着——搬东西到处都是灰尘，你不觉得呛吗？"一手帮燕陈挡住了簌簌落下的灰尘，姜薄东眯眼，不赞同地拉住她的胳膊，正准备带她出去。

"啊！"这时，门外骤然发出一声惊恐的尖叫。田采虹一回来，就看见门被砸了，锁被撬了，古玩店里的橱窗都被人丢了出来，施工队进进出出。

一口气抽到喉咙里，她气得血液上冲，手中的皮包拼命地砸。

“救命啊！杀人了啊！”一边揍人，一边还扯着嗓子拼命号着，叫得就跟被人凌辱了似的。燕陈被叫得脑壳疼，冷着一张脸，走到门外，双手环胸也没吱声，一双淡漠的眼只不过不动声色地扫了一圈。

施工队长的脸立刻红了，讷讷解释：“老板，这女的疯了，见人就抓，逮什么都咬，我们没办法搬东西啊！”

都是精壮有力的大老爷们，却被一个女的揍成这样，燕陈鼻腔中透出一丝冷意，也算是开了眼界。她这似笑非笑一声“嗬”实在太犀利，都不是蠢的，一群老爷们越发坐立难安。

有人不安地说：“老板，我马上报警，抓了这疯婆子……”

“砸老娘的店，还要说老娘疯了？我和你们这帮孙子拼了！”

眼见田采虹就要扑过来了，旁边蹲等真相的物业小刘，还有愣头小保安全部傻眼了。他们喊人过来，是来解决问题的，不是来制造问题的。

“田小姐……冷静！冷静！有话好说啊！”两人来不及看戏，连忙跑上去拉架。

“冷你个头！老娘长这么大还没人敢骂我一声疯婆子！”田采虹是能吃亏的性子吗？

连田瑾都让她三分，把燕陈的店交给她看着。这女人发起疯来六亲不认，很不好惹。可今儿个，田采虹恐怕就要吃苦头了。

“啪！”一声巴掌的声音，清脆得仿佛整个世界都寂静了一下。

田采虹从小到大一帆风顺，哪里被人打过巴掌，当即被打蒙了，口中粗鄙的骂声停了下来。旁边的施工队员、物业、保安纷纷怔住了。

啧……这么漂亮的妹子，怎么说打就打呢！一巴掌上去那么脆，多疼啊。一群老爷们不由得摸了摸自己的脸颊，脖子缩了缩。寂静之中，燕陈轻描淡写的嗓音，从容不迫地响了起来："冷静了吗？"她的音质，普普通通。并不脆亮，也不甜腻，但是语音中带着的气势，却透着一种说不出的感觉，让人听了不由得心里一缩。

田采虹也不是第一次见着燕陈了，可这一次，却是被燕陈的气势压得喘不过气，总有一种奇怪的不安："你……"

燕陈浑身还沾着古玩店里扑棱棱掉下来的灰尘，脏兮兮的，却看着孤直而冷静。她冲着田采虹，不温不火，淡淡一笑："你要还没冷静下来，我也不介意再赏你一巴掌。"

围观路人哧哧地笑了起来，田采虹脸都白了。

燕陈不理她，一扭头，径自冲着一群愣住了的施工人员，轻描淡写道："发什么愣，继续搬！"

诸人缩紧脖子，埋头干活。一瞬间，周围的气氛寂静得近乎诡异。

田采虹脸色青了又白，一双不甘心的眼睛惊疑不定地看着燕陈，好半天，压住火气，小声音地沟通："小陈，你回来怎么不说一声……"

这时，施工队长非常有眼力见地把燕陈刚刚坐着的沙发搬了出来，燕陈也不客气，径自坐在上面，徐徐地往后一靠，闭目不言。

风吹在田采虹的脸色，火辣辣地疼着。刚才燕陈那一巴掌，下足了死力道！这丫头真反了，在这么多人面前打她，又摆起了架子！田采虹羞愤极了，气得挖肝挖肺地疼，爹毛地伸手就要去抓燕陈的脸。

“小丫头，堂姐和你说话，你这是个什么态度！”

不等她抓上去，燕陈骤然睁开了双眼。今天的燕陈穿着黑风衣，明明瘦弱，看起来一点也不起眼，可那张雪白的脸上却嵌着一双晶莹如雪的眼眸。那眼神镇定、从容，却也如刀子似的冷漠，剐得人头皮都疼了。

田采虹心口紧紧一缩，连忙收回不安分的动作。

“谁是我堂姐？”轻轻问了一句，燕陈看上去并没有生气。

田采虹骄傲地挺起了胸脯，露出一张被打肿了的小脸，得意道：“还能有谁，我不就是你堂姐！”

“嗬。”微微一笑，鼻腔中又透出了一声轻哼，燕陈饶有兴味的目光，比软刀子还利索，剐着人的心头肉，片片见血。她甚至都没多说一句话，可浑身上下却明明白白透出一个信息。

“你谁啊？”

“我……”田采虹下意识想回答，可话要脱口而出的时候，忽然反应过来从头到尾燕陈没问话，一切的不屑和轻蔑，都只是她的姿态泄露出的信息。

愤怒的诅咒和谩骂一下子堵住了嗓子眼，某人狠狠地气红了眼睛。

这是燕陈吗？什么时候燕家的女娃娃连一个眼神都这么有杀伤力？这丫头什么时候学会说反话了？不过，最让田采虹不安的不是别人，而是……燕陈身后跟出来的男人！这男人五官精致，身材挺拔颀长，身上的西装熨帖，手上戴着低调奢华的名表。

这些年，田采虹跟着堂妹田瑾，也培养了一点眼光，她自然看得出男人这身穿戴看上去简单，林林总总加起来，恐怕不下七位数字。

田瑾说：“姐，你都二十八岁了，眼光放低点，早点找个男人嫁出去得了！”

田采虹何尝不想嫁，可那也得有个目标吧，随便阿猫阿狗的，她可不能嫁。

田瑾说：“你眼光太高，这样吧，你看着小陈姐姐身边有没合适的朋友，她身边跟的人总不会差。”

田采虹总跟在燕陈屁股后面转，何尝不是在打燕陈男性好友的主意。可燕陈的朋友真的是少啊！少有几个男孩子，家世不错，可惜就是矮矬宅。如今燕陈身边好不容易出现个不错的男人，品味相貌身材看起来都是顶好的。

问题又来了，燕陈变得不好相处了。这小丫头一见面就扇了她一个巴掌，冷冷淡淡的，性情和三年前天壤之别。田采虹现在连和燕陈说一句话都难了，还谈什么让燕陈介绍男人给自己认识。

虽然不知道燕陈为什么会变成这样，可燕陈的这种改变，无疑让田采虹心里说不出的不安，她也怕自己一冲动，泼妇的模样暴露，减印象分。犹豫半晌，她红着眼睛，暂压下燕陈拆了古玩店的不满。

她犹豫，愤怒，不高兴。可燕陈比她更犹豫，更愤怒，更不高兴。看见她，燕陈的心里却只觉翻腾奔涌，恶心极了！有的时候，燕陈情愿自己眼神不要这么敏锐，一眼能够看穿别人的心思。譬如叶浅浅，譬如田瑾，也譬如田采虹……

从田采虹的动作和眼神中，她立时就看出来这个女人对姜薄东起了意。姜薄东这些天，也帮了自己很多，他以为自己的那点儿小心思，伪装得很到位，扮演成一个对“姑姑”心有遗憾的好侄子，能够松懈她的心思。可姜二少却不知，如果燕陈真的抗拒排斥他，早就撵他走了。二少的专业伪装渗透侦察神技能，能够瞒过任何一个人，却瞒不过天生洞察力彻底逆天的燕陈。

换言之，燕陈不讨厌姜薄东，认可他以这样无害的身份待在自己身边。所以，她不揭穿，认可是一回事，可谁都不希望自己家的破事被别人知道。

姜薄东是个好人，所以她更不希望田采虹这样的女人觊觎姜薄东，染黑了二少洁白的羽毛。

“老板，东西全部收拾好了！”施工队的动作十分迅速，眨眼的工夫，百平方米的古玩店全部收拾得干干净净，空出了大片大片的空地。

“找个车，垃圾分类，全丢了！”从露天的沙发上抓起手包，燕陈挪开目光，不想再看这些垃圾一眼，扭头就准备走。她这么一走，田采虹终于切切实实地生出了恐慌。

“小陈，这东西都好好的，你怎么能说丢就丢呢？丢之前，是不是要和堂妹说一声……毕竟这古玩店，也有堂妹的一份啊！”

男人不是自己的，可古玩铺子，这三年可真是田采虹的。婚姻可以容后再议，可事业被击垮了，那可就干干净净地没了。田采虹来不及管姜薄东，上前两步，脸上挂着古怪的笑容，连忙又道："你才回国，招呼都没打，就这么来拆铺子，是不是受了什么人挑拨？"

燕陈被她拦着路，根本不吱声。

田采虹明明尴尬成这样了，却觍着脸，还在继续商量："我在这家店里，付出好几年的青春，你这一拆店，往后我可怎么办？"

她说着，脸色惆怅极了，可惜燕陈软硬不吃，只冷冷地双手环胸，看着她。

田采虹急了，软趴趴地又打起了亲情牌："哎呀，你出国一趟，人都瘦了一圈，一定是在外面受委屈了，谁给你委屈受的，和你采虹姐姐说说。别伤心啊，有你采虹姐姐在呢，今晚上到你采虹姐姐那儿吃饭，我们好好地叙叙旧……"

从威胁，到怀疑，到愤怒，到最后的友情牌。燕陈看她一个人夸张又无聊地演了这么多的独角戏，终于忍不住拧着眉头，不动声色地退了一步。

"你确定要和我叙旧吗？"声音依然是冷冷清清。

她肯吱声，那就是有戏啊，田采虹欣喜若狂："对啊，我给你炒几个小菜，连阿瑾都说我炒菜好吃呢，你一定要尝尝。"

听见田采虹搬出田瑾，燕陈的目光越发古怪讥诮了，淡淡笑笑，她仿佛终于想通了，徐徐说道："那我们的确可以叙一叙，比如，你和我说说古玩店里的真货怎么百分之八十变成了假货。"

第七章　小心思

一句话，田采虹欣喜的脸色青了，燕陈又说了些什么，她已经完全听不进去了，脑子里只有一个念头：完了，完了！

燕陈说；“你要说这事是你一个人干的，我不大信。”

不等田采虹松口气，燕陈下面说的话，却让她实在不知该欣喜，还是该愤怒。

燕陈又说：“你这人不是个好人，说大恶，也算不上大恶，身份环境和眼界决定一切。就像有些人，拿把刀架脖子上，也不敢去劫银行是一个道理。这么多的货一口气全吞了，你田采虹吃不下去，你没这胆儿，更没这魄力。”

手指不停地抖，别人不清楚，可田采虹自己却知道古玩店里即便只是燕陈、田瑾随便玩玩，里面占百分之八十的货到底值多少钱。她的名牌小礼服、包包、香水、护肤品……几乎全部是从这里面赚的。

“那个……小陈，你听我解释。”

“今天能解释清楚吗？”

“这……”

“你今天要是能解释清楚，那咱们找个地方，边吃边说，把事情晾清楚，往后也省事儿。不过，如果你觉得今天一顿饭解决不了后续问题，我不介意再给你三天时间，今天就这样吧，没事的话别挡我路。”

燕陈淡淡瞥了她一眼，用眼神询问她。虽然她打了田采虹一巴掌，却真没准备和田采虹计较太多——田采虹不过是被人当枪使了。谁是boss谁是炮灰，燕陈还是分得清楚的。

田采虹也许心中各种小心思、小计较，可念头多，付诸实际的永远只是小打小闹，不敢做过火。这女人和田瑾关系好，说白了，不过是田瑾给的甜头够多——这是田瑾安自己身边的一双眼睛，从来一个指令一个动作。追根究底，只要扯出控制傀儡的那双手，就什么事都没了，话说回来，也就因为田采虹智商不够。

所以燕陈虽然不喜欢她，但也承认，和这种人交往不费心！

果然，燕陈没有猜错，自己才透出了点讯儿，当天晚上，田瑾就找了过来，找到燕陈的时候，她脸色有点发白。

门一开，燕陈的手就被人紧紧地握住了，眼前，穿着米黄色小套装的职场精英丽人满脸的惊惶。

“小陈姐姐，听说古玩店百分之八十的真货都被换了，这事……你报警没有啊？”

刚吃过晚饭，阿水在写作业，姜薄东在帮阿水指导功课。燕陈手中还拿着一卷设计图，

田瑾来得不是时候。

此时，阔绰的客厅里，水晶灯柔软了冬夜的寒冷，莫名添了几分温馨。灯光下，男人的侧脸文静而安谧，仔细又耐心，透着几分惊心动魄的美丽。讲题时，男人低沉诱人的声音，听得人心都化了。

燕陈很喜欢姜薄东说话的声音，说不出为什么喜欢，听了以后，心里就仿佛被人轻轻地捏了一下，软软的，触电似的，又酥又麻，很奇怪的感觉，却让她不由得心情愉快。

阿水的成绩很好，少有需要姜薄东讲解的地方。所以，每次姜薄东讲题目的时候，燕陈总会不自觉地转移注意力，立着耳朵，近乎贪恋地听着他的声音。

偏偏姜薄东难得的说话时间，田瑾又在按门铃。燕陈的爱好被人这么一打断，心里就有点恶劣因子冒了出来。

“报没报警你猜猜吧。”

“你不会真报警了吧……”田瑾的脸色简直黑了，在玄关处脱了鞋子，她唇色发白，二话不说就准备进来。

可走到一半，就被燕陈拦住了：“有什么话在门口说吧。”燕陈挡着门，破天荒地心里生出了一点小情绪。

从前的燕陈是个小包子，《增广贤文》里说“命里有时终须有，命里无时莫强求”。未被抱回去之前，父母老师都说“孔融让梨”。谦让忍耐的思想，从七岁之前镌刻到了燕陈小姑娘的骨子里面。她喜欢燕爸、燕妈，不敢说。她喜欢哥哥燕楚，不能说。她喜欢漂亮的裙子、闪烁的钻石，不可说。在她幼时所受的教育里，所有的欢喜都要藏在心里，争的越多，失去的也就越多……

人，生来就有劣根性，喜欢掠夺、侵略、争锋。可这种骨子里的劣劲在燕陈很小的时候，就被磨成了齑粉，几乎不存在于燕陈的生命里，过犹不及。折断了所有的爱好和趣味，导致燕陈曾经对什么都无所谓，不感兴趣，真有那么一点感兴趣的也都被掠夺了。她以为“不争而善胜，不言而善应”，结果却是……不争，爸妈成别人的爸妈了；不言，各种乱七八糟的污水纷纷泼她头上。

燕楚恨其不争，揉着她脑袋，狠狠骂：“小丫头，让吧，让吧！赶明儿连喜欢的人都让出去了，看你不悔一辈子！”

“你知道我会一直包子下去？”

出国三年，燕陈见到了张扬热烈的欧美做派，见识到形形色色的宗教文化，明悟了信仰和力量——张扬犀利的人生，的确火焰般炫丽。不过……她燕陈啊，根本不需要像一根刺，随时随刻地刺到别人的心里。她只需要在最适合的时候，露出爪子和尖牙，譬如现在。

燕陈这趟回国，田瑾实实在在地发现她变了，从电话里，就发现她言辞犀利。一开始，田瑾总觉得一个人性格不能变那么多。上次燕陈电话里语气不好，田瑾没多想，以为谁给她气受了，她才会这样……对燕陈这种养废了的小姑娘，田瑾都没打算开防备模式！

可今天一见面，田瑾就吃了个软钉子。愣了一下，田瑾也不急，脸上露出古怪的笑容：“小陈姐姐，你不许我进去，该不会屋子里面藏着什么秘密吧？”

“这和你有什么关系。”

燕陈还就藏秘密了，姜薄东说话的时候那么少，田瑾什么时候来不好，干吗偏偏这个时候来了！燕陈不想让别人听见姜薄东的声音，你看他这个人，没关系，可是他的声音是我的。

燕陈就是爱极了这样低沉磁性的声音，喜爱到不能让任何一个她厌恶的人分享到这种快乐。

“我听说你离婚以后，认识了许多新朋友。”田瑾眼神一闪，优雅地探头，淡淡一笑，想在里面看见什么。她好像听见了什么，而且眼睛一花，刚才是不是有一个小男孩的影子。难道圈里传得沸沸扬扬，说燕陈婚内出轨，十六岁未婚生子真有其事？嘴角勾起一丝真切的笑意，田瑾很高兴。倘若能抓住燕陈的把柄，对她而言自然是一件有利的事。

“我认不认识新朋友，和你有关吗？”

“小陈姐姐，不要这么拒人千里之外嘛，我们好歹姐妹一场。”

“呵呵。”

“小陈姐姐……”你对我是不是有什么误会？田瑾一脸平和，刚准备继续说话，话音忽然戛然而止，她像是看见什么新大陆一样，眼神忽地狠狠一亮。

燕陈见她态度，总觉得哪里不对，按说田瑾在古玩店里吞掉的货还没吃下去，对自己应该是有惧的。否则，她也不会大半夜地没事找事来找自己叙旧。可这个时候，一个对自己有惧的“伪姐妹”，为什么眼睛亮得好像要把人剥光了吞吃入腹？田瑾什么时候变“百合”了？不，重点是目标也不能是自己吧？

乱七八糟地想着，燕陈忽然觉得古怪极了，顺着田瑾火辣辣的目光，一扭头，看见某个不应该出现在这里的人，她脸黑了。

“你出来干什么？”压低声音，她不高兴地伸出手，径自把姜薄东往屋子里面推。

“小陈姐姐，不介绍一下吗？”不等燕陈把姜薄东推进去，田瑾嗲得近乎腻人的嗓音高分贝地响了起来，激动异常。

说起来，这好像是田瑾第一次对某个男人产生浓郁的兴趣。一个走知性路线的女孩，忽然往白莲花的道路上义无反顾地冲了过去，连声音都从冷静变成了柔腻。这就是姜二少的魅力吗？

燕陈被她这一声柔肠百转千回的“小陈姐姐”叫得鸡皮疙瘩都起来了，嘴角不由自主地抽搐了一下。田瑾自然知道自己哪一部分最美，少女洁白的脖颈在玄关处，罗马灯的照射下，散发出柔和的光芒。

燕陈的脸色越发冷了起来。

燕楚曾赞：“田瑾的脖子很漂亮。”

燕陈那时懵懂，问：“怎么个漂亮法？”

燕楚也是个混账，那还是对着亲妹妹，想也不想地就回答了：“每个女人各有优点，有的女人腿漂亮，有的是腰漂亮。而田瑾……她的脖子修长而优雅，让人有亲吻的欲望。”

说白了，就是勾魂！如今。这么一截光洁如雪映入眼帘，后面还堵着姜薄东，燕陈心中的小情绪不由得扩大了。她像个得到玩具的孩子，正新奇着，爱不释手，来不及刻上自己的名字，就遇见有人想抢了。如果是田采虹，燕陈虽然不高兴，却也不是很担心会被抢走。可遇见的是善于掠夺抢走她一切心爱东西的田瑾，田瑾抢就抢吧，还每次都成功！

燕陈心中忽然就生出了一丝的小慌乱。一想到以后会听不见姜薄东的声音，燕陈就不高兴，破天荒的占有欲忽然如藤蔓一般在心口中疯长了起来。她不是个会掩饰自己心情的女孩，眼底赫然掠过一抹不悦。

好呗，你田瑾不是问姜薄东是什么人？小女孩咬着牙关，垂下小扇一般的睫毛，遮住星眸点点，踮着脚尖，搂住了姜薄东的脖子，回头粲然一笑，清清爽爽地承认："这么晚了，还在我家的还能有什么人？不就是……"嘤咛一声，欲言又止，温热的呼吸，痒痒地扑在姜薄东的脖子上。话留一半，小女孩脸颊红红的，故意让田瑾看见自己娇羞的侧脸。

她玩得高兴，却不知姜薄东却因她突如其来的动作，小腹猛地一紧，一双水亮的凤眸黑漆漆地沉了下来。

田瑾总说堂姐田采虹挑男人的眼光太毒了，眼毒的是她田瑾才对。二十四年来，田瑾就没遇见一个在外形、身材、气场上能够让她心生好感的男人，连俞景都不行。田瑾喜欢比自己大的男人，这男人最好有一头浓密的短发，五官如刀刻一般，比她高一个头，身材不要太魁梧，对了，这人还必须有漂亮的腹肌、完美的人鱼线。抱着她的时候，可以彻底地为她遮风挡雨，体魄强健的男人，在房事上绝对很猛！田瑾骨子里就崇拜强者，对艺术男什么的敬而远之……当初就算俞景文秀脱俗，一身的仙气，她都丝毫不动心。

姜薄东却完全符合田瑾对另一半的幻想。有过军旅生涯的姜二少，呼吸间都透着铁血气息，哪怕刻意收敛了煞气，却依然在举手投足间，流露出一丝血腥味。

这么冷的天，男人仅穿着一件黑衬衫，漆黑的军裤，热得却像是个火炉子。离得这么远，田瑾仿佛能感受到男人身上散发出来的热气，带着好闻的男性荷尔蒙气息……她几乎可以隔着单薄的衣裳，想象出姜薄东的好身材，这令她沉醉，眩晕。

藏住觊觎的目光，田瑾和和气气地一笑："看见小陈姐姐能走出上一段婚姻的阴影，我真为你高兴。我就说了，俞景那样的人，根本不配做我田瑾的姐夫，也只有小陈姐姐会把他当宝贝！"

"谁说我把他当宝贝了？"

"不把他当宝贝，你怎么会嫁给他。"

"不行吗？"

"姐姐曾经和我说，人生有太多的选择，会走错路。可我总觉得，作为女人，应该自爱自重，再错也不能拿婚姻当赌注！别人说婚姻是女人的二次投胎，小陈姐姐，你太不理智了。"

伤痛不已地看着燕陈，田瑾捧着心，难受极了。不得不说田瑾很好地塑造了一个知性又体贴的妹妹的形象，除了一开始，她多看了几眼姜薄东，后来一直规规矩矩，再没有多余的狂热和娇嗲。

这个穿着米黄色，脸蛋艳丽，举止端庄的女孩子，从头到脚有一种平静的气息，这种气息和燕陈很像。甚至，比燕陈更加冷淡，肃穆，而这种气质却又很合姜薄东的胃口。

看她做戏，燕陈半眯星眸，眼底掠过一丝嘲讽。田瑾想什么，她一清二楚，不就是当面挑拨吗？把话说得那么曲折，拐着弯说她不自重，不自爱。

燕陈简直想笑，哎呀田瑾，你敢不敢不三句话从主题思想中岔一下？怎么段数和叶浅浅一样，三句话不离我的婚姻问题。

燕陈这个人有一个好处，那就是不管做了什么，不后悔。用一纸婚姻，三年时间狠狠扯一下叶浅浅的后腿，哪怕不值得，她也不后悔，要搁别的女孩，恐怕还真会被田瑾引出一点自卑心。可这是燕陈！她选的路，走过去了，无论喜悲甜苦，从不回头后悔。何况……能重创叶浅浅，她开心极了。

田瑾来找自己，从古玩店发展成抢男人，这种神转折也挺无语的。要在从前，有人和她说："燕陈，你和田瑾的第一场战争，将会从一个男人开始。"

燕陈绝对要吐口水，唾弃这人信口开河，她不需要男人，也绝对不会为了一个男人和谁针锋相对。可现在，田瑾堵在这里，可不就为了个男人，最可怕的是燕陈不觉得无聊，居然还觉得这件事很有必要继续下去！

燕陈脸色有点红。终于被勾出几分羞涩，像一个小女孩似的，她无奈地把头埋在姜薄东结实有力的胸前，丢人地蹭了蹭。头顶上方，传来好听的闷哼声。她忽然觉得有点难为情，不为别的，就怕这个男人万一被田瑾勾走了，当场甩了她的脸。

燕陈擅长从眼睛中看情绪，可姜薄东太高了，她如果要看见姜薄东的眼睛，就必须要抬起头，她还没有学会怎么含情脉脉地对望。为了避免田瑾发现她做戏，她只能一手勾着男人的脖子，一只手搂住他精壮有力的腰，细软的手指徐徐地在姜薄东精瘦有力的后腰画圈圈。

好吧，她在勾引姜薄东。小姑娘的手指细细的，很柔软，嫩得跟水似的。这么娇软，像刚出生的小奶猫一样，在男人后腰处激起了许多战栗的火花。

男人垂下的狭长凤眸，徐徐藏住了眼底的狂烈风暴，他没有顺势揽住燕陈，修长笔直的大腿绷得紧紧的，连着鼠蹊处，都蹭着，蹭着，激出了说不出的味道。这是燕陈第一次做这种事，动作有些生疏，可对姜薄东而言，怀里纤细瘦弱的小姑娘是他早就祈望的，如果不是害怕吓着她，他真想捞起她，踹开卧房大门，把她丢到床上，一点点品尝过，用牙尖咀嚼，吃下让他想到心尖都紧了的绝妙美味。这种感觉太磨人了，只是想一想，浑身都烫得厉害，几乎轰地燃起来。

田瑾软软地劝："小陈姐姐，婚姻是一辈子的大事，你才离婚多久啊，想必这么点时间，还不能清楚地认识一个人，我希望你能好好考虑一下……万一又经历一次失败的婚姻，妈妈肯定会很难过的。"

田瑾是燕妈的干女儿，为了拉近关系，却往往省略一个"干"，只喊妈妈。燕陈不搭理她，专心致志地画圈圈，不说话，就是不说话。毛茸茸的小脑袋隔着黑衬衫，用力地蹭了蹭姜薄东滚烫又结实的胸口。这不是她第一次靠在姜薄东的胸前了，可不知道为什么，这一次她也没经过二十四小时的不眠不休啊，为什么她又有点困了。

轻轻地打了个哈欠，像是要摇掉脑子里不合时宜的困倦，小女孩不高兴，狠狠地用脸擦着姜薄东的胸。擦掉困倦后，姜薄东的身子明显僵了僵，连身子都烫得有点异常，什么硬邦邦的东西轻轻地蹭了蹭她的腰。

燕陈和男人相处的经验还是太少了，她迷迷糊糊的，不知深浅伸手去摸索起来。

脑子里一根弦突如其来地崩断了，燕陈思绪冷不丁一激灵，也不是小孩了，你要说她不知道这是什么，怎么可能？本来想收手，不过摸都摸了，再提什么礼义廉耻，矫不矫情啊！

燕陈也是个爽利人，一不做，二不休，既然利用，就利用个彻底！小姑娘不退反进，从姜薄东的怀中露出半个脑袋，懒洋洋地看着田瑾，微笑道：“别光顾着说我，阿瑾也该找个男朋友了吧，我晚上有点忙，有事明天再说吧。”

忙？忙什么？怎么个忙法？姜薄东心里被小猫爪子狠狠地一挠，恨不得现在就办了她。田瑾有点不高兴，还想再提醒一下燕陈别忘记赴堂哥的相亲宴，不过看了一眼姜薄东，只和声笑道：“那……小陈姐姐你继续忙，我明天再来找你……”

大门啪的一声关上了，玄关处，相依相偎的男女之间，氛围有些诡异。燕陈一手搂着姜薄东的脖子，并没有像姜薄东想的那样，立刻划清界限。小女孩长大了，没沾过情，却绝不陌生。被她一撩，姜薄东的呼吸重了起来，隔着军裤，燕陈都知道惹火了。

燕陈低着头，想了想，忽然用力一掐，抬起手，面无表情地把沾着蒙蒙水汽的手指逼近姜薄东的眼。

“嗯？你说……我像你姑姑？”撇撇嘴，燕陈把二少用来套关系的身份，狠狠砸回去。你说我和你小姑姑长得像，所以不由自主才照顾我吗？你对你小姑姑会起这种心思？

细细的手指就在眼前晃啊晃，得意极了。玉白葱根，柔软无比，透着一丝儿诱人的奶香，轻轻一戳。雪白柔软的奶油沾着水汽，一匝匝地荡到了心里，勒紧了皮肉，诱得姜薄东口干舌燥，恨不得捉在唇边，啃嚼出味道。

小女孩真不知道自己有多诱人，干了“好”事，还好意思让自己背黑锅。

姜薄东的脸扭了过去，心里有点不高兴，他当过兵，性子里有火气，被铁血的纪律压了几年，那些令人胆战心惊的欲望蛰伏了。什么意思？潜伏，隐蔽，藏而不露看不见，却不代表这些不存在。

姜薄东心里冒火，觉得小女孩不通人情世故，纯得跟未经雕琢的璞玉，真该抓过来照白屁股上打几巴掌，磨掉她身上的倔气。不过，撞见燕陈的眼睛，他抿紧了薄唇，不吱声了。

小女孩有一双漂亮的眼睛，湿漉漉的，黑亮晶莹，像荷叶尖尖滚动的水珍珠，骨碌碌地从心口划开，溜得他心都在一阵阵吸气。

二少聪明一世，糊涂一时，和燕陈待这么久了，居然还在边缘地带绕圈，他没琢磨出燕陈的小心思。燕陈喜欢的什么？是他的声音，你用美色攻势有什么用？

说来惭愧，别看着二少天生一副美艳到无可挑剔的皮囊，举手投足特惹女孩子春心萌动，可他还真没有过追女生的经历。不同于圈里其他男孩，二少就算是狂，在男女方面也特别自律。

青春期时，妈妈们都在急，生怕儿子一不小心，就让自己做了奶奶，唯独姜妈没这烦恼。妈妈们谁不瞅着那二少那样高大俊美的男孩子醋溜溜的，和姜妈妈刺一句：“你就不担心你儿子那方面不行吗？”

担心，怎么不担心？嗅蜜、摘果，二少一样不碰。谈恋爱什么的……这还需要俊美如神祇的二少去主动吗？他一个冰冷冷的眼神，就有前赴后继的妞扑上来，削尖了脑袋盼他一笑，可问题是他一个都不沾。

久而久之，姜妈妈痛心疾首，脸好什么用，不举才是关键。

这个严峻的问题困扰了姜妈妈十几年。从上到下三代人，就连姜家帮忙的夏姨都觉得愁：多好的孩子啊，可惜可惜了。

姜家除了姜小妹兴致勃勃地喜欢二哥，明目张胆地破坏二哥感情，唯恐二哥被外面的狐狸精勾走，其余的姜家人，是恨不得世间多出几条狐狸精！甭管狐狸是妖娆，还是纯美的，哪怕身世不好又或者别的有什么缺点，只要二少喜欢，姜家就能毫无异议地娶回来。

月老牵姻缘，缘分不到，你急有什么用？

此时的姜妈妈，就绝想不到困扰她大半辈子的问题解决了！二少终于对女人有兴趣了，这兴趣来得如此激烈迅猛，他看一眼，就想跟燕陈有亲密接触的迫切冲动，太快了，快得连燕陈根本不相信姜薄东的情，是真心实意的喜欢。

倘若让姜妈妈知道儿子的第一次是在什么时间，什么地点，和什么样的人发生的，她绝对会尖叫。直到很久以后，姜薄东回想自己和燕陈第一次发生关系的场景，依然有一点额角青筋直跳的感觉。

生杀予夺决断无情的姜薄东居然被个女人给做了。确切地说，他的第一次真的是和自己爱到心尖尖的女孩做的，但时间地点不对。

他想的是长期发展，可燕陈就有本事把感情化为鲜肉，直接把他按在玄关的墙角，比偷情还刺激，利索地把这个美若尘寰的男人吃干抹净。

短短十分钟，没错，就只有十分钟。

燕陈非常简单地破了姜薄东……也顺便破了自己，脱裤子用了四分钟，找位置用了五分钟，偏偏最重点的，她只用了不到一分钟时间。

“别这样，燕陈，阿水还在客厅。”低哑宠溺地唤着一个名字。这两个字的主人，足够他咀嚼、品咂这一生，那醇厚磁性的男性嗓音，比寻常时候更宠溺，却也透着震人心弦的哑。

“哦，你不要吗？”燕陈神色淡淡的，当时是这么反问回去的。

要，为什么不要？他想了很久了！一句话，勾起他心中热热烈烈的火。不过，这绝对不是好回忆，穷尽姜薄东这一生，再也不会有比这更憋屈的事。

姜薄东永远记得燕陈清得跟水似的嫩嫩的手指，捏着自己的冒着青青胡茬儿的下巴，认真又强势地对他说：“确定关系吧。”

“什么关系？”

“炮友啊！你追这么久，不就为了上我？你不累，我看着还累呢！”这么粗鄙的话，燕陈说起来，却优雅又从容。

二少脸色不由得一僵。什么炮友？老子要的是老婆！老婆！你懂不懂什么叫老婆啊？

燕陈说：“姜薄东，别装大尾巴狼，不像。”灯光柔和了小女孩黑亮的水瞳。姜薄东永远记得燕陈那时候是开心的，小女孩笑着捧着自己的脸，亲了亲他的嘴角，半是玩笑半是真地说了一句：“对了，你不会真的拿我当姑姑吧？”

“你说呢？”

再然后的事，美得令鬼神动容，却也悲得让鬼神咬牙。小浑蛋瘸着两条腿，一拐一拐，吃干抹净就走了。她走路的姿势，看得姜薄东浑身上下无一处不疼，心里心外无一处不恨。

小浑蛋！姜薄东绝对有这立场骂她！

她怎么敢？她和俞景不是结婚三年了吗？她居然还是个处。看着雪白地毯上沾着一滴殷红的血迹，姜薄东痛得心都要缩起来了。那天，他大冬天地冲了两小时的冷水澡，终于冲掉了心底热热烈烈的欲念！

如果燕陈不是第一次，他大可以扑了她，从头再来一遍。可问题是，自己是她第一个男人。从头到尾，他姜薄东的作用就两字：黄瓜。再伤点自尊……小浑蛋用完了，不要了的黄瓜……

整整三天，姜薄东没来找燕陈。

阿水心里挺想那条大尾巴狼，总是忍不住问："姐姐，姜家哥哥没有来吗？"

"没有。"

"姐姐，姜家哥哥不来了吗？"

"不知道。"

"姐姐……"到第三天，阿水小大人似的叹了口气，恨铁不成钢地看了一眼燕陈，不吱声了。

这什么眼神？怎么感觉自己被小孩子鄙视了，乐得燕陈忍不住揉乱了唐阿水的头发，拉着他坐饭桌前面，递给他一杯热牛奶，好笑道："小鬼，你叹什么气？"

小家伙张着乌溜溜的大眼睛，稚声稚气："我听人说，夫妻之间床头打架床尾和，姐姐，你和姜家哥哥什么时候和好啊？我想姜家哥哥了……"

小孩子哪里知道什么叫"床头打架床尾和"？这话是谁教的，用头发丝都能想出来。

燕陈嘴角抽搐了一下，镇定无比地吃掉手中的吐司片，无视“小叛徒”目光闪闪，三番五次的试探。送阿水去上学后，她忽然再次想到自己和姜薄东最亲密的接触！

嗯，疼死了，害得她走路都有点瘸。色彤居然说这是一件很美的事！如果每次都这么疼，她不由得开始同情叶浅浅。

想不冥币，燕陈干脆去商场买衣服，这几天她闲下来，自从古玩店被清空，施工队伍开始飞速装修店面。这支施工队是燕楚介绍的，给出了设计图，就能坚决坚定地执行设计理念。燕陈盯了三天，发现他们果然是熟手。既然大致不会偏，她刚好放松一下。她给田采虹的最后期限，差不多也要到了。田瑾这几天不知道是被姜薄东刺激了，或者别的什么原因，居然按兵不动，没来找她。燕陈估摸着田瑾不会善罢甘休。以田瑾的战斗力，后招绝对挟海雨天风，若风来潮至，其坚强的后盾，也不过是妈妈。

嘴角撇出一丝淡淡的冷笑，燕陈漫不经心地逛着，专卖店、柜台里的琳琅满目，各色玉器色美鲜艳，令人爱不释手。

“麻烦拿这副镯子给我看下。”前面忽然有一个长发飘飘的窈窕背影，细声细气地和导购小姐说着话。那声音有点耳熟，让燕陈不由得顺着那只柔白的小手，往柜台里一看。忽地，她眼睛一缩，不可置信地看着那只手指的一抹羊脂白。说真的，那不是什么好水色的镯子，花色不纯，在羊脂膏腴似的浓白中，有一道绿中带蓝的小裂纹。可这副镯子，和燕妈曾经戴过的一副镯子水色很相似，就连蜘蛛爪的小瑕疵，都是在同样的大小和位置。

燕妈曾经有一副最喜欢的镯子，那是她和燕爸没结婚的时候，燕爸送给她的，那时候燕爸穷，送不起好物件，可燕妈照样当宝。

后来镯子不知是怎么弄的，碎了。

燕陈记得镯子碎了的那天，燕妈觉得自己的定情信物没了，天塌下来似的，背着人哭了好几回。虽然燕爸好声好气地哄着，什么好东西都往燕妈那里送，燕妈还是花了大半个月的时间才从伤感中拔出神。

从那以后，燕妈看玉的眼光就歪了，她开始疯狂地收集镯子，并且以羊脂玉中，绿中带点蓝的劣玉为优。这种玉不值钱，也不漂亮，以燕陈的眼光，那是送给她她都不会看第二眼的。

这家珠宝玉器专卖店做的是品牌生意，拉的是回头客，不可能会有劣玉以次充好，燕陈原来跟着哥哥来过，见过导购小姐做错小事，直接被炒鱿鱼。燕陈抬起头，疑惑地看着那女孩。那是个十八九岁的年轻女孩，脸蛋嫩嫩的，一双乌溜溜的大眼睛里含着洋溢的笑意，让人不由得心生好感。

女孩利索地就把盒子从冷光灯下取了出来，热情地介绍着手中的玉器。从玉石的水色，到制作工艺，她介绍的内容也没错。咬字清晰，字正腔圆。只是细细一听，燕陈忍不住笑了，真的是生搬硬套，有一两个专业词，她背错了音，不过招呼的不是玩主，小错误不会有人注意到。

燕陈又瞥了一眼导购小姐的胸前名牌——夏微凉。这名字挺陌生的，燕陈原来逛这家店时没见过她，看来是才经过培训，刚刚上班的实习小妞。实习生经验少，一般都谨慎，送来的货源，这个叫夏微凉的女孩子绝对不可能乱动，肯定是检查过，直接就搁在柜台里了。

既然这样，做这种手脚的恐怕是她的同事。

燕陈皱着眉头，环顾了一圈，果然在柜台某个角落，看见两个年轻女孩缩在一边，眼神闪动，满怀恶意地盯着夏微凉。

从小燕陈的耳目就灵敏，那边的对话声压得再低，也一点点飘进了耳朵里。

“金经理来了吗？”

“快来了……”

“哈哈，夏微凉这次可要倒血霉了！”

“红音你也够狠啊……人家夏微凉也没得罪你什么，不都说她勤工俭学，是为了攒钱给家人治病，你至于这么处心积虑把她挤走吗？”

“明明就是个靠脸吃饭的小骚货，什么勤工俭学给家人治病，你没见她穿的都名牌啊！甘少多疼她，谁不知道！要真有心给家人治病，别买那么多名牌啊？你也别说我狠，你清高，这主意还是你出的呢！”

几个女孩恶意地说着，脸色愤愤不平。这种小斗争小把戏，在燕陈这二十四年的人生中绝不少见，她这辈子最烦的就是队友背后捅刀子，当面是嘘寒问暖，好一副姐妹情深，背地里为了各自的利益，那黑枣儿翻着花样敲过去。

听到这些，燕陈心里就有个大概的琢磨了：这女孩恐怕是高门某位名媛跑来体验生活的。

说实话，这事和燕陈没什么关系，可不知道为什么，看见夏微凉那双含着笑意的眼睛，也不知道燕陈心里哪一根弦动了一下，破天荒地生出了一丝迟疑。

抿着唇，她静静看着冷光灯下红丝绒的盒子中的某枚戒指。

导购小姐甜美的声音响了起来：“小姐，需要我拿这枚戒指给您看看吗？”

“不必了，我随便看看。”

收回目光，她友善地朝对方微微一笑。这一看，就看了半小时，这一看，就顺便做了个好人。其实燕陈帮夏微凉解围，纯属美丽的意外，对燕陈而言，这种来体验生活的高门名媛马脚露太多，被人嫉恨了只能说做事不小心。对方丢了工作，照样不缺吃喝。一开始，燕陈没准备管闲事，可那一枚劣玉镯子，她却是势在必得，就因为她多了一句嘴，本来到了绝处的夏微凉忽然反扳一局，从十面埋伏四面楚歌忽然就柳暗花明又一村。

解决了麻烦，其最直接的后果就是夏微凉对燕陈的好感度直线上升，从商场一离开，燕陈就发现身后多了个小尾巴。

“燕姐姐……你别走，这三万块钱，我一定会还给你的！”

“不需要。”

“要不我买一副水头足的正品羊脂玉镯子送你！”

“不必要。”

“燕姐姐,你帮了我这么大个忙,我不能让你吃这哑巴亏啊！”

“你多心了。”

“燕姐姐，你太不拿我当朋友了！我夏微凉绝对不是让朋友吃亏，自己在旁边瞎乐呵的人！”

“我们……很熟吗？”

第八章　劣玉镯子

坐在地下商场的餐饮区里，燕陈一边在三鲜粉里加辣椒，一边疑惑地抬起头，问出了这个至关重要的问题。

“一回生二回熟啊！燕姐姐，你看，你都知道我叫夏微凉。我也知道你叫燕陈。友谊的开始，不就是互通姓名吗！”

“对，你怎么知道我名字的？”

“购物单上要签字，我看见燕姐姐签字了！燕姐姐你的字写得真漂亮！”

夏微凉双手握着，星星眼里满是崇拜。微凉，人不如其名！明明那么个玛丽苏、白莲花、绿茶……的极品名字，可这丫头展现出来的，完全是火似的热情。

其实燕陈真没干什么事，她只是在那边闹腾得不可开交时，静静说了一句话：“这块玉我要了。”于是玉器珠宝店里所有人的脸色都变了。

“小姐，这块玉是劣玉。”

“我知道。”

“这上面有蜘蛛爪，我们店百年字号，做回头生意的，不能把这样的劣玉卖给您。”

“嗯？”

“咳咳……”

被燕陈一眼瞥过，几个陷害夏微凉的女孩心口不觉一缩。燕陈收回目光，淡淡道：“不是说这家店可以接受各种订制玉吗？我订制的，就是这么一副羊脂白玉镯，货都到了，你和我说不能？”

“那……您真的知道这是劣玉？”

“你这是怀疑我的鉴赏目光？”

“没有没有。”

女孩们消停了，就这样，一件风波静悄悄地平息了，燕陈也拿到了玉镯。

“燕姐姐，你不说我们不熟吗，那我给你介绍介绍我自己不就行了么……”

夏微凉是个人来疯、自来熟的女汉子！

在小夏姑娘滔滔不绝的自我介绍中，燕陈知道了小姑娘的家里确很有钱，不过创业成功的是她哥哥。勤工俭学为人治病也确有其事，小姑娘大一时候交了个男朋友，男孩学习成绩非常好，可惜家境贫穷，还有个生病的老母。

其实小夏姑娘完全可以求哥哥，帮忙垫上男友母亲治病的钱。可问题是她男友也是个傲气的人，根本不愿意接受她哥哥的资助。

小夏姑娘思考再三，还是决定勤工俭学，自己赚钱帮男友的母亲垫医药费。至于那个被人诟病，宠她宠得不行的甘少就是夏微凉的哥哥了。

哥哥姓甘，随父亲的姓；她姓夏，随母亲的姓。于是，问题就来了——你夏微凉凭什么叫甘少哥哥啊？干哥吧！甘少凭什么每天接你回家啊？包养的吧！那么多人过生日，甘少不送花，为什么遇见你就送花了？小婊砸！

说完这些，小姑娘眼睛亮晶晶地看着燕陈："燕姐姐，这就是我了。"

"哦。"

"那你呢？你是个什么样的人啊？"

可惜她一腔热情，燕陈根本没有表示出想要结交的心思，吃完了三鲜粉，直接就走了。

傻乎乎地看着对面空无一人的位置，小夏姑娘寒风瑟瑟，小心脏咔嚓一声碎掉了。不要吧？燕姐姐有没有那么难接近！

就在夏微凉郁闷得一塌糊涂的时候，耳畔忽然传来扑哧一声轻笑。揉着太阳穴，那人好气又好笑，径自伸手揉乱小姑娘一头柔顺的短发，笑嘻嘻道："丫头，我就没见你对谁这么上过心。这个燕陈看起来普普通通，也没什么特别……至于你这么处心积虑地去接近吗？"

被打击坏了的小姑娘撇着小嘴，恨铁不成钢地盯着对桌那人："哥，你没听妈说二少最近谈恋爱了！"

"怎么又是姜二！"皱皱眉头，嫌弃。

"妈不是说了，二少一天不结婚，她一天不放心……你和我都不想妈继续做姜家的老保姆吧，这可是好机会！"

“怎么说？”

“让二少结婚啊。”

“他会结婚？这家伙比柳下惠还清心寡欲，会结婚？你逗我玩儿呢！”

“我没事逗你干吗。妈苦了半辈子了，现在该我们孝敬妈妈了！妈妈觉得放心不下，那咱们做子女的，帮她放下心。”

“真伤心，亲儿子都没找媳妇，就记挂着人家家的儿子了……”

“哥，你就别嘀咕了，再吃醋也没用。要不是姜家，甘家早就毁了。要不是二少，你妹妹我这一辈子也毁了。你今天事业上的成功，虽然和你自己的努力不无关系，可这个人脉圈，要没姜家给你疏通，你怎么可能做出成绩。妈妈是个有恩必报的性儿。不过这些都不重要，嘿嘿，你不觉得……燕姐姐这么冷淡的性子，对上同样冷漠的二少会很好玩儿吗？”

“燕陈？”

“对啊，我今天可是想了半天才想到这名怎么这么眼熟！妈说过，姜二感兴趣的妞儿就叫燕陈……我还愁怎么去找她呢……没想到燕姐姐自己撞上门来了，缘分啊！”

小夏姑娘趴在桌子上，一想到两冰块结婚以后，互相干瞪眼，就觉得好乐呵。坐在她对面的青年眉头却不由得皱了起来。是啊！燕陈这名字怎么这么耳熟？是不是……那个弃妇？

一想到那个燕陈，有可能是那个离异单身，名声十分糟糕的燕陈，某人的眉头不由得越皱越紧。他就算醋着姜二太受宠，可也不希望站在姜二身边的女人，是一个配不上他的蠢物。

至于燕陈是不是名门圈传说中的蠢物，恐怕还真容不得人碎嘴。毕竟她有一个行事怪异，却分外护短的哥哥。谁欺负燕陈，燕楚就能原封不动地把这些伤害奉还回去。过去也不是没人议论过燕陈，不过这些人下场不一，都不好受，各自说不出话了。

燕楚绝对是一个简单粗暴的恐怖分子。护短没错，可你需得知道，防民之口甚于防川，有时候，你越防着，不让人说的事情，往往会越传越离谱！譬如离异，不怪圈子对燕陈印象不好——出国前的二十一年里，燕陈的确淡出了所有人的视线。

所有名媛们热爱的社交娱乐活动，燕陈都不喜欢参加。像什么生日宴会、舞会、高尔夫、斯诺克、保龄球、赛马……又或者养游艇、听歌剧、画展，这些场合中，你绝对看不见燕陈的身影。偶尔燕楚也会带着妹妹玩，可是每次，燕陈都表现出兴致缺缺的样子，她从来不会像名媛一样疯狂热爱社交。不管是谁看见她，那女孩都是安安静静地坐在角落。一次两次可以说她性格文静，可次次都是这样，谣言就泛滥了，谁不说燕陈是个无能无知的主儿。

即便燕陈有专门的家庭教师，可谁都不信她用心学过。

哈！高尔夫？她会打吗？哈！马术？你确定她不会被摔下马背？所以，当燕陈回国后，第一次正大光明地出现在某会馆国画展区的时候，名媛们震惊了。

“那是燕陈吧？她怎么来了？”

“我记得原来江先生办了次画展，她看着看着，你知道怎么着？”

“把油画当水彩？”

“比这还离谱……”

“那是？”

“江先生介绍某幅图的构图、用色、意境的时候，她居然闭着眼睛睡着了。”

压低了嗓音，有人摇头叹息。

“怎么会有这种人！”

随着一声惊呼，好几道比羽毛还要轻的目光，复杂地落在燕陈身上，满是怜悯、无奈、谴责。名媛们向来自诩高贵，她们不会鄙夷燕陈，但是眼底的怜悯却比软刀子还割人心，那才是最纯粹的轻鄙。

站在角落，某道颀长的影子不由得皱了皱眉头。

“哎，你来这儿干什么？”能把这句话说得这么趾高气扬的，永远只有燕陈的小姨陈糖糖。在过道边上堵着燕陈，陈糖糖满脸的不高兴。

“哦，我有点事。”

燕陈不过应了一声，陈糖糖却不由得多看了她一眼。

小时候，陈糖糖和燕陈的相处模式就是陈糖糖死劲说啊说啊，燕陈静静的，燕陈居然会搭理她，不由得让陈糖糖愣了愣。可紧接着，却是绝对的谨慎。

今天的画展是江先生主办的，其实办这画展没什么问题……投资人却是陈家的一个大客户。当年燕陈在画展上闭眼睡着的事情太丢人了。陈糖糖真怕她闹出什么麻烦——得罪了江先生没关系，可万一得罪了江先生后台的大客户，那可就摊大事了。

今儿个，为了在江先生面前争脸，陈糖糖对展出作品下足了工夫！几乎是每一件展品，她都能如数家珍……眼瞅着投资的大客户就要来了，燕陈这个时候冒了出来，陈糖糖满脑门子的黑线，真担心她又做出什么败坏家族名声的事。

“不管什么事儿，出门右转就一咖啡厅，今天小姨请客，你再去喝喝咖啡，看看书，有事你也等两小时以后再来吧。”

没给燕陈解释的机会，陈糖糖伸手就去拉她。她已经看见不远处，陈家另一拨竞争对手讥诮地往这边看过来。那拨人诡谲多谋，本就紧咬陈家不松口，倘若被他们看见燕陈，旧事重提，撩拨几下，难保江先生不会怨怪到陈家出了这么个粗莽不懂艺术的角儿。

她下意识挡着燕陈，心里一遍遍告诫自己：不能出岔子！不能出岔子！不能出岔子！不知道太紧张还是什么原因，一向自信张扬的陈糖糖心口都有点怦怦乱跳了。

“小姨，你别担心，我就是找田采虹有点事。”这时候，一个清淡的嗓音不动声色地响了起来。

“田采虹是谁？”陈糖糖一愣，对于田家那一溜亲戚，她向来是不熟的，一下子也没往那边想。

“田瑾的堂姐。”

“怎么又是田瑾家的人？”

下意识皱着眉头，陈糖糖打开了画展参观名单，迅速地扫了一眼。人家说相由心生，这句话一点不错。听见燕陈肯解释来意，陈糖糖针对燕陈的心思淡了，言辞也不那么咄咄逼人了。

不知道为什么，陈糖糖总觉得燕陈和三年前有点不同了。如果是三年前的燕陈，恐怕根本不会和自己多说一句。那时候的燕陈，瘦瘦小小的，想干什么就干什么，等干完了，你就等着一拍大腿，大叫“不好”吧。

一个只行动不解释为什么这么做，不顾及别人目光，就算办了好事，也像是不定时炸弹。这样的人，谁敢和她待着一起啊。就像是上次江先生办画展一样！陈糖糖记得很清楚，出门之前，燕楚还问过她："陈陈，你真的要去看画展？"

当时的燕陈就坐在车后座，低头不语。她不吭声，燕楚就默认她对画展有兴趣呗！结果，这妞儿一开始静默不语地跟着参观，看着什么问题都没有，偶尔也会在一幅画的前面长久地驻足，思考……那时候，爷爷还好得意，直说"老陈家的孩子骨子里风雅！"

结果就是，爷爷夸得多厉害，等到江先生一讲解起自己某幅画的构图立意，老脸就被摔得多厉害——燕陈她睡着了啊！在这么个高雅殿堂，文化学者汇聚，具有艺术熏陶的地方，身为书香世家的燕陈居然睡着了。

姐姐哎，你要不喜欢，提前说啊。所有人脸都青了，对这件事，唯一不生气的恐怕就只有爷爷和燕楚。

爷爷冷笑道："江家那小子年纪轻轻，恃才傲物，把人都当傻子耍呢，我家曾孙女倒是个眼利的！"

燕陈明明闹了笑话，可爷爷居然还夸她。陈糖糖气嘟嘟的，火气冲脑门了，冷不丁就见着燕陈瘦瘦小小的模样，到底人家喊她一声小姨，对这么个死气沉沉，明显有点自闭倾向的孩子，她一阳光少女生哪门子的气啊。

陈糖糖不是讨厌燕陈，就是纯粹不想和她待在一起。今天燕陈和自己说了这么多话，真的打破陈糖糖对她的固有印象。虽然心里还有点不舒服，可陈糖糖态度明显软了些。

燕陈说："小姨，你在这里看见一个挑染酒红色长发，大约这么高，尖脸大眼的女孩子吗？"

燕陈什么时候求助过人啊！循声望去，燕陈的小脸雪白白的，一点也不阴郁，她眼底还有一分淡淡的笑意，不浓烈，却清淡如风，刹那间吹绿了整个会馆展览厅，让人不由得感受到蓬勃的生气。陈糖糖虽然不知道燕陈是不是脑子被门磕了，怎么一下子改了这么大的性儿……不过，她喜欢和这样的燕陈说话。

陈糖糖低声道："我刚帮你看过了，画展的受邀名单里，没有田采虹这个人。"

"被携伴的对象，有可能吗？"

"不可能，这是一次商业画展，在受邀名单大多是已婚成功人士。江是侨商，家族在圈子里有头有脸……谁也不会在这种场合带情人来。"说到这儿，陈糖糖忽然想到些什么，话锋一转，古怪地看着燕陈，"你不说我都忘了！会馆应该不会随随便便地放人进来，你不在受邀名单中，你是怎么进来的？"

她谨慎地往边上观望了一下，边上不少人都认出燕陈了。想起自己的任务，陈糖糖心里就直打鼓。燕陈伸手从兜里摸出一张黑白色镂空百合花纹的磁卡，递过去。乍见这张卡，陈糖糖眼睛都要被闪瞎了，捏着燕陈细细的胳膊，她脸色迅速黑了，压低了声音吼。

"你丫真大胆！爷爷的贵宾卡你也敢偷！"

"不是偷。"

"难道是爷爷给你的？"

这种可能不是没有，以爷爷喜欢燕陈的程度——陈糖糖眼珠子一转，松开手，狐疑地打量着她。

"也不是外曾爷爷给的。"

"难道是江先生给你的？"

这句话说出来，陈糖糖扯了扯嘴角，想笑，又担心太打击燕陈了，终于没笑出来。江先生的画展贵宾卡，一年也就送个三两张。持这张卡，可以不用邀请函，自由出入于江先生旗下任何的画廊、展览馆——持卡人地位斐然，令人又羡又敬。贵宾卡只送给和江先生投缘的长辈、有缘人。

陈家世代书香……那么多极具风雅的儒商，江先生却只送了一张贵宾卡给爷爷。不是爷爷的卡，打死陈糖糖都不会相信这是江先生给燕陈的……也不对，燕楚似乎也有！可她如果没记错，江先生送给燕楚的那张卡，已经被燕楚退还给江先生了。陈糖糖都搞不懂为什么燕楚会讨厌江先生。

大约是因为两人同样出色，一山不容二虎吧！江先生没比他们大多少。

江先生，本名江北。他从小对做生意没兴趣，却偏偏喜欢写竹撇兰，五岁的时候，就跟在世交一位国画大师的身边，耳濡目染，聪慧非常，很小就能画出极具灵性的四季花卉。十九岁时因一幅墨笔山水图《江北》而蜚声中国画坛。但他的父亲看见这幅画，却只摇了摇头，对他说："你画的是江北，也不是江北，江北没这么多奇诡崛起的山石，没这么多钩心斗角，恃才傲物，也没这么多诡谲波澜机关算尽，你这性子啊……"

"糖糖，你怎么还在这儿待着？今天你可是得选一幅画送给张老板，没时间在这儿磨叽了！"

就在燕陈要回答陈糖糖这张卡的出处时，一个留着长发，化着淡妆的漂亮女孩跑了过来。

对方戒备地扫了燕陈一眼，拉着陈糖糖就走。

“等一下，我和陈陈还有点事没说……”

陈糖糖不放心燕陈，可来不及跟燕陈交代什么，那女孩不由分说道：“来不及了，你也不想失了这个大客户吧。”

“你这么急做什么？”

离着那么老远，还听见女孩压低了声音，在告诫：“陈糖糖，你脑子进水了！别告诉我你不知道你家那个燕陈和江先生有什么恩怨。”

“知不知道又怎样？”

“展厅可是有摄像头的，你看着吧，江先生如果看你和燕陈那么亲密，肯定会给我们吃黑枣的。”

“江先生是艺术家，不会这么小气。”

“艺术家也吃人间烟火，也有小脾气。你没听说汪家有位顶厉害、顶有名气的戏剧家去饭店吃饭，就因为看对方不顺眼，直接就撸袖子、瞪眼挑衅了。人家那还是那么有名气的作家呢……”

陈糖糖撇撇嘴，总觉得好友说得不对，她想把燕陈送出去，免得燕陈闹笑话，可同伴扯得紧，燕陈就这么孤零零地站在展厅里。

“别看了，正事要紧。”

陈糖糖不安心地看了燕陈一眼，终于还是被拉走了。她这么一走，燕陈周围立刻隔出了十米空地。来来往往的人讥诮地看着她，再没有一个人搭理燕陈了。

长发女孩说的那位脾气古怪的戏剧家，燕陈听着姓，就知道那个跟麦秆似的容易冒火的人物是哪一位先生了。她也见过那位先生几次，就觉得那是个喜欢美酒和美食，真诚可爱的小老头儿。

可江家的江北是个什么样子的人呢？所有人赞他良才美玉，惊才绝艳，也有人说他性子古怪，不可捉摸。

江北！江北？燕陈低头想了想，脑海里浮现出一个模糊的人影——那男影长身玉立，总穿着熨帖的大红色唐装。妖娆，艳丽。燕陈直觉地皱了皱细细的眉头，不喜欢。又不是在唐人街，谁会穿这么一身有中国风的衣裳，多惹眼啊！

可江北却不给人突兀的感觉，那个男人今年差不多也三十岁了吧。他是个古怪的人，有一双和姜薄东很相似的眼睛，眯起来都如狐狸一般，藏住了眼底的真实心情。他的气质儒雅，举手投足都有一股子浓郁的书卷味。可这人，不仅燕楚不喜欢他，燕陈也不喜欢！

爷爷说小子玩儿得太猖狂了，一点都不冤枉他。

燕陈记得挺清楚，去看江北画展的时候，是在她十五岁生日的时候。那时候，江北二十一岁，年纪轻轻却已蜚声画坛……来观展的人不多，只有二十来个吧。临到末时，他抬出了一幅四尺三开的画作。

江北的秘书介绍说，这是江先生的得意之作，细绢遮住了画面。

所有人都屏住呼吸，无比期待着压轴之作。可细绢揭开的时候，燕陈攥紧的拳头，徐徐松开了。与此同时，她听见外曾爷爷轻哼的声音。哼声那么轻……轻到除了她，没有任何一个人注意到。扭过头，燕陈看见外曾爷爷眼底闪烁着不满。

果然，外曾爷爷早就看出这不是江北的作品！

江北的笔锋奇诡，于无声处听惊雷，画作中有一种张扬凌厉的美，是冰天雪地的居高临下。可这幅画虽然和江北的画风同源，却有独立的灵魂。它笔调柔和，似春花秋月夜的妩媚，透几分杏花溪水的闲淡。

画如其人，一个人不可能有两种截然不同的画风。这幅画绝不是江北的作品！燕陈的眼睛里从来容不得丁点沙子，她已经把江北定了“死刑”，自然没了好感。

江北那天是穿一身大红色暗绣兰花的唐装，来了以后，居然还像煞有介事地谈笔法、立意、构图。燕陈不想听，索性闭眼，这就有了燕家女娃娃“不通风雅”的传言。

这幅《锦绣》赢得了所有人的关注，最后被人以二百万元的价格买走了。第二天，一张黑白镂空百合花纹的贵宾卡，就被装在了大红色珊瑚绒的盒子里，径自送到了燕家。所有人都以为贵宾卡是送给燕楚，没人知道，那只是江北送给燕陈的封口费。

燕陈这样子的异类，江北第一次见。有这样敏锐、老到眼光的女孩子，谁不嚷嚷得恨不得整个天下都知道？就只有燕陈，她宁愿不看，也懒得听你瞎掰掰。

江北敢在大庭广众下，玩儿一手偷天换日，不就是公然藐视整个圈子，他也不怕燕陈揭穿。

一个小丫头说的话，谁信？就算有人信了，他江北是走一步看一步的人。结果，燕陈懒得理你。

江北那些后招都没使出来，某人磨好了刀子，连血都没见着。这不由得让江北有点不高兴了。向来只有江北藐视别人，无视别人，鄙视别人的份儿。风水就算轮着转，这种被小女孩无视的事也不该发生在他江北身上。他送贵宾卡过去，不过是试探一二，可结果就是当天贵宾卡就被退回来了。

燕楚笑他：“江先生，你和个小女孩较什么真啊，你这么关心我妹，我会误会你在追求她。”

“不行吗？”江北摸着下巴，笑嘻嘻地反问一句。

“行，怎么不行？对未成年少女进行性骚扰，足可构成猥亵未成年少女罪，法律这种东西就是为你这种人准备的。”一杆清台，拿着黑八小球杆，燕楚笑得暗藏深意。

江北要是这么容易被个白纸黑字的法律文件吓着，那还真白瞎了他父亲对他《江北》那幅画作的评价。

“三年也没多长时间，对方如果是陈陈，我可以等。”

在江北看来，燕楚护得跟眼珠子似的妹妹，肯定是个有趣的妞儿。一眼能看破原画真伪的，绝对是个聪明的妞儿。身材嘛……虽然不是他最爱的前凸后翘，不过小女孩还小没发育，多喝牛奶吃吃木瓜什么的，可塑性绝对也是很强的。总而言之，江北对燕陈十分满意，有意把她往“情人”那一栏里培养。

可真接触了，江北才发现自己夜路走多了见鬼了。燕陈无趣极了，多稀奇啊！这世上居然也有让江北觉得无趣的人！

江北是什么人？这是个腹黑且韧性极强的男人，你就算给他一块无聊的魔方，只捏花色他都能心无旁骛地玩儿一个月。一大活人交他手上，他变着花样能有数不尽的玩法，直到遇见燕陈……好了好了，别的您什么也别说了，认栽吧！

燕陈就能不动声色，冷眼旁观看你在那儿折腾——她不说一句话，浑身的气场在那儿，阴郁郁的，足够摧毁你所有的自信心。江北试着接触了几个月，违心对燕陈说了许多动听的情话，勾得她身边的女同学个个春心萌动，女老师媚眼桃腮。偏偏燕陈，只拿他当相声名角。

“燕陈，我再问你一次，要不要做我朋友，过这村，没这店。

像我这么好的男人，往后你打着灯笼也别想找到。”

雪白的烟圈，一个个徐徐喷到小女孩的脸上。十五岁的燕陈淡淡瞥了他一眼，轻轻抓起他的手，在他疑惑的目光下，真挚地往他手中塞了一把零钱。如果是刚认识她，江北恐怕也不知道燕陈在做什么。可认识这么久了，江北不要太了解她。小女孩一句话都不说，用行动直接表达出一个真挚又诚恳的内涵：江先生，您相声演得真好，这是我打赏您的小费，您千万甭跟我客气。

堂堂画坛后起之秀，年纪轻轻，容貌不俗，家世优越，情商超高——偏偏在一小女孩这里栽了跟头。

燕陈，你敢不敢有点正常人的思维？江北捏着一把零钱，脸黑了。江北滥情，这一辈子没有不喜欢的女人，唯独对燕陈，他真激不起爱情的火花。他喜欢燕陈的眼光、才华，却恨极了燕陈奇诡的所作所为。如果有可能，这辈子都别见了！江北想过各种的“永不相见”，却绝对没想过九年之后，他会在画展上再次看见那个让他咬牙切齿的小女孩。

九年，燕陈变化不大，依然是雪白的脸蛋，黑漆漆的眼睛。她个头儿比原来高了一点，眼神却是一如既往的如水清淡。江北一想起和她相处的往事，额角一根筋突突直跳。

他不想看见燕陈，燕陈其实也不想见到江北。对燕陈而言，只要在江北的画展里，就没好事。祸从天降说的恐怕就是她现在遇见的事——被迫卷入一场争斗，真的是让人劳心劳力啊！

“陈糖糖，你说这事该怎么办吧？”

“这可是装裱过的原图，就这，你们家燕陈居然都能把画给毁了……难怪人家说她是蠢物。”

“画展邀请名单中有她吗？”

“哼，我可看过今儿个邀请名单，里面没姓燕的。”

“陈糖糖，你们天源科技该不会是怕了，所以带了这么个蠢物过来，特意来给我们创恒能源添堵的吧？”

“这丫破坏力这么强，简直是一生化武器！”

“哎，你们说该不会是这妞儿太蠢了，所以才被俞少给踹了的吧……”

一阵哄堂大笑的声音，恶意地响起。与此同时，躲在阴暗角落里的，却有另外一对姐妹。

“阿瑾，你不说燕陈不会来的吗？阿瑾，你不说燕陈绝对进不来的吗？阿瑾，你不说燕陈对古玩店压根不上心的吗？”

田采虹急得团团转，眼泪都快要出来了。偷窃罪，这要抖出来，进局子里面蹲着事小，老田家的脸面还要不要。都是这个堂妹的错，堂妹说燕陈是个闷油瓶子，有钱，就算出事也会闷在心里……可堂妹就是欺负老实人！

你看看燕陈哪有一点好说话的样子，这可怎么了得？为了追个货源，燕陈都追到会馆里面了，真爆出了事，那可不就是丢人丢到姥姥家了，往后说起她田采虹，不都得是手脚不干净，再往后追她的那些小开，谁还敢娶她做老婆？

一想到这儿，田采虹的眼睛里迅速又沁出水意，眼瞅着都要水漫金山了。田瑾最看不上她自乱阵脚的模样，不快道：“瞧你那点出息，既然怕，当初就不要做贼。”

做贼这两个字太重了。田采虹身子哆嗦了下，眼底扑簌扑簌地又开始落眼泪了：“你有出息，说得好像和你一点关系都没有一样……”她又想和原来那样，不管不顾地和田瑾闹开了。可刚要说话，冷不丁看见田瑾的目光跟针尖似的，狠狠地扎了过来，一种说不出的冷意从心底弥漫到心尖尖，田采虹又想哭了。

一看她这德行，就知道她是个没胆的主儿，田瑾塞给她一个手机，温和笑道：“别怕，你不是和温情熟吗？打电话吧。”

“这和小情有什么关系？”憋着两泡泪，田采虹撇嘴不高兴地问。

“你和她说燕陈到这儿了，她自然会感谢你的。”

温柔地笑言着，田瑾的笑容比玫瑰还要鲜丽，却透着令人战栗的毒！名门圈的这点儿龌龊事都藏在水底下呢，看上去风平浪静，可水面下的暗礁激流错综复杂。

燕陈会追到江北的画展上，出乎田瑾的意料，不识好歹地跑来自取其辱，田瑾莫名惊惧，却又兴奋无比。要不是因为如今古玩店那些货源的问题还没解决，田瑾才不会甘心坐在后面看热闹。可惜……她得忍着。

那批货已经吃掉了大半，只要后面的事处理好了，燕陈就算怀疑到她头上，也捉不到证据。如今是关键时期，田瑾不想节外生枝，可不羞辱燕陈，多浪费机会啊？

从小到大，田瑾一直在跟燕陈争——从学习成绩，到燕爸燕妈的宠爱；从人际关系，到内外的修养气度。这小婊砸从头到脚，没有一点比得过自己，不过就是占着血缘关系，却能把自己压得连身都翻不了。

田瑾恨她，可就是因为恨，所以才更要和她搞好关系，对她嘘寒问暖，体贴入微。有时候，田瑾都觉得自己是个伟大的妹妹。

田采虹害怕燕陈找上自己，可田瑾却一点都不怕：在江北的画展上，任何人都有可能压得她喘不过气，唯独不可能是燕陈。

画展上，准备看热闹的绝不止一人。田瑾早就看见，那副装裱过的画作玻璃框分明是一个斯文和气的青年砸的。这人动作隐秘，避过了摄像头，故意把祸水引到燕陈的头上。田瑾不知道这两人之间有什么恩怨，她只知道，这点小插曲怎么能够呢？

女人花瓣似的唇浮现出一个阴狠的笑容：温情，不要辜负我对你的期待哦！

“朱虞，你好了吧，不就一幅画，用得着这么拼命的架势……要不让燕陈认个错？”

“认错？你知道江先生的画作的艺术价值吗？认个错就算完事？”

“了不起这幅画多少钱，咱们赔。”

“赔？呵呵……您这一身的铜臭味，邀请函是打哪来的？”

“朱虞，你不要欺人太甚了。”

“我还就欺人了。”

“好了，江北都没说话，朱虞你一个大男人能不能少说几句，燕陈不懂事，认个错你也就别揪她了……”

最后一句话，也不知道是帮燕陈的，还是毁燕陈的。此时，围着一幅主题为《秋》的画作旁边。两拨人，两种声音，针锋相对。

温情赶过来的时候，就看见燕陈单薄纤瘦的人影，被湮没在一群华贵典雅的晚礼服中。

就算是一个月没见，燕陈的神色依然如昨。那女子低垂下的眼睫毛，遮住了眼底的神色。一见到她，温情立刻就想到不久之前，就这么个看上去单薄瘦弱的女孩劈开了人群，在露台找到俞景，冷漠地递来一份离婚协议书。协议书上不知道写了什么，俞少锁在抽屉里，沾都不让她沾一下。里面一定有关于财产分配的内容，这女人不知道坑了俞少多少处的产业，那些钱原本都是她温情的。

咬碎一口银牙，温情愤恨得眼睛都红了，一股子邪火轰轰烈烈地冲上脑门子，乍听着有人当和事佬，她哪里还沉得住气。

“江北哥哥，砸了你的场子，原来道个歉就可以了啊，那这还真是一笔好买卖，你这儿那么多画，也借几幅我撕着玩儿呗。”

眼尖地在角落中寻到某个穿大红色暗绣兰花唐装的青年，这个穿水红色小洋装的女孩藏住眼底一抹冷光，遮住嘴，发出一串银铃般的笑声，故作天真地扑上去，挽着他的胳膊，一迭声地撒娇。

一句话，使得不想沾事的江北彻底暴露在诸人的眼皮儿底下。

江北脸色一僵，到底是影帝！轻轻地揉了揉温情的长发，他柔声道：“小情乖，别闹。”

终于看见话题男主角，一拨儿人脸色精彩起来。一个个若有若无地看一眼江北，又看一眼燕陈。

陈糖糖虽然不喜欢这个比自己小不了多少的大外甥女，却格外护短，眼瞅着那么多人幸灾乐祸地看着燕陈，她不动声色地挡在了大外甥女燕陈的身边，遮住了大多数人恶意的目光，恶狠狠地瞪了回去。

她一挡，旁边的议论声越发甚嚣尘上。

“啧，到底不是本家养出来的孩子，真软弱。”

“三岁之前是形成性格的关键时期，燕陈六岁之前是被别人抱养的吧？”

“难怪她身上没点气质和担当。”

“你这么一说，我忽然想起燕家原来养的那女孩叫田瑾吧，那妞儿脸蛋儿漂亮，性格也活泼。”

“哎，你说燕陈这样的女人是怎么嫁出去的？”

“没看着她都离婚了。”

“我是说开始，俞景到底是怎么看上她的？”

“大约，人家看上的是那个田瑾吧？”

有人不屑地窃笑，被议论的女主角却眯着眼睛，目光不在被毁的原画上面，也不在周围云鬓高挽的贵妇名媛身上，她静默地待在角落，像是在思考什么。一听见别人在说燕陈那门婚事，温情怒火大发了，尖尖的指甲死劲地戳着掌心，穿水红洋装的女孩仰着巴掌大的小脸，扯着江北拼命撒娇。

“江北哥哥，你反正都要把画作拿给别人撕着玩儿，不如拿给小情吧！”

轻描淡写，几句话又把舆论带到风口浪尖。陈糖糖恨不得往温情的脸上泼酒，手臂不知被谁轻轻一扯，陈糖糖刚要发怒，一扭头，却见着燕陈轻轻地掠来告诫似的一眼。

这一眼无悲无喜，却冷不丁让她心口微微地缩了一下。

陈糖糖张了张嘴，刚要说些什么，却见燕陈几步走到了江北的面前，抬起头，静静地看着江北。

“江先生，咱们又见面了。”

燕陈的音质偏低，平常不爱说话，也是因为她声音沙沙的，听起来很特别，算不上特别好听，却有一种神奇的力量，让人忍不住把注意力纷纷聚在了她的身上。

从前的燕陈一直都是被人挡在身后，不管什么时候，有燕楚，有陈糖糖，有燕妈、燕爸甚至是田瑾他们都会挡在燕陈的身前。在所有人的印象里，燕陈就一块背景布，可今儿个这块背景布居然走出来了？

大家听着她的声音，拧着眉头看她，第一次发现原来在诸人印象中粗鄙不堪的燕陈，其实只是个文秀平静的小女孩。她穿着简单的黑衬衫、牛仔裤，眉宇中透着令人舒服的雅致。她声色从容，不卑不亢，清雅得如同阳光下水洗尘沙中的珍珠，看上去格外莹润洁白。

在这么一瞬，很多人都忘记了关于燕陈的那些奇怪谣言。女人都是感官动物，她们相信自己的眼睛。耳听为虚，眼见为实。那个迟钝、孤僻、柔弱的燕陈只是流言中的话题人物——就算你把她贬低到地底下，听说的到底只是听说的。

绝大多数人深刻地相信自己的判断力！在她们的眼里，一个坦荡真诚的女孩，绝不会是个软弱的人。一个淡泊清闲的女孩，绝不会是个愚钝的人。小女孩年纪看起来并不大，可举手投足间率直坦然。她比陈糖糖少几分冲动，比温情少几分刻意，比江北少几分诡谲隐瞒。

偏偏是这样的燕陈，赢得了所有人的好感。就算是休息室中对楼下发生的一切毫不关心的俞景，都不由得揉了揉眉心，目光惊讶地落在了监控视频里那个清淡的小女孩的身上。然而，俞景奇怪的不是燕陈的气度，燕陈和三年前的确不一样了，但是她的坦率和静默，和三年前根本是如出一辙。俞景惊讶的是燕陈居然会对江北说话。

第九章　摊事儿

在俞景已知的记忆里，燕陈根本不爱说话——不管是谁，你都别想让她多说一个字。自己和燕陈这还是三年夫妻关系，她都不怎么和自己说话。今儿个的太阳是打西边出来了吗？她怎么会和江北说话？而江北这人纯粹一朵水仙花，他看不上眼的人，从来不屑于交流。指腹徐徐地揉着眉心，看着监控视频里这一幕，俞景心里不知为何忽然生出了几分烦躁。

一想到江北有可能会无视燕陈，他忽然生出了几分不是滋味。显然，知道江北臭毛病的不止他俞景一个人！一见燕陈和江北打招呼，温情脸上都笑开了花。

就在温情挽着江北的手，得意扬扬地扬着尖尖的下巴，准备狠狠嘲弄她一番的时候，令人惊讶的一幕发生了。江北笑得比温情更加灿烂，忽然上前两步，笑嘻嘻地揉了揉燕陈的脑袋，快意道："哟，小燕陈啊，我还当你忘了我呢！"

喂喂。导演你拿错剧本了吧！这个时候江北不是应该冷笑一声，直接让燕陈这个小婊砸吃个硬钉子吗？脸色一阵黑一阵白地看着自己被甩开的胳膊，温情整个人都傻眼了。

“江先生，您那幅画……”有人奋不顾身，唯恐天下不乱，挺身而出。

一双黑曜石似的眸子环顾一周，春花一笑。

“艺术家的生命力在于创作力，而不在于守旧。毁就毁，小王，你过来打扫一下，画展继续。”

“可……”

那人眼底掠过一抹怨毒，还待说话，江北揽着燕陈的肩膀，一副哥俩好的姿态，根本不搭理他一下。

“燕陈，你是专门来看我的画展的吗？”

离得远了，还能听见某人拉着黑衬衫的某个女孩，乐呵呵地往自己的休息室边走边说，那热切的姿态，分明是他乡遇故。周围挤着的那么多人，蒙了。

“不是说江先生和燕陈的关系很糟糕？”创恒能源的那拨人咬着牙关，又惊又恼。

“不是说江北嗜画如命，对于自己的心血从来无比珍视？”手指紧紧地捏成了拳头，人群中，有人脸色阴寒可怕。

另外一边，天源科技这拨人却不知是福是祸，简直沸腾了。

“糖糖，你侄女和江先生看起来很熟？”

几个刚才一直在帮燕陈说话的年轻人，围住了同样傻眼的陈糖糖，恨不得挖出个惊天大内幕。

“大约，可能……或者……”陈糖糖犹豫不决。

“有这么个逆天外挂技能，陈糖糖你居然都不知道……你摊事儿了，你摊上大事儿了。”

一场注定要闹得纷纷扬扬的风波，在江北的斜插一杠中莫名其妙地平息了。

那幅画呢？那幅莫名其妙膝盖中了一箭，被划坏了的原作呢？难道真这么躺枪不管了？

还有江先生！你的节操呢？你暴戾、风骚、古怪的节操呢？敢不敢冲着燕陈横眉怒目，认真地谈一谈画作被毁、心血被废的严肃问题？

助理小王抹着一头冷汗跑过来，三下五除二地把玻璃碴扫干净，心中简直在滴血啊！一场针对着燕陈，摧城拔寨山雨欲来即将爆发的指责——消弭无踪。

没人发现角落里，某个标致温柔的女子脸色迅速沉了下来，扭过头，踩着细细的高跟鞋恨不得将地板踩出几个窟窿。

至于温情，她本来像是花蝴蝶一样，翩翩飞到了画展上，用美貌和咄咄逼人的谈话技巧迅速压得燕陈喘不过气……可还没等乘胜追击，江北哥哥居然做了“叛徒”。这个漂亮的小姑娘脸色红红白白的，眼底掠过一抹怨毒的冷光，想也不想朝江北休息室的方向就冲了过去。

“我要找田采虹，虽然我不知道她为什么会在你的画展上。但是她现在的确就在这里。陈糖糖帮我看过画展的受邀名单，里面没有田采虹的名字。以此人的社交情况，我也不认为她有你这儿的白卡，如果你方便的话，可以找你的助理帮我查一下来这帮忙的人员名单。”

利索地掏出一张照片递过去，这还是燕陈第一次和江北说这么大长段的话。看见江北，不得不说燕陈松了口气。这些年虽然她改了许多作风，却依然不是一个擅长交际的人。特别是在这一幅幅的画作前，燕陈心中有个结儿——对！江北的画作的确很有灵气，充满了现实和梦想碰撞的诡谲，很多大师都不吝夸江北一声“鬼才”。

可对燕陈而言，他的画风格太浓烈了！而燕陈，却是一个很容易透过现象看本质的女孩，她很容易带入江北的画作中的黑暗悸动中。这些年，江北的画作风格越发激烈、乖刺。在浓墨重彩的画风中，透着漫步踏入无间地狱的张狂，这代表了江北内心的隐秘。

燕陈无意刺探什么，却着实被压得有点喘不过气。

刚才在外面，那幅画明明不是她弄坏的，可面对那么多人的指责之时，如果江北没有来，燕陈恐怕会用极端的方式来解决。问题就在这儿了，极端，这根本不属于燕陈性格中的一部分，这种脱离本意不受控制的感觉，令她的心里很不舒服。

“田采虹？我的画展邀约名单里，没有这个人。你确定她在我这儿？”

那天画展，燕陈的寻人无疾而终。燕陈本来准备跟田采虹好好研究一下古玩店的赔偿问题，却因为江北的介入，事情变得奇怪而不受控制。无他，只因为田瑾是江北暂时的助理。助理，这种上情下达，下情上传的方便职位注定了田瑾有数不完的小手段藏着田采虹，防着燕陈。

当然，在和江北短暂的接触中，也让燕陈坚定了一个信念，那就是坚决要和江北保持距离！

燕陈不知道在这个男人的身上发生了些什么。外表看起来锦绣繁花的江北，骨子里却阴冷得令人战栗。燕陈也说不出来他和六年前有什么不同，但是在那些画作中，她明明白白感受到一丝刀锋架在脖子上的危险——疯狂，嚣张。

危险的不是画作，而是执笔的人。

那天晚上回去，燕陈就做噩梦了，梦见江北拿了根钢丝勒着她脖子，把她吊在五角大楼风干成尸。梦里，她孤零零地摸着脖子，觉得自己好像是会飞的尸体。醒来以后，才发现自己睡姿不良，脖子歪到了一侧，以不可思议的角度扭曲着。第二天吃早餐的时候，阿水亲自下厨煮了个红鸡蛋，剥好了塞她手里，同情地看着她的脖子，人小鬼大地摇摇头。

阿水的安慰还挺照顾人自尊的："燕陈姐姐，其实你如果觉得床太小，可以在窗边摞两个椅子，落枕没什么大不了……我原来也遇见过这种事儿，我姐用鸡蛋帮我滚了滚脖子，就好了。"

燕陈无言以对，原以为江北的影响力一天也就罢了。没想到接连三天，燕陈迎来了人类进化史上最黑暗的篇章！她梦见自己被江北用了各种办法弄死，有时候是被淹死，有时候是被砍了胳膊，有时候是被砍了脑袋做风铃。远古、末世、星际，从史前社会到宇宙航空，各种画风不一，却同样惨烈的噩梦折磨了燕陈整七天！燕陈每个落枕的早上都要迎来阿水鄙视的小眼神。

从一开始，阿水还能照顾着她的自尊，到最后，阿水已经不屑与她交流睡姿不良的各种心得了。在这种情况下，燕陈为了和江北老死不相往来，只能暂时地远离了田家姐妹。

她跑步，瑜伽，茶艺——每天用各种各样的事情充实自己，努力让自己忙碌一点，放平心态。可是噩梦依然呼啸而来，似乎是察觉到燕陈糟糕的生活质量，到第五天，姜薄东来了，并且以强硬的姿态，要求同居生活。

燕陈意思地反抗了一下。二少轻描淡写地一笑，无视燕陈的小情绪，给出的同居理由非常简单，我都是你的人了，单纯躺床上盖着被子睡个觉怎么了？男女之间躺床上，盖个被子纯粹只是为了睡个觉？这种事情你信？反正燕陈是不信的。男女之间纯友情论，这种调调拿去骗心思单纯的陈糖糖，洗脑如果够强大，可能有效。

可你和燕陈说，这就注定了打错主意。即便如此，姜薄东还是如期入住了燕陈的复式公寓。大家都是成年人，都知道自己要的是什么。对姜薄东而言，更加靠近燕陈，从炮友发展到一生一世的关系，是他隐忍再隐忍的想法。对燕陈而言，她需要一个人形抱枕来祛除江北画作带来的副作用。

你情我愿，都是居心叵测，也不存在谁骗谁。何况，姜二少除了是一个人形抱枕，还是个看上去比春花鲜丽，窄臀宽肩，穿衣显瘦脱衣有肉的好看男人——就算睡几次，她燕陈也不吃亏。

一男一女加一小孩的同居生活，在这种情况下叵测地拉开了序幕。这个城市的冬天干冷无比，大风里面裹着沙子，劈头盖脸地砸头上，要遇见风特大的时候，一张口满嘴的沙。这种天谁耐烦出门啊！这时候，最适合煮开了一锅汤子，片了羊肉，洗好大白菜吃火锅。一家人围锅子旁边，要吃羊肉就涮几片，要吃白菜就丢进去，酱料最好是六必居的芝麻酱，又香又纯。

换口味时，也可以加点油豆皮、圆生菜还有蒿子秆。热气腾腾的锅子上面，材料过水即熟，美美地蘸着酱儿，味道赛神仙。

H城的火锅全国有名。家家户户都能在冬天拿着个锅子吃得个肚儿圆圆。某胡同口的院子里，一户唐姓人家却吃着吃着，吃出了矛盾——

“老头儿，去洗筐白菜过来，吃火锅没白菜怎么行。”

“大冷的天我可不想过手。”

“妞妞去。”

“咱们妞妞往后可是要嫁到高门去的，一双手可不能冻坏了。这个天沾了水，万一冻疮了，往后年年都是个麻烦事儿。”

“那咋办！大白菜才买回来，上面都沾着沙，不洗肯定吃不了的！”

这个时候，曾经那个瘦得跟麻秆儿似的，任劳任怨的某个孩子就被惦念上了：要是阿水在就好了。

“闭嘴！”

火锅咕噜咕噜的汤水里面还卷着沸花儿，屋子里却寂了下来。连老夫妻挑挑拣拣的小女儿都打了个冷战。屋里一家三口的眼前仿佛又浮现出了穿黑风衣的某个青年男子，那人颜若舜华，高大俊美，眼底藏着一丝淡淡的笑意。可就这一星子的笑意，让人冷不丁打从心尖都颤上了。吃火锅，吃火锅……好日子里别想那个煞星！此时，某个煞星却丁点没察觉到自己被人惦念上了。

在燕陈的复式公寓里，某煞星藏住了骨子里的暴戾和阴冷，正正经经地做起了宜室宜家的好男人。燕陈做饭的时候，他帮忙洗菜。燕陈炒菜的时候，他帮忙递油盐酱醋。晚上燕陈煮了一锅胡辣汤，主材料是胡椒、辣椒、牛肉……姜薄东口味清淡，从来不沾辣，可燕陈和唐阿水两人口味都偏重，无辣不欢。对着餐桌上的胡辣汤，二少夹了一筷子，面不改色送入口中——不得不说，燕陈的手艺不赖，做出来的汤汁儿味浓鲜郁，色泽靓丽，黏稠香辣，很符合北方人的饮食习惯。

吃下去，从胃里都泛上了满足的感觉。燕唐二人，一大一小吃得眉开眼笑，只有姜薄东才吃了一筷子，辣得额头上都渗出了细小的汗粒子，胃部都像是被原子弹轰炸了一样，热热烈烈地炸开了。

二少还真是个狠人，辣成这样，愣是连水都没喝一口，虽然没吃多少配菜，却也慢条斯理地吃完了一碗饭。吃过晚饭，陪燕陈洗过碗筷，帮阿水检查完家庭作业，三个人坐在客厅的沙发上看碟子。燕陈喜欢看时装秀的节目，阿水喜欢看侦探类节目，电视遥控一三五属于燕陈，二四六归阿水——至于周末，棋盘摆一桌，随便跳棋、军棋、五子棋，一局定胜负。

这样的夜晚，平平淡淡，打打闹闹都沉入了水底，清浅得就像是一锅清亮无色的吊汤，看上去无色无味，简单得令人发指。可汤汁侵骨后，从舌尖颤到心尖儿的鲜味儿，却能够将整个夜刷上绚烂的光华。刹那间，光影声色跃然而出，那些在味蕾中绽出的喧嚣甜美……热烈而奔放，湮没在平静水面下的光怪陆离，在风雨中伫立。

这才是真正的有滋有味的姜薄东的晚上。姜薄东刚住进来的时候，燕陈还没习惯自己的卧室里多一个人。洗完澡，小女孩习惯用一张雪白的浴巾裹着身子，然后扯一本设计图，津津有味地看着，偶尔从冰柜里，拿一杯洁白甜香的糖蒸酥酪，用小勺舀着，小口小口地吃着。蒸酪白得跟雪似的，甘滑爽口。小女孩嘴角红红的，沾了点儿乳白色的蒸酪，鲜若花瓣。红的白的一对比，格外惹眼。目光再往下移——姜薄东眼神忽然间就深沉恍如暗夜。

扑倒，吃掉，对于近在咫尺又是垂涎已久的美味儿，二少从来不会任其从指缝溜走。对天底下大多数男人而言，得到即乏味，这世上最美的……是爱而不得，是征服，是掠夺。

总和一个女人生活在屋檐下太无趣，总吃她做的饭太单调，睁开眼只看见一张熟悉的脸太惊吓。除了母亲和祖母这样的血缘关系，更多的男人期待的是更多更新鲜的大胸美女。然而，这一切在姜薄东身上彻底推翻！姜薄东不信什么“言必践，行必果”。他不否认这世上真有些“一诺千金”的君子。他不是，他骨子里流淌的是“不问过程，只知结果”的势利的血液。他不爱说谎，却不代表他不说谎；他不爱发誓，也不代表他的誓言一定比黄金还真。

对姜薄东而言，这世上最不靠谱的就是承诺和誓言……面对各种各样的利益诱惑，承诺也能变成放屁，誓言又算个什么。姜薄东不敢对燕陈说，这辈子永远只爱她一人。他只知道，每天早上醒来，能看见燕陈在自己的怀里熟睡；晚上临睡，能够在燕陈的额头上印下一个吻，轻声说一句“晚安”。

这日子，短得他根本舍不得说腻！怀中的女孩这么小，身上散发出淡淡的柠檬香，比刚出生的小奶猫还要软，暖得人心都要化了。

姜薄东享受贪恋这样的时光。内心有多么柔软，心中的一角就有多么黑暗冷僻。因他知道，无论他们之间进行了多亲密的关系，有过怎样的体液交换，可燕陈的心从来都不在自己的身上。怀中的小女孩心事完完全全展开在他眼前，比玻璃还透明。

有求而不得的亲情，有简单纯粹的友情，有亲人，有仇人，有古玩店，有唐阿水……甚至还有那么多人那么多事，唯独没“姜薄东”的位置！既然你不爱我……那我只好加倍加倍地爱你，填平你我之间深深的沟壑！

姜薄东一直认为，江北只是一个普通的海外侨胞，无甚特别的平凡画家。这城市卧虎藏龙——哪怕是在最简单的四合院里，你都能找到年华逝去的老艺术家。

胡同口里，看着平平常常的院里，也可能住着曾经的天皇贵胄。有人说，在这座城市，一个砖头掉下来，砸到的十个人里有九个是为官者——剩下那个或许是贵族。在这样一座沉淀厚重文化历史的城市里，小百姓们也是低调而骄傲。

钢筋铁骨压不折他们的脊梁骨，颤不了他们的胆儿，可偏偏……就是燕陈却惊着了。姜薄东稍微使了点劲儿，很快地就查出了燕陈那天去哪儿了，见过什么人，又发生什么事。层层过滤下来，拎出个江北。

二少要江北所有的资料，可就在查这件事上，却遇见了拦路的石头。有什么挡在大道中间，碍着他查江北。普普通通一画家，又不是机密档案，可江北这人的身上却像是笼着弥天雾霾，就连姜薄东用侦探社都查不出端倪。

到底是查不出……还是不愿意说？眼底掠过一抹冷光，这是姜薄东第一次对江北这人起了戒心。

“姜先生，姜先生……请您再给次机会。”

声嘶力竭地哭喊着，地中海发型的中年男子从君悦酒店踉跄追出来，划动着粗短的腿，拼命地想跟上前面的高个男人。

迎接他的却是车门重重地摔上，一张刀琢般的俊颜徐徐消失在他的眼底。

“去文心俱乐部。”

“是的，先生。”

一身黑衣的司机面无表情地点头，黑色的小轿车扬长而去，连丁点灰尘都没溅起。

合上手上密封的牛皮纸袋，姜薄东的电话疯了似的嗡嗡震响。不知震荡了多久，直到姜薄东猫逗耗子似的尽兴了，徐徐按下接听键，黑色的耳塞中立刻传来男子一迭声颤抖的尖叫声：“姜先生，我说，我说……您要知道什么我知无不言言无不尽。”

“燕燕，陈陈，燕陈啊！我的好闺女哎……

“听二伯妈的话，拿这副羊脂白玉镯子通透翠绿，绝对比你手上的这副好。

“买玉器，要看色、透、匀、形，羊脂玉现在籽料少。要找一副好镯子也不容易，你看看。白若羊脂，水头要足，质地要纯，结构要细绵，坠到水里提出来，滴水不沾，滑不留手，这才是好玉！

“再看看你手里这拿的。

“哎哟，这玩意儿也叫玉？！上面带蜘蛛爪，绿中透蓝，燕家什么时候没落了，连这种玉都看不准了？

“戴镯子是人养玉，玉养人的事儿。

“要搁我这儿，这种破烂劣玉，我砸了它都嫌脏了手。

“你母亲过生日，你就拿这破玩意儿孝敬她？啧啧。不是我说……闺女哎，你可得长长心。

“不怪你母亲总惯着田瑾，人家那是什么态度，你这是什么态度⋯⋯

“要搁我，我也不爱你这性子。”

老宅里，沙发上那个气度雍容的贵妇人盯着手上正在做的指甲，风流婉转地吹了口气，不屑地瞥了眼燕陈手中的丝绒盒子。

“妈，你能不能少说两句！”

坐她旁边的，有个正在看书，十二三岁的年轻男孩，不耐烦地嚷嚷起来。

话音方落，就听着贵妇人慈祥地看着自家儿子，和颜悦色道：“和平，你回屋里去，我和你堂姐要说些事儿。”

“有什么我不能听的？”

“让你去就去，啰唆什么！”

柳眉一挑，贵妇人不高兴地又丢出一句：“我知道你们都嫌我啰唆，怪我说得多了。可你这堂姐做什么事都不省心，这能怪我啰唆了⋯⋯她在老宅里要没我看着，迟早都得被这些狼虎给吃得骨头渣子都不剩。”

在贵妇身边，是个正在帮她做手指甲的女子，闻言抬头一笑。

“二夫人是个心善的。”

“可不是！家家都有本难念的经。我是疼我们家陈陈的。模样生得好，性子也好，不爱说话也不出风头⋯⋯什么是上流名媛啊！说的不就是我们家陈陈⋯⋯安婶，你来看看，要你，喜不喜欢我们陈陈？”

“五小姐自然什么都好。”

“就她妈是个眼睛瞎的！这么好的闺女就是不看一眼，想一想都觉得气人啊！”

说着，夫人又用扇子挑起燕陈的下巴，满脸满心的心疼："啧，你瞧瞧，这多俊的闺女！可怜见的……"

“二夫人，指甲刚做好，小心花了。”

“嗯。”

听到提醒，穿着紫红色真丝刺绣长旗袍的女人笑容一僵，收回手，扇子一挑，径自扣上了燕陈摆桌的丝绒盒子。

她一动手，沙发上坐着的男孩不由得叫了起来。

“妈，五姐的东西你动它干吗？”

“这是我疼你五姐，这种劣玉镯子哪里能当生日礼物送出去。安婶，你过来把这破烂玩意儿丢出去！”

指尖轻轻在盒子上一扫，贵妇人阎晓灵满脸的不屑。

虽是人到中年，可人家保养得好，一张脸莹莹如玉，丹凤眼，樱花唇，蓬松的酒红色长发披在肩头。要不是男孩口口声声喊她“妈妈”，说她是燕陈的姐姐也有人信。

“妈，人家孝敬自己的妈妈，你怎么就这么爱摊事儿。”

“你懂个屁。”

悄悄踹了自家儿子一脚，阎晓灵一回头，冲着燕陈灿若春花地笑。

“陈陈跟着我去选，二伯母什么都不多，羊脂白玉镯子倒是收了不少。你看着选一副，送给你母亲做礼物。别和二伯母客气，二伯母这是疼你呢……”

她口口声声自称“二伯母”，满口说的话都是为燕陈着想，像是把燕陈当亲生女儿来宠着。

可燕陈知道，压根儿不是这么回事。有一种人，满口满心地说着是为你好，说白了不过是"捧杀"，繁花锦绣，糖衣炮弹，比白刀子还能杀不见血。

十年前，燕陈不懂。三年前，燕陈也不懂。可如今……她看着眼前的女人，忽然间就有些悟了。这个年近四十，却还前凸后翘美艳得跟个小姑娘似的半老徐娘曾经是燕陈在老宅最大的倚靠。在燕陈很小的时候，是阎晓灵亲亲热热地抱着她，笑颜如花地跑到老太太跟前，娇俏地笑。

"老太太，您看我们燕五多俊啊！"

在燕陈打碎了老爷子最喜欢的青花瓷瓶时，在大家都在骂她的时候，是阎晓灵拉着她藏在自己身后，冷笑一声。

"哼，谁知道是哪只小野猫磕碰着了，别什么事儿都往咱们燕五的身上揽，她才多大点！"

在燕陈难过的时候，是阎晓灵温柔地教她。

"咱燕家的女儿要那么跳脱干什么，看着都不端庄……"

阎晓灵曾指着燕家最受宠的女孩告诉她。

"咱们家燕五可别跟她学一身坏毛病。哎，你是个可怜的，你母亲又不护着你，哪能和这些丫头比，她们张扬着，出了风头，惹了祸事，都有她们的妈妈在后面顶着了，你什么都没有。"

别人都有妈妈，唯你有妈妈却指望不上，阎晓灵这句话说得多透啊！

说这话时，阎晓灵眼眶都是红的，像是受了天大委屈似的。大约是从那时候起，燕陈就真正地做到了不依仗燕家，疏远燕妈。在燕陈形成性格的关键时期，阎晓灵无疑做出了一个极妙的指向。

而燕陈则真心实意地把对方当成自己在这世上最后的一个亲人！燕陈信任一个人，就是死心塌地地信。哪怕明知道前面是坑，她也能面不改色地跳下去。

只要是阎晓灵说过的话，她一字不漏地记着；只要是阎晓灵说好的，她就坚信不疑；只要是阎晓灵不希望她做的事，她就丁点不沾——就连她哥哥燕楚也不能说阎晓灵一句坏话。

她把阎晓灵当成亲妈！

上一次，阎晓灵在她跟前大骂燕妈的时候，是在燕妈过生日的前一天。那时，阎晓灵一边做着焗油染发，一边揽着她的肩膀，眼泪啪嗒啪嗒地往下掉，指天骂地的，小纸巾一片片地往外面抽。

“我可怜的闺女啊，你母亲真不是个东西。你说说，那个田瑾她算个什么东西！你才是弟妹怀胎十个月掉出来的肉啊……要是谁给我家和平一点苦头吃，我准和这人拼命。可你母亲呢，竟然护着外面的孩子！”

旁边看着最新时尚杂志的美发师还嫌火不够旺，跟着摇头，添了壶油：“我听人说养母大过天，五姑娘也别想太多，四夫人只是太重情。”

“重情就能不顾自家的亲闺女了？这都是个什么事啊！”

抹着眼泪，二伯妈哭得好伤心，那一年，燕陈十二岁，阎晓灵还是个极年轻的女人。她坐在美发蒸汽机的下面，眼睛红红的，像是燕妈给燕陈的罪，全受到了她身上似的。十二岁的燕陈安安静静，低垂着头，心里被两人说得空荡荡的。

第二天，燕妈的生日宴上，燕陈缺席了，她当时是干什么去了？把屋子落了锁，在家里看了一整天的弗洛伊德。妈妈回来的时候，脸色阴沉沉的，不顾哥哥的阻拦，不管不顾地用冰冷的钥匙打开自己卧室房门，居高临下地看着她，特冷淡地问：“燕陈，你是不是根本没把我当你妈？”

爸爸看她一眼，叹了口气。哥哥点着她的脑门，无奈道：“我的傻妹妹啊，弗洛伊德有什么好看的？要看书什么时候不是看？妈是准备在生日会把你正式介绍给大家，你啊你。”

连田瑾，都打电话给她，说：“小陈姐姐，你让妈妈伤心了。”

再后来有一天，燕陈在地下酒窖里拿酒，看见妈妈喝醉瘫在地上，伤心地对田瑾说：“我的生日，那么多人都来了，唯独我亲生的女儿没来。”

田瑾帮妈妈捏着肩，细声细气地安慰说：“妈妈，难道阿瑾不是您的女儿吗？您还有阿瑾啊。”

燕陈的下唇忽然有点刺疼，松开牙时，尝到了嘴角里的甜腥味。裂痕就是这样一天天变成海沟的吗？阎晓灵最喜欢对燕陈说“你母亲怎么怎么样”，从称呼上就拉开距离。阎晓灵和燕妈之间矛盾重重，总是背后说燕妈这不好，那也不好。阎晓灵带着燕陈，也给燕妈买了母亲节的礼物，可每次燕妈收到礼物，神色都欲言又止压抑着愤怒。

如今，阎晓灵要人丢了带蜘蛛爪的劣玉镯子，拉着燕陈亲切地要带她去选一副好镯子讨好燕妈……

“啪。”

反手忽然扣紧了丝绒盒子，燕陈没说话。倒是旁边坐着的燕和平听见动静，忙里抽闲地瞥了她一眼，莫名地咧嘴一笑。

燕陈在老宅里，向来和自己最亲，什么事都听自己的。像这样忤逆自己的情况，简直是从未有过。阎晓灵眼皮忽然一抖，忽然觉得哪里不对。她不高兴地点了点燕陈的脑门子，压下心口那一突，口中娇嗔了起来："就这么破烂副镯子，咱们五姑娘还当宝贝了？"

安婶也说："五姑娘，别惹二夫人生气了，二夫人干哪件事不都是为你好啊。"

"就是，我妈疼你，可是连我这当儿子的都得靠边站了。"燕和平合上书，阴阳怪气地笑了一声，起身上楼。

阎晓灵的笑容立刻有点龟裂。她不满地暗暗瞪了和平一眼，亲亲热热地挽住燕陈的手："我的闺女啊！这还舍不得了。来，我带你去挑镯子，保管哪一副都比你手上这副漂亮。"

说着也不急着去丢那副带了蜘蛛爪的劣玉镯子，拉着燕陈往衣帽间走。可拉了一下，却发现燕陈脚步生根似的，怎么也扯不动。

阎晓灵发现这次燕陈回老宅以后，跟以往有点不一样了。小姑娘看上去还和以前一样，跟木头似的不爱说话……可她跟自己不亲了！难道这妞儿出国三年，发生了什么事吗？阎晓灵心里不痛快，刚准备烂撒一顿脾气，却听燕陈略显疲惫的清冷声音："奶奶找我有事儿，二伯妈有什么事，等我回来再说吧……"

"原来是老太太找你啊。"

阎晓灵脸色一松，自发地就对燕陈今儿个的不对劲有了解释。老太太喜欢燕陈，可是人老了，表达方式就有点问题，对着燕陈就喜欢数落。

燕陈什么性儿啊，阎晓灵再清楚不过了，你数落她一整天，她都能老老实实待着不动。

她其实是听进去了，可是神色木木的，就给你一种认真过头，太木讷的感觉。老太太是真疼这个孙女啊！燕陈越这样，老太太就越恨不得在孙女脑门子上面戳几个洞，看看里面到底怎么长的，燕家怎么就养出这么个呆瓜。

其实燕陈也不觉得自己性格有什么不好，她也是真尊重奶奶，可谁都不爱被人念叨啊！

所以每次老太太一找燕陈说话，燕陈身上的气压就有点低低的。如今，阎晓灵看燕陈总和自己顶嘴，还以为是老太太找燕陈的问题——这么一想，阎晓灵的心情简直是大好啊，恨不得燕陈就拿这副状态过去。

“你去吧去吧。”

慌忙不迭地把燕陈送了过去，哎，等等，那副蜘蛛爪的羊脂劣玉镯子哪，你还没丢啊！阎晓灵想喊，燕陈人都走了。算了算了。反正弟妹生日还没到，燕陈那么听自己的，她有的是机会让燕陈丢掉那副镯子。

燕陈最近名声响亮，格外火爆。可惜，这个名声，只是作为一个神秘女子而火爆，并非为燕陈而响亮。

那天在画展上，她看上去无作为，却因江北的原因红透了整个圈子——名门圈最爱“八卦”。好几个扛着摄像机的狗仔记者咔嚓咔嚓，没抓拍到正面，却模糊地拍到了燕陈的侧面。杂志周刊上的标题起得惊悚无比……都说画展上出现了一个神秘女子，身份未知，疑是江北的女友。

大部分人，还没看见内容，先看见封面，封面上，江北的笑容是柔和的、灿烂的，极富有文青气质的。而站在江北对面的神秘女子——看不清楚脸，只模糊地看着一个侧影。小女孩身材纤瘦，背脊挺直，从侧面看上去肤白貌美，牛仔裤下翘臀圆挺，气质与众不同，像极了锋锐出鞘的尖刀，比较突兀。

可你不得不说，她的侧脸是漂亮的。就算画风简单，可这样沉静神秘的侧影一样惊艳了年华。人的想象力是丰富无穷的，什么样的女人，能让一个把花心玩出格调的男人流露出这样灿烂的笑容？如果不漂亮，那肯定吸引不了江先生的眼；如果不聪明，那绝对勾不到江先生的注意力。

从江北的眼神里，大家就自觉地把神秘黑衣少女的形象往自己心中的女神身上靠，没去看画展的人悔得肠子都青了。能让江北动心的女人绝对是美女加才女啊！错失一个路遇美女的机会，真失策啊！参加过画展的人也不痛快，一边儿玩儿去吧。什么女神！那是燕陈，燕陈，燕陈！她要真那么聪明漂亮得让人过目不忘，能被俞景给踹了？

两拨人马心绪浮动极大。前者被勾得心痒痒的，如火如荼地打听起神秘黑衣女子的消息。后者惊疑不定，有志一同地闭紧了嘴巴。别人看不出杂志周刊上面的黑衣神秘少女是谁，可燕家老太太在小孙子那儿看过一眼，老血唰地就往后脑勺冲。家庭医生送水送药放血又压惊，好不容易把老太太的血压给缓下来了。

第十章　大户人家

“胡闹，通通都在胡闹！”老太太气得直拍桌子。

燕家容不得这么多绯闻，这绯闻要搁三年前，江北和五孙女好上了，老太太乐见其成。可五孙女这才刚和俞景离婚呢，没几天怎么就和江北这么好上了？这可不就坐实了“婚内出轨”的谣言？

压！必须趁着事情没闹大压下来，老太太气得浑身都在哆嗦。可是，让人惊讶的事情发生了，燕家刚刚有了行动的苗头，那边报刊杂志倒了血霉地大换血。问了一圈，根本不是燕家的人动的手。再问到陈家那边，出来的是个秀秀气气的小姑娘陈糖糖，也说不知道。

谁这么心心念念盯着燕家啊？燕老太太急出了一身冷汗，这糟心的——自从燕老爷子过去了以后，老宅里连个商量的人都没有。

必须要查清楚了，卧榻之侧，有人这么虎视眈眈地盯着，搁谁都没办法闭上眼睛安心睡着啊！结果翻啊翻，愣是查不出蛛丝马迹。

有一阵子，燕老太太跟着那些线索，看谁都觉着可疑：这事像是马家做的，又有点像是文家做的，不不不，看上去还有陆家的影子。疑神疑鬼猜了那么久，可就是查不出是谁动的手脚，直到姜薄东出现在燕陈那边。燕老太太在知道那长腿俊秀的青年姓姜以后，心里扑通一下，狠狠跳了跳。燕老太太是个谨小慎微的人，年轻时也是名媛，有阅历，有人生，有思想，有风度……她自诩不会因为一个姓氏就昏了头，反复推敲挖掘以后，却还是昏头了！

老人家惊恐又欣喜地发现，这个姓姜的年轻人居然真的和那家似乎有些关系，这时候，燕老太太的心就不只是狠狠跳那么一下了——整颗心都差点儿跳出心口了。再然后，脸上都笑开了一朵菊花。燕老太太很明白那家人办事的手段，那家行事十分低调，从来不显山露水。她不敢把掐灭燕陈绯闻的这件事跟那家扯上关系，可看着自家孙女竟然真的和那家的人扯了点儿关系……燕老太太激动得简直要喊“阿弥陀佛”！

她没查出姜薄东到底是不是那家的直系子孙。不过……就算只沾了那家的一点边，燕家都算抱上了粗大腿。这时候，谁还管自家的燕五姑娘跟那个姓姜的青年会不会闹出点绯闻。

闹出来了最好，刚好嫁过去。一家子人都热情洋溢地盯着看燕陈谈恋爱，可丫头啊！你总对姜先生冷冷淡淡的，这样子是正确的恋爱方式吗？燕老太太看得血压直往上飙，十万火急地把人往老宅里召！可真把人召回来了，老太太忙得焦头烂额，根本没心思敲打孙女。

燕陈来的时候，看见奶奶的屋子里有人。一大一小像是母子，坐得远远的，不知道和奶奶在说什么。

燕陈不爱记脸。一段时间不见以后，看谁都觉着有些面生。大的那个是个四十多岁的女人，皮肤很白，穿着紫红色的羊毛衫；旁边坐着个十七八岁的男孩子，低着头，看不清楚容貌。

“姑奶奶，真的没办法了吗？”

燕陈听见男孩沙哑的嗓音在喊人，声音沉沉的，低低的，像是哭音。后面的话音压得很轻，没听清，旁边的中年女人眼泪就啪嗒啪嗒地往下落。

奶奶冷着脸，冲着两人没好气：“我早说的什么，你们自己不听，遇事了就知道往我这边急我。我一大把年岁了，管不了你们。建华那个臭脾气，今天连累这个，明天连累那个……早点进去了也好，多省心！”

“那好歹也是你的侄女婿……”手帕捂着脸，女人欲言又止，刚止住的泪又落了下来。

奶奶手掌拍得桌子啪啪的响，怒气冲冲。

“就是因为他是我侄女婿！我才见不得他出来。他这个性儿不适合当官。莫家那个老狐狸拿着你们当枪使呢。也就沈建华那个蠢货，傻乎乎地守着这点道义，道义能当饭吃？道义能养活老婆孩子？有些人能动，有些人惹不得……我和你说过没有？你听过我几句？”

“建华有自己的想法原则……”

女人满脸犹豫彷徨，委屈地哽咽。

“原则？”一声冷笑，“他年纪也不小了。人家说年轻人冲动，看这世道非黑即白，沈建华快五十岁的人了，行为处事却还这么毛毛躁躁，蹲着吧，清醒清醒也好！”

“姑姑……”中年女人绝望至极，紧紧地握住了男孩的胳膊，惊吓到整个人都快晕厥了。

燕陈在门外听了半天，终于看明白了。这人是表姑钱心钰，旁边小的是表弟沈昊。

钱心钰是奶奶的亲哥哥的女儿，奶奶家的人跟燕家一直没什么往来，所以燕陈不是很熟，逢年过节的时候，那边会打个电话送个礼什么的。从小，燕家老少就不待见奶奶家的亲戚，觉得那是乡下人，浑身都冒着土气，这种穷亲戚的存在，简直就是给燕家丢脸。那边也很识相，就算奶奶再三找舅爷爷他们来叙旧，钱家的人也不喜欢来走动，一来二去，两家越走越远。

奶奶不耐烦地摆手："阿钰啊，你要来我这儿吃个饭，叙叙旧，我欢迎极了，我们姑侄俩也很久没聚过了。你小时候，我最疼的就是你了……可你要是为了建华的事还磨叽着，也别叫我姑姑。"

“我……”钱心钰绝望极了。

撇着茶叶沫子，一脸精明的老太太藏住眼底的算计，又补了一句："你们这么喜欢跟姓莫的混在一起，去找莫大千帮忙啊。"

“不，阿昊，我该怎么办？”山穷水尽，钱心钰见怎么也说不动姑姑，看着儿子，无助得泪如雨下。

沈昊明显是个有主意的男孩，对方虽然是姑奶奶，可一而再再而三地落井下石，不知怎的就挖心挖肺地刺疼了男孩的自尊心。

沈昊起身，低着头，自嘲笑道："姑奶奶不愿意帮忙也就罢了，何苦这样刺我妈。这事和莫爷爷没什么关系，是我错了。不该对姑奶奶抱一丝希望，求妈妈来自讨苦吃，这世上原本就没白吃的午餐。姑奶奶教过我，我竟然忘了……"

“啪！”

重重一声拍桌子的声音，奶奶的眼皮子抽啊抽，气得脸上的肉都抖动起来了：“你……你……”

眼见奶奶手中捏着个瓷杯子，抬起来就想往男孩的头上砸过去，钱心钰惊吓到魂飞魄散。女人红着眼眶抱住了男孩，慌忙尖叫：“姑姑，您别生气。我们走，我们这就走！”

奶奶的性子暴，生起气来，真的能把瓷杯子往人脑壳上砸。眼见着再看下去就要发生“血案”了，燕陈轻轻地敲了敲房门，冲着里面，清淡平静地喊了一声：“奶奶。”

一句话，不徐不缓，却像是一块石子儿投入湖中。

沈昊这男孩子自尊心很强，被长辈闹着喊打喊杀，脸色不由得有些灰败，沉默地低下了头，难堪极了。钱心钰也惊讶极了，这是……燕陈吧？小姑娘居然敢和姑姑叫板？

就连燕老太太也被这敲门声弄得有点缓不过神。谁！有没眼力见？没看见她在发火吗？燕老太太脾气冲，发火的时候谁拦都不管用，连当年老爷子没走的时候，都得避让三分颜色。谁敢拦啊！这个时候你喊声“奶奶”，让她有气撒不出来，这不是堵心嘛！

“别喊我奶奶！”脸上的肉抖了几下，老太太冷笑一声，愤怒地扫视过来。

茶杯子正要往那边丢过来，冷不丁看见她五孙女站门口，黑漆漆的眼睛惊讶地看着自己。

“姑姑，我……我先走了。”钱心钰不好意思地抹了把眼泪，红着眼睛，勉强冲燕陈笑笑，扯着儿子慌忙往外走。

燕陈让开个身子，待姑姑和表弟走了以后，才轻轻问道：“我惹奶奶生气了吗？”

又一口老血哽在喉咙里，老太太脸色涨得通红，高举起险要甩出去的茶杯子。

“狼奶奶”扯出个和善无比的笑，亲切说道：“哪能，看见我们家五姑娘，奶奶高兴都来不及，怎么会生气……”

老太太年轻时候也是个有思想、有格局的大女子。从钱心钰的事情上，她嗅到了危险的因子。在姜薄东这件事上，她敏锐地判断出如果燕家要发展，要站稳脚跟，必须得拉上姜薄东这条线。她火烧火燎地把燕陈喊回老宅，就怕孙女把姓姜那小伙子给得罪了。

燕陈回来了，没得罪人。老太太欢喜极了，喜极而泣。她准备从“孙女离婚了”这事谈，扯开话题，催个婚，做一做老红娘。腹稿打了几轮，一想到燕家抱上这根粗大腿以后的情形，老太太笑得牙齿都要漏风。

未来一片美好啊！不错，很不错。可就在老家伙咧着嘴，笑呵呵地规划出美妙蓝图的时候，侄女来了！眯着个眼睛，眼皮子抖着，老太太多精明！

咂摸着“来者不善”，正沉下心准备听听侄女怎么说的时候，侄孙子一开口就求她“捞人”。打从侄女嫁给那块嚼不动的硬骨头沈建华，燕老太太气得十几年都懒得和娘家人啰唆。

要不是自家的人，老太太看见沈建华这样的人，还要夸几句沈家的儿子养得正气，是个好孩子。偏偏这是她侄女婿。谁说过“你有个女儿教坏她，嫁出去，祸害人一家”——这句话反过来照样行得通！

沈建华要是投个好胎，姓个姜，那往后必有大出息大作为。

可无门无路的，生在普通人家，依着这脾气往下走，必然会走得崎岖坎坷。一个不留神，甚至会殃及妻儿，老太太直接避着钱家了。这些年，她避得不错，果然一步步和娘家拉开了距离，可那就是个不定时炸弹。

你说说，她好不容易要和孙女谈谈心，你沈建华出个屁的事！你沈建华出了事，你老婆孩子都来求情。在这样一个时候，她刚发过火，又差点儿误伤到孙女，就算铜墙铁壁的脸皮，也不好意思欢喜地劝孙女二婚了。

燕陈疑惑地过来，坐这儿听奶奶唠了许久嗑，到走时，还一脑门子的雾水，完全不明白奶奶喊自己来干什么。

此时阎晓灵看燕陈到老太太屋子一待那么久，也在皱眉嘀咕。

“和平，你说你奶奶喊你堂姐回来是什么事？”

“不知道。”

“你小婶婶马上就过生日了，你说这老太太不会还想着怎么撺掇你堂姐参加聚会吧？”

“可能吧。”

“我就看不惯陈宁那做派，会读书，有文化有什么了不起！眼睛都长到脑门顶上了，活该她女儿和她离心！”

“唉。真是气死我了，你说这老太太好玩儿不，自家孙子不照顾，总盯着个不言不语的哑孙女干什么。原来她就宠小儿子。老人家都宠幺子，这也就罢了。可孙子辈里，你才是她小孙子，她没事总盯着个不上不下的孙女干吗……”

“姑姑、表哥。”

就在阎晓灵还要继续说下去的时候，坐在沙发上的男孩忽然从厚厚的德文原版书籍中抬出头，安静地喊了一声。阎晓灵说得正起劲，冷不丁被这么一打岔，一扭头，就看见钱心钰母子出来了。扯了扯旗袍外面的坎肩，阎晓灵别了一眼，指桑骂槐，没好气道："你读书读傻了吧，那两个，理他们干什么？"

亲姑嫂之间都有跨不过的坎儿，何况她们只是表姑嫂。钱心钰眼眶红红的，心里搁着事，看了阎晓灵一眼，低着头，失魂落魄地往外走。沈昊虽然聪明，却到底年纪小，心性不稳，面上明显带出几分激愤。

他家里遭逢巨变，父亲锒铛入狱，一时遇难人人踩。这些天，他跟着母亲出来奔走，见了许多人，也遇见过许多人在困境面前的缩退、避让、刁难。连亲戚都是这副嘴脸，何况是其他人。沈昊心中大悲难抑，总觉得有什么狠狠堵在胸口，一直坚持的"正义"，不由得有些震撼起来。

难道为富必然不仁？难道这上位者必须无情无义？难道这世间连个公道都没有？许多的问题狠狠地压在了少年并不宽厚的肩膀上。姑奶奶说，父亲这是上了莫大千的贼船，才会被连累下狱。可沈昊知道根本不是这样，父亲这次惹上的却是极其棘手的大人物……和莫爷爷没点关系，说连累，却只有父亲连累了莫爷爷的份。

沈昊小时候，在莫爷爷和父亲的影响下，学的是正大光明的君子之道。莫爷爷刚正不阿，品性如一，虽然生活清苦，却满腹才华，是他和父亲最敬佩的老人家。父亲是莫爷爷的学生，为人处世言谈中，继承了老人家的风骨。一直以来，沈昊以父亲为荣。可这些天，父亲入狱，莫爷爷焦急重病……

曾得父亲恩惠的人，此时却没一个人伸出援手，这让沈昊胸中翻涌着说不出的痛苦——这让这孩子第一次对自己的信仰产生了怀疑。愤怒到极致，是不是就不气了？愤怒到极致，是不是就可以更改信仰了？苦笑一声，他木木地跟着母亲往外走，脸上像是被人狠狠掴了一巴掌似的，难堪又绝望。

这边，阎晓灵才不关心“闲杂人等”呢！她一门心思在燕陈身上。哎哟！陈宁万一和女儿和好了，在家里肯定要趾高气扬——陈宁他们夫妻本来就是知识分子，读书人骨子里都傲。平时，阎晓灵就觉着这对夫妻不拿正眼看自己，那么狂——还不是有个女儿被自己带沟里，和他们离心了。

“和平啊，你说老太太没那么多事吧。”一想着老太太劝燕陈好好和陈宁相处，陈宁她们母女和睦相处，阎晓灵就觉得浑身哆嗦。来回踱着步子，阎晓灵抚着额头，只觉得脑袋都要炸了。

刚才她还蛮开心燕陈去惹老太太烦，现在却觉得燕陈最好别回来，别在老太太面前蹦跶。趁着母亲在这儿狂躁不已的时候，燕和平早拿着一套英文原版的书，划拉着小短腿跑去找表哥沈昊了。

“昊昊哥哥。”

沈昊听见身后有人在喊，回头，就看见十一二岁的男孩借着送书的名号跑了过来。燕和平是个沉默善良的孩子，整个燕家，若要有愿意理他们母子的，燕和平算是其中一个。

沈昊很想朝表弟扯出一个笑，却发现脸色硬邦邦的，他难受到嘴角连一点弧度都扯不出来，只想哭。

“和平。”

“昊昊哥哥，这是你上次说了要看的《哈利·波特全集》。”

《哈利·波特全集》这种消遣逗趣的书，沈昊很少看，他心中不好受，怔怔地看着和平递到自己手里的原版书，沙哑着嗓音，勉强说道：“谢谢你，和平，我……”

正要拒绝，却见燕和平手中一边递去原版书，侧过身子，避过安婶窥探的目光，一边大声笑道：“自家弟兄，哥哥要看书，我还能不帮忙？你可别和我客气……”

小表弟一连两次打断沈昊说话。沈昊忽然察觉出表弟似乎有话要对自己说。正想着，接着就听见燕和平小大人似的叹了口气，压低声告诫道：“哥，姑父的事情我大致知道了，我蛮同情姑父的，却没什么能帮上忙的，据我所知，你们家那片被人盯着了，不安全，你和姑姑最近避避。”

很多熟悉燕陈的人，都说她没心没肺，从来不会有情绪波动。

一直以来，燕陈也觉着自己不是正常人。没什么正常人，会明明知道奶奶说得不对，也懒得指出。没什么正常人，会对自家亲戚的喜怒哀乐，也无动于衷。

直到听奶奶说起姑姑来这里的原因，燕陈忽然想起姑姑眼眶红通通，一遍遍哀求奶奶帮忙的时候，小女孩发现心口有一处狠狠地缩了缩，自己都觉得自己很奇怪……

伯伯、叔叔们无论是做生意，还是赌钱，就算哭得眼泪鼻涕哗啦啦地跪求奶奶帮忙渡过难关——她不关心。伯妈、婶婶们看中了贵重的钻石首饰，手头紧时，跑到奶奶面前哭穷——她不关心。爸爸为哥哥交了几个女朋友愤怒，妈妈为田瑾的功课退后几名焦急——她也不关心。在她看来，这些事无关紧要，都是因自己的错，又或是自己目光短浅、虚荣无聊惹出来的麻烦。可姑姑家，却是事关生死人祸，无妄之灾。

在此之前，燕陈知道贾家发生了件大事，祸害了许多人，却没想到被祸害的人里面，居然有一个是自己姑父。贾家的是桃色绯闻，姑父却是个板正无趣的人。你让燕陈怎么能猜中？说起贾家惹上的桃色绯闻，其实就是小男生追女友。不过，男孩追女孩追得独出心裁，路人皆知，也满不容易的。燕陈当时才回国，听见了挺羡慕的，还说现在的年轻人真有激情。这一多听，就把故事来龙去脉听了个七七八八。

原来贾家的小孙子看上的是一个在读的女学生。男孩痴情，为妹子神魂颠倒，茶饭不思，天天跑学校里去等那妹子上下课，送花送吃的，追得可勤了。男孩不丑，人也挺聪明的，有钱有貌，很快就把妹子追到手了。

追到手以后，男孩也很专一，诚心诚意地对妹子，宠女朋友宠到天上去了。妹子说要吃小笼包，绝对不给你买烧卖。妹子说要逛花鸟市场，绝对不带你去动物园。妹子要干吗，有条件要办到，没条件碾平了拦路虎也要办到，二十四孝男友那真是，更难得的，家里还不阻挠这段恋情，任其自由发展，连婚房都给买好了，就等着妹子一毕业就嫁过来……

一直到这儿，画风都是清新唯美的校园偶像剧。可是，真要这么顺利，那贾家就烧高香了。真要这么简单，哪里会有后来的祸事啊！很快的，妹子的闺密就发现一件奇怪的事，说男孩“醋劲太大”，是不是“不正常”。你说男女朋友之间谈恋爱，吃醋很正常，是不是？你说中国式好“闺密”，那就是搁在身边的不定时炸弹，抢男友抢老公抢工作的，是不是？你说这“闺密”肯定是觉得好友要嫁入豪门，故意挑拨离间，是不是？

别说你们了，就连妹子也这么想，不高兴啊！你要那么喜欢一个男孩子，你妈来劝，你也不定听，何况只是闺密。妹子心想：好啊，我们从高中到大学，都是一个学校一个班，这么有缘关系这么好，你居然对我男朋友有想法，太恶心了！

“友尽”“债见”，妹子是这么想的，就是没说……你说我男朋友不好，我就偏偏要证明给你看。于是，她秀恩爱秀得更高调了，跟男友出去吃甜品，带回来一袋子的冰激凌；别人手里送到的是和路雪这种品牌，搁闺密这里就丢个冰砖；跟男友出去买衣服，回来每个人送名牌衣裳，同宿舍的其他两人送的都香奈儿，送闺密的就一破手包。

妹子的闺密心也大，压根儿没发现品牌差距，还乐呵呵地觉得两人友谊天长地久。妹子心里咆哮了，这么没眼力见啊你！我这是在差别待遇啊！你到底是真不懂还是装不懂啊？装纯啊是不是？玩心计啊是不是？真讨厌啊有没有？

妹子心情不好，脸色就差。二十四孝男孩一看急了、火了、不高兴了。于是倒霉闺密就这么稀里糊涂被撞车，抢救了五小时，从急救室推出来以后，成植物人了。

早就说过闺密虽然是个二缺，观察力却极其敏锐，如果只是一点点的醋，又或者在可调理范围内的吃醋，闺密会这么正儿八经地和妹子说吗？潘多拉的盒子一开，二十四孝男友的缺点被放大无数倍。

男友为你打架，特甜蜜，有没有？男友在乎你，总比他随便玩玩儿要好，是不是？可甜蜜到捅刀子——一连捅了几个人，都是重伤……这个时候就不是甜蜜而是惊恐了！男友疯狂到连你亲哥哥的醋都吃，把你亲哥哥弄瞎了眼睛，这时候你再说他神经正常，谁相信？

贾家是准备了婚房，等着妹子嫁过去，可摆在妹子面前的却是无底惊惧黑暗的深渊。贾家有钱，大把大把的钞票把这件事压下去，用钱开路，本来事情都平息了。可受害人家属也有几根嚼不烂的硬骨头，不要这臭钱，只要一个公道。

贾家有背景，没人敢碰，谁沾上了谁招祸，可这世上就那么些宁折不弯的骨头！“有人”把这事爆了出来，“有人”害得贾家的孙子判了刑，“有人”挖出了许多黑内幕，事情越闹越大……

儿子犯事坑老子，贾爸被牵连得生意受了影响，连带整个贾家都被上面盯着了。燕陈一直以为，这个“有人”，指的就是上面的人，可圈里沸沸扬扬，又是另外一种说法说：“不知是哪个倒霉蛋惹上了贾家，要倒血霉了！”

燕陈端一杯拿铁咖啡，一边喝，一边还在想：敢拔老虎牙的，肯定是有底气的，怎么可能倒血霉。直到她此时站在老宅常青藤下的门口，奶奶拉着她一路走，一路抱怨。前因后果这么一说，燕陈眼皮狠狠颤了下，脸色立刻黑了。

这人是表姑父，居然是表姑父！怎么可能是表姑父？前几天有人花五百万雇凶买两条命——时间这么一对，线索这么一抓，小姑娘忽然想到表姑父虽然入狱了，可外面还有姑姑和表弟……刚好就是两条命。

最近圈里闹大的，也只有贾家这么一件事。五百万这种不顾一切的大手笔，的确是财大气粗的贾家会干的事，小姑娘的心脏狠狠漏跳半拍。

“奶奶，姑姑家是住在南山那边对不对？”猛地掐住了自己的胳膊，燕陈心里一急，脸色也不由得带出了几分焦色。

老太太还没反应过来：“你问这个干什么？”

“奶奶，我有些事，办完了再回来看您。”

来不及解释，燕陈连忙往外追着表姑他们过去了。倘若她猜得不错，危险已找到表姑和表弟了！燕陈一直以为自己是没心没肺的人，直到今天，她知道自己不是！她也会为家人的生死人祸而担心，而焦虑！

“啊！”

傍晚，高亢惊恐的尖叫，赫然间刺破了黑暗巷子口上方的天空：“昊昊……昊昊你怎么样……”

一把接住了身子软软往下滑的男孩，菜篮子里的蔬果撒落一地，中年女子惊慌地跪倒在地上，伸手去查男孩伤口。手指颤巍巍地才摸上去，一手黏腻。空气中散发出令人胆战心惊的铁锈腥味儿，手指哆嗦着，女人的心里忽然蔓上了说不出的悲恸和惊恐。

“血……昊昊……你不要吓唬妈妈……昊昊……”

失声惊叫——钱心钰浑身惊恐地打着战栗，像是被人丢尽了冰窟窿。扑天匝地的水意疯狂地涌来，漫过口鼻。想要说话，却发现呛入口鼻的，是铁锈味儿的血腥气。钱心钰想要尖叫，可口中连一个字都发不出来。大水像是从四面八方蜂拥扑来，挤压着五脏六腑，拼命争夺着空气，冲入了头颅泡涨了脑子。

从心底深处迸射出的痛苦，让这个早就不再年轻的女人几乎哭死在当场。一夕之间，她几乎失去了自己的丈夫，可她还有儿子。儿子却为了护着她，被人用尖锐的刀子刺入了小腹，不就是写了一份文件，不就是把那文件拿给了上面的领导过目，不就是得罪了一个人……为什么？为什么天都要塌了？眼泪哗啦啦地流了下来，钱心钰心中千疮百孔，说不出的痛楚。

不……她要保护儿子，她不能失去儿子！仓皇地捡起了丢一边的菜篮子，女人疯狂地挥舞着手中的篮子抗拒着那些黑衣男人的靠近，她厉声尖叫："你们，你们到底是什么人……"

灰蒙蒙的天色渐黑，风吹在脸上宛如刀割。

"什么人？呵呵，兄弟们告诉她，我们是什么人。"

狭窄逼仄的胡同口，戴着金项链的黑衣高壮男人拎着跟手臂粗的棍子，一脚踩灭丢到地上的烟头，流里流气地狞笑。

"大婶，别怪弟兄们狠。问问沈建华，你就知道我们是什么人了。"

流氓们哄然大笑。霎时，不怀好意的煞气迎面扑来。

"建华……"

再次听见丈夫的名字，这么冷的天，钱心钰后心却泛出了一身热烘烘的冷汗。手指抖啊抖，她几乎拿不稳手中防身的菜篮子。他们果然是贾家派来灭口的……这个念头才冲上来，巨大的惊恐压下，钱心钰双腿一软，几乎要跌倒在地。

"妈……我拖住他们，你快走！"

强忍着小腹撕裂似的剧痛，沈昊的眼睛都红了，拼命地朝精神崩溃了的母亲推了一把。

"走？哈哈，小哥是不知道弟兄们是什么人吧。被弟兄们逮着了，今儿个你们一个都别想跑。”

大手一挥，高壮的黑衣胖子眼神一厉。跟在后面的流氓们抓着电击棍，纷纷狞笑地冲了过来。呼呼的风声挟裹着血腥味儿，零星的沙砾砸在了脸上。钱心钰捂着脸，悲恸地大哭，“建华……建华啊……”在她失声痛哭的声音中，黑漆漆的电棍蒙头砸来。

“不！”男孩惊恐地尖叫，成了破落巷子口最后一声虎啸似的绝望震怒。

黑色的呢绒卫衣熨帖无比，半透明的橡胶带子一圈圈地裹着细弱的手臂，在黑漆漆的巷子里，那细细的胳膊就这么轻描淡写地往前一挡。

“砰！”

有什么在空气中迸射出刺眼的电火星子，电击棒发出咔嚓咔嚓的碎裂声。没人想到这个时候混乱黑暗的巷子里会有人过来，更没人想到那人会硬生生地扛下电棍这么一砸……这是人类的胳膊吗？黑衣流氓们没想到会有这样的变故，通通都吓傻了。

另外一边，钱心钰模糊地听见儿子嘶哑的吼声，从指缝里看见了迎头而下的棍子，等了许久，却没有意料中的疼痛，也被吓傻了。女人的指缝中湿漉漉的冰凉一片，恍惚里，她好像看见一个熟悉又陌生的背影。那背影，一身的黑，单薄可怜；那背影，一脚踹去，狠狠的一个手刀劈在了黑衣流氓的颈后，夺过电击棒；那背影，猛地回头，把电棍用力地塞在她手里。那人说：“对不起姑姑，我来晚了，你护着表弟，也保护好自己……”

看清楚来人，钱心钰的眼泪疯狂地流了下来：“燕陈……”

是燕陈，可不就是侄女燕陈。

手指颤巍巍地捏着电棍，钱心钰心口滚烫的，像是被什么狠狠地填满了。呜呜……她捂着嘴，绷紧错乱的神经一下子找到了精神支柱！来了，有人来了，有人来救他们母子了。这个念头闪电般蹿入脑海。她哆哆嗦嗦，脑子本来都糊涂了，却被燕陈的忽然出现，拔出了一份理智。

“昊昊，我们有救了……”女人又哭又笑，捂着儿子汩汩流血的伤口，一边帮儿子包扎，一边哭笑着。

不同于钱心钰的欣喜若狂，沈昊苍白的脸色更加苍白了：“妈……别忙着高兴……表姐……表姐一个女孩子……根本打不过那么多人……你……你快跑……”

虚弱地提醒着，沈昊说一句话，却仿佛用尽了所有的力气。他只觉得浑身又疼，又冷。眼前总有一阵阵的白光，一阵阵地扩开，又粉碎成扑天匝地的黑。腹部被刀子捅到的地方好疼，好疼……身上提不起一丝的力气，随着血液的流失，连神志都在渐渐模糊起来。

轰隆！像是被什么狠狠劈到了后脑勺上，钱心钰猛然反应过来。对面是七八个手拿凶器的大老爷们儿……就算是沈建华这样正值壮年的大男人过来，都凶多吉少，何况是个单薄瘦弱的女孩。

侄女能做什么？侄女打不过这么多壮汉的，连姑姑都不敢救济她们母子，侄女为什么要来？如果说自己和儿子是在劫难逃，可侄女不是啊！原本被打击击溃到精神不正常的钱心钰，精神一点点地集中起来，牙齿狠狠咬破了舌尖，女人红着眼睛，脑子里的一根神经终于崩溃了。

“老娘和你们拼了！”尖叫着，一想到老公入狱，儿子生死不知，连侄女为了救自己，恐怕都活不了了，钱心钰彻底地疯了。

“啊！啊！”疯狂地尖叫着，钱心钰疯了！

一棍子砸下——这世道为何要黑白颠倒是非不公？一棍子砸下——他们沈家说应该说的话，做应该做的事，为何要被人斩草除根？

手中的电击棒无章法地胡乱挥舞着。任谁都想不到一个原本温柔似水，连说话都不肯大声的淑女，竟然会披头散发，满脸血迹地拎着电击棒，疯狂地攻击起挨近她的所有人。

棍子一下下砸，砸，砸……火花在黑漆漆的电棒中流窜。砰！砰！每砸一下，都能听见一声声惨叫，闻到些许的焦煳味道。而无论是谁打过来，哪怕刀子扎在她的胳膊上，戳在她的腿上，她却像不知疼痛似的，只知道打，打，打……

“妈……妈妈……”

沈昊看见好几个恶棍的刀子戳伤了母亲。男孩哭着，想要跑过去为妈妈挡刀子，却发现自己一点力气都提不起来。一大一小两个并不强壮的女人，在黑漆漆的小巷子里，竟和七八个人高马大的男人混战不分胜负。

第十一章　打架

“弟兄们给老子上！老板出了五百万，算哥几个仗义，买一送一给老板玩儿的！”

一声怒吼，几流氓也被打出了火气。贾家这次找的恶棍拳头极硬，燕陈用胳膊扛下那根电击棒，就知道这次踢到的是铁板。轻轻甩了甩被震得生疼的手腕，小女孩倒退几步，抿着唇，漆黑的眼底却依然没有一丝儿惧意。兵来将挡，水来土掩。要是一般的女孩遇见这种情况，哪怕格斗技巧再高，恐怕都要吓软脚了……可燕陈不怕。

恍惚间，她好像又回到十八年前刚刚回家——那时候，她刚刚恢复燕家女的身份，浑身都是被养父母掐得红紫瘀青，瘦弱得风吹就倒。哥哥瞟了一眼，没说什么，直接给她找了个教格斗的教练。哥哥说：“燕家的孩子没有被揍了，还傻乎乎硬撑着的道理。教你打架，是让你往后再也别被人欺负了。”于是，才出狼窝又入虎穴，小女孩又被教练揍得惨兮兮了。

直到今日，燕陈都像是能听见自己训练室里的惨叫，一拳拳砸在身上。脱力的训练之后是挨打，那比养父母掐出来的瘀青还要疼！是断了肋骨，折了胳膊的疼法。

她的教练是从部队退伍的侦察兵，曾经是军区大比武中的兵王，他比死神还可怕。看上去斯斯文文，可对战时候出手快如闪电，眼神像刀子似的，淬着寒芒，一点都不留情。一次次把年幼的小女孩打倒在地上，连燕楚看着都觉得胆战心惊，不高兴地怒叫："冯宸，你是不是人啊！这是我妹，她才多大，你用这么大劲儿。我是让你教她格斗，不是让你拿她当沙包揍！人打坏了你负责啊？"

教练冷然道："要学打架，首先得学会挨打。我这儿教的都是杀人的招儿，你要觉得不合适，可以辞了我。"

这还说什么？只能胆战心惊看着燕陈被折腾。冯宸训练燕陈，用的是部队特种兵训练的那种法儿，把人的潜力榨干到极限——于绝境中求出路。

小时候的燕陈，软趴趴的，被养父母教得优柔寡断……于是，冯宸从拳击开始，一拳拳，训练的就是她出拳时杀伐决断的果敢和勇气。小时候的燕陈，弱不禁风，心慈手软……于是，冯宸抓了大公鸡，逼着小女孩动手杀鸡，锻炼的就是她的狠劲儿。冯宸的心是铁筑的，他才不会因燕陈是小孩，就在训练中放水。

就这样，燕陈从一开始的柔弱绵软，到后来打十几个大老爷们眼皮儿都不眨一下。

别看这些痞子手底下有功夫底子，燕陈冲过去，七八个人都不够燕陈打的。

“老娘和你们拼了……拼了……呜呜呜……”再加上钱心钰擦干眼泪，疯狂而无章法的打法，没多大点工夫，那几个凶神恶煞人高马大的彪悍汉子被打得哭爹喊娘，落荒而逃。

直到那几个痞子狼狈逃走，被捅了刀子失血过多的沈昊还晕晕乎乎，只觉天旋地转，两眼发傻——天！假的吧！一定是假的！表姐是女孩子啊……没见过女孩子这么能打架的……

沈昊的脑子糊了。他颤巍巍地伸出手，想托起掉了的下巴，摆正脱窗了的眼睛，手指动弹不得。就看着表姐拎着根电击棍，一步步朝自己走过来，像死神一样。

“咕咚！”艰难地咽了口唾沫。受伤的半大男孩恨不得自个儿一头栽下去，晕倒再说。泪奔，这……这个人真是他表姐！杀神投胎的吧。

那么瘦弱的女孩子，看上去风吹就倒，就这么一步步走过来，浑身都透着股令人战栗的戾气。沈昊忽然想起刚才表姐来的时候，自个儿喊妈妈先跑的场景。好想哭啊！亲疏有别。孝、义不能两全。

那时候，他以为大家都死定了，下意识想护住妈妈，觉得能跑出去一个算一个。当时他就没想过表姐居然能打过那么多恶棍……

听别人说，表姐性格很糟糕，又不爱说话。她来救妈妈和自己，自己却在生死关头，下意识地想让表姐垫背。表姐她这是来跟他算总账了吗？

“咕咚！”艰难无比地又吞了一口唾沫，沈昊心里乱蓬蓬的，手脚冰冷冷，精神上的压力几乎要击溃这个不大的男孩。他还在想：表姐这么能打，生气了，会不会打他啊？他还记得，刚才表姐把为首那个一米八几的彪形大汉，一手拎着领口，另外一手捏紧成拳揍得他口吐白沫的情形。哭，他都伤成这样了，再揍几拳肯定一命呜呼。

眼见着燕陈漫步走来，蹲下身，手掌忽然朝着自己伸过来，男孩瞳孔狠狠一缩，小心脏彻底跳出嗓子眼了。

唰！拳头裹挟着风声硬生生地砸过来。就在沈昊下意识闭上眼睛等死的时候，脑门儿上，被什么不轻不重地弹了一下。

“你一点都不像你父亲。”认真执着的女嗓，淡淡传入耳中。

尘埃落定。惊疑的男孩恍恍惚惚地睁开眼睛，看见燕陈收回了手指，燕陈认真的小脸上徐徐露出了一丝儿笑意。这个笑容不灿烂，不明媚，却像是沙漠中的绿洲，让人心中一暖，不由得放松了绷紧的神经。

那天晚上，沈昊不知道自己是怎么离开那个破落的小巷子的……蒙胧中，只记得自己被公主抱了。抱着他的那个怀抱并不宽广，甚至纤瘦，文弱。

在他昏迷的时候，鼻端中若有若无的薄荷香，萦绕在左右。分明被捅了刀子，失血过多，惊吓过度……可他却从没有一刻这么安心温暖过。在沈昊的生命中，一直是父亲、莫爷爷做的榜样。可莫爷爷病重，父亲入狱，连母亲都差点儿被连累到命丧街口——半大男孩的信仰开始摇摆不定，大厦将倾。

人生的十字交叉路口上，他差点儿行差错步！燕陈却于沉浮之海中，顺手丢给了他一片浮木——在她并不宽阔的怀抱里，男孩心里有什么在生根发芽，坚固成钢筋铁泥，又生出了淡淡的柔情。此时的燕陈根本就不知道，她伸出援手的时候，无意中改变了一个男孩，继而改变了许许多多人的命运！

花开生两面，人生佛魔间。谁也不知，这到底是好事还是坏事……

沈昊进医院已经三小时了，钱心钰捂着脸，守在急救室的门口一直在哭。从上出租车，到医院的途中，她就没停住眼泪。燕陈不会劝人，于是钱心钰一哭，小女孩认真地拧着眉头，一张张地往姑姑的手里塞纸帕。去的路上，连司机师傅都看不下去了，不停介绍着 H 医院的大夫手术多么多么高明，一脚踏入鬼门关都能给你给拉回来。

燕陈呢，对声音比较敏感。说话的人要是姜薄东——由二少来介绍医生怎么怎么样，燕陈还蛮乐意听的，偏偏是个声音特高亢的司机师傅！几次想要打断师傅继续胡侃，一回头，看见表姑钱心钰红肿着眼睛，天塌下来的模样，她也就不说什么。

沈昊的伤，燕陈也是看过的。那些痞子使的是蛮头儿，但是戳的位置比较偏，没伤到脾脏。伤口划拉得有点大，约莫有三厘米长。沈昊之所以昏迷过去了，主要就是失血比较严重。

燕陈是个稳妥的姑娘，她看过手表，掐过时间，估摸着把表弟送到医院，急救一下，这小子不会有太大问题。

对她而言，无关生死皆小事。她这么平静，直看着司机师傅啧啧称奇：“姑娘啊，那么大摊血在你面前喷出来，你就一点都不怕？”

不就是血吗？这有什么好害怕的？燕陈正疑惑着，钱心钰一下子被勾到了伤心事，声嘶力竭地哭了起来，这哭声杀伤力太大了。不仅是对声音敏感的燕陈，就连开车的师傅也蒙了。踩着油门，师傅不敢多问，愣是把计程车开成了飞机的速度……

到医院，刚好是晚上七点半。表姑跟着急救人员走了，担忧的哭声渐远，燕陈揉着耳尖，悄悄松了口气。夜晚的医院灯火通明，站在门口，她揉了揉饿瘪了的肚子。晚上七点半还没吃饭，这对燕陈而言可谓是从未有过。

吃饭不规律，容易得胃病。燕陈从小就惜命，小姑娘正准备在门口随便买点吃的，稍微垫点儿肚子，然后跟着医生过去办手续，鼻中忽然蹿入了诱人的粥香味。医院门口居然有热粥？惊讶地睁大了眼睛，燕陈觉得惊喜极了。她喜欢喝粥，特别是鱼片粥。这香味，暖融融的，咸香丰富，美得她不由得眯着眼睛，嘴角翘起了一抹期待的微笑。

就在小女孩四顾张望，准备看看是哪里卖热粥，眼底冷不丁映入一份雪白的鲜粥。不知是谁，坏心肠地在她眼前把白粥亮了出来，勾着她的眼睛走了一圈，逗着她的馋虫蠢蠢欲动，口水都快要流下来的时候……头顶上方，一个磁性好听的男嗓无奈地叹了口气。

“果然，晚饭没吃。”

燕陈用力地吸了口粥香，还没反应过来，右手被人不由分说地握住了。淡淡的暖意从冰凉的指腹颤了出来，小女孩猛不丁一抬头，只看见路灯下姜薄东的脸俊美不可方物——姜薄东今天穿着一件薄款立领的风衣，在寒风中，一身不羁的成熟气息。他的身形，本来就较普通男人更加挺拔。站在那儿，勾得好几个怀春的小护士脸蛋红红的，借着打饭、买奶茶的理由，来来回回经过这儿好几趟。就连好多来医院探病的女孩，都不由得把注意力落在他的身上，几个小护士忍不住边走边议论。

"你们有没看到咱们医院门口那个男生，帅呆了。"

"看见了，男神！"

"我觉得他特像李易峰！"

"喊，你别是个帅哥都像李易峰好吧，只不过气质像而已，脸比李易峰帅多了好不好。"

"莎莎是李易峰的死忠粉，在她口中得出个像李易峰的评价，等于是最高评价了……"

看吧！这男人就是个妖孽，美得动人心魄。一露脸，随随便便就能勾得女人的目光落在他身上舍不得放开，可他却一点不知道自己多出色。

乱一池春水，碎一地芳心——他的眼里只有燕陈这么一个看来简单、纤瘦、无甚出奇的普通小女孩。女人们的目光落在燕陈的身上，或多或少露出一点不屑——

对！燕陈的确漂亮。可成熟完美的女人，应该有饱满的上围、挺翘的圆臀……只有一张脸，管屁用啊！在她们的眼里，能够配得上姜薄东这种男人的，应该是前凸后翘的尤物。像燕陈这种胸无二两肉，眼睛阴沉沉的小女孩……一看就配不上男神。

这丫头成年了吗？她满十八岁了吗？女人们内心都在呐喊，在咆哮。一个个恨不得跑到姜薄东的面前，让他擦亮了眼睛——要不是大伙儿脑子里还有点理智，恐怕真就有人都忍不住跑过去摇二少的胳膊了，大吼：男神，侵犯未成年人是犯罪啊！你可不能走上犯罪的歧途啊！

羡慕嫉妒恨的眼风嗖嗖戳来。燕陈神经太粗，竟然没有被"万众瞩目"的自觉。这个时间，公立医院各个科室的坐诊医生大多都下班了。

医院的值班人员并不太多。还徘徊在医院里的，不是住院部的，就是提前排队，等着挂专家号的病人家属们。大家肚子饿了，大多是在医院食堂或者是外面买几个大热包子又或者面包，坐花坛台阶上，随便咬几口吃吃。可姜薄东做事真就特讲究！本来回家躺着，准备休息一下的某资深医生，就是在这种情况下风尘仆仆地又跑过来“加班”了。

加班内容：帮忙某病号挂号、交钱；给急救科的同事塞红包；打开自己值班休息室的门，安顿“未来嫂子”。

值班室，暖气开得很足。轻轻一扯，把一次性筷子劈开，对着一刷，扫掉筷子上的木渣儿。

卫生间外，英俊的男人一边利落布饭，边说：“阿水吃过饭了，现在在家里看动画片，到点他自己会睡觉，你不用担心。”

哗啦哗啦！抽水马桶的声音后，是方便过后洗手的水流声。

卫生间里没人吱声，姜薄东知道燕陈的习惯：不说话，代表没有异议。

小女孩性格很奇怪，不过，姜薄东的性格也异于常人，他本身就不喜欢聒噪的女孩。只要是燕陈，不说话他也很喜欢。从打包的外卖塑料袋里，一边打开粥汤盒子，男人低沉悦耳的嗓音一边从容不迫地继续响起：“还有就是，你姑妈和表弟那里，有小郭看着。他已经帮你缴过费，也和急救科的同事问过情况了，说了你表弟那个属于小手术，没危险。”

“麻烦你了。”徐徐道了个谢，卫生间门咯吱一声开了。小女孩神色淡淡的，头发软蔫蔫地贴着脸，干什么都有点提不起劲儿的感觉。

今儿个的燕陈，心情比较糟。她不是很喜欢打架。特别是这种看见亲人见血的经历，并不好受，沉默地走过来。

燕陈静静地拿起筷子，刚要吃饭，冷不丁看见一桌子热气腾腾的鱼片粥汤、水晶虾饺、燕窝糕、牛肉粉肠……水灵灵的眼睛忍不住睁得老大，嘴角微微抽搐了一下。抬起头，不可置信地看着二少。后者却亲昵地夹了一筷子水晶虾饺，塞在她的唇边，淡淡笑道："吃吧，冷了味道就不好了。"

"只是随便垫个肚子……你要不要弄个满汉全席？"

"晚上吃太多不好。"

燕陈只是随口吐槽一句，没想到姜薄东居然还真的郑重其事地考虑了一下，燕陈无语。

"张口。试试这个，味道不错。"水晶虾饺递在小女孩粉润的唇边，诱惑似的擦了擦，勾出了小女孩唇角的一丝儿晶莹。还没吃，就流口水了。虽然是自然反应，可还是挺丢人的。

燕陈黑着小脸，扭过头，连忙拒绝："不用，我自己吃。"

她不吃，二少也不急。就这么轻轻地用饺子皮蹭了蹭她的嘴角，饶有兴味地挑逗着："挨到你的唇了，你不吃，难道要我帮你吃掉吗？"

"乖，张嘴！"姜少学乖了，这么沙哑的嗓音，说着这么宠溺的动人情话。

饶是冷心冷情的燕陈，也不由得心口猛不丁一跳，下意识有点口干舌燥。嘴角那温软还在一下下轻轻蹭着，蹭得她心情不由得烦躁起来。

“有意思吗？我又不是小孩。”小女孩发火了，可这么一说话，粉嫩嫩、湿漉漉的小嘴儿就露出一丝粉红色的细缝儿。

男人狡黠一笑，堂而皇之地把饺子塞了进去。鲜香融融，晶莹剔透的薄皮饺子塞满了小嘴儿，刺激着味蕾，让小女孩薄薄的唇瓣都被润得丰盈饱满起来，这家的水晶饺非常鲜美。

燕陈本来想要发火，却在尝到这鲜味以后，眼神狠狠一亮。踟蹰了下，潋滟的水眸无奈地瞟了男人一眼——后者笑容清浅，可那漂亮的眼睛里，却明明白白写着一句话，很有一种“你不吃，那我们就耗着”的感觉。

和美食作对，绝对是不理智行为，和姜薄东作对……这男人有一种“不达目的、誓不罢休”的狠劲儿，燕陈也算是看开了。小姑娘无奈地瞥他一眼，就着他喂食的动作，轻轻咬了一小口。剔透的水晶薄皮儿如初春新柳的嫩芽似的，鲜艳而脆薄。甘美的饺皮，裹着大粒儿的虾仁，一口咬下去，浓郁的香味仿佛瞬间在唇齿间爆发，好吃得让人难以想象。

姜薄东说：“金鼎轩的水晶饺十分地道。大师傅的手艺非常棒，澄皮儿点过菠菜汁儿，馅料是鲜虾仁、瘦肉、玉米粒儿……”

一边喂食，年轻男人低沉好听的嗓音沙哑地响起。他轻描淡写，从容不迫说着饺子的作料来历。不知怎的，燕陈心口像是被一只小手轻轻挠着，捏着。这感觉奇怪极了，让她忽然有一种把他推荐的食物通通消灭干净的古怪冲动。

这顿饭吃的时间不长，燕陈很快就消灭掉小半屉饺子，大半份鱼片粥，一小份肠粉，半块燕窝糕。等吃完了到急救室门口，钱心钰还在外面掉眼泪。急救室外就坐着两个人。

一个是钱心钰，肿着眼睛，总是探着身子，满脸的担忧，想往里面多看几眼。另外一个是个二十七八岁，穿着白大褂的小伙子。这约莫就是姜薄东从家里挖出来的倒霉医生吧。青年长得挺精神的，浓眉大眼，很机灵的模样。

可做的事，怎么看都不省心。

青年坐着的椅子上面，摆了许多白花花的塑料袋，里面从粥点小吃到饼干面包一应俱全。

他东啃一口西啃一口，满嘴的食物屑儿，吃得眉开眼笑，一边吃，一边还劝："阿姨，你晚上没吃东西吧。我哥让我给您带了些食物垫肚子。"

"谢谢你了，我不饿。"

"人是铁饭是钢，一顿不吃饿得慌。我吧，就总觉得什么时候都吃不饱……您真不吃？哦对了，这手术没什么危险，您不用担心得走来走去，放心，您儿子是年轻人，身体看着就不错，不会出什么问题……"

"小郭，你慢慢吃，别管我。"

"我哥平常不找我办事，这可是头一遭，我可得把您照顾好了。"一边说着要照顾好人，一边又一袋薯条吃完了。

燕陈过来的时候，就看着手术室外的垃圾篓都堆满了食品废屑。从鸡骨头，到薯片盒子，到瓜子壳……看见姜薄东他们，小伙子还挺不好意思的，挠了挠头，利索地收拾了下，一双炯炯有神的大眼睛羞涩又好奇地望过去，紧接着，就兴奋了。

"哥，听说您带嫂子来了？"

"是啊。"

“那敢情好……”

傻乎乎地搓着手，小伙儿的目光径自剔除了干瘪如四季豆的燕陈，乐和乐和。姜薄东明知道他在找什么，也不点破。于是，小伙儿从走廊尽头，望眼欲穿地往后看啊看啊……

脖子都伸长了，鬼影都没见一个。再接再厉，小伙儿继续道：“你都二十八九岁了，也该结婚生孩子了，有嫂子在，咱们这帮弟兄就算安心了。”

“是这样吗？”

“人这一辈子，成家立业最重要了……”语重心长地感慨着，小伙儿的目光千百次越过纤瘦的小女孩燕陈，痛心疾首，“要我说，咱哥要钱有钱，要貌有貌，就这点不好——醋性大！贾家那小孙子就是醋劲儿太大，把女友太当个宝，结果闯大祸了是不是……嫂子再美，也是全人类的。你总也得介绍给弟兄们认识的，藏私不是个好事……”

小伙儿土生土长的本地人，特能侃！从海湾战争到APEC蓝，到戴安娜王妃车祸事件，他侃了个天昏地暗，日月无光，连钱心钰在一边都听蒙了。还是姜薄东最明白这小子的尿性儿，一句话堵住他喷薄的交流欲望：“你到底想说什么？”

一下子被戳到红心，小伙儿还挺羞涩的：“我就想问，嫂子她人呢？”

小郭同志不是一个人啊！听说姜少女友家有人出事了，小郭同志立刻怀揣着身后百八十个弟兄对嫂子的仰慕期待，屁颠屁颠跑过来加班干活了。羞涩又好奇地丢了个眼神，小伙儿兴致勃勃，可期待了。

“喏，这不就是人。”

微微一笑，姜薄东轻轻地揽住了小女孩燕陈单薄的肩膀，静静地笑。小郭同志期待的目光从上到下，一直落在了燕陈的身上。

轰隆！忽然间，有什么狠狠劈中郭言龙的脑门上了——说好了高挑绝美，祸世妖娆，前凸后翘的肉弹妹子呢？哥，我读书少，你别骗我！

因小郭同志错误的心理期待，以及而后的宣传效果，燕陈在姜薄东那一溜儿弟兄的心里印象一度滑落再滑落——成为“钟无艳”的代言词。

虽不明白以二少的姿色，为什么会挑中这样的嫂子，不过……只要是二少喜欢认可的女人，大伙儿再不待见也认了！这都是后话，暂且不表。

此时的燕陈，忙着表姑表弟的事，却怎么都想不到自己摊上大事儿了！贾家有只手遮天的能力。

她这边才刚救了姑妈表弟。那边，贾家就立刻查出了条条道道，是谁截的和，又是谁占的道儿。一个电话过去，BOSS怒了。二十多辆小轿车，拉来百八十个人，在医院门口停下来，气势汹汹就准备在医院里悄无声息地做了燕陈。一帮人怀里揣着刀子，齐刷刷地都到了急救室的楼下——眼见要砸过去了，一通电话来了。

“胡子，到地儿没？”

“到了。”

“动手没？”

“马上……”

“回来！”电话那头，有人清清冷冷淡淡地说道。

这边才掐了烟头，一行穿黑衣的威风八面走路带风地过去了，那边居然丢下一句“回来”。

“老九你这是什么意思？”

“小姑娘惹上大麻烦了，老板说了，要亲自解决了，咱们等着瞧热闹吧。”

“钱心钰还有沈昊呢？”

“莫慌，留他们几日。”

不管从广义还是狭义、正面还是反面的角度来说，贾艺都不是一个好人。他还很年轻，可心已经老了，他喜欢过一个妹子。最后，弄死了这个妹子身边许多的人，并且毫无悔恨之心。

别人以为他是个有趣的人，可他对什么都不感兴趣。他喜欢颠覆常规，也喜欢打破常理。

在他很小的时候，就知道自己很聪明。聪明过头，若是没有管束，就会变成灾难，他做过很多坏事。其中，就不乏人命官司。他知道就算枪毙一万次，自己也不冤枉——在今年冬天之前，圈子里很多的人恐怕都不知道贾家的孙子是一个什么样的人。直到沈建华把他的事抖出来以后……大家这才关注首富的孙子——贾艺。

所有人都觉得“贾家的小孙子”是个魔鬼，心理变态，杀人狂魔……得亏是生在通吃黑白两道的贾家，不然早死了。可骂了这么久，议论了这么久，直到如今，却没有人知道这个人的年龄、相貌、才华。这个人，合当一直藏在黑暗中，享受父辈们的荫庇。可有人颠覆了玩法儿，有人曝光了他。

五代单传，贾家就这么一个传宗接代的男丁，被人这么涂了黑，你说贾家的人生不生气？得亏沈建华只是挖出内幕，没见过贾艺。倘若他见过贾艺，恐怕连一天都活不下去。

没有人知道，这个令人厌恶的男人还有一个广为人知、受人尊敬的名字，叫：江北。燕陈不长眼地跑去救了钱心钰母女……让江北忽然觉得有点兴味了。一直以来，江北觉得燕陈和自己是一类人，都是没心没肺的类型。可这丫头居然会去救钱心钰？她和小时候似乎有点不一样了……她不再遇事旁观，不再退缩无视，不再冷漠冷心——她从什么时候开始，向着光明，长成了一个和他截然不同的另一种人？

更有趣的，还是她身边这错综复杂的交际圈。啧！姜二少、俞公子、叶浅浅、温情。小女孩无论是家庭上的关系、婚姻上的关系，还是棋逢对手的情敌之间的关系……都让江北觉得有趣。

凭什么她能挣出泥沼，向阳而开，而自己……却只能在黑暗中腐朽？就在今日、今时、今刻。

江北有心了。他第一次这么兴奋，这么期待，这么充满兴味，想要把一只飞走的小鸟折断羽翼，想要拉着她跟着自己一起下地狱。

其他都没什么……最大的问题，是姜二少似乎对小女孩动了心思。姜家低调，可不代表姜家的人失了雄狮的爪牙。这一家，一个个都不是好惹的角儿——特别是姜薄东。

少年的时候，江北曾经一时不查，差点儿在姜二少爷的手中栽了大跟头——他灰头土脸，狼狈不堪。对比着少年姜薄东的冷漠平和，丢脸丢到姥姥家了。然而更让人愤怒的是……姜薄东甚至根本没拿他当对手，根本没多关注他一眼。

江北这一生顺顺当当，从未吃过什么亏……他心中有执念，一直以来，他都很想在姜二这里找回场子。可姜二周身就像是浇筑了铁桶似的，连只苍蝇都飞不进去。江北曾经用了两年的时间来研究姜薄东，最后发现……这个男人铁血心肠，冷漠绝情，没有任何可以让他利用的软肋。

人家说“哪个少年不钟情”。可姜薄东在最青春年少的时候，连个小姑娘都没喜欢过。当时，江北就对自己说“一个连情字几撇都写不出来的人，你和他计较什么”。可现在……这个男人居然动心了，喜欢上连他都觉得有趣的小女孩燕陈了……想着想着，江北就高兴了。

摧毁一个人的方法有很多种，从精神上，肉体上，又或者信仰上。天给他一个好机会——让他能够一雪前耻，并得一有意思的玩物，江北不急，他有的是时间牵线，撒网，布局。

这天晚上，黑道上对钱心钰母子的人头悬赏撤了。黑暗逼仄的监狱里，本来被暗示着趁机做掉沈建华的囚犯们，他们又收到了“不许伤人”的第二条指示——一条条藏匿在阴影里的罪恶烟消云散。外人眼中，贾家的怒气消得太快。

大伙儿本来都拿捅马蜂窝的倒霉蛋一家当死人看了，谁知道第二天沈建华被保释出狱。当天下午，沈建华、钱心钰一家三口在医院里团聚流泪。一切针对沈家的污蔑控诉，真相大白……

这是怎么回事？一枚尖石头砸在平静的湖水中，溅起水花，惊动了水底的恶蛟，眼见着水面喧沸热烈，有什么几欲破水而出的时候——天亮了。

一切平静下来。

燕陈本来想着怎么帮姑父洗冤，保住姑姑表弟的小命……却怎么都没想过自己还没出手，事就平了，她一开始还觉着贾家恐怕还有后招。可就燕陈查出来的情况来看——贾家真的收手了。就像是一群穷凶极恶的恶棍忽然发现“我佛慈悲”，于是醍醐灌顶，赫然醒悟。

经人提点，大家这才知道沈家这次遇贵人了。谁都不知道沈建华运气怎么会这么好，竟然会认识一个连贾家都忌惮几分的人物。原来贾家这次收手不是幡然醒悟……而是因为他们要给“一个人”面子。

所有人都在猜那个人到底是谁。是上面的哪位大人物？还是几个隐藏在暗中的家族？可猜到这儿，线索就断了。所有人都不敢继续猜下去了，因为贾家不仅收手了，而且还交出了始作俑者“贾艺”。什么样的忌惮竟然让贾家做出这样的让步？他们连五代单传的孙子都交出来了。

法庭上，大伙这才第一次看见贾家的小孙子长得什么样，那是个清秀漂亮的男孩。在法庭上，男孩痛哭流涕地忏悔自己的罪恶，诚心悔过。贾家走了点关系，最后判了二十年。

恶意害了这么多人，居然只判二十年。

都知道这是轻判。可是，能让贾家这么大一只黑白通吃的老虎伏了法，也不容易了，一切尘埃落定。是非曲直，终于得到了公道和正义。

报纸上把沈建华吹得跟英雄似的，赞美他不畏强权，又一次战胜了邪恶什么什么的。可经此一事，沈建华和钱心钰瞬间仿佛苍老了十岁。没有人知道此事之后，差点儿给老婆孩子带来灭顶灾难的男人还有没有在法庭上继续伸张正义的勇气，也没人知道燕陈在这件事中起了一个什么作用。

对暗中蛰伏的江北而言——游戏，才刚刚开始……贾家所有的退让，不过是猫捉老鼠的逗弄而已。

冬夜绵长，橙黄色的路灯打在立交桥上，亮若白昼。

“啊！”

细细的高跟鞋踩得啪啪直响。立交桥上，一个穿着香奈儿小套装，容貌俏丽的年轻女人握着雪白冷硬的桥沿护栏，冲着立交桥呼啸而过的轿车泄愤似的尖叫。

在她身后，一辆辆线条流利敞亮豪华的跑车飞驰而过。

风呼啸刮过，吹得女人耳鬓边的长发墨丝飞舞，在霓虹灯下莫名地平添几分妖艳的柔美。她身后，一抹挺拔高挑的身影鬼魅似的，如影随形。

“田小姐，你考虑好了吗？”神秘的男嗓优雅地响起，像邀人共舞的绅士一般，礼貌得让人怦然心动。

“不……不要问我！”

又是一声尖叫，田瑾的指甲几乎要扣入立交桥上的栏杆，像是受到什么惊吓似的，纤细的身影瑟瑟发抖。

“田小姐……”

“滚！你给我滚！呜呜呜……你让我背叛小陈姐姐，去勾引自己的未来姐夫……我……我像是这么无耻的人吗？你死了这条心吧！呜呜呜……就算你们拿着我的把柄逼迫我，我也不会背叛小陈姐姐的……”

一折身，小女人伤心地捂着自己的脸，忧愁地哭泣，雪白的小脸被羞怒激得红红的，很像是盛开的红艳牡丹——重情重义，情感动天，真是有原则的女孩啊！倘若不是少爷说过田瑾是什么样的女人，看见她这么柔软脆弱的样子，恐怕林京真的会被打动。

可惜，她的真面目被少爷琢磨得一清二楚。眼底掠过一抹讥诮似的笑意，林京觉得这女人的演技真特么可以去拿奥斯卡小金人啊！背地里厚颜无耻黑心肠，表面上却单纯无辜。难怪燕妈会着道儿。要不是少爷说过，陪着她演戏，林京听她假哭了一晚上，真的很有揭穿她的冲动。哎！明明这女人才是那个坏心肠的。可林京忍着牙酸，必须跟她拼起演技。做少爷的手下还真是不容易啊！无奈地在心里叹了口气。

男人微微地笑，优雅从容的嗓音继续响起，语气却更加有礼貌："田小姐，不用挣扎了。少爷要对付你姐姐，自然不会把筹码全部都放在你这里。你可以拒绝我，可你要相信，少爷的本事大得超出你的想象……"魅惑的嗓音，冰冷地说出绝情的话语。

"你不能，不能……"

一声尖叫，田瑾泪流满面，一把抓住了男人骨瓷似洁白的右手："我求求你，不要伤害小陈姐姐。"

小女人梨花带雨，哭得好绝望，后者任由她抓着自己。微笑，慈悲。

"善良的小妞啊。这时候还想为你姐姐挡风遮雨？你想想你自己吧……你亏空了你姐姐古玩店那么多的钱，你补得上吗？"

"我……"

"傻姑娘。只要你和我们合作，少爷会瞬间补足你的亏空，并且会给你一张七位数的置装费……让你再也不会为金钱而困扰。"

魔鬼的诱惑，动人心肠。

“我当然知道，我的女孩。”

温柔地诱哄着，男人温柔地帮她擦着眼泪，满眼的心疼。田瑾不由得抱住了男人精瘦结实的腰放声哭泣：“你们，你们怎么可以……怎么可以让我做这么坏的事？”

“乖，别哭，你哭得我心都疼了。”

墨绿色的眼眸狠狠一沉，有美人投怀送抱，林京嘴角都不由得勾起了一丝儿冷笑。他是江北手下得力的助手，自然深谙谈判的技巧。一看田瑾这架势，他立刻知道田瑾心动了，只是放不下面子。

既是如此，他不在乎再加一把火。洁白如骨瓷似的一只手轻轻地搭在了田瑾的腰上，一直藏匿在黑暗中的林京终于露出了自己俊美的脸。

“呀！”

第十二章　谋算

冷不丁看清楚了林京的脸，田瑾不由得惊艳地倒抽了一口冷气，傻傻愣愣，几乎忘记呼吸。

立交桥上，神秘的男人眸光浅浅，轻轻地抱住她，男人温热的气息徐徐地喷在她的耳畔，密密麻麻地咬着她心中的痒。

林京温柔地捧着她的脸，和声安抚。

“好姑娘，你真是善良得让我心疼，你如果真的要帮你姐姐，那就更应该答应少爷的要求。否则……少爷亲自动手，你姐姐才真的没活路了……你总不希望……她本来只要受一分罪，最后却受了十分罪吧。”

“可是勾引了姜薄东，我的身子就脏了，以后还怎么嫁人……”

含羞带怯地瞥去一眼，小女人咬着饱满丰润的下唇，难过得几乎要哭了。

一听这话，林京几乎想笑——逢场作戏，这女人居然在打自己的主意。

林京虽然看不上她那点花花肠子，可是投怀送抱的女人，不吃白不吃。他猛地用力揽住了田瑾细白的腰肢，一个个湿热暧昧的吻落在田瑾优美如天鹅似的雪白的颈上、耳垂之下：“好姑娘，怕什么，还有我呢。”

林京的动作狂野又热情，直亲得田瑾脸色红红的，“啊呀呀”地细细娇喘，胡乱尖叫。

“我要你，好不好……”

“我应该怎么做？”

惊喜地贴着林京精瘦健壮的身子，田瑾低垂下眼，藏住眼底的算计，笑得羞涩极了。

天色已晚，夜才开始，搂搂抱抱，亲亲啃啃，饥渴的是肉体，用肉欲谋算着金钱、名声和未来。一对男女心怀鬼胎，都以为对方为自己沉沦着迷，谁知道谁又利用了谁。

就在江北一步步暗中扯线的时候——姜薄东也在谋算。

如果说燕陈和俞景之间的关系，是一团乱麻……中间牵连到友情、道义、承诺又或者许多种的变故。那么燕陈和姜薄东之间的关系，就是乱麻后面硝烟未散的炸药库，被乱麻牵着命脉。

姜薄东要是随便玩玩，他自然有本事在炸药库走火之前，纤尘不染全身而退，可问题是姜少要娶燕陈，于是乎这团乱麻可就得一点点地理清了。姜公子刚准备动作，让这些不稳定因素浮出水面，然后逐个击破，江北来搅局了。他找到田瑾了？他又暗示叶浅浅什么事？居然连温情都没放过？

姜公子这才刚瞌睡，有人就屁颠屁颠送枕头来了。清光似的两片薄亮柔美的唇，微微一扯，露出个讽刺似的清淡笑意，年轻男人从容地坐在侦探所里，合上手中关于江北的资料，一双黑曜石似的墨眸，徐徐沉淀了云卷云舒，浑身透着优雅华贵的气质。

在他身边，立着个西装笔挺的中年男人。抹着额头上豆大的汗珠，男人颤巍巍地收回了姜薄东递回来的资料，安静得就和个赭褐色的陶瓷瓶子一样。姜薄东不吭声，他就势把嘴巴封牢实了。

曲起手指，姜公子眯上如月光般沉静动人的凤眸，轻轻地往老板椅上一靠，敲了敲椅子上的扶手。

中年男人立刻止住擦汗的动作，眼巴巴地看着他，等他指示。

修长的十指随意交叠在桌子上，姜薄东微微一笑，打趣似的丢出一句："金开心，你胆儿变小了。"

抹着脑门上的汗，中年男人干巴巴地笑："贫不与富敌，贱不与贵争。说句让姜先生笑话的话，我都五十岁个人了，儿子还小，还很需要我，年纪大了就没年轻时候的锐劲儿，我没别的愿望，就想好好活着……"

要在几天以前，金开心绝不敢和姜薄东说这些。他是一个有道德底线的私家侦探，吃姜薄东的，喝姜薄东的，唯独一点不好——拿钱不干活。一个没能力、没本事的家伙搁哪里都特别惹人厌恶，你说他干吗要到姜少面前自讨苦吃？

一直以来金开心就一个愿望：混吃等死。他伪装成个胖呆子，可他就没想到姜薄东早揭穿他那点道行了，嗬！你当姜薄东真是个胡乱丢钱四处撒网养闲人的白痴土豪？哪能？别人不知道，可姜薄东心里门儿清。他清楚地知道：这个老东西看着普通，还真应了"人不可貌相"这句老话。

任谁都想不到，这个说几句话就喘得不行的地中海造型的中年秃子在年轻时候也是顶有名的人物。凭着个针孔相机、军用望远镜，老东西折腾掉名门圈多少对怨侣！用一份报纸、一份防弹板，老东西协助警局破了多少起大案！用一手偷天换日的本事，他恶心了多少外国“同行”，立了多少大功！

最讨厌的是——这家伙知道你的秘密，还嫌不够刺激，特意写个文件丢你家门口。

什么叫艺高人胆大？什么叫气死你不偿命？老东西天生吃这碗饭，骨子里还有点匪气。道上许多有黑历史的主儿，口耳中流传着这么一句戏言，说什么“防火防盗防开心”。这个开心，指的就是金开心。为什么防着他？因为不管你有多少的底细，藏得再深，再隐蔽，只要金开心动了心思，想要来查你，没有他查不出的秘密。

年轻的时候，金开心不信邪，刀口上舐血，是怎么刺激怎么玩儿，结怨一堆！到年纪大了，有了老婆孩子，老家伙一脑门子的冷汗就出来了，再也不敢走在刀尖上，人临老，总还是要吃饭的是不是。

这不，他就隐姓埋名在姜二少这里混饭吃了。姜少真黑啊……愣是把老行家养着，放着，稳着，等养肥了，养刁了，用得上了，咔嚓一声，一刀宰！

老金栽坑了，金开心是个脾气很倔的主儿，要搁别人这么对他，他恐怕根本不会多说什么，偏眼前这个后辈的心思深不可测。老家伙顶着个老脸，也不含糊，老底这么一抖，一边示弱，一边还得上点儿眼水，抹着眼泪就哭……哭穷，哭命不好，哭养不了家，哭上有老下有小。弱点吧啦吧啦都抖出来了，可怜兮兮地盯着你，这就有点投诚的意味了。

一般人也许会被他的投诚迷惑，姜薄东哪看不出他那小心思。

“哟，金开心，我都不知道你还这么多弱点，干咱们这行不能有短处吧！要不趁着江北还没发现，我帮你把这些软肋都折断了好不好？”

“折断？”老金同志一听蒙了。什么叫折断？你准备怎么折？他犹豫又犹豫地问了。

洁白宛如无盐，莹润修长的手指顶了顶自己的下巴，姜薄东淡淡一笑，冷不丁地丢出一句：“一了百了的折法儿啊，你不觉得后顾之忧太多，老婆儿子什么的，死了不就不担心了。”

这看着重情重义的小子，说的话怎么就这么狠！一句话说得，金开心恨不得掐着他的脖子咬死他。

“逗你玩儿呢。”

空阔的侦探所里，低沉好听的嗓音淡淡地响起，可愣是把金开心逼出了一身冷汗。对付金开心这种人，你敬他一尺，压不住他，他就能欺一丈。你不敬他，他表面看上去服了你，暗地里绝对是想着法儿敷衍你，这种有才有性格的家伙，说白了就心理变态。把人介绍给姜二的时候，姜爸很明白地说了：“人就在这儿了，不过用不用得上，看你自己的。”

当初姜薄东让金开心办事，他就哭着喊着说不好办。姜薄东也不急，稳着他，一步步来。这回可好，金开心好不容易松了警惕，却遇着姜二大开杀门。

这么过分的话要别人说，金开心恐怕宁死不屈，也有几分傲气。可偏偏姜二养了他这么久……老金嘴也软，手也软，傲都傲不起来。老家伙吃了那么多盐，见过这么多的人，却是第一次见着姜二少这样的主儿——年纪轻轻，不卑不亢；操纵人心，毫不手软；恩威并施，有取有舍。最让人叹为观止的，是这小子大局观完全亮瞎了狗眼！

人家都威胁了这么一句，老东西瘪着嘴，还能说什么。干笑声中，他把二少递回来的资料打开，彻彻底底地从人心落差处，解释起燕陈这边挂靠上的各种关系，分析起江北的种种目的。鬼才！人才！天才！无奈地看了姜二少一样，曾经的传奇人物真是撞铁板，服气了！

无论姜薄东、江北两个天才级的布局高手怎么过招，燕陈不知道，又或者说知道了也不关心，她的日子无波无澜。在确定表姑那事是真的尘埃落定，没有什么后续灾难以后，她继续忙活起重开店的事。

燕爸燕妈有钱，那是他们的钱。燕陈从满十八岁起，就不再从爸妈手中要生活费。她的钱，都是炒股赚来的，没什么商业眼光，难得的是炒股居然没亏。

其实……这一切都要多亏叶满。叶满是他们班的一个男同学，叶满十七八岁的时候，长得黑瘦麻秆似的，性子也阴沉沉，他不爱说话，倒是挺喜欢写日记。日记里有这么一句话，大致意思就说等他赚到千万家产，就可以跟色彤求婚了……色彤是谁啊？×中妥妥的女神无误，长得漂亮，性格也活泼大方。而叶满呢？那只是个家境普通的黑瘦男孩子。

当时，色彤已经是俞景的女朋友了，哪里看得上叶满啊！

这日记一爆出来，所有人笑叶满，说这家伙癞蛤蟆想吃天鹅肉。叶满也不管，一边心无旁骛地读书，一边炒股。那时候，没人看好他，可燕陈觉得这孩子心里都有股狠劲儿，有意思……

叶满炒股，她手上有余钱，顺便也跟了。别人当叶满的面挤对他，都不和他说话，只和燕陈说："叶满懂个屁啊，燕陈你跟着他炒股，回头别亏得连裤子都没得穿。"

叶满的脸色唰地就红了，要搁一般女孩，也许会退缩，可燕陈跟了单子，眼睫毛都不眨一下，冷漠道："我要没裤子穿了，就抢你的。"

"凭啥啊……"

"凭你乌鸦嘴。"

燕陈虽然漂亮，可是在他们那一届，委实是个阴沉过头的人。要是个讨喜的女孩这么和那人说，他也许乐呵呵的，厚着脸皮就勾搭起来了，偏偏是燕陈。最后，那人落荒而逃，生怕燕陈缠上他了。色彤笑得直揉肚子，口口声声说："燕陈你真损啊。你就不怕他真把裤子借你穿？"

"我无所谓啊。"

燕陈就是这么跟着叶满炒股的。不得不说，叶满的眼光精准毒辣……到最后，就凭燕陈投资的几千块，居然赚成了小富婆。

叶满光明正大地恋着色彤，可色彤到底有男友啊！燕陈少女时期，还是怀过春的！见小男孩长得虽然不咋的，但是人品不错，于是劝他："叶满，天底下那么多女孩，色彤毕竟有男朋友了……要不你换个目标吧。看看我怎么样……"

那时候，燕陈熟悉的男孩不多，这句话还真的是真心实意说着的。可人家叶满目标十分明确，郑重其事地给燕陈发好人卡了："只要色彤一天不结婚，我一天就有机会。"

这就是燕陈无疾而终的初恋。一张好人卡……被个格外较真、目标坚定的小男孩想也不想地给拒绝了。

燕陈性格再古怪，当年也只是个小女孩，被拒绝以后，脸一红，哪好意思跟着叶满继续炒股。不过就这么多，也够燕陈用的，这些年来，她上学、出国、吃饭、买书都要钱，是不是？这些年来，她开着个古玩店，不管是不是入不敷出，开店请人投资也要钱，是不是？

坐吃山空说的就是燕陈眼下的情况，要查不出是田瑾动的手脚，让田采虹背黑锅，那她燕陈的脑子也白长了二十四年。凭什么人家拿她的钱吃吃喝喝？凭什么她赚了钱还要养白眼狼？

古玩店那些真东西，杂七杂八也值个几十万。燕陈算过，就算撕破脸，也得让田家的两姐妹吃了多少都给她吐出来。这几天，她找不到人倒也不急。

一月十三日是燕妈的生日，平常田瑾可以躲，可是燕妈过生她说什么都不会继续藏头缩尾。至于燕陈从不去亲妈的生日宴，为什么清楚知道生日宴的动向这一谜题，得感谢二伯母阎晓灵。阎晓灵就这么一个乐趣！旁人怎么办，阎晓灵不管，可燕妈的动静，她总能拿着手机拍得格外精准，老到，猎奇。

在阎晓灵的镜头里，燕妈被田瑾逗乐了多少次，帮田瑾捋了几次头发都清清楚楚。除此之外，阎晓灵的拍摄内容还是很有取舍的，每次都能把田瑾作威作福、矫揉造作、耀武扬威、狐假虎威的镜头拍得入木三分。

燕陈不愿意看？没关系！二伯母心肠好，亲自把东西寄你手里啊！人都是有好奇心的，剪辑内容都拿手里了，电脑就在旁边，你说你看不看？被二伯母这么多年的“特殊摄像技巧”撩拨着，燕陈对田瑾的尿性不要太了解！

燕陈准备好在妈妈的生日宴上，好好地要回属于自己的东西。礼服准备好了，鞋子也准备好了，发型师预定了，礼物也搞定了，做好了完全的准备，她就没想到二伯妈阎晓灵还记挂着她那副劣玉镯子哪！阎晓灵一想到燕陈会讨了弟妹高兴，她就挖心挖肺。她这辈子都不痛快，凭什么弟妹就要高高兴兴，过个生日嘛！这有什么了不起的。

阎晓灵揣着一颗愤愤不平的黑心肝，直接找到了燕陈的复式公寓里……刚好，燕陈带着放学了的阿水回来。一进小区，这两人就看见小区外面停着一辆漆黑的保时捷魅影。车窗上面，贴着一沓雪白花花的交警罚单。

小阿水啧啧称奇：“燕陈姐姐，这车被开了这么多罚单，得交多少钱啊。”

燕陈嘴角翘起一丝笑意，揉揉他的脑门，格外从容：“没事，反正不是罚我们的钱。”

交警开罚单的时候，阎晓灵就缩在车子里面不吭声。门卫太凶了，不让她进去，出来附近也没咖啡厅可以坐着，太冷了。本来等人就不高兴，窝了一肚子的火气，又冷不丁听见外面有人指着她的车，似乎在说些什么。

老娘不高兴，还有熊孩子敢指着老娘的车？有人来撞霉头，阎晓灵才不会白白放过发泄怒火的机会！

猛地拉开了车门，踩着高跟，扶着车门，阎晓灵闭着眼睛破口就骂："哪来的熊孩子啊，摸什么摸！没见过高档跑车啊！"

这些天，锦绣小区附近有些无聊人士，喜欢在人家车子过路处放图钉，扎爆几个是几个。旁边不远处就是补车胎的，摆明了讹人。阿水指着跑车，正在和燕陈说"下面有好几枚图钉"的时候，就没想过里面的人会出来——他还准备问问燕陈姐姐，是不是要过去提醒人家一下的时候，人家居然扛着炮弹打上门了，小孩一下蒙了，连燕陈也蒙了。

这边，阎晓灵骂着骂着就觉得不对劲，这小孩旁边的女孩怎么那么眼熟？像谁呢？像他们家燕陈，不会吧！燕陈什么时候也没这么大个儿子啊？可这女的挡在孩子面前，她瞪着自己……这眼神阴沉沉的，看着就让人不高兴，这不是燕陈又有谁啊！这个时候，你让她还怎么好意思坐沙发上和燕陈畅谈一下劣玉镯子的事啊！避之不及。

这天晚上，燕陈一脑门子的雾水，她知道二伯母肯定是为了那副劣玉镯子来的。还在烦恼怎么打发掉二伯母，就见阿水进茶水间里，拿着水杯，皱着小小的眉头，小人精似的说："燕陈姐姐，你不要总泡茶，姜大哥说你肠胃不好，不适合喝浓茶。"

此时，燕陈烫着杯子，雪白的雾气腾腾冲上。薄薄的水汽漫上来，衬得小女孩的眼睫毛上都似沾着几分水汽，郁郁的，像极了空山新雨，朦胧仙子。茶是别人送的铁观音，泡出来浓郁芬芳。翠生生地在滚水里过一遍，去掉第一遍水，倒在空置一边的水晶茶杯里。那绿，柔得像一片薄玉，流动着诱人水光。

轻轻地嗅了一口茶香，仿佛连天大的烦恼都能消了。燕陈很享受这个滋味，好笑地揉了揉小孩儿毛茸茸的脑袋，不答反问：“阿水的作业写完了没有？”

“写完了，老师布置的作业都很简单……”点点头，小孩张着水丝丝的猫瞳，骄傲又认真地回答。

“那你先去屋子里看漫画好不好？姐姐今天有点事。”

小叛徒怀疑地抬头，眼神晃啊晃地盯着燕陈：“燕陈姐姐，你的事不会是喝茶吧，姜大哥说你喜欢喝，但是他不在的时候，让我看着你不能乱喝浓茶，铁观音是浓茶吧。”

燕陈胃不好，饮食习惯也不好，许多连她自己都没注意到的事，姜薄东一点一滴都记着呢。他记着了还不够，还让阿水也帮忙盯着，小叛徒唯姜公子的命令是从。

要是别人这么干涉自己的生活习惯，燕陈会无视对方，可对方是姜薄东，她发现自己想生气，居然生不出气！轻轻拍了拍阿水的肩膀，无奈笑道：“我这茶是泡给你阎阿姨喝的。”

阿水眨巴着眼睛，疑惑极了：“可是阎阿姨都走了，你泡好了，她也没法喝啊……”

“怎么走了？”

“阎阿姨说她还有事，于是就先走了……”

“她没让你和我说一声吗？”

“没有呢，她都不跟我说话……”

撇撇嘴，想起那个凶巴巴的阿姨，阿水就觉得自尊心很受打击：自己只是好心提醒，可是凶巴巴的阿姨居然骂自己。她骂了自己还不够，还在背后说燕陈姐姐的坏话。阿水不喜欢那个怪阿姨，那些怪话也不想和燕陈姐姐说。

跟着阿水一出来，果然客厅都没人了，愁着小脸，无奈地看着手中的茶水，燕陈觉得可惜极了："我都泡好了茶……"

"姜大哥说了，如果什么时候姐姐泡了浓茶，担心倒掉太浪费，那留着他回来再喝就是了。"

"我哪知道他什么时候回来。"

"姜大哥说，不管什么时候回来都帮燕陈姐姐当消食马桶，免得燕陈姐姐觉得浪费东西太心疼。"

冷不丁听见这样一句话，燕陈手指一颤，心中忽地被什么狠狠一撞，这是姜薄东说的吗？

不管什么时候……都可以当她的消食马桶？只为了她不会胃疼……明明只是一句寻常的传话，可不知道为什么，燕陈忽然很想很想姜薄东，想听见他的声音，想念他的怀抱，想他坏坏的吻。

紧紧地抿着唇一直到唇色发白，燕陈指尖紧捏着茶叶罐子。

"燕陈姐姐，你怎么了？"阿水担忧地问着。

"姐姐没事。"

一句话击溃心防，她要怎么和阿水解释，自己似乎喜欢上姜薄东了！想用力地吻上姜薄东的心口，把自己迫切又感动的心情告诉她。这种冲动这么陌生……可那个给予她冲动的男人却不在她的身边。一丝怅然若失的失落涌上心头，让她不由得一闷，继而是密密麻麻的痛。

"回来了。"

这天晚上，姜公子一回来，就发现燕陈在厨房里忙着，竟然和自己打了个招呼。

“嗯，回来了。”

下意识地回答了一声，姜薄东一时没反应过来。刚才是燕陈在说话吗？嗬不得了，小妞儿居然主动和他说话？这个认识，让姜公子心里忽地一动，不由得再次抬头——这一抬头，他竟然看见燕陈望着自己的眼神莹亮如水。被那么润的眸光注视，姜公子的心尖尖像是被一颗剔透的露珠儿滚得凉丝丝的，软软的。

“姜大哥，燕陈姐姐说，今天晚上咱们吃地三鲜！”从客厅跑了出来，一个元气十足的稚气嗓音开心地报菜单。

看上去只有七八岁的阿水乐呵呵地望着自己，像是在求表扬，屋子里的暖气片热烘烘的。

一进门，满屋子的暖意，刹那间驱散了外面的寒凉。有这么一瞬——看着燕陈、阿水，姜薄东几乎以为这就是自己心目中最温馨完整的家庭。

“阿水知道是哪三鲜吗？”

顺手捏了捏阿水的小脸蛋，被女神这么注视着，姜公子肩膀都不自觉地绷住了，灼热的目光哪里舍得离开小女孩的脸。

“嗯嗯，我知道的，是土豆、茄子还有青椒。”

“阿水喜欢吃吗？”

“喜欢！”

“阿水自己先去玩儿，姜大哥去帮你燕陈姐姐做菜好不好？”

“好！”

外套轻轻地挂在衣架上，姜薄东屏住呼吸，貌似不经意地走到厨房里——自从上次自己趁着帮忙做菜，然后顺手揩了几把油以后，燕陈一直禁令他出入厨房。来厨房的时候，姜薄东都做好了被撵的准备……

可小女孩聚精会神地切着辣椒，却像是根本没发现他进来一样。白炽灯下，小女孩的脸颊肉嘟嘟的，还有一点可爱的婴儿肥。脸颊边，蹭了一点米白色的粉，像是抹了一层甜美的糖霜，让姜公子柔软得心尖尖几乎要化掉。

每次姜薄东看见的燕陈，都跟小刺猬似的，退去了一身刺，这就是一枚滚了糖霜，暄软香甜的小包子。从姜薄东这位置看过去，小女孩认认真真地板着小脸，耳根子却柔软如滴血红玉，这是害羞吗？这表情看得他眼睛发亮，心里怦然如花开，芬芳悠久。

吃过晚饭以后，燕陈收拾完碗筷就到地下室的储物室了。

“阿水帮我一个忙好不好？”眼底掠过一抹精光，姜公子微笑地抚摸了下阿水毛茸茸的小脑袋。

“嗯，姜大哥你说！”

拼命地点头，阿水捏着小拳头，激动得小脸红红的，为能够帮到自己视若偶像的姜大哥而高兴。姜薄东和软一笑，温和道：“你这杯牛奶拿去给你燕陈姐姐，顺便问问她在干什么，好不好？”

“好！”

甜甜地答应着，小家伙把温牛奶拿到手里，屁颠儿屁颠儿地朝地下室跑了过去。这就是姜薄东了，他就算再好奇燕陈在干什么，都不会丢弃原则地跟在燕陈后面转悠。狐狸就是狐狸，他要知道燕陈的动静，有的是办法——手指勾勾，前锋小阿水就乐呵呵地跑去打头阵了。漆亮勾魂的凤眸透着莹润的光华，沙发上的年轻男人通身优雅，成竹在胸的宠溺笑意直看得人心都酥了。没谈过恋爱，不代表人情商低。

傻乎乎的燕陈还不知道呢，一腔深情，像大草原上剥光了的水灵灵的小肥羊，往姜公子这个大色狼的天罗地网里面冲。

“狼牙”会不会太刺激了？“捆绑”是不是太奇怪了？“荧光……”这种东西的存在不科学啊，做那种事，莫非还要照明？那还不如直接开灯做呢！咬着激光手电筒，燕陈手指乱动地扒拉着堆积在身边的一堆情趣用品，嘴角忍不住抽搐起来。

内嵌式的原木柜子里面，一堆的礼品盒子滚落下来，玫瑰紫、山楂红、宝石蓝、祖母绿……光艳艳的，极尽奢华，这些都是三年前和俞景结婚的时候，自己收到的五花八门的礼物。

那时候，燕陈觉得这些东西自己这辈子都用不上——可现在，她忽然间挺想逐个儿跟姜公子一起试试。不过不可能是今天啦！储物室的白炽灯根本没打开，就看着那一道银白色的光点一会儿照着天上，一会儿又落在箱子上。小女孩叼着手电，愣是找出了一身薄薄的热汗。其实刚开始，燕陈是开着灯收拾的，可是阿水送牛奶过来的时候，正拿着透视网纱水手装在自己身上比画着，冷不丁就见阿水站台阶上，脆生生地说道：“燕陈姐姐，这衣裳和我们学校女生们穿的夏季校服很像哦，不过怎么那么薄啊……”

一抬头，小家伙端着牛奶，漆亮的大眼睛忽闪忽闪的，满是好奇，低头看见自己手中透明的小裙子，燕陈羞得差点儿没把水手服给撕了。

“这是没用的校服，姐姐在收拾垃圾呢。”

燕陈也是个人才，明明心脏窘迫得快要跳出来了，愣是面不改色心不跳地忽悠起小孩。不过，等打发走了阿水以后，脸色刷地红到了耳根，一口气把储物室的白炽灯全部都给关上了。这才拿着手电筒开始继续奋战。开什么玩笑，刚才幸亏只是水手服，万一下次找到什么更奇怪的东西被撞见了，那她还要不要活！

这一翻就是两小时。从储物室抱着个半合上的银色箱子上来的时候，燕陈青乌乌的柳眉间写满忐忑不安，莹润得近乎透明的肌肤上透着层融融粉光，恍惚得像是才跑了三千米似的，气喘吁吁。一直以来，她以为只有海岛国的情色事业发展得蒸蒸日上，却没想到自己收到的新婚礼物，竟能无下限到这等程度。性感透明的情趣内衣、凸点避孕套、花香浓郁的润滑剂、可食用的水晶糖果乳饰……倘若是三年前，这些东西一起放燕陈的眼皮底下，小女孩绝对眼皮都不眨一下，嫌弃地捡起来，砸回去。

现在……只要想起这些是为了和姜公子一起试试的，小女孩心就跳得好快。脸红红的，她拿着都嫌烫手，找这些东西之前，倒没什么太多想法，只是决定和姜公子认认真真地做一次，弥补N久之前，自己在玄关处墙角强了他的那一次。但是越翻越多，越想越多，到最后，一看到这些无下限的情趣用品，燕陈只觉得一口气堵心口了……

羞，很羞，特别羞。这时候，谁还能管到姜公子啊！怎么把这些丢掉，这辈子都别看见，变成了小女孩当务之急的头等大事。

她特意在储物室多等了一小时，就是等客厅清场。

以往的八点半，阿水已经回房睡觉了，姜薄东会在这时洗澡。她时间掐得刚刚好，只等两人不在，自己冲出去，一鼓作气好把这些羞人的东西通通丢垃圾堆里——可是……她就没想到，时间特别规律的姜公子这时候不去洗澡，竟然会好整以暇地坐在沙发上，风雅从容地在看书。

手指一颤，燕陈乌丝丝的水眸都睁圆了，下意识抱着箱子往后退了一步。

“出来了？”

那么好听的男低音，在安静的客厅里突兀地响起，多像是落拓不羁的俊美吉他手在粼粼月光下拨开水银色的低音弦，霎时海风潮汐，迎面扑来，似水泽氤氲，撩得人心都像是被烫着了。

“嗯……出来了。”懵懵懂懂地应着，小女孩来不及惊艳这声线有多魅人，惊吓到热血上冲，舌尖都麻了。

“你找什么东西，下去那么久？”

徐徐又翻了页书，客厅里，青年气定神闲，那么低沉磁性的男嗓貌似漫不经心地问着。

“只是些过期的废品。”不自觉退后一步，抓紧箱子，此时此刻，小女孩脸色羞红到了耳根，像火红的玫瑰上刷了层香甜的白蜜。

“是吗。”

“嗯！”

燕陈连忙斩钉截铁地加重语气。储物室的门，是背着沙发开的，姜公子恐怕真信了小刺猬的说辞，还在看书。

他肩若刀削，宽而劲健，黑色羊毛衫很好地被展开，身材比模特还标准。本来燕陈以为他快看完书了，小心肝都要跳出嗓子眼了。如今，见他这么认真，本来乱马奔腾的小心脏奇迹似的安定了下来。

姜薄东有一个特点，就是看书的时候特用心，而且也特不容易把目光拔出来。用心好啊！用心就不会发现她抱了一堆“少儿不宜”的羞人东西出来。她貌似不经意地又瞥了一眼——发现姜薄东手里拿着的书是藏青色仔细包了书皮的壳装书，那书和《辞海》差不多的厚度，大约是经管类的作品吧！

就他左手压着的位置，一本书才看了十分之一不到。但凡姜公子感兴趣的书，不看完是誓不罢休的。就这本书的厚度而言，燕陈估摸着今天、明天、大后天……甚至是接下来的大半个月，他恐怕都没空搭理自己了。虽然心里空落落的，有点失望，不过失望总比丢脸好啊！

把箱子往角落里一塞，燕陈松了好大一口气，当即准备跑卧室把睡裙换掉，赶紧把碍眼的“垃圾”通通丢掉！可她根本没想到，这才跑到一半，眼角余光猛不丁瞥见姜薄东合书而起。柔光下，男人长手长脚，脸蛋雪白，举手投足，无一处不风雅。把一个男人用美丽来形容无疑有些女气，可这一词冠在姜公子身上，却无半点不妥。

等等！姜薄东看书的时候不是特专心吗？他怎么合书不看了？那本书……书……书……呢？上齿猛地咬住饱满红润的下唇，小女孩惊得心都悬起来了，当即刹在二层的楼梯上，惊叫一声。

“姜薄东，你干什么呢？”

细软清甜的呵斥，连她自己都没发现自己的声音颤抖了。

“帮你丢垃圾啊……”眼底的精光一闪，姜公子抿唇，莞尔一笑。不得不说，这个男人真的很美！休闲的黑色羊毛衫衬得他肤色雪白，浑身似透着湖泽沼清新的水汽。特别是那双眼睛——湿漉漉，水泽泽，亮得似要咬人，又像极了浸满了水泽气息的黑曜石，流光隐隐，清华四射，藏着令人心悸的魄力。

第十三章　晚宴

燕陈却一下子僵住了，小手颤巍巍地指着透明玻璃茶几上，那本包着书皮的大厚书，一迭声地问：“你不是还有书没看完？”

“OALD 我高中的时候就背完了。”

“OALD？你是说……你看的是 Oxford Advanced Learner’s Dictionary……”艰难地吞了吞口水，燕陈不可置信地盯着他。

“对，这本是我送阿水的礼物。”

微笑地扬了扬手中的书，姜公子笑意清浅。轰隆！像是有一道惊雷狠狠砸在自己脑门顶上。燕陈整个人都木住了。

《牛津词典》？开什么玩笑，姜二少翻的居然是《牛津高阶英语词典》……

“放着那个箱子别动。”

小女孩蒙头就朝卧室跑，什么叫引火烧身？什么叫计划不如变化？什么叫千钧一发？燕陈欲哭无泪，所有的不凑巧全部都到今天了。

从南方旅游回来的时候，燕陈很庆幸这城市的冬天虽然冷，但至少有暖气片。每年到十一月中就开始全城供暖。正是因为经历过南方湿冷的气候，燕陈曾无数次地赞美：“暖气片绝对是人类发展史上最伟大的贡献。”

可今儿个，小女孩郁闷死了，怨极了公寓里为什么要装暖气片！要不是装了暖气片，公寓里也不会这么暖和。要不是公寓里太暖和，她也不至于一回来就嫌热换衣裳……最最倒霉的是，今儿个燕陈的文胸扣子坏了，想着晚上也不会出门了，她干脆没有穿文胸就套上法兰绒的米奇睡袍了。

所有不凑巧，凑成了个分外倒霉结果——这是不是说明了她要是想换好衣裳，那还得从 bra 开始！一脑门子的黑线，小女孩急得想哭，她平时穿衣服就慢，越急越出错，扑棱了半天，本来早就应该解开的睡袍像是跟她杠上了，细细的系带居然被打了个死结，紧紧地勒在少女细软柔顺的腰肢上。

卧室雪白的墙壁上，银白色的挂钟秒针嘀嗒嘀嗒，飞快地往前走。“什么破带子嘛！”愤怒地捶了一下墙壁，小女孩又急又气。以这睡袍带子的顽固死结程度，要真等她解开了，姜薄东没准都看清楚里面装着什么了，不！绝不能让这种情况发生！

拼命摇头晃掉脑子里的可怕后续猜测，说时迟，那时快，捏着法兰绒系带，小女孩一把捞起要换的衣裳，水光透亮的乌眸里掠过一丝无奈，匆匆忙忙地往楼下跑：管不了了，不盯着姜公子，她根本不放心！

八点四十分，偌大客厅中，水晶吊盏洒下雪白的光芒，离燕陈从卧室冲下来，嘀嗒嘀嗒已过去了十分钟——姜薄东就这么一手环胸，洁白分明的指节抵着线条凌厉的削尖下巴，半倚着墙，面无表情地看小女孩在自己面前宽衣解带。确切来说，十分钟里，燕陈一直在重复“解带”这个死循环。

“你坚持要在今天，并且是亲自丢掉这箱子杂物？”许久，透着恻恻寒气的男嗓，压抑着情绪，低低问。

“你等不及可以先去睡觉，没事，垃圾箱就在楼下，小区治安很好，我可以一个人……”小女孩做了十分钟的蠢事，不就为了等他这句话！欢快地把“十分钟解睡袍带子”的潜台词一股脑儿地倒了出来。燕陈的如意算盘打得噼里啪啦。她以为话外音说得这么简洁明白，姜公子应该君子风度地理解，可她就没想到姜公子从来不是君子！

“别动。”

就在小女孩设想很完美，眼睛闪闪发光地暗示姜薄东差不多可以退场的时候，手背忽的一烫。紧接着，她就见着自己捏着睡袍带子的手，被一双漂亮如白玉的男人的大手猛地按住了。那双手，力道沉沉，透着山雨欲来风满楼的阴郁之气。燕陈从来就不是束手就擒的人，嘴一撇，下意识想反拿住姜二，可挣了挣，覆在她手背上的那双大掌却像是钢丝似的，紧紧地箍住了她的皮肉，脸色僵了僵。燕陈心口莫名的一阵悸动，总觉得要发生什么不好的事，不待她想完。

布帛撕裂的声音清脆地响起，固定睡袍带子的袍衬无比轻松地被撕裂了——

“脱睡袍那么多种方法，真等你解了带子，黄花菜都凉了。”淡淡丢出一句讽刺似的话语，眼前俊美得令人心悸的年轻男人一把从睡袍带子里面捞出袍子，像脱裙子似的，一口气把米奇睡袍褪到了小女孩柔软洁白的胸前。

“啊……”

惊叫一声，小女孩从未见过这样雷厉风行，且没脸没皮的男人，整个人彻底蒙了。抬头，男人的眼睛明亮得惊人，聚如晨露，奇花初胎，是惊心动魄的艳美，浓密的睫毛也像蹁跹蝴蝶，从粼粼秋水中扇动了华丽的翼翅，那秋水般明亮的眼瞳中，倒映出两团雪白。男人的眼越来越黑，越来越幽暗，藏着风影水光，美得令人窒息——那一瞬，燕陈仿佛看见了十二翼天使的圣光，心口像是被什么狠狠一撞，一瞬间竟忘记了挣扎。

直到胸前凉丝丝的……她才恍惚地低下头。这一低头，不得了，她看见什么了？山峦高耸，饱满起伏。

接下来两人换衣丢垃圾，一路沉默无言，暂且不叙。

姜薄东心情不错，可这一晚上，燕陈翻来覆去的，怎么也睡不着，闭着眼睛，就想到自己莫名其妙被有好感的男人搓揉着，吃光豆腐。不高兴！不高兴的结果就是燕陈脸黑黑的，见神杀神，佛挡灭佛，谁都别想高兴。

且说陈宁的生日宴开在凯撒酒店，和往年没什么不同。总有那么许多人，单纯地看燕陈不顺眼。燕陈驱车过来的时候，立刻在门口被人拦下，跟熊猫似的被一大拨人围着，耳朵里传来一片惊奇的嚷嚷声。

“呀，骗人吧。你怎么会是陈宁的女儿呢。”也不知是谁大惊小怪，开了个头儿。打扮得跟孔雀似的名门贵妇们啧啧称奇，立刻挤眉弄眼地叫了起来。

“小姑娘，你名帖呢？”

“别以为真说你是燕夫人女儿，门卫就放行了。”

“这不是你玩儿的地方。”

“夫人的女儿是田瑾，每年夫人的生日宴的第一支舞，都是让田小姐来看，谁不认识田小姐啊……”

“要我说，现在的小姑娘真不要脸，竟然还玩冒名顶替，不害臊。”

“保安，保安……”

上流人的宴会，出入之间，刷的都是脸卡。按说，陈宁的生日宴，图的就是个热闹，来的名流越多越好，根本不存在有人专门找碴的情况。可今儿个，有些贵妇名媛却是想方设法地要堵燕陈。这么多人……难道真不认识燕陈？哪能。虽然说燕陈低调不显山露水，可在场的都是人精似的主儿，谁不记得燕陈的脸了？既是如此，这些人为什么要挤对燕陈？没别个原因，就因为小姑娘的脸，长得太漂亮了，招人恨！

陈宁最近不知走了什么狗屎运，听说豪门圈极有名望的江老爷子还有姜夫人都要来给她庆祝生日，这两人都不是等闲。江老爷子是什么身份？侨商中最有名望的老前辈，儒商，又有人脉。从来只听说过小辈给长辈庆生，哪里有小辈开个生日宴，让长辈过来撑场面的？有人消息灵通的，说这都是因为江北都三十了，还没娶妻，老爷子等不及了，催了许久催不出个子丑寅卯，急上火。

所谓病急乱投医，指的就是这么回事吧！江老爷子明说是来庆祝，暗地里……恐怕是来给孙子挑媳妇的。至于姜夫人——不可言，为什么不可言？因为是清不可言，贵不可言，尊贵显贵高贵的不可言说——多说一个字，那都是唐突，是冒昧，是亵渎。

有这么两位金光灿灿的大人物坐镇陈宁的生日宴。这一群带着儿子、女儿来参加晚宴的夫人眼睛都冒绿光了，乐呵得嘴都笑歪了，一个个跑陈宁面前，半嗔半喜地捶她一拳。

“阿宁，你也真是的。”

陈宁正戴着一套祖母绿的宝石项链，从梳妆镜中移出目光，盈盈笑问：“我怎么了？”

众夫人喜得眉飞色舞：“你认识姜夫人，怎么早也不给大伙儿介绍介绍。”

陈宁一手捏着项链上闪闪发光的宝石，疑惑极了：“什么姜夫人？”

“装，继续装！”

“姜夫人都来给你庆生了，你再藏私，这可就太不厚道了！”

这都是和陈宁私交甚笃的夫人们。要是平常，那都是笑不露齿，端庄大方的贵妇典范。可如今，却为那个“姜”字敲热了心扉，个个兴奋得眼睛亮晶晶的。大家你一言，我一语，化妆室里热闹极了。

“我听说姜夫人有三个儿子，都是一表人才，相貌堂堂，孤家寡人一个……谁要是能攀上姜家这门亲！”

姜？这姓氏有些耳熟。田瑾藏住眼底一丝精光，悄悄地贴着陈宁的耳朵，故作无知地问：“妈妈，那个姜夫人到底是什么人？你认识的？”

陈宁不吱声，捏了捏她的手，抱歉地冲好友们笑了笑：“你们说什么就是什么吧……哎，我肚子有点疼，先方便一下，你们先聊着。”

“这个促狭鬼，这时候知道愧了，要逃了……”

“我们都是几十年的老交情，也知道姜家低调，不喜欢结交……你不介绍给我们，难道我们还真能怨你藏着这事？”

不知是谁，抓着陈宁的手腕不让走。

陈宁皱着眉毛无奈极了：“真当我诓你们吗？中午吃得太辣了，我这是真的闹肚子……”

“好了，快去吧！”

撒了手，那夫人爽朗一笑，陈宁这才松了口气。转身的时候，田瑾看见陈宁悄悄地朝自己使了个眼色，猜到她有话要对自己说，于是笑嘻嘻地站起来，扑过去，抱住了她的胳膊，撒娇道：“我陪妈妈一起去。”

“你这个小尾巴啊！跟阿姨们聊聊天多好，总黏着你妈妈干什么？”

贵妇们刮着脸皮，善意地笑了。田瑾也不恼，俏皮地朝化妆室里的阿姨们眨了眨眼睛，貌似无邪地笑道：“我就是妈妈的小尾巴，不跟着妈妈，那跟着谁啊。”

别看田瑾平时在职场上不苟言笑，看上去精干极了。可是在这些夫人的跟前，乖巧爱娇。大家都知道这对干母女感情好，笑着挥手撵人。一走出诸人的视线，陈宁的脸色立刻变了，抓着田瑾就朝大厅去。

“妈妈，洗手间在那边……”

扯着陈宁的手，田瑾眼底掠过一抹了然，却貌似疑惑地看着陈宁，声音嗲嗲的，装作惊讶的样子。

“傻闺女，你见婆婆的时候到了！”

“妈妈，您说什么呢……难道……您要给我介绍男朋友？”

田瑾脸色一红，颊光浅浅，羞涩极了。陈宁舒心地笑了起来，抿了抿嘴，还准备打趣她几句，却见干女儿并不像自己以为的那样开心起来，反而是目光一黯，不由得暗自生疑。

陈宁这个女人，她要喜欢一个人，那就是全心全意为她好。田瑾惯会哄她开心，所以陈宁也愿意宠着自己这个干女儿，什么好东西都要送到田瑾手心里面。平常她疼阿瑾，给阿瑾谋个好前程什么的，阿瑾都感激得不得了。可偏偏自己给阿瑾挑了这么好个婆婆……阿瑾居然会不高兴？

陈宁心想，自己带着阿瑾去攀高枝，就有被人踩在脚底下奚落的可能。她觉得，自己能为了阿瑾连老脸都不要了，这真是说不得的大牺牲——她都做到这份上了，阿瑾不说要感恩戴德吧，至少不能给她个苦瓜脸。

这苦瓜脸是怎么回事？不高兴是不是？这么一想，陈宁心里就不舒服了。猛地刹下了步子，她瞥了眼田瑾，嘴角勾出一丝笑，劈头问道：“阿瑾，你是不是觉着我对你婚事指手画脚，妨碍你恋爱自由了，特讨嫌啊？”

“妈说什么话呢！”

“像你们这么大的女孩子，主意都大得很。今儿个我说带你去看婆婆，都不知道人家男孩子是什么样的……万一我给你选了个歪嘴斜眼的老公，你后半辈子不恨死我了？”

站在走廊尽头，陈宁眼角微微上挑，一副极为田瑾考虑的样子。

田瑾多精啊！哪里会看不出干妈这是在试探自己。她拉着陈宁的手，细声细气地说："妈妈你剜我心肝肺呢，就算妈妈给我挑了个歪嘴斜眼的老公，那也不能怪妈妈啊……我倘若嫁得不如意，绝对不是妈妈坑我，只能说咱们娘俩被人坑骗了。"

田瑾的嗓音，和燕陈说话时的沙哑不同，她是从小喝着蜂蜜水长大。可燕陈呢？回到燕家之前，养父母都是烟鬼，十平方米不到的房间里早晚烟雾缭绕。夏天闷热呛人，冬天更是堵着不换气。这么从小熏到大，早熏得燕陈"咳咳咳"，咳坏了。就算养了那么多年，可到底没养回来坏掉的嗓子。燕陈小时候不爱说话，也有嗓子疼这么一层原因。

刚接回燕陈的时候，陈宁哪里没疼过燕陈，可对燕陈再好，燕陈都不吱声。陈宁是个不甘寂寞的女人，不仅如此，她还喜欢瞎琢磨。女儿为什么不理自己啊？是不是恨自己没早点接她回来？也许女儿在恨自己呢！久而久之，心惊肉跳地越想越觉得是这么一回事，也就越来越看女儿不顺眼，索性丢给儿子去管。

陈宁为什么喜欢田瑾？因为她生了燕楚以后，就一直想有个贴心小棉袄跟在自己面前撒娇。这种心理，在燕陈身上得不到，田瑾给却她填得满满当当。田瑾这么柔下嗓子一爱娇，那声音也像是糯软甜蜜的酒酿丸子，甜得人心都丝丝软成了一团。陈宁心一下子就软了，却还有点不甘心，故作不满道："那你刚才怎么一副不高兴的样儿？"

挖坑挖到现在，田瑾就等她问这一句呢！她心中暗喜，却为难地抬起一张精致的小脸，踟蹰了好半天，终于说道："我是想着小陈姐姐呢……妈妈给我介绍的男朋友，自然是最好的……可这么好的男人介绍给我了，小陈姐姐怎么办？”

哎呀，对了，燕陈怎么办？阿瑾不说，她都忘记燕陈了。那闺女再不好，毕竟是从她身上掉下来的肉。这么一犹豫，陈宁神色都扭曲了，姐妹们说她藏私，姜夫人和她熟识，才会来参加晚宴。别人不知道，可陈宁心里门儿清，她哪里认识姜夫人啊，她根本不知道姜夫人怎么心血来潮，参加自己的生日晚宴。

琢磨来琢磨去……陈宁越想越觉得这也许是沾了江老爷子的福气。揪龙尾巴的好事，错过不再有啊！陈宁心念一动，差点儿想给燕陈打电话，把女儿挖过来，可看看田瑾……又有点不好意思把“偏心”做得这么彻底。

田瑾在心里冷笑一声，也是个精算人，她是早就料到陈宁优柔寡断——知道自己要是不把燕陈趁早搬出来堵一堵陈宁的心，等陈宁和姜夫人聊起天时，干女儿亲女儿一比较，再一后悔，还不知道会怎么踩着自己夸燕陈呢！可既然挖出来了，她就要绝了陈宁想着亲女儿的心思。田瑾装作黯然的样子，低声道：“我知道妈妈疼我，可小陈姐姐才离婚不久……我要是这个时候交个男朋友，不是往小陈姐姐的心口上插刀吗？”

这表情做得真到位！把“心疼姐姐”和“自己觉得很遗憾失望”都演绎得淋漓尽致。

她不提燕陈离婚的事，陈宁心里还有几分柔软——可一提到燕陈的婚事，陈宁的心就像是被人狠敲了几下，怒得一颗心跟硬邦邦的石头块儿似的，当即冷笑一声，讽刺道：“哟，你小陈姐姐离婚了，这是怨你还是怨我？”

“妈……”田瑾怯怯地喊了一声。

陈宁气死了，眉目凌厉，铁石心肠，越想越愤怒，浑身都笼着层煞气。

陈宁说：“我好声好气地和她说过，我欠叶家一段恩情，让她别和叶家的养女抢男人，就当是给我面子好不好，可她呢？她听我的没有？”

“小陈姐姐和前姐夫……是真爱吧。”

“哼！真爱的话，俞景能在结婚当天和伴娘去上床？真爱的话，他们会分居三年！一见面，谁都不商量就签了离婚协议……”

“妈妈，您别生气了，母女之间哪能有那么大的仇，小陈姐姐就算再不对，那也是妈妈的女儿！”

“我造了孽才养了这样和我作对的女儿！”

陈宁怒不可遏，狠狠吐了口唾沫，田瑾暗自狂喜，还想再撩拨些什么。

这时，就见着陈宁扭着身子，像是想通了一个天大的问题似的，眉目间尽是凌厉和坚定，拦住个黑衣侍从，愤愤问道：“宾客里有一位姓姜的夫人吧？”

“妈妈？”田瑾惊呼出声。

陈宁得了姜夫人的方向，拉着干女儿，一边朝那儿冲去，一边愤愤说道：“阿瑾别担心，妈可不会给你找歪瓜裂枣的男人。妈这次拼了老脸不要，也给你找个比俞景好上千倍万倍的好男人！”

那边，陈宁牵着田瑾都和姜夫人搭上话，早就热火朝天地聊起来了。这边，燕陈抄着手，竟然被诸夫人堵在门口呢！

诸夫人拦下燕陈的时候，都背地里悄悄地掐女儿的胳膊，小眼神唰唰乱飞：上啊！强敌在这儿，老娘给你拦着。你赶紧去姜夫人那儿搭讪！搭讪——你别告诉老娘你不会搭讪。过去刷刷存在感，你懂不懂啊？

她们拦燕陈的话，说得都挺难听的。要是别人，她们不敢说，可对于燕陈，她们没什么不敢说的。在所有人的印象里，燕陈好欺负——可今儿个天塌了。

所有谤她、欺她、辱她、笑她、轻她、贱她的人，势必被打得落花流水，惶惶如丧家之犬，丢尽脸面和身份。平常别人言论燕陈的干妹妹田瑾，燕陈不辩解。平时别人说田瑾才是燕家女儿，她折身就走。

可今天，燕陈抄着手，冷冷笑了声，目光灼灼地看着唾沫星子乱飞的某个酒红色款的贵妇人，和声和气地丢出一句话："景阿姨吧……我想问问，你脑子是进水了，还是本身就智商不高？田瑾是陈宁的女儿，你是从哪儿得出的结论？"

"你叫我什么？"

"景阿姨啊。"

脆生生地重复一遍，小女孩一拍脑袋，像是想起什么一样，羞涩笑道："哎，我都忘了，景阿姨最爱看韩剧了……要按着韩国人的称呼，我应该喊您'大婶'。"

"大婶？你喊我大婶？"

疯狂地尖叫起来，圆脸夫人崩溃了。

抿着唇，燕陈不说话，只微笑，笑得又甜又软。

那么漂亮的小女孩，眉眼弯弯，多像是湖畔山泽扑棱着透明翅膀的小精灵，美得让人舍不得移开目光。

周围的人不由得皱着眉头议论起来。

“芫芫疯了吧？人家骂她蠢，她怎么就把蠢演到底了？”

“啧，小姑娘七寸掐得准啊……你不知道，芫芫这辈子最讨厌人家喊她阿姨、大婶什么的了……”

“姓燕的！”一句句“阿姨”“大婶”是挖心窝子的狠话。圆脸夫人气急了，眼见还要发飙，小女孩忽地抬起头，恰到好处地勾起嘴角，文文静静的又是一笑，惊喜叫道：“呀，原来大婶还记得我，知道我姓燕……”

说完这句，她还嫌插刀不够，继续补刀：“这不就对了。田和燕不能是一个姓，燕和燕这才是一家人，大婶没糊涂到家，这是好事儿，说明还有得救……我听说景夫人和陆无心医生挺熟的，陆医生医术高啊……让她给您治治？”

“燕陈，你……”

圆脸夫人哪里遇见过这样可恨的小姑娘，怒气上冲。可是还不等她痛痛快快地骂出来，在听见“陆医生”这三个字时，不远处某个国字脸青年眼中掠过抹惊愕和难堪，立刻行色匆匆地过来，慌忙捂住她的嘴，警告似的叫了声：“妈。”

一扭头，青年继续祈求似的看着燕陈，和解道：“真对不住，我妈老糊涂了……如果说了什么话，请别和她计较……”

燕陈不吱声，笑，也只是笑。于是那青年不敢多说二话，拉着破口大骂的圆脸夫人，匆匆忙忙地快步离去。

离远了，还听见圆脸夫人愤愤不平，破口大骂：“臭小子，那死丫头骂了你妈，你不帮着妈妈找回场子，这还拉我走，白养你二十多年，听见个陆无心就紧张成这样……一个陆无心算什么！

人家说她和你二伯之间有一腿，难道就真有了？人家说你喜欢陆无心，你们伯侄共用一个女人，难道就真是的了？你怕她做什么？”

好家伙，青年心心念念想藏着的丑事，没通过燕陈的嘴爆出来，却全被自己怒极冲昏了头脑的妈妈给爆了出来。青年的脸都黑了，再看燕陈，目光闪烁，简直惊惧如鼠。天，到底是哪个白痴说燕陈是蠢的？

这女人不仅深谙各种阴私勾当，竟还有出众的记忆力和解析力，能清晰地记着谁是谁的死穴——精准地掐住你的七寸。天！一个把距离、对话、人心、谣言掐算得如此厉害的主儿，自己到底是被谣言误导成什么样，才会相信她蠢？

浑身冷汗淋漓，直到此时，终于有人察觉出燕陈和谣言中的形象简直是天差地别，可惜的是知道得太晚了……

一月十三日，名流们的黑色星期二。

燕陈既然拿景家这位圆脸的夫人开了刀。接下来，手起刀落也就精准利落。直到很久以后，来参加宴会的宾客们一回想起宴会上，那个笑眼粲然的小女孩，却依然有一种心惊胆寒的刺心感。

有人不停地在胸前画十字，德国留学归来的少爷们惊愕地张大了嘴，低呼：“achduliebezeit（天哪）。”

胆小的女孩捂着嘴，不敢多看燕陈一眼，燕家的五小姐被魔鬼附了身吧？否则，怎么会一改怯弱沉默的性子，见谁怼谁。

一句句刺话儿丢下来，圈子上方阴云密布。那么多外表光鲜靓丽，却藏在沟里的龌龊事，被轻描淡写地扒开了——那么多藏着、掖着、捂着、怕着的丑事，被大咧咧地暴晒在阳光底下。

那些骂过燕陈，欺过燕陈的名流哭了。其间，也有惊觉的主儿发现燕陈太邪乎了，脚步一飘，下意识地想溜，可嘴贱惹了夜叉王——想走就能走得掉吗？

一月十三日，燕陈一战成名的日子。

没有人知道这些惹到燕陈的名流最后是怎么撑到晚宴开始的，可陈宁的生日宴无疑是砸得差不多了。彼时，陈宁忙着把田瑾介绍给姜夫人。彼时，她完全不知道自己邀来的宾客被得罪得脸面全失，欲哭无泪。彼时，她和姜夫人相谈甚欢，她惊喜地发现姜夫人也喜欢插画，也喜欢茶艺，也喜欢马术，她们简直太有得聊了。姜夫人喜欢的这些活动，不仅自己喜欢，田瑾也很喜欢，这简直太好了。

与此同时，酒店内部人员工作室。

“哥，你未来的岳母挺能吹的啊……”

啪的一声打开香槟瓶塞，神秘浪漫的香味立刻充溢在周遭。穿墨绿色衬衫的峻拔少年笑嘻嘻地瞟了一眼监控录像，啧啧称奇。

“三哥，香槟香槟，我也要一杯。”

快活地递过去个杯子，穿着浅绿色蓬蓬公主裙的女孩兴奋地摸着监控两只眼睛闪闪发光。

“你小心醉。”口上是这么说的，可穿墨绿色衬衫的峻拔少年还是笑容满面地给她倒了一杯芬芳的香槟。

“醉了也没关系，三哥，你不懂，女人一失恋就得喝酒，我这是失恋了！”

“你？还失恋？哈哈哈……”

峻拔的少年喷笑出声，却见小姑娘像煞有介事地撇着小嘴，严肃地说道：“陪着初恋对象来见情敌，人家能不失恋吗？”

话音未落，小姑娘后脑勺就被人轻轻拍了一计。

“二哥！”小姑娘不服气地扭头看比姜隅还要峻拔美丽的二哥。

“姜玥，来看你二嫂帅不帅？”姜薄东的嗓音，不像是姜隅那样清亮元气，也不是俞景那种低迷柔和，却格外磁性好听。

但凡提到燕陈，二哥的语气总是这么清而透明，听得人心里怦怦直跳。倘若是在从前，姜玥还得打打醋罐子，小姑娘恋兄情节格外严重。总觉得这世上，再没有什么女人能配得上完美无缺的二哥。可二哥就是个鬼啊！本来一个二哥就够难缠了，还得再加上三哥这个神助攻，这俩加一起，简直是挖坑给她跳！

一想起自己赌气说要帮二哥出谋划策追嫂子，小姑娘心里就好委屈。委屈过后，还不得不把酸溜溜的滋味儿压下来。哼！居然说她不适合出谋划策。哼！竟然说她是个“猪队友”！小姑娘捏着小拳头，睁大了眼睛，今儿个就准备给大伙儿见识见识她姜小玥才是传说中无往而不胜的神队友。

二哥这个笨蛋，他以为把未来二嫂介绍给妈妈，妈妈就会帮他追媳妇了吗？想得倒美！妈妈去参加燕夫人的生日晚宴，那么多人都说妈妈是过去挑儿媳妇的——别人不知道，可她作为姜家的女儿可清楚了！

要是别人家的母亲……见儿子总也不找女朋友，恐怕会急。可这事搁在她妈的身上，那可就不能按常理推测了。

妈妈是处女座，挑剔极了！二哥没女朋友的时候，妈妈会急，恨不得是个女的都介绍给二哥。可二哥一动心，妈妈就得担心是哪个狐狸精勾着她儿子了。

妈妈会想：这女人的品性如何？这女人的相貌如何？这女人的才气如何……一条条排列出来，就算是完人都能给你挑出一箩筐的大毛病，何况是燕陈这样一个遭人嗤笑的名门弃妇！名声差，这就是最要命的一条了，还是离过婚的。哎哟妈呀，这就完了！哥哥哎，你不是特聪明的吗，怎么就在敌情不明、前途叵测的时候，把自己的死穴弱点暴露出来？

姜玥可急了："二哥，你这八字连撇都没写出来，就不怕妈棒打鸳鸯吗？"扭头，又死盯着田瑾，"三哥，未来二嫂长得好像和原来有点不一样？"

"有吗？"

"有，她眼睛本来可大，可漂亮了……"小丫头边看，还边觉得自个儿眼神好。

她只看见田瑾跟在燕陈妈妈的旁边，就想当然地觉得田瑾肯定是燕陈化过妆后的模样，就没察觉出那俩根本是两个截然不同的女孩。这话一说出来，就见着姜薄东、姜隅抿嘴一笑，齐刷刷地看着自己。

那俩儿的目光炯炯有神，莫名地，喝着小香槟的姜玥小同志只觉得头皮一麻，忽然有一种羊入虎口的不妙感觉。

"二哥、三哥……你俩看我干什么？"黑亮的眼睛警戒地看着两个哥哥，姜玥还蛮有危机意识的。

"玥玥啊，你不是最喜欢和人聊天吗？"

"喜欢。"

"让你跟着我们在这儿也蛮无聊的，你下去和大家聊聊吧。"

"我？下去聊天？"乍听着这个消息，姜玥惊讶得眼睛都瞪大了。

“对啊。你不开心吗？”

“哎，还是不要了吧……”犹豫，排拒，再排拒。

“怎么？你不是最爱看热闹吗？”

“哥，你又不是不知道我……我们同学都叫我‘负能量霉女’，不管和谁聊天，聊着聊着……就勾起大家黑暗的情绪。黑暗情绪一勾起，别人就暴走了……这可是你未来岳母的生日晚宴，我可不想弄砸了它。”

纠结地皱着小眉头，姜玥按捺住内心谈天说地的冲动，老人精似的叹了口气——她这么善解人意，可惜二哥不领情。

“没事儿，哥哥相信你不会弄砸晚宴的。”到最后，姜玥是被二哥、三哥推着离开监控室的。

“喂喂……哥，你们不能这么对我！我说了要帮二哥追二嫂的……你们这样把我推出去，会坏事的！”拼命地挥舞着小爪子，也挽回不了二哥的决定。

这天晚上，就见着陈宁的生日晚宴上，不知什么时候出现了个穿浅绿色莲蓬裙的可爱小女孩。她抑郁地躲在角落，一双滴溜溜的大眼睛惆怅又悲愤地盯着田瑾。

“你在这里做什么？”眼前笼下一道阴影，沙沙的女嗓疑惑地问。

“我幻想自己是一块石头……”惆怅，长长地叹气。

“石头？为什么是一块石头？”

“因为石头才不会说话啊。”撇着小嘴，姜玥可忧伤了。

“为什么不想说话？”

“如果说话，就会闯祸的，闯祸了的话，我哥就娶不到媳妇了，我哥要娶不到媳妇，后果就很严重了……”

“哦。”

“哦？你怎么就一声‘哦’啊，这个时候，你不是应该安慰我，应该开导我……”姜玥从没见过这样没有同情心的家伙，作为天之骄女的姜家小公主，哪怕自带霉属性，也有攀龙附凤者铺天盖地地拥来。

小姑娘什么时候遇见过这样寡淡的人物，当即就忍不住跳了起来。

“难道不是你说，自己不想说话的？”

“可……可我只是说说，你怎么就当真了呢！”

“姜夫人？姜夫人？你有在听吗？”

璀璨的吊盏下，姜妈妈爱怜又无奈地看着角落里，某个穿嫩绿色莲蓬裙的小姑娘，连陈宁叫了好几声都没听见。

“姜夫人！”

虽然知道很失礼，不过，在她的生日晚宴上，自己看中的目标要被个莫名其妙的小丫头片子截和了，那可真气人！陈宁不动声色地挪了一步，恰到好处地挡住了姜妈妈看向姜玥的目光。

“嗯，我在。”收回目光，雍容华贵的女人微微一笑。

第十四章　罗生门

“姜阿姨看见谁了，这么聚精会神的？”田瑾知情识趣地给对方递了个台阶。

“哦，也没什么，看见个人，长得挺像我认识的一个女孩子。”

既然对方不多说，陈宁和田瑾无疑松了口大气。

“关于刚才说到的那个……什么时候带着孩子们一起怀个旧，去农家乐摘摘果子，泡泡温泉，亲近一下大自然，姜夫人觉得怎么样？”

“这个天摘果子有点冷吧，冬天有什么果子……”捏着红酒杯子，姜妈妈想着女儿，就有点心不在焉。

她心想：姜玥来这儿干吗？哎，这丫头，周二晚上不好好睡觉，今晚上回去又得睡晚，明天上课打瞌睡怎么办？

姜家向来是穷养儿子娇养女儿，姜妈可宠着姜玥了，说什么听什么。

此时，见姜玥一直往这边看，她就以为姜玥想要过来，抬起头，都准备迎了。可姜玥呢？转着骨碌碌的黑眼睛，小姑娘东张西望，偏偏就不过来，躲着躲着，还和个脸蛋雪白的女孩聊上了。

陈宁和田瑾急死了，一个看清楚那边站着的是燕陈，一个看见姜夫人关注的小女孩肤白貌美，看上去比田瑾水嫩得多。两个都担心，陈宁连忙打岔："冬天有苹果、柿子啊……这水果亲手摘起来的，才觉着甜……"

"喂，你干什么去？别到那儿啊……别去啊！"另外一边，小姑娘姜玥还拉着燕陈，拼命刹车。

"松开。"

"不松，你到那边去，是不是为了给我妈告状的？我不许你去……"撒泼打滚求关注，小姜玥说不撒手，就不撒手。

燕陈只是路过，路过的时候，被这个陌生的小姑娘拦了一下路。结果……她就这么被一个自来熟的澳大利亚树袋熊给缠上了。低下头，眼前的小姑娘有一双闪闪发光的圆眼睛，那瞳仁透得像一片墨褐色的珍贵水玉，眉毛浓浓的，居然像极了女版的姜薄东。

姜公子吗？冷不丁想到刚认识姜薄东的情形。那如枭般冷峻，比太阳还夺目的年轻男人可不就是二话不说地缠上了自己。这么想一想，小姑娘和姜二还真有点神似。鬼使神差，脑海中掠过姜公子耍赖的模样，燕陈的眼底不由得掠过一抹浅浅的笑意。

这一笑可不得了，她本来就是一个极粉嫩漂亮的孩子，这样纯然的笑容，竟像是三月的樱花从枝头迎着阳光而绽放。

这让燕陈浑身都似笼着层柔和的光华，饶是见惯了俊男美女的姜玥都不由得心口狠狠一撞，脑海里模糊地掠过什么，骄傲又自卑……忽然间，姜玥有一种既想哭，又想笑的奇妙冲动。

“喂，你不要笑了！”

“我笑了吗？”

“对啊，笑了，还笑得特别难看呢。”口不对心地嚷嚷着，小姜玥分明想做出一副凶巴巴的模样，可是……

不知道为什么，她嘴角也忍不住扯开一个大大的笑容。哎呀呀！真是讨厌死了。她明明不想跟这个笑得这么可爱的女孩子亲近，可是……可是双手却有意识似的霸住了燕陈的胳膊。

她不喜欢陈宁身边的“燕陈”，却莫名地觉得身边的女孩极对自己的眼缘。

另外一边，姜妈妈也觉得大开眼界。姜玥不是有洁癖吗？平时除了自家人，旁人沾她一下，她就好像是天塌了一样，拼命地搓揉自己的手臂，生怕沾上了奇怪的细菌，现在是怎么回事？

被那个漂亮的小女孩缠住了吗？这时候，女儿不是应该狠狠甩开陌生人来套近乎吗？这时候不甩开，难道……要等着晚上回去，拼命把自己搓洗掉一层皮？

想到这种可能，姜妈妈心疼极了，随口道：“对不起燕夫人，我失陪一下。”顾不得陈宁还在喋喋不休，冷不丁打断陈宁的话音，姜妈妈搁了酒杯，急匆匆地就想过去。

“哎，姜夫人，我们这说着的事儿，还没说完……”

“以后吧。”

“姜夫人……”

连忙拉住姜妈妈的手，陈宁急坏了：“恕我直言，姜夫人今儿个来我这生日宴上，不是也有相看儿媳妇的意思？相儿媳最重要的一点，就是品性……大家都是有儿子的人，姜夫人听我一句话。夫妻之间年龄差距太大，是不会有幸福的！更何况，这么年轻的小女孩，连成人礼恐怕都没参加，就来混晚宴，品性恐怕……”

她都看见姜玥走过来了，这句话的声音说得特别大。

她还指望着姜玥若是个要脸的小姑娘，听见这句话就该圆润地滚，别跟着姜夫人面前搔首弄姿。可她就没注意到姜玥的旁边，另有个脸蛋雪白的小姑娘。一见燕陈出现，田瑾骄傲地扬了扬头，笑嘻嘻地挽住陈宁的胳膊，一副亲昵的态度。

倘若是以往，燕陈恐怕会受伤，会难过，被自己一心亲近的亲生母亲无视，这对小孩而言有多么残忍。可如今，燕陈心冷了，自然不在意，不仅不在意，她居然还有心思去听听其他的声音。

关于毁人声誉的谣言，名流圈任由是哪一个，都没有燕陈听得更多了。这辈子，燕陈最厌烦的就是谣言，可她根本没想过自己的母亲竟然也会是谣言制造者，编派的还是一个和母亲分明没一点过节的小姑娘。冰玉似的一双寒眸冷冷地注视着陈宁，燕陈的心里忽然有一点厌恶起陈宁。

她淡淡道：“母亲生日快乐。”说这话时，没一点语气，这明显送出了礼物，心却远了，有疏离之意。

陈宁的关注圈太小，乍听见这么个忽如天降的凝重嗓音，她一时间竟然没有反应到这句话是跟自己说的。

“姜夫人……”陈宁一心地攀龙附凤，还准备和姜妈妈说些什么，手中忽然一凉，低头就看见手里被塞进了个红色丝绒的盒子。

正疑惑着，刚才听见的那个低沉凝重的年轻女嗓，再次冷冷地加重语气，落了下来：“燕夫人，有些话适可而止吧。”

这就明显有告诫的意思了，连姜夫人都眯着眼睛，冷冰冰地看着她。

陈宁的老脸一下红到了耳根，心里恨恨的，人家说“当面破人（谎、谣），惹祸最大”，这人到底读没读过圣贤书，知不知道为人处世的道理？陈宁的小算盘还在拨着呢！这时候，她要是认怂不吱声了，那姜夫人对自己的印象差了也就罢了，没准还要厌恶起田瑾。

这可不行，她女儿可是要嫁到姜家去当享大福的，这时候被未来婆婆讨厌上了，往后就算嫁进去，那还怎么过日子啊！

她转念又一想：听刚才那女嗓，挺年轻的。年轻人都冲动，如果只是打抱不平，说一句差不多也就够了，不会把路给她堵死了。既是如此，她不如好好地教训教训这丫头，声色俱厉下总能先声夺人，道理占住了，也好挽回姜夫人的印象。

想着，陈宁劈头就骂：“你什么意思？大人说话，有你插嘴的份儿？你家妈妈没教过你尊重长辈？你是谁家的孩子，怎么这么没教养！”

陈宁火气扑簌扑簌地往外蹿。这时候，她都还没注意到手中多出个红丝绒的盒子，也没注意到刚才那年轻的女嗓喊的是：“母亲生日快乐。”

她问出这样子的一些话，燕陈眼睛一缩，嘴角忽然露出一个冰冷又讥诮的弧度。

远处于监控室的姜薄东见她的表情，莫名地心口一疼，就在姜薄东以为燕陈会被这句话击垮，取了衣物急匆匆就准备下去接走燕陈的时候，那个晚装熨帖，高冷如公主似的小女孩却淡淡地笑了，她神色平静，字正腔圆，如夜雨般冷漠又从容的嗓音清清淡淡地传入了诸人的耳朵里。

燕陈说："燕夫人真是贵人多忘事，原来……您是真的不认识我了？"

没有歇斯底里的绝望，也没有崩溃痛苦的哭泣。她的嗓音这么清和、淡然，却像是一根针，狠狠扎入了田瑾的心口。为什么，田瑾忽然间有一种说不出的害怕，就像是商业竞争之间，甲乙双方都要抢夺某一种商机，明明这商机全在甲方的手里，她都扼制住了乙方的命脉，正扬扬得意的时候，有一天，乙方忽然对她说："你拿走这些破烂玩意儿吧，我不需要了。"

原来，您真的不认识我了。

听见这句话，陈宁简直想笑：没见过这么托大的主儿，她是谁啊，还得人人都认识她。

陈宁冷冷抬起头，刚要讥讽几句，一张熟悉又陌生的漂亮脸蛋跃入眼帘。

乍看见那张脸，陈宁心口忽然像是被什么捏了一下，好疼。

燕陈的五官，既不像燕爸，也不像陈宁。女孩冰棱棱的眉眼藏着一丝寒意，倒有点像过世的燕老太爷。

当年陈宁和燕爸自由恋爱的时候，就是燕老太爷拄着拐杖狠狠捶地，不同意她进燕家的门。陈宁这辈子最怕的就是燕老太爷，最恨的，也是燕老太爷。如果没有燕老太爷，那她和燕爸的爱情就不会有那么多拐来拐去的弯儿和道儿。她也不至于挂着个部里的编制，却实际上干打杂的活儿。要不是当初怕燕老太爷不同意自己和燕爸结婚，她不会在国内守着燕爸，几十年前应当是出国留学，接受新知识新文化的教育，今日的光景自然不同，以他们燕家和陈家的威望，何至于来抱姜夫人的大腿！

燕老太爷却打乱了她的人生，让她这一辈子活得憋屈又窝囊，陈宁恨极了。偏燕爸又是个孝顺的，为了爱情，她只能忍，忍了一辈子，好容易忍到燕老太爷两脚一伸翘辫子了，可老太爷的余威犹存。陈宁把老爷子怕到了骨子里，冷不丁看见这么个和燕老太爷一般无二的冰冷眼神，她只当是燕老太爷又活了过来，一口气差点没喘上来，好容易想明白了，定睛一瞧，居然是燕陈。

要是别人，她还没这么气，顶多扭过头，不理不顾了，偏偏这人是从她肚子里掉下来的那块肉。

陈宁气疯了，又羞又愧，火烧得更烈更猛了。嘀！你听燕陈在那嘟着什么破话儿？居然暗示她说话不中听。再不中听，你是老娘生的，人家说女儿是妈妈的小棉袄，你是我夏天的小棉袄吧？你听她叫我什么，燕夫人？

“你怎么就叫我燕夫人了？”手指几乎都要捏碎红酒杯子，陈宁的眼里冒着火焰。

“嗯，错了吗？”平静地看着母亲，燕陈的声音清得跟草木衍生的清水，淡得没有一丝儿滋味，却偏偏舒缓而轻漾。

“你倒是翅膀长硬了，连一句妈都不会叫，这么多年不回家了，一回家，好话没一句，先叫我燕夫人，然后叫我‘适可而止’。我做了什么需要‘适可而止’，我说了什么让你这样见不得我？”

有旁人在，陈宁也想压下火气，可一看见燕陈那双眼睛，她根本压不住自己的邪火。

田瑾在旁边连忙扯住她的胳膊，一遍遍安慰：“妈妈，别生气，别生气，您顾着自己的身子啊……”

“呜呜呜……我到底是造了什么孽，生了这样的女儿，一回国，都不会祝我一声生日快乐，先要来编派我……”

捂着脸，陈宁是真伤心，伤心得想哭。

可这话一说出来，饶是姜妈妈都不由得露出了惊愕的模样：刚才这个小女孩喊“母亲生日快乐”的时候，自己是听着的，礼物塞陈宁手上的时候，自己也是看着的。怎么一转脸，这小姑娘就罪大恶极地变成了不孝女？

“哦？又是我忘记说生日快乐了吗。”嘲讽似的低笑一声，燕陈抄着手，饶有兴味地听着“燕夫人”骂着自己。水晶吊盏撒落柔和的灯光，跳跃在她纯墨色的发梢，从眉到眼，小姑娘浑身都流转着令人惊叹的气度光华。这样的沉静，不徐不缓，竟像是浸在水中的羊脂白玉——在粼粼的水波里，她清淡如雪，有一种令人自惭形秽的纯粹清澈。

陈宁被自家女儿这么落面子，委屈得想哭，可燕陈一双黑又亮的星眸儿就这么凝视着她，饶是再大的伤心都哭不出来了。连她自己都不知道自己虚什么，怕得不由得咳起嗽来，连眼神都闪烁起来，口里直嚷嚷着：“阿瑾，扶我一下，我头疼……晕得很。”

“妈妈，您没事吧。”田瑾慌忙来扶。

“没……就是气得有点头疼……”陈宁气的是什么？不就是被扫了面子这一回事。

燕陈哪里不明白她的想法，抿了抿唇，许久，才徐徐说：“燕夫人注意身子。”

这一句话，已经有变相的示弱。她示弱了不打紧，可这一句示弱，却明晃晃地戳着姜玥的心窝窝了。

小姜玥打小儿最见不得人受委屈，她还特别为燕陈抱不平：什么呀，你妈妈都恨不得把你逐出家门了……你怎么还能这么平静地说话？小姜玥气得脸红红的，张口想要说些什么，却被姜夫人眼睛徐徐地掠了一眼。

妈妈，您怎么也助纣为虐了！小姜玥郁闷得简直想跳起来。姜玥却不知，姜夫人在听燕陈示弱的时候，眼神明显地亮了亮。

其实，从陈宁开始和自己扯近乎的时候，姜妈妈就对燕陈的印象差透了，儿子总和自己说："谣言太多，空穴来风的事儿也太多。"儿子说这话什么意思？不就是让她知道关于弃妇的谣言，其实作不得数。

姜妈妈也想给燕陈机会，所以她来参加陈宁的晚宴……虽抱着挑剔的心，总归是尊重儿子的选择。可她来了看见了什么？一个格调泛泛的妇人，一个矫情作态的女孩。

这才聊几句呢，陈宁都差点把"田瑾屁股大好生养"的话暗示给自己了……别说姜妈妈看中的不是田瑾，就算看中了，被陈宁这种攀附的心思一搅和，也得恶心到棒打鸳鸯。

有什么样的妈，就有什么样的女儿。姜妈妈看不起陈宁、田瑾，于是也先入为主地给燕陈定了个坏形象。她总想着"空穴不起风""既然有燕陈这么多的谣言，绝不会全是冤枉人的""我儿子养这么大，忽然一天就喜欢上个女人，看来燕陈果然是狐媚子，勾引了我单纯的儿子"。

这事想多了，对燕陈的印象分唰唰地几乎都要掉到底。可直到见了真人，再看看陈宁对燕陈的态度……姜夫人嘴角抽了抽，忽然间对燕陈心生了说不得的同情：见过偏心的后妈，可她就没见过心长歪了的亲妈。

她心想：被这妈刺激得，燕陈长歪了，也就情有可原了。她冷眼旁观，原准备给女儿正名了以后，立刻离开。可她第一没想到燕陈居然会帮她女儿说话，第二没想过燕陈竟然是和陈宁截然不同的脾气性格。

此时，燕陈要真的像是姜玥想的那样冷嘲热讽，大肆撒泼，在姜夫人的眼里，燕陈的印象必然是没有亲情的女孩。可她要是一味地忍让，姜夫人也会觉得这女孩连自尊都没了，当不得她姜家的媳妇。

可偏偏燕陈和她想的完全不同，不以物喜，不以己悲，小女孩把伤心藏在了心底，却做到了为人子女应做的事。

这样的女孩有情有义，却也有原则和底线，不过分凌厉刚强，却也不会懦弱得任人欺辱。姜夫人暗暗点头，眼里染了几分淡淡的笑意，心中给燕陈的分数极高，忽然觉着有这样的女孩给东哥儿做媳妇，也不算太亏……

姜夫人满意极了，姜玥却气恼极了。

什么嘛，头疼？早不疼，晚不疼……怎么就这时候疼了？姜玥是一根肠子通到底的直性子，开始一直有妈妈压着，小姑娘不敢说话，可一看见陈宁这样作，她真是受不了了。

“阿姨，有病得去医院，要治！”独属于十五六岁少女的嗓音脆得和苹果似的，咬一口，都像是能溅出香甜的果汁儿。小姑娘睁着一双墨褐色的大眼睛，认真地看着陈宁。

“什么叫有病得治？你这是在暗示我脑子不好使吗？”陈宁眼底掠过一丝恼怒，气愤到尖尖的指甲都忍不住掐进了田瑾的手腕儿。

田瑾今天穿的是无袖的小礼服，光洁的胳膊白得跟藕似的，莹润漂亮，她最得意的就是自己这一身雪白的皮了，没点疤痕瑕疵，摸起来跟细瓷似的，可招人疼了。如今，陈宁居然直接用指甲掐她，老妖婆要掐人不会掐自己吗？田瑾恨得泪花汪汪，疼得恨不得直接甩陈宁一个巴掌，可她哪敢啊！陈宁是她的衣食父母，便是被陈宁掐死了，都要打碎牙往肚子里吞。

她对付不了陈宁，可眼前这个穿浅绿色晚装的小婊砸她可不准备放过！分明都疼得牙尖尖嗞嗞地抽冷气了，可田瑾的脸上掠过一抹狰狞的恶意，语气竟是说不出的矜持高贵。

“小姑娘，你妈妈没有教过你怎么‘尊重’两个字怎么写吗？尊重别人就是尊重自己，何况……站在你面前的还是长辈，你说这话是什么意思？”

“什么意思？当然你听到的意思喽。”

“你……”

“哎，可以劳烦你收回食指吗？你不是刚刚和我说过尊重吗？那你应该知道，用食指指人是一件很不礼貌的事。”郁闷地皱了皱可爱的鼻子，姜玥一本正经的小模样委实逗乐了姜妈妈和燕陈。她要是存心找碴，那也会面目可憎，可小姑娘就是这么就事论事……这才显得天真无邪，可爱得紧。

小姜玥从小到大都被哥哥们打上了“猪队友”的标签。可论起嘴皮子……真的是十个田瑾都不够她一个人说。本来就憋了一肚子的火气，此时的小姜玥火力全开，根本不给陈宁、田瑾反击的机会。

“论到尊重，我叫您一声陈阿姨。今儿个是您生日，我祝您青春永驻，万寿无疆。

“说完了祝福，咱们来聊聊是非吧。

“我刚才听您说，您的女儿不孝顺，不知道关心您，见您第一面就挤对您，白养到这么大，连句生日快乐都不说……嗯，这都是您说的话吧。我就真的很好奇了，她要是不说生日快乐，您手里的礼物盒子是哪儿来的。凭空蹦出来的？五鬼搬运术挪出来的？意念操作多出来的？

“哎呀，这么神奇的法术，您教教我呗。”

打开话匣子，小姑娘俏皮地眨眼打趣。姜妈妈抿着唇，微笑地看着女儿打抱不平，既然认可了燕陈，姜妈妈就把燕陈划分为自己人的范畴。

自己人被欺负了，这可不是一件愉悦的事。有些话，姜妈妈也想说，不过碍于身份，不好说出口。有一种人，你不把事实摆在她的眼前，她根本就会视你为无物，一遍遍作践你的真心。而这个时候，只有用最直白的话打脸，女儿说的这些话，委实让姜妈妈心里痛快不少。

在姜妈妈的算计里，姜玥的战斗力一般般，打脸的力道也普通，顶多会让陈宁脸红，却绝到不了恼羞成怒的地步。她都在这儿把握着分寸呢，她也知道：这毕竟是陈宁的生日宴会，要真把陈宁闹得太没脸，也过了。

姜妈妈只想给陈宁一点小教训，帮未来儿媳妇讨个公道，也顺便和未来儿媳妇示个好，毕竟是来日方长，燕陈她们母女之间的事，外人不好太过插手。可就是这样一件可控制范围之内的事，姜妈妈却怎么都想不到田瑾为了讨好陈宁欺负欺负普通人也就罢了——晚宴上，这个田瑾竟会不分轻重地冷不丁扇姜玥一巴掌。

一声清脆的耳光声传来，在场所有人都愣住了。姜妈妈想不到，燕陈想不到，就连姜玥自己也没想到会飞来横祸，唯独陈宁，本来尴尬得够呛，此时眼睛里都闪着解气似的笑意。

陈宁的生日晚宴不是一个人的晚宴，开始有姜夫人这么一尊佛在这儿，为什么那么多名流们不过来？一来，是听说姜夫人不喜欢太热闹，怕惹恼了姜夫人，得不偿失。二来，燕陈在那儿啊，这小姑娘今儿个闹了多少人没有脸，谁敢在燕陈的面前去转悠？这不是找不自在嘛。三来，江老爷子不是在这儿吗，揪不住姜夫人的龙尾巴，他们可以在江老爷子这儿混混脸熟。

晚宴一切进展得很顺利，看似融洽，可随着田瑾打了身边那个浅绿色晚装小姑娘一个巴掌，这个流水缓逝的晚宴上突兀得像是响了一声惊雷。连半眯着眼睛，有一搭没一搭敷衍着搭讪诸人的江老爷子，都微微地睁开了一丝儿眼缝。

两束寒芒乍然射出，不动声色地从田瑾的脸上剐了过去。别人不知道穿绿的小姑娘是什么人，可江老爷子却很清楚，那女孩叫姜玥，是姜家搁在心窝窝上，父母疼爱，兄弟疼宠的小公主。平常便是被人叫作“霉女”，那也只是口头上占占便宜。谁让这小姑娘嘴皮子太利索了。人家动不得手，口上不轻不重地消遣几句，那也是熟人才敢这么说。

可如今……这个水晶似的小姑娘却在陈宁的生日宴上，被陈宁的干女儿打了一巴掌，江老爷子当即拄着拐杖，徐徐丢下一句:“走，看看去。”随着江老爷子这么一句话，那些想接近姜夫人却苦于无门的事主儿眼神都亮得像天上的星子一样。

没人发现二楼立着一道挺拔硬朗的身影。

那是个文质彬彬，浑身透着一股子儒雅气质的年轻男子。男子宽肩窄臀，结实的臂膀搂着一个娇小青涩的少女，少女十八九岁的样子，低垂着螓首，黑色的长发垂落在细削的香肩上，紧张得两只小手都绞在一起。

“阿艺……我想回家……”轻轻扯了一下男子的袖子，少女抬起头。

糯软的声调细细的，嫩得像水似的。这真似个小奶猫一般的美少女，泪痕未干，满脸的青涩，穿着粉红色的小礼服。

陈宁的生日宴上，往来的全是自信满满的名媛淑女，唯她，即便穿着漂亮的晚装，却依然退不去一身的卑微和怯弱，像是不小心闯入天鹅湖的丑小鸭。

这样缩手缩脚……看着令人烦躁，单看个侧影，仿佛一晃眼，她就会被耀眼争光的女孩们比下去。可偏就这个小姑娘——脸蛋却如诗如画的绝美。

小姑娘低垂着的小脑袋，眼底凝着晶莹的水光，仿佛你一句重话都能够让那泪花撒落成雨瓣。

燕陈来时，她就低着头；姜玥嚷嚷时，她也低着头；田瑾打人时，她还是低着头。要不是她身边脸上戴银色假面的年轻男人单手搂着她的腰，恐怕这边早就被服务员们的目光扎成了筛子。

好白菜都被猪拱了！在场的女服务员们，哪个的心里不是这么想的？可但凡有人这么吐槽，少女身边的护花使鹰隼般冷厉的目光总能精准无误地掠过去，那目光冷得令人心都冷了——被这么刺了几次，谁敢议论角落少女的是非啊！

好在这俩低调极了，一直就站在角落，似乎除了关注一下江老爷子，并不关注其他人似的。不过，这个平衡就在江老爷子往姜夫人那儿过去的时候，打破了。

任谁都想不到男人分明是一副无限疼宠怀中美人的模样，却会在姜夫人那儿乱成一团时，也去凑这个热闹。

今晚的姜夫人就是香饽饽，谁不赶着去拍马屁，刷存在感？这男人就不怕把女孩带过去，万一得了姜夫人的眼缘，自己会变成少女选夫路上的备胎。女侍们惊讶地议论纷纷，在她们的眼中，这个时候，被人护得跟眼珠子似的少女应该开心啊，在场的哪个女孩不想嫁到姜家？可她们就没想到，被男人搂着往前走，小姑娘紧张到光裸漂亮的美背都弓起了。

“阿……阿艺，我不行，我真的不行。”

眼泪啪嗒啪嗒地往下掉，小姑娘吓得脸都白了，脚步往后蹭着。她是不敢，一丝一毫的不敢，也不想，一丝一毫的不想……跃入众人的视线中。

听说，贾艺的外公喜欢光风霁月的女孩。听说，贾艺为了外公能够认可她，都已经找了名门圈最被人诟病且无能的燕陈做了铺垫，只要她表现得比燕陈好一点，就能赢得爷爷的认可。

若是从前，她恐怕会欣喜若狂，拼命地踩着燕陈上位。可自从小禹、大桦、阿律都死了，哥哥瞎了，笑笑被撞成了植物人，她就怕了，畏了，心寒了。她再也不敢相信贾艺，不敢继续向往那个光鲜亮丽的名流圈。她的世界坍塌，应是从那一场场鲜血铸成的悲剧开始的。泪流干了，也换不回一条条鲜活的生命，换不回哥哥的眼睛、笑笑的神志！

呜呜呜……她好悔！悔自己有眼无珠，被嫉妒心、虚荣心蒙住了眼睛，悔自己不相信笑笑，会把贾艺当成终生可托付的良人，悔自己……为什么要和比魔鬼还要可怕的男人扯上联系！

这边，这妹子觉得自己信错了男人，整个人的一生都毁灭了，哭得稀里哗啦，不肯跟着贾艺去闹事。另外一边，姜玥挨了一巴掌，暴脾气彻底地炸了。

“你敢打我！”从旁边穿梭而过的服务生的托盘里抓起一杯红酒，小姑娘气蒙了，唰的一下就把酒泼到了田瑾的脸上。

她扬起手，一个火辣辣的巴掌就这么挥了过去。田瑾蒙了，陈宁也蒙了，就连姜妈妈还有赶过来的江老爷子都蒙了。

“啊……”一声高亢的尖叫就这么堵在了嗓子眼里，把陈宁整个人都怔住了。这里是晚宴，出入来往的皆是名流，这种菜市场泼妇打架似的情形，到底是在闹哪样啊？

要是在以往……田瑾这样冷不丁地打人一巴掌，陈宁一尖叫，还能够先发制人，颠倒黑白地抢先把对方给抹黑了。等抹黑了以后，是圆是扁任你揉捏，也绝不会有再多的反应了。可这次，陈宁“母女”俩合作得天衣无缝的桥段遇上的竟是不按理出牌的顽主儿——姜玥。别的名媛们自诩身份，不肯自降身价，不会在第一时间打回去，也不可能在第一时间泼一杯酒回去……

可姜玥呢？从小到大，这就不是能够以常理度之的主儿。礼仪学没学？学了！不仅学了，老师们甚至比别家的教导们更注重风度，更注重仪态，更注重谈吐间的风雅。

可理论再多，到实践了——姜玥抓瞎啊！她不上道你有什么办法？你就算教她千百遍，可真到遇事的时候……她都被人揍了，让她保留什么理智？挥舞拳头，小姑娘二话不说冲冲冲，她才不管万一被哪个黑心媒体给捕捉到影像，会不会丢脸到家！

姜妈妈脸色彻底黑了，别人家闺女会不会丢脸，她管不着，可这是她的女儿啊。她伸手就想去拉姜玥，却被陈宁惊恐地往外一拉。

“姜夫人，这小姑娘疯了是不是，你小心受伤啊！”一声惊慌的尖叫，被陈宁这么一扯，姜妈妈手一空，没拉住姜玥，小姜玥唰的一下扑倒了田瑾，挥着拳头就揍了起来。

“啊……”霎时整个大厅都乱了，许多人都跑上来拉架。

可姜玥打人，就在这电光石火的瞬间。等这些名流思前想后，看不下去，决定跑过来拉架，田瑾的脸都被揍了好几拳，嘴角都打出了血丝。

田瑾打人什么时候吃过亏？原来她打了人，哪一次不是占尽便宜趾高气扬的，还得被打的人跑来和她道歉。可今儿个……风水轮流转了，等大伙儿把姜玥拉开的时候，田瑾发髻凌乱，满脸伤痕，身上光鲜的长礼服被扯得乱七八糟，春光半泄——无数的照相机咔嚓咔嚓，恰好将田瑾狼狈的模样收入了镜头里面。

从人群中，不知何时跑出个漂亮干净的男孩，满脸无奈和惊恐，在所有人都跑去安抚田瑾，嘘寒问暖的时候，唯这个男孩拉着姜玥，不停地安抚：“玥玥，淡定！咱稳住！一定要淡定啊！听我的，呼……吸……呼……吸……”

“哟嗬，大新闻啊！”在场的记者们对视一眼，各自在竞争对手的眼里看见了“新闻价值”四个闪着金光的大字。他们跟闻到血腥的鲨鱼似的，两眼冒光地蜂拥而至，咔嚓咔嚓地拼命拍照。

“你们干什么呢？”

“不要拍照，不要拍！”

一些和田瑾交好的女孩慌张地去挡媒体的摄像头，可名流的晚宴上出现这样的事，傻子才会收相机呢！名媛千金晚宴互殴。明早的头条就它了！狗仔记者们激动地摩拳擦掌，兴致高昂。

比他们更激动的，唯姜玥莫属。

“淡定你大爷！”一把推开男孩焦虑的脸蛋，暴怒中的姜玥咬牙切齿，看谁都来火。

“陆宁，松开她……”跟在男孩后面的，是一个瘦高的妇人，惊叫一声，唯恐家族中被寄予厚望的侄子惹上这种麻烦。

真是夭寿啊，今晚上来的媒体中有好几个嚼不动的硬骨头，倘若被他们拍到她侄子陆宁卷入这场风波，陆宁的名声就坏了，还得连累她儿子！这都什么破事啊，瘦高的妇人急得快要晕倒。

“松手！”姜玥急怒。

“玥玥，咱们冷静，冷静一下好不好……”男孩拼命安抚着心仪的少女。

“冷静你妹！有本事你替我挨那一巴掌啊，我干什么了，平白无故挨打了，长这么大我妈都舍不得打我呢！”

“呜……妈她不尊重您，我只是想给她一个教训……”

对比着姜玥的恼怒，田瑾的哭泣显然占天时地利人和。漂漂亮亮的小姑娘就这么哭得梨花带雨，把自己的脸埋入了陈宁的怀里，只露出哆哆嗦嗦的削肩……

像受了天大的委屈，舆论永远有其发展的趋势。大多数情况下，它同情柔弱如花苞一般脆弱的受害者……田瑾无疑掌控了这个趋势。

断断续续的哭泣声一出来，大伙口中不会明说，但是冷漠疏离的眼神交换着，都在指责姜玥教养和礼仪。

“尊重？你还要继续拿尊重过来说事？你懂得尊重是什么吗？你……”

田瑾这么一哭，姜玥气得眼眶也红了起来，小姑娘的嘴皮子利索，可这样的利索……却是建立在理智尚存的基础上。被田瑾暗地里黑了一道，又被人当猴子似的围观，姜玥气傻了，脑子里明明有那么多反驳的话……却一句都吐不出来。一双墨褐色的眼眸愤怒又明亮地瞪着田瑾，她那么想骂死田瑾，却发现自己一吱声，就是哭腔，手脚动作像是被冻住了。

呜呜呜……妈妈，我不想哭。鼻子红红的，茫然无措的小姑娘伤心地抬起头，第一次尝到了冷暴力，尝到了痛苦，尝到了委屈。她下意识在人群中寻找母亲。想在妈妈那儿寻求安慰，想让妈妈帮自己正名！让妈妈帮着证明田瑾和陈宁这对母女到底有多么可恶可恨。

可让她万万没想到……妈妈抿着唇，抄着手，竟然冷冷地站在陈宁的旁边不赞同地看着自己，看上去丁点也没有为自己说话的意思。

妈妈，是我错了吗？遇见不公平的事情，我应该沉默着任由它发生吗？

轰！心口像是被什么重重地痛击了一下，心中被巨大的委屈吞没。就在姜玥茫然地面对着颠倒黑白的辱没，百口莫辩的屈辱，绝望痛苦的深渊之时，人群中，忽然传来一个略微沙哑的嗓音。

第十五章　决裂

“田小姐，你不配提‘尊重’二字。”短短十一个字。无悲无喜，无波无澜，像一块巨石狠狠地砸在了看似平静的浪涛中。

这是燕陈和田瑾之间的战争，没有任何人能够代替燕陈亲自出战！

很久很久以后，当有人再次提起一月十三日的那个晚上，几乎所有人的脑海里都会跃入一个神色淡漠、言语如刀的黑衣少女。低哑的嗓音，冷酷的态度，淡漠的神色，偏偏在唇畔勾起了一丝淡淡的笑意。像匕首般锋锐，比钻石还凌厉，那沙沙的嗓音就这么不合群地落入了每个人的耳中。

燕陈微笑，淡淡地道：“‘尊重’这两个字，二十一画就能写完。”

她的声音一点都不好听，可内容却有一种奇特的魔力，像天神的右手紧紧地攥住了你的心脏，让你不由自主地屏声静气听她说话。

“从我踏入这个圈子的那一刻开始，我遇见的燕夫人、燕少爷……甚至是田小姐，你们每个人都在教我如何贯彻这二十一画的两个字。我很小的时候，首先要学礼貌，学低头，学委婉，学微笑……

“像是一张面具——倘若没有它遮脸，那就是不合群、不上道、奇葩极品的存在，那就会被所有人唾弃、嘲弄、排挤。

“如你所见，如今，在这个灯红酒绿繁花似锦的晚宴上，我微笑，我低头，也会轻言细语地委婉说话。在燕夫人和田小姐看来，这或许就是上流人士应有的礼仪风度。不争不吵。不闹不叫……可这就是尊重？这就是真理？这就是绝对的正确吗？”

小女孩的声音轻而沙哑，却像蚕食一般优雅从容，让人不由得跟着她的话音走下去。指甲唰地刺入掌心。田瑾看出了燕陈的影响力，心中狠狠地一颤。

虽然她不知道燕陈会用什么话来打自己的脸。可再没有谁比田瑾更明白谈判的艺术，能够让人侧耳倾听她的声音，在某种程度上，就等于大家认可赞同燕陈说的话——可恶，这怎么能行！

忍着巨大的羞耻，田谨难堪地抬起一双泪汪汪的大眼睛，无辜泣道：“小陈姐姐，是我又做错什么了吗？妈妈被她说成那样，我心疼……呜呜呜，如果我做错什么了，你骂我好了……都是我的错……咱们回家慢慢说，好吗？”

“喏，就是这样。”

燕陈没有愤怒，也没有狼狈，甚至没有羡慕嫉妒恨。田瑾以为一提到陈宁，燕陈就会和以往一样方寸大乱，可她就没想到这一招居然不管用了！

提到陈宁，燕陈居然在笑，她不是应该生气吗？她不是应该羡慕吗？一个那么向往母爱的傻姑娘，怎么就性格大变？

大惊失色下，田瑾浑身都木了。

燕陈说：“田小姐口口声声拿着尊重来压人，可在我看来，这场晚宴上，最不配说尊重的就是田小姐你了。一个以自我为中心的人，提什么尊重？无视于我在说话，肆意地打断我的言论，说什么尊重？”

“我……”

“别打断。”厉声喝退了田瑾，燕陈道，“田小姐说这个小妹妹不尊重你，不尊重燕夫人，于是不管不顾地打了她一巴掌。可她就算真有错，那也是该由她的父母来管教，田小姐用什么立场来打她？”

“小陈姐姐，那个被她侮辱的，是你的妈妈啊……”

“我记性不好，忘了刚才发生什么，我们回顾一下你为什么去打人，好不好？”没有去接田瑾这个语言陷阱，微微地一笑，燕陈面色没丁点掩饰。

“小陈姐姐！”田瑾又急又怒，脸都黑了，伸手就想去扯燕陈。

“女儿啊，得饶人处且饶人……”这时候，陈宁心里也有些讶异的难堪，眼波闪烁，不舒服地想要阻止燕陈。

可燕陈既然抛开了一切，就没有回头的打算，不动声色地退后了一步，避开陈宁伸来的手，像是避开了曾经的憧憬和向往，切断了血脉的传承和倾慕。

燕陈笑道：“燕夫人既然一直在说，我没有祝您生日，那在这儿，我就再次地复述一遍：我祝您年年今日岁岁今朝，青春不老万事如意。”

“你来了就好，不必说什么祝词……”

燕陈嘴角一挑，也不揭穿陈宁的口不对心，她认真道：“必须要说，不说您哪里知道……这是第二次。”

周围人声肆起，终于有人琢磨到燕陈说话哪里怪怪的了。

“她怎么喊她妈燕夫人？”

“不知道。不过……又是喊夫人，又是强调贺生，听这口气，不像是母女之间调侃开玩笑啊。”

“我听说她们母女关系一直不咋的……”

分明一开始谴责的是田瑾，被这么一打岔，话题焦点全部移到了陈宁身上。沸沸扬扬的议论声中，陈宁的脸都红到了耳根，手指无意识地捏紧了手中的首饰盒。

坚硬的丝绒盒子被掌心焐热。大厅里，绵绵的暖气空调一吹，陈宁居然感觉到手心在冒冷汗。

都是燕陈的错，陈宁郁闷得几乎想要以头抢地，本来就看自家这个闺女不顺眼，如今又被她在生日宴上闹了这么一出，丢脸到姥姥家了。

“算是给我个面子，差不多也就够了……求你别说话了，好不好？”咬牙低声恳求着，陈宁脸色通红，姿态极低。

从前的燕陈，会为她的示弱而沉默沉默再沉默。可今儿个燕陈却视若无睹，叹息似的一声轻笑：“燕夫人，每次田小姐一出现这种面子危机，您就这样唯恐她受伤地先跑出来，挡在她前面帮她遮风挡雨，真是母女情深……感天动地啊。”

“你说什么呢。”陈宁不自在地冷喝一声。

“说一说心声。”

“回家以后咱们慢慢说心声，你说多少，妈妈都听，在这儿不要再说了好吗？”

“为什么要回家说？为什么不能在这里说？燕夫人最珍惜的羽毛就是您干女儿田瑾的面子，那么在这儿，我只想告诉燕夫人，您就算在这片羽毛上画下再美的风景，可倘若这片羽毛是腐朽的，让它消失其实也很简单。”

“燕陈，你就非要让妈妈伤心吗？”

“燕夫人伤不伤心，我不知道……可我知道倘若我这时候再不发声，不仅燕夫人会伤心，我也会伤心，维护我的小妹妹甚至是她的家人们也会伤心，连守护自己的盟友都做不到，别人会怎么看我？他们会说你陈宁的女儿燕陈是个怯弱无能之辈。”

“那都是些浑人说的浑话，你听这个做什么？”

“燕夫人从没尝试过被人议论、被人鄙夷、被人唾弃，自然会觉得这只是无关痛痒的浑话，过耳即忘，作不得数。其实作为一个哑子，我倘若不在名流圈，不和这个圈子产生交集也无所谓了。可您却一次次把哑子似的我拉到这个所谓的名流圈，为田瑾的未来铺路，让我一次次听这样的议论，听多了，这些话想作不得数都难……”

“燕陈，我……”

“您不用说话，也不用辩解您不知道。我知道就行了，我知道您的目光只能注视到田瑾的那一块，您一定是觉得我反正名声差成了这样，也无所谓名声是不是更加糟糕了，无论什么时候我和田瑾起争执，你都会让我沉默，让我避让，因为在您心里，我是燕家的女儿，这本来就是我占了天大的便宜，对不对？

“因为我比田小姐的画作鉴赏能力要好，所以每次去看画展之前，你都会再三地提醒我‘别说话’；因为田小姐腿受过伤，不能骑马，于是每次你都要求我安静地坐在一边，免得刺激到田小姐的自尊心；因为田小姐的茶艺插花学得是最好的，所以哪怕我对这些不感兴趣，你都会让我陪着田小姐一起去……

“这种事情做多了，你塑造出的田小姐，当之无愧名流圈的第一淑女，可你知道你的女儿，被人议论遐想成什么样了吗——蠢货、废物、无能之辈。

“我是您生养出的‘玩意儿’，是您招之则来挥之即去的‘玩意儿’，是您不甚在意的‘玩意儿’。只是一个‘玩意儿’，不该有太多的怨念和不甘心，不该在大庭广众下撕开您和田小姐的面子……我应该安静地做一个哑巴，任由您信手涂鸦，继续做您最爱的女儿的垫脚石。

“可真的没办法啊，今日的沉默倘若只是伤害到我自己，我自然也不介意继续安静下去，可这全场上下，每个人认脸认名的人士，我若是一味地沉默、安静，伤害的是这二十四年来，唯一一个为我发声的女孩。

她因‘心有不忿、气有不顺’为我发声，因这事而引火烧身，被田小姐推到风口浪尖，我若继续沉默下去，这可怜的姑娘就会变成第二个燕陈，第二个天大的笑柄。

“既然田小姐一直在说小妹妹没有教养、不配做名流，那么我就代替她的朋友问一问田小姐以及在场的诸位，什么叫名流？”

话音落下，满堂皆惊。其实，从燕陈说第一句话起，周遭就呈现出一片诡异的混乱——窃窃的议论声、倒抽冷气的声音、咳嗽的声音不绝于耳。燕陈今儿个说的这些话很诛心，不仅狠狠扇了田瑾的耳光，也狠狠地扯掉了陈宁引以为豪的面子。

原来名媛田瑾的名声，是被人让出来的。难怪原来看着燕陈那么安静，原来是被人下了“封口令”啊！陈宁也是个奇葩，居然踩着自己的亲女儿给干女儿铺路……

本来一个个在门口就被燕陈打击得跟霜打的茄子似的贵妇团对于这次晚宴，各种不满意，都准备磨磨时间就撤退了。可是，在听闻这些惊天的大“八卦”后，她们乐得嘴都合不拢了。有人愿意扒伤口，大家自然更愿意来听！一边听，一边还得装作同情的样子，擦擦眼角并不存在的眼泪，不时地冒出一句:“天哪。”“是这样吗？”“太可怜了！”的虚话套话。

真情和假意，谁分得清。

燕陈骂得这么痛快，大家热闹看得很高兴，晚宴这么进行到最后，大伙儿茶余饭后再添一笔笑谈……

一切都很好，很圆满。可谁都想不到，在燕陈说到最后，剑锋竟然从田瑾和陈宁的身上移开，一扭头，语锋如刃，寒芒四射，直指在场的诸位大人物。

有人疑惑，有人惊怒，有人若有所思。

好大的口气，好狂妄的姿态！名流是什么轮得到你一个黄毛丫头来问吗？在场的诸位，不都是名流吗？

有人的脸色当时就沉了下来：“燕家的小丫头，你这是什么意思？”

“字面上的意思。”平静地堵回去了对方的质问，一扭头，这个眉眼冷秀的小姑娘平平淡淡地笑问一句，“田小姐不回答我的问题，您是准备代替田小姐回答一下吗？”从侍从的手中拿了个酒杯，微微一笑，遥遥一敬，燕陈的言语间没有一点退缩。

那笑意轻描淡写，闪烁着智慧的光芒，竟是诚恳地等着对方的答案。这和曾经的燕陈完全不同啊！倘若一开始，还有人在怀疑燕陈只是被愤怒、嫉妒冲昏了头，故作镇定地发泄出这些年来的不满……可仅凭着愤怒心和嫉妒心，这样子根本不足以维持一个人的精气神！

等着火气一泄出，燕陈差不多也应该歇下来。可现在，燕陈不仅没有瘫下来的趋势，反而有越战越勇的感觉。那么安静的小姑娘，澄净冷淡的眸光就这么静静地盯着你——如湖泊山岚。

那发声的青年原本是咄咄逼人，在她这样的反问下，却发现自己似乎无意中落入了燕陈的语言圈套。一瞬间，这青年反应过来，紧接着恼了。原来这小妞儿扒开伤口以自己为饵，不动声色地撒网收笼，不是为了博同情，也不是为了打田瑾的脸，更不是为了挽回失去的母爱。她磨了刀，把家丑暴露在阳光下，这是准备杀鸡儆猴，拉所有人下水！

轰的一声，周围炸锅似的热闹。宝剑出鞘，猛虎出柙，既然敢拉所有人下水，燕陈就没准备和诸位善了！

燕陈咄咄逼人地看着青年，笑道：“不愿意说吗？不愿意说，那就让我来揣摩、猜测一下你们心中的所谓的名流。”

要出大事了，一旁跟着二哥下来看热闹的姜家老三见状，不忍再看地捂住额头，低低呻吟了一声，下意识上前一步，想去打个圆场。可他就没想到，他才上前一步，二哥修长漂亮的右手不动声色地一拦，恰恰好挡住了自己的去路。

“哥，你干吗呢？”黑着脸，少年疑惑极了。

“难道,你不好奇你嫂子眼中的名流……是什么样子的吗？”

“嫂子？”看着二哥摩挲着雅润的唇瓣，一副成竹在胸的模样，少年忍不住拆了个台，“别说那么笃定，前面还要加‘未来’两个字吧，我可没看出来‘未来嫂子’对你有什么特别心仪的态度……不是我说，哥，你想要追老婆那就得上上心啊，你难道没看她都要闯大祸了，你就不去帮帮她？”

“我为什么要去帮她？”

“不会吧！哥，连自己未来老婆都能抛弃！你够狠啊……”瞠目结舌地看着二哥，斯文俊秀的少年忍不住叹为观止。

“呵呵。”

没有回应弟弟的挖苦,姜薄东的神采光鲜得令人舍不得移目。和家人们的疑虑不同，他眼底有期待，有兴味，有好奇……却唯独没有担忧。

皇帝不急急太监，他哥都不急，他急什么？咬着牙，姜隅破罐子破摔，不管了。

要出大事了——这个念头狠狠刺入了每个人的心里。不同于田瑾、陈宁鼠目寸光的短浅见解，在场的名媛贵妇们虽大多在金银窝、名利场上醉生梦死，却也不乏精心算计的聪明人。

在燕陈杀鸡儆猴的证道之路一开始，就有许多人敏锐地察觉到燕陈的野心！如果真让燕陈说出她心中的愤怒和怨念，要丢脸的，可就不止是燕家。

有人飞快地想要拉开话题，亲热地拉着话题制造人姜玥，轻描淡写想拉走姜玥把这事大事化小小事化了。可燕陈的声音却比这些名媛贵妇的动作快上千倍百倍，在所有人猝不及防，根本没来得及施展救场策略的时候，燕陈充满恶意的嗓音，已清楚地传入了每个人的耳朵里，才不是什么义正词严。

谁都想不到这个看上去那么严肃安静的小姑娘，会用这种古老又恶作剧似的回答来羞每个人的脸。

“我叫燕陈，我不叫 Prada。”

“谁会叫 Prada。”有人嗤之以鼻，觉得燕陈铺垫了一堆，还以为她会说出什么真知灼见，没想到是这样的一句平常话，太没有杀伤力了！

“我叫燕陈，我不叫 Vagedon。”微微一笑，燕陈继续对着一个容貌鲜亮的女孩，微笑说。

“嗬，燕陈的脑子果然是被驴踢了，谁会叫 Vagedon 啊！”到这时，还没有人明白燕陈的意思，直到燕陈换了一个对象，第三次重复自我介绍。

“我叫燕陈，我不叫 Enzo。”

“……”

终于，有人察觉出不对。

“我叫燕陈，不叫 Rolls-Royce、Chanel、Miu、Miu、Graff、Enzo、Oxette……”吐字清晰，咬音明亮，一口气说出几十种奢侈品的牌子。

燕陈捏了捏姜玥的手，微笑地扬着头，脸上充满了恶意的报复：“我记得我的名字，我不近视，我不用这些奢侈品的牌子也能认出谁是谁。我叫燕陈，我不叫 Prada，我不穿着这些名牌奢侈品，照样敢来这样的晚宴……可去掉这一件件奢侈品点缀，你们能和我一样抬起头说话吗？老调重弹，尊重，什么是尊重？你们尊重的不就是 Chanel、Rolls-Royce、Vagedon 这些牌子吗……”

话音像针刺似的扎人，有人脸红，有人脸黑。这一个个以名牌识人的名流已经够脸红了，可还嫌大伙儿脸皮太厚似的，姜玥小姑娘在燕陈这样若有若无的点醒中忽然开窍了！

“我叫姜玥，我也不叫 Prada。”

懵懵懂懂地说出这样一句宣言，姜小玥姑娘若有所思地冲田瑾，拧着小脸，嫌弃地说道：“刚才有阿姨问我我家的教养是哪来的，说我为什么这么不懂得礼仪！我的教养当然是我妈教的喽！妈……有人找你！”

冲着姜夫人大声地喊妈，在一月十三日的这个晚上，被保护得和小包子似的姜玥终于学会了什么叫“以势压人”。

在一群惊掉了的下巴中，姜玥先是懵懂，然后恍然大悟，最后心中甜汤淌过，赫然觉得以势压人，真是痛快极了！

一月十三日，一个决定辉煌或是毁灭的关键性的日子。在此之前，燕陈在名流圈中，等同一个无意义的符号，被遗忘的角落，又或者是被人厌弃的存在。那之后却再也不会有人忽视、鄙夷燕陈了。

你记不起来没关系——《娱乐周刊》《每日晨报》《名流》《元媛》杂志的记者们用长焦短焦摄影、录音笔等高科技忠实地记录了燕陈的话。

“什么是上流社会？”“什么是名流？”“什么是尊重？”一个个在国内被人曲解、扭曲、忽视的概念，却无比清晰地被一个处于边缘灰色地带的小姑娘用“行为幽默”和“行动”完美地诠释了。不过这都是后话，暂且不表。

这晚，燕陈对于许多自命清高的名流的“会心一击”，江老爷子暗自点头，即便在他这种老谋深算的老狐狸眼里，燕陈今晚的所作所为也算得上可圈可点。

别人不明白，可江老爷子看得格外清楚！其一，小姑娘善良。不是太过善良的话，怎么会一直被田瑾、陈宁这样的性儿踩在头上？不是太过善良的话，又怎么会为路见不平，为了一个不熟悉的小妹妹和名流们叫板？其二，小姑娘有脑子，会借势，为什么说有脑子，会借势？看看姜夫人和姜玥就知道了。

小姑娘不动声色，但是观察力格外敏锐，对人心把握得也很到位，竟然能够从姜玥和姜夫人的眼神互动中，精准地察觉出两人之间的母女关系，又能够挑动姜玥的“不高兴”，迫使姜玥愤而拍桌，这无疑是谋算能力很好。

江老爷子对燕陈的评价越高，不满也就多了。这么个有勇有谋善良明亮的女孩，怎么在名流圈就被传成了那样不堪的人？这种不满在心里嘟囔着，导致江老爷子一晚上都在琢磨。这一琢磨，就没完没了，后来孙子领着个面生的女孩来这儿走了个过场，江老爷子也没太关注。

姜薄东又下来做了些什么，他也没在意。不同于江老爷子追根究底想看透燕陈这个后辈的心思，相反，姜家母女的心思就明亮开阔许多了。

姜妈妈对未来儿媳妇印象也还不错。燕陈一战成名，最高兴激动的绝不是燕陈本人，而是姜玥同学……燕陈在借势的时候，绝对想不出上帝开了一扇窗，却关了一扇门。

对姜小玥同学而言，今晚上绝对是刺激又精彩的一个晚上！平时被哥哥们压得死死的姜小玥同学什么时候遇见过这么精彩刺激的对决环节啊！这可是姜小玥同学从小到大，第一次不靠着哥哥们，自己“战胜”恶势力。

看着一帮人吞了苍蝇似的表情，姜玥感觉心口都滚烫熨帖了。这晚上对姜玥的影响，黑与白绝对是对半分的！如果说，她三哥姜隅是用玩文字的法子迫使姜玥不得不站在燕陈的身边去做助攻，那么……燕陈这么一提醒，彻底让姜玥小同学对未来二嫂五体投地，膜拜成神。

言传身教的影响力是无穷的，姜小玥绝对是人类进化史上的奇葩产物！她识人断物主观性特别强。她觉得好的，那就是和田玉、南非钻石、红宝石，价值珍贵得令人眼红心热。

未来二嫂很厉害，我喜欢未来二嫂！这么两个印象一上心，燕陈简直被她供上神龛，奉为偶像。她高兴了，可燕陈却悲剧了。你绝对想象不到，这么个大大咧咧的小姑娘，黏人程度竟然是八爪章鱼的 10086 的次方数字！

没有任何的蜕变，能够在一夕之间璀璨夺目，所有的蛹化蝶，都要经历破开蚕茧时撕心裂肺的痛苦。倘经不住这样的苦难和泪水，也许就这么闷死在破茧而出的途中。

成长的本身，就是一种历练和折磨。在燕陈很小的时候，就很喜欢自然界的种种奇迹，如草芽挣出土壤的瞬间，如蝴蝶破开厚厚彩茧的须臾，如柔美的花苞在雨过天晴的时候刹那间的绽放。

在幼年时的燕陈的眼中，那是上天的奇迹，厚土的恩赐，种种超自然的鬼斧神工。那时的燕陈，是一抹瑟缩在悬崖边的草芽、蚕蛹。它沉默固执地藏身在黑暗的土壤里、逼仄的蝶茧中、脆弱的花苞下。不奢望光鲜的蜕变。连她自己也不知道，破茧之后，是蝶，还是蛾；破土而出，遭遇的是万物向阳还是狂风骤雨。

成长于她而言，也许本身就是一场孤注一掷险而又险的赌注。她在挣扎中，蹉跎地走过了一个三年，又一个三年……三年复三年，直到今日！

如宝石般炫彩夺目，似利刃般所向披靡，在那么多人惊叹于燕家的女儿竟有这样气度风采的时候，却没有一个人知道燕陈今日的所为，却彻彻底底地和母亲决裂了！

蜕变，终于以母爱为代价，彻底地告别了曾经，在心口剜出了鲜血淋漓的伤痕。也许在阎晓灵、姜夫人又或者许多人的眼里陈宁是不尽责的母亲，破裂也无所谓。可只有燕陈自己才知道……在接触到陈宁震惊厌恶恐惧的眼神时，自己的心在疼，疼得瑟瑟发抖，疼得她几乎要尖叫出声。

这天晚上，燕陈挺直着脊梁，冷漠又从容地旋转着女王的裙角，不动声色地在酒宴上为自己发声，像闪闪发光的宝石，完美得无懈可击。可谁又知道，哪怕是百孔千疮的心，也会渴望母爱，渴望求而不得的那些零星的亲情。

在离开酒宴，回到公寓的路上，小姑娘的脸被寒冷的北风吹得麻木又疼痛，似乎是有人用刀子在片着她的皮，割着她的肉，她不哭；在打开公寓的门时，看着乳白色，反射出寒光的冷冰冰的客厅，她不哭；可是，在回到卧室，打开手中攥得紧紧的红丝绒盒子的时候……擦不干的眼泪终于决堤而下，喷涌而出。

“呜呜呜……”捂着嘴，喉咙间迸出的呜咽声刀锋般划破了卧室里橘黄色的灯光。燕陈从来都不是一个坚强到可以抛弃一切的女孩，即便有三年铺垫，一次次在心里告诉自己要坚强……可是她根本没有想象中的那么坚强。

痛！痛得撕心裂肺，挖心挖肺，剜掉骨髓似的痛！她嫉妒田瑾，嫉妒田瑾，嫉妒得心尖尖都痛了。她不是超人，也会痛的！

哭着哭着，哭累了。连燕陈自己都分不清她是什么时候睡着的，可睡着了，也一点都不舒服。她觉得浑身的骨头都像是被人拆散了，打乱了，又胡乱地拼凑起来一般。

“渴……好渴……”

屋子里明明有暖气片，可不知道为什么，大约是窗户没关紧吧。一阵阵冷风吹过来，吹得她好像是被人塞进了冰窖里，寒气从脚底蹿到了背脊，凉得心尖尖都打战。

“哥哥……关上窗，好吗？”卑微又低声地恳求着，燕陈好像又回到了十八年前，刚刚回到燕家的时候——那时，老太太那阵才摔了一跤，燕家老少一天三轮班地候在老太太的床前端茶送水，争尽孝心。

偌大个祖宅，空荡荡的却像是无人居住，田瑾才被送回田家，她才被接回祖宅。一切似乎已回归了正轨，却其实还在摩擦和磨合中，她在田瑾曾经住过的屋子里，看书，写作业。那屋里都是以田瑾的喜好来布置的。

田瑾冬天嫌暖气片太热，总喜欢开着窗……二十平方米的屋子被开了约莫十二扇雕花的窗户，祖宅的用人们最擅揣摩小小姐的心，生恐田瑾觉得太热、太闷，于是早就习惯了早起开窗透气。

那时正值初春之季，屋外高耸入云的桐树生长着大片大片的花絮。风一吹，纷纷扬扬地飘到了屋子里。燕陈小时候鼻炎特别厉害，呼吸之间嗅到了那些细小微末的絮绒，喷嚏一个接一个。可陈宁看过以后，固执地认为这只是小丫头水土不服，并没有给予太多关注。到晚上，这可悲的水土不服终于爆发了。

小小的燕陈浑身起了一个个血红的疹子，发着低烧，迷迷糊糊觉得浑身都疼。那时，她躺在田瑾最喜欢的雪白色的天鹅形公主床上，曾经自怨自艾地以为自己死定了。她木木的，连哭都不会，还在思考——她要是离开人世，是上天堂还是下地狱。

后来，还是燕楚觉得新妹妹太久没出房门，于是好奇地跑来探究竟，才赫然惊觉她病得厉害。

“哥哥……关上窗,好吗？”小小的燕陈模糊地睁开一条眼缝，看见门边那道挺拔的少年的影子，难受得快哭出来，破天荒地发出卑微又诚恳的声音，细声细气地请求。

“你是傻子吗？发烧了，自己都不知道吗？”燕楚惊讶地摸过小女孩滚烫的额头，怒声呵斥。

记不清当初是怎样的人荒马乱，输液吊水。一切都远了，却记得当时的孤独和无助，记得哥哥愤怒又关心的神色。

十八年过去了，上帝在惩罚她的弃母决裂吗？曾经的一切似乎又重演了。

她依旧是一个人，孤零零地躺在床上，鼻子堵得呼吸都困难起来，喉咙里火烧火燎地疼着，像是刚吞过了一块烧得正旺的煤炭。口渴！好渴好渴。她无数次记得自己爬起来，熟稔地找到了退烧药，倒了开水往嘴里塞药。水……扑天匝地的水，她疯狂地吞着那片甘霖。可是喝了那么久，为什么还是口渴？那种疯狂的渴念逼得她几乎快要疯掉了！这像是怎么一回事呢？做梦嘛！大家都遇见过。

有时候你在梦里，觉得自己应该干什么，却动弹不得。其实不过是大脑皮层的运动中枢比感觉中枢先进入抑制状态，从而造成神志清楚，运动瘫痪的魇症，这会让你以为你做了什么事，不仅做了，而且还特别累。可事实上，你只是躺在那儿，累的也不过是活跃的脑细胞。

现在的燕陈就是这个情况，这梦，魇得人都迷迷糊糊的。

燕陈也不是温室的花朵了，对于怎么照顾自己还是有点心得的。直觉告诉她自己这是病了，这时候要不起来吃点药，小病发展成大病，发烧严重起来恐怕会很麻烦。可疲倦涌上，深沉的梦境就像是一个囚笼，锁着她的手脚和眼皮子，让她只能在梦中沉浮。

“哥哥……好痛……帮帮燕陈……”像一个无助的孩子，病弱的燕陈在梦里低低地恳求着，眼泪一滴滴顺着眼角滑落下来。

哥哥是她在这世上唯一的倚靠、唯一的血亲，虽然暴躁任性又不靠谱，可那是这时间唯一对她好的那个人，虽然那一份兄长的爱被燕楚分割成了无数个小份。

也许在对方的心底，怎么样畅快地玩，怎样泡最美的妞，怎样赚更多的钱，是凌驾于亲情之上更重要的事。

可小时的燕陈就是这么仰望着哥哥的背影长大，从小到大，燕楚就像是燕陈心中的“上帝”。打从那次过敏，差点儿被烧坏脑子却被燕楚从天而降地救了以后，当时小小的燕陈就把哥哥当成了信仰。在她的心里，无论遇见任何的痛苦和磨难，只要她恳切又虔诚地喊一声“哥哥”，那个世界上最不靠谱、最不温柔的家伙就会化身上帝，带着她脱离苦海。

可这种信仰……真的是脆弱得不堪一击，失望永远是大于希望，哪怕是燕陈把嗓子喊破了，把天花板望穿了，踮着脚尖把希望高高悬挂再悬挂……燕楚也不可能来。这时候，燕陈就会自嘲似的笑，对自己说：“燕陈，做这种不切实际的梦有用吗？醒醒吧，这世上哪有那么多倚靠和信仰！除了自己，你还能靠谁？你若是倒下，自然有千万个人愿意踩着你的背脊站起来。你若是不倒，也没谁能够轻易地击垮你……”

就是这样的信念和自嘲，支撑着燕陈走过了一年又一年，仿佛打不倒的小强，不受谣言的影响，不为他人的目光折腰，像是从来无病又无疼，和一个没有心的人似的活着。

今儿个，燕陈也是这样一遍又一遍地催着自己别矫情，赶紧起来去找药的。比魔咒管用多了。这么多念叨几次，呼吸果然顺了许多。从梦魇中挣脱，小姑娘捏着拳，猛地借力从床上撑起虚弱的身子。冷不丁地一起来，脑子里嗡的一声响了下，血液一时供应不足，导致她眼前模糊地打着旋儿。

门把在转，茶几在转，书柜在转。触目所及，天花板地板都在转，转得她细细的胳膊几乎不能撑住身体的重量，继续摔回到床上。

燕陈，矫情什么！不就是生个病嘛。这年头，谁还没生过病啊！在心里狠狠唾了一下自己的软弱。小姑娘冰凉的指尖撑在柔软的床单上，闭着眼，勉强稳了稳神，眼睛都睁不开，脑子却在飞快地计算。

第十六章　生病

药箱在书桌边上最下面的抽屉里面，饮水机就在茶几边上，吃了药，多喝点热水，晚上睡觉时把被子盖好，出一身汗到明天早上估计就好了。

她是这么想的，有了计划，接下来的事就办得顺利多了。从床上爬起来走到饮水机旁边，从饮水机里接一杯热水，到书桌下面取出药箱……嘴角翘起一丝淡淡的笑意，小姑娘难受到额头都沁出了一层细密的汗珠，却高兴得像是自己占领了一个又一个的高地，打了好几场胜仗一样，得意极了。可就在燕陈拿着退烧药，胜利在望地站起来，准备吃药喝水，迎来无病无灾的明天的光辉的时候——眼前赫然一黑，腿都软了。

闭着眼睛，燕陈都记得自己栽下去的方向是西南角，西南角搁着个内嵌的玻璃柜子。那柜子打造的时候，工人们偷工减料，用的是普通玻璃……姜薄东前几天被划伤手指就说过要换玻璃，可她嫌麻烦，没在意。这要是磕下去……明儿个她哥从外地回来了，直接参加她燕陈的葬礼吧。嘴角露出一丝儿苦笑，就在燕陈屏住呼吸，心如死灰地认为自己必将霉星高照，体会一下头破血流的滋味时，手腕忽然被什么紧紧地攥住了。

心下咯噔一声，还来不及反应这到底是怎么一回事，手腕上的力道一紧，再然后，一阵的天旋地转，等眼前的黑暗如潮水般尽数退去，室内的光线一丝一缕地落入脑海中——是哥哥？

捂着嘴，不可置信地睁大了眼睛。小女孩眼前模模糊糊映入的峻拔的人影，莫名地和十八年前救她出水火的那个少年身影相重。

“怎么回事？你额头怎么这么烫？”一个华丽的公主抱，轻松地把她送回到柔软的大床上。来人低沉中透着磁性沙哑的独特的嗓音，格外好听。他淡淡地问着，语气中透着淡淡的关切。而这声音，在燕陈的耳朵里，却又奇迹般和记忆里那个清澈明亮的少年嗓音重叠在一处。

哥哥？对啊！除了哥哥，谁还会关心她？谁还会管她生不生病！捂着嘴，仿佛是绝望的一丝光明彻亮了黑暗潮湿的心扉。激动又滚烫的眼泪霎时夺眶而出——橘黄色的灯光惊艳了岁月，温柔了时光，以一个不可思议的角度，制造了一场荒诞又绝对的误会，温柔地安慰了女孩深藏着堡垒后，几乎失去希望温度的那颗破碎的心脏。

扑通，扑通，那颗沉重如老牛拉破车，破烂得几乎无法修复的心脏忽然间重重地跳动了起来。没有被抛弃，她不是一个人。这个念头一遍遍地回荡在心底，一种说不出的委屈和激动几乎要湮没燕陈的五感六识。

滚烫的眼泪哗啦一下从眼角滑落。她什么都听不见，她什么都看不见，连呼吸都不见了。眼耳口鼻都像是被眼泪灼人的温度烫伤了，堵塞了。

“哥哥，呜呜呜……”被人记起，被人关怀……这种失而复得的欢喜让一向情绪内敛的燕陈再也忍不住——忍不住重重扑入了“哥哥”的怀抱。

拼劲浑身力气抱紧了峻拔男人，像是要把今夜、去年、昨年、十八年的委屈都痛痛快快地哭出来，小姑娘分不清了。

她固执地认为这绝对是哥哥……连姜二身上特有的薄荷香味，都被她不自觉地忽略了。上气不接下气地哭着，小女孩哽咽道：“哥哥……你不要丢掉我。燕陈会乖，燕陈会听话……就像是妈妈让燕陈做什么，燕陈就会做一样。

“以后，哥哥如果嫌燕陈吵，燕陈就不说话；哥哥如果像妈妈一样希望燕陈干什么，燕陈一定照办……燕陈什么都没有。没有妈妈了，没有朋友了，连色彤都离开我了……哥哥，求求你，哥哥……不要丢掉我……”

紧紧地抱着来人的腰，病中的小女孩像是抓住浮木的溺水之人，眼泪啪嗒啪嗒地落下。眼神空洞得令人心疼。她永远不知道，在她哭着说“求求你，不要丢掉我”时，那个分明神色冷峻，美得惊心动魄，一直醋着她喊“哥哥”也不喊自己名字的年轻男人浑身的肌肉都绷住了。像是被人用力地打了一拳——姜薄东自出生起第一次感觉到胸腔胀满了酸涩到仿佛要炸掉的复杂滋味。

轻轻地揽住了燕陈，以额抵着小姑娘饱满的额，姜公子藏住眼底的心疼，低低安慰：“是我，我一直都在你身边……”

这晚，连夜把燕陈送到医院问诊挂水安顿下来，又陪在病床边，等燕陈沉沉入梦以后——姜薄东抿着唇，绷着一张俊脸，几乎是“立刻现在马上”地从病床边离开。

他拿上衣裳，走得干脆利落。某医院的高干病房外，一群不明就里的医生护士看着病床上那个貌不惊人、瘦弱单薄的小女孩，直接傻眼。

“这是？”

“姜公子送来的病人。”

“恶疾？”

“没，就是发低烧。”

“烧多久了？”

“才几个小时吧。”

“又没烧多长时间，这种程度小刘这种刚毕业的实习医生都能问诊的，吊个水睡一觉不就好了，至于风风火火地来个专家会诊吗？”有人不满地嘟囔。

话音才落，这人的嘴巴就被一脸紧张的护士长紧紧地捂住了：“上峰，这话千万别给姜二公子听见了……姜大公子这么做，您当面提意见都可以。可二公子啊，那是笑面的阎王！您要是惹毛他，咱们一个两个三个的别想安生了！”

病房外静悄悄的，大伙儿莫名打了个哆嗦，一同地闭紧了嘴巴。虽不知病床上看似普通的小姑娘到底有什么特别，可既是姜薄东重视若斯的人，恐怕必不简单吧。和姜二少爷打过交道的人，都知道姜薄东此人聪明冷静又寡淡。

这个人连自己的人生都要算计，何况是与人相处。也许这小姑娘欠了姜薄东的钱，也许这小姑娘是姜薄东寻求的某领域人才，也或许这小姑娘不识好歹得罪了姜薄东。

猜测的小泡泡一个接一个地浮上心头，可那么多的揣测和琢磨，却没一人认为病床上貌不惊人的小女孩，竟然是姜薄东失而复得的那一根肋骨！

无他，正常男人倘若喜欢上一个女人，在对方生病的时候，必然是寸步不离地守在一边。

可姜公子呢？把人送医院开了个专家会诊，就匆匆忙忙地离开了。怎么看，这种行为都告诉大家："你们给我把这丫头的安危保住就行了，其余的不关你们的事儿。"

这种"不关心""不在乎"的行为，说什么都不是喜欢一个人的表现！就在医院里的猜测尘嚣尘上沸沸扬扬，演变出各种令人哭笑不得的奇怪谣言时，没人知道，被人传成"腹黑可怕"的笑面阎罗，姜薄东面无表情地坐在自己的私驾上。

引擎和电话同时接通。在扣上耳机的同一时间，温莎蓝的某辆豪车朝着某个秘密又低调的私人会所风驰电掣，疾驰而去。

"金开心，拾掇拾掇，嗯，对。今晚上我有要事委托，在此期间，停下你所有的工作……没错，在你停下的活中，包括对江北的调查……十分钟后，我会赶到你的事务所。十分钟时间，我要你查清燕楚现在在国内还是国外，和谁在一起，在干什么事……

"不要和我说你办不到！办不到也必须办到！"车内俊美得仿佛神祇的年轻男人目光如鹰隼一般，薄似刀刃的唇，强硬地吐出一个又一个不可理喻的命令。那么低沉冷静的男嗓却透着说不出的压抑的锋锐。那目光，那声音，那语气，像极了一柄尖刀，似要劈碎什么。

一月十四日的凌晨，从温莎蓝的宾利欧陆飞驰中传出的那些强硬的命令，注定了让这个凌晨变得骚动不安，又充满了令人心脏、脉搏猛烈跳动的奇妙未知。

没人知道姜薄东动用了多少的关系，又花费了多少人力、物力、财力，才达到他心中隐秘的目的。可无疑地，这些人力物力财力堆砌后的结果，是一个让躺着也中枪的“无辜人士”燕楚极度不爽，各种郁闷的后话。

套一句《让子弹飞》里面的“名言”——“你带着老婆出了城，吃着火锅还唱着歌，忽然就被麻匪劫了”——这就是燕楚此时此刻的心理感受。

姜二公子派去找燕楚回来的人倘若是一味地走着“武力征服”路线。咱们燕楚公子是什么人？他会是乖乖手一伸，让你一拉就走的省油的灯？才不。你前面放一个饵，燕楚嗅一嗅，还得嗤之以鼻觉着你“饵”的分量不够呢！

姜二也是个狠人，他才不管“饵”的分量够不够，他也不顾燕楚这厮是否是自己未来的大舅子。待确认燕楚在国内的丽江逍遥着……他立刻隔空操纵，找到丽江那边自己信任的心腹。紧接着，针对燕楚的一系列动作无声无息地展开了。

灌醉了，脑门一敲，拉走。这办法看似简单粗暴，不费吹灰之力，天知道姜二在丽江的人手被燕楚折腾得人仰马翻，差点儿功亏一篑。不过，把人敲晕以后，接下来就方便了。

预定好私机的飞行路线，连飞几小时，待把人“空运”回时，曾经光鲜得仿佛连头发丝儿都会发光的贵公子鼻青脸肿、狼狈无比，被人像“货物”似的丢在姜薄东的脚底下。

寒冬之际，下了飞机，冷风登时从脊梁骨吹到头顶，霎时吹开了燕楚昏昏乎乎的酒气。酒醒后，闹明白自己被人“劫”了，燕楚气得牙都酸了。

“姜薄东你脑子进水了，让老子回来有一万种办法，不会说话啊？你好好说,不行吗？”愤怒焦躁的拳头挟风裹怒,重重砸来。

姜公子面无表情，神色淡漠地生生受住燕楚这一拳头。却在燕楚不解气地准备挥出第二拳时，姜公子手一伸，终于不动声色地接住了“未来大舅子”气势三千的拳头。

这个于暗夜中更显尊贵的年轻公子眸光清淡，一瞬不眨地看着燕楚，微微开裂的嘴角溢出了零星的血珠子，连声音都像是嘴角边上的血珠子，透着淡淡的萧瑟。

“燕陈生病了。”这是燕楚站在自己面前以后，姜薄东说的第一句话。

“谁？”燕楚喝了太多酒，脑子里昏沉沉的，一下子没听明白。

“燕陈。”那个名字，徐徐地从舌尖抿着，齿尖不舍地溢出，姜薄东眯起狭长的凤眸，淡淡睇着眼前灰头土脸的燕楚。

“我妹？”燕楚晃了晃脑袋，似乎不大明白自己的妹妹和姜薄东什么时候扯上的关系。

“她病中喊着你的名字……你在丽江玩儿得也够久了，该联系联系家人了。”眼底赫然划过一丝锋锐，回敬的一拳代燕陈而挥出——狠狠地砸在了燕楚错愕的脸上。

腰间裹着浴巾，燕楚赤足从雾腾腾的浴间走出。雪亮的镜子里，倒映出男人文秀好看的漂亮五官。男人长着一张和燕陈六成相似的娃娃脸，瓷白的肤色仿佛阳光下晶莹如雪，更衬得他唇红齿白，乌眉灵目，说不出的灵秀——

“可惜了。这么好看的一张脸，居然被毁容了。”咝咝地吸着冷气，某人一边摇头，一边感慨地拧开药盒，对着镜子，小心翼翼地往自己眼角下方被揍出来的瘀青，抹上了清香的药膏。

“这是衣裳。你的酒醒得差不多了吧？该干吗干吗去。”黑着脸，一套簇新的衣裳从门口丢了进来，姜公子的嘴角同样瘀青一片。

利落地接住了姜薄东丢来的衣裳，某人趾高气扬，得意笑道：“小姜啊，客气点好不好，哥好歹是你未来大舅子。得罪哥，你没好果子吃。”

“啰唆。”用力地摔上门，姜公子面色极其不好看。

不高兴啊！未来大舅子是这样自恋无聊又“好”玩儿的性子，估计哪个男人都不会觉得开心，不就是把他从丽江劫回来？他脸挂得比油瓶还厉害，非得说自己毁了他一段姻缘，害他未来儿子没妈了。就这破事，还逼着自己给他介绍肤白貌美的漂亮妞儿。不就是揍了他一拳？这丫真是一点委屈都受不了，非得暴雨梨花，不分青红皂白一拳拳给你揍回来。这种不吃亏，不认输的性儿……难怪燕陈跟着他，一板一眼性格强硬得令人无奈。要不是燕陈病中，一遍遍喊着“哥哥”，害怕小姑娘醒来以后，看不见哥哥会伤心——否则，就凭燕楚这熊样，姜薄东一丝一毫都不想和这种家伙扯上干系。

虽然过程不怎么愉快，手段略微暴烈，可结局总算是大团圆——燕陈醒来后的第一眼，终于看见了亲哥哥燕楚。在她昏睡期间，燕楚脑子里的瞌睡虫一直爬啊爬，要不是姜薄东黑着脸，时不时地拿果篮里的苹果、橘子砸他脑袋，恐怕以这小子不怎么负责的态度，早就睡得昏天暗地。

清醒的姿态虽勉强保持了，地上却莫名多了许多砸烂的水果。护士长过来收拾“一地水果残局”的时候，惋惜的目光几乎能把燕楚身上戳出几个窟窿。

面对年龄明显大自己几岁，却风韵犹存的半老护士长，这小子居然还能甜甜地跑去吃点老豆腐。搭讪回来了，还要回味再三，感慨道：“小姜啊，这医院不错。美女多，就内……刚才来给我妹扎针的姐姐，你知道她住哪儿吗？”

“赵姐结婚了。”

“结婚也有可能夫妻感情不和谐……”一巴掌拍在姜薄东的胳膊上，娃娃脸的俊俏男人笑眯眯道，“打起精神，你未来侄子的母亲，也许就在这医院的某个角落！”

对于这种无论任何时候都能发情的家伙，姜二少真的很不想承认自己认识他。深吸一口气，姜薄东收回自己曾经的猜测，就这样的色中恶鬼，燕陈怎么可能像他！虽然姜二对燕楚的印象极其恶劣，可只要一想到燕陈病中喊的是“哥哥”，饶是再大的不满都得压下去。在这阶段，姜薄东的耳畔就一直萦绕着燕楚自成格局的“及时享乐说”“美女论”“墙角论”。要不是燕陈终于醒来，姜薄东甚至忍不住怀疑在燕楚唐僧式的唠叨里，自己会不会拎着燕楚继续出去练拳。

在姜薄东的印象里，燕陈和这个不着调的燕楚关系非常好，燕陈既然连做梦都喊着“哥哥”，必然是期待看见燕楚。为了圆燕陈的梦，他不介意被燕陈当成另外“哥哥”来倚靠，不介意给燕陈做梦的权利，并圆了她的梦。

燕陈是在第二天中午醒来的，病房室温二十摄氏度，和一般的病房不一样，一号病房里消毒水的气味很淡，散发着清新好闻的花香。

姜二少总以为自己费尽心思既做成了这样的局，燕陈醒来看见燕楚，知道是燕楚“送她来医院”，小姑娘必然会欣喜，会开怀，为博佳人一笑，姜二少费尽苦心。

可那么多种完满温馨的可能……他怎么都没想到小姑娘迷迷糊糊地睁开眼睛，待看清楚嚼着苹果，娃娃脸的青年时，分明就是一副受到惊吓的见鬼表情。确切来说，兄妹俩的表情都很离谱，哥哥不像是哥哥，妹妹也不像妹妹。

正常情况下，久别重逢的哥哥看见亲妹妹生病了，守在病床前面，见她醒了，不是应该嘘寒问暖吗？正常情况下，妹妹好不容易看见亲哥哥了，不是应该很高兴？可这俩大眼对小眼，沉默不言，竟像是陌生人似的，根本没有正常人该有的感情。

倘若是姜玥生病，自己守着，姜玥那家伙早就撒娇打滚求安慰了……哪里会像燕陈这样沉默啊，被姜薄东惊愕的目光看了好一阵，燕陈恍然大悟，似乎咂摸出自己太沉默了。

看见燕楚大口大口地嚼着苹果，燕陈犹豫了半天，终于抽出纸巾给他，干巴巴地问了一句：“哥，你眼角怎么了？”

燕楚接过她递来的纸巾，胡乱抹掉嘴角的苹果汁，没好气道：“点背，被某个不讲道理的疯子揍了。”

“哦。”压根儿都不问那个疯子到底是谁，燕陈继续沉默下来。

“嚓！嚓！”病房里，登时只剩下燕楚一个人嚼苹果的声音了。

这样寡淡的兄妹对话，简直出乎姜薄东的意料。然而，让他更惊愕的是燕陈不问，燕楚竟然没逮着燕陈告自己的小状。也许……是不好意思当面揭短吧，如是想着。

姜薄东无疑是君子中的君子。唯恐自己妨碍到那对兄妹叙旧，他沉默地把一早就准备好的鸽粥递到燕楚手中，淡淡道："你们先聊着，我出去打个电话。"

鸽粥，是给燕陈垫肚子的，熬了一晚上了，生病的时候，吃粥养生又好克化。至于打电话，那就纯粹是借口了。目的不过是为了给这对兄妹制造单独相处，说说心里话的机会。把鸽粥递给燕楚，无疑是把"关心者"的这个角色，巧妙地转移到燕楚的身上。姜公子都不居功了——按理儿，燕楚你好好地拿着粥，装模作样也可以刷刷好感度啊！

可姜二就没想到一转身，那个娃娃脸的年轻男人竟然大咧咧地直接把鸽粥塞亲妹子的手里，想也不想，径自道："哦，有人费了一晚上给你熬了碗粥……你垫垫肚子吧。"

"哦。"姜薄东在门口听着兄妹俩的对话，黑着脸，差点儿没忍住继续拉着燕楚出去练拳。

深吸一口气，平复下心底的躁动。姜薄东发现真不能用常理来衡量某人及其胞妹，套一句姜玥被姜夫人捉着揍的时候的某句口头禅："世界如此美好，老妈你别暴躁啊！"

一连深呼吸好几次，好容易压下了心底的暴烈情绪。可没等心情好转起来，关门时，他又近乎呕血地听见燕楚大大咧咧地打了个哈欠，小声和妹妹在自己背后嘀咕："对了，妹，那小子是不是脑子缺根弦啊，怎么就想出你生病让我过来探病这么一出戏？一点都不像嘛，是不。”

“嗯。不像。”

“对了，鸽粥好吃吗？”一言未毕，某人继续趴妹妹手头边上，好奇地看着燕陈手中的保温盒。

“不知道。”柔软的刘海从耳畔垂落下来。其间，女孩一直静静地听着哥哥嘀咕，听哥哥吐槽姜薄东的没事找事，听哥哥询问自己手中的鸽粥好不好喝。

这种感觉真的是恍如隔世。她都忘记上一次，哥哥待在她身边叨咕这些是在什么时候了。

姜薄东以为燕家兄妹相处方式很奇怪，其实也没错。燕陈不爱说话，燕楚在某种时候又属于那种特装的性子，非得等人家来和他搭讪！所以这两人一开始见面，总会沉默许久。非得等燕楚觉得无聊，憋不住了，就会话匣子打开，说个没完。

一开始，在病床前冷不丁看见燕楚时，燕陈承认自己的确是被吓着了——别人不知道，可作为燕楚一手教出的妹妹，燕陈可清楚哥哥最近遇烦心事了，所以根本不可能在 H 城。说来奇怪：哥哥二十九岁了，从小学到研究生时候的同学全部都结婚了，就算没结婚，也都有千娇百媚的女朋友了。偏她哥……别说结婚了，连女友都没有一个。他哥铆足了力气，一直蹲守在丽江，就准备来个浪漫邂逅，告别单身。按燕楚的说法，这叫“不争馒头争口气”。可月老不开姻缘线，就算燕楚奔波至死，未来媳妇照样是连影儿都不见一个。

以燕楚挑剔的性儿，选媳妇的标准：一要漂亮，二要大胸，三要和他有共同语言。漂亮大胸的女孩好找。可，要能在思维上跟得上燕楚的，那就千难万难了。为这，燕楚已经很久没回过H城了。一个心心念念满脑子大胸美女的主儿，出现在自己病床前是一件多么惊悚的事，这也就只有燕陈能够理解了。

燕陈刚醒来的时候，脑子比较糊，于是沉默，沉默，再沉默。直到她哥主动聊天，一股脑把所有的不满发泄出来，燕陈这才明白这家伙是被姜公子劫回城的。可姜薄东干吗大费周章地把燕楚劫了？就在燕陈疑惑的时候，脑子里莫名地掠过模糊的一幕。

“哥……哥哥……”依稀中，她似乎记起自己丢脸地喊着哥哥的模样。难道……不。不会的。怎么可能。一道灵光冷不丁掠过脑海，紧接着被燕陈推翻了。这样令人不可置信的猜测，让燕陈整个人都有点木木的了，可要不是这个原因……她又该如何解释病床前，看见燕楚这件事？

“对了，你身体不是一向很好，怎么说病就病了？”这边，燕楚还在嘟囔。另外一边，燕陈傻乎乎地捣弄着手中的保温盒，兄妹俩各怀心思。

不说话时，房间里登时只剩下银勺子撞在保温盒上的细响。缓慢地把保温盒打开，乳白色的鲜香热气立刻扑了上来，在空气中散发出诱人的香味。面对这样诱人的香味，燕陈却被一个个念头震得人木木的，连品尝都忘记了。她心里有一个猜想：简单，却让人觉得甜美得虚幻如梦——天！难道真的只是因为一句呼唤，让姜薄东以为自己想念哥哥，于是才这样不远千里地接来燕陈，只为了圆满她心底的期盼？

这猜想太过甜美，竟让她产生如梦境一般不真切的感动。在燕陈二十四年的生命里，她就像匆匆过客，永远是别人的调色板，做他人的背景布。她从未遇见过一个人，会为她不顾一切，会把她捧到手心，会将她像珍宝一样呵护。直到今天，燕陈才发现……不！不是的！

这世上真有一个人，会为你无意中的一句低喃，不远千山万水、移山之力去满足，去圆满，不知是什么样冲动、温暖又复杂的感觉，瞬间把心口塞得满满的，暖得她心脏都像是被人用一只小手捏得如丝一般绵软。

她几乎忘记呼吸，忘记一切。为了掩饰这种复杂的情绪，小姑娘傻乎乎地，竟然僵硬地把鸽粥递给燕楚，硬邦邦道：“你不是想知道鸽粥好吃不，尝尝？”

在鸽粥递来的时候，燕楚脸都黑了。心里狂风骤雨啊，拼命吐槽——我妹果然腹黑啊！不就是嘲讽你怎么就生病了，真是心狠手辣，居然连亲哥都敢算计啊！够狠的！

和妹妹推送到自己手边的鸽粥拉开距离，某不靠谱的亲哥打着寒战，下意识揉了揉眼角那一片瘀青，干笑道：“鸽粥炖得这么香，给我吃多浪费。”潜台词：逞一时口腹，老子回头怎么死的，怕是都不知道，老子才不上当呢。

“给我哥吃，不算浪费。”燕陈还想着姜二少呢，下意识搭了一句，她搭一句不稀奇。稀奇的是……燕楚早就习惯了沉默寡言的妹妹啊。平时燕楚怎么逗她说话，她都不爱吱声，今儿个……居然肯说这种无聊没营养的话了。奇怪！这姑娘怎么忽然如此“健谈”了？

疑惑中，燕楚抬头。这么一抬头，他就看清了燕陈的表情。惊鸿一瞥中，燕陈的表情简直把他小心脏都吓颤抖了。天！他妹的反应太奇怪了。那是笑？那真的是笑！

你说了，平常脸上永远只有一副表情，眼角眉梢的位置永远不会挪动的榆木疙瘩忽然笑了，这是怎样一种惊悚。这种柔和的类似笑的表情，到底是打哪儿冒出来的啊？虽然很淡，燕楚十万分地确定燕陈笑了。

那天中午，燕楚整个人的心情都狂躁了。在他心里，无风不起浪，无事不生波，事出反常必有妖。燕陈笑了，绝对是被气糊涂了，绝对是有谁欺负他妹了，绝对是被谁刺激狠了。低着头，娃娃脸的俊美青年没吱声，可眼底却掠过一抹淡淡的狠戾。

记不清从什么时候开始，只要燕陈吃瘪了，燕楚习惯性就去找田瑾麻烦。其实一开始并非这样，小时候的田瑾雪白一团，甜甜地喊“哥哥”，他疼到了骨子里——对新来家静默过头的燕陈，这厮从来不正眼瞧啊！不仅厌着，有时候还不怀好意地捉弄着。

你以为燕楚找人教燕陈打架就是护着？哪能，没见着当初的小燕陈被打得多惨啊！你以为燕楚摸摸头，说一句乖，就算喜欢？才不，不过是为了让燕陈安静听话罢了。少年期的燕楚恶劣得一塌糊涂，家里长辈让他帮着照顾一下妹妹，他懒得多分心思——这从燕陈小时候就被半大不小的哥哥带去泡吧，约莫可窥出一二。而得天独厚受尽宠爱的田瑾呢，小小年纪就是人精，可能争宠了。

骤然从富家小姐变成了贫家女，这种心理上的落差彻底扭曲了田瑾的心。田瑾从小就有宅斗的天赋，人前一套，人后一套，没少在燕楚的面前嚼燕陈的坏话。燕楚真要是个辨不清小女孩谎话的主儿，又怎会是富二代里的风云人物，又怎么在圈子里混得风生水起。

不过，辨清又怎样。他只当这些不过是小女孩之间的嫉妒心、虚荣心。也不揭穿，也不指责。该怎么捉弄燕陈，照样怎么去捉弄。私心里，他还蛮希望燕陈反击，也玩弄点小心计，和田瑾轰轰烈烈地斗一次法。可惜，燕陈从来全心全意地信着哥哥，哪怕被人使绊子，吃亏什么的都不在乎。

人心都是肉长的，毕竟是血浓于水……当随着两个女孩一起长大，田瑾的恶作剧和小把戏渐渐超出了燕楚的底线和认知，而燕陈却在那些污水中蜷缩成小小的一团，沉默而冷淡——燕楚在她漆黑的眼神下，心口一缩，这才第一次认识到这个女孩并不是无关紧要的路人甲！她是他燕楚的妹妹。

燕陈沉默寡言，又不讨喜，的确没有田瑾左右逢源、八面玲珑，没有田瑾那么优秀可爱，可这女孩却是全心全意地信任着自己！单这一点，就甩了田瑾那个口蜜腹剑的小骗子十万八千里。至少燕陈再沉默再冷淡，她秉性纯善，并且韧性强大，不会背后一刀捅你心窝窝。

质变总是由一件件小事的量变开始发生的。和田瑾分道扬镳，且后来无理由不分青红皂白站在燕陈这边，大约就是那个时候吧。田瑾在燕楚这里搬弄是非，虽是失败告终，不过绞尽脑汁地哄着燕楚，这为她累积了许多的实战经验。

可以说，虽然和燕楚崩了，可丫的宅斗手段至少在燕楚这儿镶金镶银镶彩钻，得到了至少是博士以上的专业文凭！这为她以后哄陈宁，奠定了深厚的实战理论。这都是后话，效果显著得一目了然，暂且不表。

第十七章　天壤之别

楼道里的感应灯坏了，一直不亮。黑暗里，一个身形挺秀的青年半倚在扶梯边，也像是被浓厚的夜色湮没了。空气里只剩下呛人的香烟味。正是腊月，即便在楼道里，外面的风卷着寒气扑过来，直冻得人手脚发麻。

随着一声轻响，从银质的精致打火机中蹿出一条火焰，赫然照亮了青年的脸。白瓷似的脸，一双星子似的眼亮得逼人，秀丽得惊心动魄。然而等你回过神想要细看时，却发现那张脸又沉寂，回到了黑暗中。又是一根点燃的香烟，燃着一星儿红光。提着 LV 的小包包，一身光鲜亮丽的田瑾才回来，一到楼道，就发现门口有人。

田瑾在陈宁的照顾下，自成年后心脏做过手术，往后的生活顺顺当当，不仅上的是国内能排上名的好大学，而且大学生活多姿多彩，到毕业时又进了一家福利待遇很好的大公司，仅用了两年时间就站稳了脚跟，混得有声有色。

田瑾是白领高薪阶层，坐着办公室，穿着整齐，衣领洁白，看上去光鲜亮丽，纯属于小资阶层。她的很多同事、相亲对象甚至认为她出生于大富大贵之家的白富美，上班不过是玩玩儿，可谁会知道，田家现在还欠着一屁股外债。

田瑾下班回家要坐将近半小时的地铁，她家在城里最偏僻落后的郊外的一栋筒子楼里。楼房是旧时的小区，已经很久没有翻修过了，楼道口堆着几排的蜂窝煤，垃圾道就在旁边。田瑾每天晚上都要闻着垃圾酸臭的味道，走长长的一段路才能回家。每当穿着价值上万的名牌，拿着 LV 的手包，走在这样简陋、斑驳、破旧贫穷的小区，田瑾心里就会翻涌上一种说不出的屈辱和愤恨。恨着她的爸妈为什么就这么无能没用？愤恨为什么不能给自己创造良好的生活条件？屈辱着自己美满的生活都被燕陈夺走。

为了不看到这斑驳、漆黑的小区，每天田瑾总会加班到很晚回来。在黑暗中，催眠自己住的是宽敞明亮的复式公寓，催眠自己并不是生活在最底层的那一类人。这种催眠很管用，只要看不见，就能一直装傻——自己依然是万人艳羡的那个白富美。

和以往一样，田瑾忽略从楼道垃圾袋里传来的阵阵酸腐，面无表情地往家走。走到某栋破旧的筒子楼里，她木着脸，正准备从手包中掏出钥匙——

角落忽然发出了一个细微的响动。

田瑾心中猛然一动，这片小区，她熟悉到苍蝇震个翅膀都能辨出公母，闭着眼睛都能指出哪里的砖头破了一角。在这样一个情况下，竟然被她听见了个陌生的响动，这多稀奇啊！

小区很偏僻，治安非常糟，常常有人入室作案。就在前段时间，就有游手好闲的小混混从塑料的雨水管上爬到他们家隔壁去偷东西。结果户主是个刚来的外地妹子，手头没钱又穷酸得很，混混没抢到钱，一怒之下，无耻地强暴了她。妹子当晚凄惨悲伤的尖叫，几乎震破云霄。

发生这件事的时候，田瑾愣是堵着耳朵坐在一墙之隔的隔壁嗑着瓜子看电影。根本不用看，她就知道作乱的混混是哪家哪户的黑五类。片警来调查情况，犯案的小混混就在人群里，田瑾分明看见了，却径自丢了一句话："不认识，不知道。"

妹子扑在田瑾的面前，哭得声嘶力竭，苦苦哀求："田姐，你就在隔壁，动静这么大，你对这里这么熟，你一定知道，你一定知道是谁的对不对？求求你！求你帮帮我……"

扒开了妹子的手，田瑾厌恶地皱了皱眉头，头也不回道："关我什么事，动静大和我有什么关系？你出没出事和我又有什么关系？我为什么要知道这是谁干的？"

犯事的小混混当时就安心了，那天晚上，田瑾门口就有小混混送去了堵口的香水衣裳。田瑾拿着礼物，嗑着瓜子，也不问这东西哪儿来的，该怎么用就怎么用——对于这里的生活，她比谁都能适应——这就是老田家的闺女。

在这个破旧斑驳的简陋筒子楼里，田瑾褪去了一切伪装，大大咧咧地把最残忍可怕的自己真实地呈现出来。反正不会有人知道城里还会有这样一个地方，反正这些肮脏贫穷的混混只能在泥泞里挣扎，永远不会和上流社会有任何交集。

可今儿个，田瑾在回家时，却忽然听见了不属于筒子楼的奇怪响动。一道雪白的光线赫然刺破了黑暗，将整个漆黑的楼道口照出了一片惊人的光亮。

"谁？"突如其来的光明，闪坏了田瑾的眼。低低地冷喝出声，她浑身像刺猬似的奓开了，惊恐又迟疑地倒退了一步。闭着眼睛的时候，感官越发敏锐起来。夹杂在风里的是碧欧泉的香味。几乎一个瞬间，对奢侈品如数家珍的田瑾立刻察觉到不对的地方。

在这种破旧的筒子楼里，那些浑身散发出肮脏气息的混混根本不识货，怎么可能会用碧欧泉。难道……就在田瑾心里一阵阵发虚，不祥的预感像乌云一般笼罩头顶的时候，耳畔忽然传来个熟悉得让她惊颤的声音。

"小瑾连哥哥都不认识了？"

"啊！"一声尖叫，田瑾慌了。是燕楚，这是燕楚的嗓音！

忘记是从什么时候开始，田瑾遇见燕楚后的经历都不是那么愉快。来不及睁开眼，田瑾已经本能地掏出防狼喷雾剂，惊恐地尖叫着，她趁乱就想要喷上去，可比她更快的是燕楚的动作。

几乎是同一时间，像是知道她下一个动作是什么，黑暗里，娃娃脸的年轻男孩已帅气地叼着激光手电筒，在黑暗中，精准无比地夺走了田瑾手中的防狼喷雾剂。

"救命啊……"放声地尖叫着，田瑾吓着了，颤抖了，害怕了。

对燕楚而言游戏才刚刚开始。拿下口里叼着的激光电筒，半倚在楼道口，某人吊儿郎当地笑道："啧，真不愧是我干妹妹，欢迎仪式太精彩了。"

"不，不……"不可置信地步步后退，田瑾满手心的湿汗，她害怕得连呼吸都忘记了。骤然而来的惧怕，让她吓得连眼睛都睁不开。平时那么习惯的黑暗，今天那黑色却像是洪水猛兽，让她不安到心尖尖都缩紧了。道口为什么那么静？人呢？为什么没有人？田瑾心口撕扯着什么，尖厉到想哭，可是她不能哭。她比任何人都了解燕楚的恶劣——这丫就是一没有原则下限的狗杂碎！对于厌恶讨厌的人，这厮的手段恶劣不堪。

当年燕陈在自己的挑唆下，被燕楚捉弄得有多么灰头土脸，再没有比她田瑾更清楚的人了。不！她不要当第二个燕陈。不！她不能被燕楚逮着脆弱的把柄。忍着眼泪，田瑾战战兢兢，勉强维持着镇定，眼睛却热热的几乎无法控制泪意。不知道从什么时候开始，被燕楚用在燕陈身上的恶作剧几乎被原封不动地回报到自己身上，她就是从那时开始害怕起燕楚的。有一段时间，她听见“楚”这个字，腿脚发软几乎都站不住。

打从燕陈出国以后，燕楚已经多久不曾来找她麻烦了，为什么又来了？心中疯狂地尖叫着，田瑾吓得脸色苍白如纸。

燕楚笑着捏捏她的脸，亲切地朝她脸上吹了一口气，和颜悦色地笑着，一副极轻快的模样，问道：“怎么？小瑾不想见着哥哥吗？为什么我觉得你身子都在抖啊？”那么和气好听的男嗓，却像是刀刃般狠狠插入了田瑾的心口。

压垮骆驼的是最后一根稻草，轻快的嗓音赫然让田瑾吓得忍不住情绪失控——曾经糟糕的记忆洪水似的涌上，对燕楚的惧怕深刻入骨髓。再也忍不住尖叫哭泣，田瑾流着眼泪，闭着眼睛抱头慌忙认错：“哥哥我错了，你别这样对我，求你……求你了，哥哥……”

要在平时……燕楚听她道了歉，也许会放开她。可今天，她一道歉，燕楚的眸光骤然一沉。紧接着，田瑾就觉得自己的下巴像是被一个冰冷的力道掐碎了，钝钝的疼，几乎要捏碎她的骨头。

“你错在哪里？”燕楚问。

尖叫出声，心里狠狠一个咯噔，黑暗里，田瑾惊慌哭泣的声音却惊慌如鼠，软弱到支离破碎：“我错了，我都错了，不管是什么都错了……求求你看在我曾经是你妹妹的分上，饶了我！饶了我吧！”

这晚，田瑾怕得手脚发软，根本记不清燕楚最后干了些什么，说了些什么，又是何时离去的。可是在她心里，燕楚的魔鬼形象却被浓墨重彩地加重了！

和所有的绿茶婊一样，田瑾是一个城府深沉的女人。她不敬神佛，内心腐烂，没有信仰。在她的眼里，从燕陈的身边夺走属于自己的一切，这就是她活着的目的；从鸡窝里翻身飞出，变成人人艳羡的凤凰，是她存在的意义。

自私、虚荣、势利、自卑——这些早深刻入她的灵魂里。倘若燕楚动手揍她，田瑾只会挨打的时候哭，哭完以后，她能够利用这些伤，跑到陈宁面前装可怜，博同情，倒霉的自然是燕楚。

头脑简单手段粗暴的主儿，绝不会让田瑾怕得浑身都颤抖。要是燕楚骂她，那更是不痛不痒。这个女人能指着漫天神佛发毒誓，说谎话，可见对诅咒辱骂从来不当一回事。打不得，骂不得，这样的田瑾，其实就跟铁桶似的浑无一点缝隙，让人找不到攻破的地方。

而燕楚其人，虽然恶劣，却又没真正地坏到往她胳膊里注毒。对着这样软硬不吃的田瑾，倘若是其他人，就算揭穿了她的真面目，恐怕也只能干看着，无可奈何。

然而，魔高一尺，道高一丈。燕楚长着人畜无害的娃娃脸，心却像是山河林溪一般广阔无垠，他拥有着千山万壑的计谋，却又喜用鬼谋，那些诡谲的计谋从来蛇打三寸，精准到令人胆战心惊！

每个人都有他的弱点，找不到只能怪你蠢，活该被欺负。这是燕楚曾经对妹妹们说过的话。虽然残酷，却格外犀利。有人怕光，有人怕风，有人怕疼，有人怕孤独。惧怕太多，浑身都是弱点。要想不被打倒，那就永远别暴露自己的软肋。

燕陈有没有学会，燕楚不清楚。可妹妹既然被欺负了，没法儿，只好当哥哥的辛苦一点，好好地为妹妹找回场子吧！就这样，猫捉老鼠似的，燕楚拿捏着田瑾的虚荣心、自卑心，不伤一兵一卒，轻轻松松地把田瑾玩儿得灰头土脸。玩儿得田瑾哭泣求饶，玩儿得田瑾闻“楚”色变。一直到燕楚走后，那天晚上，向来不做噩梦的田瑾却破天荒地被梦魇住了。梦里，她声嘶力竭地尖叫，害怕得瑟瑟发抖，哭泣着磕头求饶。

第二天早上，从尖叫中惊醒，田瑾喘着粗气，不敢回忆那个梦，哆哆嗦嗦地打开手机。她需要安慰，需要能量，需要缓和自己的惧怕。像以往一样，她熟悉地登录了微信……

可令田瑾惊惧的事情发生了！不过是一晚上，上流圈的所有人几乎不约而同地都把她拉黑了，《新鲜日报》上各种爆料她的文章，几乎占据了整个版面。

燕楚！那个魔鬼，他真的用自己最惧怕的事情来攻击自己了吗？不，毫无悬念，他已经这样做了。栽了！几乎是一瞬间，田瑾就反应过来自己这回栽了！这跟头栽得太过厉害，她甚至都不知道自己应该怎么对媒体解释——微信里，那些和她关系一向亲密的姐妹彻底删除了有关她的一切赞美。所有的舆论都是指责她一个普通女孩，为什么能够在名流圈出头？甚至有人把前天她在晚宴上，踩姜玥上位的事挖了出来。

指责、辱骂、冷暴力，田瑾最怕的事情终于发生。燕楚真的曝光了自己……猛地捂住脸，黑暗如影压来，沉重到几乎把田瑾压垮。这一切都是燕陈造成的！是燕陈害得她这么苦！

眼泪从指缝间流出，田瑾终于忍不住放声大哭起来。不知道哭了多久，也许是一瞬，也许是天荒地老那么久，田瑾伤心到以为自己就会这么倒下去，永远站不起来。

哭到下午的时候，她终于哭得浑身发软，没有力气。在这期间，家里没有任何的人，没有任何的人给予她安慰。是啊！这不奇怪。在她住进这栋筒子楼，待她成年以后，她就把老迈的亲生父母赶走了。至于隔壁外来打工的女孩……更不可能来安慰她！那女孩恨她恨得牙齿发痒。第一次，田瑾察觉到孤独，孤独到整个世界都抛弃了自己一样。

是啊！自己苦心经营的一切都毁了，都没了。因为燕楚，她和豪门圈就像是两条相交的直线，在一次相交后，终于彻彻底底地南辕北辙，越来越远……

痛苦锥心，田瑾又哭了一场。浑浑噩噩地刷着空空如也的微信，一直到晚上，她终于饿得受不了了。虚弱地爬起来，就在田瑾抹干眼泪，准备去冰箱看看有什么吃的可以果腹的时候，手机忽然掉在了地上。再捡起来时，号称从外太空砸落地球都能完好无缺的苹果机却死机了。无论她怎么敲，怎么打，都打不开微信了。

"呜呜呜……连你也欺负我，连你也欺负我！"疯狂地把手机敲在墙上，田瑾狼狈地坐在地上，放声大哭。不知又哭了多久，敲了多久，重新拿出手机的时候，一个人名却赫然掠入田瑾哭红的泪眼中——江北？对，是江北！

江北派林京过来找自己合作的话如闪电般蹿入了脑海："田小姐，江先生想请您帮忙办一件事儿。"那件事，林京说得很模糊，江北真是个谨小慎微的骗子！就连对着心腹，江北都藏了一手。江北并没有告诉林京，自己要她办的具体是什么事，只模糊地说了几句暗示。于是，她顺水推舟，刻意地误解了江北的意思，让林京以为江北的目的真是让她去"勾引未来姐夫"。

林京那个傻子，被美人计勾得神魂颠倒，和她睡了一晚上，竟然傻乎乎地以为她同意了，竟然把上百万的置装费都打到了她的账号上。用那些钱，她补上了古玩店三年的亏空，她终于不怕燕陈在陈宁的面前嚼自己的舌根。

可这些又有什么用呢？结束了！一切都被燕楚弄砸了。田瑾抽抽鼻子，发现自己又想哭了。是燕陈！要不是为了给燕陈讨一个公道，燕楚不会来害自己。

之前，她不愿意和江北合作，原因很简单：因为江北让她帮忙挖姜薄东的墙脚，要求她找人勾引燕陈，让燕陈甩掉姜薄东。这样一个男人不是没有，那就是色彤的初恋情人俞景！为了色彤，燕陈也不会拒绝俞景。这中间的复杂关联，种种前因后果太多太多，而这世上，再没人比她田瑾更清楚了。毕竟，当初的色彤和她田瑾的关系也不错。如果田瑾愿意，她可以很快地让燕陈和俞景复合，让燕陈甩掉姜薄东。不过，田瑾才不想让燕陈好过，才不想让燕陈又抱上俞景的大腿……因为她的私心，她误导了林京，并且骗到了江北的钱。

一直以来，她为自己的聪明而沾沾自喜。可如今，她却发现自己再也高兴不起来了。现在，除了借助江北的势力，她再也没有办法扳倒燕陈了。

合作！除了和江北合作，她别无选择！

犹豫了刹那，田瑾急速拨号，在接通江北电话的瞬间，她听见自己心中的魔鬼在狞笑。在听见江北声音的瞬间，田瑾再也按捺不住心底的痛苦和疯狂，神经质似的尖叫。

“我要她死，事成之后，我要她死……”这么没头没尾的一句尖叫，倘若是其他人，势必不会知道她说的到底是什么事。可电话那头，却是才智和姜薄东、燕楚齐名的江北。一阵长久的沉默后，田瑾才听见江北温和的嗓音，微笑说：“很高兴你终于想通了，田小姐。”

魔鬼打开了潘多拉的宝盒，放出了邪恶、罪孽的种子。会发生什么……天知道。

田瑾的反击都已经开始了，而燕陈这边却无知无觉地养病、养心。用一句话形容燕陈的现况：二十四年来，她就没活得这么热闹过！养个病，姜小玥同学每天雷打不动地献花献果。对此，姜薄东居然摸摸姜玥的头，默许了。而燕楚自从被姜公子连夜急召回京，找媳妇的积极性大受打击，每天闲着无事就跟妹妹边上晃悠。

燕陈在医院养了一个礼拜的病，燕楚除开返京后的第二天晚上不在，其他时候，他拿着薄薄的平板电脑，每天噼里啪啦地就在病房里玩儿个不停。有时候，燕陈看见他一脸坏笑在和陌生女孩视频聊天。但大多数时候，他的平板上是大片大片的编码，复杂得令人眼花缭乱。

燕陈但凡问一句，燕楚立刻笑嘻嘻地挤眼睛道：“等着吧燕陈！你往后的嫂子，得是美貌与智慧并具的。”燕陈再问，燕楚就坏笑着闭嘴，说什么也不愿透露一句。阿水在面对不熟的人时，还是有些羞涩，他似乎有些怕燕楚，每天来了以后，都躲着他。

至于姜薄东，他忙得一塌糊涂。平时，燕陈每天早晨一睁开眼睛，都能看见姜公子微笑

地和自己打招呼。可自从自己生病了，也不知道姜公子是怕被她传染上感冒还是其他什么原因，反正是再也没出现。

每天，燕陈都在果香中醒来，在姜小玥同学的喋喋不休中睡去，日子过得“丰富多彩”。越是这般丰富，不知为什么，她就越有点想念姜薄东……和想念这种情绪如影随形的，却是害怕。

人非草木，孰能无情。燕陈表面清冷淡漠，其实造成这一切的原因不过是她的成长经历太过坎坷。环境导致她不得不沉默，不得不守心，不得不冷颜冷眼地静默下去。似乎只有这样，她才能得到妈妈难能可贵的一个微笑。为了这个微笑，她熄灭了自己心中的希冀。她像小小的飞蛾，不顾一切地扑向陈宁，却被烧得遍体鳞伤，奄奄一息。

第一个如阳光般温暖，打开她心扉的人是色彤。中学时候，谁都不愿意待在沉默的燕陈的身边，是色彤在课后拿着漫画跑到她身边叽叽喳喳，是色彤陪她一起走过苍白单调的中学时期，是色彤帮她骂跑那些口不留情的家伙，是色彤教会她什么是友情。

可色彤却飞机失事，死了。

色彤的死给了燕陈很大的打击，曾有一度，燕陈忍不住自责，忍不住怀疑自己是被上天诅咒的天煞孤星！她总在想，色彤当初倘若不是太过靠近自己，也许就不会年纪轻轻就死了。因为太过介怀，燕陈一直不敢和任何人太过接近。

燕陈并非对姜公子没好感，她的好感就是所谓的“以身相许”。燕陈看过很多的心灵鸡汤似的书，里面劝告女孩子千万要洁身自好，千万个劝告不要太过相信男人。书中说：男人这种生物，开疆拓土，善于征服女人。越有挑战性的女人，他们越喜欢去挑逗，去征服。可真的得到了，就不会珍惜。

燕陈是个聪明的女孩。她知道怎么办，对大家都好……一开始，她只不过是想利用一下姜薄东的肉体，尝一尝所谓的“炮友”是怎么回事。可后来，姜公子一次次的温柔，却让她不知不觉地沉沦。让她忍不住想进一步地靠近。到后来，她甚至觉得不够……炮友的关系也不够。人人都说她理智，可这厮哪里是理智的姑娘！

她愿意为姜薄东脱下衣衫，何尝不是自暴自弃地决定放弃自己，希望姜薄东厌弃她的身体，厌弃她。

只有被厌弃，她才能守住本心，不再动摇。可她万万没有想到，这世上真有一人护她如珍宝！燕陈有多喜欢姜薄东，就有多害怕，这世界上最虐的感情不是“求而不得”，而是“已得到，却失去”。

是！对陈宁，她求而不得，因为从未得到过，所以也不知道那是怎样一种幸福。可对色彤的友情，却是得到了，却失去。因那次失去，燕陈告诉自己：这辈子，她再也不要体会这样的痛！她怕……怕这爱情像盛夏的烟花，灿烂到极致却转瞬即逝。

金开心最近很纠结，平时每天喝喝茶遛遛狗，一天磨磨洋工就过去了。从什么时候开始，工作量一夜之间就暴增了！调查江北本来就是件烦琐又危险的事……可更惨的是他都兢兢业业这么危险了，时不时地，领导还得给他来个新任务——查燕楚的方位。

当接到这条指令时，金开心的脑门上就冒汗了。领导果然是领导，走的不是寻常路，查的都不是普通人。旁人不了解圈里这错综复杂的人脉网、关系圈，他们不知道圈内有几个埋得特别深的顽主儿有多难缠，可金开心就是干这一行的啊！他比谁都明白。看上去，燕楚温良恭俭让五德俱全，简直是三好市民。比起江北，燕楚善良可爱，可他的脑子和人根本不在一条和弦上啊！

姜薄东要让金开心查点别的都好说，查燕楚，真是关公面前耍大刀。金开心用的许多软件编程都是出自燕楚的手笔。在黑客联盟，燕楚的地位是金晃晃的 NO.1。做私家侦探这种事，燕楚就等于是他金开心的上家，他求到燕楚的时候多的是。

一开始，金开心对查燕楚的行踪根本不抱希望。你想了，一个黑客，倘若有心要隐藏自己的行踪，在电脑上做做手脚是多简单的事。当时，他都想好了姜公子来工作室的时候，自己该怎么让领导相信自己已经尽力了。他做好了悲观的打算，却没想到这次幸运女神是站在自己的身边！只不过是试探性地在上家的技术群里问了一下，居然立刻有人把燕楚在西南泡妞的事爆了出来。

这件事，就这么轻飘飘地揭过了。金开心擦擦头顶的冷汗，默默在心里念了一声：阿弥陀佛。金开心以为姜公子找这俩麻烦给他，也就到顶了，既然他豁出去了，就没有他金开心查不到的后话。可紧接着，让金开心万万想不到的是，这边他还跟着江北那条线呢，金主又丢活儿过来了！

“老金，查查色彤吧。”直到很久以后，金开心还记得姜公子来的时候，携风裹雪，屋外的寒风瑟瑟随着眼前峻拔如竹的年轻男子，齐齐地扑了进来。对方绒密的睫毛沾了细细的雪花，倒映在眼底，落下了月牙似的阴影，竟显得他整个人透着说不出的郁气。

薄暮蒙蒙，风声淅淅。这种天，阴得人心都要凉了。再遇见金主儿这样一身郁气，连倦容都俊得比明星还要耀眼的出色男人，金开心几百年没冒个头的自卑心一下子轰轰烈烈蹿了出来，压得他整个人都蔫巴了。

“色彤？”

“嗯，她的基本资料在这儿。抛砖引玉，更详细的就要靠你去查了。”

“哦，好。”金开心应了声，稀里糊涂接过尘封了不知道多少年的档案袋。

“三天时间，我要她的全部资料，巨细靡遗。”

“三天应该没问题……”利索地拆开封条，金开心公事公办又应了一声。不过，这种镇定一直到他打开档案袋，一目十行看完色彤的基本资料以后彻底崩溃了。

“哎，二少，色彤不是死了吗？查死人很麻烦的……”可惜，余音飘在了空气里。

来去匆匆，姜薄东来得有多快，走得就有多快。他来这儿的目的，似乎只是为了吩咐金开心干活。

说实话，金开心认识姜薄东也不是一年两年了。在金开心的印象里，姜公子从来是那种个子高、学历高、智商高的三高精英。在一溜儿顽主中，他不只是含着金汤匙出身，而且占尽了老天的宠爱。花一分心，收获十分。不管是什么事，姜公子都像是轻轻松松就能办到，并且办得漂漂亮亮。套某知名微博博主的一句话来说：这男人，能按捺住喜欢，隐藏好讨厌，对所有的事情不温不火，平和淡然，接受岁月的更替，顺从时间的安排，完美得不像是一个人。

虽然总觉得这样活着恐怕太过无聊，可金开心不得不说，自己是打心眼里羡慕并敬佩这样的男人的！像是“不安、疲倦”这种情绪，金开心一直认为绝对不会出现在姜公子的身上。可就是这个风雪淅淅的傍晚——金开心破天荒地看见了姜公子的倦态。

到底是怎样的力量，竟能让才貌双绝的姜公子心神不安？别说金开心想不通了，就连姜少事业上的合作伙伴兼发小甘唯也一头雾水。甘唯和姜薄东一起长大，见多了姜公子玩弄人心于股掌之间，也见惯了他的漫不经心。金开心认为姜公子的“平和淡然”，是立足于心态上的，值得敬佩。可甘唯却清楚姜薄东之所以对一切的事故不急不缓，成竹在胸，纯粹是因为这家伙足够强大。

他强大到什么地步呢？他能把所有的不稳定因素掐死在摇篮

里！甚至是天灾人祸，他都能把情况发生的可能性精准到百分之零点零一。

这样的人，活在这世上是和老天争命数的。即便是磨难，在他面前都要退避三舍。可逍遥自在的这一切，却被一个叫燕陈的女人打破了，碾碎了：在遇见燕陈以后，姜薄东不再淡然，不再从容。他的心中多了“喜怒哀乐”，多了“忐忑不安”。许多从前被他弃如敝屣的种种心绪，纷纷沸腾翻滚了。

从前的姜薄东信仰的是什么？他说：“当金钱和权力站起来说话的时候，所有的真理都沉默了。”一句话，霸道中透着狠戾、漠视和淡然。在他看来，钱和权是可以解决一切事情的。

真不巧合，这两样他不仅有，而且立于金字塔顶。可遇见燕陈……见鬼的钱和权，这些在一夜间似乎纷纷被打回原形。他剩下的，只有喜欢她的心。没有安定感，才越发患得患失。因为患得患失，才越发地想要抓紧，想要握牢。旁人眼中完美得不可思议的姜薄东，心中却有一处小小的角落，那是一处名为“不自信”的黑暗。

傍晚，雪渐渐小了。豪车里，流水似的钢琴声徐徐满溢了甘唯左右，他一边听音乐，一边等姜薄东。

“唯总，我在安隆酒店订了房间，就在西安路的边上，休息一下很方便的。”

接到秘书冼心的电话时，甘唯正扯开一片槟榔在咀嚼。开了几乎三十小时的车，高强度的工作，让他需要槟榔的辣味来刺激一下近乎僵硬的脑细胞。

“哪里？”

“安隆酒店，1001号总统套间。”三个地名咬字清晰地报了出来。

“咳咳。”

一口槟榔都差点儿被甘唯咳了出来，某人脸都绿了：“哟，冼心啊，这是干吗？找我约炮？别！可别，哥虽然是有女朋友的人，但由于道德底线低下，往往经不住来自美女的诱惑……你这么办，我不怕我出事，我就怕你被我女朋友砍死……”

“唯总！”电话那头的女嗓压抑着愤怒，许久，才稳了稳，道，“您知道我的意思。”

“约炮，是不可能的；猜谜语，也是不可能的。老子左脑间歇性抽风，空间联想能力不佳，别指望我陪你玩儿‘你猜我猜不猜’。”

“唯总……”

“哟，忙，不说了，先挂了。”看了下手表，根本不给电话那头的女孩更多说话的机会，甘唯“铁石心肠”地掐了电话。

“谁来的电话？”姜薄东从金氏侦探所里出来的时候，甘唯正在挂电话。

“还能有谁，你的粉丝呗。”甘唯嚼着槟榔，笑着帮他打开了车门，说道。

“姜玥？”

“扑哧。”甘唯忍不住笑了起来，“哥们儿，除了你妈妈还有你妹妹，对于女人，你可不可以上一点心？”

“够上心了。”意有所指地眯起了静若秋水的黑眸，他指的是对燕陈。

最近，为了帮燕陈打开心结，姜薄东忙得脚不沾地。疲倦地揉了揉太阳穴，本身就是随口问了一声，既然知道不是家人，他下意识把来电人划分为“不重要的人”这么一栏。

“去安隆酒店。”翻了一下手里的档案袋，姜薄东目光平静地说道。

这漠然的态度直看得甘唯啧啧称奇：“哥们儿，别啊，你都不好奇这人是谁了？”

“谁？”

“你的粉丝，猜啊。”油门一踩，甘唯也一妙人，他才刚和冼心说，没精神玩儿“你猜我猜不猜”，一扭头，偏又拉着姜薄东猜人名。

“懒得猜。”

“薄东，树林是广袤的，我知道你最近看上一妞儿。可这也犯不着在一棵树上吊死。我听内谁说，你看中那小丫头身上都没二两肉……哥哥是过来人，不得不劝你一句，和排骨上了床摸着都硌人，女人还是要有点肉，内涵才深……这种生物，就和猫一样，越惯越娇，偶尔你得晾着，这还没结婚，你都被牵着鼻子走了……”

“你很闲吗？”黑眸里掠过一丝儿疑惑，对于某个开着车还要喋喋不休的主儿，姜公子眼中掠过一抹危险的光芒。

他都这么说了，甘唯便是有心想为自家秘书冼心再说几句话，都觉得背脊一阵蹿冷风。多说无益。温莎蓝的豪车迎着飘飞的雪，稳稳当当地朝西安路驶去。这么个小插曲，转瞬被两人抛之脑后。

可无论是甘唯还是姜薄东，怎么都不会明白到陷入疯狂爱恋的女人到底会有多可怕。而这样的可怕，沾上了嫉妒心，又会酿成怎样无法挽回的大祸。

今生定要你相思刻骨

下

墨若青鸦 著

Always thinking of me

江苏凤凰文艺出版社
JIANGSU PHOENIX LITERATURE AND ART PUBLISHING, LTD

目录 CONTENTS

目录 CONTENTS

第十八章　涮羊肉

这天晚上，燕陈收到了一条奇怪的短信。内容很简短，只有软软的一句话：“姐姐，我老公是不是非常帅呀？”那么娇嗲小女孩的语气，看上去校园里烂漫的粉红樱花，甜软到梦幻，可爱极了。倘若收短信的是燕楚，没准就痞痞地跑过去搭讪几句，黑进对方的电脑看照片了。倘若收短信的是姜玥，那丫头年纪小小，却最爱充大，绝对会屁颠儿屁颠儿地和对方聊起来。

偏偏是燕陈。一来，燕陈不喜欢“姐姐”这个称呼。叫她“姐姐”的，背后十个有九个都恨不得用刀捅上来。二来，燕陈性子冷淡，她可不像燕楚、姜玥那么闲，是人是鬼都跑去聊得热火朝天。看到这条短信的时候，指尖一点，燕陈几乎没多想，径自就把短信删除了。

“偶像，你在看什么呢？”

就在她伸手准备把手机拿开的时候，姜玥跳了过来，一双墨褐色的大眼睛闪闪发光，好奇地伸头看。

“没什么，不过是骚扰短信。”燕陈淡淡应了声。她答得波澜不惊，可姜玥小丫头惊鸿一瞥下，明明看见了有“老公”两个字，老公是什么意思啊！嘿嘿……这明明是代表着“奸情”的一个词组啊，人类因为这两个字才传宗接代繁衍不息顺带着秀恩爱啊！

哎呀，偶像一定是在给二哥发短信，都叫老公了！眼珠一转，姜玥脸上绽开大大的笑容，笑得可爱极了：“偶像，你决定什么时候嫁给我二哥啊……”

姜玥直到现在还记得和哥哥们打赌呢，捏着小拳头，她志骄意满。按照她的想法，自家哥哥长得那么那么帅，又那么那么有才华，正常女孩都应该喜欢二哥啊！循序渐进什么的都太磨叽了，这个时候，果断就应该开门见山刷存在感。存在感多了，在一起就变成理所当然的事了。

姜玥的眼睛亮晶晶的，狂热地看着燕陈，还来不及绽出灿烂的光彩，脑门上忽然被人一敲。

“疼！”冷不丁跳了起来，小姑娘捂着脑门，像被踩了尾巴的小猫一样，气鼓鼓地说，

“谁打我脑袋？”

“你猜。”燕楚露齿一笑，利索地举着一盘樱桃，从她脑门顶上擦了过去。

“燕楚！”墨褐色的眼睛里绽出了愤怒的光焰，小姜玥气恼得几乎要跳了起来。

“玥玥，你有没问问你二哥，你到底和他是不是真的亲兄妹？”把樱桃果盘搁在桌子上，燕楚笑着看着姜玥，眼神又黑又亮。

“啊？”被他这么认真的目光看着，害得姜玥也忍不住皱起

了细细的眉毛，一下子郑重起来。

“比如，同父异母那种？”燕楚摸着下巴，像煞有介事。

“这不大可能吧……”姜玥吓了一跳，连忙想要解释一下单纯干净的家庭关系。就在这时，诸人的耳畔边上，忽然传来一个低沉，却似有贯穿人心力量的磁性嗓音。

“楚哥。”

偌大的客厅中，大门虚掩，不知为谁留了一扇门，也不知谁在等谁归来，推开了防盗门，换上了舒适的拖鞋，拍开了屋外雨雪霏霏的凉气息。含笑在门口，一边听着一边盯着，没人说得清那发声的人，是什么时候来，来了多久，又听了多少。只知，那是个年轻男人的声音，男人的语调柔和仿佛大提琴的低音区，漂亮得仿佛连音沫沾着阳光般绚烂的笑意。他应是听到了不赞同的观点，终于忍不住打破这和谐的氛围。

他温和道：“玥玥就一小姑娘，欺负小孩可不是君子所为。”清淡的语气如同深秋时节金黄色的梧桐叶，在幽静的香榭丽舍大街上簌簌而落——温醇柔和，却透着一股令人安心的韧劲。未见其人，先闻其声，就在门角，呼吸吐纳，满满的春的气息。

乍听见这个声音，燕陈的指甲忍不住掐入了掌心，眼瞳狠狠地一缩，这还能是谁！不用看，她都知这是姜薄东的声音，那是她爱到了心尖尖的那个人，他的声音。根本不用继续去想，燕陈都能清楚地知道那人容貌绝丽，情商奇高。

燕陈的脑海里似有七尺生宣——是国画大师最精湛深厚的笔力，一笔笔劲透雪白的纸背：淡墨银红樱桃色，色泽从浅到深，由浓转淡，天神的右手在她的脑海中徐徐勾勒涂抹出一抹绚丽的容貌、一道峻拔有力的身影，从苍白到鲜活，跃然而出，生机勃然。

没见他时，燕陈一直在想："燕陈，你振作点，想想色彤都因为和你交好，红颜薄命了……你这种连爹妈都不要的天煞孤星，活该没人要，没人疼。姜薄东那么好，你干吗还要坑害无辜。"

可直到这一刻，听见了姜薄东的声音以后，嘈杂如泡沫般挤在脑海里的杂念瞬间如溪水涤尘，云散月霁。

我为什么是天煞孤星？我为什么是坑害无辜？我只想和他在一起，又是哪里错了？无数固执的小念头挤挤攘攘，揪着燕陈的心，一遍遍地追问着她的心，问得她仓皇而逃，无处藏身，问得她惊惶不定，满心不甘。

"燕陈，你完了！"心底一座万仞铁壁的城池轰然坍塌。低低地对自己苦笑一声，燕陈的手指紧紧地捏着设计图的一角，沉重地抬起眼眸。

"我为什么要放手？"粗糙的纸面抵在掌心，几乎沁出了细细的汗意。她听见自己的心里，有一个小小的声音，固执地对自己说。

直到此时，姜公子曾在燕陈的心里种下的一颗种子，在不知不觉里竟枝叶茂盛，长成了参天大树，无法拔根！在抬头的刹那之间，燕陈的眼睛亮若星辰，剔透如水，坚定得让人心中不由得明亮起来。

燕陈抬头的角度，十分微妙，恰与姜薄东来了个对视。此时，姜玥背对着燕陈，燕楚与燕陈并肩而坐。阿水咬着笔头正一笔一画地在写作业，所以她这样情绪上的一种变化，一群的"路人甲"都没看见，只有姜薄东看见了。燕陈的眼睛有多亮，燕楚他们不知道，只有姜薄东知道，恋人之间细微的互动，彼此才最敏感。

一直以来，两人的相处模式都是姜薄东付出，姜薄东付出，姜薄东再付出……燕陈比三尺寒冰还要冰冷冻人。燕陈像碉堡城墙，攻之不破，百毒不侵，姜薄东单方面被虐得满脸血一身伤，要搁别人，早丢盔弃甲了，可姜薄东却甘之如饴。

他理解燕陈的遭遇，心疼燕陈的过去，喜欢到极致，于是不计较得失，可再不计较得失的男人……也渴望被爱。

一个做好了十年抗战准备、优秀到极致的男人，竟然一而再，再而三地受挫。当受挫成习惯的某一天，却峰回路转地得到了"爱"的回音——燕陈对他微笑，眼睛亮闪闪地看着他。这一切，都是值得欢欣鼓舞的回音，让姜薄东忽然像是被打了一剂定心针似的，一下子在心里确定了：这媳妇，妥妥地没得跑了！

他的眼睛刹那间亮得仿佛是最亮的星子坠落在湖水中，心中似有礼花在此起彼伏地绽放。这是什么感觉？就像是穷困潦倒的难民中了五百万；饥寒交迫的旅人遇见了燃灯的小旅馆；走投无路的堕天使得到了上帝的救赎。奔波多日，本来姜薄东已经很疲倦，可就在此时此刻，他心里的尘埃忽然像水洗一般，一扫而净。

眼睛熠熠生辉一瞬不眨地看着燕陈，他弯唇一笑："我回来了。"那是用眼神，无声又温和地和燕陈报平安。

"我知道。"燕陈抿了抿唇，同样微微一笑。

燕楚看不见妹妹的眼神，可不代表他看不见姜薄东啊！客厅里的气氛柔软下来，不说话，都像是有无声的幸福的水波在周围融融地满溢，是温和，是清澈，是暖心又柔软的清泉水。要是平时，燕楚遇见这样的氛围，还是很乐意体会祝福一下的。可今儿个……不得不说姜薄东倒霉，遇燕楚“大姨父”来了。

“哎，小玥玥，别琢磨你家有几个亲戚几口人了，你看看那是谁来了？”不怀好意地捅了捅姜玥，燕楚和颜悦色，说得还挺温和的。

“谁？”这边，姜玥完全沉浸在燕楚的语言陷阱里，嘟囔着自家家谱，头也不抬丢了一句。

“你看看……”

“看什么嘛，我很忙。”鼓着小脸，姜玥像煞有介事地叉着腰，还准备数落数落为老不尊的燕楚哥哥，眼角余光一扫，却冷不丁撞见了门口一身湿气，笑容温暖的青年。

“二哥！”这时候，谁管她一家几口，自个儿是不是妈妈从外面抱回来的这种隐藏家族史啊！姜玥高兴地扑了上去。

姜薄东胳膊猛然一重，只觉有什么沉甸甸地扑上了胳膊。熟悉的家人气息，娇养的妹妹。耳畔喋喋不休的声音，迫使他不得不收回落在燕陈那儿的目光。低下头，男人就看见妹妹灿烂的笑脸，原本是大音希声，大象无形，可姜玥小妹妹就是有本事打破一个不可言说的恩爱氛围。

“二哥，你去哪儿了？这几天我都没见你回过家。二哥，我怎么觉得哪里不对啊！二哥，你眼底怎么青青的……难道是……和人打架？谁啊！连我二哥也敢打！哥，你三二一说出谁打你了，我一二三抄家伙帮你去报仇啊。”才多大点工夫，小丫头跳过去，上下打量，又严肃琢磨，一大段话像连珠弹似的蹦了出来，不愧是燕楚拉出来的种子选手！这么点工夫，竟然迅速地搅和黄了燕陈和姜薄东之间培养出来的亲密氛围。

干得好啊丫头！燕楚满眼的得意扬扬，高兴得差点冲着小姜玥吹一个响亮的口哨。可惜，灯泡都是一百瓦的，亮堂的程度却委实不咋样。燕楚满以为被这么一搅和，妹妹和姜公子之间的互动至少也得收敛收敛。可他就没想到，抬头一看，老血都快喷出来了。

他妹子居然不配合啊！明明知道自己不喜欢姜薄东，燕陈清澈如水的眼眸竟然还静静地盯着姜薄东，说不出的色静清川。

燕楚傻眼了，这个小心眼的男人还记仇着丽江那档子事呢，郁闷得都快跳起来了：妹啊，你敢不敢争点儿气。不就是男人嘛，哥认识的海了去了，分分钟让你脱单有没有！彻底忘记自己还没脱单的小心眼男人龇着牙，唯恐天下不乱，自来熟地揽住了姜薄东的肩膀，笑嘻嘻地再下一剂猛药，道："哟，姜公子忙完大事小事，终于舍得过来看一眼了啊。"

姜薄东是什么人，能听不出他言外之意吗？未来大舅子要来挑事，让他无功而返，似乎有点不够意思。在平时，姜薄东还真不介意陪他玩玩儿，可今儿个太累了，眼波一闪，姜薄东笑得温和无害："再不来，还不知道楚哥怎么忽悠我妹呢……"

"什么叫忽悠，我这叫能言善谈！咱长得亲民，才和小玥玥有的聊。再说了，我再怎么和小玥玥聊得高兴，也总比你先下手为强把我妹吃干抹净了强！"两件事明明不是一回事……可燕楚偏偏要放到一起来说。

姜薄东对未来大舅子跳脱无厘头的奇妙脑洞也算是服气了："楚哥……"他莞尔一笑，抿着唇，还琢磨着怎么打发掉这枚亮瞎眼的大灯泡。

燕楚不耐烦地挥手："少和哥套近乎，谁是你楚哥啊。"

就在这时候，一边在旁边写作业，安静得几乎被所有人遗忘的阿水忽然抬起头，忍不住轻轻喊了一句："阿楚哥哥。"

小阿水被燕陈养了这么一阵子，先前蜡黄的脸色好转很多，虽然看着还瘦瘦小小的，可小小的脸蛋上嵌着双黑漆漆的大眼睛，小兔儿似的，格外可爱。

燕楚这人特别浑！怎么个浑法？脾气怪！你别看他笑嘻嘻，一张无害无辜的娃娃脸，可丫打从心底里不待见小孩，见小孩就烦，他嫌熊孩子不着调。他都不怕你吃着饭，把他勺子拿走在马桶里洗洗，重新给他拿回来了。他最怕那种无法无天的倒霉孩子见什么毁什么，手机乱磕碰都无所谓，电脑逮着键盘乱按这叫什么事？写好脚本的软盘芯片被划花这是什么鬼？

这种熊孩子，燕楚见着绝对哪儿远躲哪儿。可阿水……燕楚也想讨厌，却莫名其妙地讨厌不起来。也不知怎么着，他总觉得阿水身上有一种令他非常熟悉的气息，像极了燕楚曾经认识的一个朋友——那是燕楚在黑客社会工程学攻击中唯一觉得惊艳的某次案例！对方天分极高，性格虽谨慎胆怯，却极有想法。

两年前，燕楚在黑入国外某个号称网络安全性极高，无坚不摧的某个网站时，曾和那位朋友"擦肩而过"。燕楚原准备"追踪"过去，却发现对方极其谨慎。燕楚这边才有动作，对方立马"惊觉"，带着黑到手的资料消失得极其迅速。燕楚对这个"朋友"极有兴趣，可惜，不等燕楚查到对方的来历窝点，那位线上的"幽灵"就彻底消失了——任由燕楚使什么法子，砸多大的石头，也溅不出个水花。

有时候，燕楚甚至会觉得自己神神道道，给自己折腾出一个“假想敌”。这世上有才华的家伙，大多张扬到极致，怎么会谨慎胆怯……

要不是遇见阿水，燕楚根本想不到自己还遇见过这么一号让他惊艳又欢喜的“同行”。人与人之间的气场很奇妙，就是因为这种似曾相识的感觉，令燕楚总也忍不住去逗阿水。越逗，阿水越躲他，可是燕楚还就越有兴趣了。

平常燕楚就算再这么闹腾，阿水都是安安静静地当他的隐形人，不吱声。可今儿个，阿水居然喊了一句“燕楚哥哥”。燕楚心里一乐，笑得眼睛都眯成了弯弯月牙儿。

“怎么了？小阿水？”和颜悦色的，某个小心眼的男人也挺有意思的，多大点工夫，立马把姜薄东丢一边了。

用大尾巴狼来形容燕楚再贴切不过！连燕陈都见着哥哥那发光的眼神，偏燕楚还不知道自个儿笑得有多期待。

阿水低着头，不敢说话。燕楚于是好声好气地劝道：“小阿水有话尽管说，别怕啊。”那感觉，就仿佛你不说事儿就是不给他面子似的。霎时，所有人的目光都转到阿水的身上了。

姜玥好奇地看他，姜薄东好奇地盯着他，连燕陈……也看着他。阿水从未经历过这般的众人瞩目，脸色唰地红到了耳根，小小声音，羞涩道：“我怕说了，阿楚哥哥就生气了。”

“我怎么会生气？我这么喜欢小孩子的人，怎么会和小孩子生气呢！”脸不红心不跳地扯着谎，你越不说，燕楚心里还越有个小羽毛挠着，痒着呢。

别人尚没什么感觉，可燕陈听到阿水说了这么一句，冷不丁一咂摸，忽然觉得哪里不对。哥哥不了解阿水，可燕陈了解啊。小家伙看着静默不发，却委实是个腹黑的小子。阿水特崇拜姜薄东。有时候，燕陈给姜薄东吃软钉子，还都是小阿水在中间调解。

如今，燕楚这么和姜薄东对着干，惹恼了小小的精灵鬼，谁知道小家伙会冒出什么惊人之语。燕陈心里七上八下，还准备和哥哥提个醒，就见阿水睁着黑漆漆的大眼睛，细声细气，小声说："阿楚哥哥，我有一件事挺不明白的。"

小孩的纯真是最好的伪装，平常谁会对小孩有戒心啊！听阿水这么一问，某小心眼的男人笑嘻嘻，想也不想道："什么事不明白？问我啊。"拍着胸脯，丝毫没反应自己似乎掉坑里了。

燕陈心里一个咯噔，抚额不忍再看。果然，燕楚这话一说完，阿水纯良无辜地羞涩一笑，咬字清晰，分外有力地问："阿楚哥哥，我看我们同学的姐姐十八九岁没谈恋爱，都被家人逼着出去相亲，唯恐她们嫁不出去……燕陈姐姐都二十五岁了，而且是二婚，至今还没有男朋友，您都不急吗……"

被小孩子逮着这个问题追问是个什么感觉？惊讶？暴怒？无奈？不不不……确切地形容，就像是上厕所你带了打火机和烟，却没带手纸一样，燕楚唰的一下就傻眼了。

阿水蛮认真的，继续问："阿楚哥哥，您让我问您的……我就好奇这么一点……我听邻居家奶奶说，宁拆十座庙，不毁一门亲。您这样煞费苦心地和姜大哥作对，真是燕陈姐姐的亲哥吗？"

一发凉飕飕的冷箭，狠狠地戳在燕楚的心窝窝，姜玥扑哧一声就笑了出来。就连姜薄东，眼里也有隐忍不住的笑意。

"唐阿水！"燕楚脸都黑了。

“哥……你自个儿说了不生气。”燕陈突然过去，拦住了暴怒中的哥哥。

“我说了吗？”虎着脸，燕楚气呼呼地扭头。

“是啊，说了。”隐忍着笑意，姜薄东清润润的眉眼写着说不尽的柔和，抿唇点头。一连骂了好几句，燕楚的尾巴都要冒烟了。

唯姜玥笑得都快要满地打滚了：“哎燕楚哥哥你刚不是问我是不是二哥的亲妹妹吗？现在感觉如何啊？”

“你还笑！”燕楚恼羞成怒。

“笑，为什么不笑，哈哈哈哈……太好玩了！”姜玥抱着肚子笑得眼泪都出来了。

阿水还蛮无辜的，缩着小脑袋，抓住作业本头也不回地往楼上跑，一边跑，一边还小小声音嘟囔着，补足七七四十九刀：“我就说了阿楚哥哥一定会生气的，阿楚哥哥还说不会和小孩子生气，什么嘛，骗人的啦……燕陈姐姐，我作业写完了，先去休息了……”

见好就收，咱们的精灵鬼做坏事，绝对不留尾巴。

“燕楚哥哥，你告诉我啊，你是燕陈姐姐的亲哥哥？是亲哥哥吗？”姜玥好不容易止住了笑，拉着燕楚的袖子，看见燕楚，忍不住又笑了起来。

被小家伙们这么揭短了，你说燕楚还好意思再去亮“灯泡”吗？黑着脸。小心眼的男人拎着姜玥的衣领子，气呼呼地往外走。

“啊啊……燕楚哥哥，你生气就生气，你别动手啊，你要是把我人道毁灭了，我哥会给我报仇的！”

“吵什么。”某人不开心地掷出一句。

“哥……救我啊！”抱着复式别墅客厅里的柱子，姜玥吓得花容失色，生怕被丢出去卖了。

“闭嘴。”

“我……”嘴巴一撇，眼见姜玥要哭。

燕楚脸拉得格外长：“你们不是说老子灯泡太亮，老子就给你们点相处的时间，没缘分就是没缘分，别以为老子不当灯泡不放光，你们就能顺理成章啪啪啪！”

“燕楚哥哥你的意思是……”

“请你吃火锅。”板着一张娃娃脸，燕楚没好气地丢出一句。

“阿咧，涮羊肉？”一提到火锅，刚才还哭爹喊娘叫得跟丢了钱包似的姜玥小姑娘眼睛都亮了。

“胖死你吧！”

“没事，我体质好，多吃不长肉。”拉着燕楚往外冲，姜玥小姑娘乐坏了。

燕楚这么合作，连姜薄东都没想到……仿佛只在刹那，天山同色，风烟俱净。

墙壁上欧式仿古太阳装饰的华丽挂钟还在嘀嘀嗒嗒，记录着燕陈和姜薄东的每一分、每一秒。从相识到相处，从相处到相知。似一瞬，却又仿佛走过了一个世纪那般漫长。

在利比亚会所，在喧嚣生动的四合院里，在灯光璀璨的晚宴上，在充斥着消毒药水的医院，在这栋复式公寓相处时的每分每秒。椿木家具，手工雕刻，纷繁花卉，石藤如野。你在这儿，我也在这儿，一眼万年，在看见燕陈的那一瞬间，姜薄东忽然觉得自己为她无论多累多辛苦，唯两字——值得！

因为室内有暖气片，燕陈穿得并不多：一件真丝的黑衬衫，一条洗得发白的牛仔裤。袖口撸到了手肘处，没系扣子，从袖沿散发出一种淡雅又好闻的玫瑰香，而那布料松松地擦过设计纸，却又露出了伶仃洁白的手腕。

不知是光影之间的错觉，还是泛滥不止的思念……姜薄东总觉得今天的燕陈格外诱人。手腕处伶仃的尺骨柔柔弱弱，胳膊又细又白，仿佛罗浮宫华美的堡垒上方乳白色的云彩，让人眩晕。

只看了一眼，姜薄东就觉得心里似有人坏心肠地拿着羽毛，在他心口最敏感柔软的角落，挠啊挠，挠啊挠。

喉结忍不住滑动了一下，灼得他浑身都像是被炙热的烈焰一簇簇，不安分地点燃了一样。轻咳了一声，他艰难地挪开焦在某一处柔白处的复杂目光，连自己都觉得有点无奈。为什么？为什么偏偏是燕陈对他有这么大的吸引力？

他这几天连日连夜地奔波，明明疲倦得一塌糊涂。见到燕陈之前，姜薄东可以肯定就算是哪国公主在他面前跳脱衣舞，他都不会有一点的反应。可他只是看了燕陈一眼啊，甚至看见的是衣冠得体，这么温和清淡的燕陈……他居然起了不合时宜的反应。不自然地闭了闭眼睛，不知道是脑子里哪根弦罢工，他明明只想和燕陈说说话。脑子里浮现的画面，竟然是妖精打架的AV版……努力想平复自己的心情，连呼吸都不自觉的粗重起来。

他听见燕陈笑着打趣：“你眼皮底下黑乌乌的……怎么像我哥打牌熬了好几个晚上似的？”

“如果我是赌场上的瘾君子，你嫌弃吗？”

“你猜。”燕陈抿唇笑道。

还以为闭上眼睛，就能抵挡住这个没心没肺小女人的无心诱惑。可是……根本没用！爱情……到底是什么鬼！无奈又叹息地睁开眼。

这么一睁眼，嗬！不得了。姜公子可以肯定自己遭遇了人生中的又一大劫。只在这一瞬，姜薄东以为自己见了此生最美的一幕。潋滟的眸光似透着说不出的水色风音，迎面扑来。浓密的睫毛下，小女孩的瞳仁鲜艳又晶莹，柔软似蜜汁，又仿佛纯酿百年的美酒，含着讨好的笑意，近在咫尺。

水波在心中微澜四起，火光四溅，却又软绵绵的似有无边的大爱弥漫在左右。眼瞳狠狠一缩，姜薄东浑身上下都跟火燃似的。小蚁儿顺着鼠蹊处不安分地啃噬着他，连指甲掐入了掌心都不自知，那种蔓延到五脏六腑的火种，烧得人心肝脾肺胃都焦灼了。

不是错觉，燕陈……她真的在挑逗自己！这个念头像火花似的闪入脑海里，激得姜薄东的眼睛都湿漉漉的，狠狠地亮了起来。

“喂，你别这么看我，你这样看着我，我会以为你在想什么不好的事情哟……”轻轻地舔了舔饱满鲜润的下唇，此时的燕陈就这么斜斜地坐在沙发上，手里拿着一沓厚厚的设计图纸，莹润如雪的小指头跷起一点，她掐着设计图的一角，平静的眉眼里却透着说不出的滋味。

接下来的一切，水到渠成，顺理成章，燕陈从来不知道自己open起来也会这么不要脸。

燕楚拖着姜玥去吃火锅，临走之前，恶狠狠地放话：“没缘分就是没缘分，别以为老子不当灯泡不放光，你们就能顺理成章啪啪啪！”

就像是特意为了和燕楚作对，就像是特意要向全世界证明：

这世上再没有人比我们更相配。燕陈咬着牙，十八般武艺通通上阵，愣是把姜薄东撩得浑身上下都是火……在姜公子眼底透着淡淡瘀青，一身疲倦，看着说不出狼狈的时候，她愣是不管不顾地吃了他。

有情，就是这么任性。

这边燕楚和姜玥到火锅店拣了个视野极好的位置坐下，郁白鲜香的汤汁咕噜噜地在铜火锅里沸腾如若盛开的牡丹，羊肉片一盘盘涮下去，眨眼工夫，薄脆的肉片立马涮熟了，欢快地在鲜汤里沉沉浮浮，飘出袅袅浓香。

两人吃吃喝喝兴高采烈，关系一下子都像是亲昵了许多。就在燕楚得意扬扬地和姜玥嘚瑟自己在加拿大留学那会儿，别的留学生要么苦兮兮地只有“白水西蓝花”把自己饿成猴子，要么黄油奶酪地把自己养成相扑选手……唯他燕楚怎样怎样适应力出众，怎样怎样在异国他乡锻炼出大厨般的好手艺，又保持住六块腹肌加优美人鱼线的标准好身材的时候——猛不丁看见俞景带着女朋友来吃饭。你要说城大吧，多少人对面不相识，皓首穷年也未必能碰撞出火花有所交集；可你要说它小，吃顿涮羊肉，都能冤家路窄遇熟人！

大舅子遇见前妹夫是什么感觉？大舅子遇见离婚不久的前妹夫和个漂漂亮亮的小姑娘成双入对地出现是什么感觉？大舅子遇见把自家亲妹妹名声搅和臭了，离婚之后连个音都不出，像没事人一般的前妹夫是什么感觉？

在此之前，倘若有人这么问燕楚，燕楚定会白你一眼，语重心长地告诉你说：“哥们儿，人是活在当下的。他狂由他狂，明月照大江；他横任他横，清风拂山岗。过去那事儿都翻篇了，你怎么就不知道往前看？”

可真到此时……

古色生香雕镂精细的火锅店里，涮羊肉蒸出了袅袅水雾，透过烧红的铜火锅蒸腾出的氤氲雾气，燕楚看见了俞景，脑子里的火苗噌的一下子就蹿了上来——俞景和三年前燕楚见着的模样没啥区别。这男人，似乎受到了上天的格外恩宠——富裕，美貌，女人缘，他应有尽有。

三年前，燕楚见着俞景的时候，对方身边就不乏姿容绝丽的小妞陪伴……他妹燕陈野草似的杂在其间，丁点也不扎眼。当时，燕楚看了心里就有点不舒服。

三年后，俞景的容貌和气度都比少年时更盛几分。你多看一眼，都觉那男孩五官灵得仿佛是紫禁城外馥郁门庭外的喷薄霞光，让人有不忍移目的惊艳感。可他身边的妞儿又换了，上次是叶浅浅，这次的妞儿燕楚见都没见过。那女孩一副小鸟依人的模样靠在俞景的身边，千依百顺的小模样，看得人心烦生腻。

燕楚本来吃个火锅聊性高涨，这么一瞬，登时跟活吞了死苍蝇似的，顿失了吹牛的兴致。他拿起筷子，不顾小姜玥一迭声地追问“然后呢”，默不作声地开始捞羊肉。那边，俞景一抬头也见着“老熟人”了。按说，俞景这个“前科不良”的家伙看见前任“大舅子”，理应是尴尬的、难堪的、窘迫的。

可真是稀奇了，在见着燕楚的刹那，俞景只是稍微地惊愣了一下，紧接着，也不知道他想到了谁，原本淡然无波的眸底浮现出一抹类似放松怀念的淡淡暖色。刹那间，凡见着他的人，都似耳目焕然，只觉着春风化雪，明光万丈迎面扑来。

“哥，好久不见。”他对燕楚说。

姜玥嘬着嘴，将晾好的薄脆羊肉蘸在撒着芝麻的嫩滑酱料中，正琢磨着怎么从燕楚口里套故事，耳畔忽地传来个清冽如晨风的清淡男嗓。在细小嘈杂的大环境下，那嗓音不疾不徐，竟如水流般有着涤荡心尘的力量。

别说，这声音还真挺好听的。姜玥和她未来的二嫂燕陈有同一个毛病——声控。小丫头在心里想也不想地给说话的声音打了个九十五分，慢悠悠地把羊肉夹起来，细细地吹凉，小口小口正咀嚼着,还准备多听几句,焕发一下精神,那声音忽地落寞了下来。

“哥，我知道你大约在生我的气……”

而被小哥称呼为“哥”的男人还是没有吱声，周围除了火锅咕噜咕噜冒泡的细小喧嚣，就是乱哄哄的人声。

声音离得挺近，姜玥还觉得蛮惋惜的。姜玥心里想，隔壁那桌哪是个“哥”啊！人家喊了你，你咋都不吱个声？辜负有着这么真诚嗓音的小哥，真是暴殄天物。

忒多的小心思冒了出来，小姑娘内心戏还蛮丰富的，眨眼工夫在心里把辜负小哥的某一个“哥”给骂了个狗血淋头，表情却还优哉游哉，斯斯文文地品尝着羊肉的细嫩鲜美。

燕楚问她：“吃饱了没有？”

姜玥吃得眼睛都眯成了一条缝，正准备再叫一盘毛肚，猛不丁听见燕楚这么一句话，脸色都变了。小姑娘抓紧了筷子，满脸的心不甘情不愿，当即叫了起来：“燕楚哥哥，不是吧，我这还没展现出十分之一的战斗力，你就问我吃饱了没！”

燕楚和她说：“我怕你晚上吃太多长胖。”

这话说得太离奇了，怕长胖？这事不是应该是女孩来担心的吗？男人想这事干什么？姜玥满脸的不可思议，她说：“我不怕啊。我三哥说我这年龄就是长身体的时候，多吃点只会长高……”

燕楚喝了口啤酒，笑了一声，说：“那是针对男孩而言的。”

姜玥心里电闪雷鸣，好想和燕楚说：“这个针对女孩也适用的！”她心里疯狂地呐喊着这一句，却又被燕楚说得心里有点毛毛的。就在她捏着筷子，惆怅于“吃下去长胖，不吃不甘心”的死循环里，桌子也不知被谁啪的一声拍了起来，紧接着，一个匪气十足的男嗓凶狠地叫了起来：“你有种，我们景哥儿喊你‘哥’这是给你面子，丫装什么鬼啊！”

这么一句吼出来，事态立马朝不可控制的方向发展了，几个跟在俞景边上的小哥都笑了。扯开椅子，那几人对视一眼，和和气气地准备把燕楚请出来。

他们说：“‘哥’，出来一下好吗？哥几个找您有点事，给个面子。”话是询问的口气，可语气却是笃定的。

第十九章　非我无情

俞景是生意人，年纪轻轻的手腕不俗，跟他合作聊生意的有吃素的主儿吗？道上的“请你出来”，那是“请”吗？跟他后面的几个哥们儿个个人高马大，着黑西装，这么逼近过来，言外什么意思还用多说吗？

普通人看这架势腿脚发软，不想惹事，一般都是他们说什么，你做什么。这几个哥们儿也习惯了横着走，随手一引，他们还等着燕楚“识相地过来”，就没想到这句话一出来，燕楚还跟个没事人似的。

燕楚故作惊讶，夸张地问姜玥：“哎，玥玥，你还真不怕长胖啊？”他在干吗？他还忙着和姜玥研究“这个年龄段，吃多点会不会胖”这个话题呢。

他彻底把你当空气，不当你是根葱！几黑衣哥们儿哪里被人这么忽视过。

没吱声，笑脸虽然还挂着，可眼底纷纷露出了一点儿狠戾之色，有人怒冲上来了，伸手就朝姜玥抓了过去：“小妹妹，你哥哥不愿意出来，那你……”这人是想说“那你陪叔叔们出来一下好吗”。他笑呵呵的，一副和颜悦色的样子，自以为对付个丫头片子易如反掌，可令人无法想象的事发生了。男人伸出去的一只手却还没抓到姜玥，紧接着，哗啦一声，也不知发生了什么，就听见男人惨叫一声，匆忙地后退了好几步。

“你……”捂着手背，男人痛得眼睛都红了，剧烈地喘息起来，一脸惊怒地瞪着姜玥。姜小玥一手拿着勺子，抬起头，竟然还一脸无辜地问：“叔叔，你怎么了啊？为什么这么看着我？”

所有人被这一幕惊呆了，一时间失去了言语能力。小姜玥还笑嘻嘻地说：“我哥哥不愿意和你们走，那你们要我怎么样啊？你不说，我也不知道哦。”

小姑娘表情太纯真了，看着就像是樱花树下长发及腰的希腊少女。那不胜娇羞的温柔仿佛你轻轻喊她一声，她会回你一个灿烂的笑容，可谁都没想到这姑娘一出手就是蝎子毒啊！

人家伸手都没抓到她，她一勺子滚烫的火锅汤二话不说地往人家手背上浇了上去。姜玥真不愧是人精的妹妹，那点聪明才智都攒着对付恶徒呢！她和俞景说：“哥哥，这不能怪我哦。你们一来就对着我哥哥凶，你们冲上来，我怎么知道你们是不是坏人啊……”

她造型滑稽地捏着火锅勺子，就像是捧着一束白兰花，白净的小脸上满是神圣的光芒。谁能想到姜玥狠起来，反应这么迅速，坑了人，她居然有这样耍宝的天赋。

燕楚扑哧一声就笑了。温情慌忙地冲了过去，扶住受伤的同伴，脸色都白了：“元安，你没事吧？要不要叫救护车？”

“老子……”不就是被油汤泼了一手，能有多大的伤！至于去叫救护车吗，温大小姐你是在逗我啊！眼瞅着同伴们看着自己的目光纷纷透着些许的轻蔑和不屑。元安急了，老脸丢到了家。他满心不快地张口就想冲温情吼回去，奈何温情是俞少的女人。

元安得罪不起俞景，不敢和温情大声，可眼前有软柿子啊，他冲着燕楚冷笑道：“‘哥’，您可真是‘哥’，油汤往哪儿泼啊，长眼没看见吗？”怒火冲天地握住拳头，他正准备拿燕楚泄个愤，拳头挥到一半，却冷不丁被人一搭。

那人力道轻飘飘的，仿佛羽毛。也就这么搭了下，反手一拍，就像是只为了拍个灰，掸个尘似的，浑身像是无一丝半点的攻击力。可扭头一见着那人，分明怒火冲天箭在弦上的元安却像老鼠见猫似的，肩上突起的肌肉却登时软了下来，连语调都软了三分：“俞少？”

俞景瞳仁颜色淡薄得仿佛水雾一般，懒散的眸光也似没有焦距，可这男人莞尔一笑，却是让人连心肠都软了下来。

“伤着你了吗？”俞景温和地问，他是个清淡冷漠的人，你什么时候见着他关心过谁受伤没，吃亏没？被这么一慰问，元安简直受宠若惊，感激涕零，他慌忙摇头：“没事儿。”

俞景点点头，抿唇，笑得还很好看，可雪白的齿尖抵着唇，薄凉如雪，冷不丁就撇出了一句：“我觉得你伤得挺重的，要么，还是去医院看看吧。”

一盆冷水冷不丁地就浇了下来。

俞景说：“虎子、陆哥，你们先扶元安去医院看看吧，医药费我出。”

轰隆！似有惊雷照脑门上劈过来，元安的脸都黑了。啧，你以为“太子爷”关心你呢？

人家这是钦点，钦点什么？钦点“你受伤了”。就算是没事，你也得算有事。人明摆着不高兴你冒冒失失地出手，你没看好风向就行动……打碎了牙齿你除了和血吞，还能怎样？

“景哥哥，我怎么觉着你这是故意支走元安他们啊！”温情酸溜溜地叫了起来。

元安这些哥们儿不认识燕楚，却不代表温情也不认识。在元安“被受伤”以后，温情心里不由得慌了慌，她说元安受伤了要去医院，是装柔弱啊！明眼的一看就知道元安没多大伤。可俞景这么说，委实令人深思。

他让元安去医院，不摆明着撵人！景哥哥把人支走了，难道要和燕楚聊天说地？燕楚是谁？那不就是燕陈那个“老女人”的哥哥。

两大男人没啥聊的，可倘若要聊聊燕陈，那她这三年千方百计拦着燕陈的消息到俞景这儿不就是白拦了。温情眼睛都要喷火了，不高兴地伸出小手，冷不丁地捂住了俞景的眼睛，不让俞景去看燕楚那张和燕陈有七分相似的脸。

温情说：“景哥哥，我不许你看他，你是不是又想起其他女人了？”

俞景也没挥开她的手，只抿唇一笑，温和淡然地问了一句：“小情也要陪元安去医院吗？”

温情本来有千万般的小性子，有千万句诋毁燕陈的话，有千万颗阻拦俞景和燕陈有瓜葛的心，可被俞景这么一呛，她那些细小恶毒的声音就这么泡沫似的堵在了嗓子眼，说不出来了。俞景很明白的一个意思：你如果碍事，那也走吧。

遮着俞景的柔白的指尖一瞬间冰凉凉的。尴尬，愕然，不甘心。温情也说不清自己被他刺了是怎样的心情。不敢多说一句，却又千万般的不自知，这么一瞬，即便看不见俞景的目光，温情也觉着指尖似被他的目光咬了咬，那目光淬着冰雪寒色，冷得她心尖尖都打战了，恨不能蜷缩成一团，不碍他眼，不妨他目。

从前的俞景怎么会对自己凶？从前的俞景怎么会为不相干的人发声？从前的俞景是个什么样的人？这帮人就算在他眼皮子底下对砍得再厉害，俞景依旧是从容如水，不动如山。他不会坐椅子上喝茶看戏，他是连看你一眼都嫌累。那样的俞景，虽似烟海云雾不可捉摸，却至少有迹可循，就仿佛指尖一捧细沙，你颤巍巍地捧着，虽知它不属于你，可拼尽了力气，却也能抓住一二。

温情恨死了俞景的没心没肺，可温情却又爱极了俞景寡言鲜语的无情，她得意于俞景的漫不经心，因她知道再美再有趣的女子，只要不死缠烂打，那么这女人对这样俞景冰塑的人而言，就似空气一般。

温情从不担心路上哪个女人随随便便勾勾手，就拉走了自己的天子。只要俞景一直是这样的性儿，只要她温情的耐心好一点再好一点……俞太太的位置一定属于她。

就连燕陈和俞景没离婚的时候，温情都笃定燕陈拿不住俞景这样的男人。燕陈太从容、太矜持、太沉着了。燕陈的性子，注定了燕陈永远焐不热俞景心中的那块冰。

一直以来，温情肆意笑，肆意哭，肆意张扬。

虽说一直防着燕陈，却从心底里看不起燕陈。可今天，俞景这个除了赚钱、玩乐、享受的男人突然为了那张和燕陈有几分相似的容颜管起了闲事，竟然为了那个和燕陈有着血脉关系的男人送自己一枚软钉子！直至此时，温情手心发凉，心里突然惊乱到难以自已。

这个时候，温情才骇然地想到一个从前总被自己忽视的问题——俞景身边的女人，无一不是爱黏人爱撒娇的小女人。燕陈要真是矜持沉着一点没趣的女人，当初俞景为什么会和她结婚？在俞景身边肥环燕瘦诸多美女中，唯燕陈一不黏人，二不撒娇，三年前，她到底是怎样入了俞少的法眼？

俞景莞尔一笑，招手喊来服务员，请她在燕楚这桌加了个座儿。服务员是个不出二十岁的年轻小姑娘，笑眉笑眼的，只看了俞景一眼，立马热情应了，麻溜地办好了事。

俞景于是安之若素地坐在了燕楚的对面，他有一双极漂亮的手，手指纤长洁白，根根如美玉无瑕，偏又不会让人觉得柔腻，那指节处流利地屈起，又如折峰削玉，格外有力。

燕楚都没想过服务员压根儿没询问自己的意思，竟然还真给俞景搬座了，彻底愣了——只能眼睁睁看俞景坦然地坐下来，自来熟地往铜火锅里加上油麦菜。燕楚嘴角一勾，双手环胸似笑非笑地看着他，别看燕楚平日吊儿郎当，可面对他此时冷凝若刀锋的目光，纵是连姜玥都忍不住抖了抖。

偏俞景对燕楚的反应不以为然，这个漂亮得光风霁月的男人从容不迫，艳得仿佛乌玉般的眼瞳波光粼粼，只在薄唇扯出一抹清淡的笑。俞景说："哥，这里气候太干了，吃火锅还是得加点素，免得上火。"他音质格外干净，也似晨曦的露水清风，透着说不尽的清新之意。

姜玥两只小手扶着腮，黑眼睛亮闪闪地看着俞景，好奇极了。对小姜玥而言，大哥冷静严肃、二哥腹黑强势、三哥少年老成……三个哥哥性子各有千秋，却又同样出色。她没见过其他的男人，就以为天底下的男人，不是和哥哥们这样，就是和燕楚哥哥一样聪明伶俐，坦率诚实。可俞景这样温润如玉的男人，姜玥还是第一次见。其实初印象只有声音，觉得小哥声音好听极了……再然后，姜玥觉得俞景是漂亮，性子却让人如堕五里雾中，分辨不清。

直到他三言两句，摆平了元安、温情——他的形象这才如水墨山水，跃然而出，生动起来。姜玥这才发现俞景不是她初印象里的清淡如水，也不似后来她以为的温暾沉默……

他不经过燕楚哥哥，径自请服务员加桌，并且让服务员察觉不出问题地迅速办好了事，可以看出这人谈吐大方，对大局有很强的掌控能力。而他不顾燕楚哥哥的冷眼，坦然地帮燕楚哥哥置菜，又可以看出他的头脑清明泰然自若。

他和哥哥们一样，都有令人叹服的磊落和自信！姜玥现在不好奇别的……就好奇燕楚哥哥这么不喜欢俞景，会不会和他打起来。事实证明，姜玥想多了，俞景夹了菜，燕楚只管吃，一递一接，任火锅上方蒸出氤氲的水汽。两人气氛融洽，温情一双美目眸光柔软，小鸟依人地倚在俞景的右手边上，可怜兮兮，诉不尽千万惆怅地盯着俞景。

从始至终，俞景笑容清浅，落落大方地照顾着燕楚吃吃吃……

吃得燕楚满嘴油光，吃得温情满脸焦灼，吃得姜玥昏昏欲睡。什么事都没有！姜玥嚼着一片冰西瓜，无聊到瞌睡，从来姜玥只见过有绅士风度的男孩照顾女孩吃东西，为女孩布菜，把女孩捧得跟公主似的……可燕楚哥哥性别“男”，俞景这样捧燕楚哥哥，这景儿看着就讽刺。

俞景该不会是 gay？哎，不会。燕楚哥哥这么逗的家伙，哪里像。就在姜玥脑补严重，看着燕楚既疑惑又惊讶，自以为窥破天大秘密的时候——被燕楚一爆栗敲脑门上了：“想什么呢？”

姜玥想也不想脱口而出：“想你啊。”

一口扎啤喷出，燕楚吓一跳：“别……”他下意识要说：“我对老牛吃嫩草没兴趣，你可别想我，我俩没可能。”哪知话音未落，就见一脸稚气的小姑娘一脸正色道：“燕楚哥哥，咱不能弯啊——就算敌人用糖衣炮弹笼络你，用严刑拷打来折磨你，你也别弯。这年头剩女多……你要弯了，咱中国就又多个剩女了！”

还啃着甜丝丝的西瓜，你说姜玥在想什么？她担心的是国民剩女！姜玥脑洞开得太大，燕楚嘴角冷不丁抽搐一下，脸黑如炭，温情在边上都傻眼了。唯俞景眉眼如烟，笑声比丽江的水还要清冽明亮。

“小姑娘，放心，我没有和你抢男人的意思。”姜玥嗓子眼里堵一堆苦口婆心的劝导，被俞景一截，脸唰地绿了。“什么叫‘不和我抢男人’，你别误会啊，我和燕楚哥哥没什么的……”冷不丁反应过来俞景言外之意，她急急想解释。

可惜，俞景没给她说话的机会，茶余饭罢，话近尾声。俞景根本不和人商量，就喊来服务员，径自为这桌结了账。速度快得就仿佛他来吃火锅，只是为了等个结账一样。刷了卡以后，俞景扶起燕楚，说："哥，辛苦你了，没别的事，就想请你带个话。请你见着燕陈时，替我和她问一声好。"

你说他费那么大劲儿摒弃不相干的人，帮燕楚布菜倒酒，为燕楚结账付钱是为了什么。原来抽丝剥茧省却烦冗，只想和前妻问个好。

"你又不是不知道燕陈手机号和地址，自己联系就是，扯我干吗。"燕楚就知道碰上鸿门宴了，想也不想就拒了。

俞景抿唇，不吱声了。许久，你才听他齿间徐徐地吐出一句："哥，你要是忙的话，不代问也没事。"

好呗。一句话，连争取都不争取一下。一直以来，燕楚就不明白妹妹怎么就和俞景结婚了。也不明白这俩之间到底玩过家家呢，还是闹哪样。一个躲，一个避，就不像是能过到一起的人。可俞景却还真的总是请人帮他和燕陈带话。

有时候是找温情这样的人带话，有时候是找陌生人带，可毫无例外，他似乎是刻意去找不可能为他传话的人去带话，所以一次两次，总是碰壁。明明知道是无用功，却依然不懈地重复这种无用功。一两次也就算了，可十次八次，连燕楚都咂摸出什么地方有点不对了。

"你和我妹，到底怎么回事？"

"没事。"俞景答。

"真没事？"燕楚问。

"真没事。"俞景说。

没事才有鬼，燕楚不废话，高挑眉梢，重新拉开椅，冲俞景一扬下巴：“坐。”

“不坐了吧。晚上还有个约。哥……”

“我说坐下来。”眉一挑，燕楚不由分说道，堵住他后面的话音。

俞景坐下来，轻轻叹了口气，说：“哥，您这是饱了，我和温情这不都还没吃，我俩不能坐太久，赶时间……”

燕楚“哦”了一声，冲服务员一招手。他点点桌子，徐徐笑道：“麻烦换个汤锅，拿菜单过来，咱们坐着边吃边聊，不费事。”

服务员的速度十分迅速，眨眼工夫新汤锅和菜单都换上来了。这时候，姜玥眼都傻了。不会吧，才吃完……还吃？燕楚瞄一眼姜玥，摸上包烟，抽了口，慢悠悠地对姜玥说：“他们吃，你看着就行了，没人逼着你吃。”

从始至终，燕楚压根儿没往温情那边多看一眼。温情在俞景旁边，无论燕陈和俞景离婚了没，俞景的哥们儿都叫她一声“小嫂子”。

什么是小嫂子？为什么要叫小嫂子？小嫂子上面还压着个原配呢。像燕楚这样的男人，根本瞧不起这种用“爱情”做借口破坏人家家庭的女人。何况……那个被破坏家庭的，是燕楚他妹。燕楚对温情连正眼都不看一下，这个时候，为人三者的尴尬就出来了，温情脸都白了，指甲扎着掌心，刺刺地疼着。

“景哥哥，我不舒服，肚子疼，不想吃火锅了。”温情捂着肚子，脸色煞白地扶着俞景的胳膊，哀哀道。

要搁平时，俞景绝非怜香惜玉会顾惜温情的二十四孝男友，可今儿个，一皱眉，俞景从座位上立身，他抱歉地冲燕楚一笑。

“哥，温情不舒服，吃不了火锅，今儿个不叙了。改明有机会，再聊吧。”

虚扶一把温情，这时的俞景嘘寒问暖，真做足了恩爱架势。

燕楚眉眼黢黑，冷冷地把没抽几口的苏烟掐灭，看着俞景说：“俞景，有些话我只问一次，走出这道门，往后无论你多少苦衷，我绝不会问你第二次。”

透过细小喧嚣的火锅热气，俞景着黑色风衣，芝兰玉树似的挺秀背影在灯火中，宛如被墨水淋湿的感叹号。

可稍一停顿，根本没有多想一下，他和温情的身影登时消失在燕楚的视线里。

苦衷？我没有苦衷。俞景坚定固执地对自己说。三年以来，无论多少次燕陈打电话来，俞景都推说有事。俞景不和燕陈说话，回避一切和燕陈见面的机会，流连风月，金迷纸醉，声色犬马。看上去，他忙得脚不沾地，过得潇洒无边。可心中藏之，何日忘之。这世上，谁都有谁的身不由己、言不由衷，是心结，也是心劫。一直以来，俞景以为自己的心死了，死在了那年夏天，死在了色彤墓前，死在那场大雨里。

这是俞景的牢笼，他负重累累，遍体鳞伤，挣脱不了那个牢，只想不遇不知不见，只想不思不想不念。可就算是作恶多端的“死刑犯”也有向往自由的心情。如果那天他没和色彤吵架，色彤会不会留下来？如果那天色彤不乘那架飞机，是不是一切都不会发生？如果那天他阻止色彤离开，也许结局会不同……可这世上没有如果。

所以，俞景画地为牢，把自己判了无期。直到三年前的五月——石榴花开遍祖宅的小庭院里，燕陈找到自己，眉眼黢黑地看着自己，燕陈和他说：“你能把我当色彤娶了我吗？我不会打搅你的生活，你愿意怎么玩儿就怎么玩儿，只要不和叶浅浅在一起就好了，色彤不喜欢她。”

心门有锁，訇然而开。

很早的时候，我们听说一个笑话。问什么叫融资，回答：融资就是坐在家里和几个朋友说晚上吃火锅，和A打电话说就缺酒了，过来带点酒。和B打电话说，只缺肉了，过来带点肉。和C打电话说，还少蔬菜，过来买点蔬菜。和D打电话说忘记买调料了，过来带一包，然后坐在家里烧水等人来。听过的人，笑过即忘，不以为然。可用它来概括俞景和燕陈之间的关系，真的是再合适不过。

一人，只求挤掉叶浅浅，为色彤出一口恶气；一人，沉沦于无边苦海，期待有人能拉他一把。各有目的，各取所需，就这么两个冷心肠的人走在了一起。他们像刺猬般相互取暖，可刺猬这种动物，天生带刺，尖刺总会不自觉地把彼此扎得血肉模糊，而寒冷却迫使它们不得不继续互抱取暖。直到它们找到一个合适的距离——既能取暖，又不会扎痛彼此。一直以来，俞、燕的相处就这模式，燕陈已经脱离苦海，可俞景……却发现自己从一个名为色彤、名为负疚的蝎子坑，掉到了另一个名为燕陈的天坑里。

天色已晚，街景灯火通明。从火锅店出门的刹那，寒风从北而来，扑上脸颊，俞景抬头望了一眼路。两侧灯火倒映在地，夹道向远，似也看不到尽头。他抿唇，也许是畏寒，他把手插到了风衣口袋。温情想搂住他的胳膊，看看他脸色，终是一下也不敢动。温情尴尬地伸出手，朝掌心呵了口气，说：“景哥哥，要不我们吃法国菜吧？”俞景不置可否地“哦”了一声。

道旁的树木萧萧风中，温情在后面，又气又急：“景哥哥，你往哪儿走啊？”俞景似乎没听见，依旧往前走。直到温情跑上前去，一把拦住了他，在道旁的灯光中，这个漂亮得仿佛精灵似的男孩眉头微皱。低头，看着温情，既疑惑又茫然。他似乎根本不明白温情为什么要拦住他，只是挑起了眉梢，权作询问之语。

温情不用问，都知道俞景现在的漫不经心是因何而起——燕陈，又是燕陈。为什么离了婚，俞景的心里还记挂着她？温情气极了，真恨不得踹俞景几脚，再狠狠地讽刺俞景几句……可面对俞景询问的目光，她一口气喘了半天，终是徐徐地压了下来。她亲切地抱着俞景的手，满脸小女孩的天真无邪。

“景哥哥，车库不是这个方向。”

“哦。”

俞景淡淡地应了声，想抽出自己的手，却发现温情搂得好紧，自己的胳膊紧紧地贴着她的胸部，俞景眉头才一皱。温情立马轻快地转移了话题：“要不去马克西姆餐厅？”她把头靠了过去，巧笑倩兮：“景哥哥，快夸我会持家，选的都是便宜的法餐厅……”

也不知温情说的哪一句话，勾动了哪一根弦。记忆中，一串银铃似的笑声淌过记忆的河流，溅三寸浪花，由远及近，由弱转强。细细听！那是一个清脆又干净的少女的笑嗓。

俞景还记得，当时那少女男孩子气地勾着自己的肩，挤眉弄眼地笑道：“哟喂，俞景哪，玩古董捡漏捡大发了，好容易你请一次客，可不能小打小闹地忽悠哥们儿！”

“想吃点什么？”微笑挑眉，俞景问。

提到这儿，先说一下色彤嚷着让俞景请客的背景。那时，是俞景花了几百块在潘家园淘了个珐琅掐丝的青花瓷。所有人都说俞景亏了，几百块砸水里连个响都没有，是色彤拿这瓷碗找身为专家的叔叔掌了个眼，这才确定这是大清乾隆年制的官窑。

普通瓷器不值钱，可官窑专家这么一掌眼，这价值可是翻了百倍千倍。色彤开心得眉开眼笑，直闹着让俞景请客。直到今时，俞景还记得色彤干净清脆的嗓音笑嘻嘻道："大餐，咱们要吃大餐，你说对不对啊，燕陈。"

"对。"一个不清脆却也不难听的嗓音响起。

色彤高高兴兴地说："吃什么好呢？咱们得把俞景宰出血，才够本啊……"

"试试喽。"俞景当时真有大出血的准备了。

这一行人沿着鼓楼转悠了一圈，路过了好几个餐厅，几个半大的少年都觉着这么宰俞景太便宜这小子了。大伙正往龙肝凤髓上动着脑筋，哪知燕陈脚步一抬，头也不回地进了一面馆。几个少年进去一看，傻眼了。装修得平平常常的小面馆里，菜单上各种标价不足十元的面食点心。色彤惊得眼珠子都要掉下来了："不会吧，姐们儿。这就是你所谓的大餐？"

燕陈点点头，也被大家激起了几分雀跃"够宰俞景一笔了？"

色彤扶着额头，无奈道："俞景一翻手，赚了几十万、几百万，你就让他请咱们吃碗面？不行不行，这可不行哪……"

"可是我们转了两小时了，你不饿吗？"也不知是谁肚子恰如其时地叫了一声。

少年们哈哈大笑。那时，就连六块钱一碗的拌面，大家都吃得津津有味。那是俞景第一次注意到燕陈……一个眉眼漆黑，文静孤僻，看似寻常无奇的小姑娘，简单却格外有主意。

俞景一直认为自己喜欢的是张扬热烈的女孩。他固执地认为自己对燕陈从未上过心，包括那场婚姻，不过是为了取暖和责任……可如今回想起来，他竟能清晰地回忆出当日的点点滴滴。

他们一行共有五个人，面馆的桌子仅能坐下四人，于是燕陈便添位坐在角落。他记不清色彤他们点的是什么……却清晰地记着燕陈点的是一碗阳春面。阳春面是第一个上桌的，清汤白面，上面撒着葱花，拌了鲜香的葱油，热腾腾的面香扑鼻而来。燕陈就这么安静地坐在对面的角落，阳光从窗外打了进来，看见汤面的一瞬，小姑娘眼睛都亮了起来。

就像是路上一个很普通的女孩子……容易满足，也容易打发。

俞景在中学时代，锋芒毕露，就像漫画中走出来不食人间烟火的美少年，你很容易在人群中一眼就看见他——他学习成绩好，性格好，写得一手漂亮的颜卿小楷，也会漂亮的三分投篮。

无论是哪一所学校，这样的少年都是大家眼里的香饽饽。女孩……俞景见多了，像燕陈这么普通简单的妞儿，性子平平无奇，却有各种各样的方式来吸睛。俞少爷只以为燕陈是故意惹自己的注意，心里颇为不屑，撇撇嘴，几乎是立刻挪开了目光。

"燕陈，你害我们没有大餐吃了！"娇美艳丽的色彤托着腮，幽怨地蹦出一句。

"面条不是也挺好吃。"掰开一次性筷子，偏角落处少女的语气安静得像空气一样，竟没有丝毫的存在感。

"你你你……"

“要不你先吃？我这碗给你？”没察觉出色彤的挫败，燕陈平静地问出一句，色彤的脸色都黑了。

“得嘞，你吃着吧！”之所以再次注意到燕陈，是因为燕陈嗜辣。

可阳春面清汤白面，又怎么会给你添辣椒？燕陈食之无味，足足往面里浇了三勺子辣油，却还是不够。偏偏她那桌的辣椒瓶子见底了，于是色彤快活地招呼她来这边拿调料。

此时，俞景正低着头，心不在焉地玩起了手机，胳膊忽然被撞了一下。俞景有轻微的洁癖，平时，他很讨厌别人碰到自己。不动声色地抿了抿唇，他刚准备去抽餐巾纸，擦掉胳膊被碰到的地方，去抽餐巾纸的手指却又在桌上碰到了一方细腻。

抬头，燕陈柔和的脸颊似镀了一层淡金色的光芒，在袅绕的热气中透着几分异样的俊美。手指被人冷不丁握住了，少女黑漆漆的眼瞳透着几分疑惑，几分不解，就这么大剌剌地看着自己。尴尬吧——这就是俞景对燕陈的初印象：无声无息，却又让人无法忽视。

“我拿一下辣椒。”她淡淡道。

他没说话，一松手。燕陈毫无所觉，抽出了指尖，那份柔软的滑腻从掌心抽离的刹那，俞景的心口不知怎的失落了一下，年轻的男孩并不明白那意味着什么，只冷淡地挪开了目光，恰时，又有色彤从书包中抽出一份数学试卷，和他问一道函数题。

“不难啊。”笔尖划过雪白的草稿本时，他借着帮色彤讲题，压下了心底的失落。

少年时，我们的喜欢是那么浅淡，比羽毛还轻巧。在它掠过心口的时候，你甚至来不及琢磨它到底是什么，就被它悄悄从指缝中溜过了……俞景的青春并没许多惊心动魄，对他而言，静默、平凡的燕陈只是色彤的朋友——一个不相干的路人。可就是这个路人，在他之后的生命里盘根错节，在漆黑的暗夜中，在醉生梦死的金银窝里，在深沉的睡梦中，他总能想起细碎的点滴。

那是他年少时候，尚未绽放便已凋零的初恋心情。在喜欢上色彤之前，他更早的时候，却已注意到那个不张扬，如空气般悄无声息的女孩，他的女友却是色彤。他来不及理清自己的心绪，来不及和色彤说抱歉，色彤就死于那场空难里。对色彤而言，那份不可言说的喜欢是背叛。对燕陈而言，那份年少欢悦的心情依然也是背叛。他背叛了少年的爱情和友情，他俞景，说到底……依旧是个不值得拥有世间一切美好感情的人渣罢了。

灯火阑珊，洁白的飞雪，一片片落在少年浓密的眼睫眉梢，所有的思绪，静静被埋藏在细簇的雪花里。

“景哥哥？”轻轻拉着俞景冰凉的指尖，温情呵了下冻僵的指尖，怯生生地问。回眸，雪花中温情的脸模糊不可分辨：“景哥哥，想什么呢？”

“没什么，我们去吃法国菜。”吸了一口气，他垂下眼帘，徐徐回握住温情的指尖，人渣不配拥有美好的感情，只能匍匐在万年的黑暗中沉沦。抿唇，露出一个自嘲的笑容，俞景的眼眸中是化不开的浓黑绝望。

第二十章 地震

“偶像,你猜我们今天出门遇见谁了？你想都想不到的人啊。”一回到燕陈的复式小公寓，姜玥两眼冒着绿光，大着嗓门，蹦蹦跳跳就去找燕陈。

“多大的丫头了，稳重些。”姜薄东从燕陈的房间出来，淡看她一眼，拉开。

“哥,你怎么在二嫂的房间里？”姜玥看看燕陈那紧闭的房门，又看看穿着新换的牛仔裤，白衬衫的扣子都没系上的二哥，过了许久，脑子里仿佛有天雷滚过，“等等，哥……你该不会是……等一下等一下，我们这才出去了两小时吧。”也不知想到些什么，小丫头灵光一闪，惊得跳了起来。

“出来说。”随手扯了一块干净的白毛巾去擦沐浴过后湿漉漉的短发，姜薄东眼底虽然有淡淡青色，精神却格外爽朗。

“纵欲伤身。”憋了许久，小姑娘一秒长辈附体，语重心长地劝道。

“没事，你哥身体好。”艳丽的唇角弯起满足的笑意，姜薄东神色清淡柔和。

“可咱妈说了，姜家的男人行情好，不能用奉子成婚来绑女孩的。二哥你这么见缝插针找时间，一逮着空就拉着二嫂做造人运动，该不会是怕没小 baby，二嫂不嫁给你吧？”满脸凄然看着二哥，姜小玥同学绝对想不到，她引以为傲的绝色二哥居然这么无耻，追二嫂追得这么艰难困苦。

“猜对了，不过，没奖励。”像是故意想藏着燕陈一般，姜薄东扯开话题，“对了，你刚才说你出门见着谁了？”

一提这茬儿，姜玥大着嗓门儿就喊起来了：“俞景啊，哥，你猜我们见着谁了，就是偶像的前夫俞景啊。”

“是他。”姜薄东浓艳如潋滟秋波的丽眸中，倏然掠过一抹精光，语气却平平淡淡。

“见着这哥们儿，我总算明白网上为什么说‘谁年轻的时候没遇见几个人渣’。哥，你放心，经过你妹我钛合金狗……不对，是钛合金激光的火眼金睛，帮你鉴定过了，那个俞景就一人渣。”

“我知道。”依旧是静若无波古井的语气。

姜玥还酝酿了半天，正准备使出洪荒之力，把高中语文老师教的那些贬义词一股脑全抖出来，安慰安慰她哥。没料到，她哥竟然这么平静地肯定了一句。

哐当，有什么砸脑门上了。

“不对啊，二哥，你是不是拿错剧本了？情敌遇情敌，不是应该分外眼红，亲自下场去肉搏。你这风轻云淡的一句‘我知道’，让你妹我没法接下去啊，咱们还能不能愉快地聊天了？

“俞景婚内出轨，害得偶像成了豪门圈的大笑话，左拥右抱风生水起玩 high 了，又踹掉偶像和小妞双宿双飞，这都已经够渣了。二哥你都不知道，他今天见着燕楚哥哥，居然还想让燕楚哥哥给他带话。你知道他要找燕楚哥哥给谁带话吗？”提起这个，姜小玥童鞋就义愤填膺，可生气了。

“嗯，谁？”

“偶像，偶像，偶像啊！他要找燕楚哥哥，是为了给偶像带话的。他居然让燕楚哥哥代问偶像好……切。真是让人笑掉大牙了。他这么关心偶像，当初怎么会伤害偶像。而且，他找人带话的时候，旁边还坐着一个娇滴滴、漂漂亮亮的小姑娘。我看他就是水性杨花，两面三刀，坏马爱吃回头草……”

“姜玥，成语不是这么用的。”姜薄东穿好白衬衫，扣子有两颗没系上，优雅地坐在沙发上，眼波一闪，顺手拿了一杯茶喝了一口，沉声道。

“这个时候谁还管成语不成语。哥，你说那个俞景是不是很讨厌。可你别说，那人渣长得还真不错，难怪当年偶像会被他的外貌迷惑，居然嫁过去了。要不是燕楚哥哥和我说他的身份，我也想不到这人渣居然还惦记着偶像呢……”小丫头提起不平事，话匣子跟开了闸的水龙头似的，喋喋不休地说。

打从知道东来顺遇见的那个美少年就是俞景之后，姜玥想也不想就给俞景钉上了人渣的标签。想想就火气直往外蹿，晚上她才吃过东来顺的涮羊肉，说了这么久的话，一生气，下意识又拿了燕楚买回来做消夜的汉堡，三口两口地像是啃阶级敌人似的吃了起来。

“你觉得,俞景长得不错?”姜薄东的指节徐徐地敲在桌子上,似在掂量姜玥这句话中,一个女孩对漂亮男孩的印象分。

“再漂亮也不如二哥您了。他那品行,顶多就一萤火虫,二哥您才是皎皎明月。”愤愤地捏着小拳头,姜玥对自家二哥的容貌品格能力还是蛮有信心的。

“呵呵,我看你今天玩得挺开心的,别以为在这儿散播小道消息,作业就不用写了。”挑了挑眉梢,姜二少一笑。

哐当,有什么再次狠狠地砸脑门了。

姜玥还指望着趁着周末好好放轻松一下。没想到,到了二哥这儿,管得比母上大人还严。小姑娘的脸色迅速耷拉下来:“二哥,我这都到周末了……”

“周末就可以松懈了吗?你有两年就高考了。”轻描淡写说着剜心的话,姜玥的世界赫然轰然倒塌。呜呼哀哉,没事的时候,她这又是哪句触了二哥的逆鳞。怎么二哥无端端地,就要来抓她的学习了。

“二哥我突然想起来,小哥说晚上帮我补英语,我先回去了。”抓着书包,小丫头扭头就往门外冲。

“姜小玥同学,你回家顺便把你哥也捎带着一起走啊。”姜玥跑得快,先冲回家了。燕楚一个大男人的,不可能和个小丫头似的风风火火乱跑乱跳。

这不,姜玥都和二哥说了好久的话,燕楚这才施施然地过来了。他一进门,就看见姜玥身后犹如鬼追,拔腿就跑,当即随口念叨了一句。姜薄东眼神一闪,笑容清淡。

“楚哥还有事吗?”他淡淡地看着燕楚问道。

“没。”

“没事也早点回家吧。”姜薄东的面色温和有礼貌，却有不容置疑的威压力。

“好。”燕楚脑子一糊涂，走到一半突然想清楚了：不对啊，这是我妹家，姜薄东撵人倒是驾轻就熟，他把自己当男主人了？

反应得太晚，大门都在鼻尖上震响了。燕楚气得牙根都发痒了，顾不得什么绅士风度，抡着拳头就去砸门：“姜薄东你给我出来，我回家了，你留我妹家干吗？这么晚了，你图谋什么？”

硬得硌手的铁门被砸得砰砰作响。不久，门缝底下被推出一张字条，一手遒劲有力的漂亮钢笔字，上书：“楚哥，声音小点，燕陈睡着了。”

“姜薄东你真拿这儿当自己家了，现在才九点多一点，燕陈没这么早睡。”

“嘘。”

又一张薄薄的便笺，从门缝底下塞了出来。

“你……好你个姜薄东……够狠！”燕楚火冒三丈，想踹门，脚踹到门口，手指里捏着那一笔漂亮的钢笔字，深呼吸好半天，才压下火气：得，咱们有君子气度，不与这腹黑小人一般见识。

门口窸窸窣窣的声音过了许久，消停了。

燕楚走了。

客厅中，姜薄东继续用毛巾去擦沐浴过后湿漉漉的短发。一回头，就看见绣着浅绿色兰花，色调清新温软的沙发上，燕陈沐浴完后，盘坐在那儿，墨色的发丝柔软而泛着微光，更衬得女孩洁白的容颜如潋滟生辉。她安静地看过来，黑亮宛如珍珠的丽眸中透着有趣的笑意：“二少撒谎的功夫真是炉火纯青。”

“燕小姐这话说得，我就不懂了。”这妖孽还在装，翘着弧度优雅的唇角，一摊手，一副无辜的模样。

燕陈被他逗乐了，忍不住晃了晃刚才姜薄东写字条的便笺本子：“二少的钢笔字遒劲力透纸背，罪证还没消灭干净，这可怎么办？上面怎么说的？我睡着了？”

“燕小姐这样目光如炬，火眼金睛，一下就揭穿我了。看来，只能罚我了，燕小姐想怎么罚我呢？”口气很惋惜，然而，男人艳色无边、秾丽生姿的眼眸闪闪发光，大胆热辣，像极了一双天生勾魂的小银钩子。燕陈刚被他压在沙发上、墙壁上、桌边以及落地窗的旁边大战了那么多回合。

刚才的姜薄东，就是用这样热烈的目光看着她，火辣，又炙热。小女孩的小心脏不争气地跳得很快，雪白的脸蛋破天荒地红了下，忙扭头避开他的目光，低声说：“我还没想好。”

“那我想好了，燕小姐要听一听吗？”

燕陈还没反应过来，霎时天旋地转。不知什么时候，姜薄东再次把她压在了沙发上，男人的气息瞬间笼罩住了她，一张眼，燕陈就能看见他欺霜赛雪的绝美面皮上,那一双艳丽勾人的黑眸，像是黑暗中的星星砂，闪闪发光凝视着自己。

男人的脸很美。唇瓣湿润又鲜艳，极具挑逗性。想到他刚才就是用这张唇，亲吻过自己身上每一寸肌肤，她最爱的——那么磁性而诱惑的声音就是从这儿吐出，燕陈的心跳再次不争气地跳得好快。

“姜先生有什么好建议？”燕陈微笑看着他，安静地问。

姜双手环着她，与灼热的呼吸不同，他用平静的语气说：“我自领罚，罚姜薄东一生一世，只能对燕陈好，宠着她，爱着她。天荒地老，斗转星移，不改吾心。”

燕陈被压下来的时候，本来还有些挣扎，可耳畔传来姜二少低沉又好听的嗓音，那么深情，又那么郑重，清澈的眼底倒映出的人……一生一世，尽有自己的影子。女孩的眼神不由自主地柔和下来，嘴角徐徐弯起，双手揽住了姜薄东的脖子，竟是主动吻上男人漂亮的唇角。低喃的声音混在两人之间的呼吸中……

“我相信你。”女孩的声音清澈而坚定。

分明姜薄东这些日子忙得脚不点地，十分疲惫，可只要待在燕陈的身边，静静看着她。那些疲倦都会像烟花般消弭无踪迹。他的小姑娘，坚韧，骄傲，脆弱。情不知所起，一往而深。就像是最虔诚的信徒，朝拜着自己心目中光芒万丈的神。

燕陈青涩的吻，瞬间得到了更加热烈激情的回应。一下下亲着她，姜薄东几乎要将燕陈揉入骨髓血脉的拥抱和亲吻。唇齿间的温香，指尖轻压燕陈后脑勺，迫使她越发靠近自己。指腹摩挲着少女细碎宛如流淌着墨光的发丝，从女孩的发梢一直到她柔腻如雪的脸颊，轻轻摩挲着，感受着指腹传来的温度……

心与心的贴近，让姜薄东感觉浑身炙热得无法忍耐，眼睛亮得几乎要咬人。

心里的骚动宛如花开，簌簌绽放，当这个吻越来越往下，贴近到小女孩雪白柔嫩的胸口，几乎无法抑制的时候。

“不要，累。”燕陈却懒懒地推开他了。

一瞬间，男人墨色浓烈的丽眸中风起云涌，浓黯得不可思议。

喉结滚动了几下，男人秀美的肌肉深处，早已血脉贲张，他却硬是忍下了。起身，藏下那些蠢蠢欲动的欢喜，像是掩饰内心最深处的情绪。

什么样的男人最勾人？首先，颜控要告诉你：他得有一张好面皮。其次，傲娇要告诉你：他得对你千宠万宠，对别的女人视若无睹。最后，高冷禁欲控要告诉你：他得耐得住寂寞，沉得住性子，泰山压顶色不变。然而，如果他叫姜薄东，那就再好不过了，二少所有条件都满足。身材修长挺拔，脸蛋艳丽迷人，腹黑又冷酷，男人中的男人，极品中的极品。

一瞅见姜薄东这么听话，燕陈心里百爪挠心似的，痒痒的，身子又滚烫起来，吞了吞口水，小姑娘瞬间又有些后悔了。

“二少？其实……”

她也没那么累。毕竟运动最激烈的也不是她，她只要享受就好了。不过，看见姜薄东浓黑宛如暗夜的目光，小姑娘咬着下唇，想了想，忍。人都被她给拒绝走了，再反口，岂不是证明她燕陈是个出尔反尔，极没有原则的女人。咬紧牙，燕陈不敢再去看眼前那个浑身上下都透出强烈荷尔蒙，性感得不要不要的男人，生怕自己狼性大发扑过去，把他吃干抹净。

可还没反应过来，整个人天旋地转，就被姜薄东从客厅一路抱回主卧大床上躺好。抬眸，男人温热的呼吸近在咫尺。湿漉漉的眼神看着自己。呃……二少这是决定吃了她吗？

燕陈温柔地看着他，期待他亲吻自己。可未承想……姜薄东极具诱惑力的唇瓣并没有落下，他盘坐在床上，眉眼安静，竟温柔地拉过她赤裸的双足握在掌心。

“姜先生？”燕陈浑身被他撩得火热，难耐地扭动了一下身子，似在邀宠。

姜薄东微笑：“夫人既是累了，为夫有代其劳，为其分忧之责。躺着吧，为夫帮你消消疲劳。”

男人的手指修长有力。燕陈还在疑惑他到底要干什么的时候，被他握着的足底，轻重适度的力道从脊髓颤至心间，从涌足穴到气海穴，从中极穴到三阴交穴……这是……按摩？燕陈忍俊不禁，被他按得舒服极了。

姜薄东的手法老练而有力度，从足底到脐下四寸的中极穴，揉着揉着，燕陈突然觉得有些不对……

平常做 SPA 按摩穴位的时候，她还蛮享受的。姜薄东按摩的手法非常熟稔老练，可……被他搓揉过穴位之后，燕陈不仅没觉得身上的火消下去，反而从心底里蹿上了燥热的感觉，眼前的男人既性感又英俊，诱惑得让她无法想象。

那天晚上，燕陈稀里糊涂主动扑倒姜薄东，比之前更奔放热烈。如果说之前的那一次，她是想向哥哥证明一下她和姜二少天造地设，才会那么 open。可是这第二次扑倒啊，燕陈发现自己根本控制不住自己喜欢他的悸动。就像酥饼蘸着鲜奶沫，一点一点，一口一口，细细咀嚼，慢慢品味，把这个男人吃得连渣都不剩。

在很久很久以后，燕陈与姜薄东领了结婚证后，某日，因为姜二少怠慢了燕小姐的闺中密友唐小舞，被燕小姐罚睡书房。姜二少再次要求替燕小姐做 SPA，燕小姐被按摩穴道，居然内心躁动扑倒姜二少……这才咂摸出有些不对。

“姜薄东，你按的这些都是什么穴位，我怎么觉得……每次你给我按过之后，我都有点……色。”

二少笑容明艳逼人，温和，有格调。

“夫人色心大发，是为夫的荣幸。”秘密藏在那个春情绽放的暗夜中，紫丁香弥漫左右，花儿也不说话。

“啊！”惨绝人寰的叫声，第 N 次从总经理办公室传了出来，直听得外面的秘书助理们胆战心惊。

“小陈总这是怎么了？鬼哭狼嚎的。”

“大姨妈来了吧。”

“别去触霉头，她这是为海外代理项目的接待问题在烦神呢，谁进去，逮谁骂谁。”

“什么接待啊，能把咱们小陈总为难成这样。”

“你们是不知道？这次海外代理项目的负责人是个混血儿。母语是阿拉伯语、英语和德语……上次，咱们陈氏的竞争对手上次没拿下这个海外代理权，不是因为实力不够，而是同声翻译不能理解这位神奇的负责人用德语开的小玩笑，被认为是对合作的不尊重。于是……项目嗝儿屁！如今，咱们小陈总遇见和对手公司一样的难题！”

正说着，又一阵比方才还要惨烈的杀猪似的叫声，从办公室里面响了起来：“五倍高薪都征不到人才！这让我到哪儿去找会好几种语言的同声翻译啊，该不会让我去外交部挖人吧……”

哀号声格外揪心，助理们在外面齐齐叹了口气。人家的总经理，每天喝喝茶、喂喂鸟，一天就这么过去了，偏偏小陈总运气太烂，每次遇见的客户，不是江北那种艺术气息浓郁的文艺青年，便是迪拜任性土豪。

为了同声翻译这事，陈糖糖头上的毛都要被她给薅掉一半。

“燕陈，我这儿可真是没法儿了。小姨求你了。帮了我这一次，山珍海味熊掌猩唇，你想吃什么，我都请你去！”

早上，燕陈才吃过早饭，就听见敲门声。从猫眼往外面看过去，陈糖糖手里提着大包小包一堆礼物，滑稽地站在门口，尴尬地冲着猫眼露出六颗牙齿的笑容。

但凡能找到第二个人，陈糖糖都不会跑燕陈这里来求助。在陈糖糖的眼中，燕陈这个沉默起来能地老天荒的主儿，想想都觉得发怵。可猎头公司寻遍了整个帝都，精通英语、德语、阿拉伯语等六国语言的人才，人家不是档期满了，就是在休假。

而且这种高精尖的人才往往脾气古怪，陈糖糖开出了五倍日薪的价格，都没有人来应征。

陈糖糖无奈之下，脑中灵光一闪，突然想到燕陈。别看小姑娘不爱说话，可语言天赋超强。

陈糖糖就见过燕陈玩过原版的德国小说，也见她玩过阿拉伯语种的游戏。而且，燕陈当初就是去德国留学的，要说燕陈不会德语、英语和阿拉伯语，那是绝对不可能的，也的确是没人了！陈糖糖二话不说，直接去敲燕陈的门，进门了，二话不说好声好气一通马屁先拍上再说。

燕陈便是在小姨这样不请自来，兼四面马屁声中，稀里糊涂接下了陈糖糖的委托，成为了陈氏集团这个海外代理项目的接待兼翻译。迪拜来的那位土豪，和燕陈接手过的其他公司的负责人都不相同——首先，人家凭的不是学历，不是能力，不是资质，而是嫡系血脉成为高管。其次，人家是个有原则、有想法的土豪。

土豪来中国之后，先给自己起了个中国名。名字分开看很正常，也蛮顺口的，合在一起配上人，就格外非主流。燕陈拿到陈糖糖交到自己手里的资料以后，对着上面一脸胡茬儿，却给自己起名叫“容安澜”的土豪名字，嘴角抽搐了一下。

土豪也一副中国通的架势，得意地阐述了“容安澜”这三个字多么充满了中国气息、艺术气息。以及，对“燕陈”这个名字指点江山，激扬文字，表达了一下中国人鲜少用姓做名字，“燕陈”这个名字太俗气，不中国！并突发奇想，建议燕陈改名叫“燕雷锋”。

在土豪印象中，雷锋这个名字好得天怒人怨，要不是因为他知道得太晚，他自己就想起名叫“活雷锋”。

燕陈点头：“哦。”

初次见面，土豪表示作为地道的中国通，想吃地道的中国菜，体验地道的中国文化。

燕陈再点头：“哦。”

两拨人在亲切友好的氛围中，部署好了接待路线。第一天，燕陈带土豪去吃极具特色的小吃、点心。土豪在馊泔水似的豆汁儿和焦圈的海洋中，溃不成军，宾主尽欢。第二天，燕陈带土豪去吃麻辣香锅，土豪在漫天鲜红色的辣椒以及麻椒面前，溃不成军，宾主又尽欢。第三天，燕陈带土豪去吃湘味，土豪在铺天盖地巨难闻的臭豆腐中，溃不成军，宾主再尽欢。第四天……燕陈还没有按计划路线出发，一脸痘痘，满脸憔悴，两眼发直的土豪就找上门了，还死鸭子嘴硬："燕陈小姐，我觉得中国菜很好吃，也很有特色，可是我很快就要回国了，时间短，事情多，总在食物上浪费精力是不对的。要不，咱们还是游览一下名山胜迹，体验一下中国地道的景胜人文吧。"

燕陈点头，说："好。"

她就是在这种情况下，带土豪在北方最冷的时候爬了黄山，并认真告诉他，黄山的雾凇美不胜收。三九天里，从未感受过华夏大地湿冷气息的土豪，不顾燕陈关于"加衣"的劝告，就这么穿着单薄有款的西装，在日出时分，气势恢宏登上了"处处琉璃界，时时水晶宫"的壮丽黄山，并荣幸成为第N个不顾导游劝告，不租棉衣爬去看日出的作死外星人，然后……壮烈感冒！

眼见土豪即将带着他饱含热泪的中国印象回国……陈糖糖脑门捏把冷汗，都怕燕陈把土豪给玩坏了，这项目也就嗝儿屁了。可令人惊讶的是，土豪对燕陈的印象竟然出奇的好。

他认为，燕陈除了名字不够"中国"，无论是特色小吃还是人文景胜，都让他感觉到浓烈的中国风，并有宾至如归的氛围。

陈糖糖干笑之余，咽下了"土豪你这是被整成智障了吗"的疑惑，语重心长地和燕陈说："同志，再坚持坚持，等送走这尊佛，小姨带你去吃大理的傣味包烧、魔鬼鱼、香茅炒牛肉，云南顶级松茸……"

对着陈糖糖兴奋到闪闪发光的眼睛，燕陈默了默，只能点头说好。

这是土豪在中国的第十天。按照计划，燕陈应该带他去通灵大峡谷，感受一下负离子的气息，谁知道临到机场的时候，土豪突然反应过来，自己昨晚去夜市酒吧找乐子，把钱包什么的都丢了——护照和机票都在钱包里面，一并丢了。

土豪可怜兮兮地看着燕陈，一副“这可怎么办”“燕陈，你一定有办法的，对不对”这种小眼神。

燕陈漆黑的眼眸中有恼怒的风暴一闪而过。有那么一瞬，土豪都以为她会发飙，却见燕陈飞快恢复面无表情的模样，淡定告诉他：“我们明天下午四点的机票，准时去通灵大峡谷。”

她眼底漆黑的风暴，快得仿佛一切都只是土豪的错觉。土豪是个没心没肺的逗比体质，见燕陈瞬间顶下所有麻烦，以为燕陈在国内神通广大无所不能，眨眼就把这件事当成无关痛痒的毛毛雨，抛之脑后——继续该吃吃，该玩玩。

燕陈于是继续找关系，走路子，帮土豪补办身份证明。待当天晚上，土豪拿到全新的护照和机票之后，看着燕陈的眼神都闪闪发光，差点没抱着燕陈亲两口，跷着大拇指，连声称赞：“燕陈，你果然是地道的中国人。在中国，什么事都难不倒你，陈氏企业有你万事足。”

燕陈把护照塞他怀里，淡淡丢出一句：“别再弄丢了。”这事就算这么揭过了。然而，土豪拥抱大自然之行，约莫从弄丢了护照开始，便埋下了伏笔。任燕陈想破了头，也想不到不过是陪土豪去一趟通灵大峡谷，居然会在中转的地方遇见地震。更让她想不到的是，被地震和震后的雷暴困在空气稀薄，没有水，也没有食物的地底，她不仅和土豪失去了联系，并且在这儿遇见了这辈子她再也不想见到的俞景和温情。

人生何处不相逢，相逢也是孽缘。地震来的时候，燕陈正在和姜薄东通话。

打从燕陈接了陈糖糖这份委托之后，姜二公子的醋劲就没断过。陈糖糖削尖脑袋都找不来精通德语、英语、阿拉伯语等小语种的全方位人才……姜薄东勾勾手指，一沓精通多国小语种的高精尖人才简历，就躺在了陈糖糖的办公桌上。其中，有外交部的人才、同声翻译的大触、名校教授，甚至连德裔的混血都有。

乱花渐欲迷人眼，陈糖糖瞠目结舌的同时，姜二公子只有一个要求："燕陈性子冷，不适合做陪聊的事。"

陈糖糖捏着一堆人才的个人资料，感动之余，被"同声翻译＝陪聊"的理论震惊到，瞬间铁锤砸脑门，几乎宽面条泪了："大哥，同声翻译这么高大上的事业，在你口中怎么就变成陪聊了？"

姜薄东问："眼、耳、口、鼻，同声翻译靠什么吃饭？"

陈糖糖："口。"

姜薄东继续问："眼、耳、口、鼻，陪聊靠什么吃饭？"

陈糖糖："也是口。"

姜薄东轻描淡写："那你告诉我，同声翻译和陪聊有什么不同呢？"

陈糖糖傻乎乎的……好像的确没什么不同，不过好像这个不能这么算的啊！在姜薄东的强势介入下，陈糖糖立马开始挖掘新人才，准备送走燕陈这尊佛。然而，让姜二少和陈糖糖都没想到的是：首先，土豪不愿意同声翻译换个人；其次，燕陈觉得没事吃吃喝喝旅旅游也不错，也没有卸任的意思。

就这样，姜二少的醋罐子打翻了一瓶又一瓶，眼睁睁看着燕陈跟着土豪飞到黄山、泰山、通灵大峡谷……一开始，二少还蛮能忍，沉得住气，不吭声。待燕陈跟着土豪跑到丽江逛游了一圈，二少沉不住气了，委婉地表达了他要来通灵大峡谷找燕陈的意思。

电话正打着，地震却也恰好在此时发生。地面的震感骤然强烈，燕陈还没反应过来，半栋楼已经塌了。她看着窗外半城废墟，脚下地动山摇，从未经历过天灾人祸的小姑娘有三秒的怔愣，还在疑惑眼前这末日大片似的场景，该不会是做梦。紧接着，地面整片塌陷下去，有什么狠狠砸在了她的脑门上，眼前一黑，燕陈彻底陷入深沉的噩梦。

不知过了多久，燕陈是在一阵滴答的水声中醒来的。额头像炸裂似的疼痛，肩胛骨好痛，手脚也像是被什么捆住了，动弹不得。她这是……梦魇了吗？口鼻里像是堵着什么，一咳嗽，便是簌簌的灰尘呛了出来。

一个嘤嘤哭泣，很年轻的女孩绝望惊慌的声线，传入耳中：“我们被活埋了……这可怎么办啊……呜呜呜……”

她不是在酒店的房间休息吗？酒店里怎么会有陌生人？皱起秀气的眉毛，燕陈的思绪正混沌的时候，又听刚才那把年轻的女声，绝望、惊恐、愤怒地在哭泣：“旅个游，竟然还会遇见地震，这到底走了什么霉运啊，天气预报怎么说的啊，呜呜呜……”

地震这种事情，就算是地震局都无法准确预判，天气预报躺枪得也太可怜了。

“呜呜呜……都怪小瑾，没事非怂恿咱们来旅游。W城的水本来就有热毒，喝得我脸上都起痘痘了。结果还发生了地震……我的护肤品和包包都被埋了，那是浅浅姐从巴黎给我带回来的……好贵的呢。呜呜呜……我的脸也好痛，是不是毁容了？景哥哥，我要是被毁容了，你会不会嫌弃小情……”

一长串绝望的哭声，震得人脑壳疼，巨大的信息量轰然炸入脑海。地震？燕陈的眼神闪了闪，总算咂摸出哪里不对了。是啊！倘若她还在酒店房间里，首先，顶层总统套房的大床不会这么硬邦邦的，硌得人脊梁骨生疼。其次，退一万步说，就算大床房是木板的，很硌人，她这呛出的一嘴灰尘，明显是在沙坑中打过滚。最后，遍目的漆黑。在这里，她什么都看不见，就只能听见不远处传来的男女对话声音，而且越来越近。

难道……她昏迷之前看见半栋楼房坍塌下来的场景，并不是在做梦，而是 W 城真的发生天灾了。

土豪呢？好像……晚上去了露天夜店，也许在空旷的地方，他恰好逃过一劫。

燕陈庆幸之余，又觉得心情有些复杂。她睁开眼睛，试图适应眼前的漆黑，可除了混凝土灰尘混着血腥的古怪气味，什么都看不见，什么都听不见。

她伸出手，去触碰周围，右边的肩胛骨上传来一阵撕裂似的刺痛。

她再伸另一只手去摸，指尖触碰到一片湿漉漉的黏腻，带着甜腥味。难怪刚才觉得胳膊像是被捆缚住了一样，原来是压得太久，血液不流通，肩膀应该是又被飞石什么的刮擦到了受了伤，可脚动不了是怎么回事？

“来人啊！救命啊！有没有人啊……”

就在燕陈心里有一种不祥的预感，感觉到腿部好痛，动弹不得，似乎是被重物压着的时候。脆弱的石壁，不知道被人用什么锐器，敲得咯噔咯噔响。

扑簌簌……石头裂开的声音。头顶上方开始落灰，落在了燕陈的脸上。不远处，刚才那个抱怨名牌包包、护肤品被埋的女孩在说话。

“景哥哥，我们一起喊喊，没准救援队就在我们上方，就听见我们说话的声音了……”女孩激动地叫，不知道她到底是拿什么去敲基岩，石头滚落的声音扑通扑通砸下来。有几个小石子，甚至砸到了燕陈的脑门儿。

“救命啊！”空寂的地底洞岩中，对方撕心裂肺的呼救声，震得燕陈耳膜刺痛。伴随着尖叫的，还有对方不消停的砸墙声。

“别砸……”

如果是地震，那么刚刚震荡过后，地底的基岩结构有可能是脆弱的，如果没弄清楚情况，冒失去砸，有可能会引起二次震荡。燕陈挣扎起身，想要阻止对方砸墙的行为。一开口，声音却嘶哑得可怕。在空寂的地底，连燕陈自己都被自己吓了一跳。

“鬼啊！”手中的石头一丢，高跟鞋踩着地面嗒嗒嗒的奔跑声传入耳中。

鬼？好吧。这声音听起来的确挺鬼的……可姑娘，我不是鬼啊！

嘴角扯出一抹无奈的苦笑，燕陈摸着四周的基岩，忍着肩胛骨传来的刺痛，深吸一口气，猛然坐了起来。正窸窸窣窣摸索着周围的基岩，准备解释一下。

一道刺眼的白光突然照了过来。

久经黑暗过后，冷不丁的光线让燕陈的眼前有片刻失明，她皱着秀气的眉，伸手下意识挡一挡这道光亮的时候，那光亮收敛了，一道熟悉又陌生的嗓音，透着些许惊愕，倏然传入了耳中：

“燕陈？”

第二十一章　冤家路窄

光线一点点恢复过来，先是灰扑扑的山石基岩，再然后是模糊高俊的一道人影。逆着光，燕陈并不能看清楚那张脸，只是隐约觉得这身材略有些眼熟。脑子运转起来，她在脑海中一遍遍过滤自己认识的人，企图判断出这个能够一眼精准叫出自己姓名，又倒霉催地和她一起遭遇了地震的“难兄难弟”到底是谁。

刚才那个一直尖叫哭泣的女嗓突然静默了下，紧接着，是难过得几乎要哭了的声音，绝望地问：“景哥哥，都这个时候了，你还想着燕陈？你……是不是后悔为了我，和她离婚了？”

燕陈安静下来，不用解释了。

对面的男人也沉默了，似乎因为某女一句话，又恰好在当事人面前抖出来，有些尴尬。

燕陈便是在这样的情况下，遇见前夫以及前夫的情人——俞景和温情。漆黑的地底下，气氛有些压，天灾遇人祸，说的便是温情现在的处境吧；而天灾遇路人，说的便是燕陈的处境。伸手去推压在自己腿上的石头，燕陈倒是没有温情那么纠结复杂的心情。她只是觉得，为什么同样遇见地震，瞧人家……那好端端，活蹦乱跳的模样……

她再瞧瞧自己，左腿被压在石头下面，右肩胛也被锐物刺伤了，指尖传来的触感很刺手，摸了摸石头的轮廓，貌似也挺吓人的，幸亏这玩意儿没砸脑袋，只是压着腿……正用力往外推着石头的时候，双手突然被人不由分说地握住，耳边一热，一个低沉有力的男嗓淡淡传来："别动，我来。"

离得这么近，燕陈几乎可以闻到俞景身上惯有的好闻气息。在他说"别动，我来"的时候，她心思一阵恍惚，忍不住又想起了少女时代。这个男人……从她少女时代开始便是同学。记忆里，俞景一直属于那种家世好、长得好、学习好、运动也好的全能少年，性情冷淡孤僻，认识他到现在，他就没主动和燕陈说过话。

离得最近的一次，大约也不过是俞景捡漏，买了个青花瓷，结果是真品，大家一起热热闹闹去面馆吃面的那一次。那时，精致得和个瓷娃娃似的漂亮男孩，漫不经心去抽纸巾，不小心捏住了她的手。那是燕陈第一次被男孩子碰到小手，面上虽然淡定自若，心里却狠狠跳了一下。

俞景是色彤的男朋友！单这层关系，就够让燕陈压下心底所有的非分之想，只是淡漠地抽出自己的手，并把少女时代最原始的这份悸动，永远地埋藏心底，再也不曾回顾。

对燕陈而言，俞景也只是好友的男友。这么简单，这么纯粹。他们之间的相处模式，大约就是沉默，沉默，再沉默。

俞景有洁癖，从来不爱用别人沾过的东西，也从来不爱肢体上的接触。色彤和他谈恋爱的时候，就和她抱怨过：“小八，你说 kiss 是什么样的啊？”

“不知道。”

“对哦，和一个没谈过恋爱的人说 kiss，我真是太过分了。”

色彤捂着脸跑了，可是过一会儿，又耷拉着肩膀，哭丧着脸跑过来了：“可是……按说我和俞景都谈了那么久的恋爱，有 open 点的，三垒打都过去了，可俞景为什么到现在都不吻我啊？就连牵手都是我主动的……而且，每次握了我的手，俞景居然都用纸巾去擦手，我是病毒携带者吗？太过分了！”

不仅是色彤，就连上次在会所去找俞景离婚的时候，所有人都以为俞景和温情是何等天造地设的人间佳偶，可燕陈分明看见温情让俞景去摸她的时候，俞景虽然没反抗……可摸过以后，就开始用纸巾擦手。软玉温香，天底下所有男人的挚爱，偏俞景是属于吃了豆腐，还要用消毒液去消毒的那种人。像这种人，也会主动靠近她？贴在她耳边上说话？

抬眼，燕陈惊讶地去看俞景……黑暗中，俞景的脸也看不清晰，但随着俞景的动作，压在腿上那种钝痛仿佛在瞬间轻松了下来——石头……被挪开了吗？

脑子里钝钝去想的时候，俞景突然用手按了她的腿一下，一股说不出的疼痛骤然从被按压的地方，反弹到全身。燕陈疼得倒抽一口冷气，身体都要蜷缩起来了，慌乱中，手指也不知道抓到什么，掐了进去，却被人温柔地反握住，捏了捏。一个低低的嗓音在耳畔安抚似的响起：“别怕，还好石头不算重，压的时间也不长，肌肉没有坏死。”

俞景的声音一如既往的和风流水，清淡如月。可燕陈却来不及理会，她只是觉得……用这种方法来检查肌肉有没有坏死，虽然在非常时期无可厚非，可真的是……很痛很痛啊。而且……俞景这种安抚的语气是怎么回事？

他的小女朋友一直在旁边哼哼唧唧，喊着这儿疼，那儿疼，这儿受伤了，那儿受伤了……他不去理会。他干吗来管自己？而且……洁癖狂为什么要来握她的手？地底下可没有纸巾，没水给他擦手。压下心底那点因为俞景靠过来的奇怪感觉，燕陈疼得眉头直皱，很没出息地低哼了一声，再然后，刚才被石头压住的地方，竟然再次被一片温热的大掌覆盖住了，轻轻推拿着。虽然他这么一来疼痛缓解许多，然而……被摸到的地方，毕竟是大腿……

发生地震的时候，正是晚上。燕陈只穿着一套黑点白睡衣，俞景掀开裙子这么伸手一摸，就等于直接抚摸她的大腿了。

虽然……他们曾是夫妻，可那也是前夫和前妻啊。何况……在婚姻关系的那三年里，两人相敬如宾。

小姑娘的脸色唰地黑了，低声喝了一句："俞景你的手……"

"忍着点。我帮你推拿一下，避免肌肉坏死。"俞景的声音清淡却没有丝毫的感情波动，虽然明知道像俞景这样有洁癖，冷漠过头又洁癖过头的男人，是不可能对自己有任何非分之想，也不可能会吃自己豆腐的。

燕陈还是伸手推开了俞景："不用，我自己来。"

俞景的动作一僵，许久，收回手："嗯，你自己来。刚才我检查过了，你的骨头没伤着，会疼是因为皮肉伤着了。你先简单处理一下，我们等救援。别担心，我在。"

这是俞景第二次对她说“别怕、别担心”了。为什么总是要她“别怕”？她表现出很害怕的样子了？

而且……说“我在”的时候，男人低沉好听的嗓音里，有几乎掩盖不住浓烈如风暴的情绪。这让燕陈总觉得哪里不对，他把自己错认成温情了？虽然这里黑漆漆的一片，是人是鬼都分不清，可温情和自己的声音还是不同的吧。而且，她们的身高胖瘦也不相同啊……

燕陈心里怪怪的，忍不住又看了俞景一眼。黑暗里，电筒照向的是角落，俞景的脸依然模糊不辨，只能辨别出他俊美宛如刀凿的轮廓，虽沾了许多灰尘，却更衬得一双漂亮的眼睛闪闪发光，亮得惊人。

许久不见……俞景性情大变，燕陈也只能这么解释了。她却没察觉温情指甲都掐到了掌心，几乎咬碎一口银牙了。该死！为什么会是燕陈。

打从知道“患难与共”的幸存者是燕陈以后，温情顾不得害怕，心里除了愤怒便是嫉妒。她不是在装受伤了，就是娇滴滴地哭着，企图引起注意。可让温情恨得牙痒痒的，是俞景一如既往的视若无睹。更可恨的是……景哥哥竟然主动替燕陈搬开石头，还主动帮燕陈推拿淤积的血液。

景哥哥不是有洁癖吗？景哥哥从没有这么主动来碰过自己，便是他和燕陈结婚那日……名流圈流传的那段艳照视频……不知想到些什么，温情的眸中迅速掠过一抹恨意。

难道，景哥哥心里一直都有燕陈那个小贱人？他们离婚以后，还藕断丝连？

火气扑簌簌地往外面冒着，温情想到这儿，看着燕陈的方向，眼神就说不出的毒辣可怕。不！我不允许。任何女人，都不能和我抢景哥哥！猛然咬住下唇，在口中，温情尝到了鲜血的甜腥滋味儿。

然而……灾难并没给温情嫉妒吃醋的空间，当燕陈在不远处的废墟中，发现一具钢条当胸贯穿，被石头砸得血肉模糊的尸体时，温情吓得尖叫干呕起来。

她终于意识到……眼下自己处于绝境，随时有可能丧命，天灾人祸总能教某些人学会夹着尾巴做人。

三月六日晚十点三十五分，W 城发生地震，洲际大酒店倒塌，燕陈与外界失联。

第二天上午九点十七分，燕陈遇见俞景、温情，满脸懵懂，三人面面相觑，燕陈发现死尸一具，温情吓哭，从此精神萎靡不振，俞景不知在想什么，燕陈在初时的惊吓后，瞬间安定情绪，心跳稳定；十二点过，尸体渐渐发臭，地底空气虽有流通，但饥饿感依旧笼罩三人，缺水，缺食物。温情恐惧、绝望，俞景不知在想什么，燕陈尚且理智，安静保存体力等待救援；十五点，温情尖叫崩溃，燕陈试图安慰她，却被失态的温情咬了一口，俞景皱了皱眉头，制住温情，燕陈情绪稳定，捂着受伤的手腕，沉默思考，人咬人会不会引发狂犬病，不过，她现在的问题是有没有命等到狂犬病发作吧……

第三天上午七点，好困，好累，好饿，好渴，伤口好疼……

第四天上午五点三十分，好渴……是不是人之将死，五感皆空，恍惚中，燕陈似乎看见头顶上方一片微光，她这是在黑暗中眼睛了吗?

"W 城地震? "

燕陈的电话突然中断，姜薄东就有不好的预感。燕陈的性格清淡却谨慎，姜薄东与她相处那么长时间，知道她从来不会无缘无故丢掉电话，信号中断之前，他听见对面传来山崩地裂的声音，以及……重物砸在人身上的闷响。

在手机信号中断的三分钟后，姜薄东收到 W 城遭遇八级地震的消息。十分钟后，姜薄东查到燕陈所住的酒店彻底变成废墟的消息。半小时后，姜薄东联系到和燕陈一起的土豪，得知土豪去露天夜店玩，受到少许惊吓，却没受伤，也没和燕陈在一起的消息。三十五分钟后，姜薄东推掉所有的预约和公事，订了当晚的机票赶到 W 城。

姜氏集团的总裁特助们个个惊骇不已。

"这次和雷迪集团竞争的项目，您现在推掉预约会议，恐怕不利于拿下这个 case。"

"推。"

"W 城现在还在地震，您现在订机票去那儿，万一遭遇余震怎么办? "

"订。"

特助们议论纷纷。

"小姜总这是受了什么刺激? 二十亿的大项目，说不要就不要了。"

"W 城多危险啊，大伙儿都赶着从那儿走，偏咱们小姜总赶着去……”

“该不会是中邪了吧。”有人猜测。

对，姜薄东中邪了，中了一种名为“燕陈”的邪。

大雨倾盆而下，雷暴天气里，紫红色的闪电狰狞地游过乌云密集的云层，豆大的雨滴像是利刃，劈头盖脸撕裂了整个天地，W 城像是风雨中的一片小舟，摇摇欲坠。

高思远撑着雨伞，匆匆从爱驾下来，满脸肃穆。

“姜总，您一身都潮透了，我在 W 城大酒店订了房间，您先冲个澡换身干净衣裳，别着凉了……”

引姜薄东上了车，高思远朝后座递去干毛巾，正说着，只听姜薄东淡淡道：“去洲际大酒店。”

“那是哪儿。”

凌晨一两点，思路有点跟不上。高思远发动引擎，点开导航正准备开车，突然想到晚上的新闻——W 城江南区洲际大酒店在今晚十点三十五分的地震后倒塌……

洲际这两字，和高思远的小儿子同名，所以他记住了。如今听姜薄东这么一说，骤然记起这是哪里，面色一僵，尴尬扭头，道：“不对啊姜总，洲际大酒店在震中由于地理位置不对，已经被埋了，现在都成一片废墟，根本住不了人。”

从半夜十一点订机票，到一点才登机，姜薄东坐了两小时飞机，现在是凌晨三点半。轿车上的雨刷不停地刷着，可依然挡不住倾盆似的大雨。玻璃窗外，炸雷轰鸣，不时有巨大的闪电穿过云层，照亮了雨中的 W 城。

姜薄东闭目养神，嗯了一声。他嗯了一声，高思远就有些尴尬了。

“嗯”是什么意思？是知道了？还是不知道？知道了，那还要去洲际大酒店吗？不知道的话，现在姜总疲惫地养着神，他得把他喊起来做决定吗？

姜薄东看似温和好脾气，事实上性情最是古怪——他拿过的主意，绝对不容置喙。否则，惹恼了姜总，后果可不是他区区一个姜氏集团 W 城分部负责人能承担得起的。高思远犹豫半晌，情绪波动有点大，尴尬熄灭引擎，正琢磨着怎么向姜薄东开口提洲际大酒店面临的问题。

姜薄东却突然淡问了一声：“怎么还不开车？”

高思远忙重复道：“洲际大酒店被埋了，您……”

姜薄东：“去洲际大酒店。”高思远还没说完，就被姜薄东斩钉截铁打断了。

地震发生时间还不长，灾后的废墟中，除了救援队依旧在大雨中积极展开救援行动，这里只有医疗队以及被救出的部分灾民，并没有什么志愿者。姜薄东的出现瞬间吸引了许多人的注意力。说是灾民吧，他西装革履，衣不染尘；说是救援队吧，他没有编制，并不是部队派出来的兵力；说是医疗队吧，他只统计救援出来的灾民的籍贯、姓名，根本不关注伤情。不过，一片废墟中，气宇轩昂、艳色无边的绝美男子抿唇，眸光冷静，一丝不苟统计着被救援的灾民人数，就像是自带光芒的小太阳，耀得人眼睛发亮，极其吸睛。

好些刚刚参加救援，并不太成熟的年轻医疗队女孩，在处理好伤员问题之后，可还是忍不住一次次去看姜薄东……

“你们看见十号帐篷里的那个黑西装的男人了吗？天哪，他真的比明星还要帅！是哪个明星来做公益活动吗？”

“开什么玩笑，这地震发生时间连六小时都没到，就算是明星做公益，也要等到二十四小时灾情稳定，确定不会发生余震，才会过来。”

“那他……”

“你没看见现在这里连志愿者都没有吗？现在路段处于封锁阶段，我猜这应该是哪个兄弟部队的吧。”

有女孩瞥了同伴一眼，端着架子，细声细气地说：“专心配你们的药，别走神。”

话音才落，她立马被同伴们火眼金睛地揭穿了：“小卢你装什么呢。你是没看他，可那帅哥走过来的时候，你连手都在抖……出息呢！”

相对于年轻女孩们的不淡定，一些年轻的兵也在议论。

“路段不是封锁了吗？我最烦灾后那些不分青红皂白，一拥而上的志愿者了。那哥们儿从哪儿来的啊？走的什么关系进来的啊？别帮帮帮，只会帮倒忙。”

“得了吧，刺猬兄弟，刚才很多人都抬不起来，那哥们儿过去立马摆平，就这军事素质，可得甩你们好几条街道，你还好意思说别人？”

“我看见咱们首长专门跑过来迎他的……”

不仅是部队上的兄弟纳闷，姜氏集团的一众高管副总也跟着眼都直了。

“听说过企业家回馈社会，要做公益的，可咱们姜氏集团每年做慈善的支出都超过八位数，小姜总不必这么身体力行，亲自跑来震区做救援吧。”

“这才六小时，现在进场太危险了，小姜总太冒进了。”

“他要出个好歹，咱们集团怎么办？”

一片沸沸扬扬的议论声中，甘唯抿紧唇，眼神坚毅，正色命令：“公关部去想办法争取三个志愿者名额，财务部准备一千万元救援金额，买好帐篷、食物、饮用水。摄影组挑个好手，带上长枪短炮，宣传部找个文字擅煽情的小姑娘一起跟着，然后想办法请医院的李老坐镇，待灾情稳定，一并去灾区宣传震后疫情预防，以及医疗问题……”

“甘总，这是？”

“一方有难，八方支援，虽然国家的救援行动迅速有效，但作为企业，钱赚得越多，就越应该有社会责任感。灾区的人民现在水深火热，作为国内知名企业，连小姜总都身体力行。咱们应该力所能及，有钱出钱，有力出力，顺便给《W 城晚报》的记者送点儿晚报干料，宣传宣传咱们姜氏集团的企业精神。”

另一边，救援指挥所里，也有人有意见。

“首长，那位小姜总毕竟是个社会人士，也不像咱们当兵的身强力壮，天天都有训练，应对天灾人祸有一定经验。现在把他放进来，万一余震殃及他，恐怕家属会闹事啊……”

“你觉得他很弱？”

“个儿挺高的，有一米九，脸也挺俊的，可这不管用啊首长。天灾人祸可不会因为你帅就放水……”

颇有居安思危意识的教导员逮着首长，私下里就忍不住说服起来。但见某首长摊开手上的震区救援分布图，看了许久，冷不丁地丢出一句：“他叫姜薄东。”

“我知道他叫姜薄东，他叫姜厚北也没用……”某教导员一通嘟囔，又听首长同志说：“他曾经被特招进军区的警侦营。”

某教导员的嘀咕骤然停了一下，紧接着，是震惊的语气：“不会吧，他是军区大比武中拔头筹的姜薄东？”

再然后，啥话都没有了，原来是他！难怪了，难怪从来铁面无私的首长同志居然会放一个社会人士来震区。倘若这个便是十年前那个铁血传奇，啥都别说了！人家一个能打十个，军事素质稳稳胜过他们一个营的兵。

浅淡的光影从金彩莹然的窗棂缝隙间洒下，将华丽典雅的简欧派卧房内镀了层淡金色的流浆。

“四夫人，银耳燕窝粥炖好了，还是送到你房里吗？”

“嗯。”揉着隐隐作痛的太阳穴，陈宁脸色苍白，倒着几片降压药片，有气无力地哼着。

安婶走过来，拿起小药瓶，看了一眼，担忧道：“四夫人最近天天闷在屋子里，人容易闷出事，我看你血压最近上来得快。最近天气暖和点了，你还是出去多走走，散散心。”

“不关你的事。”拿着杯子，和水吞了药片，陈宁按着抽疼的太阳穴，哼哼唧唧地打发安婶。

“你脸色不大好……”

“脸色？嗬，我脸色哪里能好得起来！”冷笑两声，陈宁想到燕陈，忍不住皱着细细的眉，连忙又喝了两口水，压下心头的不高兴。

“四夫人您歇一会儿，我去给你端粥吧。”安婶一看陈宁的模样，就知道她肯定又想到五姑娘燕陈了——谁家的母女都没陈宁和燕陈这么大的仇。

不想惹事，安婶松开药瓶，转身要走。陈宁的心口堵得难受，心疼肝疼胃疼，保养得宜的手肤色雪白，她撑着桌子，缓缓到法式实木梳妆台边上。银箔闪烁的圆润边角包裹住明亮的镜框，倒映出一张女人憔悴的脸，这张脸白得看不见血色，连嘴唇都白得有点吓人……

陈宁吓了一跳。

“安婶，”她突然叫了起来，“你说得对，我不能总是憋在房里了……你把燕窝粥拿到小花园，我一会儿下去。”

安婶也吓了一跳，她劝陈宁出去走走，是到外面走，不是小花园啊，现在谁不知道和平喜欢在小花园看书，连带着二夫人也爱往那儿跑。阎晓灵和陈宁暗底下一直有龃龉，遇上了恨不得斗个鱼死网破。

安婶的本意是让陈宁散散心，不是让她去找麻烦的。

安婶忙说：“二夫人大早上就去了小花园，老太太前阵子移来养的一品红长势格外艳，二夫人看着欢喜，说这花名的兆头好，想移两盆回去，摆在和平的屋里，也好让和平参加那个什么物理竞赛时讨个好彩头……”

水杯落了下来，陈宁不高兴地嘟囔起来：“我怎么上哪儿，都能遇上她。”

“一家人，抬头不见低头见，二夫人要不想见着，我把燕窝粥端上来，您在屋子里眼不见心不烦，省心。”

刚才她还劝陈宁出去走走，听陈宁要去小花园，又说要端燕窝粥上来。陈宁也不是傻子，怎么听不出弦外之音，手上的药瓶啪的一下拍在桌子上，冷冷盯着安婶，突然冷笑起来。

“安婶，你这是什么意思？嗬。她在小花园里，我就不能去了是不是？凭什么我得避着她？她阎晓灵要移几盆一品红，讨一个好彩头，我就不用了吗？”

“四夫人……”安婶一拍大腿，心里暗叫一声糟了，还待劝些什么，冷不丁看见陈宁嘴角翘起一抹凛冽的淡笑，一双眼睛冰冷得吓人：“我不见阎晓灵，她还得来找我。这些天，她只要见着我，一定要说我对亲生女儿怎么怎么苛刻了……她过过嘴瘾而已，我不过懒得与她争。你以为我怕她？”

“我没有，四夫人您误会了……”安婶身子一颤，连忙摇头否认。

“有没有，你心里清楚！”瞪了她一眼，陈宁一伸手把雪白中挑了一抹红的狐狸皮坎肩搭上，笃笃笃地踩着高跟鞋从螺旋形的楼梯上往下。

“四夫人，我帮您把粥拿过去……”安婶不敢多说，低着头，匆匆想要去厨房。

“慢着。”冷冷地开口，唤回了战战兢兢的安婶，陈宁深吸了一口气，她心里不舒坦！

生日宴上丢脸也就罢了，她这是在家！她推开牌局、饭局、运动休闲美容的活动，不就是不想听见“燕陈”这个名字。可越躲着，越避着，阎晓灵就偏要来她的伤口上撒盐巴，现在搞得连帮佣都知道她怕阎晓灵了。

阎晓灵不就是暴发户家的女儿，有什么了不起！她陈宁用得着这么躲着阎晓灵吗？不就是一个燕陈，就算翅膀长硬了——燕陈依旧是从她陈宁肚子里生出来的女儿。她为什么要怕？为什么觉得丢人？那丫头从来没有把她当母亲来尊重，她就算宠着田瑾，又关这些乱七八糟的路人什么事情！阎晓灵说她苛刻了亲女儿，她就得让她看一看，什么才叫真正的厚此薄彼！一个个念头像恶魔的尖角似的戳着陈宁的心，让陈宁心中突然生出了一种说不出的憎恨和痛快。

眼中露出恶毒的笑意，陈宁淡淡道："安婶，你去打电话给阿瑾，让她来老宅一趟，就说我要送她几盆花。"

"今年冬天，咱们花园里养的大多是草，没有花啊……"安婶不知所措，愣了下，奇怪地看着陈宁。

"怎么会没花，老太太不是移了些一品红过来。"

一品红？这花名一说出来，安婶的脸色变了："四夫人，一品红是老太太养的花，二夫人移了几盆也就罢了，您要几盆，再送给田小姐，小花园里就不剩什么了？老太太说了，栽这一品红，还想着送给五小姐。"

陈宁的脸色顿时漆黑如墨，她拍着螺旋形阶梯的扶手，不可思议地嚷着，"那个臭丫头害我丢尽了脸，我没去找她麻烦已经是待她不薄……如今老太太不给我讨个公道，还要养花送她？"

安婶听她这么说，心里别扭极了。哪有妈妈这么说自家亲闺女的？她想装作听不懂陈宁语气中的愤懑，可又觉得五小姐太可怜了一点。

她忍不住小声提醒："四夫人，五小姐再怎么说，也是您的亲生闺女。"

"亲生？人家说女儿是妈妈的贴心小棉袄，知冷又知热。我女儿就是来和我讨债的，我倒宁愿没这个亲生闺女。"陈宁白了安婶一眼怒道。

这次，她在名媛贵妇中坐实了"不贤"的名声，全是败燕陈所赐。安婶要是不提燕陈，看在婆婆的面子上，她留几盆一品红也就罢了，可一听说婆婆要把这几盆花草送给那个"祸根"，她哪里沉得住气？

"安婶，找老刘开我的车，让老刘直接去接阿瑾过来。"

老刘去接田瑾的时候，田瑾接到了林京的电话——燕陈入院昏迷不醒了！

天助我也！田瑾握紧手机，她听见自己兴奋的心跳，是报复后的快感。连上天都看不过眼，报复燕陈了，她活该！这个世界上如果没有燕陈这个存在，那该多好！没有了燕陈，她就不会在名流圈名誉扫地；没有了燕陈，燕楚就不会这样对她，她不会和名流圈失之交臂。没有了燕陈，她根本不需要与江北合作……人之初性本善，她之所以会变得冷血无情全怪燕陈！

谁不想当个无忧无虑、心地善良的小公主？如果六岁时，燕陈不出现，她就不会从天堂一般的燕家坠落到烂泥似的田家，就不会变得精于算计，都是燕陈逼她的！

如果燕陈不在这个世界上了，那该多好。田瑾似乎没有想过，如果没有燕陈，她也许根本无缘进入燕家，得到陈宁的庇佑。

第二十二章　黄粱一梦

燕陈在昏迷的这段时间里做了一场梦，梦境中漫长的岁月，让她甚至有些分不清，那到底是梦境还是真实。或者在她内心深处，她更愿意这一切是真实的。

最初，她的眼前是一片漆黑的，但隐隐约约听见规律的心跳声和流水声，让她感到十分安详舒适，就好像被温柔的海水紧紧地拥抱着一般，没有尔虞我诈，没有流言蜚语，没有虚情和假意，没有轻视和鄙夷。

紧接着，似乎有人在窃窃私语。

“麻醉。”

“痛吗？你现在是痛还是麻？”

“没事，夫人，再忍忍，很快就能和宝宝见面了……”眼前忽然蹿进来了一道光，刺眼，嚣张，打破了一切的宁静。没有了令人安心的水声，燕陈的心难以抑制地在呐喊。

纵使她从来都对世间万事毫不在意，但这一次，她的身体却不受控制地号啕大哭了起来，耳边响起一阵激动愉悦的声音："燕四夫人，是个很漂亮的女孩儿呢。"

燕四夫人？燕陈想睁开眼睛看看自己的母亲，但眼皮太沉重，而她使不上一点力气，尝试了几次，最终放弃。见到又怎么样呢？大概也还是那张冷漠疏离的脸吧。

燕陈已经受够了燕四夫人看她时不带任何感情的目光，那仿佛在问着"这个人怎么会出现在这里"的目光。

燕陈感觉自己被一个陌生的怀抱，从一个陌生的地方带到了另一个陌生的地方。这是一个弥漫着婴儿嘤咛声的地方。燕陈烦透了这些此起彼伏的嘤咛声，想要抗议，但张嘴，发出了也是一阵微弱的嘤咛。就这样崩溃地待了一段时间，燕陈终于积攒了一些力气，能够轻轻抬起眼皮了。透过睁开的缝隙，燕四夫人的脸映入了燕陈的眼中。该怎么去形容此刻的燕四夫人呢？那是燕陈从未在燕四夫人脸上见到过的表情——燕四夫人在对着她微笑，眉目间都蕴藉着温柔，她的嘴角是微微上扬且柔和的，她的目光是带着慈爱与疼惜的。

她正小心翼翼地抱着自己，轻轻地哼着摇篮曲，燕陈一瞬间，仿佛看到了春暖花开，冰封多年的心，瞬间化了，软成了一摊水。床边站了好一些亲戚，有人感叹："宝宝真是乖，四夫人一抱，她就不哭了。"

"都说女儿是妈妈的贴心小棉被，四夫人以后要享女儿福了。"

"这女娃娃就是惹人疼，昨天楚哥儿过来，抱着都不肯撒手……可乐呵了。"

"四夫人，宝宝起名字了吗？"

陈宁笑了笑，一颦一笑都是幸福小女人的模样：“修恺起的名儿，唤作燕陈。”

“燕陈燕陈，不就是咱们燕少和四夫人的姓吗？”

“四夫人如今儿女双全，夫妻恩爱，真是羡煞旁人啊。”

燕陈打了个嗝儿，眼前的画面一下子变得扭曲。陈宁的笑容逐渐变得狰狞，恐怖，模糊——最终变成了田女士的脸。田女士，燕陈的养母，田瑾的亲生母亲。田女士抱着还是小婴儿的燕陈，却吝啬给燕陈一个眼神。由始至终，她都不曾看过怀中的燕陈一眼。她就这样笔直地走着，在医院过道与抱着另一个婴儿的陈宁狭路相逢，燕陈脑海中浮现出来一个词——错抱。

她和田瑾被错抱了，她要再一次被迫离开燕四夫人，再一次接受养父母的毒打凌虐，再一次失去父母缘了……

凭什么？凭什么！燕陈的每一个细胞都在呐喊。凭什么这一次，还让田瑾占领她的位置；凭什么这一次，还要受命运的摆布！如果老天想让她燕陈认命，那么她偏不！她相信人定胜天，只要还有一线希望，只要还有……那她就不会放弃。

不过一瞬间，附近的人都被吓了一跳。过道上脸色憔悴的妇女，她怀中的婴儿，竟然发出了尖锐的哭声。那哭声悲愤，在控诉上天的不公；那哭声高昂，在死死地紧抓着唯一的希望；那哭声凄惨，在排解着深藏在内心的孤寂……那哭声吸引了所有人的目光，包括陈宁的。所有人都目不转睛地看着田女士怀中的孩子。

田女士的脸瞬间白了，紧了紧抱孩子的力度，正准备匆匆离开，与陈宁擦肩而过。陈宁上前一步，拦住了她的去路。为什么眼前这位妇人怀里的婴儿这么眼熟？为什么怀中的婴儿如此陌生？早就觉得哪儿不对劲……

身旁的月嫂疑惑地询问：“四夫人，怎么了？”

陈宁没有回话，只将怀中熟睡的婴儿塞进了月嫂的怀里，自己则一步一步地走向田女士。田女士警惕地往后退了一步。燕陈的哭声，依旧刺耳。

陈宁伸出手：“可以让我看看这个孩子吗？”

说的虽然是问句，动作却没有任何询问的意思，手几乎是不容置疑地直接伸到了燕陈面前，拉下了燕陈的帽子。燕陈的小脸，暴露在了陈宁面前。

陈宁口中念道：“这才是我的孩子……这才是我的孩子……这才是燕陈……”

月嫂惊呆了：“四夫人？”

乍一眼看上去，两个婴儿的模样有八九分相似，但燕四夫人却扯着别人家的孩子一口咬定是自己的，最后经过医院的亲子鉴定，也证实了陈宁的想法，两家错抱孩子了！

这一次，燕陈终于顺利回到了燕家，是燕家土生土养的闺女，再没有什么田瑾燕瑾的抢她的家人了，燕陈在燕家快乐地成长着。她有疼爱她的燕爸燕妈，有虽然很不靠谱却极其护短的哥哥燕楚，有对她慈爱宽容的燕老太太和燕老太爷……

燕陈两三岁的时候，有次病重，燕妈不顾工作，在手术室外哭了一个晚上，燕爸的头发一夜之间，白了两鬓。是的，付出得越多越心疼，燕爸燕妈视她为掌上明珠，他们恨不得将世上最美好的东西都捧到女儿手上。燕爸燕妈经常带燕陈去画展，培养了燕陈的画作鉴赏能力。燕爸燕妈让燕楚多陪妹妹骑马，谁承想，燕陈骑马极有天赋，没过多久便超越了燕楚。燕小哥儿气得扬言再也不要带妹妹去骑马了，结果被燕爸狠狠教育了一顿。燕爸燕妈还找了富有名望的茶艺插花老师教导燕陈，但燕陈对这些一点兴趣也没有，虽然有些可惜，但燕爸燕妈并没有为难她，学了一段时间便没再学了。

陈宁被培养成了当之无愧名流圈的第一淑女，不再是别人口中的“名流圈的笑话”；不再是蠢货、废物、无能之辈。中学时，燕陈认识了色彤、俞景和叶浅浅。叶浅浅依旧是绿茶婊的姿态，依旧很惹人讨厌，但燕陈对她视若无睹，燕陈只关心色彤。

候机室里，色彤拉着燕陈的手，微笑着，半真半假地说：“小八，记得帮我照顾好俞景哦。”

燕陈永远记得，她最喜欢的色彤，就是在接下来的一场飞机事故中离她而去。既然她能够阻止当初的错抱，这一次，她也要阻止色彤的意外！燕陈反握住色彤的手，拧着眉，正色道：“色彤，我知道你和俞景吵架了，我也知道你很难过，但是唯独这一次，我不允许你逃避。”

燕陈一把抱住有些惊诧的色彤：“色彤，我不允许你离开！”

色彤的目光沉了沉，嘴唇紧紧地抿着，却还是忍不住鼻子泛酸。她也紧紧地抱住了燕陈，眼泪不受控制地溢出眼眶，哗啦一声哭了起来：“小八，我也不想离开你们啊！可是俞少……”

燕陈打断色彤：“没有什么可是，如果你真的想和俞景在一起，听我的，不要坐上这一趟飞机，不要离开！”

色彤选择了留下，没过多久，色彤告诉燕陈，她和俞景和好了。色彤那么爱俞景，就应该和俞景白头偕老。叶浅浅和她燕陈，怎么配出现在俞景的感情生活里，更别提之后的莺莺燕燕，之后的温情了。

谁要敢打扰色彤和俞景，燕陈第一个先跟他过不去。但燕陈细想起现在的自己，不再沉默、压抑、事事不在意的自己……这真的还是她燕陈吗？

燕陈已经昏迷整整一周了。

这一周，姜薄东没有一天不如坐针毡，但姜薄东出现在燕陈的病房的时间，屈指可数，连阿水都有些思念他的姜大哥了。

姜玥气鼓鼓地捧着腮帮，看着病床上双目紧闭、脸色苍白的燕陈，忍不住腹诽道："二哥真是的，未来老婆都快死了……呸，我都说的什么混账话。说来说去，二哥真是个大浑蛋，我未来二嫂住院了，他居然把妹妹和弟弟喊过去帮忙照顾，人就跑了，还跑得没影儿了。"

姜隅正在一旁削苹果，他特别擅长做这种精细的活，耐心地一点点地将苹果皮呈螺旋状削下来，长长的一条，都不带断的，要是将皮重新摆好，没准还能还原出一个苹果的造型。虽然看过了很多次，但姜玥还是忍不住从心底里发出感叹，她削苹果皮，连肉削，削完苹果立马瘦了一圈。

姜隅直接用苹果塞住姜玥的嘴："就你话最多，我也很佩服自己听了这么多天，居然能忍住没把你扔出去。"

"哥，你这就不懂了，"姜玥咬了一口苹果，嚼得说话都有些含糊不清，"电视不都这么演的吗？电视里面植物人都能被他的至亲唤醒，何况我偶像只是暂时昏迷了呢。"

“但你是哪门子的至亲啊？”姜隅叹了口气，将水果刀收好，起身去卫生间洗手。

姜玥闷闷地注视着燕陈，嘀咕了一句：“我也知道自己不是偶像的至亲啊……但偶像的至亲都不来呼唤她，我也很绝望啊。”

从燕陈被救回来到现在，已经过去一周了。一周，七天，一百六十八小时，一万零八十分钟，六十万四千八百秒。

燕陈昏迷住院的消息，该通知的人都通知了，该知道的人也知道了，该来的人也已经来了，唯独没有燕陈的父母。

燕楚刚开始来过两三天，每次都被姜玥逮住被迫对着燕陈说话，足足三小时，说得燕少口干舌燥，喉咙沙哑，回去睡一觉，第二天醒来，不得了！十几年来连个喷嚏都很少打的燕少，竟然得了重感冒，又是流鼻涕又是咳嗽，自己都顾不上，哪还能过来照顾燕陈。

姜玥说他懒人事多，也不知道是谁害他成了这副病恹恹的模样的。燕楚想怼回去，怎奈刚要张嘴说话，喉咙就像卡了鱼刺，把话全卡住了，还热辣辣地疼，一个字都逼不出来。姜玥那死丫头还喋喋不休地数落他。等他痊愈了，不教训得她哭爹喊娘，他就不姓燕！

陈糖糖一直觉得，姐姐陈宁办事不地道——别人家的孩子再好，那也是别人家的，和你没有什么关系。自己家的孩子再看不顺眼，到底是你身上掉下来的一块肉。在燕陈和田瑾的天平上，她这一票想也不想是压在燕陈身上的。哪怕燕陈之前再沉默寡言，说到底还是自家人。陈糖糖有护短的毛病，在陈宁的生日宴上，陈宁和田瑾被燕陈打脸后……别的陈家人都是一副天塌下来的样子，唯陈糖糖觉得这脸打得够漂亮。她觉得，陈宁那护犊子的劲儿分一半护着自家闺女，也不至于被人逮着短处。

大多数人担心陈宁想不开。陈糖糖呢，她不担心陈宁，反而是担心燕陈会不会太失望，尤其是燕陈如今昏迷不醒有她的一些责任，她就更加心疼燕陈，更加不能理解她的姐姐陈宁了。都说母女没有隔夜仇，陈宁和燕陈到底是有多大的仇，陈宁才能狠了心在亲生女儿昏迷不醒、生死未卜的时候，和干女儿手挽手其乐融融地逛商场？

不是没有人通知陈宁，她的亲生女儿燕陈遇到天灾，如今还躺在医院不省人事。也不是没有人告诉陈宁，她的亲生女儿燕陈住在哪个区哪个医院的哪个病房。陈宁都知道，陈宁什么都知道。她知道，但她没反应。她只是微微地拧了拧眉，脸色都没变一下，也没说话，如常地喝了口茶。

第二天，田瑾来找陈宁，想看看陈宁有什么动作。陈宁会不会因为燕陈这次受伤，就心疼了，心软了，从而和燕陈修复母女关系呢？当然，田瑾是不会让这样的事情发生的，要是她们母女俩重归于好，她想再从陈宁那儿讨些好处就比登天还难了。

哪承想，田瑾这边还担心着呢，陈宁见着了她，赶紧将她拉到了跟前，从头到脚打量了她一番。田瑾都被盯得有些不好意思了，开口问道：“妈，我的脸上是不小心沾了什么脏东西吗？”

陈宁伸手摸了摸田瑾的长发：“我家小瑾真好看……妈一定要帮你找一处好人家，然后风风光光地把你嫁过去。”

田瑾没弄明白陈宁怎么说起这些话，虽然陈宁一直有意帮她在名流圈物色对象。田瑾还在思索，陈宁已挽过了她的手：“走，妈带你买几件新衣服过冬。”

安婶赶紧从陈宁的房间拿来了陈宁的貂皮大衣，为陈宁披上说：“四夫人，路上小心。”

目送燕四夫人和田瑾有说有笑地离开了燕家老宅，安婶轻轻地叹了口气：“可怜的五小姐啊……”

燕陈和母亲陈宁的关系不好，这是名流圈众所周知的事，但却甚少有人提起燕爸燕修恺和燕陈的父女感情。母亲疼儿子，父亲疼女儿的家庭也不少，那么燕陈家是不是这个情形呢？

这是个谜，因为燕修恺是个神龙见首不见尾的探险者，除非他寻出了什么珍稀文物被大肆报道，否则媒体还真很难打听到他的消息。

大概名流圈里除了陈宁以外，也没人有什么兴趣想知道燕修恺到底身在哪个犄角旮旯挖坑了。也许一开始还有点关注度，但你挖个一年半载也只收获到一堆飞沙走石，很让人失望啊……更何况，名流圈天天有新闻夜夜有趣事，燕修恺这个好几年都不露一次脸的人，很快就被众人遗忘了。

燕修恺也不是一开始就热衷寻宝探险，其实他也是被逼无奈。起初是燕老太爷反对他和陈宁自由恋爱，他是孝顺的人，本来打算狠狠心，和陈宁断了，顺了燕老太爷的心愿吧。哪知道年少的陈宁恋爱大过天，为了能和他在一起，都放弃了出国留学的机会。他一个大男人，也搁不下面子去拒绝这样的一个小姑娘是吧……

一边是燕老太爷冷漠的眼神，一边是陈宁苦苦的坚持，燕修恺愁死了，这时，一个生意合作伙伴邀请他去来场特别旅游，他几乎是想也不想就答应了。只要能离开这个鬼地方，摆脱这两个让他脑壳都要爆炸的人，去哪儿他都愿意。

生意合作伙伴打听到西南那边有处宝藏，在深山老林里。燕修恺这么一去，算是打开了新世界的大门，野外求生的经历简直新鲜刺激，就适合他这种老爷们儿。之后燕修恺也去探险了几次，但和陈宁成家后，便断了念想，特别是燕哥儿出生后，就算好友再三邀请，他都拒绝了。

没想到——出了陈宁和燕陈相看两相厌这一遭。一边是他的老婆，一边是他的女儿，手背是肉手心也是肉。他劝陈宁吧，陈宁责备他没良心，不体谅她。让他眼睁睁地看着陈宁把女儿欺负得越发怪癖乖冷吧，他又不忍心。

算了算了，索性眼不见为净，什么都不管，重拾寻宝大业吧。这么一想，燕修恺就留书一封，连夜溜了。据闻燕四夫人当年一看这封留书，两眼一黑就晕了过去。至于留书上写了什么，就不得而知了。反正，自那以后，燕四夫人好像有了个假老公，燕陈也好像只有了一个假爸。

燕陈一生，注定父母缘薄。但得不到的永远在骚动，燕陈偏偏又极度渴望父母缘。

金开心将燕修恺的资料呈到姜薄东面前时，说实话，金开心看姜薄东的眼神都是带着浓浓沉重感的。

小姜总爱上这么个爹不疼、娘不爱的女孩儿，注定要身兼三职，一个人给予三份爱了，又当爹又当妈还要当爱人。姜薄东已经连续三天不眠不休了，眼睛都是发红的，金开心不敢直视他的眼睛，根本就是地狱修罗啊！

姜氏集团的担子，不是说放下就真的彻底放下的。姜薄东当初为爱任性了一次，遗留下来的烂摊子没这么容易收拾，虽然甘唯已经尽力将损失降到了最低……

姜薄东趁吃盒饭的空当，拿起燕修恺的资料扫了几眼，吩咐金开心：“把他请回来。”

金开心来之前已经猜到了姜薄东可能会这么说，但真听到，还是跺了脚：“小姜总，你这是要我的命！”

姜薄东笑了笑，笑意却抵不到眼底：“我还可以把你老婆孩子的命也一起要了。”

如果让金开心从头再来，讲真，他再也不要当什么劳什子私家侦探了。金开心不敢骂他的金主，只能在心里狠狠地骂金主的未来岳父——坑爹的燕修恺，你跑哪儿不好，偏偏跑到了有战乱的小国？分分钟一个炮弹从天而降，立马身首异处，连个全尸都留不下啊！

燕陈的梦境还在继续。燕妈生日宴，一家四口和和美美；色彤和俞景有情人终成眷属，色彤还将花球扔到了她的手上；连不靠谱的哥哥，也找到了志同道合的伙伴，一起成立了家黑客公司……燕陈觉得她的人生很圆满，却又总觉得有些美中不足。到底欠缺了什么呢？她想不起来了……不过，也没关系，她现在已经够幸福了。

上天是公平的，给了你一些东西，总会收回另一些东西。既然想不起来了，大概也不是什么很重要的东西。而这个不是很重要的“东西”，正领着燕陈梦中的某个主角，来到了燕陈的病房。

姜玥和阿水见到了许久不见朝思暮想的姜少，恨不得扑上去成为姜少身上的挂件。但两人看见了姜薄东身后的大叔，生生止住了动作，向大叔投去了探寻的目光——黑髯从腮帮一直长到了下巴，嘴巴上也覆盖了一层厚厚的一字胡，五官深邃，一双深沉的眼眸更是饱经风霜。他的头上围了一圈头巾，身上的衣服看上去已经很旧了，还补了好几处补丁，脚上的鞋子更是破了个洞，露出了两根脚趾头。

姜玥咽了口唾沫，迟疑地问自家二哥："二哥，这位是……"

燕修恺如今的心情，和当初燕楚被姜薄东敲晕强行带回来是差不多的。当然，他的待遇要比燕楚的好上许多。再怎么着，他也是姜薄东的未来岳父，燕陈的亲生父亲。燕修恺心里千万个不愿意，但他不是喜怒形于色的人，一路跟着姜薄东来到医院，虽然姜薄东表面上客客气气的，但看他的眼神却让他这个见惯大场面的人都有些发怵。

那眼神暗藏狠戾危险，虽然藏得很深，却仍透出寒意。

听说这位姜二少是自家女儿燕陈的爱人。他是个不靠谱的爹，一味只知道逃避，抛下了燕四夫人和一双儿女。虽然这些年他都对燕陈不闻不问，甚至连她当年嫁给俞景他都没有回来，但他还是衷心希望自己的女儿找到一个好的归宿。

俞景绝对不会陪燕陈走到最后的，几乎是第一眼见到俞家那个小子，燕修恺就知道他和燕陈不会白头偕老。

不是他这个当爹的狠毒，俞景确实不是燕陈的菜，一个看上去无欲无求、事不关己高高挂起，一个闷瓜葫芦，越想要的东西就藏得越深越是不说……这个姜二少和俞景可以说是性格完成相反的两个人，姜二少雷厉风行，果敢犀利。两个人相处，总得有一个人先主动，姜二少大概也是个深谙套路的人，燕修恺还是挺看好他的，让他做自己的未来女婿，也勉勉强强过关。

这么想着，燕修恺越发觉得自己亏欠燕陈。

燕陈七岁前，他没见过她；燕陈七岁后，他惭愧见到她，怕看到她委屈的样子，怕看到她难过的样子，但他却无能为力……离开燕家后，燕修恺更是没见过燕陈几次。

燕修恺握住了燕陈的手，仔细端详许久未见的女儿，声音有些颤抖："都长这么大了啊！"

阿水忽然想起来了，这个大叔，他好像是见过的，努力搜索脑海里的记忆。大扫除，卧室，床底，相册……对了，是在燕陈姐姐的相册里见过他。那本藏在床底的相册，只有两张照片，两张都是合照。一张是燕陈、色彤和俞景中学时的合照，而另一张则是燕陈刚回燕家时与燕爸燕妈的唯一一张合照。照片里的燕爸还很年轻，但轮廓、眉目和现在还是有些相像，阿水能认出来，也是因为合照上人不多，而且他盯着照片看了许久。

姜玥见二哥一直没搭理自己的意思，有些郁闷。阿水悄悄在她耳边解答了她的疑问："姜玥姐姐，这位是燕陈姐姐的爸爸。"

姜玥一愣，猛地眼前一亮，暗暗给姜薄东竖了根拇指。前天才抱怨偶像的至亲都不来，今儿二哥就把偶像的亲爸领来了，二哥威武！

明媚的阳光透过落地玻璃窗洒落在雪白的三角琴上，坐在琴前的少年清俊美好，一身西装革履衬得更加器宇轩昂。少年修长的手指在琴键上跳跃滑动，悠扬的琴声弥漫了整个西餐厅……叶浅浅看着沐浴在阳光下的美好少年郎，有些出神了。那副疏离冷淡、无欲无求的表情，很像一个人。

“浅浅？”

一道高大的身影挡住了叶浅浅的视线，叶浅浅回过神来，对来人抱歉地笑了笑。那笑容是她惯常的笑容，从很久以前，她就对着镜子练习了无数遍，清纯又不失娇媚，可爱又不失性感……是对男人杀伤力十足的笑容。

叶浅浅已经数不清，有多少男人拜倒在了这个笑容之下。果然，不过是轻轻一笑，就摆平了有些不满的钟怀林。钟怀林将醒过的红酒递给叶浅浅，微笑道：“浅浅，尝尝味道如何。”

叶浅浅先是轻轻晃了晃酒杯，嗅了嗅：“嗯……香气浓郁，好像还有摩卡的味道。”

钟怀林微抿一口，闭上眼睛细细品尝：“还有莓果、香草和橡木味道。”

叶浅浅也跟着抿了一口，双眸含着笑意，有些小得意：“是1998年的柏翠酒庄红酒吧。”

叶浅浅之所以得意，不是猜出了而得意，而是自己恶补的美食知识成功用上了而得意。

钟怀林一家都是老饕，深谙吃喝玩乐之道。钟怀林从小泡在美食的海洋里，饶是现在请了私人健身教练督促他健身，也压不住暴涨的脂肪。钟怀林在叶浅浅的一众追求者中，长相只能算得上中等水平，身材更是不堪评论。至于他为何入了叶浅浅的法眼，除了他家财力势力不错，还有就是……燕陈！

一想到“燕陈”这两个字，叶浅浅就恨得几乎咬碎了牙，本来她在一众追求者中挑中了当中最优质的成哥，结果被燕陈横空插了一脚，不仅搞黄了婚事，还害她在名流圈落下了逞一时口腹之欲伤害无辜生灵的笑话。她就想不明白了，只有狗是无辜生灵，鸡鸭鱼猪就不是了吗？她叶浅浅就爱吃狗肉怎么了？她又没偷了别人家的宠物狗煮了吃！

成安歌提出分手那天，叶浅浅当晚就跑去狗肉店点了份狗肉火锅。去他的陈燕，去他的姿态礼仪，去他的狂热爱狗粉！吃得异常起劲满头大汗的叶浅浅，就是在这个时候，遇到了吃得同样异常起劲满头大汗的钟怀林母子。三个人一拍即合，狗肉火锅果然是人间极品啊！

听说一而再再而三坏她好事的燕陈现在昏迷不醒了，叶浅浅简直要烧香拜佛，祈祷她在自己顺利扯证之前千万别醒过来搞事情。当然，盼着燕陈不要醒来的，除了叶浅浅，还大有人在，比如田采虹。

自从上次江北画展，差点被燕陈逮住后，她东躲西藏，先前攒下的那点积蓄也挥霍得所剩无几了，日子过得很不安生。现在一听田瑾说，燕陈昏迷不醒了！田采虹悬在半空中的心稍微放下来了些，暗暗地松了口气。虽然用假货充真货的始作俑者是田瑾，但她田采虹也捞了不少油水，在劫难逃。要她把之前赚的钱吐出来，还不如要了她的命。现在倒好，燕陈管不来这事了，她终于不用过担惊受怕的日子了。她希望燕陈永远都不要醒过来。

但有一句话，叫事与愿违。你越想怎么样，老天偏要跟你作对。叶浅浅和田采虹千盼万盼燕陈不要苏醒，可燕陈就是醒了。

燕陈醒来得还特别不是时候，她要是能早醒个半天，就能看到一向冷冷清清的病房，挤满了她的至亲——燕爸、燕妈、燕楚、燕老太太。

燕四夫人突然开窍，想起自己的亲生女儿了？姜玥不喜欢燕四夫人，但她到底是偶像的生母，虽然偶像上回在燕四夫人的生日宴会上当面顶撞了燕四夫人，但偶像的的确确是真心实意祝福母亲，真心实意地送出礼物的。说到底，就是太在乎才受不了对方的疏离与偏心，燕陈有多在乎燕四夫人，就对燕四夫人偏爱田瑾有多不满。

姜玥看见燕四夫人的时候，心里先是一惊，然后是一喜，她终于还是来了！但下一秒，姜玥就明白过来了。只见燕四夫人看都没看床上的燕陈一眼，绕过病床，径直走到了燕修恺跟前，嘴唇抿得死死的，一张保养得宜的脸上变脸似的上演了几轮表情。

震惊、气愤、喜悦、激动、委屈……

陈宁还没来得及说话，燕修恺先开了口："阿宁。"

"你终于回来了！"陈宁激动得连双唇都在颤抖，捏起小拳拳捶了燕爸的胸口一下，"一声不吭留书出走这么多年，回来了居然都不知道先回家，跑到这里来看……"

话突然止住了，陈宁感觉到身后一阵犀利的目光，盯得她脊梁发寒。回头一看，是个五官精致、身材挺拔颀长的小哥。小哥看上去有点眼熟，但陈宁不记得自己见过他，倒是小哥旁边的那个小女孩，陈宁想忘都忘不了。不就是那个和燕陈在她的生日宴一起打她脸的女孩子吗？再仔细一看，这位小哥和这个女孩，有点儿像……

燕四夫人这般一理清关系，突然明白过来姜夫人出现在她的生日宴上的原因了，又是燕陈。

燕陈燕陈，自从燕陈回国，燕四夫人觉得自己被燕陈的影子笼罩了，走到哪儿，都能听到燕陈，现在连失踪多年的丈夫再次现身，也是因为燕陈。

燕修恺叹了口气，试图平复燕四夫人起伏的情绪："燕陈是我们的女儿，小姜紧张她，希望能有亲人陪在她的身边，照顾她，鼓励她，所以把我带了回来，希望我这个做爸爸的可以多关心她一些。"

回想田瑾六岁那年，生了一场大病，陈宁不顾工作，在手术室外哭了一个晚上，而他愁得头发一夜之间，白了两鬓。可如今燕陈昏迷，陈宁不管不顾，他还是被人"请"回来的，实在是讽刺。

想到这里，燕修恺眼睛有点红了，他紧紧地握着妻子的手，目光真挚，情深意切地道："阿宁，你别怪燕陈了，怪我吧……都是我的错！燕陈已经长大了，有自己的思想了，我不希望我们再用自己的想法去左右她，我只希望她可以快乐地、无忧无虑地生活下去。"

陈宁起初还有些气，但听见燕修恺不停地将问题归罪在自己身上，忽然有些不忍，思绪也被感染了。陈宁一把抱住燕修恺，眼泪已经溢出了眼眶，哽咽着，不停地点头："都听你的，燕陈是我们的女儿……"

姜玥尴尬地看了看全程面无表情的二哥，看了看病床上双目紧闭的燕陈，又看了看抱作一团自我感动的燕家夫妇，脑海里冒出一个念头——这算是半大团圆结局啦？

“咳咳咳。”从门口传来的咳嗽声打破了姜玥的尴尬。循声望去，只见燕楚正虚握着拳咳嗽，手上还搀扶着燕老太太。燕老太太之所以过来，纯粹是因为感冒初愈的燕楚一个不小心说漏了嘴，把燕陈出意外的事情泄露了一言半语。

燕老太太多疼惜燕陈啊，立马让燕楚带了她过来。没想到这一来，精彩了，失踪多年的儿子燕修恺居然也回来了，连陈宁也在……哦，还有那位长腿俊秀的青年，大约便是姓姜的那位吧。至于唐阿水和姜玥的存在，直接被燕老太太忽略掉了

燕老太太如今心情十分复杂，看见儿子就来气，想发脾气吧，却又碍于姜姓青年在场，不好发作，最终只能冷着一张脸，走到儿子面前，瞪了他一眼，没好气道：“等会儿跟我回老宅。”

燕修恺深知燕老太太的脾气，没吭声，算是默认了。燕陈的病房一下子热闹了起来。姜薄东因为集团有些事要处理，不得不先离开了。而姜玥和唐阿水也默默地跟着退出了病房，寻了一家医院附近的奶茶店，喝杯奶茶歇息一下，刚在奶茶店坐下没多久，便见一位长腿青年也跟着来了。阿水往姜玥身后缩了缩，姜玥问青年：“燕楚哥哥，你咋也下来了，不陪陪我偶像吗？”

“三巨头齐聚，哪儿有我容身之所。”燕楚点了杯丝袜奶茶，在姜玥对面坐下。他朝阿水招了招手：“我有这么可怕吗？躲什么。”

阿水有些不太情愿地走了出来，轻声喊了声：“燕楚哥哥。”

在小小的阿水眼里,燕楚哥哥简直比他虐童的二叔还可怕。这种可怕并不表现在吃喝上亏着他……而是，燕楚哥哥总喜欢让他对着墙角练站姿，要么就是拿台电脑过来教他古古怪怪的编程。

燕楚哥哥说看着他就觉得欢喜，所以才要这样培养锻炼他……可是，他不想被燕楚哥哥锻炼啊。

姜玥叹了口气：“现在偶像的家人可都算到齐了，不知道偶像什么时候才能醒过来呢。”

“医生说燕陈现在没什么大碍了，就是不愿意醒过来。”燕楚跷起了二郎腿，“没事，现在的燕陈已经不是以前的燕陈了，她总会想通的。”

第二十三章　恶报

实际上燕陈苏醒，也不是想不想通的问题。只是在梦境里，家人突然逼婚，要嫁的人却不是她想嫁的，她被生生地吓醒了而已。燕陈不喜欢家里人给安排的对象，二十多年的人生里，她似乎也没有喜欢过谁，觉得能和父母幸福地生活在一起已经满足。但燕老太太却说男大当婚女大当嫁，硬是要给她找一处门当户对的好人家，说那是她的归宿。

少女时代的燕陈也不是没幻想过自己的白马王子，那个人不一定会身披金甲圣衣，脚踏七色云彩来娶她，但那个人的声音必定能让她迷恋，那个人的能力也必定能让她折服，他爱她宠她，却不会干涉她的生活，不会干涉她想做的事，只会默默鼓励她。她觉得自己总会遇到这样的一个人的，但却在还没遇到前，被燕老太太逼婚了。

睁开眼的一瞬间，燕陈的脑海里都是姜薄东低沉磁性的声音。

“姜……薄……东……”燕陈忍不住出声，但没有人回应她。

病房里黑漆漆的，只有窗户漏进来的几点月光。虽然阿水也睡在陪护床旁，但他实在太累了，睡得很沉，根本听不见燕陈的动静。

躺了这么久，四肢都已经僵硬了，燕陈睁开眼看着天花板，回想起遭遇地震的现实和美好的梦境，有点恍惚……梦终究还是碎了，现实依旧如此残酷。但好在上天给你关上了门的时候，还留了一扇窗，姜薄东大概就在那扇窗后等着她吧！没有哪一刻像此刻这般想要拥抱一个人，将要紧紧地抱住他，将自己嵌入他的怀里，让他的气息将自己笼罩住……也好在那个人，现在不在自己身边。

燕陈所拥有的东西很少，父母缘她没有，好名声她没有，最珍惜的友情她没有，爱情对她而言曾经是遥不可及不敢妄想的东西，现在连她一直以来的从容，几乎也要在姜薄东面前失去。燕陈一直知道自己喜欢姜薄东，但她却极少放任自己，即便是意乱情迷，也只当是各取所需。

自色彤离去后，燕陈没能再将自己完全暴露在他人面前。她将自己藏在自己的小世界里，但姜二少似乎有打破她的束缚，藏入她世界的趋势。燕陈现在想要见姜二少，又不想姜二少见到她。

窗外的皎月弯弯的，点亮了整片夜空。不知道姜薄东现在在做什么呢？是还在忙碌工作，还是已经睡着了呢？她真的很怀念她的人形抱枕啊！而“人形抱枕”，也在思念燕陈，并顺手帮燕陈处理了一个小麻烦。

燕陈独立，坚韧，不折不挠。姜二少欣赏这样的燕陈，却也痛恨这样的燕陈。她什么事情都往自己肩上扛，从来没有想过找他帮忙，也不知道要来依靠他一下，最后闹得遍体鳞伤，心疼的还是他。

好吧，现在就趁她休息的空当，帮她把一些事情收个尾吧。等她醒过来可以好好休息安心养病，就算她到时候责怪他多事，他再用美男计哄哄就好。姜公子对自己还是很有信心的，虽然在燕陈手中已经栽过很多次跟斗了。

第一个发现燕陈醒来的，是来给她换营养液的小护士，然后小护士惊动了一医院的医生护士。

“姜公子的女朋友醒了……”

“谢天谢地，总算是醒过来了。”

“啊，以后很难再这么频繁地见到姜公子养眼的颜容了，好可惜。”

“有什么可惜的，以后嫂子生娃，不还是要到医院来，以咱们姜少的实力，绝对两年抱俩，生一支足球队。”

“这不成咱们的常客了……”

“呸呸呸，你这怎么说话的，哪能是医院的常客呢。”

“我的错我的错。”

小郭同志一听说燕陈醒了，赶紧前往病房检查，一边走还不忘先给姜薄东打个电话通知一声。

姜薄东不到十分钟就赶到了，他推开病房门，就见阿水正趴在床边，给燕陈述说这些天发生的事。听到房门的动静，两人不约而同地看了过去。

阿水热情地朝姜二少招手：“姜大哥，燕陈姐姐醒了！”

燕陈也对他笑了笑，笑容有些虚弱：“你来了。”

姜二少两步跨到燕陈床边，一把抱住了她：“嗯，我来了。”

他的衣服上还带着外面的寒气，但怀抱却是温热的。真实、有力的臂弯将她紧紧地禁锢在他的怀里，他永远不知道，她在梦里几乎要失去他。从未想过会遇到这么一个人，但上天却安排了这场相遇，从未想到会有一个人在心底留下如此重要的位置，但偏偏他就霸占了她整颗心。

这大约就是爱情吧。

姜薄东吩咐小郭去燕陈最喜欢的粥铺买粥。这粥铺有些远，而且老板很有些小脾气，只晚上营业，白天都在休息。小郭费了一番工夫才把姜二少吩咐的任务完成。

阿水去上学了，病房里只剩下燕陈和姜薄东。早晨五点小护士发现了燕陈醒来，五点半姜二少就过来了，也不知道他昨晚是什么时候睡的，大概没来得及刮掉脸上的胡茬，他蹭到她脸上时，有点痒。

燕陈心疼地让出了半边床：“你眼睛都红了，要不你先睡会儿吧。”

连日来的奔波，姜二少确实是有些累了。他没有拒绝燕陈的好意，和她挤在了一个小床上，抱着她，在她额上轻轻落下了一个吻：“都睡会儿吧。”

“怎么感觉这个冬天，我老是住院，好像大半个冬天都是在医院度过的。”燕陈有些郁闷。

姜二少笑了一声：“你已经把冬天睡过了，春天都已经到了。”

“我也把你睡过了。”燕陈手脚并用地缠住姜二少。

多日不见，甚是怀念。姜二少何曾不想念？他被燕陈蹭得都起反应了，可燕陈大病初愈，他也实在是下不了手。这个磨人的小妖精……

小郭提着燕陈的早餐千辛万苦地回到医院，看到的就是这样的一幕——平时威风凛凛、威震八方的姜二少，正侠骨柔情地拥抱着燕陈，两人紧紧地缩在狭窄的单人病床上，却睡得如此安稳。小郭不忍心吵醒他们，蹑手蹑脚地将早餐搁在了一旁，悄悄锁上门，退了出去，并吩咐小护士："等会儿谁也别放进去了，你们也别进去了哈。"

本来这话没什么，但一经小郭这暧昧不清的语气说出，大家都一副恍然大悟的模样。这小小病房内，大概是在实施什么不得了的计划吧！比如造人什么的……姜二少这性子，也忒急了！

这世界上每个人都有不同的际遇。有人甜甜蜜蜜，也自然有人担惊受怕，不得安生。

田采虹缩在光线阴暗的角落里，瑟瑟发抖。其实田采虹跟着田瑾，也算是见过大场面的人了，但她万万没想到有一天自己会被关在了监狱。和田采虹被关在一个房间的是一位阴森森的疯婆子。那疯婆子天天抱着个枕头当是自己的女儿，每晚准时哼着摇篮曲要哄"女儿"睡觉。谁要敢碰她的"女儿"，她扑上去张嘴就是一口，田采虹目睹过一个狱警想拿走疯婆子的枕头，却被疯婆子咬得皮开肉绽的情景。

田采虹压根儿不敢靠近这疯婆子，可疯婆子每晚哼着的摇篮曲如同催命咒，听得她每晚做噩梦。她梦见疯婆子趁她熟睡时把她杀了，之后几天，她都不敢睡觉。

田采虹日日夜夜在监狱里担惊受怕。今天，总算被她逮住了一个机会，跟外界联系了！而能够帮助她的人，她只想到了一个——田瑾。正如燕陈先前说的，将古玩店里的真货换成假货，她一个人不敢干，要不是田瑾撑腰，她真干不出这事儿，可为什么现在非要她坐牢。田采虹本以为燕陈昏迷不醒，这事就算告一段落了。没想到，燕陈之后还有个给燕陈撑腰的。

姜二少啊姜二少，我田采虹到底得罪了你什么，你非要这样对我！田采虹紧紧地握着手机，仿佛是紧握住了唯一的生的希望。这边，田瑾正陪着燕爸燕妈吃饭呢！

虽然田瑾在名流圈身败名裂，但一日为父母终身为父母，燕爸燕妈总不至于听见外面的流言蜚语就不管田瑾了。虽然陈宁答应了燕修恺，不能再偏心田瑾，燕陈才是他们的亲生女儿，要一视同仁，但陈宁没答应燕修恺疏远田瑾不是？更何况，与燕陈相比较，燕修恺和田瑾相处的时间其实更多些，燕修恺自然也不能疏远这个干女儿了。

燕修恺看着田瑾，脑海里还不断地浮现出那个病弱的楚楚可人的小公主。小时候的田瑾真的非常惹人怜爱……如今，也出落成亭亭玉立的大姑娘了。田瑾看了眼振个不停的手机，陌生电话，挂掉，几乎毫不犹豫。田瑾最近接到了很多骚扰电话，她已经在琢磨着要不要换个手机号码了。刚挂掉，又响，还是那个陌生电话，继续挂掉……这般周而复始，这骚扰人士还真是锲而不舍。

燕爸先被折服了：“小瑾，是不是有什么急事啊？”

田瑾尴尬地笑了笑，欠了欠身，拿起手机往外走：“我先去接个电话。”

燕爸燕妈没回应她。燕妈夹了块鸡肉给燕爸："来，你最爱吃的，在外边肯定没什么好吃的吧？看你瘦的。"

田瑾走到走廊。刚接电话，就听见田采虹火急火燎的声音："小瑾你总算接电话了，你一定要来救救我啊。"

"堂姐？"田瑾没想到会是田采虹。

田采虹不是跑到乡下躲债了吗？田采虹哽咽着，苦苦哀求田瑾："姜二少把我弄进了监狱，小瑾，求求你，求求你救救堂姐，怎么说我们也是姐妹一场，你不能见死不救啊。"

姜二少把田采虹抓进了监狱？他要插手这件事，帮燕陈出头？这次是田采虹，那下一次……田瑾不敢往下想。她忽然想起那个男人戾气蛰伏的眼，下意识地打了个冷战。不能落到他的手里，这是田瑾第一个冒出脑海的想法。落到燕陈手中，不过被羞辱一番，落到姜薄东手里，大概会比落到燕楚手里更惨，他会把人折磨到生不如死，求死不能。

田瑾本来想撇开田采虹不理，当初田采虹也没少尝甜头，田采虹有现在的下场，也不能全怪她了……但是不救田采虹，她就能溜之大吉了吗？很显然，不可能。对燕陈而言，田采虹不过是个微不足道的小人物，她田瑾才是死对头。燕陈和姜薄东一定不会放过她的。

想到这里，田瑾紧紧地咬着嘴唇，脸色都白了。经过的服务员看她这副模样，赶紧过去小心翼翼地询问："小姐，小姐你还好吗？你脸色不太好，需要坐下来休息一下吗？"田瑾摇了摇头，面无表情地往燕爸燕妈的方向走，那里有她唯一的庇佑，唯一的救命草。

她深呼吸，很艰难地才对田采虹开口："堂姐，你放心，我一定会救你的。"救人自救，这种危急时刻，多一个战友总比多一个敌人要好。

纵使外面风云变幻，病房内依旧一派安逸。最令燕陈不可思议的是陈宁和燕修恺的出现，见到燕修恺，燕陈是惊喜的。虽然燕爸很不负责任，将燕陈和陈宁丢到了燕家，自己一个人跑了。但在燕陈为数不多的关于燕爸的记忆里，燕爸一直是一个眉目和蔼、平易近人的爸爸。燕爸曾经偷偷带过燕陈去游乐场，那是燕陈至今唯一一次游乐场之旅，她印象格外深刻。燕陈至今记得燕爸第一次见她时说的话，他说："小陈，是爸爸不好。"

是在自责没能让她一出生就留在燕家吗？是自责没有早一点找到她吗？还是在自责已经把所有的爱都给了田瑾？

有燕爸在的时候，陈宁虽然不喜欢燕陈，却也不会表现得太明显。一旦燕爸外出了，陈宁就对她这个亲生女儿视而不见，没给过她好脸色。燕陈很怕见到这样的燕妈，所以经常跑阎晓灵那里，母女俩的关系也越来越紧张了。现在燕爸回来了，果然，陈宁对燕陈的态度也好了起来，还给她买了个水果篮，叮嘱她多吃些水果。

说实话，燕陈面对陈宁，还有些尴尬。上次她在母亲生日宴慷慨陈词，算是彻底撕破了脸，但现在母亲居然还能笑容满脸地来探望她，不得不说，爱情的力量真是伟大。陈宁大概是真的爱惨了燕修恺吧！这二十几年顶着母女的名义却没有母女感情的两个人，真要她们一下子亲密起来，也真的不容易，但毕竟来日方长吧！

燕爸这次能回来，不得不感谢姜二少。姜二少表示："真感谢我，我们就换个关系吧。"

燕陈抬头看天花板，假装不知道他在说什么："解除炮友关系，换成报恩关系？嗯……看你为我付出了这么多，改变一下也不是不可以，毕竟你是我的恩人是吧。"

小浑蛋还估计在"恩人"两个字上加重了语气。恩人？什么玩意儿？他才不要当什么恩人，他姜薄东就不是什么好人，她以为阿猫阿狗他都会去帮助吗？还不是因为喜欢她——姜薄东怒了，狠狠地蹂躏了燕陈的嘴唇一番，还在她耳边，用她最无法把持的嗓音低语道："等你痊愈了，看我还治不了你。"

燕陈感觉整个人都软了，软成一摊水了。姜公子，用声音来俘虏我，你这样是在犯规啊，你知道吗！此时此刻，燕陈真的好想撩姜薄东一句："公子大恩大德，小女子无以为报，唯有以身相许。"

但是姜薄东一直堵住她的嘴，她根本没机会说！可恶！燕陈出院的时候，雪已经融化得七七八八了，春天原来已悄然而至。燕陈深深地呼吸了一口清新空气。她在医院待了这么久，感觉整个人都沾了消毒药水的味道，难受极了。她现在迫切需要回家洗个热水澡，如果可以，她还想美美地在家吃一份下午茶。

姜公子表示会满足燕陈的愿望，在燕陈洗澡的空当，独自在厨房折腾。姜二少是在部队时学会的做饭，完全是应付生理需求，色香味并不讲究，但现在不一样了，他要为心爱的女孩洗手做汤羹，自然含糊不了。可以说，姜二少在和燕陈同居这段时间，厨艺有了突飞猛进的进步。现在的姜二少，除了会做简单的菜式，还会烘焙糕点，简直入得了厨房上得了厅堂。

燕陈洗了几遍才感觉身上的消毒水味消散了，擦着头发满意地走出浴室，一股香甜可口的气味扑面而至。循着香味走去，只见姜二少仍在厨房奋战，背影高大挺拔，远远地看着，已经安全感十足。

姜二少敏锐的听觉早就知道燕陈的靠近，但他仍将目光专注于平底锅上的松饼。鸡蛋和面粉的香味弥漫了整个厨房，燕陈没有叫姜二少，姜二少也没有搭理燕陈，两人都默契地选择沉默，享受无声的温馨。等到松饼煎黄上盘，姜二少才很随意地问了一句："花生、巧克力还是枫糖？"

"没有肉松吗？"

姜二少轻车熟路地打开橱柜翻了翻："过期了。"

燕陈点了点头，给松饼上了一层花生酱，左手取了一块，咬下一口。嗯……一口咬下去，花生酱的味道在舌尖绽放，新鲜出炉的松饼热乎乎的，口感蓬松香软，齿颊留香。两个字，好吃！于是燕陈右手又取了一块，送到正在刷锅的姜二少嘴边："尝尝？"

姜二少嘴角勾了勾，勾勒出些许耐人寻味的笑意："好啊。"

话音刚落，只见他微微一偏身，就着燕陈的左手，就着她刚吃过的地方咬了一口，还细细咀嚼了一番，良久，才点评道："是不错。"

燕陈被如此无赖的姜二少弄得无语了。给他一块没人动过的，他偏要过来咬她吃过的。大约是看出了燕陈的无语，姜二少默默地补了句："别人的总是最好的。"

燕陈朝姜二少翻了个白眼，拿着整碟松饼往饭堂走："别人的，没这么容易得到的。"

姜薄东整个下午都在家里陪着燕陈。他在客厅对着手提电脑噼里啪啦地忙个不停，燕陈则缩在沙发上看书。午后的阳光透过窗户洒落进来，暖洋洋的光芒将两人笼罩，燕陈看得有些昏昏欲睡，揉了揉眼睛，索性起来收拾下房子。房子其实被阿水打扫得一尘不染，虽然阿水每天都会准时出现在燕陈的病房里，但家务活儿一点没含糊，该做的还是坚持做好了。但阿水到底是小孩子，很多地方都清洁不到，而且有些过期的东西也该扔了换新的了。燕陈将过期的东西打包好，准备扔到楼下去。姜二少很自然地接过她的箱子，叮嘱她好好休息，粗重活由他来干就好。

燕陈已经休息得够久的了，再不活动活动，别说会长膘，手脚都要僵硬了。她到卧室拿了件外套披上，和姜薄东一起下楼。姜薄东将沙发上的薄毯捡起，硬是在燕陈脖子上围了围脖。

燕陈被他包裹得严严实实，几乎只露出眼睛和鼻子了："你太夸张了。"

回应燕陈的就三个字："外面冷。"

推开门，冷风一吹过来，果然有些冷。

姜二少挡在燕陈前面，为她遮住呼呼的狂风。姜二少极少将后背留给别人，但凡目不能及之处都是危险的。燕陈也极少躲在别人背后，因为至今也只有姜薄东，愿意将后背留给她。

扔垃圾的路上，燕陈才注意到小区内家家户户都换了新的门联，道路两旁的植物上也挂满了喜庆的饰品，整个小区喜气洋洋。

回去翻了下日历，才知道，她抓住了春节的尾巴。从前的春节都是她一个人过的，现在成了二人世界。燕陈忽然想起了什么，跑回卧室去了，姜二少接到了甘唯的电话，看了燕陈紧闭的房门一眼，准备视频会议去了。

燕陈在卧室找了半天，都没找到红纸之类的东西，她家又不可能出现利市封，索性找了张白纸，一支红笔，直接将白纸染红。为了表达自己的诚意,燕陈还在染红的纸上用彩笔画了一枝蜡梅，好像还欠缺了什么，又添了一只飞鸟。

燕陈小时候学过画画,那是她在田家最快乐的日子。虽然……燕陈摇了摇头，强迫自己不再去回想那些不愉快的事。

春节总应该开心一些的。姜二少视频会议开到一半，便见燕陈从卧室溜出来了。他抬头看了她一眼，她对他笑了笑，无声地说："你继续忙。"

她的眼眸是亮的，仿佛点亮了整个宇宙。她的笑容是甜的，甜得姜二少心都暖了，忍不住抿唇而笑。

视频对面的一众高管副总又一次不淡定了，小姜总开会不从来都是一脸阴鸷，面无表情让人琢磨不透，说起话来掷地有声让人无法反驳的吗？……怎么现在，居然还笑了。重点是，这笑不简单，满满的都是宠溺啊！连目光都好像柔和了几分。

这春意盎然、少年怀春的姿态，真的是姜公子吗？哦，大概是春天真的到了吧，连征战沙场御敌无数的小姜总都难免受到了感染。只有甘唯扶着额头连连叹气：哥们儿，出息了，栽跟斗了。但人家姜二少，是自己挖了个坑，心甘情愿地跳下去的，还唯恐那坑被挪位。

白天不懂夜的黑，多情人不懂专情的浪漫，像甘唯这种百花丛中过片叶不沾身的主，也不知道什么时候才能遇到能够镇得住他的人。

众人笑我太疯癫，我笑众人看不穿。

叶浅浅也终于找到了能镇得住她的主儿。她发现自己和钟怀林无论是精神还是肉体都非常契合。叶浅浅不是什么好女人，她驭男无数，有过许多床伴，闺中密友涉猎之广连有妇之夫也不放过。只要能助她飞上枝头变凤凰的男人，她都使出浑身解数去勾引。

连寡情被动的俞景都未能幸免，她差一点点就成了景太太。当然，也有失败的，比如姜薄东。钟怀林也不是什么好男人，饱暖思淫欲说的就是他这种。懂吃，懂生活，懂女人。和他发生过关系的女人，十根手指加上脚趾都说不清，他有过许多女朋友，未婚妻也有过一两个，但最终落到了叶浅浅手里。

钟怀林说没人能懂他，唯有叶浅浅是与他灵魂最相似的人。名流圈有些不喜欢叶浅浅和钟怀林的人，也不过嘲讽一句渣女配贱男，绝配。

都说旅游可以检验对方到底适不适合当自己的终身伴侣。

钟怀林和叶浅浅去了一趟西南，游了个遍，鲜花饼、羊奶果、马掌、黄鳝、昆虫宴一一品尝，风景名胜都是其次，重点就是吃。叶浅浅其实是一个在吃上很大胆的人，她吃狗肉火锅能让燕陈知道，也只是因为狗肉火锅在她眼中并不是什么可怕的拿不上台面的食物，其实她还特别喜欢吃昆虫。如果这事暴露在了名流圈，她大概别想混下去。

哪有优雅的名媛会吃可怕的昆虫？在叶浅浅眼里，其实昆虫就和法国蜗牛一样。软绵绵、滑溜溜的蜗牛都如此受欢迎，咯嘣脆的油炸昆虫，不是更应该受到追捧吗？

钟怀林带叶浅浅去品尝昆虫宴的时候，叶浅浅一开始是拒绝的，但意思地拒绝了一下，还是没能抵挡住美食的诱惑，跟着钟怀林去了。叶浅浅拒绝，钟怀林心里膈应，还有些失望。但叶浅浅最后还是跟着一起来了，他忽然明白了，女孩子嘛，总是需要矜持一些的。于是，每次上菜，钟怀林都会主动给叶浅浅碗里夹菜，叶浅浅每次都装出很害怕的样子，一脸痛苦地吃下，但内心却一个劲儿地夸钟怀林：干得好！

叶浅浅喜欢钟怀林，始于财力，陷于美食，忠于志同道合；钟怀林喜欢叶浅浅，始于颜值，陷于肉体，忠于志同道合。有一句话说得好，破锅自有破锅盖，啥人自有啥人爱。重口味对上重口味，十级台风都打不散。

叶浅浅已经把自己完全暴露给了钟怀林，她在钟怀林面前，不再需要像以往一样遮遮掩掩，她可以做真实的自己，不需要再去学不喜欢的狗屁礼仪，再去装可爱装嗲讨好男人，她彻底解放了！现在，即便是燕陈再来揭穿她，她也无所畏惧。因为她已经先一步在钟怀林面前揭开了自己的真面目。

其实燕陈才没那么多精力去破坏叶浅浅的好事。人不犯我我不犯人，叶浅浅不出来搞事情，燕陈可能都记不起这么一号人物。燕陈现在正耐心地等着姜二少开完他的视频会议，这会议谈了足足两小时，才暂告一段落。

姜薄东知道燕陈在等她，合上手提电脑后，在她身旁的沙发坐下，亲了亲她的额头，垂眸问她：“怎么了？”

春风拂脸，春暖花开，万紫千红，刹那绽放。

磁性低沉的嗓音在耳边不紧不慢地飘过，燕陈把持不住了，反压过姜薄东就是一顿啃。像个毛毛躁躁的小混账小子，糊了姜薄东一脸的口水。姜薄东捏了捏燕陈的小脸，没二两肉。他决定要好好给她补补，养胖一些好下饭。

燕陈从口袋掏出一封红包，递给姜薄东，眉目间氤氲着狡黠的笑意。姜薄东疑惑地接过，便听见小浑蛋得意扬扬地说：“姑姑给你的新年红包，祝你新的一年快高长大，事业有成，事事顺心。”

第二十四章　心如死灰

“姑姑……”姜薄东突然好想打自己一拳，之前到底是抽的哪门子风，要找这样胡扯的借口接近燕陈啊。

“谢谢姑姑，”燕陈要玩姑侄游戏，他奉陪到底，“快倒是不必了，高……感觉也差不多了，至于长和大……姑姑你不是很清楚嘛。怕是时间久了，忘记了？没关系，侄儿会让你慢慢记起的，不急。”

燕陈想了一会儿，才明白过来姜公子原来是在耍无赖。没想到他还能这般厚颜无耻没皮没脸。燕陈在医院休养了这么久，两人虽然偶有擦枪走火，但都忍了下来，临时刹车。禁欲了这么久，双方都有些想念彼此了。

燕陈别过脸，脸颊微红，嗫嚅道：“侄儿在说什么，姑姑怎么听不懂？”

本来姜薄东真没想怎么样，只是想逗逗这个取笑他的可恶的小浑蛋。但……这脸蛋，白里透红，像雪地里的一朵桃花，娇艳欲滴，任君多采撷，此物最相思。这眼眸，水一般，一漾一漾地荡漾开来，撩得姜薄东心里发麻、发软、发酥。这唇，水润光泽，粉嫩粉嫩的，轻轻一舔，果冻一样，沾了蜜，又Q弹又可口。

姜薄东的心跳声强有力地在耳边响起，下一秒，燕陈已被公主抱了起来。她吓了一跳，下意识抱住了姜薄东的脖子。

只听见姜薄东撩动心弦的声音："听不懂没关系，侄儿愿意身体力行，让你清楚明白。"

燕陈将脸埋在姜薄东的胸口，突然笑出了声来："你这是白日宣淫。"

姜薄东一脸无辜："姑姑在做什么，侄儿怎么听不懂？"

阿水今天一放学就赶紧回家了。今天是燕陈姐姐出院的日子，每天对着空落落的房子，阿水寂寞孤独，现在燕陈姐姐终于回来了，姜大哥肯定也会过来。一家三口的小日子，是阿水最喜爱最珍惜的时光。小阿水背着书包欢欢乐乐地往家的方向蹦蹦跳跳地走去，欢喜都表露在了脸上。

有同学好奇地问他："阿水，什么事这么高兴啊？"

阿水也不回话，只是冲对方嘻嘻一笑。阿水的快乐仿佛感染了整个班级，同学们走出学校时，都是一张欢乐的笑脸。家长们疑惑：这群孩子都怎么了？

坐上公交，转一趟地铁，走六七百米，就能回到家了。不过阿水在小区发现了一个可疑的阿姨。那阿姨戴着个墨镜，拿着一张字条在到处寻找着什么。

阿水想起了当年抓走姐姐的人，赶紧躲避着走开了。阿水几乎是小跑回家的，偶尔还回头看看，有没有可疑人物跟着。

结果一个不小心，撞到了人，阿水一边道歉，一边抬头看去：“姜大哥？”

姜薄东身旁肤白貌美的女孩俯下身，有些不满地对阿水对视：“眼里就只有你姜大哥了。”

阿水看见燕陈，激动得一下子扑上去，大叫：“燕陈姐姐，你回来啦！”

“是啊，我回来啦！”燕陈抱着阿水，倒是姜二少吃了醋，将阿水从燕陈身上揪下来，问他：“刚刚做什么鬼鬼祟祟的？”

小阿水想起那个形迹可疑的阿姨：“我刚在楼下看见一个阿姨，奇奇怪怪的，好像在找着什么……很古怪。”

姜薄东眯了眯眼，没有作声。小阿水瞧他俩穿戴整齐，特别是燕陈，围着严严实实的，反问道：“姜大哥，你要带燕陈姐姐去哪儿呀？”

“去超市买些东西。阿水要一起去吗？”

虽然燕陈姐姐这样提议，阿水也想跟着去，但他看了眼面无表情的姜大哥，咽了口唾沫，还是摇了摇头：“不去了，我还有很多作业要赶紧回去做。”

在家已经有他这个发光发亮的电灯泡了，姜大哥大约不想出去约会也让他去发光。在家点亮一下是温馨，在外面还光芒四射，就是扫兴了。不过，燕陈姐姐和姜大哥这样的，算是去约会吗？阿水看过的偶像剧，里面男女主人公出去约会，都是手牵手，甜甜蜜蜜、黏黏糊糊地出去给观众派发狗粮，哪像燕姐和姜大哥，好像怕被狗仔队拍到什么证据似的，中间都能走过去一个人了。

小阿水决定帮一下可怜的姜大哥。阿水从燕陈和姜薄东中间穿过，转身，握住了两人的手，将他们十指紧扣，然后留下一句：“燕陈姐姐，姜大哥，出去玩得开心点哦，晚饭我自己解决就好，别担心我。”一溜烟跑了。

燕陈的手偏凉，被姜二少温热的掌心包裹着，好像浑身都暖和了起来。

好像这样牵着，也挺不赖的。燕陈完全把姜二少当成是人形暖宝宝了，到了晚上……自然就是暖床工具了。

知道这个残酷事实的姜二少，大概不会像现在这般高兴。燕陈的手软弱无骨，手指修长圆润。

握起来凉凉的软软的，正好中和了姜二少的满腔热血，两人各自怀揣着小心思来到了超市。

姜二少一路上都牵着燕陈的手，燕陈也没有挣扎开的意思。俊男美女，天造地设，任谁看都是般配的一对，走到哪儿都是一道美丽的风景线，所到之处吸引了无数目光。

但在许多女孩眼中，燕陈大概还是配不上姜二少吧，这样要胸没胸，要臀没臀的女孩子，是使了什么手段才把俊逸高挺的长腿欧巴拿下的呢？

燕陈叹了口气，打趣姜二少：“果然不应该和你一起出来的，都成全场焦点了。”

“你介意？”姜二少握着燕陈的手紧了紧。

“那倒没什么。”她也不是第一次成为全场焦点了，都已经被誉为名流圈的笑话了，她还有什么好怕的，大不了在笑话前再加一个字——名流圈的大笑话。

从日常用品区到酒水区，再到生鲜区……燕陈在前面挑挑拣拣，姜二少推着购物车跟在后面，偶尔燕陈会询问姜二少的意见，姜二少耐心地回答，就像一对幸福美满的新婚夫妇，两个人的世界安逸和谐，容不得第三个人插足。

从燕陈和姜薄东一进门，俞景就注意到他们了。俞景本来是要离开的，但看见燕陈，有些挪不动步。这是自事故以后，俞景第一次见燕陈。

从燕陈回国来找他签离婚协议，俞景就发现燕陈变了，但现在的燕陈，好像跟那时的燕陈又有些不一样。刚回国的燕陈，锋芒毕露，沉默阴鸷，如同一个随时会爆炸的定时炸弹，不达目的誓不罢休。但现在的燕陈，虽然依旧是个不爱说话的女孩，但却开朗了许多，整个人明快了起来。

但俞景记忆最深的，还是中学时，那个寡言压抑的女孩。他知道自己对于燕陈而言，不过是人生中可有可无的存在。他是她好友的男朋友，但她根本没有认真看过他一眼，他是她曾经的丈夫，但她根本没把他当男人看待。俞景其实有些恨燕陈，但为什么恨她，恨她什么，他自己也说不清。

补完妆的温情从卫生间一出来，就看见俞景安安静静地站在一旁等着她。俞景的脸带着一丝阴柔之美，清俊冷淡，仿佛看透了世间凡尘琐事，无欲无求，谪仙一般的人物。这样的人物，却会耐心地等着她补妆。温情内心是雀跃的。但下一秒，她的目光变得狠毒。循着俞景的视线看去，她看到了一个她恨得牙痒痒的情敌——燕陈！这个女人，怎么还阴魂不散？

清冷的月光透过窗户洒落进来，如流水般倾泻。小心翼翼地亲吻了下已经熟睡的心爱女孩，翻身，下床。打开电脑，点开文档。屏幕亮起，再次调出金开心查到的关于俞景的资料，男子浓黑的眉毛微微一凝，平静的目光落在档案中眉目如画的少年的照片上。薄唇轻抿，清淡沉稳的嗓音像低喃，又像是宣战，透着强大的自信以及碾平障碍的冷酷强势。

“俞景？倒是我疏忽了，这儿还有一块绊脚的石头。”

“阿嚏。”同一座城市里，俞景无端端打了个喷嚏。

“景哥哥,你感冒了吗？”温情的小手担心地抚上俞景的额头。

“没事。”平静侧过头，避开温情的亲昵，在城市最高建筑物的落地窗前，看万丈高楼下灯火阑珊，不知怎的，俞景脑海中又浮现出了那个穿衬衫的清秀女孩：燕陈。

“姐姐，你又漂亮，学历又高。这世上都是不如你的女人，可你为何……非要勾引我老公呢？”噔噔、噔噔、噔噔……燕陈被手机短信烦得根本吃不下饭。

一摸手机，依旧是昨晚收到的那条短信号码。原本那发短信的姑娘语气又娇又嗲，不知道半夜两点发了什么疯。

燕陈收到的短信，幽怨愤怒的气息透过屏幕喷薄而来。连着十几条短信，翻着花样骂人。燕陈素来是个不长心的性子，瞄了一眼，看了第一条，没往后看，只当对方是发错了短信，一口气群删，然后关机了。

她本以为这事到第二天就能消停了，万没想到，第二天打开手机，垃圾短信像是泥石流似的滚滚扑来，几百条短信都是同样的手机号码发过来的，语气幽怨，直骂燕陈抢了别人的老公不得好死。

燕陈把手机放在客厅的桌子上，径自去厨房洗碗。

好不容易能睡到自然醒的阿水揉着惺忪的睡眼，肩上搭着毛巾，手里拿着刷牙缸，去敲燕陈的房门：“燕陈姐姐，你的手机短信一直在响。”

“发错短信的。”燕陈洗过脸，从房间里出来。

“你可以屏蔽了短信啊。”阿水刷着牙，想起姐姐小舞经常会帮人屏蔽垃圾号码，当即冒出一句。

“屏蔽？”

“对啊。”

“怎么屏？”燕陈洗过手，开始从冰箱拿出牛奶，再切了些香蕉进去端出来。

“呃……”

语气一噎，阿水卡壳了，他建议的时候，也没想过应该用什么办法屏蔽短信。不过，很快他的注意力就被客厅桌上的一沓图纸给吸引了：“燕陈姐姐，那个叫田采虹的坏女人，把你的古董店亏欠的钱补上了？”

桌上是燕陈古董店重新装修的室内装修草稿。古董店也算是燕陈的一点心血，本来是没想着能赚多少，却也并不想便宜了田瑾和田采虹。田瑾趁她出国占了她的古董店也就算了，居然以假换真，败坏了古董店的名声。上次燕陈拆了古董店，这回索性重新装修，重整旗鼓，自己好好打理。她这次回来，就没想过要回去了。说实话，燕陈没什么钱，之前赚到的钱大部分都砸古董店上了，现在一装修，根本没钱再去选购古董，不过走一步算一步吧，反正船到桥头自然直。

燕陈没想到的是，她不去找田瑾，田瑾倒先来找她了。

手机嗡嗡嗡地响个没完没了，燕陈调了静音，放在一旁，任对方的短信挤满了手机内存也罢。手机屏幕闪闪烁烁放了整个下午，终于没电了，燕陈琢磨着要不要换张手机卡。手机刚通上电，开机，田瑾的电话就来了。燕陈看着屏幕上闪烁的名字，很是意外，想了想，挂了，她现在还不太想见到田瑾。

过没多久，又一个电话，是燕楚。燕楚不情不愿地喊燕陈晚上带姜薄东回老宅吃饭。燕陈用脚趾头也猜到燕楚是被逼的，揶揄他："哥，你是太想我和二少了吗？"

"我想你个毛线球，你别跟我提姜薄东，想到他我就来气。"

燕楚媳妇都还没找着，妹子却被猪拱了，这猪还嚣张地把他从温柔乡里抓了回来，真是怎么想怎么来气："我倒是有些想小阿水的，你把他也带上。"

燕陈看了眼正在专心致志埋头做功课的小阿水，年纪轻轻就被燕楚惦记上了，真是可怜。她到厨房倒了杯水，不紧不慢地回应燕楚："我还没答应要去呢。"

燕楚听出燕陈拒绝的意思，也懒得和她瞎扯，直接摊了牌："你不答应也得答应，你爸你妈和你奶奶下的命令。"

燕陈呛了口水，挂电话前，燕楚怕燕陈忘记，又提醒了一句："记得把姓姜的也喊上，这是奶奶特别吩咐的。"

燕楚可谓是天不怕地不怕，唯独燕老太太治得了他，可能是燕老太太在他幼小的童年心灵里留下了不可磨灭的阴影。据说他小时候，没少挨燕老太太的骂，燕老太太也是骂人的一把好手，脾气暴起来谁都按不下。燕楚都说到这份上了，燕陈也无话可说，于是她打电话将这件事告诉了姜薄东。

姜二少愣了愣，应承了下来。这是要见家长的节奏？幸福来得太快，姜二少有些适应不过来。没记错的话，前两天他和燕陈才从炮友关系转变成了报恩关系。至于阿水，燕陈问他晚上要不要一起到燕家老宅，他燕楚哥哥想他了。

阿水本来还一脸好奇，就要点头说好了，结果一听见燕楚的大名，立马抖得跟筛子似的，连连摇头。燕陈不知道燕楚到底对阿水做了什么，导致这世界上又多了一个谈楚色变的人。

田瑾猜到燕陈不想见自己，但她想见燕陈，有的是方法。

这不，陈宁找她谈心来了。

陈宁因为燕爸的关系，想着和燕陈修复关系，重修于好。不过严格来说，她们根本没有好过。田瑾很清楚，从燕陈回到燕家老宅，陈宁看见燕陈的那一刻开始就不待见燕陈。这就像是一场拉锯了二十多年的没有硝烟的战争。

当时双方家长约定好了一起交换孩子，燕爸燕妈带着养成了小公主似的田瑾，田爸田妈带着灰头土脸的燕陈。在场的四个大人，唯独燕爸看燕陈的眼神是带了慈爱的，陈宁看燕陈的眼神，小田瑾看不透，太复杂了……

现在回想起来，似乎，带了恨意？田瑾摇了摇头。不对，大概是厌恶吧。虎毒不食子，燕陈怎么说都是陈宁十月怀胎饱受生育之痛生下来的一块肉，怎么可能恨她呢？大概只是看到那个阴郁寡言的小女孩，八字不合，怎么也喜欢不起来吧。

陈宁上次被燕陈在生日宴上狠狠打了脸，自然拉不下脸找她的那些姐妹商量，到底要怎样和燕陈和平相处，只得找她的贴心小棉袄田瑾了。

田瑾和燕陈不同，她总是善解人意，孝顺体贴。于是田瑾向陈宁提议："妈，现在爸爸也回来了，要不你趁着春节，把小陈姐姐叫回老宅，一家人吃顿饭。团团圆圆的，也讨了燕老太太欢心。"

陈宁一想，这个提议不错。不过燕修恺回来了，自然要先问过一家之主的意思了。一家之主觉得这方法可行，于是告诉了燕老太太，燕老太太便很顺口地添了句："那把五孙女的男朋友也叫过来吃顿便饭吧。"

也没人说过姜薄东是燕陈的男朋友，但大家已经默认了。这让当事人燕陈很无奈，她可什么都没答应。所以说，人民的力量是强大的。一传十，十传百，传着传着什么事都成真。于是就在一个平凡不过的日子，燕家五小姐领了未婚夫回燕家老宅吃团圆饭了。说到未婚夫，燕陈的前任丈夫俞景，待遇可没现任未婚夫姜薄东好。俞景几乎没有去过燕家老宅，也没被盛情招待过。

但此时此刻，姜薄东脑海中只有四个字——盛情难却。别的不说，燕老太太看他的眼神，比他妈看自家儿子的眼神还要满意。姜薄东铮铮铁骨，皮糙肉厚，还真很少会不好意思，调戏小姑娘的话一套一套下来，眼都不眨一下，现在倒被燕老太太盯得不好意思起来。

燕老太太语重心长地对姜公子说："我们家五姑娘，脾气是古怪了一些，但心底好，人也聪明，跟外面那些表里不一的女孩子不一样。”

“东哥儿喜欢我们家五姑娘什么呢？”“我们家五姑娘从小到大没少受苦，奶奶特别心疼她，希望东哥儿也能多体谅体谅她，她有什么不对的地方，两个人面对面说个明白，她是替人着想的主，会改正的。”“奶奶这次自作主张让五姑娘把你带过来，其实是奶奶也挺好奇我们家五姑娘和哪位哥儿在一起了，喜欢上哪位哥儿了。”

燕陈拍了拍他的肩，给他四个字：“任重道远。”姜公子暗暗掐了这只嘚瑟的小妖精一把。

用人在饭厅张罗了一桌饭菜，正准备入座时，田瑾出现了。燕老太太不满地瞅了陈宁一眼，陈宁也挺无辜，她根本没有叫田瑾过来，但又拉不下脸撇清关系，更何况阎晓灵正在一旁等着看好戏呢。

田瑾也知道此地不宜久留，不能让唯一的大腿陈宁膈应她。她抱歉地对在场的所有人笑了笑：“我是不是打扰到大家了？其实我就是有些事想找小陈姐姐商量。”

燕老太太摆了摆手，让用人多加了一副碗筷：“既然来了，就留下来吃顿家常便饭吧。”

田瑾面露难色，燕陈可不想她真留下来吃饭，燕陈一刻都不想和田瑾多待。

燕陈站了起来，走向田瑾：“我们外面说。”

没想到才靠近田瑾，田瑾突然扑通一声跪下了，一个劲儿地给燕陈磕头。在场的人都惊呆了，唯有姜二少先一步反应过来，挡在了燕陈前面。田瑾看到姜二少，眼一红，鼻子一酸，哭了起来："求求你放过堂姐吧，求求你放过她吧……是我的错，我不应该睁一只眼闭一只眼，任由她把小陈姐姐古董店里的真货偷偷拿出去卖掉，是我的错……"

陈宁疼了田瑾这么多年，虽然不是亲生的，但感情却情同亲生，怎么可能看着她这副可怜的模样还无动于衷。

陈宁赶紧上前要扶起田瑾："有什么事，先起来好好说，别这样……"

田瑾挣扎开了陈宁的手，哭得毫无形象可言："堂姐在牢里受苦，我不能替她分担半分痛苦，唯有在这里磕头求小陈姐姐网开一面，念在她也曾经做过你的堂姐……"

"堂姐？"一直沉默的燕陈说话了，一开口就满满的讽刺，"田采虹姓田，我姓燕，这算哪门子的堂姐，我可没有这么个中饱私囊的堂姐。"

不过，田采虹入狱了？什么时候的事？入狱了也好，省得她一顿好找。先前给了她三天时间交代事情，结果她却玩失踪，现在入狱了，也算是报应。

"小陈姐姐，我帮堂姐把钱还了，你就放过她，饶了她这一回吧……她真的知道错了……"

田瑾哭得梨花带雨的，燕修恺见了，都有些不忍心。他想帮田瑾说几句好话，但燕陈眉头紧蹙，双手都握成了拳头，他一句话都没能说出口。他知道燕陈这些年不好过，有很大一部分原因，都是因为田瑾。没有经历过这些痛苦的人，不是当事人根本没有资格劝别人原谅。为什么要原谅呢？如果道歉有用的话，还要警察做什么。

从国外回来的那一天起，燕陈就暗暗下定了决心，绝不让自己受半点委屈，谁要是让她难受，她必定加倍奉还，就算那人是她的母亲，她也绝不姑息。

田瑾的额头眼见就要磕出了血来了，她苦苦哀求："小陈姐姐，求你了……"

燕楚从楼上下来，正巧见到了这一幕。他以为上次给田瑾一些教训，她会安分一些，没想到还自己找上门来了。只听见啪的一声响，田瑾的脸上赫然多了一个掌印。

"这是我替田采虹打的你。"燕陈居高临下地看着田瑾，"替田采虹分担痛苦的滋味，如何？"

燕陈这一巴掌下了狠劲，田瑾始料未及，摔倒在地，头发散乱，活像从电视机里爬出来的贞子，那张梨花带雨的脸已毫无美感可言。

田瑾捂着发烫的脸颊，难以置信地注视着燕陈。燕老太太在这里，燕家老老少少在这里，她居然下得了手！

阎晓灵轻轻吹了吹刚涂好的指甲，嘴角含笑，目光都是幸灾乐祸，全然一副吃瓜群众的模样；燕和平抱着他的书往书房走，他不想掺和这些事情，还不如找个地方安安静静看会儿书，前两天表哥给他推荐的《科莫兰·斯特莱克推理系列》还没看完呢！

燕家老少都以各种各样的原因离开了现场，连姜薄东也有事先离开了，他知道这些事情，燕陈自己就能处理好，她也不愿意自己插手。

燕家老宅的客厅，只剩下燕陈、田瑾、陈宁以及吃瓜群众阎晓灵。

三个女人一台戏，四个女人，唯恐天下不乱。

阎晓灵在场，陈宁的态度就没法放软了，她作为燕陈的亲妈，应该教育燕陈，怎能向燕陈低头。但燕四夫人大概是忘了，自己二十多年母爱的缺席。

田瑾还在哭哭啼啼，燕四夫人心疼地将她扶起，小心翼翼地帮她拭去脸上的泪痕。燕陈的一巴掌下足了劲，燕四夫人不过轻轻一碰，田瑾就痛得龇牙咧嘴。陈宁那个心疼啊！换作先前，她肯定毫不客气地责备燕陈，和燕陈叫板，但现在……她抬头看了看燕修恺离开的方向，暗暗地叹了口气。她真的很怕，燕修恺又因为她和燕陈的关系，跑没影了。

若说在燕四夫人的心目中，燕陈比不过田瑾，那田瑾也是远远比不上燕修恺的。燕修恺的一句话，就如同圣旨，她只有乖乖领旨的份了。燕四夫人努力以柔和的目光去对待燕陈，她勾起嘴角，挤出了一个自认为相当慈爱的笑容："小五，小瑾再有不是，也是你的妹妹啊，当姐姐的，哪能和妹妹计较这么多呢。"

"我可不记得燕四夫人您怀胎十月，给我添了个妹妹。何况，我要没记错，她比我就小几个小时吧。她要是我妹，那得是燕四夫人您把我丢了，把胎盘养大了？"

谁都没想到燕陈看着这么清淡的女孩，说话这么不客气，居然说田瑾是胎盘。旁边看热闹的阎晓灵忍不住哧哧笑得可欢了。

"你……"

燕四夫人被气得深呼吸了好几次，好容易压下脾气，依旧保持着母爱式的笑容："小瑾是妈妈收的干女儿，自然也是你的干妹妹了。"

“燕四夫人，您爱到大街上捡一只猫猫狗狗回来当干儿子都行，我哪能干涉这么多，但狗咬伤了人，也得主人负责，现在田瑾欠了我钱，您是帮忙负责还是不负责？”

燕四夫人突然的和善，燕陈还真有些不适应，在她的人生中，燕四夫人都已经缺席了二十四年……那天她在医院醒来，看见燕修恺带着陈宁出现在她的面前，俨然一副慈父慈母的模样。

燕陈不是没有挣扎过，在她决定斩断前缘往前看，再不为亲情绝望的时候，为什么燕修恺和燕四夫人却出现在她的面前？为什么要反悔？为什么求她原谅？

“燕四夫人，我原谅你，可谁来原谅妥存我炼狱般黑暗的曾经？”燕陈心中的恶魔和天使在不断斗争。

直到陈宁咬咬牙说出了一句：“小瑾到底欠你多少钱？我替她还。”

燕陈扑哧一声笑了起来，笑声越来越大。

陈宁不明白燕陈为什么突然笑了，但她突然被燕陈笑得心虚了起来。

燕陈笑着，眼中却不见一丝笑意，眼神甚至没有任何温度。她笑道：“不多，六七百万元而已，但那是我多年的积蓄，还请你们高抬贵手，快快还钱吧！毕竟啊，我才你的亲生女儿啊！你也不忍心看你的干女儿天天大鱼大肉一身考究名牌，而你的亲生女儿却咸鱼白菜还要穿地摊货去菜市场，为了一毛两分钱吵个没完没了吧？”

“亲生”两个字，燕陈狠狠地加重了语气。

燕四夫人瞪大了眼，半信半疑道：“小瑾怎么可能欠你这么多钱呢？”

看戏看得合不拢嘴的阎晓灵终于坐不住只当观众了，冷嘲热讽地插了一句，唯恐天下不乱：“我就说，田瑾哪来的这么多钱混迹在圈子里。还是我们五姑娘好，跟外面那些妖艳的贱货一点都不一样，也不知道四夫人你是怎么想的，自己亲生女儿不疼不爱，为别人家的孩子费尽心神。”

阎晓灵原本以为燕陈会感激她，毕竟她跟她是同一个阵营的。她不过纯粹是想看陈宁不自在，看陈宁众叛亲离。

谁知道燕陈瞟了她一眼，目露寒光，那锐利冷漠的目光极有压迫感，阎晓灵默默地倒了杯热茶，没再说话。

“燕四夫人，有没听过一句话？慈母多败儿，不就是你当初把我的古董店交给了田瑾惹下的祸吗？是不是想着，既然是一家人，自然也不用客气了是吧，真货换假货，真货自己收了。”

田瑾抛下自尊，放下身段，爬到燕陈面前，扯着她的裤管：“小陈姐姐，我当初不应该放任堂姐，我知道我做错了，堂姐也知错了，就给我们一次改错的机会吧。”

田瑾暗暗地掐了燕陈的小腿一把，燕陈吃痛地一皱眉，一脚甩开了她。

这动作看在陈宁眼中，就是大逆不道。她还在给田瑾求情呢，她都答应要替田瑾还钱了，燕陈居然还如此嚣张？根本就是在跟自己叫板！

这时的陈宁被怒火冲昏了头脑，也记不得燕修恺了，更记不得燕修恺的祈盼，一扬手向燕陈的脸上甩去。

阎晓灵都快要拍手叫好了，亲生女儿打干女儿，亲妈打亲女儿,这年度大戏还不得赶紧拍下来发朋友圈！比贺岁电影还喜剧。

但燕陈怎么可能让燕四夫人得逞？她伸手，稳稳地接住了燕四夫人即将落下的巴掌，握紧，扫过燕四夫人的目光狠戾却又透出绝望。

陈宁这一巴掌，没落到燕陈脸上，却着实落在了燕陈心里。本来以为自己不在乎了，本来以为自己已经对母亲失望透顶了，本来以为她再对自己做什么，都可以视若无睹，只当她是个路人甲乙丙，但原来……自己还是留了一丁点期盼的啊！

她居然还期盼着等燕修恺回来了,她能和母亲修复一些关系，不是寻常母女这般亲密，起码也不会相见眼红。

但这一巴掌，打醒了燕陈，打灭了她所有的期望。

只一眼，陈宁的心咚的一下，沉到了冰海，彻底清醒。她都做了什么？她后悔了，她想抽回手，她想说些什么。

但燕陈根本不容她退缩，女儿死死地握着她的手，握得她保养得宜的手开始酸痛。

她有很多话想说，但最终出口的却只有一句——“燕陈，你给我放手！”

燕陈如梦初醒，一把甩开燕四夫人的手，转身，面无表情地朝燕家大宅的门外走去。

陈宁被甩得一个踉跄，摔倒在地，她看着燕陈毫无生气的背影，想挽留住燕陈，田瑾却扑了过来，要扶起她：“妈，对不起，要不是我，你和小陈姐姐不会吵架，你也不会生气得……”

阎晓灵则故意大声嚷嚷，整座燕家老宅，都是她激动的声音：“燕五，你别走啊，四夫人这当妈的要打你，二伯母才舍不得，至少陪燕老太太吃了饭再回去呀。”

什么？五孙女要走了？燕老太太第一个不同意。但等到燕老太太姗姗来迟，却已不见燕陈的身影。燕陈早就头也不回，毅然决然地离开了。

第二十五章　画室

敞亮的画室，透着书墨香气。

削尖的铅笔头整整齐齐地摆在手边上，雪白的速写纸上勾勒出深浅不一的线条，先是云雾似的细小一团，紧接着绽出了夜的眸、春的吻、笋的清——执画笔的是一双雪白、有茧的女孩的细手。闪着暗色光泽的黑衬衫袖口，被卷在细瘦的胳膊上。洗得发白的牛仔裤裹着一双漂亮结实的长腿，女孩的眉目间透着凛冽之色。

笔下有阳春、德泽。飘飞的裙角，是春之圆舞曲。在她身边，摆着好几个吃过的盒饭，废弃的塑料袋，地上泼着鲜艳的彩墨，以及好几幅失败的画作。

“总憋在画室里，会不会变成石头啊？”垫着脚尖，小阿水搓搓冻僵的小手，担忧地看着画室中一言不发的燕陈。

“你燕陈姐姐这几天都在画室里没有出来过？”眸色黯黑，站在阿水边上高大而腰杆笔直的青年男子姜薄东淡问。

“是的，自从上次燕陈姐姐从燕家老宅回来，就把自己锁在画室里，谁都不搭理了……但刚开始她还会出来和我吃几顿饭，后来接了一通电话，连饭都不肯出来吃了。”

委屈地瘪瘪嘴，小阿水想到自己被丢到燕楚身边折腾的日子，就觉得眼里迅速凝出了一汪泪花。

燕陈姐姐闭关在画室的这几天里，小阿水每天吃饭上学做作业都要踮着脚尖避过燕楚哥哥……侦察和反侦察都拟不出他此时的崩溃。

“姜大哥，求求你了，快点把燕陈姐姐劝出来吧，我顶不住了……真的顶不住了。”小男孩两包热泪，迫不及待地请来了救星。

“电话？她接到的电话，是什么样的电话？”眸底掠过一抹算计的精光，姜薄东眯着眼，淡问。

“我也不知道，只无意间听到燕陈姐姐很大声地嚷嚷了一句‘我才不是你的什么小陈姐姐’。”

“小陈姐姐？”乍听见这个称呼，姜薄东脑海里浮现出了两个人影，拳头骤然捏紧，眼中射出两道危险的光亮。

叶浅浅和田瑾，不至于令燕陈慌乱至此，唯有陈宁。心中突然生出一种不舒服的感觉，二少皱眉不语。人生中的有些坎绝不是外人帮拉一把，就能顺利过去的。若是因分散注意力就能过那道坎儿，那么卫玠不会因抑郁寡欢而被全城老少看杀，赵匡胤不会杯弓蛇影，茜茜公主不会为远离家乡而红颜薄命，牛顿也不会因偏执而晚年被疾病折磨……

每个人都有自己心中不可触碰的伤痕和禁忌。就如同……燕陈之于他姜薄东是一个劫数；陈宁之于燕陈，同样是一个无法破解的心魔。

别看燕陈看上去风轻云淡，曾赌咒说再不要为了陈宁而伤心，可几个关于陈宁的电话，居然能扰乱燕陈的心绪。姜薄东不得不承认这世上最神秘的感情不应该是爱情，而是那血浓于水根本无法割舍的亲情。

“姜大哥，燕陈姐姐为什么会这么难过？”鼓着白嫩嫩的腮帮子，小阿水从窗台上跳下来，气喘吁吁地蹲坐在雪地里，小东西愁眉不展，抬头望着姜薄东，满眼星子似的天真无邪。

“因为……燕陈姐姐的妈妈做了很可怕的事情，伤害到了燕陈姐姐……”心里一撞，姜薄东轻轻摸着阿水软软的头发，鹰隼般锐利的目光一瞬不眨地看着画室中那些废弃廉价的白色塑料饭盒——

在画室，不问朝夕，关紧门窗。喝画室里的自来水，吃五块钱炒焦了的盒饭。除了付情于笔，依旧是付情于笔……少女细白的手背上分不清楚是油彩的黑，还是擦伤后干涸的血迹。

倔强的眉眼，孤独的灵魂，这是燕陈，他姜薄东喜欢的女人。多少人以为他姜薄东是食色之徒，凭着那腰、那腿、那胸，就对会所中惊鸿一瞥的小女孩生出了罪孽的欲望，可……他姜薄东就是食色如何了，他喜欢燕陈，仅仅因为那个女人是燕陈。

像是被一把钢针狠狠扎痛了后心。“心疼”像暗夜中如影随形的黑色水藻，狠狠地勒碎了姜薄东最冷的一角坚冰，让他疼得近乎窒息。耳中的声音和手指被扯住的触感，全似远离了他。

“燕陈姐姐的妈妈，我之前在医院里见过她，她还给燕陈姐姐带了果篮，还会熬鸡汤给燕陈姐姐喝，好像也不是什么坏人吔。”掰着指头，阿水弱弱地和姜二少说着燕四夫人干过的事。

小孩子总会被一些似是而非的表面工作打动。

姜薄东笑着把他拉起来，拍开阿水肩膀上沾上的灰尘，哄他："阿水乖，先回去好不好？燕陈姐姐不回去，姜大哥去试试能不能让燕陈姐姐回去……"

听见姜薄东这样的承诺，阿水的眼睛都亮了起来，慌忙不迭地点头。

"嗯嗯，姜大哥，那我就把燕陈姐姐交给你了！你一定要劝好燕陈姐姐啊……她都已经半个月没出来了，阿水想她……"生怕姜薄东反悔了，小男孩划着小短腿，瞬间就跑得老远了。他崇拜姜薄东，可是在心里最喜欢的，却还是燕陈。

燕陈所在的画室，是珠玑传媒的特殊画室，免费对所有寒门的学子开放。在很早以前，很多美院热爱美术的孩子都会来这作画。不仅是因为这里有场地、完整的石膏雕像、画架子、免费的颜料和作画工具，更是因为特殊画室的视野和风景都是极好的。

在这里，沉眠中的梦会在春风的号角中砰然绽放，结出鲜美的果实。没有钩心斗角尔虞我诈。那时候，画画真的只是爱好而非商业。

倘若时间可以永恒，该有多好。然而，人无完人，事无完事……

约莫十年前，珠玑传媒遭遇过一次重创，在这里创作的某一个寒门学子被指认画作抄袭，引起了画坛一场轰动。讨伐特殊画室拿银子砸白眼狼的传言沸沸扬扬，传遍城市每个阴暗的角落。

无德——在当年的画坛是毁灭性的灾难！就因为这一桩画作抄袭，特殊画室在多少学子心目中的地位就此没落下来。

创办者不再维系画室的发展，打碎了石膏雕像，砸烂了画架和椅子，并且撤掉这里的供暖……

从那以后，特殊画室就成为圈内画家们心中的一处耻辱地。在此放飞梦想的学子们耻于说出自己成名的工作室，而那些没钱没势爱好画画的孩子也不肯再来特殊画室。封锁，蒙尘，黑暗，成了特殊画室最后的归处。

说实话，燕陈居然选特殊画室作为闭关的地点，真的出乎姜薄东的意料。在他看来，无论是设计师还是画家，都不会喜欢特殊画室——毕竟创作者的生命在于天马行空的想象力。一旦梦想被丑恶的瑕疵玷污，就会瞬间枯萎凋零。

然而无论姜薄东心中有多少的疑惑，燕陈如今的确是在特殊画室，不舍昼夜地折磨着自己……

大门反锁着，窗户也被关得紧紧的，燕陈一直以为只要不开门，任何人都无法突破画室那道铁门。可她就从没想过，画室的地下室是通用的，小隔间有另外的通道。平常，只要她想，笔尖就能绽开繁花与月色，能画出云间的星星砂。可这次，分明是捏着笔涂抹着设计稿上的花簇，笔下却图案东西都没有涂出来。

可恨！连画笔都在欺负她吗？恼火地捶了一下画架子，穿着黑衬衫的小姑娘吸了一口气，正准备从身边再抽出一张画纸，胳膊冷不丁被人一扯，紧接着，一阵天旋地转，她整个人都被压入了一个坚硬宽阔的胸膛。

门窗严锁的特殊画室里，居然被人抱了个满怀，这对燕陈而言简直惊悚。绷紧神经，小女孩下意识抓住来人的胳膊，正准备习惯性的一个过肩摔狠狠将来人摔出去，耳畔突然传来个沙哑压抑的声音。

“燕陈，是我……不要动，让我抱一会儿！好吗？”声音那么熟悉，熟悉到燕陈闭着眼睛都感受到声音中压抑又激烈的感情。

姜薄东，他怎么进来的？奇怪地又瞄了一眼门窗，燕陈还疑惑着呢。

姜二少已经紧紧地把她的小脑袋压在自己的胸口。心痛，心痛，还是心痛——在看见少女手上骇人的伤口时，狂风骤雨似的情绪像一记重拳，狠狠捶上姜薄东的心脏，这丫头真是任性不听劝。

他只是几天没见着，她居然又在虐自己。姜薄东也想好好和她说说为什么要把自己锁在画室里，做出这样自虐的事，可他气昏了头！气她这么糟蹋自己的身子。气她从未把自己当成遮风挡雨的避风港。紧紧将她锁在怀中，姜二少用力地几乎想要把怀中水珠般清透的小人儿揉碎到骨肉灵魂中。

握紧拳，都无法抑制从心底翻涌而出让他患得患失的可怕的空虚。他这么害怕，这么惊恐。这种情绪……终于让燕陈咂摸出一丝不对。不舒服地在男人的怀里扭动了一下身子，燕陈细嫩的脸颊贴在男人坚硬而充满弹性的胸膛上。

小声说：“二少……怎么回事？轻一点，轻一点……你压疼我了……”小女孩透红如花瓣的唇瓣中呢喃着温软的言语。

“别动……”低低呢喃着，姜薄东不肯松手，就好像小孩子害怕挚爱的玩具被人抢走。被人妥善如珍宝地对待，对任何女孩而言都是时间最美的情话。眼里闪烁着温暖的光芒，燕陈心里暖暖的。多奇怪啊！

她分明有那么多不高兴，可被姜薄东抱紧的时候，那些不如意，突然间烟消云散。燕陈自己分不清心里是什么感觉，只是莫名安心——温软的笑意不由得爬了嘴角，心里敞亮又阳光。抿唇，小女孩犹豫了下，紧接着回抱住眼前足有一米九的魅力出众，美好到让日月失色的绝美青年。回答她的，是姜公子密密匝匝的亲吻，落在她的额头、眼睛、鼻尖、嘴角上。

“喂，姜二，别这样……会被人看见的……”连忙推开他，燕陈回头去看玻璃窗外大片大片凋零的蔷薇花枝。

“没人。”姜薄东想也不想截断了她的话，急促地又亲过来。

“啊嗯……”燕陈被他亲得喘不过气，小脸透红，湿漉漉的眼神几乎可以滴出水来，“这里不行，燕楚有时候回来，阿水也会看见的……”

“阿水回家了。”姜薄东说。

“那燕……”燕陈还想再说些什么的时候，唇被封住，整个人都被拉到了墙角边，背后抵着冰冷的墙角，男人伸手一勾，窗前厚重的帘子唰地垂落下来。整片画室里迅速暗了下来，暧昧无声无息地散发出来。

特殊画室没有暖气，虽然锁死了门窗，空气中的凉气依然丝丝地刺着裸露在外的皮肤上。当暗影滋长的时候，那些冷飕飕的凉气像暗夜中的精灵，轻盈飞跃，又冷，又静。

心跳像擂鼓一样，重重跳起，沉沉落下。燕陈穿得委实算不上多，单薄一件黑衬衫，一条白牛仔裤，被姜薄东压在墙上的时候，细嫩的后背几乎能描摹出水泥颗粒的形状。刺辣辣的，有点疼。姜薄东那么高。她吃力地抬头才能看见男人棱角分明的五官，他美得像破晓时分明亮的光线，深情又温柔地睇着她。有那么一瞬，燕陈不想说话，只是贪婪地看他的脸，心头鼓噪着说不出的冲动——安静的画室，孤独的画室。

十年前被道德的瑕疵玷污了的画室。黑暗绝望中，却出现了姜薄东这样一枚清丽无边的蔷薇骑士。

“特殊画室是我最喜欢的地方……”燕陈知道姜薄东为什么过来，又为什么会急不可耐地吻着自己。在黑暗里，看不见周围的景物，燕陈安静了一会儿，一手搂住他的腰，一手抓着他温暖的大手，带他触碰不远处木制的画架。

小女孩的声音略微的沙哑，却不难听。像雨后的竹林，散发出一种沁人心脾的清新。黑暗里，她的眼睛闪闪发光。抓着姜薄东的手，从木制的画架，摸到水泥的墙壁，又到长长的画笔，冰冷的颜料铝皮，逐字逐句地讲解。

“墙壁上画着一只大松鼠——那是我第一次来画室的时候，才学会画松鼠，于是半夜溜过来，在满墙画上了松鼠……大师兄很生气，花了好长时间涂白了墙，在涂到最后一只松鼠的时候，大师姐不许他涂没了这只松鼠，这才有了画室中唯一一只笔法稚嫩的小松鼠留在这儿。

“画架是松木做的，那是我亲手砍的木头，大师兄帮我做出来的……可惜的是被雨浸过，画架有点松。我曾经在这块砖头上磕破了脑袋，哭得很厉害，大师姐摸出了一颗糖给我，用观音土给我止血……”偌大的画室中，每个角落都有故事。燕陈说得很慢，却很仔细。在她的口述中，那些逝去的岁月像一幅画卷绽开在姜薄东的眼前。

“特殊画室是寒门学子的天堂。我喜欢画画，可小时候家里没钱也没闲，根本不可能让我去学……那时候，燕四夫人还没有从田家把我接回老宅。是邻居家的大姐姐带着我来特殊画室。免费的画笔和颜料，模特和场地。只要想画画，谁都可以来。那年我五岁……在田家被欺负，被辱骂，那些悲伤在摸到纸和笔的刹那都能烟消云散。我喜欢这里，因为这是我唯一的避风港。哪怕后来我被燕家接回到老宅，从此衣食无忧，不再像一条狗那样活着，可我依旧喜欢来这里。无论是难过还是绝望。在这里，似乎不用考虑俗世中的一切悲伤。你知道吗姜二，我一直以为它永远会在这儿。”拉着姜薄东走到角落，突然顿了步子，燕陈听见自己的声音像是砸进了黑色的小水洼，连水花都不曾溅出一星。

姜薄东心中刺人地疼着，他握住小女孩冰凉的手，想安慰什么，冷不丁地却看见燕陈拉开了窗帘，让阳光射进黑暗的画室中。迎着薄暮的天光，燕陈说：“你有画室隔间的钥匙，应该知道十年前画室爆出了一起震惊国内美术界的抄袭事件。”

小女孩的眼神冷硬得仿佛是玄铁一般，看着燕家老宅的方向没有丁点感情和温度。

“这里，曾有一个野心勃勃的年轻女孩凭着一幅设计手稿，过五关斩六将，终于夺得了国内美术顶级的金彩奖。她是寒门的学子，无权无势，却能得到这样的奖项，在国内美术界是一项了不起的殊荣。可是，在颁奖的当天，随之而来的并不是荣誉，而是关于她获奖作品抄袭的丑闻。奖项被夺，名誉扫地。建立起显赫的声威需要十年、二十年、三十年甚至百年的时间。可是要推倒它，却只需要短短三分钟。”

打开窗户，让冷气倏然扑在脸上。燕陈的脸蛋被冻得透红，眼神却亮得仿佛利剑，充满了愤怒和讥诮的光芒。

“舆论铺天盖地，责备并唾弃着培养出抄袭者的特殊画室。有一度，甚至有愤怒的学子在画室外面泼狗血，泼粪便……”

姜薄东担心地握住她的手。这件事他有耳闻，关于燕陈成长中的点点滴滴，他无法一一陪伴，却只有尽量在现在守护她。

“一切都过去了。”他轻声安慰。

“姜二，你身在云间，所以你恐怕永远都无法理解一个人的欲望到底能摧毁多少东西。我来，不过是想提醒自己……”话音戛然而止，她回握住姜薄东的手指，眼中的晶莹像贝加尔湖的水光，清澈地倒映了全世界。其实她很想将心中所想告诉姜薄东，她是信任他的。可话到了嘴边，却什么都说不出口。有些真相，实在是太残酷了，她没有把握说出来以后，自己会不会崩溃。她不想姜二少因她而难过。她爱着他，总喜欢他能够快活一些的。

就在送了燕陈回家的当晚，金开心也调出了资料库，把特殊画室的事件明白地送到了姜薄东的书桌前。

“喏，小姜总，这就是特殊画室的资料。”

“缪雨凡”这三个字落入了姜薄东的眼中。

不久后的一天，燕陈接待了这位名叫缪雨凡的久违故人。

当这位故人告诉燕陈是从哪儿知道燕陈的地址以后，姜隅这才知道自己居然被汤文君那个看似无害的少女摆了一道。汤文君笑得和狐狸似的自辩：“姜家小哥哥，我没有骗你啊，我的确答应过你，绝对不把燕陈姐姐的地址和不相关的人说，我承诺的都做到了……”

"缪雨凡是从哪儿来的？"

"缪姐姐和咱们燕陈姐姐属于故交，不算是不相关的人。既然是相关的故人，她知道燕陈姐姐的地址，又有什么不对的？"

"你……"小少女喝着果汁，老气横秋地叹息，还一副"我这么重情重义重诺言，你居然还挑我刺，姜家小哥哥一点都不大气，哎，这世间还有没有天理"的委屈样儿。

姜隅被气得七窍生烟，却也无可奈何。为这，姜玥气得直抹眼泪，骂小哥哥办事不牢，气呼呼地把他的光盘交给了母上大人。姜妈妈也是一个牛人，说不许姜隅没出息地研究运营，就是不许。每天逮着姜隅都要念叨几句，直念到耳朵生茧。

姜隅气炸了，归根结底，这还是汤文君不守信！他记了汤文君三年，也想方设法地找了汤文君三年的麻烦。后来，汤、姜斗法两败俱伤什么的，这些都是后话，暂且不表。

缪雨凡缩在楼道口的位置蹲坐在地，屈膝抱头，躲在最角落的地方，害怕地蒙住了头脸。今天的风有点急，天空阴沉沉的。大风刮过，卷起劈头盖脸的沙尘，大颗粒的沙尘吹到高楼天台，跌宕如妖。

在这座城市，沙尘暴之于本地人并不是什么稀奇的天气。像这种天，家家户户关紧门窗，谁也不会傻乎乎地出门去找罪受……不，还得除掉一个她。

"咳咳咳……"眯着眼睛，她好几次被蹿入楼道口的沙尘吹到了脸上，口中干燥得仿佛一咳嗽都能唾出沙子。这场沙尘从下午袭来，一直吹到了半夜，卷了七八个小时了。

"妈妈，你看，要饭的……"坚硬的铁门后面，孩子扯来母亲，指着楼道口的角落大惊小怪地叫了起来。

“快走，别看。”大门被狠狠摔上了。银白色的铁门后，猫眼闪着湛蓝色的玻璃光，透着冰冷的疏离和戒备。

她难堪地缩了缩脑袋。她也想早点回去，可是每每佝偻着背，急匆匆地往外面走，总是会被一阵沙尘逼退回去。心里越是火烧火燎的，却也越是无可奈何。只能硬着头皮缩在角落里，时不时地往外面瞄上一眼。这栋小区是复式楼，住得起的都是有钱人。事实上便是倾尽她所有的积蓄，恐怕连一间厕所都买不起。

按理，她不应该来……不，不是按理，而是她的确不应该来。心里空荡荡的，恍恍惚惚地直起身子，就当她准备往外走的时候，胳膊突然被人一把拉住了。

“这么大的沙尘往外去，你是准备哮喘病发作吗？”略微责备的嗓音。

不好听，却也不难听。既熟悉，却又陌生。是燕陈！

燕陈身后，一双黑漆漆的眼睛怯生生地探了出来，看见她，不好意思地笑着露出了一口洁白的牙齿。前些时日见到的形迹可疑的阿姨原来是燕陈姐姐的朋友？她就是前些日子，汤文君小姐姐说会来找燕陈姐姐的缪雨凡？

白天的利比亚庄园是一座安静的城堡，静静地等待着夜晚的狂放与璀璨。向叙习惯了夜出日憩的日子，哪想大白天的，燕陈居然找上门来了。打开大门迎接燕陈的那一刻，刺眼的阳光照射进来，亮得向叙下意识地眯眼，难受极了！他感觉自己就跟吸血鬼似的，见光死。

向叙还记得上一次见燕陈时的情景，右眼眼眉突突地跳个不停，心里只有一个念头——完了！肯定没好事，果然。

“燕陈姐姐，真不是我向叙捧高踩低不帮你……你说的这个事吧，搁圈子里，但凡靠谱的，不会有人肯应承下来的。”原木的茶几上，手指在上面敲一下，敲两下，敲三下。

静心的檀香袅然而升，透过一层清浅的薄烟色，向叙雪白的脸孔透着几分不识人间烟火的仙气。

唯恐燕陈又拿交情的事来诓他，他紧接着补充。

“对，咱们交情匪浅，打小在一个院长大，一起拍过画片粘过知了，在外面不能这么生疏！不过燕陈姐姐，你也听我向叙说一句——能帮的，姐姐你一句话，我向叙水里水里来，火里火里去，绝不打半点含糊，可这个……”

吞吞吐吐地将话音含住了，向叙没有往下说，纤白的指尖在散发着古香的茶几上画了一个圈，又是一个圈，表情凝重。

“真没点商量余地？”

“就凭咱们的交情，哪怕姐姐您开口要真金白银的票子，我向叙眼皮都不眨巴一下，要多少，支票给你，数目你填。”话说到一半，再次戛然而止，吞下了关键点。

“我来借场地。”

“我知道……别的都好说，偏偏是这个场地……姐姐你也知道，我向叙能闯下这份家业，不靠爹不靠娘，都是我一滴血一滴泪地攒起来的。利比亚会所的慈善拍卖能做到这地步，不容易……”意味深长地叹了口气，向叙的嘴皮子功夫要论第二，H城再没人敢称第一。他眼中含情，晶光闪亮，苦情牌说出就出，真是比吃饭睡觉还使得顺手。

“哦。”燕陈应了一声。

向叙记性不差，还记得上次燕陈说了一个“哦”，然后把自己虐得死去活来——周扒皮都比她慈悲有人性。一听她风轻云淡一个“哦”，向叙心里就直打小鼓，忍不住小意地缩了缩脖子。

“姐，这个……你看？”

“嗯，我知道了。”燕陈应了一声。

知道了？这就是说，体谅了他不能借场地的难处？准备收拾收拾走人了？向叙心里大喜，得意忘形，搁下茶杯，做了一个请的手势，脸上的笑容如春花般次第绽放。

“哎，我就说姐姐你是个明白人，我领你看看咱会所吧，不是我自夸，我利比亚会所在城里要排第二，没人敢称第一。”

燕陈抿唇，点点头，微笑：“也好，看一看你准备把哪个场子借我来开画展。”

轰隆！一记闷雷迎头劈下。

“哎！等等，不是，燕陈姐姐，我领你去看场地，没说把场子借你……刚才我不说了吗？我向叙今日混得的确不错，可我一步步爬上来，多不容易啊。燕陈你自己拍着胸口说说，我不可怜吗？我不委屈吗？你不同情我吗？生容易，活容易，生活不容易……”某人真急了，连姐都不喊，抓着燕陈忍不住就抱怨了起来。

一眼望过去，燕陈一双漂亮的墨瞳晶光莹彩，就像两颗黑漆漆的水珠子，静静地睇着他，冷不丁地问：“从小到大，向叙你缺着吃了吗？”

“不缺。”

“缺穿吗？”

“不缺。”

“缺人疼爱和同情吗？”

“您这话是怼我呢？咱们院的孩子，我混得没那么苦吧，怎么到你口里，就变缺吃缺穿缺爱的苦孩子了？你听谁说的呢？毁我的吧。”向叙脸蛋黑黑的，不开心地嘟囔起来，像他们这个家庭出身的孩子，你说他缺这缺那，不就是摆明着寒碜他嘛。

别人说这话，向叙可以当放屁——可混得这么糟糕的燕陈都这么说，笑柄当成笑话，向叙就算八面玲珑装得再漂亮，也不开心了。

燕陈扯了扯嘴角，淡然道：“既然你什么都不缺，我为什么要同情你？”

“可我要借您场子去开那画展，我向叙的名声就得彻底崩盘了！”唯恐燕陈听得不清楚，男孩板着脸，大声嚷起来了。

“为什么？”

“缪雨凡！缪雨凡！缪雨凡啊！您还好意思问我为什么？”

“缪雨凡是一个优秀的画师，嗯……你可能对她有一点误会。我帮她联系场地，方便她开画展，这又怎么了？”

“误会？没误会。姐，您给我装傻是吧。我问你一句，你怎么就和那种人勾搭上了？”

“哪种人？”

“抄袭。”硬邦邦地吐出两字，向叙的脸色阴沉沉的。

抄袭——这两个字在名流圈的分量太重了。一句话说出来，连大地都颤了颤。

您买个LV包，都瞧不起仿货，知道用仿拼是没脸没格的事。何况文艺创作！没那个金刚钻，揽什么瓷器活。

向叙八面玲珑，不蠢不二不瞎不聋，他怎么可能不知道当年在特殊画室，寒门学子抄袭同校同学，鲤鱼跃龙门，竟得了国内顶级艺术大奖的事情。当年，无论是燕陈还是他向叙，年龄都小，十几岁的不懂事。可这事闹这么大，即便他向叙是聋子，也知道那个鱼目混珠没脸没皮的抄袭货的名字叫缪雨凡。圈子里从来不缺故事，无论是名流，还是寒门学子，你过不去的坎儿到几年以后都是别人口中的故事。有故事的人那么多，无非是好故事还是坏故事的区别。

显而易见……缪雨凡的所作所为，触怒了上流阶层最引以为豪的底线。或者说缪雨凡点儿背，惹上了惹不起的主儿。所以，别人抄袭借鉴致敬，都能得到似是而非的原谅。唯独缪雨凡！多的是人愿意把她从一个地狱打落到另一个地狱，让她永世不得超生。

名流们是最讲求名声的一个种群。物以类聚，人以群分，跨阶层这种事在大家的眼中都是不道德的。

向叙还想在前三门继续混下去，他怎么肯把场子莫名其妙地借给一个身背污点的女人。

“你……”不知道过了多久，燕陈想说什么，不知从何处开口，又忍住了。

挑起了左眉，向叙犹不解气，阴阳怪气地冷笑。他说：“燕陈姐姐，在很多人的眼里，恐怕觉得我向叙就是一个生意人，为了钱，可以没底线没原则。可事实上，还真不是这个样的。今儿个，你哪怕是帮谁来借场地，办画展，这是好事。咱们不赚钱，沾一点书香雅韵，也不是不可以……可抄袭，沾上了，这便是一辈子的污点。”

向叙从来不是一个爱说重话的男孩，这男孩有小心思、小九九都藏在肚子里，从来不会当面和你说出来。唯此时，他静静地看着你，眸光明丽而清浅，袅袅的檀香中，漂亮的眉眼间也像是笼着一层水烟雾气的朦胧，浅淡，却格外冷静。话音虽是轻描淡写却也有理有据，然而……那些话落在燕陈心间，却让她如鲠在喉。

抄袭？抄袭自然是无法抹去的污点。可问题不在于此，而在于缪师姐分明是被人诬陷的。早说过，圈子里不缺有故事的人，可有些故事让燕陈根本无法说出口来。有些顾忌，让她优柔寡断无法决断。一句很清晰能够澄清的话，说出来也没人信，只因大师姐被冤的事，和她却有密切关联……

记不清那天，燕陈是怎么离开利比亚会所的。回家以后，迎接她的是没完没了的电话和询问。

“燕陈姐姐，缪阿姨真的抄袭了吗？”阿水问。

“燕陈你是脑子进水了吗？你帮一个抄袭的画家找画展的场地，你准备被人唾沫唾成筛子啊？”燕楚说。

“燕陈姐姐，既然缪阿姨抄袭了，你为什么还要帮她？”阿水又问。

“燕陈，不是小姨不帮你，缪雨凡要开画展你直接让她去地坛找个位子摆上，我这儿真没地儿。”陈糖糖说。

“燕陈姐姐，行为上的污点，是不是一辈子都抹不去了？”阿水继续问。

……

抄袭吗？谁抄袭谁的，都不一定呢。咬着牙关，燕陈委屈到心里阴霾层层。

百年巨匠——齐白石老先生曾经说过这么一句话：学我者生，似我者死。在文艺创作的过程中，创新是每一位艺术家必须遵从的底线，文化艺术因守旧而没落，因套路而呈俗，因创新而辉煌……”

第二十六章　别打脸

掌声如雷，年轻主持人疏阔明朗的声音回荡在每个人的耳畔，那声音以一种不急不缓的姿态温和笑言。

“在很久以前，常有人和我说‘长江后浪推前浪’，对这句话，我总是怀着半信半疑的心态。在我们的生活中不是缺乏天才，而是天才太泛滥了，这让我一度认为这句话该不会是德艺双馨的老一辈艺术家怕大家失去自信，说出来安慰人的吧……”

善意的笑声旋即响起，红毯上，眸光熠熠的主持人眼中透着睿智温和的光彩。

“可是今天，我要和大家介绍的这一位小姐，却当之无愧是天才中的天才……她出身寒门，坚韧卓绝，是一位饱受争议的画师。有人说，她的成功是十分的努力，加九十分的幸运。也有人说她拥有敏锐的观察力和创新能力……不过我想说，不管争议是正面还是负面，她成功了。

“现在，有请第十六届金彩创新奖得主——缪雨凡女士！”

随着主持人抑扬顿挫的声音，千万道聚光灯打落下来，恰照在一袭白衣，虽不漂亮，却神采奕奕的年轻女孩身上。

这一份录像带，缪雨凡来来回回播放已不下二十次了。就开幕式的五分钟，那五分钟，是她曾经拥有过的全世界。鲜花、掌声和荣誉，近得就仿佛水中闪烁点点荧光的星辰。指尖再次按在了回放的键盘上，她深吸一口气，正准备爬过去，继续回放那一幕的时候，手背突然被压住了。

燕陈说：“大师姐，不要看了。”

“我……”

“沉湎在过去，并不是你的性子，我知道的大师姐，曾经有征服全世界的勇气和魄力，天才和力量。”

“可那又有什么用？”嘴角泛出苦涩的笑意，年纪轻轻却头发已经大半发白的女人颓唐地松开手，无力地低下了头。

“我在努力帮你借画展的场子。”

“嗯。”

“我会让你的画，重新出现在画坛最耀眼的位置，让你的名字重新被人熟知并且议论……”

“燕陈……”抬起头，不可置信地看着她。

“大师姐，别人不了解你，可是我了解。我认识的大师姐是视抄袭为耻的卫道士，她容不下半点行为上的瑕疵和污点，是一个善良明亮到让我崇拜的女人，别人会被舆论左右，可我不会，我相信你。”

“连云鹿都不信我……”

“相信你无辜的，恐怕并不止我一个，虽然我不知道你和姜玥的同学汤文君是怎么认识的，她既然肯费尽心思地查出你和我之间的渊源，又把你引到我身边，未尝不是打着借我之力的主意。”

“文君是个好孩子。”

“大师姐，也许在你的眼里，这世界已经黑到无可救药了，可我恳请你，不要对自己的梦想也失去希望。”

“燕陈，我……”眼泪潸潸地落下，缪雨凡无言以对。

这么多年来，从金彩创新奖的颁奖典礼上，她莫名其妙地被扣上了抄袭的名头，又被驱逐出画坛，在这之后，缪雨凡就对这世界彻底失去了信心。

十年前，她二十六岁。不算年轻，却也绝不是什么能掐出水一般青葱鲜嫩的年华。她才华出众，神采奕奕，正是世界尽在我心的风华年月。要说心里无怨，那是不可能的。外行看热闹，可能不明白，可缪雨凡作为当事人，她怎么会不明白自己是被人盯上了，被人陷害了。

面对着对方指鹿为马的暴行，面对那种一目了然的冤屈，正常人怎么忍得了？拿着她曾经勾画的草图，说她之后的成品图是抄袭她之前的草图。和拿着她过去在A市开画展的图，说她抄袭A市某画家的构思，一模一样。

她是自己抄袭自己吗？拿着她画坛中使用的艺名，说她厚颜无耻，冒充某某某。可问题是某某某，不正是她本人。嗬！她自己冒充自己吗？她的画作得到了许多收藏家的青眼，觉得极具收藏价值。于是，那些黑子开始水军轮番轰炸，都说许多收藏家是她自己找的托。嗬！他们也太抬举她了，她有钱来请这些托吗？

但凡有人来为她说几句好话，轮番上阵地便成了无休止的诅咒和谩骂，盟友都被骂得不敢吱声。这么清清楚楚一目了然的构陷，明眼人谁看不出来啊？幼稚如小学生对骂，这么直白又暴露智商的手段，正常人谁做得出来啊？

可就在金彩奖提名阶段，这些令人啼笑皆非的事情发生了！一开始，缪雨凡信心满满，满以为金彩奖的主办方会明察秋毫，还她一个公道。可主办方却狡猾地打起了太极，只和她说："你自己干干净净,何必要与小人一般见识呢？耽误了你创作的时间，多不值得。"

她当年还是太年轻了，听了这样的说辞，死心塌地地相信了主办方，并且真的两耳不闻窗外事，认认真真开始自己另一幅画作的创作。可听信的结果是什么呢？在金彩创新奖颁布的当天，大荧屏中爆出了关于她"抄袭"的丑闻。事情爆出以后，面对这么简单粗暴又直白的诬陷，所有参加颁奖仪式的画架和工作人员居然选择性脑残，众口一词地谴责她、羞辱她。

这世上最可怕的并非谴责和辱骂，而是漫无边际的脏水和诬陷。做就是做了，没做就是没做。把那些她没做过的事情，纷纷倾倒在她的头上，缪雨凡整个人都崩溃了。那是她人生中第一次走上领奖台，也是她人生中第一次拿着话筒斥责主办方和竞争对手的无耻。然而，双拳难敌四掌，在所谓的"铁证如山"的面前，她还能说什么？所有的自辩都像是白纸一般苍白和无力。你说一句，人家能说十句。你骂一声，人家能骂百声，是非黑白全成了有心人掌中的游戏。

缪雨凡不是没有抗争过，相反，她抗争得很激烈。她也不是没有追查过证据，相反，那些证据不需要追查，都明明白白暴露在眼前。可是每个圈子有自我运行的潜规则，她的对手可怕到令人心颤。他们找水军刷人气，他们抄袭高仿，他们排除异己，他们抱团恶语，他们踩低捧高……早就混淆了对错黑白，哪怕明明有成千上万种方法证明自己的无辜，可是你永远都无法战胜一群原本抱目的征战而来的水军和推手。

除了抄袭，紧接着在缪雨凡的身上又爆发了一堆的黑点。有人说她的画作本身就有问题,不过是靠着一点的幸运才攀登高峰，也有人说她无才无德，面目可憎。

那时候燕陈的年龄还小，又是阴冷、沉默的性子。等燕陈知道特殊画室中的大师姐遭遇过怎样的非人待遇时，事情已经尘埃落定，缪雨凡已经是个被钉在耻辱架上的罪人。

这世上，素来少不了权威的推波助澜，在媒体和水军的狂轰滥炸中，在所有似是而非的指责谩骂中，缪雨凡的艺术生涯宣告破产。画坛中永远有许多新鲜、饱满、鲜丽又富有生命力的画作，但也不乏你看都看不懂，却颇为叫好的画作。

这世上，权力和金钱才是主宰主流的标准！画坛上，总有那么一大拨的权力，能控制你看到什么，看不到什么。只要动一动心思，动一动手指，就能轻易抹杀一个人存在过的所有痕迹……消失的，将永远被埋葬在记忆的栅格区；而存在的，即便是不堪入目的三分内容，由于曝光的次数够多，媒体花式的宣传，看久了也自然而然成了真理和唯一。

那些曾经喜欢过缪雨凡画作的收藏家，就在这样的隔离中渐渐忘记了那个曾经带给过他们惊喜的年轻画家。那些曾经一目了然的真相，也在有心人的拨弄中，轻描淡写地被抹去了所有的痕迹。

光怪陆离的世界里，唯小人和弄权者是永恒的胜利者。脸皮又薄，心肠又软，如何能争斗过老谋深算的厚黑学专家们？一颗曾经熠熠升起的新星，就这样被折断揉碎抛弃在贫瘠的荒原上，任由其慢慢消逝灭亡。但凡有知情人，想为曾经的缪雨凡说一句打抱不平的话，灰烬中立马蹿上煊赫的威言厉词：“你说缪雨凡是一个有才华的作家？嗬！她若是有才华，又怎么会这么轻易地没落？可见从前那些所谓的‘才华’，都是抄袭出来的，为这种人说话，你怀的是什么心？”

没有人肯为缪雨凡的画作开办展览平台，没有平台就没有渠道。在刻意的打压之下，哪怕是毕加索的画作也会被埋没在尘埃中，可就是有那么多踩低捧高的家伙，居然以此作为攻讦缪雨凡的利器，并且屡试不爽。

十年的打压，曾经的天才自此远遁。这十年，连燕陈都不知道大师姐到哪里去了。她知道大师姐是被冤枉的，可那又有什么用？她想帮大师姐把证据抖出来，可是从缪师姐失踪那天开始，所有的证据都被人悄无声息地抹去了。十年的逆旅，燕陈也不是没有找过缪师姐，可根本没用。

当时的缪雨凡既生了遁世的心，怎么可能出现在曾经认识的亲朋好友身边，直到如今……缪雨凡主动来找燕陈。

其实，缪雨凡根本不是来请燕陈帮自己查清楚当年的旧事，那是一桩指鹿为马的荒诞案子。缪雨凡来找燕陈的目的很简单——她只是为了来送一幅画。如今的缪雨凡，在一家艺术培训机构做代课的美术老师，恰巧遇见了一个喜欢画画的女孩。

没人看得懂，或者说不愿意看懂缪雨凡的画，可是那个叫文君的小姑娘，却是个心思聪颖颇具灵根的孩子。

十年前的旧事哪怕抹得再干净，在上流圈子的孩子们看来，却也是有迹可循的。某些人的打压和驱逐做得太过分……也不知缪雨凡的遭遇，到底是触动了汤文君心中的哪一根弦，小姑娘竟尝试着为代课的美术老师洗去污点。可那件事，单凭汤文君一己之力显然不行。如今的汤文君就像是十年前的燕陈一样，处于一种上不上，下不下的尴尬位置。汤文君和当年的燕陈却有最大的区别：当年的燕陈孤立无援，家人指望不上，更是无一挚友。汤文君却不同啊！她八面玲珑，在家里受尽了宠爱，在学校也有许多的朋友。

那么多层丝丝缕缕的关系网下来，她把主意打到燕陈的头上，可说是情理之中。汤文君想得也很简单！燕陈是缪老师在特殊画室的小师妹，和缪老师的关系好——在名流圈的名声虽然不大好，不过这个圈子几分真，几分假，口说到底是毫无凭证的。不提别的事，单凭自己的同学姜玥这么崇拜燕陈，足见这位燕陈姐姐是一个品行不错的好女孩。否则，以姜玥那种较真较到让人发毛的性子，要和她搞好关系……可不是凭着溜须拍马就能行的。

确定了燕陈一定是个肯帮忙的人，汤文君就开始琢磨缪老师去找燕陈帮忙有几分把握了。汤文君眼里的缪老师，是个恨不得一刀和过去切得干净的女人。虽处于颓势，骨血里却是有几分砸不扁、磨不平、煮不烂的天真气性……就这样的缪老师，是绝不可能去找燕陈求助的。

汤文君也是一妙人，不知从哪儿得知缪雨凡欠了燕陈一幅画，于是似真似假就开始把这件事提到日程上。她劝缪雨凡的理由也很简单——“君子言而有信。缪老师，你承诺过送画……后来送了吗？”

“我的画，沾了污点，恐怕没人肯收了。”当时的缪雨凡，一边在松木画架支撑的画纸上指点汤文君的用色，一边平淡地说了一句。

换来的却是汤文君狡黠的笑容。“谁说没人肯收。就我知道的……有一个人，可是很喜欢缪老师的画作哦……燕陈。这个名字，缪老师你还记得吧？她那么喜欢你的画作，可是你明明有那么多，却不送给她，是不是言而无信？”

一句话，恨不得将自己二十六年的前半生通通抹杀的缪雨凡彻底忐忑了，不安了。缪雨凡虽然憎恶厌恨名流圈背后的某些龌龊和荒唐……可燕陈是她宠了那么多年的小师妹。

汤文君哪怕说任何一个人，缪雨凡眼皮都不会眨巴一下。可她说的，偏偏是燕陈。当年燕陈为了找到缪雨凡，是下过大功夫的。燕陈喜欢她的画，缪雨凡也是知道的。

君子不行背诺之事，这句话像石头一样沉甸甸地压在缪雨凡的心头。所以，一开始，缪雨凡找到燕陈，只不过是为了送一幅画，完成一个诺言。至于燕陈看见她的画，从而越发觉得师姐冤枉，准备打破名流圈丑恶的怪现象，为缪雨凡开办画展，把她应得的荣誉归还给她，那就纯粹是意料之外了。

而且正好，这事大概比埋头闷在画室里，更容易分散她的注意力。

“学我者生，似我者死。”这是那一届金彩奖的颁奖典礼上，主持人引用齐白石老先生的一句话。这盘旧影碟，缪雨凡来来回回看了二十多遍。

燕陈以为她是在缅怀过去，可是只有缪雨凡自己才知道，并非是缅怀……而是在确定。

这几天，燕陈吃了多少闭门羹没谁比她更清楚。燕陈安慰她道：“缪师姐，你相信我……这么大的城市，一定有人愿意把场子借给我，你的画展一定能顺利开办的。”

十年前，倘若燕陈这么说，缪雨凡会激动。可十年后的今天，不再年轻的女人弯了弯眼角，淡笑不语。缪雨凡“重出江湖”对某些人而言，说不上是大事还是小事。别的不好说，唯一点毋庸置疑：难。

当年用睁着眼睛说瞎话的方法把她打落到尘埃，那些人就没准备给她继续说话的机会。燕陈在帮她的途中，才领会到什么是坎儿。有一个场子，就那么明明白白地摆在那儿，可是你根本借不到，也用不上。也有好事的主儿，自告奋勇地要为缪雨凡办画展。

缪师姐的名声不好，燕陈知道缪师姐是被人冤枉陷害的，可别人不知道啊。谁也不是你的谁，一个不了解内情的人，凭什么无条件愿意帮助她？燕陈规矩地接待了好事者，无论对方说什么，她滴水不漏，并不一口回绝，也不言承情。

这天缘国际的余总来来回回找了燕陈三四五六次。这姿态就颇令人玩味。不知情的，恐怕还以为开画展的那位画家是位了不得的大人物呢。连燕楚都在说：“燕陈你拿什么娇？人家肯给你大师姐开画展你就感恩戴德吧，居然还拿架子，小心人家不搭理你了。”

“哦，那就别搭理吧。”结果一语成谶，不搭理还好，搭理了结果却不尽如人意……偌大的场子，门可罗雀。每一幅画都鲜彩分明，可约好的媒体却齐刷刷放了鸽子。不仅媒体不来，除了燕陈就没人来了。

就连那个说好了要为缪雨凡办画展的人也没来！如此堂而皇之地扫脸，明明白白地就说清了：缪雨凡，当今这个画坛，没有你立足的地方。

缪雨凡笑得很平静，像是早就预料到会有这种后果。唯燕陈狠吸了一口气，晶莹的眼底满是一片狠劲。她的心像是被人狠狠刺了一下。荆棘上长满了倒刺的钩，狠狠地甩过去，扎得她血肉模糊——这就是适者生存，优胜劣汰。

早在十二年前燕陈吃过这种哑巴亏。那时是燕老太太的生辰。燕家每个孩子从十二岁以后，懂事了便要为老太太准备贺礼。这是燕家的老规矩老习惯。她当时年龄小，哪懂大宅门中的弯弯道道，想去问陈宁，可陈宁忙着教田瑾应该怎么讨老太太欢心。

她小小年纪一筹莫展之时，学校中有个聪明善良的女孩察觉出她的窘迫，亲亲热热地帮她出谋划策，告诉她怎样才能获得老太太的喜爱。她向来不擅烹饪，却费了大半个月学会做海棠糕。

满以为不求有功但求无过，可哪里会无过啊！当天晚上，老太太便因为食物过敏大半夜地往急诊室走了一趟。折腾了两三天才好，脸上的疹子好几天不能见人。虽然老太太不怪她，也不许家人为难她，说是孙女有孝心，可惜用错了地方……

看上去，这事儿就这么揭过了，可从那以后，燕老太太看见她都是避着走的，再不肯吃她做的东西，当年祖孙间的关系越发疏远了，这也是事实。

细想当时，她也疑惑过自己在学校里没人脉没关系，人家怎肯主动对她好。然而，也怪她不肯往下想，只是念着“我不害别人，别人也没道理来找我麻烦”这种简单的心思，才会毫无防备。那个“聪明的、善良的”女孩叫叶浅浅，这么故作周折来打击她的原因也很简单，不过是看不惯燕陈沉默冷淡的性子，任性地想给她点苦头吃。后来，对方哭得露滴海棠，柔柔弱弱地和她说：“小陈姐姐，对不起，我不知道你奶奶不能沾海棠。”

这种哑巴亏倘若是一次两次也就罢了，十次八次就值得深究。

燕陈站在那一扇银白色的铁门之前，在分辨率极高的宣传海报下面，看空荡荡的画廊的走道，看缪师姐单薄瘦弱的背影。

没来由地，燕陈的口鼻都像是沉在了黑漆漆的深海中。视而弗见，听而弗闻，昏而弗得……指甲掐破了掌心。心底涌上疯狂的冲击力，像是有一股尚未冷却的血液，堵住了她的口鼻，刺得她满眼的猩红。那样的窒息，让她连肺叶都撕裂似的痛了起来。惶惶中，竟有一种失声痛哭的冲动。

“果然。”缪师姐淡笑着，用不再柔软的手指抚摸着自己视若珍宝的画作。声音轻轻的，仿佛风一吹就会湮散在空荡荡的画廊中。

“大师姐……”鼻子酸酸的，燕陈无法想象。她此生见过最有灵气的画家……居然会被迫害至如此地步。

“没什么大不了，真的……和我想的一模一样。”缪师姐微笑着回头，风轻云淡的一句话。

可燕陈分明在其间看见破碎的水光。不知道为什么，这个时候，她脑海中居然还能想到那么许许多多的过往。想到在很小的时候，大师姐捉着她的手教她画画，大师姐护着她不被田家夫妻打骂，大师姐眸光熠熠地和她说要成为最优秀的画家的梦想，大师姐教会她人生贵在诚信守诺的道理……

那么多的过往。有无趣的，有深刻的。在十四岁之前，大师姐取代了陈宁甚至是燕楚，一直充当着她人生的导师，给予她坚强的勇气和力量。后来，燕陈无论遇见多少的困恼和苦难，都会对自己说一句："这没什么大不了的。"

这都是因为大师姐缪雨凡！也许……缪雨凡的骨血里有许多不切实际的天真和幻想，或多或少地影响到燕陈，让燕陈总是对陈宁怀抱着一些幻想。可缪雨凡对燕陈影响中更多的，却是积极向上的一面。燕陈从未想过缪师姐也会倦，也会累，也会对这世上的不公充满绝望。

站在这儿，冷风从四面八方呼啸而来。燕陈突然又想起不久之前，她捏着一份离婚文件踏入利比亚会所的时候，有多少心怀叵测的顽主笑眯眯地在桌上摇起了骰子，赌她下一步走哪儿。

三年以前，她和缪师姐又有什么区别呢？都是被人轻忽、侮辱、鄙夷的存在，都是纨绔子弟呼卢喝彩打发时间的笑话和消遣。咬破了下唇，低着头，燕陈眼中射出凛冽的冷光。搁在自己身上的时候，她并没有痛得那么剧烈。可放在缪师姐的身上时，不知道为什么，燕陈总觉得有一双大手像是恶狠狠地捏住了她的心脏。

捏得她心口缩紧，痛得不能呼吸。

“缪师姐，旁边有个咖啡店，天气还有点冷，你喝点咖啡去暖暖胃，这里有我看着……”

那天，燕陈忍着心口的不痛快，劝走了缪雨凡。

燕陈脚步踏上天缘国际的时候，害得好几个人头疼了。前台踩着小碎步，一迭声地劝阻：“这位小姐，等一下，您有预约吗？对不起，这位小姐，请等一下……您不能进去……”

倒霉的前台小姑娘是实习生，今天上班的时候，高跟鞋踩在电梯里了，后跟掉了，又缺乏经验，没带备用的鞋子。本来就窘迫极了，坐在那儿还察觉不出来问题。在燕陈来之前，她还指望着早早下班，去修一下鞋子。可燕陈来了以后，她一高一低地踩着那影响气质的高跟鞋，脸红得几乎可以滴出血来，只求燕陈走得慢一点。

上帝一定没听见她早中晚三餐的祷告，没听见她每周风雨无阻地做礼拜。否则，燕陈这么个大活人，她居然眼睁睁地跟丢了。眼见着燕陈上了电梯，活生生地在她眼前按下直达顶层的按钮时，前台小姐都快哭了！

“这位小姐……等……等一等啊，您不能进去的啊！”倒霉的前台整个世界都坍塌崩溃了。一瘸一拐地连忙给老总拨电话：“余总对不起，您说的燕陈小姐真的来找您了！您……您快躲一躲吧！”

她倒是说的大实话，您快躲一躲吧，不躲会有什么后果？谁说得清。

天缘国际的余总既然敢当着面扫缪雨凡的脸，给燕陈好看，自然做好了事后被逮住痛骂一顿的准备。某位上行下效，指着头顶上的某位“主子”的眼色来行事的狗头公司的挂名老总，自然有见风使舵的真本事。才接到电话，他头皮一阵发麻，当即夹着公文包，脚步往右一转，就准备神不知鬼不觉地跑路。

他倒是气定神闲，可是燕陈兀的是来势汹汹。这位余总还不等到楼梯边上来个“人去楼空”，就被燕陈逮了个正着。

“姑奶奶别扯我袖口……我这可是意大利 Brioni 订制的手工西服，一件就要八万元呢……”这位看上去衣冠楚楚人模狗样的狗头公司老总伸着手，连忙去拍燕陈，唯恐燕陈碰坏了他的衣裳。

“哦，Brioni 订制。”

“这个衣裳贵，这个表也贵……姑奶奶您仔细点，仔细点，我统共也没几件好衣裳。”他倒真不拿自己做过的事脸红，还好意思让燕陈仔细了他的衣裳。

“余总，我真的不是故意的……这位小姐冲得太快了……我……我……我根本拦不住她。”前台小姐哭丧着脸，一看到燕陈这么瘦弱的小姑娘像拎小鸡似的一把举起了自己风流倜傥的老总，眼泪唰地就流了出来。

“呜呜呜……这位小姐，现在讲法治，您不要动私刑啊！我们余总有什么对不住您的地方，您海涵了……您一个女孩子，娇滴滴的，不要和他一个大老爷们计较。传出去了，对您的名声也不好……女汉子什么的，说起来真的不好听。”这位前台小实习也一妙人，泪眼汪汪地求情，说的话倒是让人耳目一新。

天缘国际这位狗头公司的老总真是个怜香惜玉的主儿。看见自家的小前台哭得一把眼泪一把鼻涕了，竟还能分出一分心思来安慰她：“小章你别哭。燕陈是个软柿子……三年前咱们本家的俞少就捏过了，软得不得了。你别怕，她也就脸上凶一点，不敢打我的。至于那个缪雨凡嘛……没多少本事,欺负她也是白欺负。”

厚颜无耻地把“余”和“俞”说成了本家。这位余老板得意扬扬，还摸着自己不知道倒了几斤头油，擦得亮闪闪的大背头，微笑地摆出了一个迷人的笑容，正准备继续数落缪雨凡几句。某个被他认定“当面打脸也不还手的软柿子”松开手，冲着他淡淡一笑。

余老板还挺高兴的,冲着实习小前台得意地说:“看见了吗?小章。知道燕小姐为什么脾气这么好吗？这是上流社会。什么是上流社会？君子动口不动手……”

活该他蠢，撞上燕陈。他还没来得及摆弄一下自己东拼西凑的豪门圈常识——砰的一声，一记上勾拳直接狠狠地揍上余老板潇洒非凡的左脸。

“嗷呜！”眼泪和鼻涕齐飞，瘀青共错愕一色，随着一声凄厉的惨叫声，余老板痛哭了。

前台小实习捂着眼睛，鼓着包子脸，哭：“老板，您不是说上流社会的淑女们，是君子动口不动手吗？”

余老板痛得要死要活，肿着半张猪头脸，在燕陈的手掌心里还在强撑。

“这……这是因为害缪雨凡变成全城笑料。燕小姐打我一拳……那也是正常的。小章啊……你也太不淡定了。泥人还有三分土性子。燕小姐打一拳，差不多也就够了……她是一个善良软弱的女孩子……”

勉强露出一个自以为潇洒的微笑，余总镇定极了。

天缘国际的顶层老总办公室，没听见别的声音，就只剩下余老板哭爹喊娘的哀号声："啊啊啊……姑奶奶，你不是传说中脾气特别好吗？你你你……你怎么打人！哎哟……那个喂呀，你又打我！燕陈我和你说，我肯欺负欺负你缪师姐，其实是给你们面子……如果我不给你们面子，谁搭理你们。哎哟……你怎么打我眼睛！痛痛痛……姑奶奶，算我求求你了好不好……求求你，别打了，别……别打了……哎哟！别……别打脸……呜呜呜……"

人是揍了，恨是解了，然而缪师姐的画展依旧是搁在燕陈喉咙里进退两难的那根倒刺。余老板讨好主子，却被人打上门拔了面子的事，隔天就传得名流圈尽人皆知。非常时刻，非常待遇。这位余老板虽然开着狗头公司，靠着讨好富姐、富婆维持生计，论到身手虽比不上特种兵战士，可好歹也一五大三粗的老爷们。被燕陈打得连还手的力气都没有……那些曾经当面扫过燕陈脸面的事主纷纷捏着一把冷汗，庆幸当初运气好，没撞上燕陈动手的时候……

从此往后，哪怕心里再有几分不满，谁敢当面说燕陈的不是啊！这要真像是余老板一样被揍进了医院，且不提医药费谁付的问题，吃苦头的总归是自己。

人不能没事也去给自己找麻烦，是不是？可真不说？哪能。一个个还在背后悄悄披着层皮，似真似假地抱怨："燕陈这姑娘，太不是个东西了！人家余老板心肠好，借她一个场地，让她的师姐有地方开画展……她居然把人打到医院里去了，真是好心没好报！"

对于开画展的事，多少人见风使舵地准备看笑话。可如今，帮着她一起急的，还有一个姜薄东。姜二少可以在任何事情上面，帮燕陈打点得清清爽爽，唯独这件事，他并不好主动相助，文艺创作非姜公子熟悉擅长的领域。

许多事情，他无法掌控并且熟知，可他却清楚地知道一点：经由权势点染后的创新或艺术，绝对难登顶峰。也许他找向叙或是好哥们甘唯开个后门，缪雨凡的画展场地可以轻松解决。可十年、二十年说到此事，缪雨凡的名声必然会由此败坏。

对于其他人，姜公子恐怕根本不会吝于展示出自己的权势和财力，唯独此事……他深明两句话：栖守道德者，寂寞一时；依阿权势者，凄凉万古。姜二公子的确信奉“成王败寇”那一套守则，可燕陈喜欢并且维护的缪师姐，明显不是这一路的人。

燕陈急，他跟着燕陈也急，明明有千万种手段，却一样难施——此时，有一个逗比妹妹的用处，可算是大放异彩了。二公子不过三言两句地点拨一番，姜小玥同学立马忧心忡忡，恨不得立时冲锋陷阵抛洒热血。

“那个……你可以别哭了吗？”夏微凉无可奈何地看着眼前哭得天崩地坍的女孩姜玥，忙里抽闲地打了个商量。

“不要！我就是要哭……”

“那把你的鼻涕擦干净再哭好不好？”

“你才有鼻涕呢……”

“好吧好吧，我才有鼻涕。”长长地叹了口气，夏微凉坐在那儿，还是忍不住继续翻看起自己看了一半的小说。

旁边，哭得惨兮兮的小姜玥抬起一双兔子似的红眼睛，终于忍不住了娇嗔："微凉姐，我在哭哎。"

"我知道啊。"

"你知道我在哭，居然都不安慰我，微凉姐你变坏了！"跷起白生生的小指头，某人哀怨地控诉。

"可是你自己都说了你就是要哭,可见我劝也是没什么用的。"又翻了一页，眼睛彻底扎在小说书里，夏微凉喝口茶，四平八稳的口气听不出任何安慰。

"微凉姐！"不服气地加大了声音。

"嗯，听见了，听见了，听见了。"重要的内容说三遍，口中如此真心诚意地回答着,可夏微凉热切的目光还是没抽出小说。

"呜呜呜呜……你不知道，我闯祸了！闯大祸了……"

"没事，你哥宠你，不怕。"

"呜哇……"一听到"你哥宠你"这句话, 姜玥小姑娘瘪瘪嘴,哭得越发惊天动地了。

第二十七章　扬眉吐气

西厢茶楼，茶香怡人。

深沉的原木颜色刻画着栩栩如生的西厢绘，玲珑的灯笼装饰在门帘边上，一间间的雅阁用帷幕分出空间。不远处，还有写实派艺术家在弹琴。这样仿古气息浓郁的茶楼中，高山流水错落飞花，分分寸寸透着古雅和安谧。唯独姜玥那一嗓子号的，好几个茶客手中的紫砂茶杯都颤出了茶沫。好几个中年老男人摸着茶杯子就去找速效救心丸。

“这谁家的小姑娘在哭？怎么跑茶楼哭起来了？”那边还吞着药丸嘀咕呢，这边大堂经理不干了。哭哭哭！这什么地方啊，茶楼。茶楼是干什么用的？喝茶。风雅之地。出入有鸿儒，往来无白丁，哪能容你这样来踢馆！

大堂经理的责任使命感瞬间上升一个高度。皱着小眉头，挺着小胸脯，捏着对讲机，当即就准备严肃地请“A3-21 幽兰涧”的客人注意一下影响……可小正步还没踢到房门口，就被一脸黑的领导大人拦住了。

“干吗呢！干吗呢！干吗呢！知道‘A3-21 幽兰涧’的客人是谁吗？脑子被驴踢了吗？人家那可是大客户！大客户！”

傻乎乎地望着领导大人，大堂经理的嘴巴里几乎能塞拳头。

多少客人倒在了投诉的门槛上，向来说自家茶楼品位高，从来鼻孔看俗人的大堂经理也口吐白沫妥协了，就那样不和谐地大哭起来。此时，引起西厢茶楼一片混乱的姜玥同学却没有一点影响到别人的自觉，依然哭得稀里哗啦。

“微凉姐，你可以别看书了吗？自从你出了次车祸，我觉得你整个人都变了。”不开心地戳了戳夏微凉手中的纸页，姜玥醋道。

“有吗？哪里。”不置可否地应了一声，夏微凉没抬头。

“有……自从上次微凉姐你出车祸了以后，我发现你干什么都好像没什么精神的样子，每天就只是看书看书看书……”某人掰着小手指，咬着嘴唇，上上下下打量着眼前眉目明丽的少女。

“没精神？怎么会。”

“从前如果我哭得稀里哗啦的，你说什么都会安慰我一下，然后问问我到底是怎么回事，可现在……”

“嗯？”

“现在你一点都不关心我了。小哥哥说，人出车祸有时候会把脑子撞坏，然后性格大变。不过……这种话骗小孩子就刚刚好了。我才不信这种鬼话呢。微凉姐，我发现你车祸以后，性格变了，而且……”

姜玥突然止住哀怨，抹干眼泪往前趴，她盯着夏微凉的眼睛，墨褐色的眼瞳突然凝上一层担忧的荧光。这么大大咧咧的孩子，如今居然也懂得藏话了，说到这儿居然直接不吱声了。

“而且怎样？”夏微凉随口一问。

姜玥犹豫了好久，像是下了好大的决心一样，终于捏着小拳头，忍不住试探：“而且……出了车祸以后，微凉姐你不仅整个人都蔫了许多……最重要的是，这么喜欢严安的你，居然和他分手！”

一句话下来，手指突然一僵，夏微凉的心口骤然透出一阵痛意。少女的眼神晃了晃，手中的杯中漾起了一阵浅浅的涟漪。

“严安这个人硬邦邦的跟石头似的，真不明白微凉姐你到底喜欢他哪一点。我早就盼着你俩分手了，可……你俩真分手了，我总觉得哪里不对。”

小姜玥真是当之无愧的好奇宝宝。夏微凉脸都白了，她还埋着头，绞尽脑汁地嘀咕着。

“咳咳咳……”捂着嘴，夏微凉肺部一痒，忍不住咳了起来。这是老毛病了，每到开春之际，道旁种植的树上就会飘下许多茸茸的树种。夏微凉对这种毛茸茸的树种过敏，有时候会咳得厉害。姜玥跑过去，正要帮她理顺一下呛入肺叶的浊气，手指突然被夏微凉抓住了。

“微凉姐你没事吧？”

“没有……咳咳咳……”一边咳着，夏微凉终于放下手中的书，淡道，“刚才你不说我不关心你吗？现在我来关心关心咱们小姜玥。今儿个你一来，就哭得天昏地暗，这又是怎么回事呢？”

她不说这事还好，一提起来，姜玥冷不丁想起自己烦恼的事，肩膀当即耷拉下来了……抹抹眼泪，小姑娘悲从心来，觉得委屈得不行：“微凉姐你不知道，我闯大祸了！”

“怎么回事？慢慢说。你不说，我怎么会知道呢。”温和地递去一杯茶，夏微凉循循善诱。这态度，可比刚才说“你哥宠你”的时候好上一百倍都不止。小姜玥本来还可担心她又把自己糊弄过去，如今这么一听，立马就像打了一剂定心针。反手回握住夏微凉的手，姜玥同志立马就把自己不小心把未来二嫂的地址散播出去，然后未来二嫂最近被“故交”寻上，四处帮对方找场子，准备开画展的事原原本本地说道出来。

“呜呜呜……微凉姐，我这也不是故意的对不对。可是二哥的脾气，你也是知道的！如果知道我拖后腿了，他一定会迁怒到我的……你还总说‘你哥宠你’，现在的情况不是哥哥宠不宠我的问题，而是哥哥会不会把我大卸八块……”

哀莫大于心死地用脑袋撞着桌子。噗噗噗——那一下下的声响，听得夏微凉心肝都颤了起来。姜玥要说其他人的“八卦”，夏微凉恐怕根本不会记挂于心，唯独这孩子说的偏偏是燕陈的“八卦”。

“你是说……你未来的二嫂要开画展？”

“对啊，呃……也不对，连场子都没找到，燕陈姐姐根本没办法开画展的啦。”抬起被自己磕得有些红的小脑袋，姜玥同学瘪着红通通的小嘴，可怜兮兮地看着夏微凉。

“找场子这回事，不是花点钱就能办到了？”

“哪那么简单。那个利比亚会所的老板斩钉截铁地就放话了，不借！不借！打死也不借……”

夏微凉是什么人啊，在学校里一直是品学兼优的聪明人。要是听到这儿，她还听不出姜玥同学的弦外之音，那就真的白瞎了她门门拿优的好成绩。

“你就往白里说吧，你这是要来找外援了？”微凉姐如此一点就透，姜玥简直喜得手舞足蹈，当即把凳子搬过去，就坐在夏微凉的左手边了。

小丫头满脸讨好地笑：“微凉姐，我知道甘大哥的资源比较多，人脉广……”

好家伙！说了那么久的废话，铺垫了那么久的“悲惨少女闯祸记”，重点来了吧！

“你要找我哥要哪一处的场子？”

“不是要啊，我可不敢要甘大哥的东西，我小哥哥会念叨死我的。是借，是借！有借有还，再借不难。”小姑娘乐呵呵，一双水灵灵的眼睛忽闪忽闪地看着夏微凉，像极了憨态可掬的小兔子。

在整个市区中，若说到娱乐场所，有两家不得不提——向叙的利比亚会所寸土寸金，往来无白丁，个个是富贵泼天的主儿。指缝间漏出一点渣子，也够穷人家吃用一年。可甘唯照样不是省油的灯，他开设的皇家一号茶馆走的是低调奢华的别致风格，真是谈笑有鸿儒。这儿来往的不是医学权威，便是德高望重的老教授。

一时之间，两家争奇斗艳，欣欣向荣。谁也不能说东风压倒西风，又或是谁家更有格一些。但凡是城中有名望的人，都聚这边了。

向叙重利，甘唯喜名，这便是两者之间最大的差别。向叙是笑迎东西南北客，伸手不打笑脸人，任凭是他最讨厌的人站在他的面前，他都能笑呵呵地请你坐下来谈些天南地北的事，找找一起发财的点子。最重要的是，他基本就在自家会所待着，不会到处乱跑。

可甘唯呢？不仅是个脾气古怪的男人，而且时常地神龙见首不见尾。他喜欢你的时候，可冒天下之大不韪地来帮你。可不喜欢你的时候，却是连鼻孔看你的机会都不给一个。谁都猜不准他到底在哪儿。

所以燕陈想借场地的名单中，想过那么多的人，唯独在甘唯这儿有力使不出，根本无从下手。别人不知道甘唯是谁，可姜玥知道啊！一个姓甘，一个姓夏，看上去是毫不相干的两个人……可甘唯和夏微凉可是亲兄妹！别人找不到甘大哥，他亲妹妹难道也找不到他吗？那怎么可能。一听见姜玥开门见山地要找哥哥借场地，夏微凉不是不愿意帮——毕竟，她与燕陈虽然算不上多亲厚的关系，却打从心眼里喜欢这个安静平和的小姐姐。

“我哥是什么性子，你叫了他十几年的甘大哥，难道还不知道吗？”犹豫了半晌，夏微凉叹了口气。

“难道我就一点办法都没有了……”

“这不存在我愿不愿意帮忙的问题，而在于谁求情，都是无用功。你应该了解，我哥他从来都不会帮看不顺眼的人。而能让我哥看着顺眼，被他喜欢，那也真是一件很不容易的事。”

“我看冼心性子也不怎么好，可是甘大哥对她还不错……燕陈姐姐可是比冼心好一百倍都不止。”

“小丫头，好与不好，不是你说了算，也不是我说了算。你看洗心不顺眼，我也照样不喜欢这个口蜜腹剑的女人。可我哥就是喜欢她那样漂亮的女人……愿意当她的马前卒，你能说什么呢？”

“其实微凉姐，我未来二嫂也是很漂亮的。”瞪着墨褐色的水眸子，姜玥握着小拳头，努力维护偶像的名声。

“咳咳……”夏微凉喝着一口茶水，差点没被呛着。面对姜玥亮晶晶的眼神，舌头底下压了那么多的话，她狠狠心还是压下去了……

“呜呜呜，甘大哥识人断物难道就没个标准吗？”

“你别哭……”

“我能不哭吗？我哥要知道麻烦是我引到燕陈姐姐那里的……就算不灭了我，也得灭了我。”

“这两者有区别吗？”

“微凉姐……”

“停停。别说废话了。我们捋清一下思路，要想让我哥借场子给缪雨凡，有两个办法：一个，让我哥对缪雨凡有一个好印象；二个，让我哥对燕陈姐有一个好印象。你觉得哪种可行？”唯恐小丫头哭得昏天暗地浪费时间，夏微凉连忙拉开话题。

她这么一说，姜玥瞪着圆溜溜的大眼睛，止住了哭声，脑筋急转，立马头头是道地分析起来：“总结归纳一下甘大哥好朋友的类型。他不喜欢风霜过重老辣沉稳的人……这么看来，燕陈姐姐的缪师姐可以提前出局了。她便是在甘大哥面前出现一千次、一万次，也不可能得一个青眼的。”

“不仅是缪雨凡，你觉得燕陈姐是轻灵跳脱的主儿吗？”

“怎么可能。燕陈姐姐平时根本连话都懒得说，‘沉默是金’这四个字在她身上简直发挥得淋漓尽致……”说到一半，姜玥忍不住就耷拉下了脑袋，“甘大哥喜欢热闹，燕陈姐这么安静，肯定也不能让甘大哥有好感。呜呜呜……这么说来，燕陈姐姐的画展场地就又泡汤了……连甘大哥这儿都没办法了吗？”

“别哭啊……姜小玥你敢不敢收住眼泪。再哭下去，水漫城墙了。”

“正好，一年到头难得有几场大雨。我为祖国贡献力量，也省了人工降雨的麻烦。”想也不想脱口而出——和小哥哥姜隅斗嘴的最大收获不是长智商，而是这一口说段子的天赋。

夏微凉脸都黑了：“你到底想不想帮你燕陈姐姐了？”

“想啊！”

“追根究底，不是我哥喜欢帮助什么样的朋友，喜欢交往什么样的朋友，而是燕陈姐愿不愿意去找我哥帮忙……我哥的脾气差，不仅你知道，天底下少有不知道的。首要之际，要制造机会。”

“咦？”眼前狠狠一亮，姜小玥同学惆怅了那么久，在夏微凉的话语中，似乎突然看到了一丝成功的曙光。

时间一天天地过去，画室里油彩鲜丽挥洒，松木画架上的成品图上盖着厚实的麻布。简陋的画室，一幅幅心血之作，微笑的大师姐，一个许以期待和未来的画展……对缪雨凡而言，一切美好得都像是梦，可燕陈的动作陷入了僵局。

普通的场子不能扬名，不普通的场子她又接不到……缪师姐把全部的期盼都压在自己身上，燕陈其实心里也有点发虚。名流圈看上去是一望无垠的大海，海面上蔚蓝明亮，广阔得令人心旷神怡。可事实上，你永远不知道平静的水面下藏着口齿尖锐的鲨鱼还是峥嵘锋锐的暗礁。

当姜玥和她提起甘啡的时候，燕陈突然想起，在这座城市中，自己并不是第一次听说甘啡的名字。这座城市总有许多有趣的故事，其中有些就是关于甘啡的。有人说他是gay，有轻微恋童癖。也有人说他才卓不凡，是个比向叙更加斤斤计较的生意人。不过无论传闻如何，圈内人对他的评价显然不俗。圈子和圈子之间的关系，就像是水族馆那些造型精巧别致的巨大水箱。你不可能把鲨鱼和虎鲸养在一起，也不可能把海龟和水母养在一处。大鱼吃小鱼，小鱼吃虾米。每个圈子都有自己适者生存的竞争法则。冒冒失失闯入不属于自己的圈子，要么进化，要么……被吃掉。

甘啡其人，虽然是圈内无数女孩心中的理想老公的模样，可行事作风委实不是燕陈熟悉的。在听见姜玥提议的时候，燕陈的第一个反应是不可能。连向叙这样唯利是图的商人都拒绝了燕陈借场子的提议，何况是爱惜羽毛胜于一切的甘啡。

一开始，燕陈不是没有动过甘啡皇家一号馆的主意，可真的是无从下手。首先，甘啡出现在哪里都是她根本无法打探到的消息。所以，随着钉子越碰越多，她几乎是下意识地把皇家一号馆排除在自己可以借力的范围内。直到今天，姜玥告诉她，甘啡最近回国了。而且……经常出入在某几个地点，看上去似乎和某些人的关系不错。

说者有意，听者有心。曾经熄灭的火苗再次燃烧在心底。燕陈心里就一个念头，找到甘啡，并且找他借到皇家一号馆，借助对方的名望和地位帮缪师姐开画展！

想法很不错，实施起来却总有那么些困难。打从甘唯见着燕陈的第一眼开始，对方似乎就很不喜欢燕陈这样平静寡淡的女孩子。无论燕陈与他说什么，在他耳中听到都转换过来，都是“无聊，无趣，无味”。

俊朗风流的甘家少爷真是个油盐不进的主儿，妹妹——夏微凉为燕陈铺垫过，说过好话，没有用！好友的妹妹——姜玥天天腻在甘哥哥的旁边，为偶像打前锋，没有用！好友——姜薄东也似真似假地提点了一句，让甘唯注意一下燕陈，适当地给个好脸，依然没有用！生煎油炒水煮清蒸都焖不熟甘唯这颗铜锄子！不喜欢，就是不喜欢。

燕陈？您哪一位啊？明明见了好几次，甘唯这么聪明的脑袋瓜竟然记不清燕陈的模样。提起燕陈，他不记得其他，唯独记得“名流圈的笑话”这么显然带有几分侮辱性的形容词。连姜薄东都分不清他是无意还是故意。

这几日，燕陈处心积虑地去寻找甘唯的喜好，可哪怕能在夏微凉的通风报信中制造出“偶遇”，结果却依然不尽如人意。你无法强迫一个本身并不喜欢你的人突然对你改观。

甘唯喜欢唱歌，喜欢潜水。可燕陈的嗓音本身就带着一点沙哑。平时，你连听她说一句话，都是千难万难，她怎么可能会唱歌？至于潜水，这项户外运动不仅考量着一个人的胆量，更加考验体力！具有一定的危险性，却也格外刺激。唱歌，燕陈的确不在行，可潜水没问题啊！

燕陈是在澳洲留学的，那里可是有着号称全球最美的黄金海岸线。大堡礁有十四个最佳的潜水地点。又分为浮潜和深潜两种体验。燕陈上学的时候，就挺喜欢深潜入海底，看五光十色的珊瑚群。唱歌无法投其所好，潜水能和甘少爷拉近拉近关系也行啊。更何况，潜水这项运动明文规定了，必须要两人一组进行——这不是天赐的良机。套一句说烂掉的老话——理想的丰满总是为了映衬出现实的骨感。

燕陈都做好了十足的准备，也争取到了和甘少爷一组潜水的机会……可是，这次可不怪她力有不逮，何止是不逮啊！燕陈的体力和胆魄简直超过一般姑娘十倍不止。她只当甘少爷潜水，势必要深一点，再深一点，要刺激上面叠加刺激。于是一没留神，深潜到差不多四十米。甘少爷再不喜欢燕陈，也有一种北方男孩子特有的豪爽义气——忒不服输，更不服女孩子的输。人家燕陈看着这么瘦弱娇小的学生模样都潜下去了，甘少用力地吞了吞口水——拼了！

最后的结果……就是要不是燕陈察觉到他太拼了，甘唯恐怕一条小命就交代在底下了。甘唯和姜薄东不同，他可是打小身子骨就弱。虽然谈不上什么哮喘、高血压、心脏病等乱七八糟的毛病，可归根结底，身体还是有点弱的。为什么喜欢唱歌？人家这是在练肺活量呢。为什么喜欢潜水？总不能指望他去跳伞找刺激吧。

燕陈差点害了甘少爷一条宝贵的小命，你说甘少爷火不火大？哪怕后来他是燕陈救上来的……可里子面子在燕陈这儿输得干干净净。他若是看见燕陈，再能有什么好脸色，那也是怪事。

寻常人知难而退，燕陈抿抿唇，越挫越勇。小本子里写清楚了甘少的喜好、憎恶和禁忌。她只差没拿一台笔记本电脑严格运行数据，找出攻破甘唯这座碉堡的关键要点——免费义工都帮甘唯做了好几回。

甘唯也真是一狠角儿。人家都低微到尘埃，就求你办一件事儿。他嫌燕陈烦，也不知怎的居然和燕陈前夫的女朋友温情联系上了。这一天天打得火热，明显是借着温情撵人呢！在一边旁观战局的姜玥、夏微凉等人一看见甘唯拉出的挡箭牌是谁，脸都黑了……这真是明晃晃地打脸。姜玥恨不得把当初自己拜托甘唯的话全打印成纸，一张张吞下去。

“哥，你可真给我长脸！居然和个情人混得火热。”夏微凉嘴一撇，鄙夷地看着甘唯，如是吐槽。

“你懂什么。燕陈那个小丫头无事朝我献殷勤，摆明了非奸即盗。不管是奸也好，盗也罢，我可不想蹚她那一趟浑水。你年纪小，很多东西没听说过……哥哥可告诉你了，那个燕陈，沾上准没好事……”优哉游哉地喝着白兰地，甘唯一边听歌一边解释。

甘唯的想法很简单，只要在俞景、温情这边，燕陈来了的话，一个是前夫，一个是前夫的女朋友，燕陈怎么好意思过来！她不好意思过来，这样正合了甘少爷的心意，他正好不想看见燕陈。

不知道最近是怎么回事，无论甘唯到哪儿，都能偶遇上燕陈那个扫把星。甘唯也不傻，如果再看不出家中出了内鬼也是怪事了。他可是爱妹妹的哥哥，才不能为了一个燕陈，和微凉闹翻脸。多不值得啊！在某些时候，他只要摆明了某一种立场，让燕陈知难而退，这样就好极了。这个难，可不就叫“温情”。

三月十九日是温情的二十一岁生日。

俞家，建筑风格独特的老式别墅在寸土寸金的中心商业区高耸而立，橡桷上刻着鳞甲分明的龙龟仙禽。一溜锃光闪亮的豪车碾开夜色，从坚硬高大的铁门中驶入，仿佛掀开古轴画卷，跃然进入现代空间。

“哥！我真是讨厌死你了。”在一溜来宾中，某个颈上戴着闪闪发光的白金项链，穿着玫瑰色小礼服的女孩捏着高脚杯，压低声音，不高兴地吐槽。

“求求你赶紧讨厌我。”躲在某个角落，大快朵颐吃着三文鱼的男孩嘴角露出一个舒朗的笑容，耸肩回答。

“你……”

“我和你说过多少次了，话要想清楚再说出来。你也差不多二十一岁了吧。你看看人家的二十一岁，名利双收。有个这么优秀的男朋友，举办这么盛大的生日晚宴。微凉啊微凉，你呢？”

“我再怎么样，也没当情人，没去破坏人家幸福的婚姻。”板着脸，夏微凉踩着玫红色的高跟鞋，正准备狠狠去踩哥哥一脚。可是她哥哥甘唯比泥鳅还要滑溜，端着三文鱼的托盘，轻巧地避过了。

津津有味地嚼着上好的三文鱼，甘唯真把这里当自家餐厅了。两人虽然都是极漂亮的少年男女，可穿着仅能称得上是得体，远比不上来往宾客们穿得华丽精致。正如燕陈曾经所言：名流圈多的是“识衣断人”。凭两人穿着，这一片倒是安静得很，并没有谁会主动过来搭讪。

甘唯说：“什么叫情人？什么叫幸福的婚姻？你以为没有温家的那个小妞，她燕陈和俞景就能顺理成章地白头偕老了？结婚当天，新郎官就跟着伴娘跑了，这不明摆和新娘不来电。就算上流圈子的婚姻不需要爱情做铺垫，可俞景这么做，等于是切断了他们之间一切的可能。”

“哟，我哥还是恋爱专家。”鼻腔中透出一声冷哼，夏微凉冷嘲热讽。

“专家谈不上，不过识人断物还是有点眼力见儿的。”

“说你胖，你还喘上了。如果你有眼力见儿，怎么可能和温情这样的女人搅和在一起……哥，你真的不觉得脸红吗？”

“说搅和多难听啊。你哥我不过是参加了一个温家小妞的生日宴会。在你口中，你哥怎么就那么不堪了。”

“哼。”气嘟嘟地撇嘴，夏微凉简直不想搭理自己这个任性起来活宝到没边的哥哥。

毕竟是妹妹控。妹妹生气了，甘少爷心里也是有点小不安的。端着一盘子好吃的，甘少爷蹭到夏微凉的身边：“微凉啊，凡事要往好处想。看人要看长处……”

“你的意思是？”

“其实温家小妞细看看，也没有你想的那么糟糕。不说别的，人家至少漂亮的……”

“绣花枕头一肚子草，难道哥哥没听说过。”

“怎么会是一肚子的草呢。嗯，其实……你要真和温家小妞接触一下，你会发现她其实是一个挺善良热心的女孩子。”

“善良热心？”夏微凉不可置信地叫了起来，她怎么都想不到哥哥居然这么能睁眼说瞎话。

不过，夏姑娘显然低估了老哥脸皮铜墙铁壁的厚度。说起瞎话来，甘唯绝对是个中翘楚，一句接一句，连眼皮都不颤一下。

“对啊。你看见名门圈里，哪个有钱人家的女孩子广交好友了？一个个都是按照身份结交着。可温小姐有好几个贫贱之交的朋友……从这一点上说，温小姐真是一个内心柔软而行事低调的好女孩。”

“贫贱交？”夏微凉疑惑地看着哥哥。

甘唯立马献宝似的指了指：“喏，那个叫王玲玲的女孩，父母都是普普通通的工人。还有那个……对！那个也是……你看看。温小姐肯和这样普通的女孩子做朋友，说明她内心不虚荣，不攀比。”甘唯舌灿莲花，大肆宣传着温情是一个何等明亮温婉的好女子。

甘唯的洗脑功底委实不错。在他一连番的轰炸下，就连夏微凉几乎都要觉得自己是不是错误地解读了俞景的这位小情人。一兄一妹，一高一矮就这么站在花丛边上，笑嘻嘻地说笑着。就在这时，夏微凉整个人一个踉跄，被人从背后一撞，不由自主地往前栽了好几步。说话说得好好的，突然被人这么一推——夏微凉有洁癖，素来喜欢清洁干净的环境。小花丛虽然不脏，可是到底花丛下面是黑色的土壤。被人这么一推，她手上、身上都沾了灰扑扑的泥土。所幸是玫瑰颜色，又是在晚上。就着闪烁的灯光，狼狈模样看得并不十分分明。

狼狈地从地上爬起来，夏微凉还待仔细看清楚到底是谁推了自己一把，耳畔突然传来个细小尖锐的女嗓：“谁允许你穿这种颜色裙子的？”

“什么？”

瀑布泉突然喷出千万簇银光闪闪的水珠，哗啦哗啦的水声彻底压住了行凶女孩的声音。

“尊敬的各位来宾，亲爱的各位朋友，现在是晚上八点整，大家晚上好……”在不远处，火红色的波斯地毯上，千万束聚光灯打在台上神采飞扬的明星主持人的身上。随着扩音喇叭的声音，主持人低沉磁性的声音温和地回荡在所有人的耳朵里——生日 party 开始了！

角落处，一树一树的花开，是三月早春的榆叶梅，星星点点绽着春的气息。不仅是夏微凉愣住了，连甘唯也愣住了。这么偏僻的角落……周围连洒扫的帮佣工人都没有。甘唯真以为这里有足够清净的，这个突如其来的女孩子到底是谁啊？

就在兄妹俩大眼瞪小眼，莫名其妙地看着这个突然跑来发难的红衣少女的时候，对方高高抬起尖尖的下巴，不屑地冷笑道：“你是新来的吗？”

“新来？什么新来的？”

“啧，装什么傻啊。你们。”

“这位小姐，你是不是误会什么了？”对方一来就这么趾高气扬的姿态，让甘唯心里极不舒服。

你趾高气扬没有关系，可是对我妹这样，这就是你的不对了。甘唯护妹妹，护得全天下都知道。看见妹妹被人这么欺负，甘唯眼中掠过一抹凛冽的寒光，上前一步，挡在女孩和妹妹的中间，清淡疏离地询问着。

“误会？我没空和你们玩什么误会。玫瑰色的小礼服是温小姐今天要穿的颜色。她早就在发邀请函的时候说过，不许其他人穿这个颜色。你还穿着这个颜色，是故意扫温小姐的脸吗？”

Party 已经开始了，对方显然不想在这儿和甘唯、夏微凉啰唆什么。挑剔的目光上上下下打量过甘唯——在确定他穿着的西装上面并不是什么知名牌子以后，女孩眼中掠过一抹毒辣的目光，伸手居然拿着装着红酒的杯子，想也不想朝两人身上泼了过去。一边泼，一边还淡淡地咕哝："这下衣裳总该脏了吧，我就不信你们衣裳都脏了，还赖在这儿不走……"

她维护温情也就罢了，可是……作恶居然是这么一副理所当然的姿态，饶是甘唯从来不愿意和女孩子计较都忍不住火了。一把捏着对方的手腕拦住了对方泼酒的动作，甘少眼里射出凛冽的寒光。

"你……你干什么？我……我可是温小姐的朋友……你敢伤着我……"甘唯的眼神太可怕了。

女孩在温情的手下分明养成了无法无天的性子，如今看见甘唯的目光，都有一种从脚底蹿上来的寒凉。甘唯有一双不输于姜薄东的好看的手。他的手修长而骨节圆润分明，透着一种养尊处优富贵荣华的白皙光泽。而此时，这么一双漂亮的手指捏着行凶女孩的手腕时，骨节处竟泛出了几许白色的冷厉。

他手下的动作并不重，可行凶女孩却怕得两股颤颤，几乎要哭了，却还在声色俱厉地威胁："你在俞少的地盘上打人，你信不信，我和温小姐说一声，温小姐能让你在城里再也混不下去！"

"今天我们的寿星是谁？大家知不知道？"这时，不远处，那个风采逼人的年轻主持人还拿着话筒，潇洒自如地在台上抖着包袱，引着大家的思维方向。

"温情！"他的问题才刚刚问出来，那边一阵山呼海啸似的尖叫声，都在喊一个“温情”的名字。

然而，在这样一个不起眼的角落，甘唯、夏微凉的心却都有一点发冷。

“是谁？大家说大一点声音。我听不见。她，是，谁？”

“温——情——”一阵阵欢笑尖叫声，层层叠叠地引出了今晚穿着玫红色小礼服、嘴角抿笑、光彩夺目的漂亮女孩——温情。

“大家晚上好。很高兴大家能够在今天参加我的生日party，也很荣幸能请到云非先生做我的生日主持……”

聚光灯下玫红色礼服的女孩笑得有多灿烂，角落里，甘唯和夏微凉的脸色就有多黑。

“要让我在圈子里混不下去，单凭你们的温小姐似乎欠一点火候。加上你们温小姐的金主，也许勉强能试试。”冷不丁把行凶女孩往前面一推，甘唯的眼中射出刀锋一般的锐利和冷酷。

“你……你居然这样说温小姐。”

“滚！趁我还没改变原则。”一声厉喝，甘唯冷不丁地把行凶的女孩往前面一推。

甘唯的原则，是不打女人。可眼前这姑娘却在时时刻刻挑战着甘唯的自控力。行凶女孩被推得好几个踉跄，额角的头发散落下来，气得恨不得撕裂甘唯俊俏的脸蛋。可，这男人一看就知道不是好惹的。她恶狠狠地瞪了甘唯和夏微凉一眼，像是要把两人的模样深深镌刻在脑海中一样。扭头，转身踩着细细的高跟鞋，慌忙不迭地跑了。

风从四面八方吹来，吹得夏微凉裸露在外面的手臂都有一点发冷。哥哥站在前面的不远处，不知道在想些什么。不知过了多久，夏微凉扭头，看了一眼哥哥，嘴角抿了一分笑，淡淡地说道：“哥，这就是你说的心地善良、乐于交际的温小姐啊！你总喜欢听传言，来判定一个人的是非。如今看来……传言的真实性恐怕也值得商榷。”

“啊……天哪，云非！云非好帅啊，我好喜欢他……”此处有多安静，不远处的红毯上，光芒就有多耀眼，很多年轻女孩尖叫着。

不仅仅是为了温情的生日会，更是因为那个不常出现在公众视线中的音乐才子：“听说云非出道这么多年，专注于唱歌，从来不演戏也不会四处走穴捞金……没想到小情居然能请到他来当生日主持。好厉害！”

“云非，我好爱你！”荧光棒疯狂地挥舞着，台下年轻的男男女女们听他说一个字就尖叫一次，把喉咙都叫哑了。

第二十八章　老别墅

俞家的老别墅古雅，端庄，凝重。

那是俞家白手起家，历经数代积攒下来的声望和信仰。在此之前，它从来不对外开放。今儿个，无数辆价值不菲的跑车却接二连三地碾碎了宁静的梧桐大道，用欢歌笑语吹散了俞家老别墅的神秘气息。

这栋老宅说起来，燕陈一点也不陌生。说到底，她做了俞家三年的孙媳妇、儿媳妇、媳妇……即便结婚之后，她提着小箱子就远渡重洋，直接到国外留学，抛弃国内种种前缘。而回国后，又直接打到利比亚会所逼迫俞景签署协议。看上去，她是一天也没在老宅里住过。可你别忘了，她、色彤、俞景、叶浅浅的青春是连在一起的。既是青梅竹马，又怎么可能没来过老宅?

曾几何时，燕陈真以为自己再也不会踏足俞景所在的任何一块土地——和平分手，指的便是她和俞景了，俞景有他的红颜知己。而她，本身不过是为了帮色彤狠狠粉碎一下叶浅浅的计划。

两人之间的婚姻本来就充满了算计和试探，不存在真心。俞景无法面对燕陈，反过来说，燕陈何尝能坦坦荡荡地面对俞景。

如今，当燕陈重新踏上俞家老宅的时候，心境多少有些复杂。本来还好，主要是遇见的师傅们都是认识的老熟人。就在刚才，看见她来参加温情的生日 party，好几个老师傅的眼都快直了。

“少奶奶……真个是侬……侬怎么来了？”一句少奶奶，窘得燕陈脸红到了耳根。

“我随便来看看……”面对一张张熟悉的脸，燕陈做不到视若无睹，只好低声地应了几句。

“侬过来看看啊？是祝贺……温小姐的？”老宅的师傅们大多是江南园艺的老工人，虽然在异乡扎根蛮久了，却改不掉一口的吴侬软语。

听着那熟悉的音腔，燕陈心里突然柔软起来。看大伙张大了嘴，眼中分明流露出惋惜、无奈、不忍心等情绪，那种柔软的心情突然又变成说不出的窘迫。

“随便看看，随便……”她声音越来越小。帮厨的吴阿姨拉着她的手，眼中泪光闪闪：“少奶奶，侬不要伤心啊。阿拉这么些年都没看见侬了，好不容易见着侬，却还是这个情况下……”说着说着，眼泪就出来了。

被阿姨们拉着说着，燕陈本来是挺感慨的，到最后就变成尴尬。就在刚才，走到后花园处，那个修剪园艺的钱师傅遇着她，还在感慨：“小陈啊，侬就是脾气太倔了。

“早些年就是！”

“侬和少爷结婚，最高兴的还是阿拉这些老家伙了。

“其实少爷也高兴，他也是不说。

“从彤彤走了以后，阿拉都没见少爷脸上有那么真实的笑容。

“说起来，阿拉看着侬长大的，少爷老早就喜欢侬……外面都说少爷不给侬脸。三年前，结婚夜里居然和伴娘跑了……

“别人不知道，阿拉知道啊！

“少爷也是糊涂。他那是不知道怎么面对侬……侬要是心肠软一点，不要学人家拖个箱子出国留学，就知道少爷虽然把那个伴娘带回老宅了，可是少爷放她在观鹤楼里吹了一晚上的冷风……侬啊侬！

“哎，阿拉以为侬回来了，这下好了，总可以和少爷好好过日子了。结果一回来就是离婚……

“这个温小姐可不是什么好东西。侬还没和少爷离婚的时候，她就经常跑来找少爷。这样的女人心太坏了。少爷不搭理她，她还要去爬少爷的床……漂漂亮亮的女孩子去勾引有妇之夫，真不知她家人怎么教的……”钱师傅逮着人，喋喋不休地说。

燕陈本来只想安安静静地过来，然后找到甘唯，混个眼熟，然后看看找点机会博一些印象分。可是她就没想过来了以后，俞家的老人们谁都认识她，谁都喜欢拉着她说。被逮着听了好几番换汤不换药的抱怨以后，燕陈落荒而逃。

原本的清冷心境，全化作狼狈。你什么时候见过燕陈拿手捂着脸，遮遮掩掩地走路啊？小姑娘从小到大便是再不受到家人们的宠爱，人家自小学着搏击术，那气质是特种兵退伍老教练训练出来的，腰杆笔直得跟杆枪似的。一般人看见燕陈，还来不及对她整个人有个直观的印象，先会吹个口哨，惊叹起她的身材极好。

这个极好，有时候未必是指丰胸翘臀，而是指她立得笔直，一股子精气神迎面扑来的秀润风姿，令人心旷神怡。可如今——燕陈真的是一手抱胸，一手悄悄地捂着半张脸，看见但凡有点眼熟的人，就立马背过身子，装作看花看景的模样。

“燕陈姐姐的人缘还真好，居然认识这么多人。”师傅们夸赞俞景情深意切，燕陈没什么感觉，可姜小玥同学听见了，一点都不高兴，小姑娘撇着嘴，酸溜溜地咕哝。

“你帮我看看，你甘大哥有没有在观景台那一片看着。”手掌捂住半边脸，燕陈扭着头，自己不方便看，于是借助姜玥的眼睛。

“没有。”

“那宾众，东南角，四十五度方向，有没有？”

“那边的光线好暗啊，什么都看不清……”

“你仔细看看。”

“好像……也没有。”

“甘唯今天的确是来这儿参加温情的生日 party 吧？”

“燕陈姐姐难道怀疑我的情报？”撇着嘴，姜小玥同学本来就攒了一肚子的不高兴，这下可彻底爆发了。

“燕陈姐姐，你和俞景到底是怎么回事啊？该不会还是余情未了吧……这种事情燕陈姐姐你不能做啊！人家俞少爷可是有女朋友的人……燕陈姐姐你和我哥也确定了恋爱关系的吧……如果你这个时候，还和那个俞景黏黏糊糊的，那你不就成了第二个温情了……不过这都不是重点，你要和俞景死灰复燃了，那我哥怎么办啊？”姜玥急得脸都黑了。掰着手指，她还在这边嘟囔着，十万分的不满不高兴。

那边，燕陈走了几步直接到了主持台的不远处。她穿着浅色的小礼服，本来就是很不显眼的模样。这么遮着脸走过去，越发被埋入了人群中。刚过去，疯狂的尖叫声立刻飙入耳里。

“云非！云非！云非！云非真的好帅啊，好有格，我好喜欢他的……”在燕陈旁边的，也不知是打哪儿来的脑残粉。那个长着马脸的脑残粉激动地扯着身边矜持端着鸡尾酒，身穿高档纯手工晚礼服的女宾，疯狂地尖叫。

“音乐才子云非一直都挺有格的。”被拽住的女宾看着自己被扯歪的衣角，脸上闪过几条黑线，却在马脸女孩求应和的时候，强压住心中的崩溃，连忙摆出令人如沐春风的灿烂笑容，连声称赞，看上去比马脸女孩还要崇拜主持人。

那边两个风风火火议论着：“小情好棒，她说能请到云非来主持她的生日 party 的时候，我还以为她开玩笑呢，没想到她真的做到了……”

“温情小姐一向都是这么厉害的啦。”

“我们家云非那么高的格调，出道十年来只是痴迷于音乐，居然真的为小情主持婚礼了，男神和女神在一起，我好开心啊！”

“乖，不哭了……快看，温小姐上去说话了。”被她抱住的女孩性格真好，身上的金鱼褶都被压坏了，胸前佩戴的白玉兰花也被弄掉好几片花瓣，居然还能和颜悦色地安慰她。

“嗯嗯，对，小情说话了。我也要和小情好好学习，加油以后找一个这么优秀的男朋友……”擦干眼泪，马脸女孩立刻目不转睛地盯着温情身边的男主持人，脸上露出羞涩痴迷的笑容。

N 年之前，色彤曾经不屑地和燕陈说：听谁谁谁说话，简直是拉低智商。燕陈一直就觉得色彤言之太过。不喜欢，不要听不就可以了，怎么可能还会拉低智商啊。直到今儿个，她真站在这里了，听见那些没营养的尖叫和对话，她才知道色彤说的一点都没错。

十年前的俞家老宅从不会有这些不知所谓的人来聊这种话题。把“找到金龟婿”当成人生奋斗目标，这种话，燕陈从来没听说过。色彤觉得这是掉智商的话，可燕陈觉得自己可真是长了见识。

一人得道，鸡犬升天，说的便是温情这帮小姐妹。温情今天过生日，俞景在老别墅中为她开生日 party 有两层意思：一来是为了为她庆生，二来也是为了正式地把她引入名流圈。攀上了俞景这个高枝，温情再也不是被父母兄弟轻视的女孩子了。被这么正式引介以后，再也不会有人说温情是俞景和燕陈之间的情人了。那些藏在影子里，黑得生霉的黑历史，终于要彻底告别温情了。

说真的，倘若这次的 party 燕陈没有来，温情没准还真能洗洗情人的黑点，可问题是燕陈来了。

前夫为情人开聚会，前妻不请自来。这中间的挑衅味道，委实有些耐人寻味。像温情的那些姐妹可能不认识燕陈，可在场的有这么多的名流呢。前阵子，燕陈才在她母亲陈宁的生日聚会上亮过一次相，占据了好几个版面的时尚周刊封面。燕陈的模样，对某些有心人而言，简直比千瓦的灯泡还亮堂。有那么几个人，当时就傻眼了。

“快看！那个……”举着杯子，有人悄悄地暗示同伴。

“什么？”

“俞少爷的旧情人。”

“叶浅浅？”

“叶浅浅你妹。你脑子里能不能装点干料，是燕陈。”

“什么？你刚才说的是谁？”一口白兰地差点喷了出来，某名流的眼睛都直了。同伴淡笑不语，环胸举杯的方向微微一侧，正好指着燕陈的那个方向。

一阵沉默，两人看着燕陈的背影，又瞄一眼温情，都不吭声了。好几排喷泉随着音乐高低错落，透过七彩的温泉往台上看，今天穿着浅蓝色低胸长礼服的温情笑得娇媚得意，格外漂亮。

不知过了多久，其中一人绷不住，突然笑了一声。

“你笑什么？”

“我在想温情现在还这么花枝招展得意扬扬——等过一会儿，燕陈突然冒个头，明天的时尚新鲜报该怎么写。”两人对视一眼，纷纷乐了。

在这个圈子里，没有永远立于不败之地的巅峰人物，有的却多的是围观看热闹不嫌事大的路人甲乙丙丁。此时，温情显然想象不到被自己撵得灰溜溜落败的燕陈居然还敢来……

“云非哥哥，云非哥哥，你好棒……”随着音乐声，生日宴的气氛被层层叠叠地推至高峰。葡萄酒、白兰地、伏尔加，三文鱼、鱼子酱、鹅肝酱，各色的美食任你取用。酒过三巡，菜过五味，所有人都喝得有点飘飘然了。温情的那一帮子马脸、麻脸、小眼睛的闺密更是格外赏脸。台上，无论主持人云非说了多么冷的笑话，她们都会咧开嘴，笑得乐不可支。用“群魔乱舞”这四个字来形容这个生日 party 真是一点都不冤枉。

“小情，生日快乐！”“年年今日岁岁今朝！”“有情人终成眷属！”随着香槟酒砰的一声打开，雪白的泡沫和芬芳的酒香飘散在四周甜蜜到有点腻人的空气中时，许多人高兴地碰杯说出了祝福。

在那么多的祝福中，一个声音突然尖锐又响亮地在一阵电磁脉冲后，先说了三声“喂喂喂”，紧接着突然卖萌似的高叫了一声：“下雨天，小情和俞公子才是最配的呢，让燕陈死去吧……”得意忘形，说的便是这个情况。

在温情告别“情人岁月”的生日聚会上，提燕陈的名字就属于死亡禁忌。脸色唰地沉了下来，在场的来宾，男男女女看着温情的眼神，都有一种不可言说的诡异。

这个时候，无辜膝盖中了一箭的燕陈也蒙掉了。她只是来找甘唯，她只是想来为缪师姐找一个可以开画展的场子。为什么她这么低调地混了进来，原想着不闹事也不惹事，就会被人诅咒成“让燕陈死去吧”，她得罪谁了啊？好几个已经发现燕陈在这儿的人都睁大眼睛，不说话，齐刷刷地去看燕陈——似乎在等她突然跳出来，跑上台，大胆揭露温情破坏人家婚姻，抢了人家老公等恶劣行为。在接收到好几束目光灼灼、意味不明、恨不得撸起袖子自己往前冲去掐架的复杂目光之后，燕陈差点没被自己的口水噎着。这些人看我做什么？她心里还蛮不高兴的。悄悄地侧着身子，用手指捂住半张脸，根本就是一副不想惹是生非的路人架势。

遭遇了如此“实诚”的祝福，连奏乐团的音乐声都安静了一下。“乐队，怎么回事？继续奏乐啊！我最喜欢的那个《小苹果》，音乐起来，继续继续啊！这么高兴的日子！”拿着扩音话筒，某一个浑然不知道自己闯祸的蠢妞还在吆喝着，笑得阳光灿烂地和大家举杯。

全场的气氛在一瞬间，似乎都有点冷凝。没有人发现，在听见“让燕陈死去吧”这句话的时候，俞景的脸色阴沉下来。

“对不起，我方便一下。”不动声色叹了口气，轻轻挣开被温情拽得紧紧的右手，俞景淡道。

“景哥哥……你要干什么去！”眼泪汪汪地继续抱住俞景的手，温情眼中的泪滴闪动着不安的光芒。

“不是说了吗，我方便一下。”

“方便？只是想方便一下吗？景哥哥，你老实告诉我，你还想着燕陈那个小贱人对不对？王玲玲让她去死又怎么了？你的老婆是我，为什么提到燕陈，你整张脸都沉了下来？我没有燕陈漂亮，还是为什么？景哥哥，你知道我有多爱你的。”跟着俞景一路走到没有灯光的角落中，温情不管不顾地哭诉着。

“情儿，对不起，你……”

“不要说，我也不要听。你说过要好好对我的，为什么……对，你是先认识她，你是先和她结婚的，可我们才是真爱啊！景哥哥你忘记了吗？在你结婚的那天，燕陈根本没有尽到新娘的义务，陪你回老宅的是我温情，是我啊！”梨花带雨地哭着，无视于老别墅的活动花园到底有多热闹，温情撕心裂肺地流着泪，疯狂地踮起脚尖，急迫地吻住了俞景柔软的嘴角。

“情儿……”

“不要说话，不要，我不要景哥哥想着别人，你只能爱我，我们会结婚，有很多很多的儿子和女儿……”用力地搂住俞景的脖子，温情吻得那么忘情，春色被吞咽入唇齿之间。不远处，那些在尴尬沉默后，继续急切闹腾起来的乐队、主持人的声音，都像是被隔绝在了两个人的小世界外。然而，没有人知道在这样漆黑的树影下，被这样美艳的尤物亲吻着，俞景在暗夜中的眼睛却闪闪发光，透着淡淡的清冷。

燕陈，两个人心中不能被提及的痛和伤痕，连俞景自己都理不顺说不清楚在听见“燕陈”这个名字的时候他心里到底在想什么。他不喜欢燕陈的吧？是啊！怎么可能喜欢那个瘦弱伶仃的小姑娘，那是色彤最好的朋友……

装潢华美的休息室，偌大的落地窗，窗帘将夜色纷纷隔绝在厚重贵气的窗帘外，走廊像一条永无止境的时光通道。安静，落针可闻的安静，却被高跟鞋踩在大理石地板上，那样脆亮又好听的声音打破了。随着脚步声，两个年轻女孩的议论声也若有若无地传了过来。

“哈哈哈……真的是笑死我了。下雨天，小情和俞公子才是最配的哦……那个叫王玲玲的是故意的吧？”

“王玲玲？她不是叫田锦锦吗？”

“我管她叫什么名字呢。提到她我就生气，我这套晚礼服是香榭丽舍大街上顶级的裁缝花了半个月的时间，手工制作的……”

“啧，我刚才看见她抱着你哭，我就觉得肉跳。她没长脑子吗？不知道礼服不能这么压的吗？上面的褶子都压坏了，这修补一下得要不少钱吧？”

“多少钱倒是小事，艾利夫人很少帮人手工制作晚礼服……

这一套金鱼尾褶的裙子，全世界也就这么一条。”

“那我看你还朝她笑……”

“我能怎么办？她可是温情请来的客人。真不知道俞公子的眼睛是瘸了还是怎么了，怎么就看上了那样两个女人。”

“两个？”

“温情啊，还有燕陈。一个情人，是温家上不了台面的拖油瓶。一个老婆，整个就是上流圈的笑话。”

“我记得俞公子有个初恋……”

“色彤。我也记得她。她死了好几年了。像色彤那样的，勉勉强强才算得上是名门圈的淑女嘛，可惜死得早。飞机失事……这种万里挑一的事情，怎么就会发生在那么优秀的女孩子的身上。”

“不不，我说的不是这个……我听说，在飞机失事之前，色彤就得了治不好的病，她和燕陈从中学开始就是好朋友。知道自己好不了以后，她曾经写过遗书，请求俞景照顾燕陈。”

“天哪，这就是俞公子居然娶了燕陈的原因吗？”

“不，那封遗书被叶浅浅发现了，早就被叶浅浅藏了起来，这世上知道这个事的根本没几个人。”

“那你……”

“我也是听我哥哥说的，你知道的，我哥曾经和叶浅浅好过一阵子。三年前，俞公子娶燕陈的时候我好惊讶，还以为俞公子深情到把前女友的话记到心里了。没想到，这才三年就离婚了。”

“说真的，就上次燕四夫人的生日宴闹出了那样的事，我突然觉得燕陈恐怕不是传闻中那么讨厌。”

“至少比温情好多了。”

“不就是这么说的嘛！”

年轻的女孩一边在无人的休息室聊着闲话，一边对着小镜子，精心地扑着粉，补着妆。两人议论得开开心心。根本没有发现，在不起眼的角落，刚才那个大庭广众下叫着“让燕陈去死吧”的小妞居然就坐在隔间。

“原来色彤早年生病，并且悲观地给俞景留下遗书的事情真的存在过。”嘴角轻轻触碰着手中水晶杯里的红酒。被诸人定位为“猪队友”的少女有着温柔的眉眼，高挑的身材。可是在提到那封遗书的时候，她红艳惹人的嘴角突然露出了一个令人心中战栗的可怕笑容：“呵呵。姜公子，你的爱情那么顺，有人想摧毁你拥有的一切，从此时开始。Cheers……”对着空气，女孩温柔地晃了晃红酒杯，将杯子的美酒一饮而尽。

休息室外大片泼墨似的暗夜里，魔鬼的微笑悄无声息地降临……

“燕陈姐姐，那家伙居然诅咒你，让你去死。你别拦着我，我嘞个去！我非得要让她知道我的厉害不可！”撸着晚礼服并不存在的袖子，姜玥气鼓鼓的，恨不得立时冲出去，痛殴那个口无遮拦的家伙一顿。

蹭蹭蹭……可是蹭了半天，脚居然一步也没有挪出去。燕陈一边装作若无其事地捂住脸，躲避着有可能遇见的熟人，一边扯着姜玥同学腰上系着的蝴蝶带子，额角有一根筋在暗暗地跳着。

“姜玥，你干吗呢？”压低了嗓音，燕陈无奈极了。

“干吗？这还要问吗。燕陈姐姐，你脾气好，我可看不下去了。

你刚才没听见那臭丫头说什么吗？她欺负谁不好，偏欺负我们家头上！”火气冲天地跳脚，姜玥生起气来，真的是无范围攻击，看谁都恨不得去踹个几脚，更别提是始作俑者了。

“你要和她打架吗？”

“打！必须打。不然她还当我们好欺负呢！”满脸戾气地嚷嚷着，小女孩激动至极。

“怎么打？”

“揍她脸，拽她头发，咬她胳膊……”姜玥不说还好，一说这个，燕陈额角的一根筋忍不住隐隐又跳了起来。她几乎不敢想象姜夫人那么优雅的贵妇人，怎么就教出了姜玥这样一点就着的爆竹性格的小女儿。打脸拽头发咬胳膊……这都是什么招啊？姜夫人知道她女儿的暴力倾向吗？

“你……平时就这么打架的？”犹豫了半天，燕陈觉得不能放任小孩骨子里的暴力因素泛滥，有必要了解一下情况。

姜玥说：“也不一定。要分是和男孩子打架，还是和女孩子打架了……”

“和男孩子打架是怎样的？”

“多一招必杀技。”

燕陈本来是想多了解一下“00后”的女孩到底在想什么，可姜小玥同学的思维实在是太发散了。这一句“多一招必杀技”才说出来，燕陈突然有一种不祥的预感。她张了张嘴，刚准备说什么。

没想到，小女孩一张嘴，得意扬扬，一口堵住了她即将出口的劝告：“燕陈姐姐，我告诉你吧，和男孩打架要攻下路，直接踹小弟弟！一招就能把对手给废掉。像打架什么的……完全难不住我。”

有什么狠狠砸中脑门，燕陈被气得一口气没缓上来，口鼻间有点窒息的感觉。正若有所思地看着姜玥呢，小姑娘突然又扭过头，满脸严肃地冲她说：“燕陈姐姐，你松开我，你如果怕见血，那就稍微躲一躲，没关系的。我今天要不打得那个谁谁谁知道花儿为什么这么红，我就不姓姜！”磨着牙，姜玥还挺自信呢！姜玥在那里还研究着打脸怎样才好，万一人家是整容的，一拳上去把下巴上的硅胶打爆掉了，会不会有什么不良后果。

另外一边，温情是真的被气疯掉了。她跟着俞景，无论说什么，做什么，俞景都是一副平静冷淡的模样。这样子的俞景让她又想起三年前，别人都说她温情攀上了高枝，在燕、俞的婚礼上能把俊俏多金的新郎官迷得神魂颠倒,委实不容易。可三年来……甘苦不与人说。别人不明白，她温情身为当事人，谁明白她的苦。结婚当日，景哥哥的确挽着她的手，把燕陈一个人丢酒店了。然而，车开到了俞家老宅，景哥哥喝了好多的酒，吐得昏天暗地，根本就没有碰过她。当时，景哥哥拒绝她的话是说：“情儿还小，才十八吧。我希望你能想清楚是不是要跟我。”

她想清楚了，想得十分清楚。可是……衣衫褪尽，她像刚出生的小猫般，如此干净温婉地趴在他的腿边上，想要把自己完完整整奉献给这个俊美宛如神祇的男人的时候——景哥哥却目无邪念地从地上捡起衣裳，一件件地帮她穿上。俞景和她说：“情儿心太躁了，观鹤可以清心。”

一句话，一群帮佣把她领到了观鹤台。俞、燕的新婚夜，新娘、新郎分床而睡，她温情却被打发着看了一晚上的仙鹤。从那时起，温情恨燕陈恨到了骨子里！她这么讨厌燕陈，又惧怕燕陈，好不容易能够彻底地摆脱燕陈在她生命中造成的恶劣影响。可这种时候，居然还有人在她的生日宴在俞景的面前提到燕陈，这不就是明晃晃地给她找不痛快！

俞景一个人去静静的时候，她径自杀回了自己亲手为姐妹准备的休息室。咣当！一把掀开鲜红的桌布，价值不菲的昂贵水晶杯被毫不留情地摔在地上，她的那些小姐妹都吓坏了。还没反应过来，紧接着，火辣辣的巴掌狠狠甩了过去。

“王玲玲你脑残吗？”

“小……小情。”灯光朦胧的休息室里，捂着脸，缩成一团，被骂作脑残的是一个穿雪纺纱裙的马脸女孩。

“在景哥哥的面前提燕陈，你是不是羡慕我找到这么好的老公？”

“我是真心祝福你的，小情……不，那个喊‘让燕陈去死吧’的人不是我……”

“编！你继续给我编！”

“小情……”

“别和我装可怜。王玲玲你两面三刀，肚子里藏着多少黑心肠别以为我温情不知道。两副面孔对付对付别人也就罢了，没想到你那些烂把戏，居然玩到了我温情的身上，王玲玲你胆儿有够肥啊。”

“真的不是我……”

“别说了，算我看走了眼。我今儿个算是明白了什么叫防火防盗防闺密。知道我恨不得燕陈去死的人，除了你王玲玲还有谁！”

“呜呜呜，小情，你可以打我骂我，可是你不能冤枉我。知道俞少肯在这个老宅为你办生日 party 的时候，我开心得仿佛天空都亮了。”哭着拉着温情的手，马脸少女唯恐温情讨厌她，眼泪哗啦啦地流。

“演戏啊你？还天空都亮了。别碰我，我嫌脏，我现在一点都不想见到你。”冷冷甩开少女拉着自己的手，温情漂亮的脸蛋冷得仿佛笼着一层无形的寒霜。

“可是小情，你不是说好的要给我介绍云非哥哥，这……这还算数吗？”被温情一把推倒在地上，都这个时候了，王玲玲还挂念着她的梦中男神，哭着抬起一张狼狈的脸，眼巴巴地望着她。

“噗，王玲玲，都这时候了，你的色心还没死绝啊！”一听这话，像是听到什么笑话似的，一直站在温情身边双手环胸的女孩突然扑哧一声笑了起来。她温柔地打开窗，蹲下身，捏着王玲玲的脸拖过去，迫使她不得不看到聚光灯下星光闪耀的主持人，“王玲玲，快看，你的男神云非，他的五官好精致啊！”

用鸟类的脑容量来形容王玲玲真是在侮辱禽类动物。都这时候了，王玲玲的注意力居然瞬间被转移了：“云非哥哥一直都这么帅……”抬起痴迷的目光，女孩一脸花痴样。

女孩看了一眼温情，邀功似的笑笑，从容不迫地从自己的手包中掏出手机。“喂，云非哥哥……嗯，是我……我是君紫。对，现在，不，不嘛，我才不管你现在在主持……快来啊，Darling，D 区石榴树下，我在这里等你……嗯，人家就是想见你……亲一个！”娇娇嗲嗲地打着一个电话，那冷眼旁观的女孩脸上分明没有一丝表情，说话的声音却柔得可以滴出水来。

Darling？这个爱称刺激到了王玲玲，王玲玲的脸色突然间有点发白："君紫，你……你喊云非哥哥什么？"

"Darling 啊，你不是最喜欢他了吗？真是不凑巧，我也很喜欢啊。"娇嗔了一句，这个叫君紫的女孩明显和王玲玲有本质的区别。她穿戴着精巧昂贵的精灵耳饰，闪闪发光的蓝宝石项链，精妙绝伦的粉钻头花。身上的晚礼服既奢华，又亮眼，和王玲玲的档次完全不同，就连脸上精致涂抹的化妆品，都透着醉人的芳香。

有钱人家的小姐！这是一目了然的事。同样是温情的好闺密，君紫瞧不起王玲玲也不是一天两天了，可是这妞儿拍马屁的功夫太好了，温情也喜欢有绿叶来衬托出她的美丽。

所以，在温情面前，王玲玲一直压着君紫一筹，压得君紫几乎喘不过气来——如今，好不容易看见王玲玲被温情厌倦了，君紫心里泛滥的嫉妒和厌恶终于毫不掩饰地透露出来……

"你刚才……那么亲昵地和云非哥哥打电话？不……不可能的，云非哥哥出道十年到现在，从来没有闹出过绯闻，他怎么可能过来呢？"

"不可能？为什么不可能。王玲玲，你不是很喜欢云非吗？今天，我就让你看看你喜欢的云非到底是什么货色。你以为情儿的生日 party 为什么要请云非？不就是因为你喜欢云非。为了照顾你的心情，她忍着被人嘲笑的可能请了个戏子来当主持。情儿对你这么好，可你居然在俞少面前拆情儿的台子。"

“你……你别这么说，请云非哥哥来，小情也不亏啊，云非哥哥是这么顶级当红的明星，他从来没为谁主持过生日宴……”颤抖着唇，王玲玲听不了人家说云非的坏话，捂住苍白的脸，眼泪涔涔地落了下来。

“啃。”回答她的，是君紫不屑的冷哼。

没多一会儿，在台上唱了好几首歌累得香汗淋漓的漂亮男孩云非匆匆忙忙地跑了过来。不远处，人群笑着闹着，彻底玩疯了。那男孩跑过来的时候，带起一阵妖艳的香风。他本来是满脸兴奋地过来，冲着君紫想要说些什么。可是在看见旁边哭着的王玲玲和面无表情的温情的时候，那些兴奋登时化作礼貌的疏离。

“君小姐，好巧，你也在这儿……”云非的脑子好使，记得刚才最捧场的就是现在那个哭得眼泪汪汪的马脸女孩。虽然不明白君紫约会为什么还要叫个粉丝，不过……他随机应变的能力堪称一流，这么一本正经说偶遇的模样，倘若在场这几个要没听见君紫刚才打过去的电话，恐怕还真以为这的确只是一次邂逅。

“扑哧。”一见他这模样，君紫笑了起来。

“云非哥哥，吻我。”抬起精致的小脸，君紫突然娇气地命令道。

“这……君小姐……这不好吧。”瞥了一眼闲杂人等的王玲玲和温情，云非的眼中明显地流露出犹豫和恳求的神色。

“君紫，你不要欺人太甚……云非哥哥怎么可能会吻你，他在娱乐周刊上有过采访，说了初吻是要留给未来老婆的。”分明是云非被人欺负了，可王玲玲那姿态，却像是自己被人凌辱了一样激动。

“云非哥哥，我命令你，现在吻我，要法式热吻。”气定神闲地把玩着耳鬓垂落的一小撮漆黑的碎发，君紫的眼睛里透着说不得的得意。

“你是神经病吧！云非哥哥，我们走，不要理这个女人……”眼泪汪汪地握住云非雪白的手，自己最爱的人被人这样命令，王玲玲的心仿佛被人狠狠扎了一刀，痛得失去了呼吸。云非犹豫了一下，并没有像从前那样甩开粉丝的手，像是逃难似的，难堪地扭过头，也想早早离开。可是，没等两人走几步，就在他们身后，娇纵少女君紫的声音明亮，却透着说不出的冷漠：“宁云非，你尽可以跟着她离开。我给你三秒的时间选择。不吻的话，明天环球影视会宣布对云非工作室全部撤资……”

“别，君儿，不要这样！”话音未落，刚才分明恨不得匆匆逃离的宁云非像是被踩了尾巴的猫一样，惊恐地甩开了王玲玲的手，一个箭步冲了回来。说好的，初吻留给未来老婆呢？说好的，出道十年不谈恋爱，洁身自好，不闹绯闻呢？说好的，最爱的永远是支持他的粉丝们呢？王玲玲的手尴尬地被甩在半空中，一扭头，就看见一幅令她彻底心碎的画面——她最爱的云非哥哥，居然在拥吻她身边的朋友。

不知道过了多久，激吻过后的君紫，双手随意挂在身边高大英俊男孩的脖子上，慵懒地冲着她微笑：“王玲玲，其实看你一遍遍夸云非这样好，云非那样好，你知道有多少人在心里嘲笑你吗？呵呵，初吻留给未来老婆，这种话，你居然也信，真的是猪脑子。这样愚蠢的你，会在所有人面前拆情儿的台，我真是一点都不奇怪了。你是不是觉得，俞少和情儿不般配，觉得情儿比不上燕陈？”

“我……我……”内心受到了巨大的冲击，王玲玲整个人都蒙了，捂着脸，哭得上气不接下气，什么话都说不出来。

啪！一记狠狠的巴掌甩在了她的脸上，君紫冲着温情讨好地笑笑。紧接着，对着王玲玲放狠话：“王玲玲你给我记着，无论是谁，都不可能拆散俞少和温情的。燕陈不可以，色彤就算死而复活了，也不可以。别以为提一句燕陈，就能让俞少后悔，俞少现在可是死心塌地地爱着咱们情儿呢！”

“呜呜呜……”君紫还抱着云非哥哥，他们怎么能接吻，他们怎么能在一起？完全没听见君紫威胁的内容，王玲玲的内心只充斥着这一句。不不……脑子完全糊掉的王玲玲在哭泣中，突然抽出一分思绪。等等，她们总说，在俞少面前提到燕陈的人是她王玲玲，可……她没有啊。她看云非哥哥都来不及了，怎么可能提到燕陈呢？可惜的是，这个念头才浮现在脑海中，立马被“云非哥哥居然是那样子的人”给击溃了。她委屈得昏天暗地，浑然不知道她家“闺密”温情的大麻烦，这才刚刚拉开了帷幕。

第二十九章　六姑奶奶

“说老大老二和老三，三个兄弟叠罗汉；老大踩着老二头，老三站在最下面。猜一个字。”

“奈。”

“说青枝绿叶颗颗桃，外面骨头里面毛，待到一天桃子老，里面骨头外面毛。打一植物。”

“棉花。”

“说张三问了李四同样的九个问题，李四回答了张三九个不同的答案，而且每次都是对的，那么张三问李四的到底是什么呢？”

“时间。”

“说蜜蜂停在日历上……”拿着猜题板，甘唯还在这边一个个地抽着脑筋急转弯和谜语，兴致勃勃地和妹妹玩着呢，夏微凉郁闷得脑子都打结了。

“哥，你有完没完了啊。这么弱智的题目至于这么津津有味地玩吗？你就不怕掉智商？”

“反正也没事干。”随手丢掉手中的题板，甘唯耸肩，百无聊赖地索性双手交叠在脑后，躺在摇椅上。

“我发现你最近干的事情真是越来越没营养了，我要回家了，才懒得陪你在这里耗时间。”

拿着 LV 的手提小包包，夏微凉起身就想离开。就在这时，不远处突然传来一阵窃窃私语的声音：“你们有没听见温情的姐妹淘说的那些话？”

“拿着扩音喇叭喊的，要真没听见，除非是耳朵出了毛病。”

“呵呵呵呵呵……”

“你又呵什么？”

“好笑呗。”

“怎么又好笑了。”

“笑这次梁子结大发了，我今儿个可是明明白白地看见，温情的姐妹淘在喊那句话的时候，当事人燕陈可就在台子下面。”

“什么？”一阵倒抽冷气的声音之后，是不可置信，“她那时就在下面？听见了人家这么骂她，燕陈还能忍得住？她是属乌龟的吧。”

“忍得住如何，忍不住又如何？现在的燕陈早就和俞景离婚了。别说温情诅咒她去死，就算当着她的面去和俞少亲热，她也不能说什么，没立场对不对。不过我就纳闷了，你说燕陈到底喜不喜欢俞少啊？”

“大概不喜欢吧……”

“不喜欢的话，这都离婚了，她还上赶着过来参加前夫给情人办的生日宴干吗？”

“可能是……心里有点不痛快，想来砸场子吧。”

燕陈来这里是一件什么大不了的事情吗？夏微凉止住步子，刚准备扒开花叶，过去呵斥一顿，撵走这些嚼是非的主儿，胳膊突然被哥哥拉住了。甘唯捂住她的嘴，一手在自己的唇边做了一个“嘘”的手势。

那边的声音于是透着说不出的恶意，隐隐约约地传来。

“嗬，她被人家欺了三年，又被她自家那个不知道打哪儿蹦出来的妹妹欺了三年，这个时候来砸场子，是不是晚了点。何况这 party 上眼力好的可不止我一个，听说这老宅里的帮佣们都见着了。”

“这和这些帮佣又有什么关系？见就见着了呗。”

“啧！说你笨，你果然就是笨。你怎么就不能仔细想想，燕陈作为一个旧人，来参加这个 party，想来她是来砸场子的。可砸场子这种事情，最主要的就一点：先发制人。这都过了这么久，你我还没见着燕陈来踢馆，这不就等于失了先机……先机这种事啊，你不去抢，自然有人去抢。想必刚才经过那一番诅咒燕陈的预热，现在温情温大小姐也应该知道燕陈来了……”

“知道就知道了。”

“嘿嘿，我就不信燕陈是拿着邀请函过来的。没有邀请函，却出现在温大小姐的生日 party 上，你说，如果保安过来抓人，这算不算是一出好戏？”

夏微凉过去，悄悄地扒开花叶，月色下，那个辨不出面目的年轻富二代笑声得意扬扬，丝毫没有察觉不远处听墙角的甘家兄妹。他的同伴只是惊愕了一下，紧接着反应过来：“好戏，果然是好戏。”

“所以呗,咱们先垫饱了肚子,这才有精神去看接下来的大戏。我刚才看见，温情找了一群保安往观鹤楼的方向过去了……我估计燕陈可能就在那里。”口里胡乱塞些蛋糕甜点，某富二代得意扬扬。都是年轻的富二代，思维方式太跳脱了。干什么都指望着好玩儿，好玩儿，特别好玩儿。在他们身上，别想看见老贵族的斯文风度。

这边吃得津津有味，那边的甘唯和夏微凉面面相觑。倘若在妹妹没有被刁难之前，有人说，要去看燕陈的好戏——甘唯肯定是眼都不眨一下，好啊，立刻，马上，我们这就去吧！可如今，他妹才被人刁难过。这事都没翻篇，那里欺负他妹的家伙又开始筹划起另一出恶作剧。甘唯抿了抿唇，这次是彻底把花园里那些乱七八糟的题板丢一边。起身，他拉起微凉的手，不由分说地往观鹤台的方向过去。

“哥，干吗。你风风火火拉着我要去哪儿？”

“看好戏去。”

“你居然也要欺负燕陈姐吗？她哪里惹着你了……”夏微凉整个人都炸了，不高兴的声音还没有嘟囔出来。

一个爆栗不轻不重地敲在她脑门上。

“傻啊你，在你心里，你哥就是胳膊肘往外拐的人吗？咱们去看温情的好戏，刚才她找人欺负你的事儿，可没那么容易翻篇儿。”磨着牙，甘少恶狠狠地笑了。

俞家老宅的占地面积太大了！燕陈从来就不是一个擅长寻人的主儿。更何况，还要避着那些认识的老人，越发的束手束脚，无处施展，被乱糟糟的人群逼至观鹤楼，实属无奈之举。坐在观鹤楼一尘不染而又质地坚密的高高楼台上，整栋俞式老宅的模样都倒映入眼帘，灯火辉煌的楼台，整齐如珠链一般点缀在江水边上的橘黄色路灯，还有音乐喷泉高低起伏的彩光。

姜玥一上来，就忍不住失声惊呼："天哪，好古雅的宅子！"

姜玥素来喜欢这种古典美，大到九百九十九间半的老城，长廊环绕曲径通幽的园林，小到药师琉璃化身的青金石手镯，又或者是精巧掐丝的宫制手炉都是她的最爱。可惜，家中父母是典型的知识分子，向来走简欧一派的路线，并不喜欢玩收藏。所以，姜玥要发展一下自己的个人爱好，在家中简直不亚于摘星揽月。

刚到俞家老宅的时候，那么多楼被温情改成了她自己喜欢的夜店酒吧格局，姜玥还觉察不出。可到了观鹤楼——清风从四面八方连绵起伏地吹到身上，鼓荡起晚礼服柔软的裙角，吹撩起她额角零碎的刘海，看烟火从西边绽放。有这么一瞬，姜玥觉得自己好像是回到了过去。小丫头兴奋得眼角眉梢都沾着笑意，欢快地从楼上跑到楼下，激动地叫了起来，真恨不得能永远住在这里不走了，也彻底忘记跟着燕陈来这里的主要目的，直接把荣誉使命纷纷抛之脑后。

唯燕陈，还坐在观鹤台上面，任由长风吹开她遮住眼角的那些刘海，心中也像是被这样古朴美好的景色震撼了。这里没有音乐才子宁云非主持下的那些疯狂喧闹声，有的只是古建筑青石泥土中透出的安谧与清静。

越是安静，就越怀旧，从摸到观鹤台上冰凉粗粝的砖石后，她也不知道为什么，突然就想到了色彤。和姜玥一样，色彤最喜欢的也是古物。第一次攀上观鹤台的时候，色彤当时就说了一句话：“俞景，以后谁要是嫁给你，绝对不是看中你这个人，而是看中了你家这个观鹤楼。”

色彤多喜欢俞景啊，可是在观鹤台上，就是这么明明白白地坦言观点：俞景你好是好，就是不如这个房子。当时色彤这么一说，大家忍不住都乐了起来，七嘴八舌地纷纷打趣：“那色彤你什么时候嫁啊？”

“为什么是我嫁？俞景这厮嘴巴和蚌壳一样硬。他又没和我表白，又没有说过一句喜欢我的话，我为什么就要嫁给他？”

“小妮子还傲娇起来了。”

“女孩子嘛，自然要宝贝自己了，别和我说以后你们没被表白，就这么傻乎乎地冲上去。”

一句话，轻易转了风向。大家嘻嘻哈哈地于是又在说：“俞大少爷，这可就是你的不是了，不知道咱们彤儿有多宝贝你，居然还不表白。”

“啧啧啧，俞少可真沉得住气，我真当他表白过了。”

“我也是。”

七嘴八舌地议论了一阵，于是大家又纷纷笑着鼓动俞景：“表白，表白，表白，表白……”

一阵阵的笑闹声中，俞景笑了笑，明明应该是冲着色彤表白的，不知道为什么，宁静的目光却突然落在了燕陈的身上。那一眼清透得仿佛莱茵河波光潋滟的湖水，又清，又静，像是有饱满的感情即将从里面迸射而出。

燕陈的心一颤，莫名觉得小钩子扯着心里的某个角落，惹得她整个世界都似要坍塌。

扭头，避开他的目光，此时的燕陈心思太浅太简单，只觉得慌乱之中有一种奇怪的莫名，而这种情绪现在是她极其不想触碰沾惹的。

“俞少，你到底表白不表白，说一句话啊。”有人勾着俞景的脖子，笑嘻嘻地凑趣。

“对啊，磨磨叽叽的，我都替你觉得急。”色彤真乃女中豪杰，人家谈恋爱都是扭扭捏捏，唯她开口不见一点犹豫，笑嘻嘻的。

不知道过了多久，燕陈听见俞景少年清华的温和嗓音，不轻不重地掷落在观鹤楼古朴的砖石上：“我俞景在此承诺，会对色彤好。”

声音不疾不徐，从容不迫地落下，在风中，却丁点都没被吹散那语气中的郑重和明亮。

孩子们都笑了，一迭声地逼问：“有多好？”

“很好。”俞景回答。

“很好是多好？”笑声越发大了起来，不依不饶地继续逼问。

“很好，就是很好的意思。”俞景弯了弯嘴角，淡道。

“色彤你满不满意？”

按照色彤的性子，大家都以为色彤会说不满意，非得逼俞景说一个更郑重的承诺，可谁能想到，那个意气潇洒的小姑娘点点头，笑得比阳光还要灿烂明丽：“满意啊，为什么不满意！只要他对我好，我这辈子就绝对不会负他。”

“嘁！”一阵嘘声中，色彤连忙补充:“哎，我可没有说假哦。我色彤说到做到！”

“我看这辈子色彤就亏死了，彻底被俞少吃得死死的……哎！这世界果然是看脸说话。长得好看的就是占便宜。”

“对！占大便宜了！”大家嘻嘻哈哈的，转眼就把这茬儿给揭过去了。

那是他们第一次上观鹤楼，带了许多罐青岛啤酒，又有俞家老主厨周奶奶卤得香喷喷的鸭头凤爪五香牛肉干。吃吃喝喝的，看老宅高低错落的古建筑的风光，看一条银光闪闪的河流上橘灯如珠链。你一言我一语，天南地北海阔天空地侃大山。燕陈也如今日一般，安安静静地坐在角落，眼底噙着清淡的笑意，听大家扯着嗓子乱号乱叫。却在俞景和色彤确定关系的时候，心中莫名的宁静和开心。

那是俞景第一次对色彤表白，也是燕陈醉后睡得最舒坦的一天。燕陈都记不清自己有多久没有想起过少年时候的那些光景了——总觉得色彤飞机失事的事情，只要想来，心头就会涌上说不得的痛。直至此时，她才发现少年时候的回忆并不全属于痛，还有青春、友谊、诗和远方。

观鹤楼的视野最开阔，倘若说在哪里能看见俞家老宅的全部情景，第一个要提起来的就只有这儿了。能这么安安静静地坐着，燕陈正抿着唇，想看仔细一点老宅的来宾人群分布图，想看清楚甘唯到底在哪里。楼下突然传来一阵杂乱的脚步声，还有瓶子罐子被打破砸碎的脆响。俞家是世代书香，最喜欢收藏些有市无价的珍奇藏品。若是这样也就罢了，偏偏随处可见的一物一景，你觉得普通不打眼，可确切值多少钱，这世上一共有几份，说出来真让人咋舌。

姜家虽然有钱……可在别人家里，弄坏人家的藏品，到底不是件好事。燕陈心惊肉跳，怕姜玥闯祸，连忙扭头，冲着下面喊："玥玥，你仔细点，别弄坏了人家的东西。"

要在其他时候，燕陈说什么，姜玥绝对立马就答应了。可这次燕陈喊了好几声，姜玥不仅没有回答，楼下丁零哐当的声响反而越发厉害了。

"姜玥？"燕陈来这里找甘唯虽然是头等要事，可惹事很麻烦的，万一引起俞景的注意，那更加不好了。她拧着眉头，从楼上蜿蜒而下，正准备把姜玥带上楼，让她坐在自己的身边。谁想一下楼，一道劲辣的拳风不由分说地冲着脸颊直奔而来。燕陈学过格斗术，而且打架的功夫委实不弱。而和一般人不同，她挨揍的能耐也是一拳一拳打在身上攒出来的。

关于对战，她不用眼睛看——耳朵听见的声音，肌肤感受到风的震动，光影错落的瞬间……种种细微都是她感知危险的眼睛。这一拳砸过来，以燕陈的经验，不用看都知道对方使的是十成十，不留余地的力道。倘若是普通人被这么打一下，不进医院的急诊室走一趟，不掉一半的牙齿几乎是不可能的事。

至于燕陈，另当别论。她从小挨揍多了，挨一下顶多脸肿成猪头，不会惨到重伤不起。不过，任谁也不能因为受伤不算太严重，就可以随随便便地让别人的拳头砸到自己的脸。侧脸躲过了这一记恐怕会危及容貌的重拳。燕陈一扭身，想也不想，四两拨千斤地钳制住对方的手腕。

“啊……”随着一声惨叫，不远处传来个惊愕的声音，“天哪，燕小姐，怎么居然会是你！”

“笃笃笃。”细高跟几步踩着走过来。

那女影姿态摇曳，依稀的灯烛光芒洒落在她一身玫红色的小礼服上。站在那儿，她装作说不出的惊愕，上前了好几步，叫了起来：“我还以为观鹤楼进了什么小贼，原来是燕小姐啊！”

“你是？”

“我姓温，单名一个情。燕小姐贵人多忘事，莫不是忘了我吧？”双手环抱在胸前，一听那个“你是”，温情心里就涌上说不出的不快。她骄傲地抬起了尖尖的下巴，眼睛里终于毫不掩饰地流露出憎恨、厌恶，冷淡地盯着燕陈，像是在说：燕陈，你装什么啊。

“呜呜呜……”

就在燕陈和温情在那里“叙旧”时，不远处的姜玥忍不住挣扎起来。小女孩的口鼻都被三五个黑衣黑墨镜的彪悍东北汉子堵住了，这些保镖一个个小山似的堵在那儿，拎小鸡似的抓着她——不过，对姜玥来说，这些都不是最难受的！关键是他们用来堵自己口鼻的到底是什么东西啊！怎么一股臭脚丫子的味道？被迫闻到那种刺鼻的气味，姜玥眼泪不由自主地往下落。

“哦，原来是温小姐。”松开手中钳制住的黑衣保镖，燕陈淡漠地应了一声，目光从姜玥的身上挪开，直接落在了温情娇媚的脸蛋上。

“我和我妹妹在观鹤楼好端端地看着景，温小姐一来不由分说地命人抓住我妹妹，恕我多言，不知道温小姐这是什么意思？”

哪怕温情针对自己再干出些什么出格的事，燕陈都不会惊讶，也不会生气。可是看见温情指使那么多彪形大汉对付姜玥——她火气唰地冲到顶了。姜玥和温情之间无任何利益冲突，不过是个孩子。温情怎么能对一个无关紧要的孩子下这样的狠手？

温情满脸嫉愤地冷笑道：“燕小姐你也真是好玩儿。我这么明显的意思，你看不懂吗？”

“不懂。”抿唇，燕陈轻飘飘地吐字。

“哈哈哈……”像是听到什么逗趣的事，温情笑得连腰都直不起来了。轻轻地摸着自己涂了玫红色蔻丹的手指甲，那个极漂亮又年轻的女人轻蔑地低着头，不屑至极。

“燕小姐，你不是个蠢人，没看出来，我的目的就是为了为难你们吗？”

“放开她。”

“你让我放人，我就放了吗？没落我手上时，燕小姐都没有资格对我发号施令。何况如今你们是落在我手上。我要是没记错，我的宴会请帖上没有邀请燕小姐和令妹来做客。可如今燕小姐不请自来站在我家，鬼鬼祟祟带了个不知打哪儿冒出的孩子，还要和我大声叫。我倒是想问问，燕小姐你这是什么意思？

“说话？怎么不说了？你不是伶牙俐齿吗？你不是一番话毁了陈宁在名流圈几十年的名声吗？怎么？现在让燕小姐说话，你倒是说不出来了吗？你不说，我说。燕陈，你已经和景哥哥离婚了，你已经和景哥哥没有关系了，你还来这里做什么？你想来踢我的馆？还是想来和景哥哥死灰复燃？你没拿到请帖，却不请自来，燕陈，你当自己是谁？你还拿自己当俞家的女主人吗？”上前两步，温情等着这样指着燕陈的鼻子尖破口大骂等了太久了。眼里射出嫉恨的寒芒，她的声音越来越大，语气越来越厉，每说一句话，就恨不得将燕陈碎尸万段——到最后，尖尖的指甲几乎戳到燕陈的鼻尖，温情从来没有像今天这么痛快舒坦过。

伸手一记巴掌要狠狠扇在燕陈的脸上时，被燕陈轻描淡写地截下来了："我没空理你和俞景的闲事。"

"放开我！"手腕冷不丁被燕陈抓住了，温情慌了起来，她清楚地记得在初见面时，燕陈就是这么抓着她的手腕，狠狠扇了她一个耳光。

在背后，温情听见燕陈叫她"情人"，那个带有明显侮辱性的称呼，压了她三年。如今，景哥哥和燕陈都离婚了。她温情不是情人了，终于能扬眉吐气地站在燕陈面前，可为什么这个时候，燕陈居然还是这么一副风吹不折、古井无波的清淡模样。

"可你真是惹上我了……"

"燕陈，你要干什么？你还不放开我！"温情脸上曾经被扇过巴掌的地方，在燕陈的目光下火辣辣地突然疼了起来，她害怕，害怕得尖叫。连她自己都不知道为什么害怕燕陈的目光。冲着身后那些黑衣保镖，温情愤怒地叫了起来："你们都愣着干什么？还不帮我拽开她！你们没长脑子吗？"

黑衣保镖如梦初醒，纷纷上前。可是还没走到一半，燕陈突然抬起头，眸中无悲无喜地掠了他们一眼。那一眼甚至没有多余的情绪，没有警告也没有威慑，就这么清淡平和，可多奇怪！就是在这样的目光下，这些训练有素的保镖都像是被一盆冷水狠狠地迎头浇下来。

“少奶奶……”有人低下头，不敢直视燕陈的目光。

三年前，燕陈和俞景的婚礼，他们是跟在燕陈的后面。少爷对不起少奶奶，大家心里都清楚。如今，少爷和温小姐好上了，人往高处走，水往低处流，良禽择木，怨不得他们帮助温小姐来对付原来的少奶奶。

本来，这些保镖内心坚硬如铁，并没多余的什么情绪。可在燕陈这样的目光下，倒是有人心虚得不行了，纷纷不敢往前一步。

“废物蠢材。”温情气得嘴唇都在发抖，破口大骂。

皱了皱眉，燕陈从来就不喜欢这种嘴仗，沉默了许久，她淡道：“温情，叫你的人放掉我妹。咱们就当没遇见过，我不会碍着你的事。”

“谁信！你看着景哥哥喜欢我，你羡慕了，嫉妒了……追人都追到家了，你还要不要脸！”温情眼睛都红了，怒骂。

“我说过我和俞景没关系了。”

“呸！景哥哥那么帅，能力又那么强，你怎么可能和景哥哥切得干干净净！你以为我真的会信……”

“嗯嗯嗯……”

“去你的羡慕嫉妒恨！去你的不要脸！去你的景哥哥帅景哥哥强！燕陈姐姐喜欢的人是我哥！是我哥！是我哥！”燕陈这边还没生气，姜玥气得眼冒金星，挣扎地叫着。可惜，那几个彪形大汉把她的胳膊反扣在身后，根本不让她有挣扎出去的机会。早前，姜玥还得意扬扬炫耀自己的那些“拽头发咬胳膊”的打架神技能，如今在专业人员的面前，她那些神技能一招都使不出。

姜玥要是没被对方抓住，就凭三五个保镖，燕陈是不放在眼里的。她也根本不会真的对女孩子下什么狠手，可姜玥还在对方手里。一听见姜玥在那儿“嗯嗯嗯”地乱叫，燕陈沉默了下，指间的力道也重了几分：“我不管你信也好，不信也罢，我再说一次，让你的人松开我妹。”

“啊！”随着燕陈手上的力道加重，温情终于从一开始破口大骂的嚣张中变得惊慌不堪……可对方是她斗争了三年的情敌，温情怎么肯在她面前露出一点劣势——明明疼得额头上沁出了豆大的汗珠，可她居然咬紧牙关，把疼痛吞了下去，呜呜咽咽地抽噎起来：“燕陈，你会遭报应的！燕陈，你会遭报应的！”她哭得那么伤心，却又宁死不屈……饶是燕陈都忍不住头疼起来。

就在燕陈左右为难，不知如何是好的时候，观鹤楼外突然出现一个惊惶的叫声：“天哪，情儿？这是怎么回事？”随着惊诧的叫声，一个穿得花里花哨的老太太手里扣着念珠，不可置信地盯着大厅中这一团乱。

那是个六十来岁的老太太，身上穿着的料子很好，就是……太花了。哪怕在夜里，那么大红大金的色彩，在观鹤楼银白色的烛光下，依然折射出耀眼的荧光。她头发花白一片，却没有染黑，额头之间有一个明显的川字纹，看得出年轻时候并不少与人争论生气。五官生得还算端正，可嘴角上的法令纹却往下耷拉着，这让老太太整个人都显出了几分刻薄的模样。

她转动着手中的念珠，几步走到大厅中，看着燕陈的目光隐隐不善：“大半夜的，景儿不是在给你开生日会，怎么在这儿闹了起来？”她口上是说着温情，可一双精光闪烁的眼一瞬不眨，看的却是燕陈。

一见她来，温情登时像迷路之人找到了方向，哇的一声放声痛哭起来："六姑奶奶，您总算来了，您快来帮我做主啊。"

来人姓俞，直接取家里顺排的位置，单名一个六。在老宅中，你可以不认识俞家老爷子，不认识俞老夫人，不认识所有的主人。若遇着了，不打招呼也无所谓。可这人唯独不能是俞家的六姑奶奶——俞六。

俞家老一辈中有六个孩子，俞六是最小的孩子，又是个女孩，自然吃穿教育和男孩们都不同。俞六这女儿，是如珠似宝地被五个哥哥捧着长大的。自小生得一副好相貌，十六岁就嫁人了……可是，不知是俞六福薄还是别的原因，进门不过三日，她丈夫就去了。福建那边的规矩——夫死妇陪葬，三尺白绫祭亡魂，死后挣个贞洁烈女的牌匾，那便是女方一大家子脸上也有光。俞六年纪轻轻哪里肯死，就算她肯，她五个哥哥也是万万不肯的。可一处的风俗，岂能被个小女子轻易坏掉了。

俞家人护得再好，经不起一村人的唾沫星子。俞六没法，哭啼啼地抹脖子上吊好几次，也该她命硬，哥哥们发现得早，好说歹说救回来了。可救回来却也没个安生，村里人咒骂不停，俞六就是在这种情况下，心变得越来越硬越狠……俞家那个温婉平和的小六子在精神上彻底死了，取而代之的是刻薄寡恩的俞六。

俞六的脾气怪，不仅是和家人相处不融洽。无论俞老爷子并着老太太怎么宠自家这个不成器的小妹，俞六依然是一副全天下欠了她的嘴脸。俞六信佛，却从来学不会佛祖的慈悲为怀，她不喜欢小孩，也厌恶人家藐视她的权威。像俞景、色彤、燕陈这一帮子人，早在十年前就触到了六姑奶奶的底线，没得俞六几个好脸。

大家都以为像俞六这样的老太太，人老了都如此精明，必然没谁能得她欢宠——若是这么想，那你可是大错。俞六不喜欢这一帮子的小辈，不知怎么着，却唯独最喜欢温情了。她总是似真似假地说："温情这孩子好，像我。"

像什么？为什么像？六姑奶奶也不说，只是抿嘴笑得高深莫测。这次，温情能在老宅里办这个生日 party，也全是沾了六姑奶奶的光，要不是六姑奶奶金口玉言地为温情说好话，以俞老爷子那般尊礼守旧的性子，怎么肯让一个小丫头把生日宴开到老宅。这宅中一草一木都是老爷子的心血结晶，怎么肯让个外人糟蹋作践。可六姑奶奶开口，老爷子再不舒坦，也顾念着妹子，犹犹豫豫地就这么松了口。

今儿个，来的倘若是任意一个俞家老人，温情都要提心吊胆一番，可偏偏这人是六姑奶奶。温情哭得委屈绝望，眼泪哗啦啦地往下掉："六姑奶奶，她欺负我，呜呜呜……"

俞六老了，眼神也不大好。原本她只是听见动静，并没太瞧见燕陈抓着温情的手腕，如今，被温情这么哭着一提醒，冷不丁就看见温情的手紧紧被燕陈拽着。她脸色唰地就黑了下来："怎么回事，这又是怎么闹成了这样！"

旁边保镖们眼观鼻，鼻观心，不肯多说一句，温情光顾着哭。俞六定了定神，瞥了眼燕陈，冷笑："燕陈是吧，又是你，你这个小姑娘怎么就不能安分一点？还不把人放了！"

燕陈静默地看了她一眼，不吱声。"还杵着干什么？没听见我说什么吗？"手中的佛珠子都要被俞六给扯断了，这个并不和蔼的老奶奶横眉怒目骂人时，脸色委实可怕。

燕陈静道:“只要温小姐把我妹妹放了，我自然也会松开她。”

噼里啪啦！燕陈不说这话还好，一说出来，俞六的脸色何止是黑，手中一直攥着的小叶紫檀佛珠唰地迸射开来，落得满地都是。俞六有好几串价值不菲的小叶紫檀佛珠，这一串，是她盘得最好的了，搁在掌心里，棕线细密，饱满于珠体上。盘玩久时，那一颗颗珠子便像是绽出了千万颗闪闪发光的金星。哪怕是细微的光线下，都透着令人目眩的佛光。

这串佛珠价值不菲，温情总见她时时拿出盘玩，料想是她心头宝贝。可谁能想到……燕陈与她一句不合，她当即就捏碎了珠子，让这紫光莹莹的宝珠刹那间散落一地，蹦跳着发出清脆声响。

“六……六姑奶奶……”连温情都有点吓住了，不知所措地收了泪水，满目仓皇地看着俞六。俞六理都不理温情，冷不丁冲上前来，怒声咆哮：“你这是在与我作对吗？我让你放人你为何不放。你是觉着阿景心里向着你，于是无法无天地不把我老人家放在眼里吗？燕陈，你这站的是谁家？”

“六姑奶奶，我……”燕陈叹了口气，试图与她说道理，可是俞六根本不给她说话的机会。在这里，这么多保镖看着温情在燕陈的手上，谁敢上前激怒燕陈啊？可俞六她才不怕。她踩着小叶紫檀的佛珠，怒气冲冲地上来，伸手二话不说扇了燕陈一个耳光，紧接着扯着她就往外走。

“你不尊重我没关系，我们到阿景那儿要个说法。瞧瞧！这都瞧瞧了！他娶了个怎么样的老婆，这是要把我气死不成！”

俞六年岁到底大了。燕陈愿意帮助任何一个需要帮助的老奶奶，也并不会刻意地避开老奶奶。可唯独遇见俞六，她却是唯恐触碰到对方。

燕陈一见她伸过来一双手，立马就想到十年前这位老奶奶也是这么对付色彤的。

她自己修建盆栽，头晕脑热地站不稳了，色彤好心去扶一把，可这位六姑奶奶居然就能装晕倒在花园里，催着俞景去叫救护车。等救护车载着穿白大褂的医生护士们到老宅以后，六姑奶奶铁口直断——硬是说自己贫血，骨头里的血都被太阳晒干了。当时，大家只当六姑奶奶喜欢玩笑，和大伙儿说着玩儿，并没放在心上。可谁若是低估了六姑奶奶，吃亏的永远只能是自己。谁都没有想到，这位倔强固执的姑奶奶居然会逼着色彤给自己献血。

"六姑奶奶，色彤才十四岁……没有到献血的年龄，二哥的战友们倒是许多年轻力壮的，要么，找他们来给您献血？"当时，连俞景听见俞六的说辞都惊呆了，不可置信地和她商量。

"嗯呢？"俞六躺在特护病房里，闭着眼睛，瘪着嘴，装作没什么力气的样子，不高兴地"嗯呢"了几声，摇头，"不好，我就要她。我喜欢这个小姑娘，不喜欢别人……"

"那让二哥来，好不好？您不是也喜欢二哥吗？"俞景深吸了一口气，又商量。

"不行，我就要她。"连眼睛都没睁开，看都不愿意看色彤一眼，这位六姑奶奶却铁齿铜牙地一口咬定，她只喜欢色彤，谁都看不上眼。

十四岁的色彤性子多明亮纯粹啊！听见这位老奶奶这么喜欢自己，小姑娘居然彻底忘记了俞六对自己的刁难，反而跑过去劝俞景："啧！献血就献血嘛，多大一点事。六姑奶奶喜欢我，我就是把我的血全换给六姑奶奶又怎样了。不过我想就算我愿意，六姑奶奶也不愿意。她疼我嘛，是不是啊，六姑奶奶！"

色彤笑嘻嘻地趴在俞六的床头前面，笑容灿烂得仿佛裂帛的云彩，照亮了所有人的心。听到这句话，俞六破天荒地睁开眼睛，又歪了歪嘴巴，露出了一个并不好看的冷笑。

她说："不要她也行，要么让她身边的那个小姑娘给我献血。反正我就喜欢她俩。"

"那可不行！六姑奶奶，你可只能喜欢我一个！往后哪，做您侄孙媳妇的只有我呢！"色彤霸道地挡在当时完全惊呆了的燕陈前面，笑嘻嘻地搂住俞六的脖子，亲亲热热地说着。

"呵呵呵呵……"俞六冷笑了两声，突然阴阳怪气地叫唤起来，"你别搂着我脖子，我喘不过气。"色彤连忙松手。

俞景担忧地看了色彤一眼，分明想说些什么，又没说出口。到此时，大家都觉得六姑奶奶脾气虽然古怪些，但总归是一个不错的老太太。一直到俞六的家庭医生拿出血袋、插管，还有尖锐的针管——给了色彤一杯牛奶，然后开始静脉抽血，抽完了一袋以后，开始抽第二袋的时候，燕陈终于发觉了到底是哪里不对劲。

"六姑奶奶，色彤已经给您献了200cc的血……这是第二个血袋。"

俞六还是躺在病床上，哼哼唧唧的，像是在做噩梦，口中哎哟哎哟地叫唤着，彻底无视了燕陈的质疑。

"小八，不是什么大不了的事情，正常人体检合格，抽血400cc都是可控范围内的。这才是第二个血袋。科学证明，经常献血有助于血液循环，排除体内血液中的污垢，六姑奶奶这是疼我。”色彤真是个心宽的，一边抽血，一边还在说着笑话逗大家笑。

“可是……”燕陈还想说些什么。

“我想去厕所……”病床上的俞六在听见色彤的话以后，哼哼唧唧的，像是从噩梦中醒来似的，眼皮下的眼睛似乎在转动。一睁眼，她爬起来，想也不想就叫唤自己的家庭医生扶她去厕所。

“燕陈，你陪六姑奶奶去。”色彤还笑着在说。

“不用了，你们两个说说话，我有家庭医生陪着我去就好了。年纪轻轻的小姑娘和我老人家在一起，多无趣。”俞六勉强露出和蔼的笑容，宽慰色彤。燕陈当时总觉得哪里不对，于是继续陪着色彤。

令人没有想到的是，就是上了这么一趟厕所，400cc 的抽血量居然变成了 600cc……六姑奶奶可真是疼小辈们。

她是怕色彤身体太好，死不了对不对！本来健康的成年人抽血 400cc 都有可能出一点点的小问题。可是就因为色彤不小心碰了她一下，她居然坚持要抽色彤 600cc 的血——无论谁来说情都不行。燕陈说，俞六就装死当作没听见。俞景说，俞六就哎哟哎哟地叫唤着，像是真的被色彤撞坏了筋骨。

“我老了，你们就觉着我好欺负了对不对？我喜欢这孩子，才愿意让她给我献血，要是别的人……我还不乐意他们沾着我呢！呜呜呜，孩子大了……怎么就这么不懂事呢。你们以为我是什么人？我还能害着她了？”俞六哭得惊天动地，像是受了什么极大的委屈似的。

色彤这姑娘呢……没别的坏处，就一点，怕麻烦，怕别人哭，怕别人在她耳朵边上哭。被这么哭了一阵子，色彤居然摆手："算了算了，600cc我还能撑得住……六姑奶奶您可别哭了，成不？"

"你撑什么能撑得住。600cc你知道是个什么概念吗？成年人失血600cc都是要开始输血的，你才多大……"燕陈当时就去拔抽血管。

"人家色彤是懂事孩子，她都说没事了，你这丫头片子要来多什么事啊！这本来就是我未来的侄孙媳妇孝顺姑奶奶……"

"要当您的侄孙媳妇得丢半条命。这样的晚辈，我们当不起。"燕陈倔起来，八匹马也拉不回来。当时的小姑娘漆黑的眉眼中跳动着一簇簇的怒火，指着俞六的鼻尖恨不得破口大骂。

第三十章　恶人自有恶人磨

“你……你……拦着她，快拦着她啊！”俞六冲着家庭医生、护士还有俞景以及他们一起玩的孩子就叫了起来。大家面面相觑，除了俞六的家庭医生无奈之下，跑过来动手以外，所有人都震惊地看着这个面色蜡黄，看起来脾气十分糟糕的老奶奶。

那时候的燕陈天天被哥哥找来的格斗教练摔打着，对付几个文质彬彬的医生根本不在话下。三下五除二地把人摔出去以后，小姑娘强忍着怒气，拔掉针管，朝着护士厉喝：“还不给她止血。”

小护士也吓蒙了，哆哆嗦嗦地酒精消毒后，用棉签压着色彤胳膊上的伤口，当年的燕陈不爱说话，可说起话来，嘴巴毒得令人打从心底里冒出了一股子冷意。她冷笑地看着俞六，其实也只不过说了一句话：“老而不死是为贼。六姑奶奶，您可比老而不死的老贼狠辣多了。您就算再不喜欢色彤，她毕竟才十四岁。”

“燕陈，你……你……”颤巍巍地伸出手，俞六到老了，哪里受过这样小辈们的闲气，当时哆嗦着指着燕陈，一口气就冲不上来了。医院外面，晃晃的阳光照在老人蜡黄的脸上，呈现出一种令人不安的红晕。她摇摇晃晃从床上翻身下来，伸出干瘦如柴的两根手臂，几乎想要掐上燕陈的脖子。可是……动作才到一半，就变成撕心裂肺的一阵咳嗽。

“咳咳咳……咳咳咳……咳咳咳……”老人咳得那么厉害，几乎要把整个肺叶都给呛咳出来一样。

“燕陈，你……”这时候，一直在边上冷眼旁观的俞景轻轻叹了口气，少年素来温软明丽的脸上鲜少表情——燕陈清楚地记得，就连在刚才，俞六让医生把抽血管子上的暗针埋入色彤雪白的胳膊里时，他都没有表情。可现在，他脸上却透出一种无奈的忧伤。

“燕陈，我记得你了，我记得你了。”俞六的口中一直念叨着这句，两眼一翻，口吐白沫地栽倒在地上，像是一座恶山重重地坍塌在地一样。

“六姑奶奶……六姑奶奶……六姑奶奶你没事吧？”陪着俞景、色彤、燕陈他们一起来医院的孩子们毕竟是尊老的孩子，当即尖叫着扑了过去，担心得捏人中的捏人中，掐虎口的掐虎口——外面的阳光烈得仿佛是南极酷寒下千年不化的积雪。那雪光照耀在鼻青脸肿的家庭医生的脸上，将俞景欲言又止的话音照耀得如水晶般通透又幽怨。在身后那么一帮人鸡飞狗跳的叫嚷中，唯一一个冷静到可怕的小姑娘燕陈，她垂下漆黑的眼，静默地扶着色彤……一步步，走出了这个充斥着消毒药水和老人味道近乎腐朽的医院。

俞六讹人，那是要命的。这一条真理从此坚定不移地埋在燕陈心里。俞六过来，燕陈明明可以躲开那一巴掌……可这个念头不过就冒了个头，她犹豫了下，居然根本不敢躲。毕竟，真气坏了六姑奶奶不是什么大事，惹来了俞景，就不好了。到时候六姑奶奶再闹起来……总之，燕陈觉得那不会很愉快。她这么不挪不动生生挨了俞六一个巴掌，这原没什么，可姜玥看了彻底火大了：“嗯嗯嗯！”口里还堵着臭袜子，小丫头就扭着身子挣扎起来，完全一副要和这位六姑奶奶拼命的架势。

然而，绣花枕头没什么用，才扭动一下，这孩子就彻底被黑衣保镖镇压了。此时的燕陈委实也顾不上姜玥。她脸颊被扇得隐隐作痛，素净的脸上却无一点怨愤和懊恼，只淡道：“六姑奶奶弄错了对象。我和俞景已经离婚了，我清楚这里是俞家，也清楚您是俞家的老人——不过，有些事，请六姑奶奶不要管。”

“你和阿景离婚了？”犹豫了半晌，那么多话俞六都没听清楚，唯独这句话，她听见了，咂摸了半天，半信半疑，“阿景肯和你离婚？他那么喜欢你，怎么肯和你离婚……你别和我耍花招。”精光闪烁的老眼上上下下地打量着燕陈，俞六明显一副不相信的架势。

“真的离了。”燕陈还想再说些什么的时候，俞六根本不给她说话的机会，精光闪烁的老眼中掠过种种猜忌，径自截断了她的话：“我不听你说，情儿，你来和我说说。”扭头，她目光直直地盯着温情。

“是这样的，六姑奶奶您才从苏州回来，情儿以为这件事不重要，于是才没有和您说……”温情喏喏地回答着，一边偷偷去瞧俞六的反应。俞六“哦”了一声，下意识抬起手，想去扣着她那一盘的小叶紫檀佛珠。可是指甲一掐，并未摸到自己的那串佛珠，她脸色阴沉下来。

温情飞快地又说："六姑奶奶，就是因为她和景哥哥离婚了，情儿才觉得奇怪。这次景哥哥在老宅里，为情儿办生日宴，请帖都是情儿自己设计出来的。要请谁，都是我一笔一画自己写的。我根本就没有邀请过燕陈……可是六姑奶奶，她居然带着个不知道打哪儿来的孩子到了观鹤楼。来就来了，我也就不说了，可还砸坏了俞爷爷放在观鹤楼里最喜欢的康熙年制的斗彩云龙纹罐。"

斗彩云龙纹罐？那是……不知想到些什么，燕陈皱着眉头，往地上看过去。刚才没注意到，如今温情这么一说，她终于对着仿古宫灯影影绰绰的烛光下，看清楚一地金光爆满的佛珠边上，还有许多碎瓷罐子。那些罐子被摔得粉碎，便是再厉害的古董修复专家对此也会束手无策。倘若温情不说这是斗彩云龙纹罐，就凭这碎成粉的几片，燕陈根本无法想象这是价值七位数的古董。

"你砸了俞爷爷最喜欢的罐子……"燕陈直道。

"不是我，是你。"眼中透出恶毒的光芒，温情勾起红唇，冷笑。

燕陈恍然大悟，这才明白刚才自己在楼上听见那瓶瓶罐罐摔碎的声音，都是为了在这里埋上一笔。她本来就在奇怪，温情平白无故地为什么要带人来摔东西——原来，摔了东西的过错是要归在她燕陈头上的，眼中掠过一抹讥诮的冷笑。燕陈也不吱声，就这么平静地看着温情。

"胡闹！胡闹！这简直是胡闹！"就连一向无法无天习惯了的俞六猛然明白地上那些细碎的粉末是什么，脸色都白了起来。她弯下腰，费力地想拼凑一下罐子的模样，可是除了沾了满手彩灰，什么都没捞到……俞六的眼神突然变得极其可怕，伸手抓过燕陈——这不是燕陈第一次听她叫唤，却是燕陈认识她以来，听她叫唤得最厉害的一次：“保安，人呢？人都到哪里去了？把她给我丢出去！丢出去！”

不知道从什么时候开始，观鹤楼的旁边聚集了大批来看热闹的宾客。

“丢出去不是太便宜她了……六姑奶奶，她不请自来，是为贼……”

俞六真不愧是坏人变老了的典型，一听见温情这句话，立马明白了温情的意思：“去！请老爷子过来！”

燕陈“踢馆”不成，反而被俞六冠上了“贼”的身份的事情，迅速像长了翅膀似的传遍了整个老宅。此事原本只是小辈过个生，庆祝一下，如今却因燕陈“闯下弥天大祸”，被六姑奶奶请来年近九十的老爷子……谁不知道俞老爷子年纪大了，身子虽然还算硬朗，可大半夜地去请他老人家过来裁断是非，委实有些不合情理——这人要不是六姑奶奶，谁敢。大伙儿一边等着老爷子，一边心里都还提着呢——唯恐老爷子来了觉着老宅里闹腾，把人通通轰走。这种事，俞老爷子不是没做过。

上次被轰走的那群倒霉蛋回去之后，被笑了好些天。这回大家又听说老爷子要来，当即头皮都发麻了，被人撵走，委实不是什么光彩事。怕事的直接拿着钥匙就去车库提车走人了。不怕事的，觉着今晚准有一场好戏——这些二代脸皮像铜墙铁壁一样厚，也不怕老爷子念叨几句，个个守着不动。于是，才一会儿工夫，观鹤楼的旁边就聚了一拨又一拨的人，看着温情、燕陈、俞六，纷纷指指点点。俞六趾高气扬，不经脑袋地往燕陈头上各种扣屎盆子。她骂得痛快，旁边围着的夏微凉脸色唰地就黑了，刚准备上前阻止这个为老不尊的老太太，胳膊被人拉住了。

“哥，燕陈姐这是在被人骂。”

“我知道。”

“你知道还拉着我，不是说好了来看温情的好戏。刚才你还和我说，温情欺负了你妹妹我，这事不能翻篇。哼，你就糊弄我吧。这可不就是翻篇了！”

夏微凉本来就憋着一肚子的火气，说好了要帮燕陈姐说服老哥。结果她这个老哥油盐不进，对燕陈就是有各种各样的偏见。夏微凉从小就被哥哥宠大，唯独这件事吃的软钉子太多。本来她就觉着对不起燕陈姐了，哥哥看见燕陈姐吃亏，还拉着自己不让自己过去……她心里格外不痛快，连语气都重了些。

“我说微凉，我当你被严安甩了以后，真的是性情大变，变得稳重冷静许多。怎么遇事还是这样沉不住气。”说什么都不能说到严安，一提起那个反复多变的男人，夏微凉的脸色迅速沉下。

甘唯叹了口气，见小妹这般义愤填膺，不由得摇摇头：“好了。咱们先看着……听哥哥的话，弄清楚了来龙去脉，咱们再说话好不好？”

“可玥玥……”担忧地看了被臭袜子堵着嘴巴的小姜玥，夏微凉忧心忡忡。她不说还好，这么一说，甘唯看见姜小玥同学眼泪汪汪的倒霉模样，忍不住扑哧一声笑了出来。得亏了姜家人不在！否则看见小姜玥被五花大绑，袜子塞嘴，可不得心疼死了。

这边，嘈杂地闹着。那边的俞家主卧，灯火通明。

俞六来请老爷子的时候，俞老夫人晚上嘴馋了，正喝着一碗燕窝粥。一听到又是那位六姑奶奶闹出的事，老夫人冷笑一声，当时就讽道：“老宅借她了，空间给她了，里子面子都给足了……这又是怎么回事？”

老师傅头皮发麻，小声地说：“六姑奶奶请老爷去决断一桩小事儿。”

老夫人依旧是语气淡淡的：“既然是小事儿，交给景儿去办就好了，还要来拆我们这把老骨头吗？”她话音也不大，可你待在那儿，就能听出千刀万剐的冷气从头顶上呼啸而过……

这话说给谁听的，别人不明白，老爷子自己门儿清。眼缝中透出几分试探，老爷子小声地咕哝：“好了好了，这都多大岁数了，你还和她较真。”

他不说还好，一说老太太就笑了：“我怎么就不能和她较真了。从她搬到老宅子以后，俞家什么时候亏待过他。四弟他们总拿她年轻守寡，心里太苦来劝着妯娌们让着她。可你看看！这让你们让出了个什么东西？”

老爷子在老夫人面前素来是个没有主心骨的，被这么三言两句地一撩，登时不吱声了。旁边的帮佣们管不着老爷、太太们的家事，还眼观鼻，鼻观心地问：“那老爷还去吗？”

“这么晚了，这还去什么？”俞老爷子还没吱声，老夫人眼神往那儿一飘，语气未见重下来，可帮佣的老人登时咽下话音不敢吱声。

“老六或许有要紧的事？”老爷子还在这儿小声地和老太太

商量。

“再要紧的事明天再说。陆医生说要我九点之前睡觉，我从前打牌，一打就是半夜一两点。让我遵医嘱、注意身体的人是你。如今这可都快要九点了，你还要去管老六的闲事，你是准备不管我好歹了？”

“没没。”这多大顶帽子砸了下来，俞老爷子登时蔫了。

老夫人那边不放人，观鹤楼的情形就胶着了。大家都擦亮了眼睛，洗干净了耳朵，等着俞老爷子过来。结果从晚八点等到了十点半，有人耐不住了。

“六姑奶奶，说好了要老爷子过来决断，这都多久了，老爷子不来——是不是就不会来了？”

“急什么。”俞六唾了口唾沫，不耐烦地瞪了多嘴那人一眼。

要么说温情遇见燕陈，的确是倒霉的——她年华最美的时候喜欢上俞景，死心塌地想跟着景哥哥过好日子，结果她景哥哥是燕陈的老公。

好不容易熬了三年，等到景哥哥和燕陈离婚，等到景哥哥愿意在俞家老宅里把自己推上第一名媛的位置。

可精心策划的生日宴却敌不过一个不请自来的不速客。这不速之客来之前，温情还是万众瞩目的小公主。对方一来，甭管是对是错，所有人的目光又全部落在了对方的身上。

温情开始真没想过会闹成这样，她本身也不过是起了个坏心，想诬陷燕陈砸碎了老爷子心头最爱的斗彩云龙纹罐，自己往老爷子那儿告个黑状，也就罢了。

可她哪里想到脏水才刚泼了一半，自己就被燕陈给降住了。

被燕陈拿住已是奇耻大辱，更加无奈的是六姑奶奶来了，俞六要把人给挤对了，事压下去，倒也不错。谁能想到俞六看见燕陈就冒邪火，事情还闹大了。

温情开始也不怕俞老爷子过来……毕竟斗彩云龙纹罐是真的砸碎了，老爷子生气，肯定要怪罪到燕陈的头上。届时一顿嘲讽，明儿个新闻小报一刊登，燕陈才好了一点的名声也就彻底完了。

可温情哪里想到老爷子这么一来，就拖了好几个小时……直拖到围观的名媛公子越来越多！闹成现下这个样子，周围净是一片指指点点的声音，她根本下不来台。

最可怕的不是俞老爷子没来，而是俞景……她藏着她的景哥哥，一藏就藏了三年，她唯恐景哥哥和燕陈扯上什么关系，怕极了景哥哥的目光又被燕陈这个小贱人给勾走。可她哪想到把燕陈推到人前的不是她的闺密王玲玲，而是她自己！

只要想到俞景也许已经在人群里，清淡的目光重新落在他的前妻燕陈的身上，温情的心里就翻老血。

“六姑奶奶，俞爷爷还没有来，大约是睡着了……您最近不是总说晚上睡不好觉。要不，咱们别等了。放她走吧。”随着时间嘀嘀嗒嗒地过去，温情飘忽的目光时不时落在观鹤楼外的人群里。

“你这孩子就是心好，被人欺负成这样，还想着我。”俞六动容地拉过温情的手，欣慰地拍了拍。

温情眼睛闪闪发光地看着她，还等着俞六说“散了吧”呢。

哪想到俞六一转脸，面色冷厉地盯着燕陈冷笑：“不过，这事谁来说情都没用，这口气，我是定要替你出了去的。”

她说得轻描淡写，温情脸都黑了，差点没甩开俞六鹤骨鸡肤的老手，骂她一句“你有病吧”。好歹理智尚在，压下舌根的那丝怨念，她忍着吐血的冲动，勉强朝俞六笑了笑。

众望所归，老爷子好歹是踏着十点的尾巴，拄着拐杖来了。俞六去请老爷子来时，怕老夫人拦着，说的是“一点儿小事儿”，老爷子就真当是只有家里一点小事儿。

等老夫人睡着以后，他怕老六等久了，颤巍巍地连衣裳扣子都没系好，拄着拐杖就过来了。

抬眼一看，人山人海，老爷子这次傻眼了。平时，老夫人总骂他老不知羞，没有人家一丝不苟的海派作风。俞老爷子不修边幅还有些不以为然。可今儿个，在这么多晚辈面前露了这么邋遢的模样——老爷子老脸一红，眼神登时不自在了，小声地埋怨俞六：“不是说好是小事儿的？怎么就围了这么多人。”扭过头，他正要整理一下威仪，俞六却眼泪汪汪地跟五十年前丧夫丧子似的，哀哀叫了一声：“哥啊！”

那一嗓子叫得……真是好不哀痛，老爷子的心肝脾肺胃都颤了一下。老爷子多少年没见她这般委屈模样，心里一紧，丈二和尚摸不着头脑，还当发生了什么大事，顾不得自己那点儿面子，忙握着她的肩，一迭声安慰：“哎，六儿这是怎么了，别急，慢慢说，天塌下来压不着你。”

“哥啊……不得了！”俞六眼泪哗啦啦地往下淌，咬牙切齿地把燕陈不请自来，摔了斗彩云龙纹罐还在这儿欺负温情的事原原本本地告了一状。原以为说完，老爷子得帮自己狠狠修理燕陈一顿。可她就没想到说完之后，俞老的脸色唰地就黑了：“敢情你大半夜地找我来，就是为了这事？”

“这不是大事吗？哥哥啊，你说现在这小丫头怎么都这德行！”俞六摇头，一副痛心疾首的模样。俞老系好扣子，再三检查过自己衣着没问题了，也没空搭理她，一双老眼还在人群中扫着——扫了半天，总算看见燕陈了，燕陈还是燕陈，依旧是那个清淡冷然的孩子。三年过去了，这丫头倒是没变，老爷子嘴角不由得露出一丝欣慰的笑意。

俞六还在泪如雨下地告状：“哥，她把你最爱的斗彩云龙纹罐都打碎了。你最喜欢的那个啊，这种小偷强盗……”

她心心念念地把燕陈的名声败坏殆尽，却没想到话说到一半，本该勃然大怒的老爷子居然笑着冲燕陈招招手，心情格外愉悦的样子：“哟，老六说你这丫头来了，我还不信，果然是你，到这边来，怎么嘴角挂油瓶了啊？谁欺负你了，和爷爷说。”

“俞爷爷，您最喜欢的斗彩云龙纹罐碎了。”

“碎就碎了，多大事！人没伤着就好。”这话说出来，看热闹的唰的一下就傻眼了。

旁边的黑衣保镖们通通是格外有眼力见儿的，眼见着老宅中分量最大的老爷子居然都是站在前少奶奶这边，谁还敢做温情的爪牙。手一松，刺溜一下，倒霉催的姜小玥晃晃悠悠终于脚着地了。

姜玥看见老爷子来了，委屈地撇撇嘴，惊天动地地哭了起来：“呜呜呜……俞爷爷！您怎么才来啊，玥玥要被人欺负死了！”刚才温情哭得都没她声音大，一扭头，俞老爷子这才算是看见刘海散乱，小脸黑一块、白一块的小姜玥。

俞老爷子的嘴角抽了抽，只觉脑子有点不够用：“玥玥？你这孩子……怎么弄成这样了？”

啧！这回可好，原以为燕陈这次要被老爷子拿着拐杖撵一路骂过去，没想到老爷子似乎挺喜欢这个前孙媳妇的。都当燕陈身边的小丫头不知什么身份，没请帖就到人家宅子里来，总该吃苦头了吧！可谁又能想到……这个秀秀气气看起来并没什么大不了的小丫头，居然认识商界退隐多年的老辈人物。

那么多看热闹的一个两个三个，眼珠子掉一地了。

俞六在俞家呼风唤雨这么多年——还六姑奶奶呢！这脸打得啪啪啪的。温情被俞景宠了三年，抵不住老爷子身边一个过气前孙媳妇的面子大。热闹？嗬！这还有什么热闹可以看。在场的诸多人，自己都成了人家的大热闹和大笑话。

就连一旁瞅着机会准备打脸温情，给妹妹出口恶气的甘唯都愣住了。旁人不明白俞老爷子脾气古怪，可甘唯却格外清楚，说俞家是商界的一朵奇葩，绝对不足为过。

世界的生存法则呈金字塔分级，最顶端的永远只有一小撮人。他们翻手为云覆手为雨，掌控着经济文化命脉，洗牌民生游戏的法则——有这种格局的主儿，要么潜龙在水，轻易不浮出水面；要么脾气经常搅动经济的格局，令人摸不清局势。

倘若说，姜家的存在如潜龙一般神秘莫测，那么，俞家的老爷子便是强势可怕的狮虎。

俞家的商业王国有资本傲视群雄，自然也有挑选合作伙伴的任性权利。甘唯为什么愿意和温情交好？一方面，是为了躲燕陈。然而还有另外一个方面，却是因为自己好几个项目卡在俞老爷子的手里。在某种程度而言，他是蛮想利用温情，来打入俞家内部的。

可惜……这念头还在萌芽阶段，来不及茁壮成长，温情欺负他妹的事情就被他撞见了，合作自然是不可能。

甘唯也有一股子狠劲，既无合作的可能，他也不在乎俞老爷子这边关系能否打通了。他原是准备等事闹大了，把姜玥推出来——俞、姜两家的关系不错，俞老绝对认识姜家的小姑娘。届时，俞老爷子，你家未来的孙媳妇欺负了姜家的宝贝闺女——这事说到底，总之不会好看。可他怎么都没想到俞老爷子居然根本不为难燕陈，自然也不存在过来了就帮着俞六、温情乱开骂的现象。

"哥？原来……俞老认识燕陈？"夏微凉抓着他的袖子忍不住惊叫了起来。

"废话，那是他前孙媳妇，不认识才有鬼了。"

"可……不是说，燕陈结婚的第二天，提着箱子就出国去了……"夏微凉还是有些晕晕乎乎，没想到事情竟有这等转机。

"别问我，我眼瞎了。"没好气地丢出一句，甘唯抬头望天，只觉自己刚才白谋划了那么久。

"俞爷爷……燕陈是您请来的客人吗？"温情眼前一黑，身子摇了摇，脸上的笑比哭还难看，可自己作的死，就算被人碾压到尘埃，也得作下去啊。

平素俞老爷子就看不上温情这副娇滴滴的狐媚模样，如今见她红着眼眶欺负到前孙媳妇的头上，当即没好气："什么叫客人，这是我孙媳妇。"

"孙媳妇？"自取其辱不外乎如此，听到这三个字，温情就算再能装，此时也有点撑不下去了。

俞六不高兴地嚷嚷了起来："前孙媳妇吧，哥，这丫头不是早就和景哥儿离婚了。你这么说，是想让景哥儿找不到媳妇吗？何况……这丫头不是你请来的吧，没请帖就过来，这叫什么？私闯民宅！”

姜果然还是老的辣，温情的战斗力虽强，可在俞六的面前显然相形见绌。四两拨千斤，六姑奶奶等于又把问题拨到了原位。

“呃。”就在老爷子犹豫着，不知怎么解释燕陈为什么会来这儿的事情，不远处，一个清淡的嗓音淡道：“是我请她来的。”

不知是什么时候，观鹤楼的角落处立着个挺拔而清俊的影子。青影如剪，夜风如刀，错落的光影中，仅见得一袭熨帖的西服，将男子完美的身材衬得格外纤秀。

他低着头，看不清神色，可是当声音落下的时候，温情的脸色赫然从惨白变得格外难看——俞景！这居然是俞景！她防里防外防天防地防了那么久，不就是防着景哥哥和燕陈死灰复燃……她好不容易上位挤掉了可恨的燕陈！可是一夕间，燕陈只是露了一下脸，便彻底打乱了她的步骤——不仅是俞爷爷只承认燕陈是他的孙媳妇，就连景哥哥！景哥哥居然说……这个小贱人是他请来的。

“情儿，挺没意思的，放手吧。”淡淡地看着温情，俞景不知道在角落处站了多久，又准备冷眼旁观准备等多久。只是他这么一出声，俞六方才为温情造出的正宫娘娘的声势全如沙滩城堡似的，轰然坍塌。

“你说过再也不会去想这个小贱人！景哥哥，你答应过……你答应过的！”根本无法忍受股掌之间，一直被自己拿捏得死死的俞景居然会在这时候反插自己一刀，温情一下子崩溃了。她歇斯底里地尖叫，眼泪哗啦啦地落了下来——不是为了俞景，而是为自己……

“她要离婚，你看都不看协议书就签。她来俞家老宅，你想也不想给她做担保。她与你青梅竹马，两小无猜，可我呢？景哥哥，我算什么？我们现在还没结婚，你胳膊肘就往她那儿拐，等结婚了，怎么得了？”激烈地喘息着，温情根本无法忍受俞景会在这时候背叛自己，泪水哭花了妆容，大声指责俞景的负心。

也不知从哪儿，有人阴阳怪气冒出一嗓子：“怕什么，等结婚了，再离婚嘛……反正情人斗原配，小四斗情人，铁的规律。你当年不就是这么把男人从人燕陈的手心里抢过来的，装什么大尾巴狼啊。”

“噗，俞少可真是香饽饽。”

“饽”字才落下，暗中放冷箭的哥们儿冷不丁觉得哪里不对。颈后一凉，像是被什么刮了一下。摸摸后脑勺，顺着射来寒意的方向望去，突然看见一张清美柔和的脸蛋……俞少。咳！闲事莫道人是非，逮个正着，现世报啊……

“看你造的孽，娶了老婆都不能安心定下来，这都招惹的什么牛鬼蛇神。”瞥了俞景一眼，老爷子不高兴地嘀咕了一句。

孙子往后是要撑起俞家家业的，那哭哭啼啼的小丫头片子看着就烦，还不够格来听他训。老爷子憋着一股邪火，转脸，只能从俞六开始数落：“你说你也是的，这么大把年纪了，和他们小年轻闹腾什么。一个斗彩罐摔坏了也就罢了，咱们俞家还没穷到一个罐子坏了，就要嚷嚷得全天下都知道的寒碜样。”

“哥……”俞六想说话。

“得，大半夜的，什么事明儿个再说，不许为难我孙媳妇和玥丫头了，这俩加一起也没你岁数大，你羞不羞。”

“我……”一口气堵心口，在小辈面前被哥哥这么没头没脸地一顿批，俞六脸都青了。

“散了散了散了，你们要唱啊跳啊闹啊笑啊的，有的是会所酒吧，跑别人家里来做什么。”挥挥手，老爷子开始撵人了。

“爷爷，今天是温情的生日……她是您孙子的女朋友，您就不祝她生日快乐吗？”

在一片鸡飞狗跳中，温情那些个闺密胆还真肥，居然敢在老爷子面前说这话，想给温情争一份脸。连温情都眨巴着水灵灵的大眼睛，死不悔改地等着老爷子金口玉言给她抬个身价。

今晚上甘唯一直觉得来得没劲，无聊。唯独这时候，他忍不住就乐了，啧！温情这妞脑子忘家了吗？这得有多蠢，才会想到让老爷子跟她说一声生日快乐。在场的诸位公子哥儿，哪个不是锦衣玉食含着金汤匙出身的孩子，遇见老爷子，都得屏住呼吸藏着掖着，唯恐被老爷子逮着骂一顿。他们都怕得够呛，温情不仅不怕还赶着炮口枪眼上去堵……这真是蠢得突破天际了。

果然，话音方落，老爷子看都没看她一眼，直接落下一句：“小姑娘，这世上的男人多的是，找个你拿捏得住的去祸害吧。”

心塞得几乎要昏厥过去，温情一口气没喘过来，差点没被老爷子这句话气出心脏病。什么叫这世上的男人多的是？什么叫找个你拿捏得住的去祸害？

“小情，你没事吧。”旁边的闺密们从没见过漂漂亮亮的温情会露出这么狰狞可怕的表情，吓得话都说不清了。

全场在瞬间静默得近乎可怕，所有人的目光全落在了温情的脸上。这是她想象中进入上流社会的一个完美生日宴，这是她梦想中挤入名门重获财富声望的豪门世家，这是她温情二十年来遇见最狼狈也是最可怕的一场噩梦！

老爷子拄着拐杖，佝偻的影子越来越远，周围却依旧是骇人的静默。

“情儿？”旁边的俞六担忧极了，伸出的手还没碰到温情的胳膊，就被她宠得宝贝似的女孩狠狠一把甩开了。

“别碰我，混账！混账！都是混账！啊！”当晚，温情崩溃的尖叫飙出了俞宅上方黑天鹅绒似的夜空。众目睽睽下，她处心积虑营造出的贵族千金形象全毁了。

开车，打火，启动。一辆辆光鲜拉风的跑车就跟屁股着火似的，哧溜一声，火烧火燎蹿出了象征权势名流制高点之一的俞家老宅。

“哥，人家说仇人的仇人就是朋友，以此类推啊，你不觉得温情讨厌，那你把场子借给燕陈姐吧！”坐在价值高昂不菲的宝马上，夏微凉扯着哥哥的胳膊，碎落的星光落在小姑娘晶莹剔透的眼眸里，满怀期待。

“安全带。”甘唯在喇叭上敲了几下，嘟嘟两声。

夏微凉心不甘情不愿地伸手去扯安全带，心里怨死了不知变通的老哥。就在甘唯检查过夏微凉的安全带，发动引擎的时候——车窗突然被人不轻不重地在外面敲了几下。

打开车窗，灯火通明的老宅中，立着个清丽女孩。她身形纤细而挺拔，眉目秀色分明，更衬得脸颊雪白如莲。站在那儿，女孩嘴角抿一丝淡笑，饶是遍目华光也遮不住她一身风华，这么清秀的女孩，浑身都似透着层灿然荧光。

“甘先生，和您谈笔生意，不知方便吗？”咬字清晰，归音鲜明有力。

“对不住了，我有点忙。”

不得不说燕陈速度有够快的，这才刚解决完老宅里的事儿，一般人和情敌交锋，打了这么一场胜仗，绝对得品尝一下胜利果实。

谁能想到，燕陈压根不恋战，才把情人解决了，她根本就不看前夫一眼，居然精准无比地在停车场找到甘唯。

“哥，你听听她怎么说的呗……”夏微凉坐在副驾还嘟囔着，打地鼠似的不许甘唯把车窗关上。

“甘先生，据我所知，你现在有几个建筑工程的项目打算和俞家合作。如果我说，我可以替你走通俞家的关系，皇家一号馆是否能借我开画展。”

燕陈说得轻描淡写，甘唯听见这句话，来不及惊愕，却忍不住先笑了起来。

“燕小姐，你在逗我吗？你？帮我走通俞家的关系？

“嗬。没错，看上去，俞家的老爷子是挺喜欢你这个前孙媳妇。可说到底，燕小姐，请你拎清楚你的身份，只是一个前孙媳妇。

“今儿个，你借了老爷子的势，狠狠地重创了温情，这点我不说什么。

“可你应该知道，温情是你前夫俞景的女人。

“你打了温情的脸，在另一个角度就等于打俞景的脸。

“你觉得一个疼爱孙子的老人家，昨天能看在孙子的面上喜欢你，今天习惯性地向着你，明天他还能容你忍你吗？小姑娘，别太自信。”

“我若能帮你……”

第三十一章　不许言败

“这不可能。”

燕陈根本来不及说完话，就被甘唯斩钉截铁地否定了，坐在造价不菲的豪车里面，甘唯的笑容冷淡而轻蔑。就在车窗徐徐向上的时候，燕陈突然伸手压住了车窗，强势冷静地看着甘唯的眼睛。

“甘先生，你假设的后果，我都明白，可你已经假设过了，可否容我说一句……”

说实话，甘唯真不想蹚燕陈这一趟浑水。哪怕发小姜二公子和燕陈之间有些说不清道不明的小暧昧，哪怕妹妹夏微凉和燕陈有些渊源。

在甘唯的印象里，这个看似清淡从容的小姑娘，说到底还是圈里的笑话，也是冼心的情敌。冼心从小就倾慕姜薄东，甘唯说不上自己对冼心到底什么感觉，也许是喜欢，也许比喜欢多了一点牵挂。就算他花天酒地女朋友一周换七个，可这一年三百六十五天换的新鲜女友，每个都比不上冼心。那时甘唯愿意从泥沼中挣扎，以寒门白丁的身份在名流圈争出一片天，不就是为了能够和豪门出身的冼心比肩。可哪怕他成为新贵，身价不菲，冼心也不会多看他一眼。

冼心仰慕的，永远只是世家的孩子，譬如姜薄东、譬如俞景、譬如江北……

甘唯和姜二少关系好，自然做不出重色轻友的糊涂事，可作为被姜二少喜欢上的燕陈，那便是万万不该存在的人。倘若燕陈比冼心聪明，比冼心漂亮，比冼心性格好，那甘唯也不说什么了。偏偏，燕陈是名流圈的天大笑话，这么一个诸事不如冼心，却霸占了冼心在姜二公子心中地位的普通女孩，你让甘唯怎么喜欢得起来。

他为冼心抱不平，他为冼心不高兴。在燕陈说“能否容我说一句”的时候，甘唯下意识就想替冼心出气，狠狠堵她一句，可是，车窗外女孩的眼眸亮得仿佛坠落在湖泊的灿烂星辰——安静，柔和，明亮，竟似有安抚人心的力量。

鬼使神差，分明心里一个声音催着甘唯赶紧走，却被那种令人安心的力量扯了心神，就这么一错落的工夫，燕陈的话音清晰落入耳中。

“甘先生认为我不能帮到您，那我们不如打一个赌，如果我真的帮甘先生拿下投标案……”

“那我就把皇家一号馆借你。”燕陈的声音快，甘唯的回答更快。连他自己都不知道为什么要同意燕陈的赌注，只是看着对面波澜不惊的女孩时，心头一股意气莫名被激了出来。

“乌拉！哥哥你终于同意了！”燕陈还没来得及表态，旁边的夏微凉屏声静气那么久，听见老哥的承诺之后，开心地高呼万岁，立刻在哥哥的脸上亲了一下。

“闪开闪开点，这都多大的人了，还和你哥腻歪！”甘唯满眼惊恐，连忙推开夏微凉抱过来的胳膊，故作嫌弃。

“哈哈，就要腻歪，就要！燕陈姐，加油啊。搞定俞老爷子，皇家一号馆开画展指日可待！fighting！”笑眼灿然地冲燕陈握了个拳头，大声鼓励着。宝马终于踩上油门，在燕陈清软的目光下，徐徐滑出了停车场。

遥遥地，车上兄妹的笑闹声还洒落下来，水晶般点缀在春夜里。等甘家兄妹走了以后，停车场这才算真正地安静下来。来参加温情生日 party 的二代们早就散完了，偌大的停车场，仅剩下几辆看不出牌子的轿车停泊在角落。这么空，这么寂的停车场里，燕陈几乎能听见自己的心跳声。在此之前，燕陈根本不确定甘唯会不会应下自己的激将法。所幸……

“燕陈姐姐。”就在她抿着唇，准备转身离开的时候，从角落中突然闪出个鹅黄色鲜丽可爱的人影，“你怎么和甘大哥打这样的赌啊。”

姜玥同学捏着计算器，愁得一张秀气的包子脸几乎能拧出汤汁儿。

小姑娘细细的手指不停按着计算器，口中还喋喋不休：“我计算过，甘大哥说的一点不错，俞爷爷可疼孙子了。今儿个，俞爷爷帮你，不过俞爷爷老糊涂了，没想过茬儿，给前孙媳妇的面儿……等明天他想明白了，绝对会悔得肠子都青了。燕陈姐姐，这个赌注你输定了，赢面只有0.111111%。”燕陈在前面走，小姑娘头也不抬，在后面絮絮叨叨地说。边嚷嚷着，还满脸的不开心，整个人都像奓毛的小狮子。

“我就不懂，为什么不能找二哥帮忙呢？找二哥帮忙的话，他说一句，甘大哥肯定会听的……燕陈姐姐，哎，你别走那么快，等等我啊！我哥不喜欢你跟那个俞景有关系，我也不喜欢。”细细碎碎地说着心中的小郁闷，姜玥很郑重，“姐姐，你找我哥呗，找我哥呗，找我哥呗……”

燕陈坐在奢华内敛的高档跑车中，听着姜玥的碎碎念，忍不住莞尔一笑。真的要去找姜薄东帮忙吗？这个念头才冒出来，就立马被她压下去了。不能，不行，不考虑。为缪师姐开画展，这是她燕陈一个人的战斗，与他人无关。她曾经行差踏错造成的伤害，缪师姐自己不知道，画坛众人不知道，除了自己谁都不知道，任何人都不能替自己弥补过错。

“你说要带你出来，我带你出来了。要知道你今天会受伤，便是你念叨我一晚上，我也不会带你出来冒险的。”

“不就是擦破了一点皮，也没多大事。”

“燕陈姐姐，你考虑考虑我的提议呀。”聪明地不被转移话题，小妮子还执着于刚才的提议。

“回去我帮你擦药吧。”

“好。哎……不对，燕陈姐姐，刚才我说的，你倒是听见没有？”

两人的背影越来越远，没人知道，姜玥心心念念的二哥姜薄东一直在幽灵般地跟着她们，护送她们回家，却不露面。

金开心查到的资料太多！燕陈的童年，燕陈的少年，燕陈的过往，燕陈的心结。那些碎片一般的昨天就像纸花碎瓷片，散落在缝隙角落里，不为人知。越是了解，越是心疼。像一把锋锐雪亮的尖刀，轻描淡写地划过了心口，初时不疼，却随时间后知后觉，继而颤动到灵魂。连姜玥、姜隅甚至是甘唯都以为他对燕陈的喜欢是一见钟情，却没人知道，在利比亚会所的惊鸿一瞥，并非是姜薄东和燕陈第一次相遇，他们认识得更早。

那时，姜公子十二岁。那时，姜二并非是妈妈们眼中的别人家孩子。那时，他还是个疯玩疯乐，把每天都当成是末日来活着的顽劣少年。从顽主变成男神，不过是看见幼时的燕陈和田瑾，亲眼目睹了田瑾指鹿为马陷害燕陈的一幕。

“你若不能在金字塔的顶端俯瞰众生，那便势必会成为卑贱者垫脚的砖石。”

“这世上，多的是看你笑话的人。”

“要么强，要么死。”

成王败寇一句话，姜薄东听很多年了；商界暗流礁石血腥残酷，姜薄东知道很多年了。而他，又在父亲的庇护下顽劣了很多年。不过，听说知道是一回事，他从未多分一个眼神在那些锋锐机关中。

父亲教他微笑面对人生，却从未教过他玩世不恭的混沌是撑不起一片蔚蓝天空的，没人告诉他失败的下场便是众叛亲离。十二岁的姜薄东遇见九岁的燕陈，从她被田瑾欺负开始，跟着她，那是姜薄东人生中最挣扎的一个礼拜。少年从未想过在他熟稔并自以为通晓规则的上流圈，有这样个瘦骨伶仃的孩子竟然活成了这副狼狈模样。

那个礼拜，他沉默地跟在燕陈的身后。看她遇挫，看她跌倒，看她受人欺负，他没有出面帮她，更没有所谓的怜惜刺痛。以旁观者的姿态，他体验九岁的燕陈所有的喜怒哀乐，只想看她能被欺压到什么地步。

“老何，你干什么？”某次，燕陈被人欺负得遍体鳞伤时，给姜薄东开车的师傅忍不住想冲过去，胳膊突然被斜刺而来的一只手压住了。

“少爷，那孩子……”因为姜薄东的缘故，司机老何不由得也关注着那个女孩。老人家心软，终是忍不住想去帮燕陈出头。然而，姜薄东的声音却像一盆冷水，狠狠浇灭了何师傅心中所有的同情心。

“除了她自己，没有任何人能把她从污垢泥泞中解救出来。”老师傅永远记得姜薄东那时候的表情——清冷，绝情，却又如妖艳至极的曼陀罗花，令人有一种惊艳的窒息。三九天冰寒透骨的石头都没那么硬，那么冷！

这并非结束，在姜二感受过燕陈的人生后，第八天，他闯入父亲冰冷如铁的办公室，将一沓沓燕陈的照片摔在了父亲的眼皮底下兴师问罪。

“为什么？”不过十二岁的孩子，身量才刚刚抽开，微微睁眼，深邃的黑眸宛如极致的暗夜，冷得让人无法呼吸。

“什么为什么？”在姜二公子如此愤怒压抑的质问下，父亲轻描淡写，神色平静若细雨和风。

姜二怒得睚眦俱裂，桌子拍得噼里啪啦地响：“名流圈从不太平，你们知道——为何从不告诉我！圈子里多的是这样噬人不吐骨头的豺狼，含着金汤匙出身，并不代表人生的一帆风顺。这些我可能遇见或即将遇见的风浪，你们为什么不说？”牙根都咬出了铁森森的血腥滋味，少年如狼的眼神亮得如雪，锐得骇人。

他以为父亲会怒，会犹豫，会解释，会愧疚——这样折腾亲儿子，没准他姜薄东不是姜家的骨血。他想过那么多，却唯独没想过面对他劈头盖脸的怒责和控诉，父亲的态度竟如此淡漠。他从容得就仿佛他问的是“你的西装是在香榭丽舍大道哪家设计师那里定做的”这么无聊的问题一样。

从桌上取来酒，徐徐地倒了一杯，父亲摇着红酒杯，轻嗅一口酒香，淡然道：“我当是什么大事。”

“这不叫大事吗？爸爸，你真的是我亲爹？”

父亲冷笑：“你有眼睛可以看，你有耳朵可以听。你可能遇见或即将遇见的挫折磨难，那都是你生命中的一部分。我们姜家儿郎若是没有敏锐的观察力，那么一辈子也是个纨绔而已。你既无天分，我何必苦口婆心。”

“我……”

“哭丧着脸做什么？真好像天要塌了似的。姜薄东，我告诉你，在姜家接受优胜劣汰教育的，你不是第一个，也绝不会是最后一个。”这便是父亲的回答。原来，从出世那天就注定了——姜家儿女要过什么样的生活，全部是他们自己走出来的。父母给过的提示不多，言传身教而已。你有眼睛可以看，你有耳朵可以听。若无敏锐的洞察力，不如做个废物。姜家的教育远比名流圈你可能遇上的任何豺狼都可怕，那才是真正的历练！

那天，姜薄东不知道自己是怎么走出父亲办公室的，他只知道好险，真的是好险……他差一点就被捧杀养废掉了。商场的变幻莫测注定了这一行，你可以狡诈如狐，可以冷血如蛇，却绝不能蠢，若不是天生的王者，何苦来与虎豹争食。幸亏是燕陈——在他生命中早就写下了关键性的一笔，让姜二第一次明白什么才是成王败寇。

那是二公子人生的转折点，踹开狐朋狗友，洗净一身纨绔劣迹。从此往后，幡然醒悟的姜二把一天掰成两天，硬生生剔除了血肉中的懒散和傲慢，捡起他曾经不屑一顾的权谋忍术，踩着千万人的血泪把自己推上了巅峰王座……

见过极致的懦弱卑微，他不想变成被人鄙夷唾弃的可怜虫。遇上彻底的软弱无助，他终于明白自己降世的使命。他姜薄东，合当是君临天下的王，岂能在泥泞中和虫子为伍！一直以来，姜薄东虽受了燕陈的启发，开启了另一段人生，可这绝不代表他愿意和燕陈更进一步接触。

他想过自己有一天遇见燕陈会是怎样？

那孩子打小五官便不错，也许，他不介意和那样的燕陈来一段风花雪月，以“报答”燕陈启发自己的那七天……他在利比亚会所见着了燕陈！第一眼，就认出了那个穿黑衬衫的女孩是自己曾遇见的可怜少女。她果然和自己想的一样，盘正条顺，是个漂亮的姑娘。

姜二在心里吹了个口哨，颇有些蠢蠢欲动的兴趣。

他愿意办了燕陈，可这不代表他爱上她。可他没想过，十几年过去了，当年的女孩浴火重生，破茧成蝶，竟长成了眉眼冷秀的冰美人，绽放出令人惊艳的光华。她冷寂，她生杀予夺，如黑暗中血腥冷酷的黑鲨，美得让他移不开眼。

从那时起……姜薄东就知道，自己倾尽一生，恐怕也不会松手了。心里的一点痒，像是被人轻轻挠，往上揪着，无关前缘，只因为她是燕陈——这世上和他最像的那个人。

她的骄傲和冷漠，他全都懂。他不会做阻碍她的那块绊脚石，他只需要在不远不近的地方看着她，确保她能做她想做的事，即可。

那是燕陈的战场和人生。

旋开灯，雪白的灯光如絮般落下，燕陈坐在床上顺便抬头看了一眼墙壁上的时钟：十二点。回国以来，她替小舞管着小阿水，生活一直都挺健康，像今天这样到十二点还没睡真不常见。以前在国外读书，念书念到凌晨两三点也不会觉得困倦。可回来以后，这才十二点就累了。姜玥也累，见床就沾，抱着枕头说什么都不愿拿开，眯着眼就睡着了。

“玥玥，你不去洗个澡吗？”

“哦，好。”小妮子抱着枕头，模糊地咕哝了一声，没动静。

“玥玥？”轻轻拍了拍女孩的脸，小妮子睡得可香了。燕陈叹了口气，也知道小家伙真的累坏了，索性帮她换下晚礼服，盖好被子，由她去了。

姜玥可以不洗洗睡，可燕陈受不了浑身都脏着，拿睡衣去了浴室，放好热水，泡过澡，洗掉了生日宴沾染的尘土气息。等换上清爽的睡衣，七七八八花了将近一小时。姜玥把她的床占了，好在客卧还空着。

燕陈躺在新铺好的床上，鼻翼间恍惚竟有姜薄东干净好闻的味道。二少来了？她下意识伸手去拧台灯，可撑起困倦的眼皮，抬眸四顾望了一圈，客卧里空气湿润而清爽，只有窗台摇曳生姿的一簇簇碧绿油油的文竹，青翠喜人。

姜二少最近忙得很，哪有空来这儿呢？燕陈迷迷瞪瞪想着，倒头继续睡，梦里总觉得姜薄东的气息萦绕在身边久久不散，很是清新舒服，一觉神清气爽睡到第二天早晨。

“昨天累坏了吧。”姜薄东好听的声音都像是在耳边上响起。

燕陈对姜二少的声音最没抵抗力，当即就觉着身上酥酥软软的，有一种麻麻的感觉从手心里面蹿出来，挠得她心里都痒了。错觉吗？就在燕陈疑惑之时，整个身子已被人揽入了怀中。熟悉的温暖的怀抱，还带着好闻的沐浴露的味道。姜二少的怀抱令燕陈莫名心安，她寻找了个舒服的位置，缩在姜二少的怀里，贪婪地呼吸着他身上充满荷尔蒙的舒服的味道。

燕陈的声音有点沙，却温柔得仿佛能挤出水来，像清晨的朝露，像春日的暖阳，带了难以抑制的喜悦：“你怎么过来了？”

姜二少喜欢燕陈的反应，握住她的手，十指紧扣：“想你了，就过来了。”

“油嘴滑舌。”燕陈笑了一声，扬起头亲了亲姜二少的下巴。

回应她的，是姜二少绵密的吻。两人都默契地没有提起昨天发生在俞家的事情。隐隐约约听见客厅传来脚步声，也不知道是姜玥还是小阿水醒了。湿热的呼吸喷洒在耳朵上，轻轻的，缓缓的，像猫爪子挠在心上，酥酥麻麻。

“早安。”这声音啊，真是要命。怎么偏偏这样一个日月都失色的绝美男子，还拥有如此杀伤力十足的嗓音呢。上帝造人的时候，大概偏爱了他吧!

燕陈曾怨过上天不公，她喜欢的人都离开了，她渴望的总得不到，直到遇到了姜薄东。明明他这么好，明明燕瘦环肥任他选择。明明她还不够好，甚至名声扫地，但他遇到了她，选择了她。也许，他是上天给她最大的恩赐吧！燕陈满心感激，拥抱着上天给她地这个恩赐。

甘唯的投标案说难不难，说容易也不容易。他是做建筑生意的，看中了俞家握在手里没动静的郊外几块没开发过的地皮。投标书写得挺好——价格、远景、诚意都算中等偏上。可惜老爷子不知揣着哪一撮怀旧心情，愣是不放手。

姜玥断言燕陈要吃哑巴亏，也不算危言耸听。这事要真能成，投标书发过去，那边就有动静了。可这分明就是老爷子压着不肯动嘛，谁去都要撞钉子。燕陈喜欢设计图纸，平时也在网上接一些普通人做不了的专业服装设计。她出的图纸精细大气，极具艺术感，不易被人模仿。所以小姑娘在设计圈也算新锐突起，小有名声。

就因为燕陈的进账大多是走设计，很多人以为燕陈在国外的专业便是艺术设计之类。鲜少有人知道，燕陈本来念的的确是艺术设计，可是，除此之外，她哥燕楚嫌她太闲，居然强行给她报了工程造价的专业。对此，燕楚振振有词，美其名曰：“不学？不学怎么行。往后燕家的家业你别指望我会替你分担，哥不是生意场上的人！你要不学，回头以咱妈的偏心，绝对把家业交到田瑾的手中。”

田瑾就是燕陈不可触碰的伤痕，你在她面前提谁都行，不许提田瑾！更不许把田瑾和陈宁搁一块提。虽然燕陈对继承燕家的家业没什么兴趣，可是小姑娘憋着一口气，为了不便宜田瑾，愣是埋头啃下了与设计毫不相关的造价专业，并且以全A的优异成绩力压国外的各肤色同学……

看着那双料博士的文凭，连燕楚都瞠目结舌，酸溜溜地感慨一句：“我妹真是个狠人。”

武能拳打小地痞，文能提笔拟投标。名流圈那么多吃闲饭的二代自己不学无术，却还在叫嚣着燕陈文不成，武不就，懦弱平凡难堪大用，真得叫他们看看燕陈的学历有多闪亮！

燕陈去甘唯的公司时，好多人觉着她就是来玩的。她出示了甘唯的聘用书，找秘书索要了投标书的资料，秘书小姐也拖拖拉拉，颇有些不痛快的样子：“燕小姐，投标和您之前干的活都不一样，这可不是玩儿的事儿。我把资料交给你，万一泄露出去，恐怕……”

“你觉得我是来玩儿的？”

“这……”燕陈也不过随口一问，刁难的秘书一噎，心里早就判定她是来玩的，口上哪里敢说，人家手里毕竟拿着甘总的聘用书。

干笑两声，秘书败下阵来。旁边，有人小声嘟囔：“你难道不是来玩儿的吗？就算是失败的投标书，何秘书拿出来，燕小姐也未必看得懂啊！”

"我看不看得懂，和你有什么关系？"

这小小姑娘家，口气却不小，倒要看看她能有多大能耐。那人不乐意地瞟了燕陈一眼，悻悻地走开了。

连甘唯都对燕陈不抱多少希望，手底下的人自然也瞧不起燕陈。可没想到，小姑娘拿过投标书，有模有样地看了起来，还提了几点意见。外行人听不懂，而懂的人只觉得耳目一新，眼前一亮——之前怎么没想到呢？居然还能这样来！这个建议好，值得聚起来好好商讨一番，没想到小丫头片子还有那么点能耐。

甘唯偶尔听见旁人对燕陈只言片语的评价，也没怎么放在心上，反正他对燕陈能拿下俞老爷子的事不抱希望。

俞老爷子是出了名的疼孙子，但那又怎么样，燕陈一个前任孙媳妇，也不可能回头找俞景帮忙吧，她要真敢找俞景，倒也好，可以断了姜二少的念头。看，你姜二少的眼光也不过如此，心爱的女人还和前夫纠缠不清，除了会依靠男人，还能做什么。你瞧冼心就不同了，你就该把目光转移到冼心身上，多好的一个姑娘啊，别辜负了人家。

客厅的挂钟敲响了凌晨两点的钟声，夜已深了。小阿水起夜，经过燕陈的房间时，看见门缝还投出亮光。这亮光，在他去睡觉前就已经亮着了。燕陈姐姐忘了关灯？还是还在工作？小阿水轻轻敲了敲房门，小声地问道："燕陈姐姐？"

咔嚓一声，房门开了。穿着睡衣的燕陈懒懒地伸了个懒腰，边打哈欠边问阿水："怎么了？你怎么还没睡？"

逆着光，小阿水看不清燕陈的表情，却听出了她的疲惫。电脑屏幕还亮着，书桌上摊开了几份文件，地上躺着零星几团废纸，燕陈刚刚还在工作。为了能够顺利拿下俞老爷子的地皮，她已经连续熬夜一周了。她一次次推翻想法，一次次重写投标书，一次次地寻找突破口。

俞老爷子到底为什么不肯答应，俞老爷子到底怎样才肯答应，俞老爷子最渴望得到的到底是什么……燕陈感觉自己快疯了，脑海里全是关于俞老爷子的事情。姜二少要是知道，估计要吃俞老爷子的吃醋——对姜二少而言，俞家就是个麻烦。

“燕陈姐姐，”阿水将燕陈推进房间，板着一张脸，有些严肃地看着燕陈，“你该睡觉了。”

“但是……”燕陈话还没说完，就见阿水将她的文件一一保存好，直接关了她的电脑，人小鬼大地恐吓燕陈：“燕陈姐姐，你再不好好休息，我就要跟姜大哥告状了。”

燕陈扑哧一声笑了出来：“了不得，你还学会了告状。”

“姜大哥很忙，他不在的时候，燕陈姐姐由我来照顾。”阿水啪的一声关掉了房间里所有的灯，退出房间时，还把门锁好了。

房间里一片漆黑，燕陈捏了捏眉心，打了个哈欠，的确是该休息了。她在床上躺下，回想起刚刚阿水的一举一动，忍不住欣慰地勾起了嘴角——小阿水，长大了。虽然他们认识的时间不长，相处的时间也不过几个月，但这个暖心体贴的小男孩一直在努力地维护着这个家，尽心尽力地陪伴着燕陈。可以说，没有阿水的家，根本称不上是家，那只是一个住处。每一桌每一椅，每一块地砖，每一片瓷砖，都有阿水的痕迹。有了阿水，这套房子才有了生机。

以前色彤就经常叹息燕陈和俞景一样，都是个没有情趣的人。从小生活在欺压和黑暗之下，她不懂什么是情趣，也没办法理解什么是情趣。对别人而言，插花剪纸是情趣，对她来说却是煎熬；对别人而言，绘画艺术是情趣，对她来说只是一种发泄；对别人而言，骑马驰骋是一种情趣，对她来说只有坐冷板凳的孤寂……但现在，她突然明白了——情趣是一种生活态度。一蔬一饭是情趣，一缸金鱼戏水是情趣，一个书柜的摆设也是情趣。

那天夜里，燕陈破天荒地梦见了色彤。都说日有所思夜有所梦，燕陈甚少回忆色彤，所以夜里也很少梦见她。色彤是燕陈的一个伤疤，她不愿提起，好像不提起，色彤就还活着，活在这个世界的某个角落里，而不是活在她的回忆里。

“小八，帮我照顾好俞景。真照顾上床也好，我要不在了，你代我去爱他。

“小八你可别瞧不起俞景，这货是个男人！

“小八，我特别想念你，也特别想念他。如果可以，我真想永远和你们在一起。和你做一辈子的好朋友，和俞景结婚生子，是我色彤这辈子最大的心愿啊。

“求你回头，再看看俞景吧，俞景他寂寞了，小八，小八……”

燕陈猛地睁开眼，还是熟悉的房间，才暗暗松了口气，枕头竟已被泪水沾湿。

梦境里半真半假，变幻莫测，色彤的音容笑貌都已模糊，但燕陈就是知道，那是色彤。遗憾的是，她最终也没能完成色彤的遗愿。照顾俞景，难度实在太大。每次一见到俞景，燕陈都会想起色彤，俞景大概也是这样吧。更何况，俞少春风得意，想照顾他的人多了去了，根本不需要她来操心。

叮叮叮，手机又来短信了。还是那个陌生号码：“姐姐，勾引我老公勾引得开心吗？是不是别人的东西总是特别好，所以姐姐偏好这一口？”短信像决堤的洪水，一拥而入。消停了好几天的陌生短信，卷土重来。燕陈本来想要关机，却因为“色彤”两个字，生生停住了动作，点开信息——“姐姐其实早就惦记上好朋友色彤的男人了吧？”

关于色彤的话题，燕陈不愿意深究，却又忍不住深究。对方已经指名道姓，不存在发错信息的可能了。手指轻轻一滑，轻巧地按下几个按键。对方终于收到了有史以来的第一条回复，不带半点废话，只一个字：“滚。”

之后，燕陈得到了很长一段时间的安宁。她几乎没有什么朋友，需要用到手机来联系她的人也不多，陌生号码不再发骚扰信息过来后，燕陈的手机再一次沦为了摆设。直到三天后，她接到了一个电话，是失去消息很久的叶浅浅。燕陈终于明白过来，为什么会梦见色彤了，大概就是为了预示她，叶浅浅又要出来搞事了吧。这次叶浅浅出现，也的确是来搞事的，不过搞的是喜事。

她特地打电话来向燕陈炫耀，声线依旧是娇滴滴的，惹人生怜：“小陈姐姐，托你的福，我这次总算找到我的白马王子啦，真要谢谢小陈姐姐。说起来，小陈姐姐还是我和怀林的红娘呢，要不是当初小陈姐姐爆出了我喜欢吃狗肉火锅的事，我也不可能遇上怀林。”

燕陈根本不想搭理叶浅浅，敷衍地回了一句：“恭喜了。”

“谢谢小陈姐姐，”叶浅浅话锋一转，“五月十五日，小陈姐姐记得来参加我的婚礼哦。”

燕陈不耐烦地翻了翻桌上的文件，眉头微蹙：“再看吧。”

叶浅浅又有完没完地说了一通，挂电话前还再三嘱咐：“小陈姐姐，你记得来哦！等你哦！”

如果让燕陈知道到底是谁把她的手机号码暴露给叶浅浅的，她一定要暴打那个人一顿。叶浅浅打电话来示威，看来是很有把握，她不可能搞黄她的好事了，也罢，随她去吧。坏人自有天收，不是不报，只是时候未到。现在燕陈的当务之急，是赶快完成甘唯的事情，拿下皇家一号馆，给缪雨凡办画展。

燕陈和俞老爷子大部分交集都是在中学的时候，她陪色彤去俞家的时候产生的。在燕陈的印象中，俞老爷子和脾气暴躁的燕老太太、古板严肃的燕老爷子不同，他是个和善慈祥的老爷子。因此，青春期时的燕陈很喜欢和俞老爷子待在一处。俞老爷子喜爱下棋，但色彤不是个静得下心的人，俞景对任何事都意兴阑珊，所以陪俞老爷子下棋的重任，经常落在了燕陈身上。燕陈不会下棋，没关系，俞老爷子有的是时间和耐心。他愿意栽培燕陈，燕陈不想去当色彤的电灯泡，索性安安静静地留在俞老爷子身边学下棋。

若是非要扯上一些关系，俞老爷子大概算是燕陈的老师。俞老爷子一直挺欣赏燕陈这个女孩的，沉得住气，藏得了事，聪慧识大体，虽然闷是闷了些，但叽叽喳喳的小丫头片子俞老爷子也不待见。这也是为什么当年俞老爷子会找到燕家，直接代孙子求娶燕陈的原因。俞老爷子原本以为孙子终于开了窍，知道娶妻当娶贤，肯安安心心过日子了，哪承想，才三年光景就闹了离婚，真是一个两个都不叫人安心。

这一回，燕陈算是领教到俞老爷子的古怪脾气了，半点不输给她家燕老爷子。燕陈的投标书，一次次被以各种奇怪的理由驳回。俞老爷子一句话：不管你条件多诱人，说得多好听，不卖，就是不卖！

燕陈一个头两个大，思来想去，唯有打感情牌。要不将俞老爷子约出来，喝杯茶，下下棋，谈谈心？燕陈也是被逼得走投无路了，什么路子都得试一试。虽然连她都不抱任何希望。俞老爷子也不觉得燕陈能打动到自己。燕陈提出和他下一局棋，他倒是兴趣满满，这么多年，唯有和燕家小五下棋能下得尽兴，他不止一次怀念当初和燕陈对弈的酣畅淋漓。

燕陈棋风师承俞老爷子，却由她骨子里的孤傲形成了独具风格的棋路，俞老爷子和她下棋，总会发现新大陆。俞老爷子算是象棋高手了，燕陈青出于蓝，是象棋界难得的能与俞老爷子抗衡，拼出个胜负高低的人。

几乎是燕陈刚提出，俞老爷子想都不想就答应了，还迫不及待地约定好了后天在俞家会合。

俞老爷子啜了口清茶，身心舒畅，乐呵呵地道："就让爷爷来检查一下，你棋艺到底有没有生疏。"

难得能够约见俞老爷子，燕陈立马把握住机会："一言为定。"这一次，只许成功，不许失败！

第三十二章　局中局

浴室里传出哗啦啦的水声，男人在喷头下沐浴的影子落在浴帘上，修长笔直的大长腿，精瘦得没有一丝赘肉的腰，健硕结实的胸腔，性感诱人……谁都不会想到，长相柔美的俞景，穿衣显瘦，脱衣会是这样一副光景。

温情这么多年无名无分地跟着景俞，不仅是贪恋他的权势金钱，她还迷恋他的颜值，屈服于他的身体。唯有跟俞景好过的女人才会知道，这个毫无情感、无欲无求的男人，在沉沦的时刻有多疯狂。他就像一匹优雅高冷的狼，蛰伏于黑夜中，静待猎物送上门来，然后一招正中要害，再慢条斯理地生吞活剥。说到底，他还是个血气方刚的男人。但此时此刻，温情凝视着浴帘上的那个身影，脑海中却不停地响起俞老爷子的话——小姑娘，这世上的男人多的是，找个你拿捏得住的去祸害吧。

拿捏得住……这世上，能拿捏得住俞景的女人大概是不存在的，连该死的燕陈也肯定不可能。但她就是来气，俞老爷子是长辈，是俞景的爷爷，温情没办法去计较，但燕陈不同，燕陈是俞景的前妻，她的头号情敌。于是温情顺理成章地将所有的怨恨都转移到了燕陈身上。要不是燕陈，她的生日派对不会搞砸，她不会当众出丑，她也不需要担心景哥哥会旧情复燃！燕陈为什么不去死？她为什么还活着？

想让燕陈从这个世界消失的，还有田瑾。敌人的敌人就是朋友，虽然温情和田瑾不熟，但因着田采虹这层关系，她们算是彼此认识。现在，她们又有了共同的敌人——燕陈！

温情想起前几天田瑾的提议，她拿出手机，死死地紧咬着唇，双眼通红，每按一个键，都带着心中满满的委屈、憎恨、痛苦、郁结。

很快，一句话出现在了屏幕上："就按你说的去做。"

浴室的水声停了，温情赶紧收起狰狞的嘴脸，拿起浴巾，去迎接从浴室出来的男孩。

温情将浴巾围在赤条条的俞景身上，软绵绵地倒在他的怀里，抱着他的脖子撒娇："景哥哥，情儿可想你了。"

"不是每天都见面吗？"俞景轻笑了一声。

他的头发湿漉漉的，还滴着水，总是冷淡寡情的眼眸氤氲了一层水雾，清冷的目光蓦地柔和了下来。温情心中一动，踮起脚尖去寻找俞景的唇，想和他好好温存一番。但俞景偏了偏脸，避开了她的吻。

"饿了，下楼吃饭吧。"他动作温柔地将她放到床上，也不顾她的不满，找了方毛巾，随意擦了擦头发，便走到衣柜换衣服。

据说薄唇的男孩都比较薄情。俞景多情，他从来不会拒绝送上门来的女孩，却也不会主动，只等着女孩们心甘情愿地俯首称臣。但他的多情却等同于无情，他不爱任何人，他可以只属于你，也可以属于所有人，他只爱他自己。

温情跟着俞景下楼，样式简单的宽松针织衫，熨帖修长的休闲裤，俞景慢悠悠地走着，每走一步都带着些许慵懒之态。就算是看他的背影，也是一种享受。

两人很快来到了饭厅。但让人没想到的是，俞老爷子竟然也在。温情下意识地一低头，躲在了俞景身后，怯生生地称呼了一句："爷爷。"

俞老爷子根本懒得抬头看温情一眼，他现在满脑子都是后天和燕陈下棋的约定。

保姆周婶给俞景和温情添了两对碗筷。自从上次在生日派对在俞家丢尽了面子，温情觉得俞家的用人看她的眼神都充满了鄙夷，手不自觉地握成了拳头，涂了玫红色蔻丹的手指甲掐进了肉里。她永远不会忘记她所受过的屈辱，她必定要双倍奉还——不，要三倍、四倍！

两人刚坐下，俞老太太也被周婶搀扶了过来。安顿俞老太太坐下，周婶又去厨房给俞老太太取来刚炖好的鲜奶枸杞雪蛤羹。俞老爷子平日虽也是慈祥温暾的模样，到底是商界打滚多年的老狐狸，喜怒极少形于色。可现在，他嘴角都已经快咧到眼角了，偶尔还愉悦地哼出了几句小曲，吃饭吃得津津有味。

俞老太太瞅了他一眼，有些嫌弃："老爷子，什么事让你开心成这副模样？前些天不是还愁得不行，整天唠叨着甘家那小子咋就老惦记着你一亩三分地不放。怎么，人家现在是终于想通了，要放弃了吗？”

“这点小事有什么值得开心的。”

这时，周婶的雪蛤羹取来了，掀开盖子，香醇浓郁的鲜奶味扑鼻而来，炖盅里的雪蛤晶莹剔透，像是白雪中的点点冰晶，极可爱，极诱人。俞老太太尝了一口，雪蛤嫩滑可口，醇厚的奶香在舌尖绽放，刺激着味蕾，令人大快朵颐。

俞老爷子本来没想告诉俞老太太自己约了燕陈回老宅下棋的事，但见到俞老太太顾着吃，都不搭理他了，莫名地来气，心里闷闷的，什么都说了：“我约了燕家的丫头过来下棋。”

多少年的习惯了，他对老太太就是藏不住事。年轻时的俞老爷子和俞老太太也不是没有浪漫过，当年俞老爷子叱咤商业界，人人都道他老奸巨猾，心思缜密，唯独面对俞老太太，他就跟个情窦初开的毛头小子，什么惊喜什么秘密，全都一股脑儿说出来了。

俞老太太就是俞老爷子的弱点。

温情自三年前跟了俞景，到了俞家，目睹了俞老爷子和俞老太太平日相处的点点滴滴，总是羡慕不已。她想不通，俞景和俞老爷子关系这么亲密，怎么就没遗传到俞老爷子的深情呢。她不止一次幻想自己和俞景，能够像俞家这两位老人一样，到老了也能恩恩爱爱。

燕家的丫头，燕陈！

俞景和温情听到这个名字，都愣了一下。温情第一反应是，这名字怎么阴魂不散！但谁都没注意到，待她静下来后，嘴角忍不住勾起的那一抹笑意。

俞景却想起了昨天收到的一条匿名短信。

俞景最近有一项生物工程正和钟家合作，钟家那边派出的负责人是钟怀林。俞景和钟怀林不熟，名流圈里关于钟怀林的消息也不多，只知道他为人比较低调，而且几乎从小就在外国长大，甚少回国，极少露面，也就这两年才被召回国内准备继承家业。

钟怀林相貌平平，身材虚胖，能力没有特别出众，身上也没有过什么让人感兴趣的“八卦”，在不缺故事的名流圈里根本不值一提。最近他突然被人知晓，是因为叶浅浅。社交名媛叶浅浅要嫁人了，对象正是这个平凡普通的钟怀林。不过俞景对叶浅浅的去向归宿没什么兴趣，要不是钟怀林送来了婚宴请柬，俞景都不知道叶浅浅，这个曾经准备嫁给他的女人就要嫁人了。

钟怀林不知道到底有没听说过叶浅浅和俞景的事，总之再三叮嘱俞景：“拜托俞少赏个脸，来我和浅浅的婚礼捧捧场，有俞少这等钟灵毓秀的人物大驾光临，简直蓬荜生辉。”

俞景是什么人？他是连自己的婚礼都没兴趣的人，除非那天他是抽风了，要不然别说钟怀林和叶浅浅的婚礼，就算是他妈再婚，他也未必会出现。但俞景这种不擅长拒绝的人，也只是接过请柬，淡淡地“嗯”了一声，至于去还是不去，他也不点破。

俞景从钟氏集团出来，手里还捏着那张请柬。直到司机蔡师傅好奇地问他：“少爷，需要我帮你收好吗？”

他才如梦初醒：“哦，帮我扔了吧。”

蔡师傅无意间瞟到了请柬上的字——“钟怀林、叶浅浅婚宴请柬”。但凡在俞家待过些年头的人，都知道叶浅浅差点成了俞家少奶奶，后来也不知道怎么回事，娶来的却是燕陈……俞家老少也更喜欢燕陈一些，自然就不怎么提起叶浅浅了。

打火，挂挡，踩油门。低调内敛的跑车在公路上穿梭，俞景疲惫地闭上眼睛半寐着。每到四月，俞景就睡不好，刚要睡着，手机突然发出了一阵声响，他摸出手机，捏了捏眉心，往屏幕上一看——“叶浅浅藏起了色彤留给你的遗书。”

色彤，色彤……这个离世多年的人，却不止一次牵动着在世人的心，比如俞景，比如燕陈。

无独有偶，燕陈今天也收到了一条信息，内容也是与色彤的遗书有关，发信人是那个整天发骚扰信息来的陌生号码。

“姐姐，你最近是不是经常失眠多梦，老是梦见色彤啊？也对，毕竟很快就到色彤的死忌了呢。姐姐，难道你就一点都没有觉得自己对不起你的好朋友色彤吗？色彤把你当好朋友，你却嫁给了她心爱的男人。和好朋友的男人有一腿的感觉怎么样？是不是特别爽？姐姐你跟色彤这么要好，肯定知道她早就得了不治之症吧？是不是期待着她病死很久了啊？千盼万盼，结果比意料之中死得还早呢。姐姐一定很开心，毕竟姐姐这么喜欢勾引人家的老公。可怜的色彤，知道自己要死了，还担心着姐姐没人照顾。姐姐知道色彤给你留的遗书吗？姐姐如果想要色彤的遗书，就过来拿吧。明天早上六点，燕莎桥附近的小树林等你。”

自从对方的短信里出现了“色彤”两个字，燕陈几乎每一条都没有错过。色彤是燕陈心中永远的殇，那是她最喜欢的人，最亲密的朋友，最难以忘怀的亲人，没有人能够取代她在燕陈心中的位置，燕四夫人不能，燕修恺不能，燕楚不能，连姜薄东都要靠边站。可这样的一个人，却只能永远活在燕陈的记忆里。

从确定这个陌生号码不是发错信息，而是冲着自己而来的时候，燕陈就知道来者不善，对方肯定要出来搞些事情。至于这个陌生号码背后是谁，她不屑于猜，也懒得猜，名流圈里想欺压她的人太多了。

人善被人欺，在名流圈里是铁一般的定律，就因为自己当年落下好欺负的名声，现在回国了，也常常有人来故意找碴，想要靠欺负她博眼球。但此燕陈已非彼燕陈，你想来欺负，可以，但她必定以牙还牙，以暴制暴。既然现在这个陌生号码把色彤都搬上台面了，燕陈自然没办法坐视不理了。

其实陌生号码对面的人，对燕陈来不来赴约真没太大把握。虽说大家都知道色彤对燕陈很重要，但毕竟早就已经去世了，而且遗书也只是以讹传讹的事，谁都没真见过这遗书，要是燕陈不信，也是没辙。

破旧斑驳的简陋筒子楼依旧潮湿，阴暗。田瑾推开许久未开的窗户，疏通了一下室内闷湿的空气，回头看了眼坐在沙发上握着手机的人。那人环视了下周围的环境，无所适从，手都不知道该往哪里搁，眉头微蹙。这都是什么鬼地方……田瑾就住在这种地方？涂着玫红色蔻丹指甲的手指不停地滑动屏幕，那人看着一条条没有回应的短信，有些担忧：“燕陈真的会过去吗？”

田瑾勾了勾嘴唇，露出一个阴险的笑意：“会的，只要事关色彤，她就一定会回来的。”

仿佛在印证她的话，一直保持沉默的手机突然响了，是燕陈的回复，只一个字：“好。”

田瑾挑了挑眉，一脸“一切尽在掌握之中”的得意。另一个人则有些郁闷了，这燕陈也真够惜字如金的，她发过去这么多条短信，发过去这么多个字，她统共就回了两个字。

一个“滚”，一个“好”。是嫌短信费贵还是怎么回事，要不要这么抠门！这种拳拳打在棉花上的无力感，真是憋死人了！

气温日渐变暖，大地回春，春暖花开。忙碌的姜二少终于得了空，赏面来燕陈家吃一顿家常便饭。小阿水见到姜二少，可兴奋了，手中的笔一扔，跑去抱大腿：“姜大哥，你可算来了，阿水超想你的！”

姜二少摸了摸小阿水的头，目光却瞟向了正窝在沙发上看书的燕陈，眉梢微挑：“哦？那你燕陈姐姐有没有想我？”

“可想了！”阿水一个劲儿地点头。

燕陈再也没办法装淡定地看书了,瞪了口没遮拦的阿水一眼。阿水笑得一脸天真烂漫，踮起脚尖凑到姜薄东耳边，轻声说：“前两天我给燕陈姐姐送夜宵，她还以为是姜大哥你回来了，结果看到是我，一脸失望，都不搭理我了。”

燕陈没眼看这一大一小悄悄私语了，也不知道到底在说她什么坏话，放下书，套上拖鞋往厨房走去。

姜二少跟到厨房，就见燕陈喝水。她背对着他，小身板看上去柔软易推倒，细柳似的腰身仿佛稍稍用力就会折断。姜二少搂上燕陈的腰时，动作轻却柔，还真怕把她折断了。

“最近都在做些什么？”他的嗓音磁性低沉，像罂粟微摇，带着致命的诱惑，听得燕陈浑身一颤。

燕陈灌了口水，强迫自己淡定，不要光听声音就邪念横生，总想着推倒姜二少。

但他的声音就跟猫爪子似的，一直在她的内心挠啊挠。她故作镇定地说：“我想借甘唯的皇家一号馆帮师姐办画展，甘唯的条件是帮他拿下俞家的地皮，嗯，最近就在忙这些。”

“需要我帮忙吗？”他看着她的眼眸，虽然是问句，目光却真挚且坚定。

虽然姜二少心里明白，不应该过多干涉燕陈的事情，但说到底，燕陈是他的女人，是他的爱人，真让他坐视不理，他还真办不到。更何况，对方还是俞家……但凡跟俞景沾上一点关系的事，姜二少都不想燕陈去碰。说俞景对燕陈没半分心思，他还真不信了，他不怕他们旧情复燃，毕竟也没啥旧情，只怕过多接触，节外生枝。

姜二少只想顺顺利利地把燕陈娶回家当老婆，不想那些乱七八糟的人来瞎搅和。需要他帮忙吗？这是燕陈一直犹豫不定的问题。找姜二少帮忙，必然事半功倍，甘唯借出皇家一号，不过是他一句话的事。但她不想依赖姜二少，她希望自己在他眼中是能够独当一面的，她不是他身后的女人，她要做与他并肩而行的战友。

燕陈用力地摇了摇头，将犹豫甩出脑袋。她抓着姜二少的衣襟，强迫他弯下腰，与她平视，眉目盈盈，语气十分坚定：“不要。”

继而她又是一笑：“目前一切尽在掌握之中，还不劳姜二少出手。你现在啊，还不如帮我们把晚饭做了，好久没吃你做的菜了，有点想念了呢。”

姜二少笑出了声。他知道，他的女孩还是这么坚强。他捏了捏她的鼻梁，好听的声音里满满都是宠溺：“乐意至极。”

客厅里突然传来了小阿水兴奋的叫声，不多久，就见小阿水出现在了厨房门口。他探着个小脑袋，一双大眼睛水汪汪的，“姜大哥，燕陈姐姐，阳台的那盆风信子，开花了，好漂亮！”

这盆风信子是燕陈刚出院那会儿买的。那天燕陈和姜薄东去超市，回来的路上途经夜市，不过匆匆一眼，她就相中了这一盆风信子。其实没什么特别的，只是简简单单地把几个球根种在一个大盆子里，刚抽了芽，空落落的，没有多余的摆设，盆子也算不上精美，但她总觉得花开时节，定有别致的风情。

风信子的命名，来源于希腊神话。相传古时有一位名叫雅辛托斯的美少年，他深受太阳神阿波罗的宠眷，但天妒红颜，没多久，他就被西风风神泽费奴斯用计害死了。雅辛托斯死后，在他的血泊中长出了一种美丽的花，阿波罗便以少年的名字命名这种花——风信子。

色彤也是因为这个故事而喜欢上风信子的，色彤羡慕雅辛托斯死后，还能留下一束美丽的风信子，陪伴着阿波罗。

色彤曾经半开玩笑地对燕陈说：“如果我不在了，我也希望留下些什么陪着你和俞景。我觉得你们两人啊，看上去好像对什么都不在乎，但其实内心一定孤独吧，还好，现在有我这个超暖的小暖炉陪着你们了。”

燕陈不是爱花惜花之人，她不热衷这种情趣。她没有说为什么会看中这一盆风信子，但姜薄东都懂，欢欢喜喜地为她掏钱买花，欢欢喜喜地将花捧回家安置在阳台，关怀尽在不言中。

夜风习习，夜晚灯火璀璨，车水马龙，繁华不息。燕陈倚靠在姜二少的怀里，静静地聆听他沉稳有力的心跳声，默默地凝视着一簇一簇五彩缤纷的风信子。花开烂漫，香气四溢，温情暗涌。

“如果我不在了，我也希望留下些什么陪着你和俞景。”燕陈忽然觉得，色彤就在她的身边，不曾走远。

“姜二，下周我们一起去公园赏樱吧。”

“好。”

和姜二少相处的日子，让燕陈终于明白色彤当年的那些奋不顾身。原来有情人的一个字，真的足以抵过千万句甜言蜜语。

这一夜，在姜二少的怀抱中，燕陈睡得很安稳。原来全身心地将自己托付给一个人，并没有那么难。

燕陈醒来时，借着漏出来的窗外的路灯灯光，细细端详了姜二少一番。起初只知他生了一副好皮囊，长得极俊美，那美与俞景不同，是那种英挺豪迈、动人心魄的美。如今细看，更觉好看，是那种可以亲近的好看。他不再是遥不可及的人物，而是近在咫尺的，可以让她拥抱的男人。

燕陈稍微一动，姜二少便醒了，只是昨夜实在太疲惫，只是紧了紧搂着燕陈的手，并没有睁眼：“还早，再睡会儿吧。”

燕陈轻轻摇头：“有些事要去解决。”

“我送你？”姜二少就要起身，却被燕陈拦住了。燕陈亲了亲他的眼角，声音略沙，却又轻又柔，大概连她自己都没发现，这声音温柔得能挤出水来：“你再睡会儿吧，我很快就回来，不碍事。”

燕陈骨子里的倔，姜薄东很了解。既然她不想他插手，他也不好强迫。姜薄东无力地叹了口气：“路上小心。”

燕陈笑了：“小心也是别的人要小心。”

大概有人要倒霉了，燕陈梳洗完毕，吃过早餐，出门时才点刚过一分，太阳刚露面，道路两旁的路灯还未熄灭。处处鸟语花香，但燕陈暂时无暇欣赏，她正赶赴一场明知是陷阱却不得不前往的约定。

天还未亮，路上的行人还不是特别多，燕莎桥附近人更少。早些时日这片小树林发生过命案，现在大家路经此地都是一副行色匆匆的模样。唯独燕陈淡然无畏，一步一步往小树林走近。

行人都忍不住看她两眼，然后又匆忙离开。有个身穿精致花纹唐装的老伯，手中提着鸟笼在遛鸟，热心地上前告诫燕陈：“小姑娘，里面危险，别往里面去。”

燕陈点点头：“谢谢老伯。”却没有一点回头的意思。

老伯边摇着头边对着他那叽叽喳喳的鹦鹉叹息道：“现在的年轻人啊，都不听劝，一意孤行。”鹦鹉学舌，不停地重复：“不听劝……不听劝……”

小树林鲜有人烟，常年落叶堆积，冬雪融化后，地上惨败的落叶又显露了出来，脚踩上去，蓬松柔软，发出咯吱咯吱的细微声响。朝阳又高升了一些，但小树叶树枝掩映，遮挡得严严实实，只能极难得地漏几点光斑。

阴暗、混乱、颓败。这座城之大，无所不有。趋利避害，人们记住的永远只有它光鲜夺目的外表和盛世繁华的景象，无人关心诸如筒子楼、燕莎桥的小树林这些城市的阴暗面。

叮叮叮！手机短信又来了，还是那个烦人的陌生号码。

“我勇敢又武艺高强的姐姐，你是一个人来吗？不会把护花使者也带上了吧？”

应付你们这些小喽啰，还不至于“护花使者”出场。燕陈的脑海里浮现出离开前，姜二少迷迷糊糊的睡颜，嘴角下意识地轻轻上扬。这样毫无防备的姜二少，也是很难见到的，应该多看几眼，或者拍张照片才对的，燕陈有些懊悔。

见燕陈不回复，对面的人又急躁地发来了短信——“姐姐，色彤的遗书在树林里的小木屋，等你哦！”

燕陈再一次删掉对方出现“色彤”二字的短信。这时，树林里突然有了不寻常的骚动。细微的刻意压抑的脚步声正在逼近，来者不善！燕陈屏息细听，三个人……不，五个人！东南西北，各有一个，还有一个……一抹黑影从天而降，燕陈急退一步，身形一偏，却还是险些被对面的拳头击中，手机掉在了地上。

手机上的灯光闪了一下那人的眼，对方下意识地眯了眯眼，燕陈这才看清楚对面是个面目凶狠的大汉。额头扁平，眉骨隆起，眼窝深陷，脸有些左右不均……一脸天生犯罪人的相貌。

“温情派你们来的？我倒是低估了她。”养在闺中不识事，只知道虚张声势的傻白甜，居然有胆量跟这些人打交道，燕陈想想都觉得不可能，这背后必定还有谁在操纵……田瑾？请来一群上不了台面的小混混小流氓倒还有可能。

眼前打头阵的大汉一看就不一般，狠戾决绝的身手，血气残暴的眼神，手起掌落，动作快如闪电，不带一丝犹豫，目光中没有一丝怜悯，甚至难掩嗜血的兴奋。东南西北四人，虽然蛰伏旁观，但那股阴森寒芒的气息扑面而来。她明显感觉到他们在等待，等待着她被击倒后一拥而上地舔舐她的血肉。

燕陈想起了她的格斗教练，部队退役的特种兵冯宸。不过冯宸平日里还是斯斯文文的模样，只有对战时血性才会毕露无遗。这样的狠角色，一个燕陈或许还能两败俱伤，但五个……伤脑筋。逃？且不说这是懦夫的行为，对面的人既然包围了她，绝对不会给她逃跑的机会。

现在唯一的生的希望，就是硬着头皮迎战，没准能发挥出人体潜能，出现奇迹呢？

第三十三章　绑架

樱花七日，花开花落花满天，一群小孩在樱花树下追逐打闹，嬉笑声弥漫了整片公园。大人偶尔教训几句，但小孩们安静不到一分钟，又继续玩闹，这就是小孩子的天性，大人也颇为头疼。太安静，害怕他出了什么毛病；太吵闹，又闹心得很，烦得脑壳疼。打不得骂不得，却还得育人教人。“教师”这个光辉头衔，戴起来还真不容易。

在一群嘻嘻哈哈的小孩子里，唯独一个瘦瘦小小的小男孩坐在长椅上安安静静地啃着面包。小男孩的眼睛红红的，眉头紧锁，一脸愁容。小男孩平日里乖巧听话，学习刻苦用功，是班上的尖子生，深得广大老师的喜爱。可这几天，这小男孩也不知道怎么了，上课心不在焉，下课了也不合群，总是自己一个人待着。

老师担忧地走到他身旁，坐下，轻声问道：“阿水，是不是最近家里发生什么事了？可以和老师讲讲吗？”

不提还好，一提，小阿水鼻子泛酸，眼中忍不住掉下了眼泪。约定好的公园赏樱，提出约定的人现在却不知所踪。姐姐唐小舞遭人诬陷被抓进了监狱，现在连燕陈姐姐也失踪了，难道这个世界要抛弃阿水了吗？小阿水吸了吸鼻子,用袖子胡乱擦了擦眼泪，摇了摇头，却一句话都不说。

老师眉头微蹙，叹了口气，没有再深究，只是小心翼翼地拍了拍阿水的肩，柔声道："没事的，一切不好的都会过去的。"

这边阿水春游落泪，那边姜二少也投入紧张的寻人救援行动之中。燕陈已经失踪一周了，杳无音信。姜二少几乎动用了所有的关系网，甚至派出了身经百战的公司保镖，仍是一无所获。派出的人如大海捞针，找不到燕陈的位置，根本无从下手。连黑客小王子燕楚也无计可施，频频摇头："不是不能查出来，只是相当棘手，而且对方在不断地变更地址，可能等我最终锁定……燕陈她……"燕楚没再说下去，谁都不愿意接受这个最坏的结果。

姜二少双唇紧抿，脸上依旧没有任何表情，但攥紧拳头的手背上早已青筋暴动。姜玥急得像热锅上的蚂蚁，不停地走来走去。

"真的就没有任何办法了吗？燕楚哥，你还自诩什么黑客联盟第一呢，连自家妹妹的行踪都搜不出来，太丢人了！你以后还好意思出来混吗？求求你，别藏着掖着，把我偶像我的未来二嫂找回来吧……"姜玥都恨不得被逮住的是自己了，她一张小嘴多会哄人啊，而且她这么可爱，歹徒一定不忍心伤害她，偶像就不一样了，别人问十句答不上半句，到时候激怒了歹徒，一枪毙了可咋办啊！她可怜的二哥好不容易才遇到个喜欢的人，她也好不容易能够放下二哥，愿意把二哥交给那个人，但现在……

“呸呸呸，”姜玥甩了甩脑袋，“我都在想什么乱七八糟的呢，我偶像一定吉人自有天相，不会有事的！”姜玥又自言自语地点了点头，“嗯，对，没准偶像现在就在手刃歹徒，把坏蛋解决掉就会回来的。”

燕楚的手飞快地在键盘上穿梭，噼里啪啦，和对方见招拆招，相互攻击。但对方攻守风格自成一套，手法相当严谨，他才有动作，对方便立马还击。这让燕楚又想起了那个在他眼皮子底下顺利逃脱的“朋友”，燕陈这次失踪，会和这个“朋友”有关吗？不，燕楚很快打消了这个念头。他的那个“朋友”性格谨慎胆怯，绝不会公然反击，而且现在的对手，手段相当强势。

古语有言，以柔克刚，无往不胜。如果是那个“朋友”，大约可以很快找到燕陈的所在吧？可是天大地大，燕楚连对方的身份和相貌都一无所知，想想也真是绝望。

同样绝望的，还有温情。原来多情如俞景，也会如此绝情……田采虹已经不吃不喝两天了，整日整夜地躺在床上以泪洗脸，那嘤咛的哭声听着毛骨悚然，尤其是监狱里空荡阴森，还会有回音效果。好不容易送走了个杀人放火的疯婆子，现在又迎来个哭哭啼啼的“女鬼”，田采虹真是受够了这牢饭的待遇。

她也不过是亏空了点钱嘛，为什么老是要和这些杀人犯、绑架犯关在一起呢？真是罪过啊！说来这温情跟田采虹也有几分交情。先前温情跟着俞景吃香喝辣，鲜花虽美也须绿叶扶持，温大小姐结识了许多平民百姓家的姑娘当她的绿叶，田采虹就是其中之一。和温情交朋友，虽然老是得面对她高高在上的嘴脸和大把大把地秀恩爱狗粮，却也没受过亏待。如今见曾经风风光光的温情沦落至此，田采虹也不免唏嘘。

她压抑着脾气劝温情："伤心归伤心，但总要吃点东西的，难道你要饿死在这里？"

"死了就死了吧，反正也没人关心我……"温情已经饿得两眼发黑，肚子咕咕乱叫，但还是咬紧牙关不松口。

那天田瑾告诉温情一切都大功告成，燕陈不会再出现在俞景面前时，温情还不知道自己闯下了弥天大祸。她只知道，第二天燕陈真的没有出现在俞家，俞老爷子摆好棋局等了一整天，等来的是燕陈失踪的消息和一群警察——温情被逮捕了，与燕陈失踪的案件有关。

赶回来的俞景得知此事，脸色一变。俞老爷子愤然地顿了顿拐杖，恨铁不成钢地对脸色阴沉的俞景说："看看你干的什么好事！让你好好成家立业你不听，什么乱七八糟的人都往家里带，现在好了，闯祸了！"

温情扑倒在俞景身上，抱紧他的大腿，号啕大哭："景哥哥，真的不关我的事，给我胆子我也不敢绑架啊！我是被陷害的，是田瑾！景哥哥，一切都是田瑾干的！你一定要救我啊！景哥哥，呜呜……”

温情的哭声闹得俞景心烦意乱，俞家虽然是巨商，但也不可能枉法，警察自然给俞家几分面子，没有轻举妄动，等着俞少爷的意思。自然，人无论如何还是要带回去的。

本想着俞少爷平日极宠温情，如今温情哭成泪人，他会怜香惜玉地对温情说几番鼓励的话，比如一定会救她，还她清白什么的。哪承想，俞景只是面无表情地淡淡地说了一句：“带走吧。”连眼神都不屑给温情一个。

温情每次一回想起俞景无情冷漠的脸，心就像被钝刀凌迟，痛不欲生。俞景已经对她失望透了，没了她温情一个，还有千千万万个“温情”任俞景挑选，即便她能够顺利出狱，俞景也不会再接受她了。

温情如今万分后悔，为什么不安安分分地守着俞景，非要和燕陈过不去呢？如果自己撮合了燕陈和姜薄东，让他们快些在一块，俞景自然不会把目光落在燕陈身上。俞景有他的原则，属于别人的女人他是绝不会碰的，为什么自己就这么傻呢？温情落下了悔恨的泪水。

这时，对面的监狱突然传来开门的声音，紧接着是狱警粗犷的声音——喂，唐小舞，起来，有人要见你。

俞景怎么知道唐小舞这号人物的，还真没人知道。但他直接就把人推荐给了燕楚，并打通了门道，让燕楚见到了唐小舞。俞景还是那副冷心冷脸的模样：“那个人，应该能帮到你的。”

起初听说唐小舞是个十几岁的小女孩，燕楚和燕陈的反应一样，小屁孩一个，能帮上什么忙……但是抱着死马当活马治的心态，燕楚还是去了监狱探视。

公安系统攻击得多了，监狱还是头一回去。燕楚百无聊赖地环视着探视室的一桌一椅，等待着狱警把小女孩领过去。燕楚撩妹无数，只求一段真爱，一场长相厮守。他在寻妻路上勇往直前，游遍过祖国大好河山，亲历过国外异域风光，却想也想不到……第一次和对方见面，是在监狱的探视室里。

此时此刻的燕少爷当然不知道自己日后会和唐小舞有怎样的一段缘分，但从唐小舞出现在他视线中开始，他就直了眼。第六感告诉他，眼前瘦瘦弱弱却不卑不亢的小女孩正是他一直想要寻找却寻而不得的那个“朋友”。娃娃脸青年激动地站了起来，恨不得穿过隔墙走到唐小舞面前，用力握住她的手。踏破铁鞋无觅处，得来全不费工夫。

“唐小舞啊唐小舞……终于被我找到你了！”颤抖的声音，难掩喜悦。

唐小舞透过特殊玻璃窗看着外面哈巴狗一样贴着窗看着她，双眼发光，就差摇尾巴的燕楚，心生嫌弃。大哥，你谁啊？

夏微凉从哥哥甘唯处得知燕陈失踪了，连忙联系上姜玥，匆匆忙忙赶到了燕陈家。嗬，一推开门好不热闹！姜家三兄妹、唐阿水、燕楚，一个她从未见过的正在对着电脑屏幕敲敲打打的小女孩……咦，站在角落的那个不是俞家的俞景少爷吗？

燕姐姐的新欢、“旧爱”共聚一堂，英雄救美，啊，想想都是相当令人激动的事情。燕陈小屋内的人忙得不可开交，外面的世界更是掀起了大风浪。夏微凉之所以问起甘唯燕陈的事情，是因为她无意中听说了一些关于燕陈的流言蜚语，结果才机缘巧合地从甘唯口中得知，燕陈被绑架了！

传言不知道从哪里开始传播起来的，但一传十十传百，很快席卷了整个名流圈——燕陈不是燕四夫人的亲生女儿，而是燕修恺与别的女人所生的私生女！名流圈多的是情人小四私生子女的“八卦”，但燕家家风严谨，从未出过此等丑闻，而且燕陈鱼目混珠，以燕家嫡女的身份在名流圈摸打了这么多年，原来，连她的身份都是一个笑话。

众人终于想通了燕陈和燕四夫人多年来不和的原因。老公在外面鬼混，把私生女都带回来了，还要挂在燕四夫人的名下，简直是对女人最大的侮辱！即便燕四夫人多爱燕修恺，也咽不下这口气！不管燕家如何澄清，都于事无补。燕家一下子被推到了风口浪尖，声誉受创，名声扫地。燕老太太气得病倒床榻，不停沉吟：“冤孽啊冤孽……”

夏微凉将姜玥拉到一旁，用只有两人能听见的声音告诉了姜玥外面的传言。夏微凉本意是不想打扰大家寻找燕陈，比起这些流言蜚语，当然是先把燕陈救回来要紧。但事情一旦入了姜玥的耳，哪有不让姜薄东、姜隅知道的道理。姜玥刚听完夏微凉的话，惊诧地大叫了一声：“天哪，这……怎么可能！偶像回来要是知道了，该多伤心！”

姜薄东不满地扫了姜玥一眼，姜隅赶紧上前捂住妹妹的嘴，轻声警告道：“吵什么呢？小心二哥把你扔出去，二哥现在暴躁得很，等会儿压抑不住了，什么都做得出来。”

姜玥一个劲儿地点头，指了指姜隅捂住自己的手。姜隅收起手，小丫头片子就跑去洗脸去了，回来时神秘兮兮地把夏微凉说的话告诉了姜隅。姜隅一听，知道姜薄东肯定会出面帮忙将这事摆平，但如今风头火势，二哥根本分身乏术。

“这事我来处理，你先别跟二哥他们说。”姜隅看着姜玥在嘴巴做拉链动作，心中默默叹气：谁让燕陈是未来二嫂呢，就当是给二嫂的见面礼吧！之后几天，姜隅都没再出现在燕陈家。又过了几天，夏微凉告诉姜玥燕陈是私生女的消息突然像没有发生过一样，没人再光明正大地议论了，好事者也只敢私底下讨论几句，掀不起大风浪。也不知道姜隅到底做了什么，但姜玥不得不对自家的哥哥佩服得五体投地，这一个两个的，都是神一般的人物啊！

没多久，连好事者都鲜少提及燕陈的事了。名流圈所有人的目光，再一次从燕陈身上转移开，这一次话题的主角，是前不久才广发狗粮、狂秀恩爱的叶浅浅。你越是风光，别人越期待你摔到谷底的惨状。只有你的悲惨、你的可怜才能衬托出他们生活的舒适愉快。

名流圈里，喜欢叶浅浅的男人不少，讨厌叶浅浅的女人也不少。前段时间收到叶浅浅炫耀的请柬，许多人都恨得牙痒痒，凭什么这个专门破坏别人家庭幸福的绿茶婊却能够拥有自己的幸福！

现在好了，听说钟怀林是一个性虐待狂，听说钟怀林在国外交的几个女朋友都被他打得遍体鳞伤，有一个还差点被打死，听说钟怀林回国后多次看心理医生想改掉这个毛病，但性虐的快感一旦沾上，只有一次和无数次……打人不打脸，叶浅浅被一个不小心打成了猪头，休养了一周出门，还是被拍到了眼角未消散的瘀青。身上还有昨晚被钟怀林绑在床上施虐的疼痛，她就像一个被玩坏的布娃娃，根本无力反抗，只能任由钟怀林这个变态疯子拳打脚踢，甚至用上了各种道具。她痛苦地尖叫大骂，钟怀林更加乐在其中，鞭打的节奏更加轻快。更变态的是，钟怀林的面孔笑得近似扭曲，嘴上还兴奋地哼起了曲儿，几近癫狂。

叶浅浅现在只有一个念头，她要离开钟怀林！

可是钟怀林已经昭告天下他要结婚的事，怎么可能放过叶浅浅。区区一个叶家养女竟敢拒婚钟家大少？癞蛤蟆想吃天鹅肉，吃了才知道是水鸭肉，想吃了霸王餐不负责任？没门！

叶浅浅直接被钟怀林囚禁了起来。钟怀林拧着她的胳膊，皮笑肉不笑地对她说：“你就乖乖在这里，等着婚礼那一天，成为我钟家的人吧。”

他那神情，就像她当初得知逮住了野味，等着下锅一尝珍馐的表情。期待、兴奋、快感……还有难以抑制的邪恶。她悔不当初啊，日夜以泪洗面，向天祈祷能有个人来拯救她。要是她这次能够逢凶化吉，能逃出钟怀林的魔掌，她必定重新做人，一心向善，再也不为了一己私欲干那些损人不利己的勾当了。

就这样不停地祈祷了两天，老天终于开了眼，给了她一线生机。钟怀林说俞景要见她！俞景为什么要见她？见她要做什么？叶浅浅一概不考虑，她现在谋划着，钟怀林带她出门，她要如何逃脱。

向俞景求救？不，俞景这人不太靠谱，求他不如自救。叶浅浅翻箱倒柜，将自己从叶家运过来的东西全部找了一遍，想找出一些有助于她逃跑的工具。一张纸从旧大衣的口袋里飘了出来，缓缓地落在了地上。叶浅浅捡起一看，目光瞬间亮了，顿时心生一计——这不是色彤想给俞景，却被她偷偷藏了起来的遗书吗？俞景、色彤、遗书……真是天助我也！

名流圈瞬息万变，翻天覆地，“八卦”趣闻换了一拨又一拨。燕陈在小货车上颠簸了数日，一概不知。不过她知道，姜二少现在一定急疯了在到处找她。想当初她遭遇天灾，他第一时间抛下整个姜氏集团前来最危险的地方展开救援，现在人祸降临，他必定使了浑身解数在四处寻找她的踪迹。

燕陈刚接触绑架她的五个大汉，就感觉到对方非同一般，后来慢慢觉察出，这些人大概是一群亡命之徒。他们有极强的反侦察能力，手法老到，经验丰富，被通缉多年，前些年不幸落网，甚至能用法律知识保护自身，争取到了缓刑，但最近不知道是怎么逃出来的。最初跟燕陈交手的，大概是这群人的老大。自从顺利将燕陈擒拿，关在了货车里，便很少露面。

燕陈每日的伙食，都是由其他几个人轮流掌管。手脚都被绑得严严实实，越挣扎只会勒得越紧，燕陈的手腕已经被勒出了血痕；嘴也被贴住了，只有在吃饭的时候帮她撕开，眼睛更是目不能视，漆黑一片。最可恨的是，他们连她的耳朵都堵住了。她没法喊，没法看，没法听，要不是要留个鼻子给她呼吸，他们大概会把鼻子也帮她堵住。以防万一，他们还是用了蚊香干扰她的嗅觉。蚊香的烟雾常常呛得燕陈咳嗽连连，一咳嗽，浑身就开始疼痛。

燕陈曾经趁吃饭的时候抗议过："大叔，你们就不能换点别的东西？你们和我一起待在这个不通风的地方，点蚊香不觉得难受？"

"这么多话，吃饱了是吧？"脸上有刀伤的大叔恶狠狠地瞪了燕陈一眼，夺过她的饭，重新用胶布封住燕陈的嘴。

不过第二天，倒是没再闻到蚊香刺鼻的味道，取而代之的是一种淡淡的花香。燕陈不爱玩弄花草，但小时候被燕四夫人逼迫着学了一段时间插花，倒是对常见的花还有点了解。这花香……大概是丁香花？这种花太常见了，路边就种了很多，大概是他们在路边随手摘下的吧。他们现在大约是在市郊？还是已经到了别的省份呢？

手机早掉在树林里了，自己又被五个男人盯得紧紧的，甚至没有出过车厢一步，连大小便他们都谨慎地给她个容器让她在车厢解决。她到底怎样才能给姜二少留下有用的信息呢？

绑架燕陈的歹徒一共给燕陈掉在树林的那部手机打了两次电话。很显然，他们是故意让燕陈的手机留在那里的。手机里保留着大量骚扰信息，一追踪，找到了温情，不费吹灰之力抓获。从温情的嘴里获得了“始作俑者”田瑾的消息，但田瑾早已不知所踪，下落不明。

数日后，一个长裙飘飘的女人在燕家老宅对面的建筑物上跳楼，三十多层楼高一纵而下，摔成了肉沫，面目全非。有人从死者身上的遗物认出，死者是燕四夫人的干女儿田瑾。警方初步排除他杀，并在田瑾的口袋里发现了致幻药物，怀疑是致幻失足造成了悲剧，一条生命就此结束。线索到这里断了，绑匪想要钱，但是所有人都知道，如果找不到人，即便是给了钱，人质也会惨遭毒手。当务之急，稳住绑匪，拖延时间，找到燕陈！

燕楚和唐小舞，是大家的希望。两人也忘了自己经历了多少个不眠不休之夜，小阿水给他们倒茶喂饭，忙得不亦乐乎。但小阿水是情愿的，姐姐一切安好，虽然只是暂时保释出来，但他相信，重聚之日很快就会到来的。

小阿水像往常一样，等燕楚和唐小舞吃完饭，将碗筷拿到厨房洗干净放好。谁知道今天刚打开水龙头，客厅突然传来了一阵惊叫，吓得他差点手滑，摔破碗碟。

"找到了！他们在——他们已经到桂西了！"燕楚放下鼠标，挪到唐小舞隔壁，目光落在她的电脑屏幕上，眉头微蹙："看来他们是想偷渡出国？"

"要在他们顺利潜逃前把他们抓住。"唐小舞立马吩咐小阿水给姜薄东打电话，告知他燕陈目前的具体所在，让他迅速带人前往救出燕陈。

燕陈帮忙照顾了阿水这么久，往后的日子，也许还需要她继续照顾，她一定不能让燕陈有事！阿水不敢怠慢，赶紧给姜二少打了电话。但阿水一紧张，说话就结巴，最终还是唐小舞接过了电话，清清楚楚地将得出的信息告知姜薄东。

救援行动立刻展开。阿水崇拜地仰望着姐姐，姐姐实在太棒了！再回头看看没了动静的燕楚。"燕楚哥哥，你怎么了？你快醒醒啊！"

唐小舞朝阿水做了个噤声的动作："让他睡会儿吧。"

阿水点了点头，蹑手蹑脚地走开了。唐小舞看了眼睡得几乎是昏迷的燕楚，摇了摇头，取了张毯子为他披上。接下来还有需要他帮忙的地方，还是别感冒了为好。

夜深人静，伸手不见五指。荒无人烟甚至连路灯都没有的公路上只有一辆小货车在前行，车灯破旧，光线阴暗。突然有一抹黑影从树丛中跳了出来，男人吓得一个急刹车，副驾驶的人提起电筒一照，虚惊一场，不过是只山中野鹿。

离边境还有几天路程，干粮却耗费得差不多了，这一路上东躲西藏，多花了不少时间。不如把这只送上门的肥鹿抓了，吃顿全鹿宴也不错。这么想着，副驾驶便下了车，手握枪支，靠近山鹿。山鹿感受到人靠近，蹬腿就跑。那人开了保险，抬起枪，对准山鹿。砰！山鹿倒地，垂死挣扎。

那人嘴角勾起一个嗜血的笑容，收起枪，一步步靠近山鹿："别怕，就痛一会儿，很快就再也不会感觉到……"话还未说完，小腿传来一阵刺痛，瞬间发麻，他一个重心不稳，半跪在了地上，有黏稠的液体从疼痛处缓缓流出。

月色凄凄，耳边是呼呼的风声，远处有狼在嚎叫。驾驶座的人察觉出不对劲，摸了摸腰间的枪，然后握紧方向盘，一挂挡，一松离合，一踩油门，在受伤的队友旁飞速而过。那绑匪虽然小腿中了枪，身手却依旧敏捷，抓进驾驶座伸出的手，没受伤的腿用力一蹬，跳回到车内。

眼瞧着小货车就要飞速离去，有人眼疾手快地举起枪，开了保险，瞄准，一枪击中了后车轮。货车一个打滑，转了好几个圈。车厢一阵动荡，燕陈一颠簸，脑门直接撞上了车厢，红了一片。也不知道外面到底发生了什么，燕陈试图感知周边的骚动，却一无所获，如果她没有被堵住耳朵，大概能听见车外绑匪和警方搏斗的声音。

也不知道过了多久，燕陈被人一把拎了起来，太阳穴似乎抵了什么东西，冰冰凉凉的。是枪？此时此刻，燕陈心里竟没有一丝恐惧，相反地，她有些激动。绑匪这是要挟持她吗？所以说，姜二少现在就在附近吗……他找到她了？只要一想到姜薄东可能在附近，燕陈就莫名的安心，姜二少不会让她有事的，她相信他，连绑匪都对燕陈的镇定感到不可思议。

又不知道过了多久，抓得燕陈发疼的力度猛地消失，燕陈双脚一软，顺势倒下，一个温暖的怀抱稳稳地接住了她。她闻到对方身上熟悉的清新气味，紧绷的神经终于放松了下来，强行支撑的意识再也撑不住，昏倒在了姜薄东的怀里。几乎从被绑架那天起，燕陈就没有安安稳稳地睡过一个觉，如今得救，她直接昏睡了三天三夜。

唐小舞看了看燕陈，又看了看燕楚，深感无语。两人都睡得无知无觉，雷打不动。真是不是一家人不进一家门。燕陈的身上伤痕累累，皮肤上的瘀青暂且不说，手腕脱臼，三根肋骨骨折，肺部挫伤，部分软组织创伤……

姜二少攥紧了拳头，一脸冰霜。小郭讲解得心惊胆战，真怕姜二少一个失控，一拳把他打趴下。年少轻狂时的姜二少，大概早就闯进监狱把那五个歹徒直接废了。而现在的姜二少，有的是手段让那些人生不如死，求生不得，求死不能。

姜二少忽然意识到，他再也没办法放下心，让燕陈双拳两腿独自闯天下了，他没办法再忍受燕陈在他不知道的地方受人欺负，担惊受怕的事情发生了。

燕陈睡醒时，发现自己被绷带裹成了木乃伊。燕陈无语望天，又是这医院熟悉的天花板。短短几个月，三进三出医院，也是够呛。燕楚大概是猜出了她的想法，没好气地批评她：“我找人教了你十几年的防身术，算是白教了。”

唐小舞淡淡地瞟了燕楚一眼：“你行你上啊，只会瞎说话。别人都去救人，你却在睡觉。”

“我……”燕楚语塞，每次面对这个小女孩，燕楚都觉得心塞得慌，她就是上天派来收拾他的，“我靠的是头脑。”

“地址却是我找出来的。”又是轻飘飘的一句话。

燕楚抓狂，一张娃娃脸鼓着腮帮，目光无比幽怨。

燕陈得见久违的唐小舞，很想抱抱她，感谢她当年出面相助。只可惜现在她无法动弹，更别说拥抱了。想到这里，燕陈突然想起一件很重要的事——她约了俞老爷子下棋！“今天几号了？”

燕楚掏出手机看了看：“嗯……四月二十九日了。”

糟了，离约定的时间过去已经差不多半个月了！燕楚见燕陈突然挣扎着要下床，连忙上前摁住她：“有话你好好说，别冲动啊！”

不小心碰到了伤口，疼得燕陈直冒冷汗，但燕陈还是强装镇定地对燕楚说：“帮我申请一下出院，我还有要事要去处理。”

“不行！你就是事儿太多，现在一身伤，痊愈之前哪儿都不许去！”燕楚难得表现出了靠谱哥哥的一面。但燕陈却不管不顾，好说歹说就是要出院。最终只得姜二少出马，姜二少也拿燕陈没办法，满脸无奈，抱着燕陈直叹气：“我知道，你有你的人生和战场，但是我也有我的顾虑和担忧。你总能让我怀疑自己，让我看到自己的无能……三番四次地，我连自己心爱的女人都保护不了！我何德何能称之为男人？”

“姜二……”燕陈抿着唇，“让我任性这最后一次，好吗？我不想当一个言而无信的人，我答应了俞老爷子要和他下棋，答应了甘唯要替他拿到地皮，答应了缪师姐要帮她办画展，这些我都希望尽自己所能去做到，做好。”

“让我送你过去吧。”姜二少捏了捏眉心，使唤护士取来轮椅，亲自将燕陈推出了医院。

俞家老宅自从少了个温情，安静了不少，俞家老少都很享受这安详惬意的时光。唯独俞六有些想念温情这个漂亮的丫头，她曾劝俞景把温情弄回来，但俞景只说了一句：“俞家不会再出现一个叫温情的人。”

俞景向来没什么情绪，难得显露出了明显的愤怒，俞六不敢再说什么。

然后，俞景收到了燕楚的短信：“燕陈那丫头非要去找俞老爷子下棋，我们拦不住她，她现在就过去了。不过，俞老爷子到底有没有空啊？没空的话，我立马把燕陈揪回来，免得她一身伤还白跑一趟。”

俞景没有回复燕楚，只是吩咐人去通知俞老爷子，燕陈要来和他下棋了。俞老爷子盼星星盼月亮，一直盼着与燕陈下一局棋，等了半个月，终于要得偿所愿了。俞景问俞老爷子：“爷爷您应该知道，燕陈带伤也要过来，是为了什么吧？”

俞老爷子细细地将每一颗棋子都擦拭了一遍，动作不紧不慢，不急不躁地说：“知道是知道，不过……”

“爷爷。”俞景打断了俞老爷子的话。

俞老爷子抬头看他，只见他目光坚定，少了平日里的吊儿郎当，多了几分男儿本色。

他说：“权当是帮我补偿燕陈，把地皮给她吧。”

“条件？”俞老爷子挑了挑眉。商场上，没有无条件的妥协。

“我知道爷爷希望我早日找到一心人，然后安安稳稳地度日，我答应您，在遇到那个人之前，不会再随意接受别人的感情。”

这时，有人来通告，燕陈已经到了。俞景不想见到燕陈，更不想燕陈看到自己，转身正要离开。俞老爷子却叫住了他：“君子一言。”

俞景回头，目光炯炯，掷地有声：“驷马难追。”

第三十四章　真相大白

离开的路上，俞景想起了色彤的遗书。那份遗书到底是真是假，说了什么，俞景并不知道。因为从叶浅浅处拿到遗书后，俞景就直接把遗书烧了，看都没有看一眼。色彤已经离开了，无论是燕陈还是他自己，都不应该再执迷不悟。他们因为色彤，已经走错了一次，他不希望再有第二次，第三次。此生，俞景和燕陈，再无可能，日后若是路上相遇，连点头都可以免去，他们不过是擦身而过的一对陌生人罢了。

俞老爷子看见燕陈的第一眼，惊呆了——这个被绷带包扎成木乃伊似的小女孩，确定是他的前孙媳妇燕陈？十指都缠满了绷带，这能下棋？正要说话，却见那个推着轮椅的俊美青年挽起袖子，露出一截白皙好看的手腕，在棋盘上一一布好了棋。这青年俞老爷子自然认得，这不是姜家排第二的那个小哥吗？

姜二少回头看了一眼燕陈："好了。"

只一眼，俞老爷子便明白了他们的关系。有情人的目光都是宠溺缠绵的，无须再多的语言，便心有灵犀。俞老爷子有些小小的难过了，燕陈这么好的姑娘果然被人惦记上了，他的俞景乖孙看来是没戏了，他本来还期待着他们能够来一场破镜重圆，旧情复燃。

由于燕陈的手受伤了，整场对弈下来，都由姜薄东代其执棋。姜二少是十分称职的旁观者，观棋不语，虽然看出了俞老爷子的破绽，却也只默默记在心里，待棋局结束了，才告知燕陈。三局一胜两负。燕陈到底没能赢过俞老爷子，但俞老爷子总算解了馋尽了兴，心情一片大好。

周婶送来了俞老太太吩咐的参汤，俞老爷子用杯盖轻轻拨了拨汤水，笑着对燕陈说："很久没下棋了吧？有些生疏了。我们开门见山地说吧，来找爷爷下棋，其实是为了地皮的事吧？"

燕陈本来想趁着俞老爷子高兴，谈一谈甘唯地皮的事，却不料俞老爷子先开了口。姜二少借故先出去了，俞家老宅的会客厅里，只剩下燕陈和俞老爷子。燕陈也不扭捏，直接承认："是的。我希望俞爷爷能考虑把郊外几块没开发过的地皮卖给甘唯。"

姜薄东站在俞家的花园，等待燕陈。俞家很大，花园里栽种着各色各样的鲜花，不远处观鹤楼下，更是种满了一个花圃的风信子。修花的园艺工人们见到了姜薄东，长腿俊秀，气度不俗，纷纷走过来"八卦"。

"侬是我们少奶奶的……对象？"

"我们少奶奶命苦，刚嫁给我们少爷就被少爷这样对待，侬一定要好好对她。”

姜薄东没有说话，静静地听着这些人七嘴八舌地说个不停，目光从观鹤楼的风信子上移，落在了观鹤楼上的那抹身影上。风吹得那人衣袂翻飞，那人似乎在看他，又好像在看着远方。突然有人叫了一句：“哎，我们少爷怎么跑观鹤楼上去了？少奶奶好不容易来这儿一趟，也不去见一面吗？以后不知道什么时候才能再见了。”

钱师傅拍了拍对方的肩，直摇头：“别说了，燕小姐已经不是我们的少奶奶了。”

一直沉默的姜薄东终于开了口，他的声音一如既往的富有磁性，令人沉醉：“燕陈，就由我来保护吧。”

燕陈被周婶推出花园时，正好听到了姜二少的这句话。忍不住，会心一笑。在遇到姜二之前，燕陈根本想都不敢想自己会被谁保护，会有谁来保护她，她只知道唯有足够坚强，才能保护好自己；遇到姜二以后，燕陈发现，原来被保护的感觉还是挺不赖的。

甘唯得知燕陈顺利说服了俞老爷子，帮他拿下了俞家的地皮，心里是相当崩溃的。就凭这么一个平凡的丫头片子，搞定了俞老爷子这只商界强势可怕的狮虎？难以置信。

甘唯抚额道：“姜二少，这事你真的没插手？”

“没有。”落地玻璃窗旁的青年气定神闲地站着，双手兜在裤袋里，双腿笔直修长，西装革履，器宇轩昂，也怪不得刚刚出去的小秘书差点打翻茶杯了。

甘唯本来还想再刁难燕陈一下，但姜二少好像看穿了他的心思，不紧不慢地走向甘唯，扣着手轻轻敲了敲桌面，声音很平淡，却不容抗拒地说："差不多也就够了，适可而止。"

甘唯抬起头，姜二少已经转身离开，只留给他一个冰冷的背影。他一直看着姜二少离去的方向，叹气："最终还不是插手了。"

头条头条——皇家一号馆要搞事情，竟借场给抄袭货缪雨凡办画展！

"缪雨凡？那个没皮没脸抄袭同校同学，得了国内顶级艺术大奖的缪雨凡？"

"天哪，她还有脸出来办画展？"

"听说上次天缘国际特地给她办了一场画展狠狠地羞辱了她一番。"

"干得好！这种抄袭货就不该出来丢人现眼！"

"甘唯为什么会把皇家一号馆借给这么一个抄袭货？"

"嘘！听说是跟燕家那个私生女有关。"

提到燕家的私生女，众人立马噤了声。名流圈的人至今仍然能够想起，被姜家支配的恐惧。人人提到缪雨凡，都是一副正义卫士的嘴脸，指指点点，好像自己有多高尚似的。面对只增不减的舆论，缪雨凡有些退缩了，她害怕又会像上次天缘国际的画展，无人问津，颜面扫地……虽然她已经没有什么颜面可言了。

汤文君一直鼓励缪雨凡："缪老师，清者自清，你是有才华有实力，如果连你自己都不敢站出来，对自己失去了信心，那才是最大的悲哀。"

刚拆下绷带就亲自操办画展大小事宜的燕陈也为缪雨凡打气："缪师姐，切记，抬头挺胸。"

连刚出狱的唐小舞也来传授经验："咬紧牙关，绝不向黑势力低头。"

唐小舞当年被叶浅浅污蔑，以非法入侵、盗取机密信息为由关进了监狱。入狱后，不管狱警怎样拷问，唐小舞就是不认罪，一口咬定是被陷害。

有个狱警阿姨，见她年纪轻轻的一个小女孩倔强至此都不忍心了，劝她："小姑娘啊，认了罪，表现良好就能提前出去了，我知道你还有个弟弟要照顾，你也想早点出去吧！"

不管别人怎么说怎么劝，唐小舞就是不认罪。她做过的事，她会承认，但她没做过的事，就算死她也不会屈服。好在所有的坚持都没有白费，在姜二少和燕楚的帮助下，唐小舞终于洗脱了罪名，沉冤得雪，如今无罪释放了。

唐阿水和唐小舞暂时住在燕陈家，姜二少的客卧收拾妥当让给了唐小舞，姜二少不经燕陈批准，自动自觉地将行李搬到了燕陈的房间，美其名曰同床共枕。燕陈睁一只眼闭一只眼，没有拒绝，姜二少就当她是默许了。从同居到同房，从量变到质变，跨越性的变化，将燕陈娶回家，指日可待。

姜二少娶妻心切，姜玥比他更急，也不知道看了什么乱七八糟的书，居然当着燕陈的面，对姜二少说：“二哥，我想要个小侄子，小侄女也行。反正我就是好想看看、抱抱、亲亲你和我偶像的娃。”

当时燕陈在姜家吃饭，被姜玥冷不丁冒出来这么一句吓得呛到了，姜二少体贴地递过去一杯水。姜隅夹了只鸡腿，堵住姜玥口没遮拦的嘴：“吃你的鸡腿，别说话。”

姜玥撇了撇嘴：“我就发表下言论，提个意见，这都不行……霸道，专制，独裁！还能不能有点言论自由了！”

“孩子，暂时不考虑。”燕陈顺了气，淡淡地来了这么一句话。

姜玥眼睛瞬间亮了，扔下鸡腿，凑到燕陈跟前，乘胜追击：“那我二哥呢？偶像你要考虑我二哥吗，考虑一下他嘛！我二哥就两个字：完美！收了我二哥，偶像你绝对不会后悔！走过路过千万不要错过！”

“哎，鸡腿都堵不住你的嘴了。”姜隅被姜玥逗笑了，姜二少则面无表情，不知道在想些什么。

吃过饭后，姜二少送燕陈回家。刚出姜家大门，燕陈就阻止了他：“送到这里就行了，我自己打车回去吧，你早点回家休息。”

“嗯。”姜二少应了一声。

燕陈转身就要离开，却听见身后的姜家大门嘭一声被关上，而姜二少还站在门外。燕陈有些疑惑地看着他，只见他长腿一迈，走向了公路，还不忘回头催促她一声：“怎么？不是想我早点回家休息？你还不赶紧过来？我刚喝了点酒，不能开车，打车回去吧。”燕陈没再说什么，默默地跟在了姜二少身后。回到家的时候，已经有些晚了，唐小舞和阿水已经睡下。姜二少先去洗澡了，燕陈看着姜二少映在浴帘上的身影，有些发愣——家，这个字，对燕陈而言，既熟悉又陌生。一直以来，家只是一个供她吃饭睡觉的处所，但现在，姜二少教给了她，家的全新诠释——有你的地方，才是家。

姜二少换上睡袍出来时，燕陈趴在桌子上睡着了。睡着的燕陈卸下了白天里所有的防备，收起一身的刺，安详乖巧得像一只小猫崽，姜二少铁汉柔情的心被萌化了。修长的手指轻轻碰触猫崽的头发，触感细腻柔软，真恨不得抱住她，将她揉进骨血里，成为自己的一部分。姜二少小心翼翼地准备将燕陈抱回床上睡，燕陈腰上的伤还未痊愈，他害怕碰到她的伤口，但燕陈还是醒了。她在他怀里睁开眼看着他，此情此景，四目相对，一双柔情似水，一双睡眼蒙胧。姜二少估摸着应该低下头给燕陈一个晚安吻。

可燕陈这没情趣的丫头，心里想的却是，自己还没有洗澡，还不能上床睡觉。于是乎，一个准备低头，一个却挣扎下地，动作完全同步，场面一度十分尴尬。

姜二少挑眉，燕陈看向别处："哦，你洗完了，那我先去洗澡了。"说罢，一溜烟跑了。

"小浑蛋还是一样不给人面子呢。"姜二少看着她离开的背影，忍不住勾起了嘴角，勾勒出一道温暖的笑意。

叮叮叮！姜二少的手机响了。轻轻地划开手机屏幕，屏幕亮起，一封来自金开心的信息安静地出现在眼前。姜二少随意地坐在床上，睡袍的领口松了松，慵懒地露出一小截结实健硕的胸肌，引人遐想。一双黑曜石般的眼眸静静地凝视着屏幕上的两个字——贾艺，眼底蛰伏的嗜血锋芒蠢蠢欲动。

江北，贾艺……花瓣般的薄唇轻轻一颤，勾起了略带嘲讽的清浅笑意："看来是小看他了。"

皇家一号馆的画展定在了五月十五日开幕。燕陈起初觉得这日子好像有点耳熟，但没有在意，直到有天无意中听到叶浅浅的名字，燕陈才想起来——五月十五日好像是叶浅浅和钟怀林的婚礼，名流圈的不少人都收到了请柬，包括燕楚。

"叶浅浅不是跑路了吗？这婚礼没有取消？"燕楚轻车熟路地从燕陈家的冰箱里翻出了一罐啤酒，打开，仰头喝了一口，回头见唐小舞还在专心致志地看着书，便又很随意地问了句，"唐小舞，要喝什么？"

唐小舞清清淡淡地抬眼瞅了燕楚一眼，声音也是冷冷清清的："不要。"

倒是一旁一直跟燕楚聊着天的姜玥奓毛了："燕楚哥哥，你好过分！都不问我要喝什么！"

"你又不是没有手，自己过来拿。"燕楚关上冰箱，迈开长腿走开了，无视姜玥气鼓鼓的脸。

"哼。"姜玥气呼呼地别过脸，不想搭理燕楚了。

燕楚继续无视姜玥的不满，问道："叶浅浅又回来了？"

姜玥本来不想搭理燕楚的，但是有"八卦"不聊，实在不是她的风格，她咬咬牙，还是爆料了："是啊，听说是逃跑了没多久，就被钟家抓回去了，好像还被好好教育了一番。我也不明白她为什么要逃跑，大概是私奔？不过她之前还到处说自己终于找到了真爱什么的，搞不懂。”

燕楚摸了摸下巴：“大人的世界，是很复杂的。”

燕陈最近亲力亲为地布置画展，早出晚归，今天好不容易有时间回家休息，却见燕楚和姜玥也来了，瞬间太阳穴突突跳。

姜玥看见燕陈，很是兴奋，立马迎上去，露出大大的笑脸：“偶像，你回来啦！”

唐小舞也给燕陈打了个招呼。燕楚无语抚额，他一直想不明白，为什么现在的燕陈，会比玉树临风风流倜傥的他还受女孩子欢迎。以前的燕陈孤僻内向不爱说话，现在也一样跟个闷葫芦似的，但不鸣则已一鸣惊人，气质也干练果断了不少，不再是那个阴郁的少女了。

燕楚叹了口气，问燕陈：“燕陈，你真不考虑回趟燕家？燕老太太都气病了，咱爸又跑去周游世界了，现在燕家一团乱麻，我都不怎么喜欢回去了。”

燕家，燕四夫人……燕四夫人冷漠的嘴脸是燕陈童年的阴影，小时候燕陈有一个愿望，就是能够和燕四夫人友好相处，即使不像其他正常母女一样，但至少希望燕四夫人看见她的时候是微笑的。可燕四夫人嘴上一直责备这她这个亲生女儿的不是，却丝毫不会去在意她那些笨拙的示好。燕陈起初以为是她的示好不够明显，但她的性格导致她没办法像田瑾那样撒娇，这也只能怪自己没法讨燕四夫人欢心，直到几个月前，田瑾打电话嘲讽地告诉了她事实——小陈姐姐，告诉你一个好消息，原来你根本不是燕四夫人的女儿呢，你是燕修恺和外面女人生的私生女！知道自己的母亲其实另有其人，是不是有点高兴呢？想找她叙叙旧，哦，很遗憾啊，你的亲生母亲早就死了。

燕陈只当田瑾是来挑事的，面无表情地挂了电话。但仔细一想，如果自己不是燕四夫人亲生的，而是燕修恺和别的女人的女儿，燕四夫人的一切表现就变得有因可循了。燕四夫人不喜欢她，因为她不是她的亲生女儿；燕四夫人喜欢田瑾，因为田瑾不是燕修恺和别的女人的孩子；燕四夫人深爱着燕修恺，她一方面憎恨着他的出轨，却又不得不维护他的名誉……所以燕陈只能是燕四夫人的亲生女儿。

燕陈的手暗暗握紧，她语气平淡地问燕楚："你是什么时候知道这件事的？"

"二十多年前？嗯……"燕楚大大咧咧地躺在沙发上，跷起了二郎腿，"大概是知道有你这么个妹妹的时候吧，时间久远，都有点记不清了。"

燕陈轻轻地"嗯"了一声，低下头，回房间了。

姜玥跑到燕楚身旁，有些小崇拜地注视着他："燕楚哥哥，我刚刚发现你有点帅吔。"

"什么叫有点帅！是很帅好不好！"燕楚不满地瞪着眼，臭美地反驳，"而且……你还是刚刚才发现？你真的缺乏发现美的眼睛。"

唐小舞翻了个白眼，合上书，毫不犹豫地回房间去了。姜玥捂住嘴，压低声音嘲笑燕楚："连小舞都不想理你了，燕楚哥哥。"

燕楚瞪了这个话多的小妮子一眼，然后将目光落在唐小舞紧闭的房门上，烦躁地抓了把头发，长长地叹了口气。好不容易找到了失散多年的"朋友"，结果这个"朋友"对自己爱理不理，该怎么办？在线等，很急！

婚姻是人生大事，每个女孩子都有一个自己的婚纱梦。绮丽性感的薄纱、纯真梦幻的缎面、奢华尊贵的金银饰、甜美俏皮的蕾丝、大颗雍容的珍珠、闪亮夺目的水晶、珍贵的珠花刺绣……叶浅浅从小就梦想着自己能成为最美的新娘，成为名流圈最瞩目的女主角。

钟怀林允诺了她一个盛大的婚礼，却在她的身上留下了难以磨灭的伤痕。她不敢让别人帮她穿婚纱，她害怕别人看到她身上的伤口，嘲笑她一直炫耀的"真爱"。钟怀林手法老到，伤痕都藏在布料能遮盖住的地方，这是叶浅浅唯一庆幸的地方。穿婚纱步骤烦琐，叶浅浅赶在造型师到来前费了一个多小时才穿好。造型师琳达看见穿好婚纱的叶浅浅，愣了愣，然后打趣地笑道："看来新娘是爱惨了新郎，不过不急，你们还有一辈子的时间嘛。"

叶浅浅安安静静地坐在梳妆台前，对着镜子中妆容精致的自己露出了甜美得宜的笑容，心里想的却是：我是希望钟怀林能有多惨就有多惨！他最好惨一辈子！

叶浅浅恨透了钟怀林，她本来以色彤的遗书为条件祈求俞景帮助她逃离钟怀林的魔掌，俞景这人虽然不靠谱，但也不至于得了好处却弃她不顾，于是给了叶浅浅一点提示。叶浅浅本来已经逃出城了，但钟怀林就是不放过她，追她到天涯海角，最终还是把她逮了回来。

她恨啊！前两天听说燕陈帮缪雨凡顺利借到了皇家一号馆，准备风风光光地大办一场画展，而且还正好是她婚礼当天。这真的不是故意的吗？她叶浅浅好不容易当一天女主角，燕陈也要来抢风头？叶浅浅又想起了燕陈身边那个长腿俊秀的青年，想起了燕陈曾经的美貌前夫俞景……恨啊！凭什么燕陈身边都是貌美正直的好青年，而自己身边却是相貌平平又有怪癖的钟怀林？恨啊！凭什么是那个从小不起眼的燕陈！但她恨，又能怎么办呢？

皇家一号馆的名声还真不是盖的，名流圈的人一看是皇家一号馆开画展，再看，办画展的画家竟然是缪雨凡这个抄袭货……名流圈多的是闲着没事干到处看戏凑热闹的人。皇家一号馆此举到底意欲何为，众人非常期待。

缪雨凡的画展办得比预期效果还要好一些，参加的人很多，虽然大多是来等着看戏的，人人心怀鬼胎，但缪雨凡依旧很激动。她又想起了当年那些善意的掌声，主持人眼中睿智温和的光彩，以及千万道聚光灯投射下来的荣耀与骄傲。看戏者中自然也不乏具有鉴赏画作眼光的人，这部分人对抄袭更为抵触，看了缪雨凡的画，只觉得眼前一亮，不得不感叹这画功和手法将画中的景和物的韵味表现得淋漓尽致，可心里的那点芥蒂让他们想着挑刺——看，这里是不是和那幅名家的画作很像？看，那里是不是抄袭了别人的构图？咦，新发现！这色调和前段时间拍卖会上见到的作品似乎有点相似呢……抄袭货果然还是那个抄袭货，时隔多年，一点都没变呢！

而那些道听途说、纯粹是来凑热闹的人听到别人好像头头是道的点评，也装模作样地频频点头。对，好像的确是这样的，抄袭货果然本性难移，皇家一号馆，这是挖坑自焚啊！

暴风雨，在宁静中酝酿。

燕陈接到公安局的电话，对方说有关于绑架案的最新进展，要跟燕陈沟通。

燕陈半掩着手机，轻声对缪雨凡说："缪师姐，我出去接个电话。"

缪雨凡应了一声，燕陈便离开了监控室。燕陈找了一处无人的房间，靠在墙上，听着手机里刑警的调查汇报。

"目前五名歹徒的口供一致，他们是受人指使绑架你的。他们声称指使人叫江北，但很奇怪的是，当年这五名歹徒首次顺利被捕，也是一名叫江北的青年报的案，因此我们也怀疑歹徒口供的可信性，需要进一步调查。请问燕小姐认识这名叫江北的青年吗？"

江北？"确实认识一位叫江北的人，"燕陈的手抚上了墙壁，白皙修长的手指在上面轻轻摩擦，"但和他没有什么交集。"

"燕小姐可以向我们提供你认识的那位江北的联系方式吗？

我们可能需要联系他进行沟通。上头很重视这次的绑架案，我们也在加大力度调查，希望能够尽快找到幕后主使，给燕小姐一个交代。”

“嗯，但实在抱歉，我并没有江北的联系方式。”

刑警又跟燕陈说了几句话，燕陈认真地听着，脑海里渐渐浮现起那个模糊的人影——那人长身玉立，总穿着熨帖的大红色唐装，气质妖冶艳丽。

燕陈收起手机，双唇微抿，如果真的是这个人，那他派人绑架她的目的到底是什么呢？想不明白。良久，她叹了口气，走出了房间。

燕陈猜到这一次画展不会太顺利，但没想到的是，偏偏就在她接电话的空当，给人钻了空子，出来闹事。监控室里，空无一人，原本在监控室的缪雨凡不知所踪。透过摄像头，燕陈看到三四幅画作以不堪的姿态凌乱地散落在地上，缪雨凡被一群人围着指指点点，缪雨凡的脸色越来越青，眼看着就要倒下。

一波未平一波又起。看戏不嫌事大，有人开始带头捣乱画展，扬言要将所有画作撕碎。保安虽然出来维持秩序了，但对方人多势众，场面一片混乱。大概等燕陈赶到现场，整个画展都已经毁了。

“现实主义文学的奠基人果戈里曾经说过，艺术家的一切自由和轻快的东西都是用过分的压迫而得到，也就是伟大的努力的结果。现在，我总算真切透彻地明白了这个道理，天将降大任于斯人也。感谢世间赐予的种种不公，感谢你们这些人横出的无理取闹，感谢那段被尘封多年的真相，感谢这些不断施加过分的压迫，才得以让缪雨凡缪女士得到了成长，创作了一幅又一幅令人惊叹的佳作。”

沉着冷静的声音通过音响，在整个皇家一号馆不急不缓地响起，掷地有声。这声音略带沙哑，却干净凛冽，仿佛带着某种奇特的魔力，像天神的右手紧紧地攥住了心脏一般，让人不由自主地屏声静气聆听下去。

所有人都停了下来，世界如同静止了一般。低着头的缪雨凡目光一亮，仿佛周边都护起了一层屏障，将她保护在里面。她认出了是燕陈的声音，委屈不甘愤怒的心渐渐平复，暗暗地松了口气。

缪雨凡以为自己已经习惯了被诬蔑被唾弃被厌恶，直到重逢了燕陈，那个从前瘦瘦弱弱的小女孩，如今浴火归来，身形依旧瘦削，但双手足以撑起一片天地。她的目光锐利，看穿人心；她的姿态冷酷，无所畏惧；她的声音沉稳，无坚不摧；她的嘴角挂着淡淡的笑意，从容优雅……她是燕陈，武能拳打小地痞，文能提笔拟投标的燕陈。缪雨凡感谢上天让她认识了这个坚强不屈的小女孩。

“名流圈从来不像表面那样风光绮丽，当年一位名叫缪雨凡的女孩，在国内顶级艺术比赛中荣获大奖，寒门子弟首次站在了画坛最耀眼的地方，初入名流圈，却被名流圈背后的肮脏交易狠狠地重创，一蹶不振。而你们，一群不明真相的吃瓜群众，却凭借着人性最丑陋的一面——见不得本该不如自己的人却过得比自己好，以一副正义之士的姿态高举着抵制抄袭的牌子，在这里指手画脚，但你们中却没有一个人探寻过当年的真相……”

燕陈轻蔑地笑了一声，笑声瞬间激怒了在场的闹事者。

有人举起缪雨凡的画，重重地摔倒地上，画框瞬间支离破碎。

“当年证据确凿，专家们也一致认定缪雨凡就是抄袭，你凭什么说这不是真相？”

“对，”有人应和道，“眼见为实，那些都是我们亲眼所见的事。所有人都知道，缪雨凡抄袭同校学生。”

“亲眼所见？”燕陈忍不住哈哈大笑了起来，目光落在了监控中那些叫嚣闹事的人身上，“你们哪只眼睛亲眼所见？左眼？右眼？你们又是亲眼所见了什么？你们亲眼看到了缪雨凡抄袭？还是亲眼看到了她所有的努力？更或是看到了她画下的草图，被人盗窃，对方拿着她的草图指证她的画作是抄袭？”

众人只觉得浑身一颤，阵阵凛冽之风扑面而来。

“眼见为实，确实不错。但没有目睹过创作全过程的人，真的有资格用这四个字吗？请你们别再乱用词语，恶心了我国博大精深的中华文化。眼见为实这四个字，可不背锅。”

难道真的冤枉了缪雨凡？难道当年的一切都是误会？难道真的如广播那人所言，名流圈生生抹杀了一个有为画家的光明前途？就在众人疑惑、怀疑、矛盾之时，皇家一号馆大厅的屏幕突然亮起，一段视频吸引了所有人的目光——屏幕上的青年，阴沉、颓废、倦怠……有人认出来了，这不正是当年名噪一时的，缪雨凡抄袭的那个同校学生吗？

说来也是奇怪，这人一直默默无闻，只在当年缪雨凡被指证抄袭的时候出名过一段时间，之后又再次消失在舆论的视野中。既然缪雨凡获奖是因为抄袭了他，那他的画作必定能再创辉煌，他也必定会成为画坛的新秀吧。

但让人意想不到的是，他在不久后便退出了画坛。

有人说他是被抄袭后心灰意冷，有人说他看透了画坛的风风雨雨，也有人说他只是暂行休息寻找创作灵感……反正这么多年过去了，大家也渐渐把他遗忘了。没想到在这次缪雨凡的画展，又见到了这位青年，更没想到的是，这位青年如今竟混成这副模样。

屏幕播放的视频是一段录像，记录了一位青年的忏悔，他因忏悔退出了画坛，因忏悔一生都无法解脱，因忏悔变得性格古怪。

“当年年少无知，因为喜欢一个女孩，为了讨那个女孩欢心而犯下了弥天大错，我没有想到自己的所作所为会摧毁了别人的一生，我良心不安，但我一直不敢站出来说出这个真相，害怕被世人唾骂，但现在有人告诉我不能一错再错，应该站出来还缪雨凡一个清白，给她一个翻身的机会……”

缪雨凡捂着嘴，难以置信地看着这段视频，眼泪忍不住溢出了眼眶。燕陈没有告诉过她，画展还安排了这一出，此时此刻，她的心情十分微妙。

真相大白的欣喜，狠狠打了所有不相信她的“正义之士”的脸的自豪，对燕陈的感激，对名流圈黑暗的失望，对沉重过往的不甘……

监控室里的燕陈也握紧了拳头，指甲掐进手掌里，有些痛，却莫名的畅快。

燕陈为了缪雨凡的画展劳心劳力，为了揭露抄袭背后的真相费尽心神，除了是不忍心大师姐的才华被埋没。还有就是，她想要弥补当年因为自己而造成的悲剧。如果当年不是叶浅浅针对燕陈，误以为草图是燕陈的作品偷偷顺走，缪师姐的草图就不会落到别人手里。如果不是当年燕陈和缪师姐关系好，叶浅浅更不会让喜欢她的这个青年把草稿占为己有，并诬蔑缪师姐抄袭……如果不是燕陈，缪雨凡大概不会承受这段无妄之灾。

燕陈这些年一直在寻找缪雨凡，寻找能够证明缪雨凡清白的证据，如今终于得偿所愿。燕陈整个人都轻松了下来，不再像从前一般，背负着沉重的罪恶感。但她深知曾经造成的伤害不可磨灭，她只希望缪师姐的未来能过得更好，要不然，她还将被罪恶感折磨一辈子。

百年巨匠齐白石曾说过：“作画贵在似与不似之间，不似则欺世，似则媚俗。”如今看来，缪雨凡的画作，似乎正在这似与不似之间。

众人得知真相后，再看缪雨凡的作品，果然还是眼前一亮，再仔细品赏，笔酣墨饱，刻画入微，这画动物栩栩欲活，画人活灵活现，画景身临其境……似真似假，如置幻境。哦，原来像的不是别人的作品，而是真实的事物啊！原来这颜色，就是蓝天的颜色呢，不是抄袭别的画作的颜色。啧啧啧，佳作，果然是佳作！所有人的态度瞬间变了。

几个挑事的同伙，在众人纷纷议论之时偷偷溜走了。一分钟后，刚被钟怀林接上婚车的叶浅浅接到了一个电话，心情更加糟糕。气死人了！这什么破日子，不仅让缪雨凡的画展顺利进行了，还让缪雨凡的抄袭案翻案了！

一只温热的手摸上了叶浅浅的手臂，钟怀林圆润的脸离叶浅浅又近了几分："浅浅，发生什么事这么生气？嗯？连结婚都不能专心吗？"

"没……没什么。"叶浅浅颤抖着身子，艰难地挤出一个笑容。

钟怀林明明在笑，笑容温润和气，但在叶浅浅眼里，这简直比恶魔的愤怒还可怕。她的这一生，大概就这样永远被困在这个恶魔手中，永不见天日了吧！难道，这就是所谓的报应吗？

番外 不负情深

五月十五日，是让名流圈所有人震惊的一天。许多年后，旁人再议论起这一天，都觉得充满了戏剧性。

这一天，有人沉冤得雪，有人"得偿所愿"，嫁给真爱。

这一天，有人在家中藏画室写下了一句"世人皆蠢"，服毒离开了人世。他的面容平静安详，无声无息地趴在桌案上，依旧是一身红色的唐装，身下是一幅曾经让他蜚声中国画坛的墨笔山水图《江北》。

发现他服毒自杀的，是一个女孩。这女孩虽长得有几分姿色，但家庭普通，性格平凡，并没有什么值得议论的地方，唯一影响她一生的，是"贾艺"这个名字。没错，这个女孩就是贾艺的女朋友，贾艺正是为了她而弄死了她身边许多的人。

看到江北去世，她为什么哭着喊着拼命抱着江北，就是不许别人挪走江北呢？难道她和江北也有一腿？没想到一个看上去平平无奇的小女孩，魅力独到，不仅俘获了贾家的贾艺，连性格古怪的江北也收服了。

说到这江北，前不久才在国际顶尖的艺术大赛上获了奖，怎么就突然想不开了呢？对了，听说他自杀前，被刑警喊去喝茶了，难道是犯了什么事？是畏罪自杀吗？还有这“世人皆蠢”又是什么意思？反正关于江北这个人，关于江北的死，至今仍是一个谜。

姜二少没有想到江北竟然会自杀，金开心要调查的东西全部断了。姜二少曲起手指，眯上如月光般沉静动人的凤眸，轻轻地往老板椅上一靠，敲了敲椅子上的扶手。好一个“世人皆蠢”，难道他就是为了不成为这世人中的一员，选择了这样一条不归之路？

江北，一个有意思的人。

在燕陈的眼中，江北却是个“怪咖”。江北是所有和燕陈一起长大的人之中，唯一发现了她特别之处的人，他甚至费心思追求过燕陈，虽然最终还是被燕陈的无趣击倒。燕陈至今还记得江北当年拉上她去看烟花，两人站在山顶上吹了足足一小时的冷风，在烟火冲上天际，绽放出一朵朵绚丽夺目的花朵时，江北说出的那句话——我希望这世上极致的绚烂，应当在最精彩的时候结束。陈陈，你觉得呢？

彼时少年，浅笑儒雅，明明近在咫尺，却又像远在天边。

燕陈曾经问过江北死缠烂打的理由，他摊了摊手，十分坦然："我觉得你懂我，我也懂你，在这世上，遇到一个懂自己的人太难了，我们在一起再适合不过了。"

"但我并不觉得自己有多懂你。"燕陈的确不懂江北，虽然她当初识破了他的《锦绣》不是他的作品，但这不代表她就懂他啊！

江北很聪明，拥有一双看透世事的眼睛，他也很喜欢玩弄人心，最爱看别人像跳梁小丑一般被他玩弄于股掌之间。他腹黑变态，活得像个疯子，但燕陈觉得他本性并不坏。因为那个人在听到她说的话后，脸上表情微动，眉宇间透出淡淡的失落，大概连他自己也没有察觉。他大概只是看世事看得太通透，太寂寞了吧。他只是风雅地笑了笑，双唇微动："哦，是吗？那不急，有的是时间让你慢慢懂我。"

世人皆蠢吗？也不知道在他死前，有没有遇到那个懂他的人。但他大概已经抵达了一生中最精彩的时刻了吧，至少他自己应该是这样认为的，毕竟……他选择了在这个时候结束。

一代画坛新秀就此陨落，可惜可叹。

五月十六日，刑警以涉嫌协助死囚越狱，指使主导了绑架案为由，审讯了狱中的"贾艺"，案件仍无进展。

五月十八日，刑警收到了来自江北的包裹，里面装有"贾艺"协助死囚越狱的证据。但包裹上没有任何地址和发件人的联系方式，此江北是不是彼江北，无从得知。

五月二十一日，检察院起诉犯人“贾艺”协助死囚越狱……

燕陈的绑架案仍在持续调查中，不过这些燕陈也操不了太多心了，忙完了缪师姐的画展，接下来，她就要开始经营她的古董店了。

唐小舞在燕楚的帮助下找到了一份待遇还不错的工作。唐小舞对燕陈说：“等我拿到了薪水，就带着阿水搬出去租房子住，以后省吃俭用，再慢慢还你这段日子抚养阿水的费用。”

唐小舞和阿水离开后，这个房子大概又要恢复到最初的冷冷清清吧！说实话，燕陈现在已经有些习惯家里的热闹，偶尔燕楚和姜玥姜隅还会来蹭饭，一家子其乐融融的，是燕陈从前没有经历过的感觉。

虽然有些舍不得，但他们迟早还是要离开的。阳台的风信子已经凋零了，最终燕陈还是没能如约和姜二少、阿水到公园春游赏花。燕陈清理了一下阳台的落花，平静地说道：“之前我被绑架，多亏了你才能得救，抚养阿水的钱就当是报答你的救命之恩吧。你一个小女孩带着阿水，以后要用钱的地方还很多。”

阿水得知不久后就要和姐姐搬出去住，难受得都快哭了，一双机灵的眼睛水汪汪的：“燕陈姐姐，我会想你的。”

燕陈俯下身，双手搭在阿水小小的肩膀上，微笑道：“想我的话，就带着姐姐一起回来看我啊，这里的大门，随时为你们敞开。”正说着，玄关传来了开门的声音。不多久，一抹颀长高大的身影走了进来，那人俊美如神祇，仿若画中之人。

阿水看见来人，吸了吸泛酸的鼻子，古灵精怪地眨了眨眼睛："我和姐姐搬出去以后，燕陈姐姐终于可以和姜大哥二人世界了呢！"

和姜二少……二人世界吗？和某个人永远在一起，是燕陈从未想过，也没想过会有机会想的一个问题，偏偏姜二少就这样不容拒绝地出现了。

燕陈看向姜二少，对方正好也在看她，两人不觉相视莞尔一笑。有没有那么一刻，希望时间就此定格，所有的美好与安宁都被妥帖呵护，所有的温馨与柔情都被小心珍藏……燕陈怦然心动。她想起姜二少问她的一句话："你到底是喜欢我的声音，还是我这个人？"

当时的燕陈毫不犹豫："声音！"但现在的燕陈却犹豫了。她现在似乎除了喜欢他的声音，还喜欢他的音容笑貌，喜欢他的举手投足，喜欢他身上淡淡的古龙香水味，喜欢被他拥抱时的体温，喜欢他的性格，喜欢……他的所有，喜欢他这个人。

姜二少挽起袖子，露出一截好看的手腕。他步伐从容，经过阿水时，扣起手轻轻敲了下阿水的额头，薄唇微动："阿水，来帮我打下手。"

阿水得令，一擦小脸，追随他的姜大哥去了，稚嫩的童音俏生生地响起："姜大哥，今天要做什么好吃的呀？"

姜二少回头看了燕陈一眼，眉目含笑，问的却是阿水："你燕陈姐姐今天想吃什么？"

"京酱肉丝和白萝卜羊肉馅饺子！"

"好。"一大一小两个人影进了厨房。不一会儿，厨房便传出了晚餐制作的交响乐。再过了一会儿，菜香便徐徐地传了过来，勾得客厅的两个女孩垂涎三尺，看书的心思都没了。又过了一会儿，小阿水率先捧了京酱肉丝出来。

"姐姐，燕陈姐姐，快过来吃饭喽！"

燕陈和唐小舞赶紧放下书，围到了饭桌前。四人各就位，在拿起筷子准备品尝姜二少的厨艺时，门铃却很不是时候地响了。小阿水屁颠屁颠地去开门，然后一脸愁容地回来。跟在他身后的，是一位娃娃脸青年。

燕楚吸了吸鼻子，香！"看来我来得很是时候啊！"他这般说着，让小阿水去取了碗筷，自己搬了张椅子，硬是加入了晚餐队伍，完全无视坐在饭桌的另外三个人巴不得他赶紧离开的嫌弃目光。燕楚很自来熟地先动了筷，末了，还问唐小舞："你怎么还不吃？你该多吃点，看你瘦得，跟个搓衣板似的。以后你要多喝点牛奶，吃些木瓜……女孩子嘛，别像燕陈那样。"燕楚在暗搓搓地为自己未来的幸福着想，却没想到得罪了某人。

"燕陈怎么了？"养尊处优的姜二少，淡淡地开口，犀利的眼神却足以秒杀了燕楚。

燕楚也是个不要命的大舅子，直言不讳地说："燕陈前不凸后不翘啊，一点女人味都没有。"

如果燕楚知道日后的追妻路，会因为这么一句话变得无比坎坷波折，跟唐僧取经九九八十一难似的，他一定会回来用饺子堵住自己的嘴。可惜，没有如果啊！不过此时此刻，他的惩罚只是饭后要负责把碗碟都洗干净罢了。

姜二少下楼买点饭后水果，燕陈默默地跟着。姜二少猜想她大概有什么要说。果然，燕陈叫住了他：“姜二，谢谢你。”

姜二少回头：“嗯？”

朦胧的路灯灯光散落在姜二少身上，仿佛将他整个人都笼罩在了光芒中。逆着光，她看不清他的表情，却感受到他温柔的瞩目。

燕陈抿了抿唇：“我知道甘唯那边，你有在帮我，所以……谢谢你。但是我一个人也可以处理好。你可以更专注于你的事业，可以更轻松一些，多保重身体，不需要兼顾我的事情。”

“我知道你一个人也可以。”姜二少低下头，黑曜石一般的眼眸映出了他心爱的女孩，“但是，我不希望你太辛苦。毕竟你后半生的喜怒哀乐都将与我有关，你说对吗？”他俯下身，凑到燕陈的耳边，不紧不慢地吐出了三个字，“姜太太。”

姜二少愉悦的轻笑声近在耳畔，湿热的呼吸更是撩得人心里痒痒的。燕陈退了一步：“姜公子请自重。”

姜二少微微勾起嘴角，站直，调侃道：“姜太太教训的是。”

经过报刊亭时，听见有人在议论：“听说前段时间自杀的画家江北，其实有另一个身份，叫贾艺。”

“贾艺？这名字有点耳熟啊，好像在哪里听说过。”

“就是吃女朋友身边人的醋，把他们都弄死了那个贾艺啊。”

“啊？那个贾艺不是之前入狱了吗？怎么现在又拿国际艺术大奖，又自杀了？”

“大概入狱的贾艺是假贾艺？不过……入狱的贾艺好像也不

是什么好东西，据说涉嫌一宗绑架案。”

“哎，什么真贾艺假贾艺，真把人搞凌乱了。贵圈太乱，我们这些普通老百姓，根本搞不懂上流社会的人到底在搞什么鬼，一会儿杀人一会儿绑架一会儿自杀，闹着玩儿似的。”

家家有本难念的经。有的人想飞黄腾达，想飞上枝头变凤凰，而有的人偏偏希望生于普通之家，过寻常安逸的小日子，享受家庭的温暖，品味一蔬一饭的小确幸。世事变幻，人世难料。好在一切还不迟，好在还有很长的一段人生路需要走……

“姜二。”燕陈跟上姜二少的脚步，伸出白皙纤细的手，去碰触他温暖的掌心。指尖才轻轻一碰，对方已经迅速掌握了主导权，将她的手紧紧包裹住，十指紧扣。

五月的城市弥漫着槐花的香气。夜色繁华，车水马龙，霓虹灯闪烁着缤纷的光泽，纸醉金迷。夜风习习，衣袂微动。树荫下一对人，慢慢靠近，两颗心紧紧相连。纵使身旁人来人往，可在燕陈和姜二少的世界里，就只有他们两个人。

“姜薄东，我希望你日后的喜怒哀乐，也与我有关。如果可以……我希望，余生一直有你。”

“燕陈，我愿意，从见到你的那一刻起，就等待很久很久了。”